# 가장 짧은 낮

츠쯔젠
대표 소설선

김태성
옮김

글항아리

# 내 문학의 강

내 글쓰기의 연륜은 단편소설의 연륜과 일치한다. 나는 첫 작품으로 단편을 썼다. 그 뒤로 단편소설은 내 글쓰기 생애에서 떠나보내거나 포기할 수 없는 강이 되었다. 이 강은 한순간도 흐름을 멈춘 적 없이 처음부터 끝까지 내 문학의 살과 피에 자양을 공급해주었다. 이제 문단의 노병이 된 나는 기력이 청년 시절만 못하다. 하지만 여전히 남아 있는 기력으로 수시로 말 위에 올라 단편의 초원을 달리고 있는 나 자신의 모습을 보게 된다. 점점 흐려지는 노안으로나마 어느 정도는 푸른 풀과 밤하늘의 별빛, 비와 이슬과 눈물, 꽃과 밥 짓는 연기를 볼 수 있다.

인생의 황혼 길에 말을 타고 초원을 달리다보면 내 시야에 들어오는 것은 시든 풀과 차가운 눈일 때가 더 많다. 하지만 그 춥고 고독한 순간에 나는 여전히 겹겹이 둘러싸인 어둠 속에서 불빛을 보고 청량한 눈벌판에서 들려오는 생명과 영혼의 외침을 들을 수 있다. 그렇게 써내려간 것이 이 책에 실린「말 장화를 삶다」이다. 손가락을 꼽아 헤아려보니 첫 번째 단편을 발표한 이후로 지금까지 이미 30년이라는 세월이 흘렀다. 그래서 '30년을 거꾸로 흘러간' 이 소설집을 기획하게 되었다. 이 책에는 내 '단편소설의 뿌리'라는 의미가 담겨 있다. 내가 경험한 풍상과 눈보라를 돌이켜보면 사랑과 미움, 이별과 근심의 기억들을 떨치기 어렵다. 이런 경험들이 담긴 내 단편소설 가운데 어떤 것은 풍만하고 어떤 것은 빈약하다. 채찍을 들고 말을 모는 사람으로서 이러한 기획을 통해 기억을 되살려가며 말에게 채찍질을 할 수 있을 것이다. 훌륭한 부분은 채찍질을 더 해 계속 달리게 하고 마음에 안 드는 부분은 반성하며 절제할 수 있을 것이다.

지금 내가 마주하고 있는 것은 이미 지나온 청춘의 초원이다. 하지만 사람은 늙을 수는 있어도 뜨거운 피가 사라지지는 않는다.

뜨거운 피가 바로 내 단편소설의 영혼이다.

2019년 5월 17일 하얼빈에서

# 차례

깨끗한 물

텐두天杜는 세밑에 목욕을 하는 것이 죽은 돼지다리의 털을 깎는 것과 아무런 차이가 없다고 생각했다. 거칠고 두꺼운 털을 깎고 나면 돼지가 눈에 띄게 희고 부드러운 피부를 드러내는 것처럼 사람도 온몸의 먼지를 씻어내면 희고 부드러운 모습을 자랑했다. 다른 점이 있다면 돼지는 도축되어 사람들 입을 즐겁게 하는 맛있는 음식이 된다는 것이다.

리진禮鎭 사람들은 섣달 스무이레를 물 뿌리는 날로 정하고 있다. 이른바 '물을 뿌린다'는 것은 목욕을 의미했다. 정郞씨네 집에서는 물을 뿌리기 위해 물을 데우고 목욕통에 붓는 일을 전부 텐두가 도맡아 했다. 텐두는 여덟 살 때부터 이런 일을 담당하기 시작해 이미 5년째 같은 임무를 수행하고 있었다.

이곳 사람들은 1년에 딱 하루 목욕을 했다. 바로 섣달 스무이레 이날이었다. 평소에도 부녀자들이나 청결한 것을 좋아하는 여자

아이들은 쉴 새 없이 몸을 닦고 문지르긴 하지만 이는 그저 간단히 씻고 닦는 것에 불과했다. 예컨대 부녀자들은 여름에 밭에서 돌아오는 길에 물을 만나면 발과 다리를 씻었고 소녀들은 머리를 감은 뒤에 물로 목과 겨드랑이를 닦았다. 그래서 한여름에 상반신을 드러낸 사내아이들의 목과 배의 피부는 유난히 시커매 보였다. 피부 위로 까만 박쥐가 기어다니는 것 같았다.

욕실로는 톈두가 거처하는 방을 사용했다. 화장火墻*은 뜨겁게 달궈져 있고 방 안의 커튼은 일찌감치 빈틈없이 쳐져 있었다. 톈두의 집에서는 나이순으로 목욕을 했다. 노인들이 먼저 목욕한 다음, 부모님이 하고, 마지막으로 아이들에게 차례가 돌아왔다. 돌아가시기 전까지는 할아버지가 가장 먼저 목욕을 했다. 할아버지는 목욕을 아주 빨리 했다. 15분이면 충분했다. 목욕통 안의 물도 별로 더럽지 않았기 때문에 톈두는 그 물로 대충 자기 몸을 씻었다. 모든 사람이 목욕할 때는 문을 굳게 걸어 잠그고 커튼도 빈틈없이 쳤다. 톈두가 목욕할 때면 항상 엄마가 밖에서 문을 두드리며 물었다.

"톈두야, 엄마가 등 좀 밀어줄까?"

"필요 없어요!"

톈두는 물고기처럼 물속으로 몸을 말아 들어가면서 짧게 대답했다. 엄마가 또 말했다.

"너 혼자 씻으면 충분히 깨끗하지 못할까봐 그래!"

"어째서 깨끗하지 않다는 거예요?"

톈두는 손가락으로 물을 뿌려 주르륵주르륵 소리를 냈다. 일부

---

* 난방을 위해 벽 속에 화로를 설치한 벽.

러 엄마에게 열심히 씻고 있다고 알리려는 것 같았다.

"부끄러워할 것 없어."

엄마가 또 문밖에서 웃으며 말했다.

"엄마 배에서 나왔으면서 엄마가 네 몸을 볼까봐 겁내는 거니?"

텐두는 목욕통 안에서 무의식적으로 두 다리를 꼭 오므렸다. 그러고는 얼굴이 빨개진 채 말했다.

"왜 자꾸 말을 시키는 거예요? 엄마가 등을 밀어주지 않아도 된다고 하면 그런 줄 아세요!"

텐두는 정말로 목욕통 가득 깨끗한 물을 차지해 목욕을 한 적이 없었다. 그는 아궁이 앞에 앉아 물을 다 데워야 했고 모든 사람이 목욕을 마치면 오수를 한 통 한 통 퍼서 내다 버려야 했기 때문에 틈만 보이면 바늘을 꽂듯이 식구들이 사용했던 물로 대충 몸을 씻었다. 씻어도 개운한 느낌은 전혀 들지 않았다. 순전히 임기응변일 뿐이었다. 게다가 다른 사람이 목욕하고 난 물이 얼마나 깨끗하든 그는 항상 탁하다고 느꼈다. 그래서 매번 목욕통에 들어가 10분 남짓 앉아 있다가 대충 몸을 문질러 닦았다.

그는 엄마 아빠가 자기 방을 욕실로 쓰는 것이 못마땅했다. 방 안의 공기가 축축해지는 것은 물론이고 전구 위에까지 잔뜩 물방울이 맺혔기 때문이다. 밤에 잘 때는 마치 돼지우리에서 자는 듯한 느낌이 들었다. 그래서 그는 올해 조신절이 지나기 무섭게 부모님에게 말했다.

"올해는 다들 텐윈天雲의 방에서 목욕했으면 좋겠어요."

그러자 바로 옆에서 종이꽃을 접고 있던 텐윈이 버럭 화를 내면서 고개를 꼿꼿이 세우고 말했다.

"왜 하필 내 방에서 목욕하라는 거야?"

"그럼 왜 다들 해마다 내 방에서 목욕을 하는 건데?"

톈두도 똑같이 화내면서 목에 힘을 주어 말했다.

"오빠는 남자잖아!"

톈원이 말했다.

"여자 방은 지저분하게 더럽히면 안 된단 말이야!"

톈원이 당당한 태도로 덧붙였다.

"게다가 오빠는 나보다 나이가 몇 살이나 위잖아. 오빠라면 당연히 동생에게 양보할 줄 알아야 하는 것 아냐?!"

톈두는 더 이상 따지지 않고 중얼중얼 혼잣말로 투덜거렸다.

"난 설이 정말 싫어! 설이 뭐 그리 중요하다고 그래!"

가족이 일제히 웃음을 터뜨렸다. 할아버지가 돌아가신 뒤로 할머니는 집 안에서 웃는 일이 아주 드물었다. 온 가족이 물이 위로 솟구치는 것처럼 웃음을 터트리게 만드는 재미있는 이야기도 할머니의 마음 깊숙한 곳을 움직이지 못했다. 모두들 할머니의 귀가 먼 탓이라고 생각했다. 그런데 뜻밖에도 그런 할머니도 톈두의 말을 듣고는 큰 소리로 웃어댔다. 가래가 올라올 정도로 심하게 웃다가 한바탕 기침을 하더니 틀니까지 뱉어냈다.

톈두는 정말로 설이 싫었다. 무엇보다 설을 쇨 때의 갖가지 규칙이 맘에 들지 않았다. 지전을 태우면서 조상들에게 제사 지내는 것도 싫고 바닥에 머리를 대고 절하면서 세배하는 것도 싫었다. 십자로의 흰 눈이 지전을 태우는 사람들 때문에 여기저기 개똥을 싸놓은 것처럼 지저분해지는 것도 싫었다. 설에는 온통 귀신들의 기운으로 뒤덮이는 것 같았다. 둘째로는 새해를 맞이하느라 바쁘게 움직이는 것이 싫었다. 사람들은 하나같이 허리가 아프고 등이 쑤셨다. 원성이 나날이 이어졌다. 홑이불을 뜯고, 벽을 닦고, 등롱 덮개를 새로 붙이고, 설 떡을 찌는 등 갖가지 일이 어른 아이 할 것 없이 모든 사람을 고슴도치처럼 바삐 돌아치게 했다. 게다가 집 안을 먼지 하나 없이 깨끗이 청소하는 것은 말할 것도 없고, 맨 마지막에는 사람들 몸에 달라붙은 먼지까지 깨끗이 씻어내야 했다. 집안의 남녀노소가 섣달 스무이레 하루에 한 해 동안 앉고 쌓인 먼지를 깨끗이 닦느라 얼굴이 퉁퉁 부을 정도였다. 이런 일들은 그에게 도축 장인이 죽은 돼지의 털을 박박 문지르는 광경을 연상하게 했고, 그럴 때마다 그는 겉으로 드러내진 않았지만 마음속에서 구역질을 했다. 마지막으로 그가 설을 좋아하지 않는 또 하나의 이유는 모든 사람이 새 옷을 차려입기 때문이다. 새 옷은 사람들을 무척 어색하고 우스꽝스럽게 만들었다. 행동도 조심스럽고 부자연스러웠다. 새 옷을 입은 사람들이 한 줄로 선다면 텐두는 너무나 쉽게 도시의 포목점에 한 필씩 둘둘 말려 세로로 세워져 있는 천들을 연상하게 될 것이다. 게다가 텐두는 한밤중에 설을 쉰다는 것을 용납할 수 없었다. 그 시각이 되면 그는 몹시 지치고 피곤해 식욕도 전혀 없었다. 그런데도 억지로 정신을 차리고 단원교자를 먹는 것이 귀찮아 죽을 지경이었다. 그는 여러 차례 자신의 손에 지고무상의 권력이 주어진다면 가장 먼저 설의 날짜를 바꾸겠다고 생각했다.

할머니가 가장 먼저 목욕을 끝냈다. 텐두의 엄마가 휘청거리는 할머니를 모시고 나왔다. 텐두는 할머니의 얼마 남지 않은 백발이 축축하게 젖은 채 어깨 위로 늘어져 있는 것을 바라봤다. 처진 눈두덩 때문에 돌출된 광대뼈가 떨어질 것만 같았다. 또한 할머니 얼굴 위의 갈색 검버섯이 열기를 쐰 탓인지 더 진해 보였다. 뇌우가 닥치기 전의 하늘을 무겁게 채우고 있는 먹구름 같았다. 톈두는 목욕을 하고 난 할머니의 몸이 눈에 띄게 부풀어 있다는 느낌을 받았다. 짓무른 버섯처럼 보기 좋지 않았다. 그는 사람이 늙으면 전부 이런 모습이 된다는 사실을 알지 못했다. 할머니는 색색 가쁜 숨을 몰아쉬면서 거친 동작으로 부엌을 지나 자기 방으로 돌아갔다. 할머니가 톈두를 보고 말했다.

"네가 데운 물은 정말 뜨겁더구나. 덕분에 할머니가 아주 기분 좋게 목욕했어. 한 해 묵은 걱정과 고민이 싹 다 사라지는 기분이야. 할머니가 씻고 난 물로 너도 얼른 목욕하지 그러니."

엄마도 옆에서 거들었다.

"할머니는 한 해 동안 외출하시는 일이 별로 없어서 몸에 때가 많지 않아. 덕분에 물이 아직 깨끗하단다."

톈두는 대꾸하지 않고 계속 장작을 쌓는 데 열중했다. 그런 다음 오수를 담을 통을 들고 자기 방으로 들어갔다. 축축한 열기가 피부병에 걸린 개처럼 여기저기 떠돌고 있었다. 전등 전구에는 생선 알만 한 물방울이 잔뜩 맺혀 있었다. 톈두는 있는 힘을 다해 커다란 목욕통을 들어 안에 있던 물을 오수 통으로 옮겼다. 그런 다음 이마 위의 땀을 훔치며 물통을 들고 밖으로 나가버렸다. 부엌을 지나면서 보니 할머니는 아직 방으로 돌아가지 않은 터였다. 할머니는 물이 가득 든 통을 들고 나오는 톈두가 입을 크게 벌리고 있고 눈동자에 유난히 처량한 빛이 가득한 것을 봤다.

"넌 이 할미가 미운 게로구나!"

할머니가 넋이 나간 표정으로 말했다.

텐두는 아무 말 하지 않고 문을 열고 밖으로 나갔다. 밖은 몹시 어둡고 추웠다. 그는 떨리는 몸을 애써 추스르며 물통을 들고 대문 밖 하수도 앞으로 나갔다. 겨울에는 그곳에 더러운 얼음호수가 생겼다. 수많은 사내아이가 그 얼음호수 위에서 신나게 팽이를 치면서 놀았다. 아이들은 그걸 '얼음치기'라고 불렀다. 아이들은 아주 힘겹게 팽이를 돌리고 늘 콧물을 흘렸다. 아이들은 낮에만 노는 게 아니었다. 달빛이 밝은 날이면 저녁에도 집 안에 가만있질 못하고 두꺼운 솜저고리 차림으로 밖에 나와 팽이치기를 했다. 한겨울 저녁에도 아무 때나 팍팍 팽이 치는 소리가 들렸다.

텐두는 얼음호수 아래 눈밭에서 키가 아주 작은 사람 그림자를 봤다. 그는 뭔가를 찾는지 몸을 웅크리고 있었다. 손에 쥐고 있는 담배꽁초의 불빛이 명멸하고 있었다.

"텐두야—"

그 그림자가 몸을 일으키면서 말했다.

"물 버리러 나온 거야?"

목소리를 들어보니 앞집에 사는 같은 반 친구 샤오다웨이肖大偉였다. 텐두가 있는 힘을 다해 오수 통을 얼음호수 위로 들어올리면서 물었다.

"넌 뭐 하고 있었어?"

"날이 어두워지기 직전에 팽이치기를 하다가 팽이가 날아가버렸어. 아무리 해도 찾을 수가 없네."

샤오다웨이가 말했다.

"손전등을 켜지 않고서 어떻게 찾겠다는 거야?"

텐두가 이렇게 말하면서 쏴아 하고 오수를 얼음호수 위에 뿌렸다. 오수가 얼음호수 꼭대기에서 아래로 흘러내렸다.

"난 이런 목욕물 냄새 정말 맡기 싫더라. 틀림없이 너희 할머니가 목욕한 물이겠지!"

샤오다웨이가 말했다.

"그게 어때서 그래?"

톈두가 말했다.

"너희 아빠가 목욕하고 난 물은 냄새가 이것보다 더 고약할 거야!"

샤오다웨이의 아빠는 반신불수가 된 지 여러 해라 대소변도 전부 가족의 도움을 받아야 해결할 수 있었다. 샤오다웨이의 엄마는 남편을 돌보느라 검은 머리가 이미 파뿌리가 되어 있었다. 더 이상 착한 마누라 노릇은 못 하겠다며 샤오씨 집안을 떠나겠다고 말했다가 샤오다웨이 아빠가 팽이치기를 할 때 쓰는 채찍으로 몸 여기저기에 핏자국이 남도록 때린 사실을 리진 사람들 모두가 알고 있었다.

"너는 올해 누가 목욕한 물로 씻을 건데?"

톈두가 묻자 샤오다웨이가 격하게 화를 내면서 도발하듯이 말했다.

"우리 집은 해마다 내가 가장 먼저 목욕해. 매번 깨끗한 물을 사용한다고!"

"나도 깨끗한 물로 목욕해!"

톈두도 지지 않고 당당하게 말을 받았다.

"뻥 치지 마! 너희 집은 해마다 네가 물을 데워야 하고 네가 항상 더러운 물로 몸을 씻는다는 걸 모르는 사람이 어디 있다고 그래?"

샤오다웨이가 말했다.

"너희 아빠한테 너 담배 피운다고 이른다!"

톈두는 어떻게 받아쳐야 할지 몰라 뜬금없이 담배를 거론했다.

"담뱃불로 팽이를 찾으려 한 것뿐이야. 나쁜 짓을 배운 게 아니라고. 네가 우리 아빠한테 일러봤자 아무 소용 없어!"

극도로 화가 난 톈두는 그냥 오수 통을 들고 집으로 돌아가는 수밖에 없었다. 한참을 집 쪽으로 되돌아온 그가 다시 고개를 돌려 샤오다웨이를 향해 큰 소리로 외쳤다.

"올해는 나도 깨끗한 물로 목욕할 거라고!"

말을 마친 톈두는 고개를 들어 하늘을 바라봤다. 은하로 통하는 하늘길이 깨끗한 강물처럼 쉬익 하고 쏟아져 내려 마음속에 쌓인 울분을 깨끗이 씻어줄 것만 같았다. 할머니 방에서 울음소리가 들렸다. 나이가 그대로 담겨 있는 그 울음소리는 산속 동굴에서 물방울이 똑똑 떨어지는 소리 같았다.

톈두는 솥뚜껑을 열고 뜨거운 물을 한 바가지씩 퍼서 큰 목욕통에 부었다. 이때 톈두의 아빠가 다가와 말했다.

"네 표정을 보니, 할머니 마음을 상하게 한 것 같구나."

톈두는 아무 말 하지 않고 뜨거운 물에 찬 물을 섞어 온도를 맞췄다. 그런 다음 손가락으로 물의 온도를 재봤다. 아빠가 씻기에 적당한 것 같았다. 아빠는 조금 차가운 물을 좋아했다. 톈윈이나 엄마가 씻는다면 뜨거운 물을 조금 더 섞어야 했다.

"누가 씻을 차례인가요?"

톈두가 물었다.

"내가 먼저 씻도록 하마. 네 엄마는 할머니 시중을 들어야 하니까 말이야."

아빠가 말했다.

이때 텐윈이 갑자기 방에서 뛰쳐나왔다. 텐윈은 파란 속옷만 입고 있어 통통한 두 팔이 그대로 드러나 있고 머리도 약간 산발이었다. 작은 바다요정처럼 두 눈이 반짝반짝 빛나고 있었다.

"내가 먼저 목욕할래요!"

아빠가 말했다.

"내가 먼저 아주 빨리 씻고 나올게."

"나는 땋은 머리도 다 풀었단 말이에요."

텐윈이 까딱까딱 머리를 좌우로 흔들었다. 머리칼은 비둘기 날개처럼 가라앉았다 일어서기를 반복했다. 텐윈이 자못 진지한 어투로 아빠에게 말했다.

"앞으로는 항상 제가 먼저 씻어야 해요. 아빠가 먼저 씻으면 아빠가 썼던 목욕통을 써야 하는데 자칫해서 아기라도 갖게 되면 어떻게 해요? 누가 책임질 거냐고요?"

아빠는 웃느라 입 밖으로 침을 내뿜었고 텐두는 웃다가 바가지를 떨어뜨리고 말았다. 텐윈은 작고 통통한 입을 오물거리며 화로 속의 불덩이처럼 얼굴이 빨개졌다.

"아빠가 씻고 난 물로 목욕하면 아기를 갖게 된다고 누가 그러던?"

아빠가 여전히 깔깔대면서 물었다.

"어떤 사람이 가르쳐준 거예요. 그러니 더 이상 묻지 마세요."

텐윈이 손짓 몸짓을 다 써가며 텐두에게 분부하듯이 말했다.

"난 먼저 머리를 감아야 하니까 세숫대야에 더운물을 좀 따라줘. 그리고 나도 엄마가 쓰는 향내 나는 파란 샴푸를 써야겠어!"

텐윈의 거침없는 선언에 텐두는 조금 전의 무거웠던 기분이 싹 사라졌다. 그는 아주 기쁜 마음으로 여동생에게 서비스를 제공했다. 그가 세숫대야를 가져다가 막 물을 따르려는 순간, 텐윈이 발길질을 하면서 미친 듯이 소리를 질렀다.

"안 돼 안 돼! 이렇게 더러운 대야에 어떻게 머리를 감아? 솔로 깨끗하게 닦아줘야 머리를 감을 수 있단 말이야!"

"이 정도면 충분히 깨끗한데 뭘 그래?"

아빠가 놀리듯이 텐윈에게 말했다.

"잘들 보시라고요. 대야 가장자리에 둥그렇게 기름때가 끼어 있잖아요. 뱀 과부의 검은 눈처럼 아주 선명하잖아요. 이런데도 깨끗하다는 거예요?"

텐윈이 목을 꼿꼿하게 세우고 아무렇지도 않은 듯이 말을 받았다.

뱀 과부는 성이 청淸으로 진에 나가 남자들과 추파를 주고받는 것을 즐기기 때문에 뒤에서 여자들이 오랫동안 그녀를 독사가 변신한 여자라고 놀리다보니 뱀 과부로 불리게 되었다. 뱀 과부는 자식이 없어 자유로웠다. 매일 아주 늦게 일어나는 그녀의 눈두덩이 항상 시퍼렇다보니 사람들은 그녀가 얼마나 잤는지 제대로 알지 못했다. 그녀는 길을 걸을 때, 습관적으로 팔을 허리까지 내려뜨렸다. 그녀는 같은 진에 사는 여자아이들을 좋아했고 아이들은 종종 뱀 과부 집에 가서 그녀의 고리짝을 뒤져 그녀가 어렸을 때 사용했던 머리 장식을 감언이설로 꼬드겨 얻어가곤 했다.

"아, 알 것 같다!" 아빠가 말했다.

"아기를 갖게 된다는 얘기는 뱀 과부가 한 게 틀림없어. 아주 요사스러운 여자야!"

"아빠는 왜 입만 열었다 하면 남 욕을 하는 거예요, 정말?!"

텐원이 화를 내며 따지고 들었다.

텐두는 비누로 대야 가장자리의 때를 닦아내려 했지만 잘 닦이지 않았다. 텐원이 소다로 닦는 것이 효과적이라고 알려주자 텐두는 하는 수 없이 찬장에서 소다를 꺼내면서 자기도 모르게 여동생에게 말했다.

"머리 한 번 감는데 이렇게 일이 많아야 하는 거야? 기껏해야 어린애 머리털 몇 가닥 씻는 거잖아?"

텐원은 손이 닿는 대로 황두 몇 알을 집어 텐두를 향해 던지면서 말했다.

"오빠야말로 어린애야."

그러고는 말을 이었다.

"매년 설을 한 번 쇠는데 머리를 깨끗이 감지 않고 어떻게 새 머리끈을 매라는 거야?"

아이들이 부엌에서 웃고 떠드는 사이에 할머니 방에서 희미한 울음소리가 멈추지 않고 계속 새어나왔다.

텐원이 물었다.

"할머니는 왜 우시는 거예요?"

아빠가 텐두를 힐끗 쳐다보면서 말했다.

"다 네 오빠 때문이야. 네 오빠가 할머니가 목욕하고 난 물은 쓰지 않겠다고 하니까 마음이 상하신 거지. 이번 설 내내 할머니 기분이 좋지 않을 것 같구나."

"그럼 세뱃돈을 안 주실 수도 있겠네요?"

톈윈이 말했다.

"만약에 정말로 세뱃돈을 받지 못하면 톈두의 교과서를 전부 찢어버릴 거야! 그러면 방학숙제를 못 해 개학하고 나면 선생님한테 혼나겠지!"

톈윈은 톈두와 사이가 좋을 때는 '오빠'라고 부르다가 톈두가 조금이라도 마음을 상하게 하면 오빠라는 호칭 대신 직접 이름을 불렀다.

톈두가 대야를 깨끗하게 다 닦고 나서 말했다.

"네가 감히 내 교과서를 찢는다면 나는 네 새 머리띠를 다 찢어버릴 거야. 그 누런 머리를 묶고 다니지 못하게 할 거라고!"

톈윈이 이를 앙다물고 받아쳤다.

"해볼 테면 해보라고!"

톈두가 세숫대야에 쏴아 물을 부으면서 말을 받았다.

"내가 못 할 것 같아?"

톈윈은 하는 수 없이 어리광 반, 억울함 반으로 눈물을 글썽이며 아빠에게 하소연했다.

"아빠, 톈두 좀 보세요⋯⋯."

"감히 그렇게는 못 할 거야! 정말로 그러면 아빠가 녀석의 엉덩이를 때려주마!"

아빠가 손바닥을 들어올려 톈두를 향해 휘두르며 말했다.

톈두는 세숫대야와 목욕통을 하나하나 자신의 작은 방으로 옮겼다. 톈윈은 또 머리를 두 번 헹궈야 한다면서 톈두에게 깨끗한 물

두 대야를 준비해달라고 말했다. 그러면서 남들이 보지 못하게 창문 커튼을 단단히 쳐달라고 했다. 텐두는 햇빛이 들어오지 못하게 커튼을 단단히 치는 수밖에 없었다. 그러고는 하인처럼 공손하게 여동생에게 수건과 빗, 슬리퍼, 샴푸, 비누 등을 가져다주었다. 텐원은 그제야 여왕처럼 우아한 동작으로 욕실 안으로 들어가 문을 굳게 닫았다. 3분쯤 지나 안에서 물을 뿌리는 소리가 들려왔다.

아빠는 플라스틱으로 된 붉은 궁등宮燈*을 찾기 위해 창고로 갔다. 궁등은 한 해 동안 한가하게 방치되어 있던 터라 먼지가 잔뜩 앉아 있을 것이 분명했다. 가족들은 모두 텐원이 목욕하고 난 물로 궁등을 닦는 것을 좋아했다. 텐원이 아름답고 밝은 빛과 불가분의 관계에 있기라도 한 듯했다.

텐두는 솥에 물을 가득 채우고 아궁이에 장작을 한 무더기 집어넣은 다음 조용히 부뚜막을 벗어나 할머니 방 앞으로 가서 할머니가 무슨 말을 하는지 엿들었다.

할머니가 울면서 말했다.

"옛날에는 마을 전체에서 내가 제일 깨끗하다는 걸 모르는 사람이 없었어. 내가 강물에 들어가 목욕을 했다면 물고기들도 멀리 피해 숨었을 거야. 물고기들은 매일 물속에 들어가 있으니 자기들 몸이 나처럼 희지도 않고 나보다 깨끗하지도 못하다는 걸 잘 알고 있을 테니까 말이야……"

텐두는 참지 못하고 손으로 입을 막은 채 남몰래 즐거워했다.

---

* 명절이나 경축일에 추녀 끝에 걸어두는 등롱으로 팔각 혹은 육각형 모양에 술이 달려 있다. 대부분 비단이나 유리를 붙여 만든 다음 여러 색깔로 그림을 그려놓은 형태로 원래는 궁정에서 사용되었기 때문에 궁등이라 불린다.

엄마가 이런 모습을 보고 때를 놓치지 않고 말했다.

"톈두 이 녀석은 정말 철이 없어. 할머니는 남들과 식견이 다르셨단 말이야. 할머니가 깨끗하다는 걸 리진에서 모르는 사람이 없다고. 할머니가 담근 된장도 이웃들 모두 아주 좋아했지. 그건 다른 집 된장과 맛이 차이 날 뿐만 아니라 아주 깨끗하기 때문이었다고. 네가 그걸 알기나 해?"

할머니가 미묘한 표정으로 웃었다. 그러고는 계속 울면서 말했다.

"내 머리에는 이가 생긴 적이 한 번도 없고 겨드랑이에서 고약한 냄새가 나지도 않았어. 발가락 사이도 더럽지 않았지. 내가 목욕하고 난 물로는 모란꽃을 키울 수도 있었단 말이야!"

할머니의 이런 논리 전개는 너무 과장되었다는 평가를 면하기 어려웠다. 그래서인지 엄마도 풋 하고 웃음을 터뜨리며 즐거워했다. 톈두는 더더욱 참지 못하고 황급히 아궁이로 달려가 쪼그리고 앉아서는 활활 타오르는 불길을 마주하고 실컷 웃어댔다. 이때 아빠가 온몸에 한기를 품고 오래된 궁등 두 개를 들고 들어왔다. 아빠는 얼굴에 먼지를 잔뜩 뒤집어쓴 데다 코에는 연륜이 다른 푸른 콧물 두 가닥이 얼어붙어 있었다. 얼핏 보기에는 얼굴이 문드러진 것 같았다. 톈두가 웃고 있는 걸 보고는 아빠가 물었다.

"뭐가 그리 즐거워서 남몰래 웃는 거냐?"

톈두는 자신이 들은 말을 낮은 목소리로 아빠에게 재현해주었다.

아빠도 궁등을 내려놓고 웃어대기 시작했다.

"늙으면 다 어린애가 된다더니!"

솥 안의 물이 화염에 졸아버려 지지직 소리가 났다. 부뚜막은 뜨거운 여름 더위 같고 솥 안에는 매미가 잔뜩 들어 있는 것 같았다. 매미들이 쉴 새 없이 "더워 죽겠네. 더워 죽겠어" 하고 외치는 것 같았다. 불꽃이 부뚜막을 뜨겁게 달궈놓았다. 텐두는 부엌 창문으로 달려가 얼굴을 하얀 서리가 끼어 있는 유리창에 갖다 댔다. 처음에는 바늘 같은 한기가 피부를 깊이 찔러대는 것 같더니 이어서 얼굴 한쪽이 마비되는 것 같았다. 그가 얼굴을 떼어내자 갑자기 반달 모양의 유리가 서리 밑에서 모습을 드러냈다. 텐두는 축축한 뺨을 문지르면서 서리가 사라진 유리를 통해 밖을 내다봤다. 마당은 몹시 어두컴컴했다. 선명하게 보이는 것은 아무것도 없었다. 하늘의 별들만 미약한 빛줄기를 내뿜고 있었다. 텐두는 한숨을 쉬면서 몹시 실망한 표정으로 눈길을 거두고 몸을 돌려 아궁이 속 불 앞으로 돌아왔다. 그가 쪼그리고 앉자마자 갑자기 부엌문이 열렸다. 냉기가 등 뒤에서 멈추더니 초록색 비단 솜저고리 차림의 여인이 들어왔다. 눈두덩이 거무튀튀한 여인이 텐두에게 큰 소리로 말했다.

"물을 끓이고 있었구나?"

텐두가 고개를 돌려 힐끗 쳐다보니 뱀 과부였다. 그는 그녀를 완전히 무시하는 듯이 흥 하고 콧방귀를 뀌었다.

"아빠는 어디 계시니?"

뱀 과부가 두 손을 저고리 주머니에서 빼내 자연스레 콧물을 훔치더니 신발 등에 문질렀다. 그녀의 그런 행동에 텐두는 구역질이 날 뻔했다.

텐두 아빠가 이미 소리를 듣고 다가왔다.

뱀 과부가 말했다.

"오라버니, 저 좀 도와주세요. 목욕을 좀 하려는데 좀처럼 물이 차지 않아요. 목욕통이 망가진 것 같아요. 물을 부으면 곧장 줄줄 새어버린다고요."

"목욕통이 어째서 새는 거야?"

아빠가 물었다.

"가을에 동부콩을 수확하고 말린 다음 목욕통에 넣고 껍질을 벗겼거든요. 콩 껍질이 바싹 마른 데다 거칠어서 손을 자극해 피가 다 나더라고요. 그래서 손을 쓰는 대신 소나무 막대기로 콩을 내리찍었지요. 그러다가 저도 모르게 목욕통에 구멍을 낸 것 같아요. 그때는 구멍이 난 줄 몰랐거든요."

텐두의 엄마가 다가왔다. 엄마는 뱀 과부를 보자마자 아주 뜻밖이라는 듯이 어머! 하고 한마디 내뱉고는 작은 목소리로 인사를 건넸다.

"왔어요?"

뱀 과부도 낮은 목소리로 대꾸하고는 옷소매에서 빨간 비단 머리띠를 하나 꺼내면서 말했다.

"이거 텐원 주세요!"

텐두는 엄마 아빠 둘 다 머리띠를 받지 않는 것을 본 터라 자신도 받기가 쑥스러웠다. 뱀 과부는 머리띠를 물 항아리 덮개 위에 내려놓았다. 물 항아리는 금세 시집갈 때를 위해 준비해둔 혼수처럼 길상의 기운이 가득해졌다.

"텐원은 어디 있어요?"

뱀 과부가 물었다.

"지금 목욕하고 있어요."

엄마가 말했다.

"집에 주석이 있나?"

아빠가 물었다.

뱀 과부가 대답하기도 전에 텐두 엄마가 경계심을 드러내며 물었다.

"주석은 뭐에 쓰려고요?"

"우리 집 대야가 샐 때도 텐두 아빠가 고쳐줬거든요."

뱀 과부가 먼저 텐두 엄마에게 대답하고 나서 다시 텐두 아빠에게 말했다.

"없어요."

"그럼 고칠 방법이 없어."

아빠는 깊이 생각하지 않고 간단하게 대답했다.

"그냥 세숫대야로 대충 씻도록 해요."

텐두 엄마가 말했다.

뱀 과부가 눈을 커다랗게 뜨고 어깨를 들썩거리며 말을 받았다.

"그럴 수는 없어요. 일 년에 단 한 번뿐이잖아요. 그럭저럭 대충 넘길 수가 없다고요."

그녀의 말은 텐원이 한 말과 다르지 않았다.

"주석이 없으면 나도 달리 방법이 없어."

텐원 아빠가 잠시 미간을 찌푸리다가 말을 이었다.

"아니면 방수용 기름종이로 해보는 것도 나쁘지 않겠군. 집에 돌아가서 기름종이를 좀 오려서 불을 붙여봐. 녹아서 떨어지는 기름 방울을 물이 새는 곳에 떨어뜨린 다음 평평하게 눌러주라고. 기름이 식으면 물이 새던 곳이 메워질 거야."

"오라버니가 가서 좀 해주세요."

뱀 과부는 남자 앞에서는 영원히 천진난만한 표정을 지었다.

"저는 듣고도 무슨 말인지 잘 모르겠단 말이에요."

텐두 아빠는 자기 아내를 힐끗 쳐다봤다. 사실 그는 아내를 쳐다볼 필요도 없었다. 그녀의 얼굴 표정이 찬성이든 반대든 간에 그녀의 마음속에는 불만과 짜증이 가득할 것이 뻔했기 때문이다. 하지만 모두의 눈길이 그녀에게 집중되어 있어 결단을 내려야 하는 순간이 되자 그녀는 오히려 일부러 통이 큰 태도를 보였다.

"그럼 어서 가봐요."

뱀 과부는 고맙다는 인사와 함께 텐두 아빠의 소매를 잡아끌더니 앞장서서 걷기 시작했다. 텐두 아빠는 그녀 뒤에 바짝 붙어 따라가는 수밖에 없었다. 그는 집 대문이 닫히기 전에 고개를 돌려 아내를 바라봤다. 아내는 눈을 흘기고 있는 것이 분명했다. 게다가 침까지 뱉었다. 그 매서운 눈초리와 침이 무서운 경계신호가 되어 문지방을 넘는 텐두 아빠를 전전긍긍하게 만들었다. 차가운 바람 속에서 걸음을 옮기면서 텐두 아빠는 일을 빨리 해치우고 서둘러 돌아와야겠다고 다짐했다. 뱀 과부가 내주는 차는 절대로 마시지 않고 담배를 권해도 절대 피우지 않기로 마음속으로 맹세했다. 입술 사이에 집을 나설 때의 순결한 호흡을 그대로 간직해 돌아갈 생각이었다.

"텐원은 정말 맘에 안 들어."

뱀 과부가 가고 나자 엄마는 마음이 심란해지기 시작했다. 엄마는 커다란 그릇을 꺼내 밀가루를 반죽하면서 효모를 넣는 것마저 잊고 말았다.

"이게 다 고 계집애가 뱀 과부를 끌어들인 탓이야."

"아빠더러 가보라고 한 게 누군데 그래요?"

텐두가 일부러 엄마를 자극하며 말했다.

"어쩌면 그 아줌마가 음식 두 가지 마련해서 아빠랑 한잔 할지도 모르죠!"

"네 아빠가 감히 그럴 리가 있겠니!"

엄마가 단호한 목소리로 말했다.

"그랬다가는 집에 돌아와도 내가 등을 밀어주지 않을 거야!"

"아빠 혼자서도 밀 수 있어요. 어른인데 해마다 엄마가 등을 밀어준단 말이에요?"

텐두가 쯧쯧 하고 혀를 차자 엄마의 얼굴이 새빨개지더니 재빨리 화제를 돌렸다.

"어서 물이나 잘 데워. 어른들 일에 끼어들지 말고."

텐두는 더 이상 입을 열지 않았다. 하지만 아궁이 속 불길은 계속 요란하게 떠들어댔다. 불길이 황금빛 혀로 시커먼 솥 바닥을 열심히 핥아댔고, 솥 안의 물은 요란한 소리를 내면서 끓기 시작했다. 불과 수증기 때문에 잠기의 습격을 받은 텐두는 아궁이 앞에 쪼그리고 앉아 졸기 시작했다. 하지만 얼마 지나지 않아 텐윈이 젖은 수건으로 밀어 그를 깨웠다. 텐두가 눈을 떠보니 텐윈은 이미 목욕을 끝낸 터였다. 계란 같은 얼굴은 발그레해졌고 촉촉하게 젖은 머리는 어깨 위로 흘러내려 있었다. 면 실로 짠 새 상의와 바지 차림의 텐윈의 몸에서는 향긋한 냄새가 풍겼다. 텐윈이 힘주어 소리쳤다.

"난 다 씻었어!"

텐두가 눈을 비비며 지친 표정으로 힘없이 말했다.

"다 씻었으면 그만이지 뭐가 그리 대단하다고 그래?"

"내가 목욕한 물로 오빠도 씻지 그래."

톈윈이 말했다.

"그건 정말 싫어. 너는 그 냄새나는 물고기 같아서 네가 목욕하고 난 물에서는 고약한 냄새가 난단 말이야."

마침 톈두 엄마가 반죽을 끝낸 밀가루 덩어리를 뜨거운 부뚜막 위에 올려놓고는 몸을 돌리자 톈윈이 울먹이는 목소리로 엄마에게 말했다.

"엄마, 톈두 좀 봐요. 내가 냄새나는 물고기래요!"

"또 그런 소리 하면 입을 꿰매버릴 거야!"

엄마가 톈두에게 경고하면서 시위하듯이 바늘로 찌르는 동작을 해 보였다.

톈두는 엄마 아빠가 자신이 톈윈과 말다툼을 벌일 때마다 영원히 톈윈 편을 든다는 사실을 잘 알고 있는 터라 전혀 화를 내지 않았다. 등롱 두 개를 들고 욕실로 들어간 그는 먼지를 닦아내기 시작했다. 이때 톈윈이 부엌에서 놀라 소리치는 게 들렸다.

"물 항아리 위에 있는 비단 머리띠 나 주는 거야? 정말 예쁘네!"

두 개의 등롱은 플라스틱으로 만든 것이라 여러 해 사용하다보니 약간 수축되어 완전히 둥근 모양은 아니었다. 게다가 붉은색도 오래되다보니 가운데 광선을 집중적으로 받은 부위가 허옇게 바래 있어 길상의 기운이 전혀 느껴지지 않았다. 따라서 등롱을 켜려면 안에 빨간 전구를 끼워야 했다. 그러지 않으면 섣달그믐날 분위기와 어울리지 않는 푸르스름한 빛이 날 것이 분명했다. 톈두는 솔로 등롱을 문질러 닦으면서 설과 관련된 온갖 번거롭고 불필요한 일들을 생각하니 짜증이 나는 것을 피할 수 없었다. 그래서 자기도 모르게 큰 소리로 말했다.

"설이 도대체 무슨 의미가 있는 거야!"

그의 질문에 대답한 것은 얼굴 가득 밀려오는 집 안의 축축한 습기였다. 더더욱 짜증이 난 그는 또다시 자신을 향해 큰 소리로 투덜거렸다.

"설을 6월로 옮겨버렸으면 좋겠네. 그럼 사람들이 다 강물에 들어가 목욕을 할 수 있을 거 아냐!"

텐두는 등롱을 다 닦은 다음 오수를 한 통 한 통 들고 밖에 내다 버렸다. 얼음호수에는 이미 샤오다웨이의 모습이 보이지 않았다. 녀석이 팽이를 찾았는지는 알 수 없었다. 이미 밤이 깊어 어둠 덕분에 목숨이 간당간당한 별빛들이 희미하게 모습을 드러냈다. 미세한 빛줄기가 세상을 떠나는 사람이 임종 직전에 남긴 가느다란 숨결 같았다. 하늘을 잠시 바라본 텐두는 다시 바라보고 싶지 않았다. 별들이 강대한 어둠에 속아 늦가을 매미처럼 아무 소리도 내지 못하고 있는 것 같았기 때문이다. 처량한 느낌과 끝도 없는 추위가 그를 재촉해 얼른 집 안으로 들어가게 했다.

아빠는 아직 돌아오지 않았고 엄마의 얼굴에는 초조한 기색이 역력했다. 엄마가 목욕할 차례가 되어 텐두는 엄마를 위해 목욕통을 깨끗이 닦은 다음, 더운물을 채워넣기 시작했다. 엄마는 말없이 목욕통 위로 피어오르는 열기를 바라보고 있었다. 막막하고 무기력한 심정으로 갑자기 물속에서 인어가 튀어나오기를 기다리고 있는 것 같았다. 텐두가 그런 엄마를 일깨워주었다.

"엄마, 물 준비 다 됐어요!"

엄마는 응 하고 짧게 대답하고는 긴 한숨을 내쉬며 말했다.

"너희 아빠는 왜 아직 돌아오지 않는 거지? 네가 뱀 과부 집에 한번 가보는 게 어떻겠니?"

텐두는 일부러 애매한 어투로 말했다.

"안 갈래요. 아빠는 어른인 데다 길을 잃을 리도 없잖아요. 저는 물을 더 데워야 한단 말이에요. 차라리 엄마가 가세요."

"안 가는 게 좋겠다. 뱀 과부가 뭐 그리 대단할 것도 없잖아."

엄마는 이렇게 말하고 나서 갑자기 자신감을 회복한 듯한 모습을 보이며 목소리를 높여 말했다.

"맨 처음 너희 아빠랑 알게 됐을 때, 어떤 선생 한 명이 날 쫓아다녔어. 하지만 그의 마음을 받아주지 않았지. 나는 오로지 너희 아빠만 바라봤거든. 네 아빠는 겨우 미장공에 지나지 않았는데도 말이야."

"누가 엄마더러 그 선생님을 따라가지 말라고 하기라도 했나요?"

텐두가 엄마의 아픈 곳을 찔렀다.

"그 선생님이랑 잘됐으면 저는 집에서 공부해도 됐을 것 아니에요."

"내가 그 선생님을 따라갔다면 너는 이 세상에 나오지도 못했을 거야!"

엄마는 결국 참지 못하고 웃음을 터뜨렸다.

"목욕부터 해야겠다. 더 지체하다가는 물이 식어버릴 테니까 말이야."

텐원은 자기 방에서 상쾌한 기분으로 새 옷을 만지작거리고 있었다. 텐두는 텐윈이 부르는 노랫소리를 들을 수 있었다.

"새끼 강아지가 내민 작은 혀가 내 손에 든 그림책에 닿았네. 그림책에는 새끼 강아지가 그려져 있었네. 강아지는 햇볕 아래 엎드려 자고 있었네."

텐윈은 직접 동요 짓는 것을 좋아했다. 신이 날 때면 가사의 내용이 따뜻했고 화가 날 때면 화약 냄새로 가득 차 있었다. 언젠가 한번은 닭털 총채로 꽃병 위의 먼지를 털다가 깨뜨린 적이 있었다. 엄마가 야단을 치자 화가 난 텐윈은 자기 방으로 돌아가 동요를 지었다.

"닭털 총채는 늙은 늑대이고 꽃병은 어린 양이네. 사흘 동안 아무것도 먹지 못해 배가 고픈 내가 어찌 이를 그냥 놔둘 수 있을까!"

새끼 양인 꽃병은 누군가 잡아먹을 텐데 어찌 스스로 도망치지 않겠냐는 뜻이었다. 식구 모두 이 동요 가사를 듣고는 웃음을 터뜨리면서 꽃병 하나 때문에 텐윈을 억울하게 해서는 안 된다고 생각했다. 그리하여 가사를 고쳐 불렀다.

"그 꽃병은 깨뜨려버려야 했네. 너무 구석이라 아무도 쳐다보는 사람이 없었으니까!"

그제야 텐윈은 울음을 그치고 웃었다.

텐두는 또 솥에 물을 가득 채웠다. 그가 장작을 더 때자 황금빛 불꽃이 민들레처럼 아궁이 속을 날아다녔다. 그는 굵은 소나무 장작을 두 덩이 더 집어넣었다. 이때 할머니가 뭔가 주저하는 듯한 모습으로 방에서 나왔다. 젖었던 할머니의 머리는 이미 다 말랐지만, 말려올리지 않고 여전히 어깨 위로 늘어져 있었다. 아주 보기 흉한 모습이었다. 할머니는 몸이 부은 데다 아래 눈두덩이가 헐렁헐렁하게 처져 있어 평소에는 청포도 두 알 같던 것이 오늘은 새빨간 등롱화橙籠花 같았다. 검버섯이 오래된 낙엽처럼 얼굴 위를 기어다니고 있었다. 톈두는 할머니에게 검고 숱이 많은 머리라야 늘어뜨리는 것이 어울린다고, 백발이고 숱도 적고 길이가 일정치 않은 머리칼을 늘어뜨리고 다니면 사람들에게 바보 같다는 인상을 준다고 말해주고 싶었다. 하지만 할머니의 마음을 상하게 하고 싶지도 않았다. 그래서 얼른 고개를 숙이고 물 데우는 일에 전념했다.

"톈두야!"

할머니가 서글픈 어투로 말했다.

"너는 이 할미가 그렇게도 싫은 게냐? 내가 목욕한 물을 다 내다 버리더니 지금 내가 네 앞에 서 있는데도 눈길 한번 주지 않는구나!"

톈두는 대답도 하지 않고 고개를 들지도 않았다.

"너는 이 할미가 올해 설을 쇠지 못하기를 바라는가보구나?"

할머니의 목소리는 점점 더 구슬퍼졌다.

"아니에요."

톈두가 말했다.

"저는 그저 남이 사용한 물 말고 깨끗한 물로 목욕을 하고 싶은 것뿐이에요. 저는 톈원이 목욕한 물도 쓰지 않았단 말이에요."

톈두가 고개를 푹 숙인 채 말을 이었다.

"톈원이 목욕한 물은 등롱을 닦는 데 썼잖아!"

할머니는 어린애처럼 따져댔다.

"조금 있다가 엄마가 목욕하고 난 물도 저는 쓰지 않을 거예요."

텐두가 목에 힘을 주어 말했다.

"그럼 네 아빠가 목욕한 물은?"

할머니는 집요하게 물어댔다.

"안 쓸 거예요!"

텐두가 단호하게 잘라 말했다.

할머니는 그제야 다소 부드러워진 얼굴로 말했다.

"텐두야, 사람은 누구나 때가 되면 늙는 법이야. 지금은 네가 어린아이라 살결이 곱고 부드럽지만 언젠가는 이 할미처럼 피부와 살이 흐늘흐늘해질 게다. 안 그렇겠니?"

텐두는 할머니가 빨리 자기 곁을 떠나게 할 요량으로 고개를 들어 할머니를 힐끗 쳐다보면서 속 시원하게 대답했다.

"그래요!"

"내가 너만 했을 때는 너보다 더 싱싱하고 생기가 넘쳤어. 초봄에 가장 먼저 땅 위로 삐져나오는 연한 물과 같았지!"

"알았어요. 믿어드릴게요! 제가 나이 들어 늙으면 몸이 할머니만도 못할 거예요. 머리가 거의 땅에 닿을 정도로 허리가 굽어버리겠지요. 얼굴 가득 우둘투둘 나두창癩頭瘡도 나지 않을까요?"

할머니는 처음에는 가볍게 웃더니 나중에는 손자가 자신의 먼 미래를 너무 어둡게 내다보고 있다는 걸 의식했는지 표정을 바꾸며 말했다.

"나두창은 개한테나 나는 거야. 어떻게 사람 얼굴에 나두창이 나겠니? 난다고 해도 양심이 없는 사람들에게나 날 거야. 사람은 언젠가는 늙는다는 것만 알고 있으면 돼. 함부로 자신을 저주할 것까지는 없단다."

텐두가 말했다.

"알았어요, 할머니!"

할머니는 또 등롱을 깨끗이 닦았는지, 황두를 물에 잘 불려놓았는지 이것저것 꼬치꼬치 물어댔다. 그러고는 손으로 물 항아리 덮개를 만져보시더니 그 위의 기름때가 아직 그대로 남아 있는 것을 보고는 식구들이 일은 하기 싫어하면서 먹는 것만 밝히니 어떻게 설 분위기가 나겠냐고 질책하셨다. 이어서 할머니는 당신이 젊었을 때의 생활에 대한 얘기를 장황하게 늘어놓았다. 요컨대 당신은 아주 깔끔하면서도 부유하고 품위 있는 생활을 했다는 것이다. 결국 입이 말랐는지 할머니는 한숨을 내쉬면서 방으로 돌아가셨다. 텐두는 할머니가 방 안에서 계속 기침하는 소리를 들으면서 곧 주무실 거라고 생각했다. 할머니는 매일 밤 주무시기 전에 폐를 청소하시느라 철저하게 기침을 하셨다. 그리고 나서야 편히 주무셨다. 정말로 얼마 지나지 않아 기침 소리가 멎더니 할머니 방의 등도 꺼졌다.

텐두는 그제야 긴 안도의 한숨을 내쉬었다.

엄마는 해마다 목욕을 아주 오래 했다. 거의 한 시간이나 했다. 말은 철저하게 몸을 불려야 몸에 붙은 때를 말끔히 씻어낼 수 있다는 것이었다. 하지만 올해는 30분 정도만 씻고 나왔다. 엄마가 텐두를 보더니 다급한 어투로 물었다.

"너희 아빠는 아직 안 돌아오셨니?"

"네."

"간 지 이렇게 오래됐는데 왜 안 오시지? 이 정도 시간이면 목욕통 열 개도 더 고쳤겠다."

엄마가 근심 가득한 어투로 말했다.

엄마가 목욕한 오수를 내다 버리려고 톈두가 물통을 들고 들어가려 하자 엄마가 말했다.

"아빠가 아직 안 돌아오신 데다 올해는 엄마가 목욕을 아주 짧게 했으니 엄마가 쓴 물로 좀 씻지 그러니."

톈두가 단호하게 말했다.

"싫어요!"

엄마는 다소 뜻밖이라는 듯이 톈두를 쳐다봤다. 그러고는 말을 이었다.

"그럼 내가 그 물로 옷을 좀 빨아야겠다. 이렇게 좋은 물을 그냥 버리면 너무 아깝잖니."

엄마는 더러워진 옷 두 벌을 가져다 빨기 시작했다. 톈두는 엄마가 옷을 빨래판 위에 놓고 격렬하게 문지르는 소리를 듣고 있었다. 몹시 굶주린 돼지가 게걸스럽게 먹이를 먹는 소리 같았다. 톈두는 아빠가 어서 때맞춰 집에 돌아오지 않으면 옷 두 벌이 너무 문질러져 찢어지고 말 것 같다는 생각이 들었다.

하지만 이 옷 두 벌이 젊은 나이에 생을 마감하는 일은 일어나지 않았다. 빨래하는 소리가 조금씩 처량해질 때쯤 아빠가 추위를 뚫고 문을 밀며 들어왔기 때문이다. 몹시 당황하여 허둥대는 듯한 표정에 얼굴에는 검은 재가 잔뜩 묻어 있어 경극京劇에 등장하는 남자 주인공의 검보臉譜* 같았다.

---

* 경극을 비롯한 중국의 전통 지방희에서 배역에 맞게 정해져 있는 등장인물들의

"이제 내 차례가 됐겠지?"

아빠가 톈두에게 물었다.

톈두는 네 하고 짧게 대답했다. 이때 엄마가 손에 비누 거품이 가득한 채 문을 열고 밖으로 나왔다. 아빠를 본 엄마가 눈꼬리를 치켜올리면서 말했다.

"에구, 이렇게 오래 목욕통을 고치더니 얼굴이 온통 재투성이네요. 그래서 새는 구멍은 막아주고 온 거예요?"

"다 막았지."

아빠는 말문이 막힌 듯 간단히 대답했다.

"잘 막았어요?"

엄마의 어금니 사이에서 힘들게 또 한마디가 튀어나왔다.

"응."

아빠가 넋이 나간 듯한 표정으로 대답했다.

엄마가 흥 하고 콧방귀를 뀌자 아빠는 얼굴이 빨개지면서 대답을 반복했다.

"새는 부분을 다 막아주고 왔어."

"그 여자가 상으로 얼굴 닦을 물도 주지 않던가요?"

엄마는 여전히 아빠를 놀리는 어투로 냉탕과 온탕을 번갈아가면서 말을 이었다. 아빠가 손으로 얼굴을 문지르자 뜻밖에도 손에 묻은 검은 재가 얼굴보다 더 많았다. 손으로 문지른 얼굴은 더더욱 꼴이 말이 아니었다. 아빠가 몹시 억울하다는 듯이 말했다.

"나는 그저 일을 도와줬을 뿐이야. 그 여자한테서 물 한 모금도

---

얼굴 분장을 말한다.

얻어 마시지 않고 담배 한 개비 얻어 피우지 않았다고. 얼굴도 그
여자 집에서 씻지 않고 왔잖아."

"어머나, 꽤나 집안 걱정을 했나보군요. 그럼 얼굴의 검은 재는
어떻게 된 거예요? 그 여자네 아궁이까지 청소해줬나보군요?"

아빠는 잘못을 저지른 아이처럼 여전히 한자리에 서서 안절부절
못하고 있었다. 대단히 공손한 태도가 마치 아내를 대하는 것이 아
니라 어른을 대하는 것 같았다. 아빠가 말했다.

"그 여자 집에 들어가자마자 연기 때문에 눈물이 나더라고. 그
여자가 너무 불쌍했어. 3년 동안이나 화장을 사용하지 못했다고 하
더라고. 매일 불을 때야 하는데 재가 전부 연통 안에 남아 있다고
생각해봐. 화로에 불을 땠다 하면 재가 연기에 섞여 새어나올 텐데
누가 그걸 견딜 수 있겠어? 어쩐지 그 여자 눈두덩이 매일 시커멓
더라고. 그래서 목욕통을 수리해주고 나서 과부가 그런 상태로 설
을 쇤다는 것이 너무 불쌍해서 화장을 좀 파주고 왔어."

"화장이 뜨거운데도 파냈단 말이에요?"

엄마가 믿지 못하겠다는 어투로 물었다.

"그래서 벽돌 세 개만 들어내고 재를 약간 파냈는데도 연기가 잘
빠지더라고. 우선 그 여자가 설을 쇨 수 있게 해준 다음, 나중에 봄
이 오면 바닥까지 다 파내주기로 했어."

아빠는 멍청하게도 모든 걸 사실대로 고해버렸다.

"그 여자는 정말 복도 많네요. 돈 한 푼 들이지 않고 충실한 일꾼
을 불러다 마음껏 부렸으니 말이에요."

엄마가 짐짓 웃는 얼굴을 하며 말했다. 말을 마친 엄마는 텐두를
불러 물을 내다 버리게 했다. 빨래가 끝난 것이다. 텐두는 오수 통

40

을 들고 여전히 정신 못 차린 채 어리둥절한 표정으로 서 있는 아빠 옆을 에돌아 밖으로 버리러 갔다. 그가 물을 버리고 돌아왔을 때는 아빠가 이미 얼굴의 검은 재를 다 닦은 뒤였다. 세숫대야 안의 물은 오징어가 먹물을 다 쏟아낸 것처럼 완전히 검은색에 가까웠다. 엄마가 그 물을 보고는 한마디 던졌다.

"이 물은 톈두에게 학교에 가지고 가서 잉크로 쓰라고 해야겠네요."

아빠가 말했다.

"이것 봐, 말 좀 그렇게 하지 않으면 안 되겠어? 나는 그냥 그 여자를 조금 도와줬을 뿐이라고."

"난 그 여자를 도와주면 안 된다고 말한 적 없어요."

엄마는 질투심이 폭발한 게 분명했다.

"당신이 그 여자 집에 가서 산다 해도 난 아무 불만 없어요."

아빠는 더 이상 입을 열지 않았다. 무슨 말을 해도 사태 해결에 도움이 되지 않는다는 걸 알았기 때문이다. 톈두는 황급히 아빠를 위해 목욕물을 준비했다. 톈두는 아빠가 일단 목욕통 안에 들어가면 엄마의 소란도 잦아들 것이고 아빠의 어색한 입장도 해소될 것이라고 생각했다. 이윽고 뜨거운 물과 깨끗하고 상쾌한 목욕물이 톈두의 방에 준비되었다. 엄마는 빨 옷 두 벌을 들고 밖으로 나왔다. 아빠는 문을 닫으면서 엄마에게 물었다.

"조금 있다가 등 좀 밀어주면 안 돼?"

"알아서 재주껏 밀어봐요."

엄마의 노기는 여전히 하늘을 찌를 것 같았다.

톈두는 자기도 모르게 속으로 웃음을 터뜨렸다. 아빠가 정말 불쌍하다는 생각이 들었다. 뱀 과부를 도와 약간의 일을 해줬을 뿐인데 집에 돌아와 눈을 내리깔고 엄마에게 순복하는 태도를 보여야 하는 아빠가 무척이나 애처로웠다. 옛날에는 아빠가 목욕할 때면 15분쯤 뒤에 엄마가 따라 들어가 등을 밀어주곤 했는데 보아하니 올해는 이런 호사가 아빠에게서 한여름처럼 아주 멀어진 듯했다.

텐두는 솥 안에 다시 물을 가득 채웠다. 그런 다음 신나게 아궁이에 장작을 더 집어넣었다. 이때 엄마가 다가와 물었다.

"물은 뭐 하러 데우는 거니?"

"제가 쓰려고요."

"네 아빠가 목욕한 물은 안 쓸 거야?"

"저는 깨끗한 물로 목욕할 거예요."

텐두가 입에 힘을 주어 말했다.

엄마는 더 이상 아무 말도 하지 않고 텐원의 방으로 들어갔다. 텐두는 텐원의 목소리를 듣지 못했다. 예전에는 엄마가 그 애 방에 들어가면 한여름 물가의 청개구리처럼 쉬지 않고 재잘대곤 했다. 갑자기 텐원 방의 전등이 꺼졌다. 텐두가 의아해하는 사이에 엄마가 나와서 말했다.

"텐원 이 녀석 정말, 손에 비단 머리띠를 쥐고 잠이 들어버렸네. 이불은 다리까지만 덮고 말이야. 배꼽이 다 드러나더라고. 밤에 추워서 설사라도 하면 어쩌려고 그러는지! 전등 끄는 것까지 잊고. 설 분위기가 녀석 때문에 싹 가셔버렸어. 흥이 가셔버렸다고."

텐두가 빙긋이 웃었다. 그는 장작을 더 넣어 아궁이 안에서 황금빛 불꽃이 휘황찬란하게 춤추게 했다. 그가 보기에 아궁이는 영원히 대낮인 밤하늘이었다. 그리고 불꽃은 하늘 가득한 별들이었다.

이런 하늘이 사람들에게 주는 것은 영원히 따듯한 느낌이었다.

솥 안의 물이 열정적으로 끓어넘치면서 노래하기 시작했다. 장작도 요란한 소리를 내며 탔다. 엄마는 아빠와 함께 쓰는 방으로 돌아갔다. 엄마는 전날 빨아서 말려놓은 옷을 개키고 있었다. 하지만 심기가 불편한 기색이 역력했다. 몇 분에 한 번씩 문밖으로 고개를 내밀고는 텐두에게 물었다.

"무슨 소리 안 나니?"

"아무 소리도 안 나는데요."

텐두가 말했다.

"내 귀엔 무슨 소리가 들렸단 말이야. 네 아빠가 날 부르는 것 아니니?"

"아니에요."

텐두가 사실대로 말했다.

엄마는 다소 실망스러운 듯한 표정으로 고개를 거둬들였다. 하지만 얼마 지나지 않아 또다시 고개를 내밀고 물었다.

"이게 무슨 소리지?"

게다가 손에는 방금 고개를 내밀었을 때 들고 있던 개킨 옷이 그대로 들려 있었다.

텐두는 엄마의 속마음을 모르지 않았다.

"아빠가 엄마를 찾는 것 같아요."

"아빠가 날 찾는다고?"

엄마의 눈빛이 밝아지더니 이내 고개를 가로저으면서 말했다.

"아무래도 내가 한번 가봐야겠다."

"아빠 혼자서는 등을 밀 수 없잖아요."

텐두는 엄마가 등을 떠밀어주기를 기다린다는 사실을 모르지 않았다.

"저러다가는 새 조끼가 금세 더러워질 거야. 정말 전생에 원수였던 게 분명해!"

엄마가 혼잣말로 중얼거렸다. 그러고는 달콤한 한숨을 내쉬며 '욕실'로 들어갔다. 텐두는 먼저 엄마가 툴툴대며 불평을 늘어놓는 소리를 들었다. 이어서 차가웠다가 다시 약간 따스해진 비난이 이어지다가 결국 낮고 부드러운 소리로 바뀌었다. 나중에는 부드러운 소리마저 사라지고 청아하게 물을 뿌리는 소리만 들려왔다. 대단히 듣기 좋은 소리였다. 텐두는 마음속으로 약간 간지러운 느낌이 들었다. 그는 나무판자를 가져다 엉덩이를 깔고 앉아 머리를 감싸쥐고 졸기 시작했다. 그가 막 꿈길로 들어서고 있을 때 솥 안의 깨끗한 물이 요란한 소리를 내며 노래하기 시작했다. 그의 머릿속에 분홍빛 구름과 무지개가 피어올랐다. 텐두는 자기도 모르는 사이에 잠이 들었다. 그는 꿈속에서 금빛 찬란한 용을 한 마리 봤다. 용은 은하 물가에서 목욕을 하고 있었다. 이 용은 장난기가 심해 자꾸 꼬리로 은하의 물을 차는 바람에 찬란한 불꽃이 뛰었다. 곧이어 이 거대한 용의 꼬리가 텐두의 머리를 후려쳤다. 머리가 아파 눈을 떠보니 부뚜막에 머리를 부딪힌 것이었다. 솥 안에 든 물은 이미 펄펄 끓고 있고 아궁이 위로 수증기가 잔뜩 피어오르고 있었다. 엄마 아빠는 아직 밖으로 나오지 않았다. 등을 미는 데 시간이 왜 이렇게 오래 걸리는 건지 알 수 없었다. 그가 재촉하러 가려는 순간 갑자기 아주 가는 물줄기가 소리 없이 흘러나와 뱀 모양을 이루며 흘러오는 것이 보였다. 물줄기를 따라가보니 발원지는 '욕실'

이었다. 아울러 아주 부드럽게 속삭이는 소리가 새어나왔다. 엄마아빠가 목욕통에 함께 들어가 있는 것이 분명했다. 그래서 물이 넘쳐 밖으로 흘러나온 것이었다. 물은 여전히 문 틈새로 졸졸 흘러나왔다. 톈두의 귀에 물이 목욕통 밖으로 넘치는 소리가 들렸다. 동시에 쇠로 된 목욕통에 물이 부딪히는 소리와 목욕통이 조금씩 흔들리는 소리도 들렸다. 얼굴이 빨개진 톈두는 후다닥 손저고리를 챙겨 입고 문밖으로 나와 하늘을 바라봤다.

밤이 아주 깊었다. 머리 위의 별들은 그에게서 갈수록 더 멀어지는 것 같았다. 톈두는 차가운 공기를 여러 번 크게 들이마셨다. 체내에 끊임없이 열기가 솟아올라 자신을 태워버리지 않을까 두려웠다. 그는 흥얼흥얼 노래를 부르고 싶었지만 기억나는 노래가 한 곡도 없었다. 그에게는 톈원처럼 언제든지 노래를 지어낼 수 있는 천부적 재능도 없었다. 톈두는 어떤 노래의 선율만 흥얼거리면서 마당 안을 맴돌았다. 적막한 밤 때문인지 선율은 몹시 감동적이었다. 천뢰天籟의 음향이 자신을 둘러싸고 있는 것 같았다. 갑자기 자신에게 감동한 톈두는 자기 목소리가 이처럼 아름답다는 것을 처음 체감하게 되었다. 눈물이 날 것만 같았다. 이때 삐걱 하고 문 열리는 소리가 들리더니 엄마의 목소리가 들렸다.

"톈두야. 너도 어서 씻어야지!"

즐거움에 푹 젖은 목소리였다. 톈두는 엄마 아빠의 얼굴이 붉고 촉촉해진 것을 발견했다. 두 사람의 눈빛은 행복하면서도 왠지 좀 부끄러워하는 것 같았다. 고양이가 방금 맛있는 것을 훔쳐 먹고 나서 주인에게 약간 부끄러워하는 모습을 보이는 것과 같았다. 엄마 아빠는 감히 톈두를 쳐다보지 못했다. 그저 톈두를 도와 더러운 물을 내다 버린 다음 목욕통을 깨끗이 닦고 깨끗한 물을 한 바가지씩 목욕통에 다시 부어줄 뿐이었다.

텐두는 방문을 꼭 닫아걸고 옷을 다 벗은 다음 등불을 꺼버렸다. 그는 발소리를 죽여 살금살금 창가로 다가가 조용히 커튼을 당겨 열었다. 그런 다음 몸을 돌려 천천히 목욕통 안으로 들어갔다. 그는 먼저 두 발을 물에 집어넣었다. 뜨거운 물에 몸이 부르르 떨렸지만 재빨리 적응했다. 이어서 그는 천천히 다리를 구부리고 앉아 깨끗한 물이 자기 가슴과 배 사이로 부드럽게 미끄러지는 따스한 느낌을 즐겼다. 텐두는 머리를 목욕통 위에 얹어놓고 있어 창밖의 깊은 어둠을 바라볼 수 있었고, 밤의 어둠 속에서 오래 꺼지지 않는 별들을 바라볼 수 있었다. 그는 그 별들이 이미 망망한 어둠을 가로질러 자기 방 창문 안으로 들어와 목욕통 속으로 떨어지는 듯한 느낌을 받았다. 교과서에서 배웠던 연노란 쥐엄나무 꽃처럼 맑은 향기를 내뿜으면서 한 해의 풍진을 다 씻어버리려는 것 같았다. 텐두는 이 깨끗한 물이 더없이 좋았다. 전에는 이처럼 시원하고 편안한 느낌을 한 번도 누려보지 못한 터였다. 그는 더 이상 곧 다가올 설이 싫지 않았다. 그는 섣달그믐날 저녁에는 반드시 새 옷을 입고 직접 그 붉은 등롱에 불을 붙여야겠다고 생각했다. 그리고 샤오다웨이를 다시 만나면 이렇게 말해줄 작정이었다.

"나 텐두는 말이야, 완전히 깨끗한 물로 목욕을 했어. 게다가 특별히 별빛이 쥐엄나무 꽃으로 변해 내가 목욕하는 목욕통 안으로 쏟아져 내렸다고!"

46

해빙

얼음과 눈이 녹아 사라질 때쯤, 샤오야오링小腰嶺 사람들에게는 마구 넘어지는 계절이 다가왔다.

마을 길은 얼음이 녹으면서 진흙탕으로 변하고 다리를 움직이기 불편한 노인들과 봄의 햇살 속에서 신나게 놀아야 하는 아이들은 종종 길을 걷다가 진흙탕의 음모에 주르륵 미끄러져 넘어지곤 했다. 아이들은 넘어져도 그다지 억울해하지 않았다. 아이들은 기분이 좋을 때면 뛰고 달리고 하다가 길바닥이 진흙탕인 것을 잊곤 했다. 하지만 노인들은 아주 조심스럽게 걸음을 옮겼다. 노인들은 미끄러져 땅바닥에 넘어지는 순간 울고 싶은 심정이 됐다. 중년에 들어선 사람들도 진흙탕의 음모를 피하지 못했다. 이를테면 술주정뱅이들이다. 그들이 비틀거리다가 진흙탕에 고꾸라질 때면 종종 술 이야기가 이어졌다. 여인의 부드러운 꽃무늬 이불 속에 들어가서 포근한 시간을 누리고 왔다고 자랑하는 사람도 있고 하늘의 이

치를 어지럽히는 짓은 하나도 하지 않았는데 무슨 이유로 저승의
문턱까지 가게 된 거냐고 항변하는 사람도 있었다. 미끌미끌한 진
흙을 누런 된장으로 여기면서 엉뚱한 소리를 하는 사람도 있었다.

"이봐, 여기 대파 좀 가져와봐. 찍어 먹게!"

샤오야오링의 여인들은 진흙탕을 죽도록 싫어했다. 일단 따스한
햇볕이 지붕 위에 쌓인 눈을 녹이고, 눈이 물로 변해 처마 끝에서
똑똑— 소리를 내면서 떨어지기 시작하면 여인들은 노인들에게
집 밖에 나가지 못하도록 일렀고 남편들에게는 술을 마시지 못하
게 했다. 더 못마땅한 것은 아이들이 밖에 나가 노는 것이었다. 이
렇게 하지 않으면 그녀들은 매일 대야 가득 빨래를 하면서 힘을 다
소진해야 했고 비누를 적잖이 낭비해야 했기 때문이다. 하지만 진
흙이 어떻게 사람들의 일상적인 외출을 막을 수 있겠는가? 넘어져
야 할 노인들은 넘어졌고 아이들은 학교를 파하고 집으로 돌아오
는 길에 평소와 다름없이 치고받고 장난을 쳤다. 남자들이 한데 모
여 가위바위보로 벌주를 먹이면서 노는 것도 막을 수 없었다. 길을
가다보면 뒤로 넘어져 온몸이 진흙 범벅이 된 사람을 쉽게 만날 수
있었다. 여자들은 식구들에게 제일 낡은 옷과 신발을 챙겨주는 수
밖에 달리 방법이 없었다. 이즈음에 외지 사람들이 샤오야오링을
찾아오면 마을 사람들의 옷차림이 전부 남루한 것을 보고 놀란 어
투로 말하곤 했다.

"이 마을 사람들은 다들 찢어지게 가난한가보네!"

진흙탕 속에서도 아주 깔끔하고 멋지게 차려입은 사람이 있었
다. 다름 아닌 샤오야오링의 초등학교 교장인 쑤저광蘇澤廣이었다.
그는 출근할 때면 중산복 차림에 가죽구두를 신었다. 두 배로 조심

하긴 했지만 집으로 돌아올 때면 바짓단에 축축한 진흙이 달라붙어 있었고 구두의 양쪽 볼에도 아이섀도처럼 둥그렇게 진흙이 붙어 있었다. 그의 아내 리쑤산黎素扇은 그냥 넘어가지 않고 몇 마디 불평을 늘어놓았다.

"다른 사람들을 좀 보라고요. 누가 당신처럼 그렇게 잔뜩 차려입고 다니면서 웃음거리가 되는지 좀 보란 말이에요!"

쑤저광이 말했다.

"아주 오래 중산복을 입지 못하다가 어렵사리 입을 수 있는 날이 온 거요. 옷을 계속 궤짝 바닥에 처박아놓는 것은 아무래도 아까운 일 아니겠소!"

공선대工宣隊*가 학교에 진주하던 그날, 칭평靑峰 임업국 기계수리 공장의 손에 굳은살이 잔뜩 박인 단조공 한 명이 쑤저광을 대신해서 교장이 되었다. 쑤저광은 축목장으로 하방下放**되어 돼지를 키우게 되었다. 쑤 교장은 돼지를 키우던 그 몇 해 동안 겨울이건 여름이건 상관없이 항상 군청색의 거친 천으로 만든 작업복만 입었다. 그는 늘 돼지들에게 둘러싸이다보니 바지통에 돼지 먹이가 말라붙어 있었다. 단 한 켤레밖에 없는 천 신발은 한쪽에 치워두어야 했다. 그는 여름에는 운동화를 신고 겨울에는 튼튼한 작업화를 신었다. 돼지들에게 건초를 깔아주다가 돼지우리 문이 얼어 있는 것을 발견하면 다리를 들어올려 두세 번 작업화로 걷어차 열었다. 복

---

* 문화대혁명 시기에 무장투쟁의 잡다한 난제들을 수습하기 위해 조직했던 노동자 선전대의 공식 명칭.

** 문화대혁명 시기에 숙청 대상인 정부 고위 관리나 지식인들의 사상 개조를 위해 공장이나 농촌, 광산 등지로 내려보내던 일.

권되어 원래의 직위로 돌아온 쑤저광이 가장 먼저 한 일은 공소사供銷社*에 가서 구두약을 하나 사다가 구두를 윤이 나도록 문질러 닦은 것이었다. 그런 다음 중산복을 꺼내놓고는 아내에게 정성껏 다림질해 옷장 안, 눈에 가장 잘 띄는 자리에 걸어두게 했다. 샤오야오링 주민들 중에는 그가 중산복을 입은 모습을 보고 부러워하는 사람도 있고 콧방귀를 뀌면서 욕하는 사람도 있었다.

"취로구臭老九**가 또 거들먹거리기 시작했네!"

쑤 교장이 돼지를 먹이던 시절에는 매년 초봄이면 눈 녹은 진흙탕에 넘어지는 일을 피할 수 없었다. 두세 차례 오지게 넘어져 말뚝망둥어 꼴이 된 적도 있었다. 그럴 때면 혼이 나가고 다리가 후들거렸다. 하지만 최근 두 해 동안에는 힘이 넘치고 기운이 나서 아무리 축축하고 미끄러운 길에서도 좀처럼 넘어지는 일이 없었다. 그래서 리쑤산은 남편이 바짓단에 진흙을 잔뜩 묻혀와도 화를 내지 않고 스스로를 위로했다.

"에이, 옛날에 비하면 이건 아무것도 아니야. 얼마든지 뒤치다꺼리할 수 있어!"

쑤저광은 이날 퇴근하여 돌아오는 길에 넘어져 온몸이 진흙투성이가 되고 말았다. 완전히 넘어졌다. 몹시 화가 난 리쑤산이 시퍼렇게 질린 얼굴로 소리를 질렀다.

---

* 中华全国供销合作总社(All China Federation of Supply and Marketing Cooperatives, ACFSMC)의 약칭으로 말하자면 정부가 종합적으로 관리하는 상점이다.

** 문화대혁명 시기에 지식인들을 멸시하던 말. 극좌 사상에서는 지식인을 지주와 부농, 반혁명분자, 파괴분자, 우파분자, 국민당 간첩, 반역자, 주자파에 이어 아홉번째 불량 계급으로 규정해 이런 이름을 붙였다.

"내가 낡은 옷을 입고 나가라고 했잖아요. 왜 내 말을 듣지 않는 거예요! 이 군복 천으로 된 중산복을 빨고 다리려면 얼마나 힘든지 알아요?!"

"잘 알지."

쑤저광은 고개를 숙인 채 맥없이 대답했다.

"당신 힘들게 하지 않고 내가 직접 빨게."

마음이 약해진 리쑤산이 입을 삐죽거리며 말을 받았다.

"그냥 해본 소리예요. 내가 빨 거예요. 당신이 빨면 틀림없이 물에 몇 번 더 헹궈야 할 거예요. 깨끗하게 빨리지 않으면 두 번 일을 하게 된단 말이에요."

쑤저광이 안도의 한숨을 내쉬고는 옷을 벗으면서 말을 받았다.

"최대한 빨리 빨아서 말려야 할 것 같아. 싱린興林으로 회의를 하러 가야 하거든."

"무슨 회의인데 그래요? 싱린에 간다고요? 알았으니까 됐어요."

리쑤산이 말했다.

"우편배달부가 오후에 긴급 문건이라면서 전해주기에 열어보니 교육부에서 보낸 거더라고. 내일모레 칭핑에 가서 등록한 다음에 다시 싱린으로 가서 긴급 회의에 참가하라는 거야. 기밀 사항이니까 보안을 잘 지키고 절대 외부에 알리지 말라고 했어."

쑤저광이 말했다.

리쑤산이 어머머 — 소리를 지르더니 몸을 한 번 부르르 떨고 나서 말을 받았다.

"무슨 일이 생긴 거로군요?"

쑤저광이 시름 가득한 표정으로 말했다.

"아무래도 그런 것 같아. 다만 그게 내 개인의 일인지 아니면 국가의 일인지 모를 뿐이지. 이전에는 회의를 할 때면 내용이 뭔지, 기간은 얼마나 되는지 전부 분명하게 알려줬거든. 그런데 이번에는 의제도 말해주지 않고 며칠 동안 열리는지도 알려주지 않는군. 게다가 큰일이 아니라면 왜 회의를 싱린에서 열겠어? 내가 보기에는 아무래도 이번 출장에는 흉한 일이 많고 길한 일은 적을 것 같아."

"그럼 당신 혼자 가는 거예요?"

리쑤산이 이 한마디를 물을 때 분명 울음소리가 섞여 있었다.

"통지문에는 세 사람이라고 적혀 있었어."

쑤저광이 말했다.

"임업국 신입생보도실 주임인 천수뎬陳樹典이랑 제일중학교 왕중젠王中健 교장도 같이 가게 됐어."

"두 사람 다 칭펑 출신이고 기층 간부 출신은 당신밖에 없네요. 산 위아래 학교가 아주 많잖아요. 난거우南溝 학교도 있고 산허山河 학교, 왕장링望江嶺 학교도 있는데 왜 샤오야오링 학교 교장만 가는 거예요? 혹시 최근 두 해 동안 당신이 뭔가 잘못을 저지른 것은 아닐지 걱정이 앞서네요."

쑤저광이 말했다.

"나도 생각해봤는데 샤오야오링 학교에는 품덕이 불량한 선생이 하나도 없었어. 교칙을 위반한 학생도 없고 말이야. 교학 업무도 전부 정상적으로 이뤄졌어. 잘못된 부분은 전혀 없었다고."

"자기 권한을 넘어서는 일을 한 건 아니겠지요?"

리쑤산이 고통스러운 얼굴을 하며 물었다.

"작년 겨울에 종을 치는 라오왕老王이 독감에 걸렸을 때, 내가 그

대신 사흘 동안 종을 친 적이 있어. 그것도 월권이라면 월권인 셈이지."

말을 받으면서 쑤저광이 빙긋이 웃었다.

리쑤산이 말했다.

"이런 상황에서도 농담할 생각은 있군요! 당신한테 무슨 일이라도 생기면 애들이랑 나는 어떻게 살아가란 말이에요?"

이렇게 말하는 그녀의 눈에서 눈물방울이 뚝뚝 떨어져 내렸다.

"걱정하지 마. 만에 하나 생각지 못한 일이 생기더라도 당신과 아이들이 잘 살아갈 수 있도록 사전에 조치를 취해놓을 테니까."

쑤저광이 말했다.

리쑤산이 뭔가 말하려는 순간 쑤허투<sub>蘇合圖</sub>가 돌아왔다. 허투는 열다섯 살로 곧 중학교를 졸업할 예정이었다. 그의 외모는 아버지를 닮아 얼굴이 둥글고 눈은 크지만 코는 납작했다. 성격도 아버지를 닮아 말하는 걸 좋아하고 농담도 잘했다. 그는 오늘 새총으로 까마귀를 쫓다가 발이 미끄러져 진흙탕에 빠지고 말았다. 집에 오면 엄마한테 호되게 야단을 맞을까봐 걱정하고 있던 차에 아버지가 중산복을 벗어놓는 것을 보고는 아버지가 먼저 반면교사가 된 것에 적이 마음을 놓으면서 엄마에게 말했다.

"아빠 옷은 아주 깨끗하게 빨아야 해요. 제 옷은 해졌으니 아빠 옷을 빨고 남은 물로 대충 빨아도 돼요."

리쑤산이 눈에 눈물을 글썽이며 말했다.

"둘 다 웬수라니까!"

샤오야오링은 200가구가 조금 넘게 사는 작은 산촌으로 칭평임업국에 속해 있었다. 칭평임업국은 싱린시 산하의 현급<sub>縣級</sub> 소도시였다. 샤오야오링은 칭평에서 13킬로미터 정도 떨어져 있고 칭평은 싱린에서 300킬로미터 넘게 떨어져 있었다. 칭평에서 싱린까지는 기차로 여섯 시간이나 달려야 했다. 샤오야오링 사람들은 시집보낼 딸의 혼수를 장만하거나 설을 지낼 물건들을 살 때, 혹은 친척들을 만나야 할 때 칭평에 갔다. 반면에 싱린에 가는 것은 대부분 병 때문이었다. 칭평에서 치료하지 못하는 환자는 전부 그곳으로 가야 했다. 따라서 샤오야오링 사람들은 어느 집 식구가 싱린에 갔다는 얘기를 들으면 좋게 생각할 수가 없었다. 그곳이 마치 지옥의 도시라도 되는 것 같았다.

화가 난 리쑤산은 물을 한 솥 끓이면서 먼저 빨래를 하고 나서 저녁을 준비하려고 했다. 그녀가 빨래 대야를 가지러 나가려던 차에 쑤저광이 대야를 들고 들어왔다. 그는 먼저 물을 한 바가지 떠서 대야 바닥에 남아 있는 먼지를 말끔히 제거한 다음, 깨끗한 물을 대야에 담았다. 그가 대야에 물을 가득 담고 나서 손을 대야에 담가 아내를 대신해 물의 온도를 가늠하는 순간, 리쑤산의 눈두덩이 붉어졌다. 남편이 갑자기 자신에게 그토록 살뜰한 모습을 보이자 그녀는 문득 이 남편을 잃는다면 그 뒤의 세월에는 이렇다 할 따스함이 없을 것 같다는 생각이 들었다. 하늘이 점점 어두워지자 리쑤산은 더러워진 옷을 대야에 담갔다. 옷을 통째로 빨면 적잖은 물을 낭비하게 된다는 것을 잘 알고 있는 쑤저광은 재빨리 물통을 들고 마당으로 나갔다.

리쑤산은 수증기가 가득한 부엌에서 빨래를 시작하려다가 갑자기 딸 쑤차이린蘇彩鱗이 아직 집에 돌아오지 않았다는 걸 떠올리고는 뒤쪽 별채에 있는 아들을 향해 소리쳤다.

"허투야, 가서 네 동생 좀 찾아봐라. 학교 파한 게 언제인데 아직도 들어오지 않고 있으니 말이다."

"틀림없이 다른 애들 대신 당번을 서고 있을 거예요! 아니면 저나 아빠처럼 진흙탕에 넘어져서 감히 집에 들어올 생각을 못 하는 것인지도 모르지요. 정말 그렇다면 엄마, 엄마는 오늘 정말 재수가 없는 날이네요!"

쑤허투가 동정심 가득한 표정으로 말했다.

"쓸데없는 소리 그만하고 어서 나가서 찾아봐!"

리쑤산이 말했다.

쑤허투가 문을 나서자마자 여동생이 맞은편에서 걸어오는 모습이 눈에 들어왔다. 쑤차이린 본인은 진흙탕의 피해를 입지 않았지만 책가방이 피해를 입었다. 책가방이 완전히 진흙보따리가 되어 있었다. 차이린은 엄마를 보자마자 엉엉 울기 시작했다. 보아하니 자기 몸을 돌보느라 책가방을 돌보지 못한 듯했다. 범포로 된 책가방은 가장 빨기 어려웠다. 리쑤산이 탄식하듯 한숨을 내쉬는 순간, 허투가 큰 소리로 말했다.

"엄마, 우리 가족 모두 진흙탕을 뒤집어쓰는 변을 당했네요! 진흙탕은 우리의 적이에요. 진흙탕이든 우리든 둘 중 하나는 이 세상에서 없어져야 할 것 같아요!"

그는 두 팔을 활짝 벌리고 시를 낭송하듯이 엄마를 위로했다.

"아― 이 너절한 작은 봄이여― 빨리 지나가버려라― 아― 향기롭고 달콤한 큰 봄이여― 빨리 다가오라―!"

샤오야오링 사람들은 확실히 봄을 작은 봄과 큰 봄으로 구분했다. 작은 봄은 초봄으로 진흙탕과 탁한 물이 지배하는 시기였다.

이 시기에는 날이 약간 따스하긴 하지만 여전히 한기가 남아 있어 사람들에게 절반은 음陰이고 절반은 양陽인 느낌을 갖게 한다. 큰 봄이 되어야 진정으로 바람이 부드럽고 해가 아름다워졌다. 이때가 되면 길이 깨끗하게 말라 상쾌해지고 신록이 우거지기 시작했다. 꽃봉오리가 맺히면서 제비들도 돌아왔다. 남쪽 창문 아래로는 따스한 바람이 불었다. 이때가 되면 샤오야오링 사람들은 집에 들어가서 자는 것을 좋아하지 않았다. 별이 가득한 하늘이 몹시 아름답기 때문이었다.

샤오야오링의 작은 봄은 대개 매년 4월 중하순에 해당되고 큰 봄은 5월이 되어야 시작되었다. 사람들은 보통 작은 봄에 땅을 갈아엎고 비료를 나르고 농기구를 손질하기 시작했다. 그러다가 큰 봄이 오면 대대적으로 파종을 시작했다.

쑤 교장은 연달아 세 번이나 물을 져 날랐다. 그가 물을 져올 때마다 하늘도 조금씩 노쇠해갔다. 그가 물 항아리를 가득 채웠을 때 날은 이미 누런 가을처럼 늙어 있고 리쑤산은 빨래를 마친 상태였다. 부부는 촛불을 켜고 함께 저녁 식사를 준비했다. 허투가 앉은 의자의 받침대가 하나 부러졌지만 그는 목수를 부를 필요 없이 자신이 손수 고치겠다고 호언장담했다. 집 안팎을 들락거리면서 창고에서 톱과 도끼를 꺼내놓은 그는 서랍을 뒤져 못과 망치도 찾아냈다. 그러고는 신바람이 나서 작업에 몰두했다. 차이린은 뭘 했을까? 그 애는 교과서와 문구를 삼각 주머니에 담았다. 책가방이 다 마르기 전까지는 이 삼각 주머니를 들고 등교할 작정이었다. 책가방은 네 귀퉁이가 각이 져 있어 군자의 위풍을 드러냈지만 삼각 주머니는 왠지 칠칠치 못한 불량 학생 같은 느낌을 주었다. 차이린은 주머니 안에 책과 문구를 넣으면서도 주머니를 믿지 못하는 눈치였다. 과연 물건을 다 넣고 한번 들어보자 안에 들어 있던 교과서와 문구들이 마구 뒤섞였다. 교과서와 문구들은 한 무리의 무뢰한들처럼 이리저리 뒤엉켜 뒤집어져 있었다. 차이린은 입을 삐죽 내밀고 연필을 한 자루 꺼내 무릎 위에 놓더니 두 토막을 내버렸다. 아이는 화가 날 때면 물건들을 망가뜨리는 버릇이 있었다.

리쑤산은 항아리에서 염장한 고기를 한 덩이 꺼내 얇게 썰어 쟁반 위에 펼쳐놓은 다음 산초와 후추를 뿌려 찜통에 넣고 쪘다. 그런 다음 밀가루 반죽 한 덩이로 총화요우빙葱花油餅*을 구웠다.

쑤저광이 말했다.

"오늘은 음식이 아주 좋군. 술을 몇 잔 마셨으면 좋겠어."

리쑤산이 말했다.

"당신이 말하지 않아도 술을 주려고 했어요."

그녀는 남편을 힐끗 쳐다보고는 밀방망이를 꺼내면서 말했다.

"나도 몇 모금 마시고 싶어요."

쑤저광이 술을 배운 것은 돼지를 칠 때였다. 당시에는 할 일이 없어 몹시 무료했다. 그는 축목국畜牧局의 수의사들과 자주 모여 정신이 아득해질 때까지 술을 마시곤 했다.

한번은 그가 술에 취해 술통에 남은 두 근 정도의 백주를 먹이에 섞어 씨돼지에게 먹였다. 씨돼지는 술에 취해 몇 걸음밖에 안 되는 거리인데도 우리로 돌아가지 못하고 구유 옆에 쓰러져 잤다. 다음 날 이른 아침, 술이 깬 쑤저광은 돼지에게 먹이를 주러 갔다가 녀

---

* 밀가루 반죽에 잘게 썬 파를 섞어 기름을 두르고 구운 전병의 일종.

석이 쿨쿨 소리를 내면서 자고 있는 것을 발견하고는 나무 막대기로 녀석을 찔러댔다. 하지만 씨돼지는 쿵쿵 소리만 낼 뿐 몸을 일으키지 못했다. 쑤저광은 돼지우리 밖에 놓인 빈 술통을 보고서야 자신이 씨돼지를 술친구로 삼았다는 것을 깨달았다. 그때 이후로 이 씨돼지는 먹이를 제대로 먹지 않아 하루가 다르게 야위어갔다. 쑤저광은 이리저리 생각한 끝에 문제가 술에 있는 것인지 모른다고 생각하고는 슬그머니 돼지 먹이에 술을 약간 탄 다음 가까이 다가가 퍼봤다. 그랬더니 씨돼지가 술을 섞은 먹이에 강한 식욕을 보였다. 문제점을 확인한 쑤저광은 놀라움을 금치 못했다. 자신에게 술을 공급하는 것도 쉽지 않은데 씨돼지까지 가세한다면 가산을 탕진할 수밖에 없었다. 그때 이후로 그는 씨돼지에게 술을 먹일 수 없었다. 하지만 이 씨돼지는 먹이에서 술 냄새가 나지 않으면 두세 입 먹고는 그냥 우리로 돌아가버렸다. 이듬해 봄이 되자 씨돼지는 너무 야위어 뱃가죽이 헐렁헐렁했고 길을 걸을 때면 몸이 휘청거렸다. 교배가 불가능할 정도로 몸이 허약해졌다. 축목국 담당자는 녀석이 형편없이 망가진 것을 보고는 칭평 도축장에 팔아 사람들에게 식용으로 공급하게 했다.

술 귀신으로 전락한 쑤저광은 축목국의 씨돼지를 망가뜨렸을 뿐만 아니라 차이린에게도 해를 입혔다. 돼지에게 해를 입혔다는 것은 당시에 곧장 의식했지만 차이린에게 해를 입힌 사실은 몇 년이 지나서야 비로소 깨달았다.

"당신은 술만 먹었다 하면 짐승이 되더라고. 죽어라고 내게 덤비는 거야!"

이는 리쑤산이 그 몇 년 동안의 억울함을 토로할 때 개인적으로 쑤저광에 대한 불만을 늘어놓으며 하던 말이었다. 쑤차이린이 바로 그 시기에 태어났다. 그 애는 아직 강보에 싸여 있던 한두 살 때는 다른 아이들과 아무런 차이도 보이지 않았다. 옹알옹알 말을 배우고 쉽게 울거나 웃었다. 서너 살이 되자 먹을 것을 탐하고 잠을 많이 자기 시작했다. 쑤저광은 은근히 이를 걱정했다. 대여섯 살이 되면서 차이린의 지적 장애가 서서히 드러나기 시작했다. 수를 셀때 1부터 10까지 세고 나면 이내 멍한 표정을 지었고 영원히 11의 관문을 넘지 못했다. 리쑤산이 그 애에게 의자를 옮기거나 물을 따라달라고 시킬 때면 두 번 이상 말을 해야 알아들었다. 게다가 마음에 거슬리는 일이 생기면 그 애는 물건을 내던지거나 가위로 바짓단을 잘랐다. 거울을 깨뜨리기도 하고 그릇을 박살내거나 양초를 아궁이에 던져 태워버리기도 했다. 그제야 쑤저광은 자신이 술을 마시고 나서 사정한 결과 고통의 열매를 맺게 되었다는 것을 깨달았다. 그때 이후로 그는 술을 거의 마시지 않았다. 재작년에 과거의 잘못이 재평가되면서 기쁜 일이 생겼을 때도 술을 마시지 않고 입술에 대기만 했다. 그러면서도 아내와 딸에게 미안해했다.

차이린은 초등학교에 들어가 줄곧 유급한 탓에 지금도 1학년 애송이들 속에 섞여 있었다. 샤오야오링의 아이들은 그 애가 지적 능력이 떨어진다는 것을 알고는 자신의 당번 차례가 돌아오면 차이린이 청소를 아주 잘한다고 부추기면서 당번을 떠넘겼다. 차이린은 칭찬을 들으면 신이 나서 소매를 걷어붙이고 대신 당번을 서주었다. 그 애가 머리에 온통 잿빛 먼지를 뒤집어쓰고 집에 돌아온 것만 보면 다른 아이 대신 일을 하다 왔다는 것을 알 수 있었다.

쑤씨 일가가 식탁에 둘러앉아 식사를 하려 할 때쯤 달이 떴다.

허투는 염장고기와 총화요우빙을 보는 순간 "냄새 정말 좋네!"라고 한마디 하면서 거침없이 집어 먹기 시작했다. 오빠가 요우빙을 먹는 것을 보고는 차이린도 재빨리 하나 집어들었다. 두 아이가 다 투덧이 음식을 먹는 동안 쑤저광은 양초를 새것으로 갈았고 리쑤산은 술을 따랐다. 아이들이 곁에 있어 부부는 둘만의 얘기를 주고받기 쑥스러워 잔을 부딪치면서 의미심장한 눈빛으로 서로를 바라보기만 했다. 리쑤산의 그윽한 눈빛에는 슬픔과 원망이 가득 담겨 있었다. 쑤저광의 눈빛은 아주 부드럽기만 했다. 아쉬움은 전혀 없는 것 같았다.

두 사람은 잔을 비우고 한 잔씩 더 마셨다. 허투는 밥을 먹으면서 엉덩이로 의자를 흔들었다. 잘 고쳐놓은 의자의 원래 망가졌던 부분이 다시 흔들리더니 불안한 상태를 보였다. 그러더니 오래 버티지 못하고 뚜둑— 소리와 함께 고쳐놓은 받침대가 부러지고 말았다. 의자가 부러지면서 식탁 모서리에 머리를 찧자 허투는 화가 나서 펄쩍펄쩍 뛰었다. 그러고는 발로 의자를 걷어차면서 욕을 해댔다.

"이 망할 놈이 작은 봄에 고쳐줬는데 날 우습게 본다 이거지? 이 어르신이 내일 너를 완전히 부숴서 땔감으로 쓸 테니까 그런 줄 알아. 그러고 나서 다시 하나 만들면 되지 뭐!"

욕을 해대고 나서야 이마가 아픈 게 느껴졌는지 심하게 얼굴을 찡그리면서 손으로 멍든 부분을 어루만졌다.

"오늘 왜 이렇게 재수가 없는 거지? 화가 나서 임충林沖*이 될 것

---

* 소설 『수호전』에 등장하는 인물로 성격이 거칠고 얼굴이 표범처럼 생겼다 해서 표자두豹子頭라는 별명을 갖고 있다.

같네!"

리쑤산과 쑤저광이 옆에서 듣고 있다가 참지 못하고 웃음을 터뜨렸다.

차이린이 끼어들어 물었다.

"오빠, 임충이 샤오야오링 사람이야?"

허투가 입을 크게 벌리고 나무라듯 말했다.

"그 사람은 말이야, 800년 전에 샤오야오링을 지나갔지. 추운 걸 너무 싫어해서 이곳 양산梁山에 올랐다나!"

차이린은 양산이 어디에 있는지 몰랐고 800년 전이 어느 조대인지, 지금으로부터 얼마나 오래전인지도 알지 못했다. 차이린은 손가락을 꼽아가며 셈해봤지만 도무지 감을 잡을 수 없었다. 약간 실망한 아이는 허투가 자리를 뜨자 하품을 하면서 자기 방으로 돌아갔다.

아이들이 자리를 뜨자 부부는 마음에 담고 있던 얘기를 주고받기 시작했다.

리쑤산이 말했다.

"당신 생각에는 무슨 일이 일어날 것 같아요? 몰래 당신들 몇몇을 어디론가 하방시키려는 건 아니겠지요?"

"우리 세 사람 중 둘은 이제 막 복권돼 교육 관련 직위로 왔고 나머지 한 명은 이제 막 설치된 학생모집 부서 주임이야. 대학 입시에 어떤 문제가 생길 수 있을 것 같아?"

쑤저광이 의견을 구하듯이 물었다.

리쑤산은 생산대대에서 출납 업무를 맡았었다. 그녀는 중학교밖에 다니지 못했고 문화 수준이 높지 못하지만 머리는 아주 잘 돌아갔다. 그녀가 말했다.

"대학 입시가 회복되고 2년이 지났는데 또 폐지할 수 있겠어요? 폐지한다면 샤오야오링과 칭펑은 말할 것도 없고 중국 전역의 학교들이 어떻게 되겠어요? 왜 하필 당신네 세 사람만 찾는 거예요?"

쑤저광이 말했다.

"그러게 말이야. 당시 대학 입시가 부활됐을 때 상부에서 홍두문건紅頭文件*이 내려왔지. 그런데 왜 학생모집 판공실 주임이 나랑 같이 가야 하는 건지 모르겠어."

리쑤산이 말했다.

"샤라오싼夏老三의 아이에게 문제가 생긴 건 아닐까요? 당신은 잊었겠지만 작년에 샤제夏傑가 선양에 있는 군사학교에 입학했잖아요. 정치 심사를 하려는 게 아닐까요?"

"그 친구는 기밀을 취급하는 전공이니까 당연히 정치 심사를 받아야겠지. 그 집은 성분이 좋은 데다 해외에 인적관계도 없어. 정치 심사는 일찌감치 통과했을 거야. 그렇지 않다면 아예 합격하지도 않았겠지."

쑤저광의 설명이었다.

"제가 보기에는 이 일이 대학 입시와는 아무 관련이 없는 것 같아요. 우리 샤오야오링에서는 그런 대학생이 하나도 나오지 않았잖아요."

"복권된 사람들의 과거를 다시 살펴보려는 거 아닐까?"

---

* 중화인민공화국의 당정黨政 지도부에서 정식으로 공포한 문건.

쑤저광이 말했다.

"다시 살펴본다는 게 무슨 뜻이에요?"

리쑤산이 물었다.

"당시 노동 개조 상황을 다시 조사해 무슨 과실이 없는지 살펴보는 거지. 우리 중에는 식량 창고를 관리한 사람도 있고 양조 공장에서 술을 만든 사람도 있거든. 공장에서 커다란 망치를 휘두르는 중노동을 한 사람도 있고 말이야. 모두들 문외한으로 그런 일을 했으니 실수가 없지 않았을 거야. 내가 들은 바로 우吳 교장은 기계 선반을 망가뜨렸고 왕중젠은 술누룩을 다룰 줄 몰라 술 여러 항아리가 제대로 발효되지 않는 바람에 마실 수가 없어서 그냥 다 버렸다고 하더군. 친秦 교장은 식량 창고를 관리할 때 도둑이 들어 옥수수 여러 자루를 분실했다고 하고."

"어머나, 이제 생각나네요. 당신도 술을 너무 많이 마셔서 씨돼지 한 마리를 망친 적이 있잖아요?"

리쑤산이 말했다.

"하지만 그 일을 다른 사람들은 전혀 모르잖아요."

"어느 날 나랑 수의사 류劉씨랑 술을 마셨어. 기분이 너무 좋아서 그 일을 그 사람한테 털어놓고 말았지. 말을 마치자마자 나도 후회되더라고. 하지만 축목국 윗사람들이 나를 불러 번거롭게 하는 일은 없었어. 류씨도 나를 팔지 않았던 모양이야."

쑤저광의 설명에 리쑤산이 잔을 내려놓으며 말했다.

"술을 많이 마시면 아무래도 입단속이 어려워지는 것 같아요. 그렇죠? 그러고 보니 술은 별로 좋은 물건이 못 되네요. 마셨다 하면 일이 생기니까 말이에요. 수의사 류씨가 다른 곳으로 배정된 지

5~6년이 지났잖아요? 그가 샤오야오링을 떠난 뒤 누군가에게 그 일을 얘기했을까요?"

"그걸 내가 어떻게 알겠소? 얘기했다고 해도 우리로서는 달리 대응할 방법이 없지. 정말로 그때 일을 추궁한다면 잘못을 인정하면 그만 아니겠소. 씨돼지 한 마리 배상하면 그만이겠지."

쑤저광이 긴 한숨을 내쉬고는 말을 이었다.

"내가 사회주의 생산력을 파괴했다고 몰아세우면서 상강상선上綱上線\*을 요구하는 일만 없었으면 좋겠는데."

"당신은 정말로 사회주의 생산력을 파괴한 셈이네요."

리쑤산이 빙긋이 웃으면서 잔을 들어 한 모금 마시고는 말을 받았다.

"그 씨돼지가 술 때문에 죽지 않았다고 가정해봐요. 녀석이 얼마나 많은 암돼지와 교배해 얼마나 많은 새끼 돼지를 생산했을지 상상해보라고요. 생산 가능한 새끼 돼지 수에 따라 배상을 요구한다면 적어도 180두는 될 거예요. 제 계산으로는 우리 집 솥을 비롯해서 쇠붙이를 전부 다 팔아치워도 배상하기 힘들 거라고요."

"당신은 불난 데 부채질할 생각만 하는구만!"

쑤저광이 잔을 들어 단숨에 비우고 나서 말했다.

"우리 당에서는 적어도 지식인 한 명이 씨돼지 한 마리보다 중요하다는 점을 잘 알고 있을 거요!"

"제 입장에서는 그렇다는 거예요!"

리쑤산이 남편을 놀리면서 말했다.

---

\* 원칙에 어긋나는 행위에 대해 정치적 비판을 가하는 것.

"양심에 꺼리는 일을 하지 않았으면 귀신이 와서 문을 두드려도 무서울 게 없다고 하잖아요. 자, 우리 건배해요. 잘 알지도 못하는 일을 가지고 벌써부터 머리 아플 이유가 뭐 있겠어요."

쑤저광은 아내의 말에 일리가 있다는 생각이 들었다. 이리하여 두 사람은 편안한 마음으로 술 마시는 데 집중했다. 술을 많이 마시자 리쑤산은 손발이 느슨해지기 시작했다. 콧노래를 흥얼거리면서 손톱으로 촛불을 눌러 껐다. 그러고는 식탁 밑으로 발을 뻗어 남편을 걸어차면서 달콤한 표정으로 집적거렸다. 쑤저광은 촛불 아래서 약간 달아오른 아내의 얼굴이 식탁 한구석의 촛불에 탄 것처럼 느껴졌다. 무척 섬세하고 부드러운 모습이었다. 그는 얼른 아내를 품에 안고 싶었다. 이에 재빠르게 식탁 정리를 돕고 설거지를 한 다음, 발 씻을 물을 데우고 이부자리를 깔았다. 모든 것이 준비되어 창문 커튼을 치러 간 그는 달이 이미 중천에 떠 있는 것을 발견했다. 하늘이 할 말을 다 하고 당당하게 마침표를 찍고 있는 것 같았다. 쑤저광은 커튼을 치고 입으로 바람을 만들어 촛불을 껐다. 방은 이내 어둠에 잠겼다. 하지만 그는 또 다른 빛이 나타나리라는 것을 잘 알고 있었다. 그는 가슴속의 불길로 빨리 아내를 태워버리고 싶었다.

리쑤산이 잠에서 깼을 때는 희미하게 아침 햇살이 드러나고 있었다. 남편은 옆에 없었다. 입이 마른 듯한 느낌에 그녀는 부엌으로 가서 물을 한 바가지 떠서 꿀꺽꿀꺽 단번에 시원하게 들이켰다. 맑은 물이 몸속을 순환하면서 피곤한 기운을 차츰 가라앉혔다. 방으로 돌아온 리쑤산은 옷을 갖춰 입고 집을 나섰다. 평소에 늦게까지 자는 버릇이 있는 남편이 이렇게 일찍 어디로 갔는지 알고 싶었다.

허공에는 여전히 희미하게 달의 흔적이 남아 있었다. 달이 밤새 타고 남긴 회색 재였다. 공기가 깨끗한 곳에서는 종종 달과 해가 동시에 나타나기도 했다. 단지 해는 붉은 몸으로 나타나고 달은 희미하며 하얀 영혼으로 나타나는 것이 다를 뿐이었다. 샤오야오링의 봄은 아침과 밤의 온도 차가 매우 컸다. 낮에는 스르르 녹아버렸던 땅이 밤만 되면 맑고 차가운 달빛의 마법에 걸리기라도 한 듯 하얀 물웅덩이는 얼음으로 변하고 부드럽던 진흙탕은 딱딱하게 얼어버렸다. 장난꾸러기 아이들이 등교하는 길에 얇게 언 물웅덩이를 밟으면 쨍― 하고 얼음이 갈라지고 아이들의 웃음소리가 터졌다. 얼음이 갈라진 틈새가 사방으로 번져가 만개한 설연화雪蓮花 같았다. 때로는 아이들이 얼음을 너무 세게 밟아 신발이 얼음 밑을 지키고 있던 물에 젖기도 했다. 신발이 젖은 아이는 쏜살같이 학교로 달려가 일찌감치 교실에 들어서 신발을 벗고 화롯가에서 발을 말렸다.

쑤저광은 마당에 있지 않았다. 리쑤산은 뒷간 똥통 옆에 쌓여 있던 분뇨를 누군가가 치워놓은 것을 발견하고는 남편이 대지에 거름을 주고 있다는 걸 알게 되었다.

샤오야오링 주민들은 집 앞뒤로 채소밭이 있을 뿐만 아니라 집에서 멀리 떨어진 곳에도 자경지가 있었다. 사람들은 이를 '대지'라고 불렀다. 보통 집집마다 일정한 크기의 대지가 있지만 인구가 많은 곳에서는 그 크기가 두 배에 이르기도 한다. 대지는 면적이 작게는 세 무에서 크게는 여섯 무 정도 되고 대개 감자나 배추, 무 등을 심었다. 이렇게 재배한 것들은 주민들의 월동 채소가 될 뿐만 아니라 주식이 되기도 했다. 대개 집에 있는 채소밭은 여자들이 관리하지만 대지는 남자들이 경영했다. 쑤저광은 농사일에 익숙지 않았기 때문에 그의 대지는 늘 들풀만 가득 자라 있고 충해가 극심했다. 이 때문에 리쑤산은 샤오야오링 여자들에게 웃음거리가 되기 일쑤였다. 어떤 사람이 말했다.

"댁의 감자는 어째서 소 눈알만큼밖에 자라지 않는 건가요? 그렇게 작아가지고서야 어디 껍질을 벗기고 먹을 수나 있겠어요?"

또 다른 사람이 말했다.

"쑤 교장이 심은 배추는 어째서 저렇게 조그만 거예요? 속도 알차지 못하네요."

리쑤산이 반박했다.

"어차피 입에 들어갈 걸 가지고 좋고 나쁜 건 왜 따지는 거예요?"

말은 그렇게 하지만 남편에 대한 원망이 없을 수 없었다. 그는 대지로 일하러 갈 때마다 종종 차를 한 주전자 우려 옛날 시집 한 권과 함께 가지고 갔다. 대지에 가면 괭이질 몇 번 하고는 밭머리에 앉아 차를 마시면서 시를 읽었다.

리쑤산이 자기 집 대지를 찾아갔다. 막 마을을 나서던 차에 생산대에서 가축을 먹이는 라오무老木를 만났다. 그는 마침 말을 산책시키고 있었다. 리쑤산을 보자 라오무는 코를 풀고서 말했다.

"방금 댁의 남편 라오쑤를 만났어요. 올해는 일이 잘 풀릴 것 같더군요. 아침 일찍 대지에 퇴비를 주러 가는 걸 보니 가을이 되면 큰 수확을 거둘 수 있을 것 같아요!"

리쑤산은 그러냐고 대충 말을 받았다.

라오무가 말을 이었다.

"사실 댁의 대지는 수확이 좋든 안 좋든 상관없잖아요. 쑤 교장은 다달이 월급을 받으니 우리랑은 형편이 다르지요. 우리는 연말에 인민공사에서 이익 배당을 해주지 않으면 생활이 정말 어려워지거든요!"

그의 말에 리쑤산은 가슴이 덜컥 내려앉았다. 남편에게 무슨 일이 생기면 집안을 이끌어나갈 일이 막막했던 것이다.

마음이 무겁고 우울해진 리쑤산은 계속 걸음을 옮기지 못하고 몸을 돌려 다시 집으로 돌아와 밥을 했다. 그녀가 불을 피워 물을 한 주전자 끓였을 때 쑤저광이 광주리를 하나 들고 땀을 뻘뻘 흘리며 돌아왔다. 리쑤산이 말했다.

"당신이 몇 시에 일어났는지도 몰랐네요. 내가 잠을 너무 깊이 잤나봐요."

"깊이 잠드는 게 당연하지."

쑤저광이 손으로 아내의 뺨을 어루만지며 야릇한 웃음을 지었다.

"당신 어제 취했잖아."

리쑤산이 남편의 손을 툭 치면서 투정하듯이 말을 받았다.

"방금 거름을 옮기고 나서 손도 안 씻었잖아요. 그런 손으로 내 얼굴을 만졌으니 난 오늘 하루 종일 재수가 없을 거예요!"

쑤저광이 허푸허푸 요란하게 소리를 내면서 세면을 하고 나서 말했다.

"우리 내년에는 돼지를 한 마리 키워야 할 것 같아. 아무래도 이 정도 퇴비로는 부족하거든."

리쑤산이 말했다.

"닭똥도 있잖아요?"

"닭똥은 뒷마당 채소밭에 뿌려야지. 거기에 완두콩이랑 호박을 심었잖아. 라오무가 닭똥을 거름으로 준 완두와 호박은 아주 연하고 부드럽다고 했던 말을 잘 기억해두라고. 그는 남는 거름이 있으면 무에도 좀 주라고 했어. 거름을 준 무는 한결 말랑말랑하다는 거야."

리쑤산이 웃으면서 말을 받았다.

"퇴비가 무를 부드럽게 해준다는 말은 처음 듣네요!"

"앞마당 채소밭에 심은 미나리는 올해 다른 작물로 바꿔야 할 것 같아. 해마다 미나리를 심었더니 토질이 안 좋아졌어. 미나리도 잘 자라지 않고 말이야. 올봄에는 피망이나 시금치를 심어야겠어. 사람들이 그러잖아. 땅을 오래 바꿔주지 않으면 작물이 잘 자라지 않고 사람이 오래 거처를 옮기지 않으면 삶이 초라해진다고 말이야!"

"그런 일을 나한테 시킬 생각은 하지 마세요."

리쑤산이 고개를 끄덕이며 말했다.

"그런 일은 전부 당신이 돌아와서 하란 말이에요."

그러고는 몸을 비스듬히 돌려 몰래 눈물을 훔쳤다.

쑤저광이 손을 수건에 문질러 닦고는 아내에게 가까이 다가가 두 손으로 그녀의 어깨를 감싸며 부드러운 어투로 말했다.

"평소에는 나한테 아주 사납더니 지금은 엄청 살갑네. 그리고 보면 우리는 고난을 함께한 부부라 서로 없어서는 안 될 존재인 것 같아."

리쑤산이 콧물을 훌쩍거리며 말했다.

"나한테 다정한 척하지 마요. 남자가 손에 그렇게 비누칠을 많이 하는 이유는 뭐예요? 다 그 음악 선생 때문 아니에요?"

쑤저광이 손을 뿌리치며 말했다.

"계속 헛소리만 하는군!"

두 사람은 말다툼을 그만두고 함께 아침 식사를 준비했다. 식사 준비를 마치고 허투와 차이린을 깨웠다. 식구가 함께 아침 식사를 하고 나서 등교할 사람은 등교하고 출근할 사람은 출근했다. 잘 빨아둔 중산복과 책가방은 둘 다 반쯤만 말라 있었기에 차이린은 삼각 주머니를 들고 학교에 갔고 쑤 교장은 짙은 남색의 간편한 복장으로 학교에 갔다. 모두가 집을 나설 때 리쑤산은 한마디 당부를 잊지 않았다.

"다들 길 잘 보고 다녀!"

집에 혼자만 남자 리쑤산은 남편을 위해 짐을 꾸리기 시작했다. 속옷을 두 벌씩 챙기고 겉옷도 한 벌 챙겨 넣었다. 수건은 새것과 헌것 각각 한 장씩 챙겼다. 새 수건은 얼굴을 닦고 헌 수건은 발을 닦는 용도였다. 비누도 일반 비누와 세면용 향기 비누를 따로 챙겼다. 양초와 성냥도 한 봉지씩 챙기고 차와 면도칼, 슬리퍼, 돋보기 안경 등 남편에게 유용할 물건들을 전부 챙겨 넣었다. 남편이 반 년쯤 지나서야 돌아올지도 모른다는 생각에 방금 잘 넣어둔 겨울 옷도 상자 맨 밑바닥에서 도로 꺼냈다. 커다란 트렁크가 금세 가득 찼다. 남편 혼자 무척이나 외로울 것이라는 생각에 트랜지스터라디오도 챙겨 넣었다. 남편이 책에서 손을 떼지 못한다는 생각에 그가 자주 읽던 책도 몇 권 집어넣었다. 트렁크를 잠그려는 순간, 그녀는 또 책이 불필요한 문제를 일으킬 수도 있겠다는 생각이 들었다. 만일 이런 책들이 어느 날 갑자기 금서가 된다면 이는 폭탄을 지고 가는 것이나 마찬가지였다. 그녀는 책을 도로 꺼냈다. 이렇게 오전 내내 바삐 돌아치고 나서야 간신히 짐 싸는 일을 마무리할 수 있었다.

샤오야오링 사람들은 점심 식사를 비교적 간단히 했다. 하지만 이날 오후 쑤씨네 점심 식사는 대단히 푸짐하고 화려했다. 노란 계란볶음도 있고 분홍색 땅콩볶음과 하얀 감자채 볶음도 있었다. 허투는 학교를 파하고 돌아와 식탁 위의 음식들을 보고는 소리를 질렀다.

"엄마, 오늘 우리 집 좀 지나친 것 아니에요?"

차이린은 가볍게 웃으며 말했다.

"맛있는 음식이 많으면 좋은 거지 뭐!"

그러고는 먼저 먹기 시작했다.

쑤저광이 낮은 목소리로 리쑤산에게 말했다.

"당신이 이러니까 꼭 형장에 끌려갈 것 같은 기분이 들잖아."

"그런 소리 마세요! 내가 당신한테 듣기 싫은 소리를 했으니 좀 좋은 음식을 먹는 것도 나쁘지 않잖아요?"

쑤저광은 풀이 죽은 모습으로 음식을 먹기 시작했다. 아내가 자기를 위해 짐을 다 싸놓은 것을 보고는 마음이 무겁게 내려앉았다.

"집안 살림 절반을 들고 가는 것 같군. 꼭 필요한 것도 아닌데 말이야."

"내 말 들어요. 준비를 잘해야 어려운 일을 당하지 않는 법이에요."

리쑤산이 말했다.

쑤저광은 저녁에 학교에서 회식이 있다면서 아내에게 10위안만 달라고 했다. 자신이 늦으면 기다리지 말고 아이들과 함께 먼저 저녁을 먹으라는 당부도 잊지 않았다.

리쑤산은 남편을 힐끗 노려보고는 다시 한번 쳐다보면서 흥 하고 콧방귀를 뀌었다.

"맘대로 해요."

쑤저광은 아내의 눈빛에서 자신이 새로 온 음악 선생을 만나러 간다고 생각하고 있음을 알아챘다. 이 음악 선생은 칭핑 출신으로 나이는 스물여섯이고 아직 결혼을 하지 않아 독신자 숙소에 거주하고 있었다. 그녀는 아주 귀엽고 앙증맞은 모습이 마치 경쾌한 음표 같았다. 언제 어디서든 날아오를 수 있을 것 같았다. 그녀의 손풍금 연주는 정말 일품이라 쑤저광은 종종 시범 수업을 구실로 그녀의 수업에 들어가 연주를 듣곤 했다. 이런 일이 여러 차례 반복되다보니 교무주임이 이를 알아차리고 어느 날 한마디 했다.

"쑤 교장님, 음악 과목은 시범 수업을 다섯 번이나 하시고 지리 과목은 한 번도 안 하시네요. 지리 과목도 한 번 하시는 게 어떨까요?"

쑤저광은 그제야 더 이상 그녀의 시범 수업을 열지 않았다. 하지만 음악 선생의 수업을 때로는 교장실에서도 들을 수 있었다. 손풍금 소리에는 날개가 달려 있기 때문이다.

사실 쑤저광이 음악 선생에 대해 부적절한 생각을 했던 것은 아니다. 그의 눈에 그녀는 샤오야오링에 내려앉은 빛나고 매력적인 한 마리의 황학일 뿐이었다.

쑤저광은 오후에 사무실에서 태워버려야 한다고 생각되는 물건들을 전부 정리하기 시작했다. 서랍에서 평소에 몰래 쓴 시가 적힌 종이들을 한 장 한 장 뒤적거리며 대충 읽어봤다. 그러면서 스스로 심사위원이 되어 살아남아야 할 시와 총살당해야 할 시들을 판결했다. "삼경의 한밤중에 가는 비가 내리더니 오경이 되자 마음이 서늘해지네"라는 구절을 읽다가 너무 퇴폐적이라는 생각이 들어 판결 행렬에 던져넣었다. "달빛 아래서 혼자 술을 마시다가 한 떨기 채색 구름을 불러내 술잔 속의 신부로 삼네"라는 시를 읽을 때는 지나치게 소자산계급 정서라고 판단돼 역시 사망 대열에 던져넣었다. 이렇게 그의 심사를 받아 살아남은 시는 다섯 수밖에 되지 않았다. 그는 이 다섯 수에 대해서도 마음을 놓을 수 없어 다시 한 번 자세히 살펴보다가 "나의 눈물이 어둠 속에 떨어졌다. 그리하여 어둠은 씨앗을 뿌리게 되었고 여명이 자라났다"라는 구절도 쉽게 화를 부를 수 있다고 생각되어 마지막 순교자로 결정했다. 그는 판결한 시들을 팔이 잘린 비너스 상처럼 수기로 쓴 『납란사納蘭詞』 한 권과 함께 신문지로 싸서 복도에 있는 화로 속에 넣어버렸다. 파박— 하는 소리와 함께 화로가 잠시 흔들리더니 순식간에 불길이 그의 재물들을 삼켜버리고 말았다. 한숨을 내쉬고 화로 곁을 떠난 쑤저광은 사무실로 돌아와 마른 나무처럼 한참 동안 앉아 있었다. 퇴근할 시간이 되어 사무실 문을 잠근 그는 공소사로 가서 고량주 한 병과 홍소紅燒* 피조개 통조림을 하나 사들고 왕퉁량王統良의 집으로 갔다.

왕퉁량은 쑤저광보다 두 살 어린 벌목공이자 뛰어난 사냥꾼이었다. 겨우내 그는 산 위의 공사장에서 나무를 베다가 봄이 되면 샤

---

*고기나 생선 등에 기름과 설탕을 넣어 살짝 볶은 다음, 간장을 뿌려 익힘으로써 검붉은 색이 나게 하는 중국 요리법의 한 가지.

오야오링으로 돌아와 가을까지 농사를 지었다. 왕퉁량은 젊을 때 리쑤산을 마음에 둔 적이 있었다. 그가 매파를 통해 청혼했을 때, 리쑤산은 이미 쑤저광을 좋아하고 있다고 말했고, 이에 왕퉁량은 자존심에 심한 상처를 입었다. 그는 얼굴이 잘생긴 데다 수입도 좋았기 때문에 샤오야오링에서는 손가락에 꼽을 정도로 인기 있는 남자였던 반면 쑤저광은 그저 일개 영어 교사에 지나지 않았다. 왕퉁량은 쓰린 마음으로 매파를 통해 빈정거렸다.

"분필을 잡는 사람을 마음에 들어하는 걸 보니 평생 먼지를 마시면서 살겠군요!"

리쑤산은 쑤저광과 결혼했고 왕퉁량은 다른 여자를 아내로 맞았다. 그의 아내는 생식과 양육에 능해 2~3년에 한 명씩 식구를 늘려주었다. 이리하여 왕퉁량은 마흔이 조금 넘은 나이에 여섯 아이의 아빠가 되었다. 리쑤산 때문에 쑤저광은 평소에 왕퉁량과 왕래를 거의 하지 않았다. 두 사람은 길을 가다 마주쳐도 그저 간단한 인사만 주고받고 지나칠 뿐이었다. 그래서인지 왕퉁량은 쑤저광이 문 안으로 들어서는 것을 보고는 몹시 놀라는 표정이었다. 그는 자기 아이들이 학교에서 문제를 일으킨 것으로 짐작하고는 쑤저광이 들어와 자리에 앉자마자 물었다.

"어떤 녀석이 못된 짓을 한 건가요?"

쑤저광이 아무 말도 하지 않자 그는 스스로 판단을 내렸다.

"둘째 놈 아니면 넷째 녀석이겠군요. 이 두 녀석은 정말 마음을 놓을 수 없다니까요!"

쑤저광이 오늘 황급히 찾아온 이유는 공무가 아니라 개인적인 일 때문이라고 말하고는 그 일을 얘기하자면 술을 한잔해야 입이 떨어질 것 같다고 말했다. 그러면서 술과 통조림을 꺼내놓았다.

"아니, 술 드시러 오면서 이런 것들은 뭐하러 가져오세요? 저를 너무 남처럼 대하시는 것 아닙니까!"

왕퉁량은 황급히 부엌으로 달려가면서 큰 소리로 아내에게 지시했다.

"창고에 있는 그 토끼 반 마리 꺼내서 홍소로 조리해줘요. 그리고 돼지 선지묵도 한 접시 썰어 내오고. 다른 음식도 몇 가지 만들어줘요. 쑤 교장 선생님이랑 한잔해야 하니까 말이오!"

왕퉁량이 방으로 돌아오자 쑤저광이 물었다.

"또 산에 가서 토끼를 잡아오셨나보군요?"

"얼마 전에 좀 한가해서 덫을 몇 개 놨지요. 사흘 전에 슬그머니 가서 살펴봤더니 정말로 토끼가 몇 마리 잡혔더라고요. 그치만 삼림관리소 사람들에게 얘기하시면 안 됩니다. 또 불려가 벌금을 내게 될 테니까요."

쑤저광이 웃으면서 말했다.

"걱정 마세요. 제가 그런 걸 왜 떠들고 다니겠습니까?"

왕퉁량의 아이 넷은 학교에 다니고 있었다. 과거에는 학교가 파하면 아이들 모두 즐거운 새떼처럼 떠들고 장난치면서 함께 몰려다니곤 했다. 그런데 오늘은 교장 선생님이 집에 찾아온 것을 보고는 놀라서 감히 숨소리도 내지 못하고 고양이들처럼 뒤쪽 별채에 숨어 조용히 숙제를 하는 척하고 있었다. 여섯 살인 다섯째와 세 살인 여섯째만 방 안으로 들어와 아빠 옆에 붙어 있었다. 쑤저광과 왕퉁량은 별로 중요하지 않은 얘기만 주고받고 있었다. 아이들도 아무 재미가 없었던지 다섯째와 여섯째 둘 다 부엌으로 가버렸다.

부엌에서는 음식을 만들고 있어 안방보다 훨씬 더 재미있었다.

날이 어두워지면서 왕퉁량의 아내는 팔선탁八仙卓을 구들 위에 받쳐놓고 촛불을 켠 다음 음식들을 하나하나 올려놓았다. 샤오야 오링의 풍속에 따르면 집에 귀한 손님이 찾아왔을 때 여자와 아이들은 식사 자리에 함께 앉을 수 없었다. 여자와 아이들은 손님이 간 뒤에야 남은 음식들을 먹을 수 있는 것이다. 준비한 음식의 양이 많을 때는 일부를 덜어 구들 옆에 앉아 먹기도 했다. 차린 음식이 너무 많은 것을 보고는 쑤저광이 왕퉁량의 아내에게 말했다.

"제수씨, 아이들에게도 음식을 좀 나눠주세요. 저랑 퉁량은 다 못 먹습니다."

왕퉁량의 아내는 키가 크고 얼굴이 긴 편이었다. 어깨도 넓고 둔부도 풍만했다. 그녀는 성격이 좋아 고생을 견딜 줄 알았고 실속을 중시했다. 그녀는 음식을 더 덜어 아이들에게 먹이라는 쑤 교장의 말을 듣고는 정말로 부엌에 가서 빈 그릇을 가져와 음식을 덜어내며 말했다.

"저희 집에 아이들이 좀 많아서 우스우실 거예요. 먹을 게 부족할 때는 아이들이 서로 다투기도 하거든요."

음식을 다 던 그녀는 젓가락을 내려놓고 그릇을 챙겨 나갔다. 왕퉁량이 낮은 목소리로 쑤저광에게 말했다.

"제 마누라는 매사에 실속을 챙기는 편이에요. 쑤 교장님이 다시 와서 좀더 덜어가라고 하면 틀림없이 빈 그릇을 가지고 들어올 사람입니다."

쑤저광이 빙긋이 웃자 왕퉁량도 따라 웃었다. 두 사람은 서로의 웃음소리 속에서 첫 잔을 들었다. 왕퉁량이 말했다.

"쑤 교장님, 들어오실 때 눈썹을 잔뜩 찡그리고 수심 가득한 표정을 지으시던데, 마치 과거에 돼지 치던 시절로 돌아간 것 같더군요. 무슨 어려운 일이라도 있나요? 제가 도와드릴 수 있는 일이라면 걱정하지 마세요!"

그러면서 주먹으로 자기 가슴을 두드렸다.

쑤저광은 왕퉁량에게 긴급 회의 통지에 관해 자세히 설명했다.

"또 정치운동을 하려는 걸까요?"

왕퉁량이 탁 하고 젓가락을 내려놓으며 말했다.

"여러 사람을 싱린으로 소집한 다음에 소리 소문 없이 어디론가 하방하려는 건지도 모르겠네요!"

"제가 걱정하는 게 바로 그거예요."

쑤저광이 말했다.

"이번에 가면 어쩌면 4~5년 동안 못 돌아올지도 몰라요."

"교장 선생님 같은 지식인들은 사정이 좋을 때는 그저 보통이다가 재수없을 때는 아주 혹독하게 당하는 것 같네요!"

왕퉁량이 말했다.

"불쌍한 쑤산씨도 교장 선생님 때문에 분필 가루를 마시는 건 말할 것도 없고 편안한 세월을 보내지 못하는군요!"

"만에 하나 제게 무슨 일이 생겨 돌아오지 못하면 왕 형이 우리 집도 좀 보살펴주었으면 합니다. 왕 형 말고는 믿을 수 있는 사람이 없어서 그래요."

이런 말을 하는 쑤저광의 이마에 땀방울이 맺혔다.

쑤저광이 왕퉁량에게 도움을 청하는 것은 여러 차례 생각과 고민을 거친 결과였다. 그는 왕퉁량이 과거에 리쑤산을 사랑했다는 점을 고려했다. 한때 사랑했으니 마음속에 여운이 있을 것이고, 기꺼이 그녀를 도와주리라는 게 그의 생각이었다. 쑤저광은 게다가 왕퉁량의 성격이 점잖고 가정도 화목한 터라 이런 남자가 굳이 남의 위험을 이용하진 않을 것이고, 따라서 리쑤산이 몸을 더럽힐 위험도 없다고 생각했다.

잠시 침묵하던 왕퉁량이 술을 한 모금 들이키고는 갑자기 사냥에 관해 이야기하기 시작했다.

"교장 선생님, 제가 평생 가장 멋진 사냥을 했던 건 스물한 살 때입니다. 그해 봄에 우마허烏馬河 하류의 작은 개천에 덫을 몇 개 놓았지요. 보름이 지나 덫을 걷으러 가봤더니 검은 새끼 곰 한 마리가 걸려 있더군요. 이미 죽은 채로 말이에요. 저는 덫을 거두지 않고 녀석이 다 부패할 때까지 놔둘 생각이었습니다. 녀석을 미끼로 더 큰 놈을 잡을 요량이었지요. 그래서 새끼 곰 옆에 커다란 덫을 몇 개 더 설치해놨어요. 그랬더니 닷새 뒤에 정말로 사슴이 한 마리 걸렸더라고요! 어미 사슴이었고 아직 살아 있었습니다. 녀석은 저를 보자마자 고개를 돌리더군요. 저한테 몹시 화가 난 것 같았어요. 제가 녀석에게 가까이 다가가니까 녀석이 저를 똑바로 쳐다보더군요. 그다음에 녀석이 어떻게 했는지 아세요? 뜻밖에도 고개를 숙이더니 저를 쳐다보지 않는 거였어요. 녀석이 마음속으로 저를 경멸하고 있다는 것을 알 수 있었지요. 제가 죽은 사냥물로 자신을 유인했다는 사실이 너무 억울했던 겁니다. 저는 녀석의 다리에서 강력한 철사를 풀어 덫에서 놔주었습니다. 그러고는 얼른 도망치도록 했어요. 녀석은 처음에는 제가 자신을 놓아주는 것이 믿기지 않았는지 잠시 그 자리에 선 채 발만 가볍게 구르면서 걸음을 옮기지 않더군요. 제가 녀석의 몸을 툭 치면서 어서 가라는 눈짓을 보내자 그제야 녀석은 잔뜩 겁먹은 표정으로 천천히 걸음을 옮겨 멀어져갔습니다. 그런데 녀석이 개울을 벗어나자마자 되돌아와서는 관목 숲 밖으로 머리를 내밀고는 천천히 저를 향해 다가오는 게 아니겠어요. 저한테서 4~5미터 정도 떨어진 지점까지 다가온 녀석은 걸음을 멈추고 저를 뚫어지게 쳐다보더라고요. 녀석의 눈이 촉촉하게 젖어 있었어요. 깊이 감동한 마음을 품고 있었던 것이지요. 저는 이 세상에 살면서 그렇게 아름다운 눈은 처음 봤습니다. 정말 한 번 본 뒤로 영원히 잊을 수 없는 눈빛이었어요. 저는 녀석이 떠나기 전에 제게 감사 인사를 건네려 한다는 것을 알았습니다. 그래서 녀석에게 다가가 두 손을 모아 그 마음을 받아들인다는 표시를 했지요. 그러자 녀석은 다시 몸을 돌려 관목 숲 속으로 멀어져가더군요. 이번에는 제법 속도를 내서 뛰어갔습니다. 제가 녀석을 또 해칠 거라는 두려움이 없었던 것이지요. 아마 여러 날 동안 달리지 못한 터라 숲속에서 마음껏 뛰놀았을 거예요. 쑤 교장님, 어떻게 생각하세요? 이거야말로 가장 멋진 사냥이 아니었겠습니까?"

쑤저광은 왕퉁량이 왜 이런 이야기를 하는지 알 것 같았다. 그는 마음속으로 그에게 무한히 감사하며 말을 받았다.

"쑤산과 우리 집 아이들에게 기댈 산이 생긴 것 같군요."

"안심하세요. 우리 집에 먹을 것이 있는 한, 교장 선생님 식구들이 굶는 일은 없을 겁니다! 누구든지 저광 형의 부인이나 아이들을 괴롭히기만 하면 제가 그자에게는 오늘만 있고 내일은 없도록 해줄 테니까요!"

왕퉁량이 이렇게 말하자 쑤저광은 더 이상 다른 부탁을 할 필요가 없었다. 두 사람은 한 잔 또 한 잔 계속 술잔을 들이키면서 본인들 얼굴이 빨개진 것도 몰랐고 달이 빨갛게 물들어가는 것도 알지 못했다. 이때 갑자기 부엌에서 아이 울음소리가 들려왔다. 왕퉁량은 자리에서 일어서지 않고 고개만 부엌 쪽으로 돌려 아내를 향해 소리쳤다.

"여보, 애가 왜 저러는 거야?"

아내가 큰 소리로 대답했다.

"둘째랑 넷째가 밖에서 놀고 있었는데, 못된 둘째 녀석이 넷째를 진흙탕에 밀어넣어서 온몸이 진흙 범벅이 됐지 뭐예요. 그래서 제가 뺨을 한 대 때렸더니 그래요!"

왕퉁량이 웃으면서 쑤저광에게 말했다.

"여자들은 아이들 문제를 수습하는 데 때와 장소를 가리지 않는다니까요."

일이 잘 마무리된 터라 쑤저광은 일찍 집으로 돌아가고 싶었다. 왕퉁량도 애써 그를 붙잡지 않았다. 쑤저광을 배웅하던 왕퉁량이 갑자기 손전등을 들고 창고로 들어가더니 개고기 육포를 한 덩이 꺼내 쑤저광의 주머니에 쑤셔넣으면서 말했다.

"아이들이 육포가 있다는 걸 알면 금세 다 훔쳐 먹거든요. 그래서 아이들이 찾기 어려운 곳에 감춰둔 겁니다! 가지고 가서 내일 먼 길 갈 때 드세요."

쑤저광은 왕퉁량에게 크게 감사하며 집으로 돌아왔다. 마을에는 인적이 거의 없었다. 그는 미끄러질 게 두려워 길 가장자리에 바짝 붙어 걸음을 옮겼다. 그가 개를 키우는 집 앞을 지나갈 때마다 개들은 왕왕— 요란하게 짖어댔다. 쑤저광은 자기 집에도 개를 키워야겠다는 생각이 들었다. 개가 문 앞을 지키면 남자 둘 정도는 충분히 당해낼 수 있을 것 같았다. 모두들 저녁을 먹을 때라 마을에는 밥 짓는 연기가 가득했다. 공기 중에는 풀과 나무 타는 냄새가 가득 차 있었다. 학교 앞을 지날 때, 쑤저광은 손풍금 연주를 한 곡 듣고 싶었다. 교문 안으로 들어가긴 했지만 음악 선생의 숙소까지 가지는 못하고 다시 몸을 돌려 나왔다. 술 냄새를 잔뜩 풍기면서 문을 두드렸다가는 오해를 사기 십상이기 때문이다.

쑤저광이 집 안에 들어섰을 때, 리쑤산은 숯으로 인두를 데워 중산복을 다리고 있었다. 허투와 차이린은 구들 가장자리에 앉아 불빛에 의지해 이야기 그림책을 읽고 있다가 아빠가 돌아온 걸 보고는 달려와 반갑게 맞아주었다.

허투가 물었다.

"아빠, 엄마가 그러는데 내일 싱린에 가신다면서요. 오실 때 망원경 좀 사다주실 수 있어요?"

"망원경으로 뭘 하려고?"

쑤저광이 아들의 어깨를 다독거리며 물었다.

"하늘을 나는 새랑 물속의 물고기를 관찰하려고요!"

차이린이 말했다.

"저는 캐러멜이요. 열 개만 사다주세요!"

그러면서 두 손을 들어 열 손가락을 흔들었다.

"왜 열두 개를 사달라고 하지 않는 거야?"

허투가 물었다.

"정말 멍청하네. 사람한테는 손가락이 열 개밖에 없잖아. 그런데 어떻게 열두 개를 표현할 수 있겠어?"

차이린의 말에 허투는 큭큭 웃기 시작했다.

쑤저광이 옆에서 듣고 있다가 주머니에서 개고기 육포를 꺼내 차이린에게 건네면서 허투에게 말했다.

"별채로 좀 가자. 아빠가 너한테 할 얘기가 있어."

허투는 별채로 들어서 수리한 지 얼마 안 된 의자에 앉아 다리를 떨면서 신기한 표정으로 말했다.

"아빠, 저놈이 또 내 머리를 때리는 날에는 톱으로 다리를 잘라 버릴 거예요."

쑤저광은 등받이 없는 의자를 가져다놓고 아들과 마주하여 앉았다. 아들은 높은 의자에 앉아 주인 같고 그는 낮은 의자에 앉아 오히려 하인 같았다.

"허투야, 아빠가 이번에 집을 떠나면 언제 돌아올지 모른단다. 너는 이제 열다섯 살이 됐으니 사내대장부인 셈이야. 천지를 들어 올릴 수도 있는 나이지."

쑤저광이 고개를 끄덕이며 말을 이었다.

"만일 아빠가 돌아오지 못하면 네가 엄마와 여동생을 잘 보살펴야 한다."

"회의하러 가시는 거 아닌가요?"

허투가 놀란 표정으로 물었다.

"회의하러 가는 것 맞아."

쑤저광이 잠시 주저하다가 말을 이었다.

"다만 뜻밖의 일이 생기지나 않을까 두려워서 그러는 거란다. 알아듣겠지?"

"그러니까 아빠 말씀은 이번 회의가 좋은 회의인지 나쁜 회의인지 알 수 없다는 거로군요? 만일 나쁜 회의라면 몇 년 전처럼 돼지를 치셔야 하는 건가요?"

허투가 피를 보기라도 한 듯이 놀란 표정으로 물었다.

쑤저광이 말했다.

"돼지 치는 일이라면 그나마 다행이지. 집을 지킬 수 있잖니. 내가 걱정하는 것은 무슨 새로운 정신이니 뭐니 하면서 우리를 기차에 태워 신장新疆으로 끌고 가 길을 닦게 하거나 어느 농장에 배정해 농사를 짓게 하는 거란다. 그럴 경우 한동안 돌아오기 어려울 거야."

허투는 고개를 숙인 채 입을 열지 못했다. 잠시 생각에 잠기던 허투가 갑자기 고개를 들면서 말했다.

"아빠, 만약에 아빠가 외지에서 여러 해를 보내다가 돌아오신다면 그때쯤에는 저한테도 아이가 있지 않을까요?"

쑤저광은 울지도 못하고 웃지도 못할 기분이었다. 아들이 아직 홀로서기를 할 나이가 아니라는 생각이 들었다. 이런 아들에게 집안을 부탁한다는 것은 아무래도 헛수고일 듯해 몹시 실망한 표정으로 의자에서 일어섰다. 그러나 그가 막 별채를 나서려는 순간, 허투가 갑자기 의자를 박차고 일어서서 입김을 확 불어 탁자 위의 촛불을 끄더니 쿵— 하고 땅바닥에 무릎 꿇고 앉아 쑤저광의 다리를 부여잡고는 어둠 속에서 입을 열었다.

"아빠, 걱정하지 마세요. 아빠가 돌아오지 못하시면 제가 집안을 잘 돌볼게요! 엄마 대신 장작도 패고 물고 긷고 농사일도 다 할게요. 차이린에게는 어떤 부담도 주지 않을 거예요! 개도 한 마리 키울게요. 그러면 밤중에 나쁜 사람들이 감히 우리 집을 넘보지 못할 거예요!"

쑤저광의 두 눈은 참지 못하고 주르륵 눈물을 흘렸다. 그는 아들을 일으켜 세우고는 목이 멘 채 말했다.

"우리 아들 참 훌륭하게 컸구나!"

리쑤산은 중산복을 다 다려 옷걸이에 걸려던 참이었다. 조금 전에는 쑤저광이 방에 들어왔지만 그녀는 아는 체도 하지 않았다. 가슴속에 원망이 가득했었다. 하지만 지금은 환한 얼굴로 남편에게 말했다.

"솥에 뜨거운 물이 있으니 족욕해서 피로를 좀 풀도록 해요."

차이린은 피곤했는지 자기 방으로 돌아가 잤다. 부부는 먼저 발을 씻고 촛불을 불어 끈 다음 이불 속으로 들어갔다. 리쑤산이 쑤저광의 품 안을 파고들며 말했다.

"왕퉁량 집에 갔으면 나한테 곧바로 얘기를 해줬어야지요."

"내가 그 친구 집에 갔던 걸 어떻게 알았소?"

쑤저광이 물었다.

"샤오야오링에서는 사냥을 잘하는 그의 집에만 개고기 육포가 있다는 걸 몰라요?"

"어쩐지. 그래서 그 친구가 당신을 좋아했던 거로군."

쑤저광은 이렇게 말하면서 아내를 꼭 껴안았다.

"똑똑한 여자를 사랑하지 않을 남자는 없지."

"내가 정말 똑똑했다면 당신한테 시집오진 않았을 거예요."

리쑤산이 떨리는 목소리로 말했다.

"지식인과 함께 산다는 건 정말 가슴 졸이는 일 같아요!"

쑤저광이 아내의 아름다운 머리칼을 어루만지며 말했다.

"몸 관리 잘해요. 두통이 있거나 열이 있으면 가서 침 맞지 말고 최대한 약을 먹도록 해요. 위생소 의사 차이※ 선생 말로는 침을 잘못 놔 아내가 죽은 뒤로는 여성에게 병세가 보이면 두 눈에서 빛이 나온다고 하더군. 큰 병이든 작은 병이든 절대로 침을 맞아서는 안 된다는 거야. 침을 놓다보면 여자 엉덩이를 만지게 된다는 거지."

리쑤산이 풋 하고 웃음을 터뜨리며 말했다.

"이래 봬도 내 엉덩이는 호랑이 엉덩이니까 감히 만질 생각 하지 마요!"

쑤저광이 다정하게 아내에게 입을 맞추고 나서 혼잣말로 중얼거렸다.

"이렇게 훌륭한 마누라 없이 어떻게 살 수 있을까!"

그날 밤 쑤저광은 온몸의 힘을 다 소진했다. 두 사람은 밤새 뒤엉켜 있었다. 다음 날 기차를 타고 청평으로 갈 때는 쑤저광의 두 다리가 흐느적거렸다. 트렁크조차 들기 어려울 정도였다.

쑤저광이 떠난 다음 날 오전, 리쑤산은 두부를 바꾸러 두부 가게에 갔다가 편자를 갈러 온 라오무를 만났다. 라오무가 에구 하며 탄식과 함께 리쑤산에게 한마디 던졌다.

"정말 신기한 일이에요. 왕퉁량이 대지로 퇴비를 옮기는 걸 봤는데, 자기 땅에 뿌리지 않고 쑤산네 땅에 뿌리더군요! 그 집 퇴비를 사기로 한 거요?"

리쑤산은 어머 하고 놀라는 기색을 보였지만 마음속으로는 내막을 대충 알 것 같았다. 그녀가 모호한 말로 둘러댔다.

"남편이 그 집 퇴비를 샀을 거예요. 남자들은 자기네 사이의 일을 여자들한테 잘 말해주지 않잖아요."

허투는 하룻밤 사이에 어른이 된 것 같았다. 아빠가 떠난 뒤로 녀석은 매일 아침 일찍 일어나 장작을 패고 불을 피웠다. 너무 무거워 물통에 물을 가득 채울 수 없자 반 통씩 지어 여러 번 왔다갔다했다. 학교가 파하면 항상 차이린을 기다렸다가 함께 집에 돌아왔다. 밤에 잠자기 전에는 마당의 대문이 제대로 잠겼는지 살폈고 화재를 사전에 예방하기 위해 화로의 불과 각 방의 촛불이 완전히 꺼졌는지도 확인했다. 어느 날 황혼 무렵, 신바람이 난 허투가 집으로 돌아오자마자 말했다.

"엄마, 기적이 일어났어요! 제가 방금 푸성福生이랑 함께 새를 잡으러 대지에 가봤더니 우리 집 땅에 돼지 분뇨가 한 무더기가 쌓여 있지 뭐예요! 밭에 잡초도 하나 없고 말이에요. 아주 깔끔하게 정리돼 있더라고요. 제 생각에는 아무래도 신선이 이 땅에 내려온 것 같아요!"

"신선님도 참 어지간하시네. 이 땅에 내려왔으면 금으로 된 산을 선물하실 것이지 돼지 분뇨가 다 뭐람!"

리쑤산이 아들에게 농담을 했다.

"신선의 눈에는 우리 집이 가장 딱해 보였나봐요."

허투가 진지한 어투로 말을 받았다.

해빙기의 진흙탕은 고름이 흘러내리는 상처 같았다. 이런 상처를 치료하는 것은 햇빛이었다. 맑은 날이 며칠 지속되기만 하면 이 상처는 크기가 점점 줄어들어 딱지가 앉았다. 쑤저광이 떠나고 나서 샤오야오링에는 시종 봄 햇살이 찬란했다. 겨우 닷새 만에 길 위의 진흙탕은 아주 작게 쪼그라들었고 사람들은 길을 걸을 때 가슴을 쫙 펴고 고개를 꼿꼿하게 들고 다녔다. 이날 정오에 칭펑에서 시외버스가 도착하고 사람이 한 명 내렸다. 중산복 차림의 쑤저광이었다. 그는 커다란 트렁크를 들고 의젓하고 당당한 모습으로 집에 돌아왔다. 마침 오전 수업이 끝날 때라 허투와 차이린이 아빠를 발견하고는 신이 나서 달려와 그를 맞아주었다.

리쑤산은 막 점심 준비를 끝낸 차에 남편이 무사히 돌아온 것을 보고는 아무 말도 하지 않았다. 그저 긴 한숨을 내쉴 뿐이었다. 그러고는 편안한 표정으로 밥상을 차렸다.

쑤저광이 트렁크를 열어 가족들에게 줄 갖가지 선물을 꺼내놓았다. 허투는 망원경을 갖게 되었고 차이린은 캐러멜을 한 봉지 받았다. 두 아이 모두 원하던 것을 얻은 셈이었다. 리쑤산은 어떤 선물을 받았을까? 그녀는 하얀 데이크론 블라우스를 받았다. 쑤저광이 블라우스를 펼쳐들고 리쑤산에게 보여주자 그녀가 말했다.

"나는 하루 종일 솥뚜껑 운전만 하는데 하얀 블라우스를 어떻게 입어요? 금세 때가 탄단 말이에요."

점심을 먹고 허투와 차이린은 만족스러운 표정으로 다시 학교에 갔다. 리쑤산이 쑤저광에게 물었다.

"도대체 무슨 회의였어요? 괜히 놀랐잖아요."

"말해도 당신은 믿지 못할 거야."

쑤저광이 싱글벙글하며 말했다.

"우리를 불러놓고 영화를 두 편 보여주더라고."

"영화를 봤다고요?"

리쑤산이 눈썹을 치켜올리며 물었다.

"칭평에도 영화관은 있잖아요. 왜 군이 힘들게 싱린까지 가게 한 건가요. 왜 며칠이나 자동차를 타고 기차를 타면서 시간과 돈을 낭비하게 하는 거냐고요?"

"칭핑 영화관에서 방영하는 영화는 전부 공공 영화야. 우리가 본 건 내부 영화*지. 외부 사람들은 볼 수 없는 거라고!"

쑤저광이 득의양양한 표정과 어투로 말했다.

"무슨 영화길래 그렇게 뻐기는 거예요?"

리쑤산이 물었다.

"당신한테만 말해줄 테니까 밖에 나가서 절대 다른 사람들한테 이야기하면 안 돼."

쑤저광이 말했다.

"한 편은 국산 영화였어. 페이무費穆 감독이 오래전에 찍은「작은 도시의 봄小城之春」이었지. 다른 한 편은 일본 영화「야마모토 이소로쿠山本五十六」였어."

"대체 어떤 내용이길래 다른 사람들은 보지 못하게 하는 거예요?"

"「작은 도시의 봄」은 사랑을 다룬 영화야. 한 여자를 두 남자가 동시에 사랑하는 얘기지. 맞다, 당신처럼 말이야. 당신도 두 남자가 사랑하고 있잖아? 여배우가 아주 매력 있더군. 영화를 본 사람은 절대 잊지 못할 거야. 영화가 너무 슬프고 퇴폐적이지만 그래도 아주 감동적이었어.「야마모토 이소로쿠」는 제2차 세계대전 당시에 일본 연합함대사령관이었던 야마모토 이소로쿠에 관한 이야기였어. 미국인들은 진주만 공습을 책동한 그를 죽도록 미워하지. 하지만 일본인들은 그를 무척 아끼고 존경한다더군. 그는 맨 마지막

---

* 중국공산당의 고위 당원들만 볼 수 있는 영화.

에 전투기 안에서 죽음을 맞더라고.”

리쑹산은 애당초 야마모토 이소로쿠가 누구인지 몰랐고 진주만이 어디에 있는지는 더더욱 알지 못했다. 그녀가 한숨을 내쉬며 서글픈 어투로 말했다.

“세상이 변하려는 건가? 남녀가 멋대로 지저분한 짓을 하는 영화도 방영하고, 그렇게 못된 일본 놈들의 이야기도 방영하니 말이에요.”

“이건 좋은 일이야. 아주 좋은 일이라고! 사상 해방의 시대가 도래했다는 것을 의미하지. 다시는 정치운동을 벌이지도 않을 거라고!”

쑹저광은 흥분에 겨워 얘기를 계속하면서 트렁크를 뒤적여 필터 담배 두 갑과 책을 한 권 꺼내고는 출근해야겠다고 말했다. 개학하고 채 한 주가 되지 않은 터라 그는 학교가 무척 어수선할 것이라고 생각했다.

리쑹산이 담배를 가리키며 물었다.

“당신은 담배를 안 피우는데 이건 누구 주려고 산 거예요?”

쑹저광이 말했다.

“퉁량에게 줄 거야. 내가 그 친구한테 당신을 좀 돌봐달라고 부탁했거든. 아직은 그가 당신을 보살필 기회가 없었겠지만 그러겠다고 약속을 했지. 그러니 그에게 감사의 뜻을 표해야 하지 않겠소?”

“그럼 우리 대지에 가봐요.”

리쑹산이 말했다.

“퉁량이 며칠 동안 우리 대지를 어떻게 해놨는지 가서 보라고요."

"그 친구가 뭘 어떻게 했는데?"

쑤저광이 물었다.

리쑤산은 그의 질문에는 대답하지 않고 그가 들고 있던 책을 가리키며 물었다.

"그건 무슨 책이에요?"

"노래책이야."

이렇게 말하는 쑤저광의 표정은 왠지 자연스럽지 못했다.

리쑤산은 이 노래책이 누구를 위한 것인지 모르지 않았다. 그녀는 흥 하고 콧방귀를 뀌고는 노래책을 빼앗아 뒤적거리더니 아무 말도 하지 않고 다시 돌려주었다.

그날 저녁 무렵 퇴근한 쑤저광은 자기 집 대지에 가보고는 너무나 기가 죽었다. 그는 대지에 뿌려진 퇴비가 아내의 마음속에 차지하고 있는 무게를 알 것 같았다. 그래서 왕퉁량 집에 찾아가 담배를 건넬 때 기분이 썩 좋지 않았다. 왕퉁량은 쑤저광을 쳐다보며 담담한 어투로 간단히 인사를 건넸다.

"돌아오셨군요?"

쑤저광이 죄라도 지은 것처럼 고개를 숙인 채 말했다.

"네, 왔어요."

"돌아오셨으니 됐네요."

쑤저광이 어색한 표정으로 빙긋이 웃으면서 담배를 건네자 왕퉁량이 말했다.

"우리 집엔 아이가 많아요. 담배를 피우면서 어떻게 아이들을 키우겠어요? 일찌감치 끊었지요. 도로 가져가서 다른 사람에게 선물하세요."

왕퉁량의 집을 나서는 쑤저광의 발걸음은 몹시 무거웠다. 그는 원래 퇴비에 대해 감사의 뜻을 전할 작정이었지만 결국 입도 뻥긋하지 못했다. 집에 돌아와보니 식탁 위에 차려진 것은 그가 상상했던 푸짐하고 다양한 음식이 아니었다. 그저 채소 음식 두 가지에 커다란 만터우 한 접시가 전부였다. 게다가 술도 없었다. 식사를 마치고 리쑤산이 허투에게 발 씻을 물을 데우라고 지시하자 녀석이 말했다.

"아빠가 돌아오셨으니 이제 집안일은 제가 하지 않아도 되잖아요."

그러고는 휘파람을 불면서 망원경을 들고 밖으로 놀러 나갔다.

그날 밤, 리쑤산은 몸이 좀 불편하다는 핑계를 대고 따로 다른 이불을 덮고 잤다. 쑤저광이 어둠 속에서 몇 번이고 손을 뻗어 그녀의 몸을 더듬어봤지만 그녀는 전혀 감지하지 못하는 척하면서 줄곧 미동도 하지 않았다. 단 한 번 그가 손을 너무 거칠게 움직이는 바람에 화가 난 그녀는 버럭 소리를 질렀다.

"얌전히 좀 자요. 피곤해 죽겠단 말이에요!"

작은 봄이 가고 큰 봄이 찾아왔다. 얼음과 눈은 완전히 녹았고 샤오야오링의 길에는 더 이상 진흙탕에 미끄러져 넘어지는 사람이 없었다. 봄빛 속에서 사람들은 분주하게 땅을 갈아엎고 씨를 뿌렸다. 이렇게 여러 날이 이어지면서 리쑤산은 쑤저광에게 다소 무관심한 태도를 보였고 이에 대해 그는 답답함과 당혹감을 감추지 못했다. 그러던 어느 날 저녁, 쑤저광은 횟술을 마시기 시작했다. 술을 마시다가 허투가 식사를 마치고 물러가면 곧장 리쑤산에게 따질 작정이었다. 그는 차이린이 그 자리에 함께 있는 것은 개의치 않았다. 그 아이는 두 사람의 대화를 다 알아듣지 못할 거라고 생각했기 때문이다.

마침내 허투가 식사를 마치고 자기 방으로 돌아가자 쑤저광은 술을 한 잔 더 들이키고 나서 리쑤산에게 말했다.

"내가 이번에 싱린에 갔다가 무사히 돌아온 게 당신에겐 별로 달갑지 않은 모양이구려. 당신은 내게 무슨 일이라도 생겨 누군가 나 대신 당신을 도와주기를 기대했던 것 아니야? 내가 집에 있는 게 그렇게 거추장스러운가?"

리쑤산이 발끈하면서 되받아쳤다.

"누가 당신이 거추장스럽다고 했어요? 내가 당신한테 먹을 걸 주지 않았어요, 아니면 입을 옷을 주지 않았어요? 말은 똑바로 하라고요!"

"아내인 당신이 나랑 한 이불을 덮고 자지 않는 게 가장 불공정한 일이란 말이야!"

쑤저광이 술잔을 식탁 위에 거칠게 내려놓으며 말했다.

"뭘 근거로 내가 당신과 한 이불을 덮고 자야 한다고 말하는 거예요?"

리쑤산이 차갑게 웃으면서 되물었다.

"법률에 그렇게 규정돼 있기라도 한가요?"

쑤저광은 몸에 있는 일곱 구멍에서 일제히 연기가 날 정도로 화가 났다. 화를 막 분출하려던 순간 차이린이 갑자기 트림을 하더니 젓가락으로 그릇을 두드리며 아빠에게 말했다.

"뭐 그런 걸 가지고 싸우세요? 엄마가 아빠랑 같이 자기 싫다면 제가 아빠랑 같이 자면 되잖아요!"

리쑤산과 쑤저광은 그대로 몸이 굳어버렸다. 웃고 싶지만 웃음이 나오지 않았다. 창문으로 봄날의 저녁 바람이 불어와 촛불을 흔들었다. 바람은 곧 여름이 올 것을 알았는지 쑤씨 집안에 일찌감치 황금빛 부들부채를 하나 마련해주었다.

# 가장 짧은 낮

동짓날 정오였다. 나는 푸란덴普蘭店 부근의 어느 향진鄕鎭 위생원에서 세 차례의 항문 수술을 마치고 과일을 실어 나르는 낡은 화물차를 타고 서둘러 다롄大連으로 향했다.

화물차 기사는 두 번째 수술 환자의 오빠였다. 나이는 쉰 전후로 호랑이 등에 곰의 허리를 가진 건장한 사내였다. 그는 나를 보자 먼저 식사는 했느냐고 물었다. 나는 고개를 가로저으면서 고속열차 안에서 먹을 예정이라고 말했다. 그가 입가를 훔치며 말했다.

"에구, 식사를 안 하신 줄 알았으면 반 접시 남은 자오즈를 가져다드릴걸 그랬네요. 동짓날 자오즈와 하짓날 국수를 안 먹으면 그날을 보내지 않은 것과 같다고 하잖아요! 우리 마누라가 오늘 빚은 자오즈는 삼치랑 시금치 소를 넣었거든요. 아주 신선하고 맛있었어요. 저는 한 접시를 다 먹고 술까지 두 사발이나 마셨지요."

나는 조수석에 앉아 코를 만지작거렸다. 알레르기성 비염이 발작하는 듯했다. 기사는 내가 자기 몸에서 나는 술 냄새가 어느 정도인지 가늠해보는 것이라 생각한 눈치였다.

"걱정하지 마세요. 한 냥도 안 되게 마셨으니까요. 얼굴도 빨개지지 않은 거 안 보이세요? 저한테 이 정도 술은 여자가 입술에 립스틱을 바른 정도에 불과해요. 입술을 적시면 겉만 반짝이지 배 속은 아무렇지도 않잖아요."

말을 마친 그는 길게 휘파람을 불었다.

기사가 이렇게 즐거워하는 것은 근거 없는 일이 아니었다. 그가 가는 길에 나를 다롄까지 데려다주면 그의 동생은 내게 몇백 위안을 덜 내도 되고, 그는 그만큼 동생에게 돈을 덜 주어도 되기 때문이었다. 그러지 않고 현지의 풍속대로 직접 병원에 입원해 수술을 하려면 충수蟲垂*를 제거하는 것만으로도 400~500위안은 들었다.

나는 아침 8시부터 수술실에 들어가기 시작해 평균 한 시간에 한 건씩 수술을 했다. 수술이 한 건 끝날 때마다 차를 몇 모금 마시고 담배를 한 대 피웠다. 그러고는 심호흡을 하면서 대강 피로를 달랬다. 그래서인지 지금은 다리가 뻐근하고 두 손이 굳어 있었다. 손발이 꽁꽁 묶인 느낌이었다.

화물차는 먼지 자욱한 작은 진을 벗어나 고속도로에 올라섰다.

나는 차가 달리는 동안 눈을 좀 붙일 작정이었지만 기사는 천성이 말하기 좋아하는 건지 술기운 때문인지 모르겠으나 차를 몰면서 신바람이 나서 계속 이것저것 물어댔다.

"오전에 수술을 몇 건이나 하셨어요?"

---

* 맹장의 아래 끝에 붙어 있는 가느다란 관 모양의 돌기.

나는 말로 대답하기 귀찮아 왼손 손가락 세 개를 펴서 보여주었다.

"제 동생 말로는 도시에 가서 수술하는 것보다 돈을 그리 많이 절약할 수 있는 건 아니라더라고요. 이런 진 위생원에서 수술을 해도 4000~5000위안은 든대요. 그중에 절반은 선생님이 가져가시겠지요? 선생님은 외부에서 모셔온 전문의니까요. 집도하는 전문의들은 틀림없이 큰돈을 벌겠지요?"

그는 오른손으로 핸들을 한 번 두드렸다. 법관이 판결을 내릴 때 판결봉을 두드리는 것처럼 내게 반론이 불가능한 결론을 내려버렸다.

나는 애매하게 음 하는 소리를 내는 것으로 대답을 대신했다.

그는 헛 하고 목청을 가다듬더니 말을 이어갔다.

"기술과 기술의 운명은 정말 다른 것 같아요. 메스를 잡는 건 제가 이 핸들을 잡는 것보다 훨씬 더 인기가 있을 거예요! 선생님은 똥구멍 세 개만 째도 4000~5000위안을 손에 넣잖아요? 저는 이른 아침부터 밤중까지 아주 열심히 보름을 일해야 그 정도 수입을 챙길 수 있거든요."

내가 외부에서 이런 수술을 하는 것이 비교적 적은 위험이 뒤따르는 일이고 수술 후 위생원에서 환자의 체온과 호흡을 측정해 감염이나 그 외 합병증이 없으면 일주일 내에 퇴원하도록 하지만 나는 어엿한 대장항문과 전문의인데 내 수술을 기사가 '똥구멍 몇 개 쨌다'고 표현하니 기분이 별로 좋지 않았다. 나는 그를 향해 눈을 한번 흘기고는 몸을 뒤로 젖혀 머리를 좌석 등받이에 기대고는 두 팔을 교차해 팔짱을 끼고 눈을 감았다. 그를 향해 몸으로 대화의

막이 내렸음을 표시한 것이다. 그는 하는 수 없이 한숨을 내쉬고는 운전에 전념하기 시작했다.

지난 2~3년 동안 나는 하얼빈 서부역에서 다롄 북부역까지, 다시 다롄 북부역에서 하얼빈 서부역까지의 여정을 여러 차례 왕복했다. 보통 정오에 하얼빈을 출발하면 네 시간이 지나서야 다롄에 도착할 수 있었다. 여름이나 가을에는 황혼 녘에 먼저 해수욕을 한 번 하고 해산물로 식사한 다음, 늘어지게 자고 나서 이튿날 아침 일찍 수술 장소로 갔다. 나한테서 정교한 의술을 제공받는 사람들은 고통과 특혜 둘 다를 경험했다. 그들은 대부분 대도시 병원에서 수술을 기다리는 가운데 병상을 배정받지 못하는 사람들이거나 큰 병원의 수술에 대한 기대가 크지만 정작 때가 되면 뒷걸음질 치는 사람들, 작은 병이라 결국 대충 처리해야 하는 보통 환자들이었다. 나는 먼저 넉넉한 전문 수술비를 받기로 향진의 위생원과 약정을 했다. 하루에 너덧 건의 수술을 할 수 있으면 내 지갑은 꿀이 가득한 벌집이 될 터였다. 이는 여간 달콤한 일이 아니었다. 때로는 단 하루 만에 1800위안을 벌기도 했다. 그런 날이면 나는 어디든지 기꺼이 달려갔다. 환자의 병과 고통을 제거해줄 수 있다는 것은 필경 나의 어두운 생활에 한 줄기 빛을 가져다주는 일이었고 그럴 때마다 나는 자신이 제법 쓸모 있는 사람이라고 생각했다. 물론 겨울이 오면 추위가 내게서 바닷물에 몸 담그는 즐거움을 빼앗아갔다. 하지만 동한기가 되면 팽창하는 해수처럼 항문 수술을 하는 사람들도 몰려왔다. 이때 나는 다롄에 도착하자마자 곧장 수술 장소인 향진(대부분 푸란뎬 부근이다)으로 가서 농촌식으로 식사를 하고 타향에서의 밤에 방 안의 전등을 끄고 창문 앞에 앉아 담배를 피우면서 별들을 바라보곤 했다. 내 눈에 푸란뎬은 해바라기의 꽃술 같았다. 그리고 그곳 시골은 사방에 흩어진 황금빛 화관처럼 피곤한 나를 따스하게 비춰주었다.

　나는 내 또래 절대다수의 중년 남자들처럼 위로는 노인들이 있고 밑으로는 어린 아들이 있다. 아버지는 5년 전에 세상을 떠나셨고 지금은 여든이 넘은 어머니가 동생 가족과 함께 살고 있다. 같은 도시에 살고 있긴 하지만 내 아들이 강제로 마약치료감호소에 들어간 뒤로 어머니는 나만 봤다 하면 화를 내시기 때문에 1년에 두 번밖에 만나는 것을 허락하지 않으신다. 한 번은 칠석날인 어머니 생신(어머니는 내가 아버지로서의 책임을 충실히 하지 않아 당신의 장손이 자신을 위해 장수를 기원하지 못하게 했다며 걸핏하면 나를 나무라신다)이고 다른 한 번은 음력 12월 8일 납팔절臘八節*이다. 이날이 오면 어머니는 내게 죽 한 사발을 주시면서 마시라고 한다. 어머니는 심각한 폐심증을 앓고 계시고 겨울만 되면 증상이 심해진다. 특히 안개가 많이 낀 날은 더 심하다. 어머니는 반드시 장손이 마약치료감호소에서 나오는 날까지 사셔서 나 대신 아들을 가르치겠다고 공언하신다. 어머니는 우리 마누라와 마찬가지로 자식을 제대로 가르치지 못해 마약을 입에 대게 한 죄가 온전히 내 몫이라고 말씀하신다. 그럴 때면 나는 도둑이 제 발 저린 기분으로 "자식을 교화하지 못한 것은 아비의 과실이다子不教, 父之過"**라는 말에서 '아비'는 아버지만을 가리키는 것이 아니라고 주

---

　* 불교의 창시자인 석가모니가 득도한 날로 풍수와 길상을 기원하는 명절이다. 이날은 여덟 가지 색깔의 곡식으로 만든 죽을 먹는다.

　** 중국 고대 아동들의 계몽학습 교재인 『삼자경三字經』에 나오는 구절이다.

장한다. 어머니와 마누라는 이 말을 들으면 늘 탄알이라도 발사할 것처럼 두 눈을 커다랗게 뜨고 나를 바라본다. 나는 등골이 오싹해지지 않을 수 없다.

확실히 내가 아들을 너무 예뻐하면서 방임한 것은 사실이다. 녀석은 어려서부터 제 하고 싶은 대로 다 했고 원하는 것이 있으면 아버지인 내가 최대한 만족시켜주었다. 나는 억지로 다듬지 않은 나무여야 잘 자라서 하늘을 찌르고 곧게 설 수 있다고 생각했다. 하지만 녀석이 살고 있는 현실의 숲은 진짜 숲에 비해 물질과 그로 인한 위험이 훨씬 더 많다는 사실을 잊고 말았다.

과거에 나는 모 의과대학 부속병원 항문과에서 일했는데, 항상 수술을 주관하는 책임 전문의로서 월급 외에 환자들이 건네는 촌지를 많이 받아 비교적 윤택한 생활을 할 수 있었다. 그리고 촌지를 받으면 늘 절반을 환자에게 돌려주곤 했다. 이런 인지상정을 안다고 해도 역시 정인군자는 아니었다. 다만 약간의 양심이 있음을 증명할 뿐이었다.

직업 때문에 나는 죽음을 앞둔 사람들을 무수히 봐왔다. 병원 영안실은 적막해질 틈이 없었다. 산부인과 병실에 항상 사람이 많아서 걱정인 것과 마찬가지였다. 다른 점이 있다면 어떤 이들은 이 세상에서 철저히 입을 다물고 있는 반면 또 어떤 이들은 큰 소리로 울고불고한다는 것이다. 인생에 슬픔과 고통이 얼마나 많든 간에 누구도 죽어서 자신을 위해 울지는 못한다. 그렇기 때문에 나는 영혼에 대해 시종 회의적인 태도를 갖고 있었다. 죽으면 죽는 것이다. 허공에 떠 있는 한 떨기 구름이 흩어지면 다시 똑같은 구름으로 복원되지 않는 것과 마찬가지다. 이런 생각이 인생과 돈에 대한 나의 태도를 결정해 쓸 때 마구 쓰는 습관을 갖게 했다. 사람은 돈을 한꺼번에 왕창 벌 수는 있지만 시간을 한꺼번에 왕창 벌 수는 없기 때문이다. 나는 몸에 걸치는 것을 그다지 중시하지 않는다. 식업 때문에 한평생 흰 가운만 입어왔다. 나는 일찍이 사람들에게 모든 이가 의사라면 포목점 주인은 울다가 정신을 잃을 것이라고 말한 적이 있다. 그러면서 내가 흰 가운을 입을 때는 항상 앞당겨 나 자신에게 조문하는 듯한 느낌이 들었다. 나는 몸에 걸치는 것을 제외한 모든 즐거움을 다 중시했다. 좋은 집에 살면서 맛있는 음식을 먹고 내가 좋아하는 차를 몰고 싶었다. 그래서 안파교安發橋 아래 있는 옛집을 팔아버리고 쑹화강松花江이 바라다보이는 다오와이道外구에 집을 샀다.

다오와이로 말하자면 우리 마누라가 별로 좋아하지 않는 구역이었다. 나는 다른 현 출신이지만 그녀는 하얼빈 남단의 러시아식 옛 가옥에서 태어났다. 그 일대는 원래 러시아 중동中東철로의 고위 직원들이 거주하던 지역이라 하나같이 작은 정원이 딸린 서양식 주택들만 있었다. 나중에 이 구역에 거주하게 된 중국인들은 두세 가구가 주택 한 채를 공동으로 사용했지만 그곳에서 태어났다는 이유로 그녀는 항상 귀족 친척이나 친구를 둔 사람처럼 우월감을 드러내면서 저속한 사람들의 거주지역인 다오와이를 무시했다. 오늘날의 다오와이는 대대적인 변화를 거치긴 했지만 여전히 혼잡하고 지저분하기 때문에 귀족이나 출세한 사람들이 이 지역에 거주하는 일은 극히 드물었다. 그래서인지 집값도 비교적 싼 편이었다. 하지만 나는 다오와이의 이런 저속한 분위기가 좋았다. 거리와 골목의 크기나 길이가 일정치 않고 도처에 작은 상점들이 꽃처럼 흩

어져 있으며 야시장에서는 사람들이 물건을 사라고 외치는 소리가
끊이지 않는다. 골동품 시장 앞에는 사탕 장수와 군고구마 장수가
있다. 화가花街 앞에는 개 한 마리가 앉아 졸고 있고 화물을 가득 실
은 삼륜차부는 수레를 몰면서 낮은 목소리로 노래를 흥얼거린다.
이발사는 한여름에도 여전히 팔을 걷고 거리 한구석에서 손님들을
기다리고 있다. 삶이란 이처럼 어지러운 모습 속에서 활력을 드러
내는 법이다. 내가 다오와이에서 가장 좋아하는 것은 작지만 아주
오래된 음식점들이다. 두부로 소를 넣은 빠오즈包子에 간장에 절인
우설牛舌 한 접시, 여기에 맥주 한잔을 곁들이면 주말을 맞은 나의
최고 향수가 된다.

우리 마누라는 한 기업체에서 원예 디자이너로 일하고 있다. 수
입은 나보다 많지 않지만 나름 괜찮은 편이다. 그녀가 하는 일은
출근해서 그림을 그리다가 퇴근하면 내 호주머니를 뒤지는 것이
다. 이때의 그녀는 제대로 훈련받은 의사 같고 내 지갑은 병실 같
다. 그녀는 항상 사각지대를 남기지 않고 깨끗하게 내 지갑을 털었
다. 물론 때로는 그녀의 동작이 너무 느려 아들이 먼저 털어가기도
했다. 아들은 공부를 몹시 싫어했다. 고등학생 때는 사흘에 이틀은
땡땡이를 치고 인터넷 게임에 빠져 있거나 술을 마셨다. 결국 교외
에 있는 사립대학에 간신히 합격했다. 녀석은 기숙사가 있는데도
입주하지 않고 방을 빌려 여자친구와 동거했다. 물론 녀석의 여자
친구는 자주 바뀌었다.

우리 마누라는 돈을 손에 넣으면 담비 모피 외투를 사는 데 가
장 큰 열정을 보였다. 차가운 바람이 살을 에일 때면 굽이 높은 가
죽 부츠를 신고 몸에는 화려한 디자인의 담비 모피 외투를 걸치고

는 따닥따닥 소리를 내면서 중앙대로의 돌길을 걸었다. 그녀가 가장 흡족해하는 순간이었다. 하얼빈이라는 도시에서 원예 디자이너는 겨울의 절반 동안 일거리가 없었다. 이로 인해 그녀에게는 아름다움을 드러낼 충분한 시간이 주어졌다.

아내가 내 지갑을 철저히 털어가다보니 나는 사무실 서랍에 비상금을 보관하게 되었다. 월급이 입금되는 카드와는 별도로 카드를 하나 더 만들어 불의의 사태에 대비하면서 부정기적으로 돈을 넣어두곤 했다. 비밀번호는 아내와 아들이 풀기 어려운 숫자였다. 죽은 사람을 살린다는 의미의 '치쓰치쓰치쓰起死起死起死'의 음을 딴 '칠사칠사칠사'였다. 의사가 이런 비밀번호를 갖는다는 것은 스스로 '부상을 치료하고 목숨을 구한다'는 좌우명을 세우는 것이나 다름없었다. 나는 아내와 아들에게 이 카드는 나의 일상적인 소비를 위한 것이니 신경 쓰지 말라고 분명히 말했다. 먹고 마시고 차량 유지에 드는 돈을 제외하면 어머니 생활비로 매달 1500위안씩 동생의 은행 계좌로 송금했다. 지출명세도 공개할 수 없었다. 내게는 아내 외에 다른 여자가 하나 있었다. 그녀는 다오와이에서 훈툰餛飩* 음식점을 운영하고 있었다. 남편은 병으로 세상을 떠나고 슬하에 대학에 다니는 딸이 하나 있었다. 나는 먼저 그녀 집에서 파는 훈툰 맛에 끌렸고 이어서 그녀에게 끌렸다. 솔직히 털어놓자면 그녀에게 남자는 나 하나뿐만이 아니었다. 그녀는 남자 때문에 울어야 하는 경험을 두번 다시 하고 싶지 않아 결혼을 하지 않는

---

* 밀가루를 소금물에 반죽해 조금씩 떼어 넓게 편 다음 돼지고기, 생강, 파, 후춧가루 등을 간장에 버무린 소를 넣고 빚어서 끓인 음식으로 작은 교자와 비슷하다. 국물과 함께 끓여 먹는다.

다고 말했다. 나와 그녀는 자주 만나는 사이가 아니었다. 서로 바쁘기도 하고 굳이 애인과 함께 있어야 한다는 필요성도 느끼지 못했기 때문이다. 우리는 두세 달에 한 번씩 만나곤 했다. 때로는 그녀를 보고 싶은 마음에 내가 손님들이 끊이지 않는 그녀의 가게로 찾아가기도 했고 때로는 갑자기 그녀가 나를 갈망해 환자인 척하고 내 전문 진료 명단에 등록을 하고 오기도 했다. 나를 만나도 몸을 빼낼 틈이 없어 우리는 그저 낯선 사람들에게 둘러싸인 채 뜨겁게 서로를 바라볼 뿐, 도저히 자리에서 벗어날 수 없었다.

한 시간 남짓 지나서 트럭은 다롄으로 들어섰다. 기사는 시내로 들어서자마자 나를 내려주면서 트럭은 운행에 제한이 있기 때문에 북부역까지는 못 가니까 내가 알아서 가라고 했다. 나는 차가운 바람 속에서 20분 정도 기다린 뒤에야 택시를 잡을 수 있었다. 북부역에 도착했을 때는 열차 시간이 15분밖에 남지 않은 터였다. 나는 새치기를 해 표를 산 다음, 황급히 여객안전검사 통로로 달려가 간신히 열차에 올라탈 수 있었다.

열차에 올라 자리에 제대로 앉기도 전에 열차가 움직이기 시작했다. 해안가 도시를 출발한 고속전철은 은빛으로 반짝이는 한 마리의 갈치 같았다. 갈치는 내가 유년 시절에 설을 맞을 때마다 먹을 수 있는 유일한 생선이었다. 머리는 납작하고 몸집은 검처럼 길쭉했으며 이상하게도 눈처럼 빛났다. 내게 수술을 받았던 환자 하나가 인터넷으로 특등석 표를 한 장 구해주었다. 향진기업의 사장인 그가 아니었더라면 내가 구할 수 있는 표는 일등석이 고작이었을 것이다.

특등석과 일등석은 같은 객차 안에 있지만 객차 문을 기준으로 불투명 유리 칸막이가 설치되어 있어 두 개의 독립된 공간으로 나뉘어 있었다. 특등석은 객차의 4분의 1을 차지하고 있고 좌석이 다 합쳐서 여덟 개이지만 승객은 두 명밖에 없었다. 나 말고 다른 승객은 중년의 남자로 창가 자리에 앉아 큰 소리로 시끄럽게 전화 통화를 하고 있었다. 상대방과 옥수수 가격을 흥정하고 있는 것으로 보아 사업을 하는 사람인 듯했다. 열차가 다롄 경계를 벗어나자 그는 나를 힐끗 쳐다보더니 툴툴거렸다.

"고속전철에서는 담배도 피우지 못한다니까요. 정말 답답해 미치겠네요."

내가 아무런 반응도 보이지 않자 그는 또다시 전화를 걸기 시작했다. 이번에는 가족에게 거는 것 같았다. 집에서 키우는 개가 보고 싶고 개 짖는 소리를 듣고 싶다고 말했다. 개가 별로 협조를 해주지 않았는지 그가 욕하는 소리밖에 들리지 않았다.

"정말 멍청하네. 내가 집에 돌아가면 반드시 네놈 머리통을 부숴놓고 말 거야!"

열차 승무원이 검표를 위해 다가와서는 음식이 담긴 누런 봉투를 하나씩 나눠주었다. 봉투를 열어보니 과자 두 개와 땅콩이 담긴 작은 봉지 하나, 말린 산사 열매 세 개가 전부였다. 별로 배가 고프지 않았던 나는 승무원에게 특등석 승객들에게 정식 식사를 제공하는지 물었다. 그는 그렇다고 하면서 퉁명스럽게 한마디 덧붙였다.

"제대로 된 식사를 하고 싶으시면 따로 돈을 내고 사드셔야 합니다."

내가 어떻게 사냐고 묻자 그는 다소 누그러진 어투로 말했다.

"오후 2시가 넘었는데 아직 식사를 하지 않은 사람이 어디 있겠어요? 배식은 이미 끝났을 거예요. 혹시 남은 도시락이 있는지 제가 한번 물어볼게요."

승무원이 가고 나서 얼마 지나지 않아 정말로 종업원 한 명이 찾아왔다. 그는 의사처럼 흰 가운을 걸치고 있었다. 손에 든 쟁반에는 팔고 남은 도시락 세 개가 얹혀 있었다. 그가 어느 분이 도시락을 원했냐고 물어 나는 얼른 내가 부탁했다고 말했다. 그는 가격이 20위안이라고 말하면서 하나를 골라 집으라고 했다. 나는 돈을 지불하고 세 개의 도시락을 향해 손을 뻗어 만져보다가 비교적 온기가 남아 있는 걸로 하나 집어들었다. 굶주렸던 위장이 즉시 전력투구하면서 설익은 밥과 초라하기 그지없는 피망, 고기 등을 흡입했다. 도시락을 먹고 나니 피로가 몰려왔다. 나는 차창에 비스듬히 몸을 기대고서 밖을 내다봤다.

하늘은 희뿌연 잿빛이고 들판은 아득하기만 했다. 나는 듯이 빠르게 스쳐 지나가는 풍경 속에 벌거벗은 농지와 삼삼오오 무리를 지은 소와 양, 낮은 가옥들, 불에 보릿짚을 태우는 사람들, 묘지 등이 모습을 드러냈다가 빠른 속도로 사라졌다. 동짓날이 가까워서인지 이러한 풍물들은 대지 위에 기다란 그림자를 던지면서 실물과 뒤섞여 눈을 어지럽게 했다. 나는 아주 빨리 잠이 들었다.

자다가 깼을 때는 이미 하늘이 어두워져 있었다. 툴툴대던 그 승객은 보이지 않았다. 그가 잉커우營口에서 내렸는지 안산鞍山에서 내렸는지, 아니면 방금 지나온 선양沈陽에서 내렸는지는 알 수 없었다.

제복을 입은 젊은 친구 하나가 나와 통로를 사이에 두고 건너편 좌석에 앉아 고개를 숙인 채 휴대폰을 만지작거리고 있었다. 앉은 상태에서도 한눈에 키가 크고 건장한 사내라는 것을 알 수 있었다. 비스듬히 뻗은 다리가 아주 길었고 등과 어깨도 무척 넓었다. 그는 내가 허리를 펴고 일어서는 것을 보더니 빙긋이 웃으면서 말했다.

"아저씨, 정말 잘 주무시네요. 바위취안鮫魚圈에서 선양을 지날 때까지 계속 정신없이 주무시더라고요."

그는 크고 네모난 얼굴에 이마가 넓고 눈썹이 짙었다. 눈은 크지도 작지도 않았고 입술은 무척 두꺼운 편이었다. 하관은 둥글고 부드럽지만 약간 위로 들려 있고 귀는 커다란 동전처럼 둥글었다. 전체적으로 평화로운 얼굴 위에 콧등이 단단한 벽처럼 곧게 솟아 부드러움 속의 강인함을 드러냈다.

"그렇군. 한잠 자고 나니 날이 다 어두워졌네."

내가 그에게 말했다.

"아저씨, 그건 아저씨 탓이 아니라 동짓날이라서 그런 거예요. 오늘이 바로 낮이 가장 짧은 날이잖아요. 해가 우릴 봐주지 않고 너무 일찍 돌아가버린 거예요. 해는 하늘의 CEO라고 하더군요. 해는 타임레코더를 찍을 필요도 없이 아무 때나 제 맘대로 돌아가버린다는 거예요."

그는 아주 유머감각 있게 말했다.

내가 그에게 특등석 종업원이냐고 묻자 그는 고개를 가로저으며 말했다.

"저는 시설 정비랑 고장 처리를 전담하고 있어요."

"그럼 엔지니어군?"

그가 고개를 끄덕였다.

"어째서 특등석에 승객이 이렇게 적지? 선양 같은 큰 역에서도 타는 사람이 전혀 없네."

"아저씨, 이 열차는 출발해서 종점에 도착할 때까지 겨우 4시간 밖에 안 걸리는 데다 도중에 역마다 다 서거든요. 게다가 요즘은 이등석이나 삼등석도 시설이 아주 좋기 때문에 특등석은 말할 것도 없고 일등석을 타는 사람도 거의 없어요. 특등석이 이렇게 비싼데 누가 억울한 돈을 쓰겠어요?"

젊은 친구는 손을 내저으며 말을 이었다.

"저라면 삼등석을 타겠어요! 돈을 절약했다가 열차에서 내려 그럴듯한 음식점을 찾아 먹는 데 쓰는 게 나을 것 같아요."

그는 추르릅— 소리를 내며 혀로 입술을 핥았다. 머릿속으로 맛있는 음식을 생각하고 있는 것 같았다.

내가 말했다.

"나는 옛날에 대학생 시절, 겨울방학이 되어 집으로 돌아갈 때면 항상 경좌硬座*를 타고 다녔지만 힘들다고 느낀 적은 한 번도 없었어. 지금은 나이에 상관없이 모두들 엉덩이가 말랑말랑해져 편안한 자리를 고르려고 하지."

젊은 친구는 자신이 특등석에 앉는 사람들을 관찰해보니 기업인과 국가 공무원이 가장 많고 그다음이 '아가씨'들이었다고 말했다. 그는 그렇게 명성과 권세를 가진 사람들이 눈빛은 공허하고 턱으로 지시하며 눈짓으로 사람들을 부린다고 했다. 몸에서 진한 향수

---

* 1990년대까지 중국의 열차 좌석은 경좌硬座, 경와硬臥, 연좌軟座, 연와軟臥 네 가지로 구분되었다. 이 가운데 경좌는 딱딱한 의자에 앉은 형태로, 불편한 만큼 가격이 가장 쌌다.

냄새가 풍기는 젊은 여자들은 전부 누군가에 의해 돌봄을 받고 있는 사람들이라고 했다.

"그런 사실을 어떻게 그리 단정할 수 있지?"

그는 특등석은 절반 이상이 비어 있기 때문에 자주 이곳에 와서 쉰다고 했다. 이런 여자들은 열차에 오르면 곧장 전화부터 하기 시작한다고 했다. 그는 여자들의 통화 내용에서 온갖 단서를 잡아내는 것이었다.

내가 물었다.

"자네는 올해 나이가 어떻게 되나?"

"스물다섯입니다. 열차에서 일한 지 벌써 3년이나 됐네요."

내가 탄식의 한숨을 내쉬며 말을 받았다.

"우리 아들보다 겨우 두 살 위인데 혼자 힘으로 생활을 책임지고 있군. 한 달 수입이 1만 위안쯤 되나?"

젊은 친구는 자신의 귀가 풍령風鈴이라도 되는 듯이 가볍게 어루만지며 말을 받았다.

"아저씨, 말씀하시는 걸 들으니 큰 사업을 하시는 것 같군요. 제가 어떻게 1만 위안을 벌 수 있겠어요? 가장 많은 달에는 7000위안 정도 벌지만 한 달에 평균 5000~6000위안밖에 못 벌어요. 제 동창생들은 제가 돈을 많이 번다면서 부러워하기도 하지요. 걔들은 제가 대체 전생에 무슨 죄를 지었기에 열차 안에서 식사도 제대로 못 하고 일하는지, 어쩌다 운이 좋아야만 이렇게 빈자리에 앉아 한가하게 휴식을 취할 수 있는지 모르거든요. 게다가 상관이 전화로 호출하면 당장 달려가야 하고요. 상관의 눈 밖에 났다가는 좋은 일이 있을 리가 없지요. 마지못해 일하고 있는 거예요. 몸을 놀리

는 게 좋은 일이 아니라는 사실은 누구나 다 알잖아요. 우리 구간
의 열차에서 일하는 사람들 중에 나이가 저보다 네 살 많은 친구가
있어요. 결혼한 지 두 해째인데 한 달 내내 열차를 타더니 열차에
서 내리자마자 곧장 버스를 타고 집으로 돌아갔어요. 그런데 버스
차장이 승객 한 명이 자리에 엎드려 자면서 차에서 내리지 않는 것
을 발견한 거예요. 다가가 어느 정거장에서 내리냐고 물으면서 흔
들어 깨우려 했지만 뜻밖에도 승객의 몸이 이미 단단하게 굳어 있
는 거였어요."

젊은 친구는 탄식을 하면서 말을 이었다.

"다행히 그 사람에게는 아직 아이가 없었어요. 아이가 있었더라
면 그 아내의 인생은 더 비참했을 거예요."

"그럼 자네는 결혼을 했나?"

내가 물었다.

"아저씨, 저 같은 사람이 어떻게 여자를 구할 수 있겠어요? 여자
를 사귄 적이 있긴 하지만 처음 식사 약속을 했다가 틀어지고 말았
어요."

젊은 친구는 내게 자세한 사정을 설명해주었다.

"저는 음식을 주문하면서 아주 정중하게 종업원을 불렀습니다.
그런데 종업원이 가고 나자 그녀가 뭐라고 했는지 아세요? 이러는
거예요. 돈을 내고 음식 먹는 거 아니에요? 왜 종업원한테 그렇게
깍듯이 예의를 갖추는 거예요? 그 말을 듣는 순간 이 여자가 자질
이 아주 좋지 못한 사람이라는 생각이 들었어요. 과연 조리사가 감
자를 곁들인 전어찜을 아주 짜게 만들어 내오자 그녀는 큰 소리로
종업원을 불러 한바탕 질책하더군요. 그러더니 종업원에게 욕하면

서 주방에 자신의 불만을 확실하게 전달하라고 명령하는 거예요. 조리사가 땀투성이 얼굴로 뛰어나와 사과하면서 어제 잠을 제대로 자지 못해 손의 감각이 평소 같지 않아 소금을 좀 많이 넣었다고 설명하더군요. 그러면서 그 음식 값은 받지 않겠다고 말했어요. 그런데도 그녀는 기분을 풀지 않고 음식을 다시 만들어오라고 호통치더군요. 저는 그런 광경을 보면서 아무 말도 못 했지만 그녀는 전혀 동정심을 보이지 않았어요. 다시는 그녀를 만나고 싶지 않다는 생각이 들더라고요. 식사를 마친 뒤 계산하고 음식점에서 나온 저는 그녀를 택시에 태워 보내고 나서 곧장 휴대폰에서 그녀의 이름을 블랙리스트로 옮겨버렸답니다. 저는 아주 소박한 여자를 찾고 싶어요. 너무 드세지 않고 남을 잘 이해하며 존중할 줄 아는 여자를 만나고 싶어요. 그래야 나중에 저희 엄마도 저를 탓하는 일이 없을 테니까요."

젊은 친구의 말에 마음이 몹시 아팠다. 나는 아들의 여자친구를 두 번 만난 적이 있다. 두 번 다 특이한 옷차림이었고 입만 열었다 하면 욕이었다. 세상을 우습게 여기며 불손한 태도를 보였고 술 담배를 즐겼다. 그런데도 녀석은 그 여자들을 좋아하면서 오히려 삶에 대해 아주 분명한 태도를 갖고 있다고 칭찬했다. 녀석은 두 번째 여자친구를 데리고 바에 가서 술을 마시다가 마약에 손을 대기 시작했다. 그 여자아이는 여름이건 겨울이건 항상 짧은 치마를 입고 다녔다. 내가 아들의 얼굴과 정신에서 이상 징후를 발견한 것은 녀석이 마약에 중독된 지 두 해가 지난 뒤였다. 내게서 충분한 돈을 얻어낼 수 없게 되자 녀석은 여자친구와 함께 고리로 돈을 빌려 마약을 샀다. 이 때문에 녀석이 마약치료감호소에 들어간 뒤에 나는 사채업자들에게 100만 위안에 가까운 빚을 상환해야 했다. 이를 위해 나는 이전의 직장을 포기하고 강북江北 지역에 조건은 별 차이 없지만 수입과 자유도가 비교적 높은 항문전문병원으로 가게 되었다. 그러다보니 다른 일들을 위한 외출이 잦아졌다. 물론 내게도 인간에게 마땅히 있어야 할 향수는 필요했다. 맛있는 해산물 요리를 먹고 영화를 보기도 했고 가끔 시간제로 지불하는 모텔을 잡아 훈툰 음식점 애인을 만나 아주 짧은 쾌락을 즐기기도 했다. 하지만 어떤 즐거움이든 마냥 길 수 있겠는가?

나는 일찍이 아들에게 마약이 해로운 걸 뻔히 알면서 왜 손을 댔느냐고 물은 적이 있다. 녀석은 생활이 너무 무료하고 상상의 공간이 전혀 없는 데다 돈이 있든 없든 공허했기 때문이라고 대답했다. 하지만 녀석은 마약을 흡입하고 나면 환각 속에서 무한히 충실했다. 황제가 되고 싶으면 황제가 되어 더없이 호화로운 의복과 식사를 즐기면서 무수한 비빈을 거느릴 수 있었다. 누구든지 마음만 먹으면 목을 벨 수도 있었다. 녀석은 우아한 거지가 되어 품에 술병 하나를 안고 남루한 옷차림으로 나비들이 춤추는 도화원 안을 거닐고 싶어했다. 녀석은 환각 속에서 은하의 물을 떠다가 차를 끓일 수 있었고 지옥의 어린 귀신을 하나 잡아다 마부로 부릴 수 있었다. 물론 그럴 때면 녀석은 내 아버지가 되어 지시와 명령을 내렸고 나는 녀석의 면전에 무릎 꿇고 앉아 귀를 기울이는 아들이 되었다. 나는 녀석의 공허함이 어디서 비롯되었는지 전혀 알 수 없었다. 녀석의 의식주에는 부족함이 없었기에, 학업에 소홀해 마룻대와 들보 같은 유용한 인재가 되지는 못한다 해도 나는 아이가 정상적인 사람으로 평안한 인생을 살 수는 있을 거라고 생각했다.

내가 침묵하고 있는 것을 보고는 젊은 친구가 말했다.

"아저씨, 아저씨도 제가 그런 여자랑 어울려선 안 된다고 생각하시지요? 하지만 지금은 그런 여자가 너무 많아요. 인품을 보지 않고 돈을 보는 여자들 말이에요. 게다가 사랑을 하려면 성깔이 있어야 하는 것 같아요. 약간 '야만적'이지 않으면 사랑이 아닌가봐요. 아저씨처럼 돈이 많으신 분의 아드님한테는 여자들이 줄을 서겠지요. 며느리 감 구하는 데 전혀 걱정이 없으시겠어요! 적어도 우리 엄마처럼 저한테 어울리는 여자를 좀 찾아달라고 사방으로 부탁하고 다니는 일은 없을 것 같네요. 우리 엄마는 쉰이 조금 넘었는데도 저 때문에 벌써 백발이 다 되었다니까요!"

"그럼 자네 아버지는 자네 일에 신경을 전혀 안 쓰나?"

내가 물었다.

"아빠는 제가 열다섯 살 때 돌아가셨어요. 아빠는 당시에 식량 창고에서 일하셨는데 어느 해인가 천지가 얼어붙었을 때 나귀를 끄는 수레로 식량을 운반하고 있었어요. 가까운 길로 가려고 경솔하게 아직 단단하게 얼지 않은 강물을 건너게 되었지요. 그러다가 얼음이 깨지는 바람에 수레와 함께 차가운 얼음물 속에 빠지고 말았어요. 저희 아빠는 정말 불쌍해요. 나귀는 첨벙거리면서 강가로 올라왔지만 아빠와 식량은 그대로 강물 속에 가라앉고 말았거든요. 엄마는 그 나귀를 죽도록 미워했어요. 위급할 때는 축생이 주인을 구해야 하는데 이 나쁜 놈은 원래 초혼패를 든 귀신이었는지 주인을 그냥 음간에 넘겨버렸다면서 말이에요."

열차가 톄링鐵嶺 서부역에 도착했다. 젊은이는 재빨리 몸을 일으켜 일을 하러 갔다. 그가 일어서는 순간 나는 그의 신장을 확인할 수 있었다. 적어도 1미터 80센티미터는 되는 것 같았다. 정말 장대한 거구였다. 날은 완전히 어두워져 있었다. 열차를 타고 내리는 승객은 많지 않았고 플랫폼은 다소 썰렁해 보였다.

나는 마음속으로 이처럼 햇빛으로 가득한 젊은이들을 좋아했다. 그와 좀더 얘기를 나눌 수 있기를 기대했지만 톄링에서부터 스핑四平을 거쳐 창춘長春에 이르기까지 특등석에 와서 앉는 사람들은 전부 다른 승무원들이었다. 그들은 자리에 앉아 휴대폰을 만지작거리면서 잠시 쉬다가 다시 일어나 가버렸다. 그렇게 나 혼자만 남겨졌다.

차창 밖에는 어둠이 스쳐가고 있었다. 검은 물줄기가 흐르는 것 같았다. 가끔씩 등불이 있는 곳을 지날 때면 어둠 속에서 별들처럼 반짝거렸다. 시속 200~300킬로미터로 달리는 열차 안에서 보면 차창 밖의 모든 풍경은 다리를 쭉 펴면서 죽어라고 달려가는 것 같았다. 그래서 찬란한 등불이지만 눈 깜짝할 사이에 '어젯밤의 별자리'가 되고 말았다.

열차가 점점 역사 안으로 들어설 때쯤 아까 그 젊은 친구가 다시 왔다. 그는 나를 보더니 친절하게 웃으면서 말했다.

"아저씨, 이제 한 정거장만 더 가면 하얼빈이에요. 곧 댁에 가시게 될 겁니다."

"자네 어투를 들으니 동북 사람인 것 같군. 집이 어디인가?"

내가 물었다.

"에이, 이미 지나쳐버렸네요."

젊은 친구가 약간 서글픈 어투로 대답했다.

그는 자기 집이 어딘지 끝내 구체적으로 말해주지 않았다. 단지 그곳에서 자신이 대학 입시를 치르던 해에 그 유명한 사기 응시 사건이 발생했다고 말했다. 신분을 속여 응시하는 입시생이 그와 같은 고사장에 있었고 그들이 부정 응시를 하고 있다는 것을 알고는 줄곧 답안을 작성하는 과정에서 감독 교사에게 사실을 알려야 할지 말지를 놓고 스스로를 상대로 투쟁을 벌였다. 그는 친구가 보복할 것이 두려워 결국은 포기하는 쪽을 선택했다고 말했다. 그러는 바람에 마음의 평정을 잃어 간신히 철로전문학교에 합격할 수 있었다. 사실 그의 꿈은 예술을 공부하는 것이었다.

"예술을 공부하는 게 꿈이었다고?"

나는 뜻밖의 말에 놀라움을 금치 못했다.

"저는 영화를 좋아해요. 이란의 마지드 마지디와 아바스, 일본의 구로사와 아키라와 기타노 다케시 같은 감독들을 가장 좋아하지요. 그들이 찍은 영화는 정말 대단해요!"

"그럼 구로사와 아키라 감독의 「데르수 우잘라」*도 좋아하겠군?"

내가 물었다.

"그야 두말할 필요도 없지요!"

젊은 친구는 지음을 만나기라도 한 듯이 흥분하면서 엄지를 치켜세웠다.

---

* 소련과 일본의 합작 영화로 각본은 구로사와 아키라와 유리 나기빈이 맡았다. 원작은 블라디미르 아르세니에프의 일기다. 내용은 시베리아 탐험에 나선 군대 지도 측량기사 아르세니에프(유리 솔로민)가 이끄는 측량단에 관한 것이다. 이들은 퉁구스족 사냥꾼 데르수 우잘라(막심 문주크)를 안내자로 고용한다. 데르수는 광야의 자연을 이해하는 데 뛰어난 능력을 보여줌으로써 대원들로부터 존경을 받는다. 그는 결국 아르세니에프시까지 가지만 도시생활에 적응하지 못하고 자신의 고향으로 돌아간다.

"아저씨, 아저씨는 제가 열차 승무원으로 일하면서 만난 사업가들 가운데 문화적 소양이 가장 뛰어난 분이에요!"

젊은 친구는 내게 지금 자신이 하고 있는 일은 절대로 좋아서 하는 것이 아니라고 말했다. 피곤하고 무미하며 위험하기까지 하다는 게 그 이유였다. 한번은 열차가 고속으로 운행하다가 갑자기 낙뢰의 습격을 받아 급히 정차해야 하는 상황에 처했다고 한다. 객차들도 전부 정지해야 했다. 밖은 완전히 밤의 어둠에 휩싸여 있었다. 그가 손전등을 켜서 주위를 살펴봤다. 고가 철교 위에 서서 떨어진 고압선을 바라보며 자신의 목을 조이고 있는 밧줄을 보는 듯한 느낌이 들었다. 계속 몸을 떨던 그는 하마터면 고가 철교 밑으로 떨어질 뻔했다. 위험은 그것으로 끝나지 않았다. 젊은 친구는 고속전철의 고압선에 흐르는 전류가 2만7500볼트나 된다고 말했다. 그는 머리 위에 눈에 보이지 않는 아주 예리한 검이 매달려 있는 듯한 기분으로 일 년 내내 전류의 복사를 두려워하며 조마조마한 심정으로 일했다. 전문가들은 승무원들의 몸에 피해를 입히는 일은 없을 것이라고 말했지만 두려움이 드는 건 어쩔 수 없었다. 그는 이 일을 그만두고 전문 장비를 사서 뜻이 맞는 몇몇 친구와 함께 극소형 영화를 제작해 인터넷 플랫폼에 팔아볼까 하는 생각도 했다. 젊은 친구는 그런 얘기를 하면서 자신이 휴대폰으로 찍은 극소형 영화를 한 편 찾아 보여주었다.

시간이 겨우 5분밖에 안 되는 짧은 영화였다. 삼륜차부 한 명이 비바람 속에서 화물을 나르고 있었다. 그는 온통 진흙탕인 데다 아주 좁은 골목을 뚫고 가고 있었다. 렌즈가 차부의 뒷모습을 쫓는다. 검정 우산을 쓰고 손에 닭 한 마리를 든 자주색 옷차림의 여인이 그와 나란히 걷고 있다. 닭의 날개가 한데 묶여 있다. 죽음의 나비 매듭 같다. 닭벼슬은 빗속에서 유난히 붉고 선명하지만 두 다리는 무력하게 버둥거리고 있다. 처음에는 파란 우산을 든 절름발이 늙은 사내가 차부를 따라가고 그 뒤를 기력을 잃은 듯한 누런 개 한 마리가 고개를 푹 숙인 채 따라가고 있다. 그리고 비파를 어깨에 메고 스티로폼 한 조각을 머리 위로 들어 비를 막고 있는 맨팔의 남자아이가 뒤이어 따르고 있다. 눈처럼 하얀 구름을 머리에 이고 있는 것 같았다. 삼륜차부가 지나쳐가는 집들은 전부 허름하고 낮은 건물이다. 지붕 위에 푸른 풀이 자라난 집도 있다. 그는 이렇게 삼륜차 페달을 밟으며 천천히 앞을 향해 나아가고 있다. 갈수록 길은 높아지고 험난해진다. 가장 높은 곳에 이르자 자줏빛 옷차림의 여인은 작은 음식점 안으로 들어간다. 닭을 팔려는 것 같다. 앞서 가던 황구는 언제 방향을 돌렸는지 다시 삼륜차부를 따라오고 있다. 차부가 높은 언덕을 넘을 때 황구는 그의 뒤에서 입으로 삼륜차에 실린 화물을 밀면서 힘을 보태려 한다. 화면은 여기서 뚝 하고 멈췄다. 차부가 그 높은 언덕을 넘었는지, 황구가 큰 도움이 되었는지, 비는 마침내 멎었는지 영화는 아무것도 알려주지 않았다.

"아주 훌륭한 영화네."

나는 이렇게 간단한 말로는 이 영화가 내게 준 충격을 제대로 다 표현할 수 없을 것 같아 한마디 더 덧붙였다.

"마음을 완전히 사로잡는 영화야!"

젊은 친구가 말했다.

"감사합니다, 아저씨. 장비가 허술한 게 너무 아쉬워요. 영화를 전공했다면 더 잘 찍었을 거예요. 저는 이런 극단편 영화의 소재를 잔뜩 비축해놓고 있어요."

"영화에 나오는 인물들이 실제 인물인가 아니면 자네가 섭외한 배우들인가?"

"아저씨가 보시기에 진짜 배우들 같았나요?"

젊은 친구는 내 판단력에 대해 다소 실망하는 것 같았다. 그가 약간 조롱하는 듯한 표정으로 입꼬리를 살짝 들어올리며 말했다.

"연출의 구성에 대해 아세요? 이건 작년 여름에 휴가로 시골에 놀러 갔을 때 빗속에서 찍은 거예요."

"그렇다면 자네는 왜 자신의 생각대로 이 일을 그만두고 본인이 좋아하는 영화 분야 일을 하지 않는 건가?"

내가 물었다.

"아저씨, 제가 이런 생각을 하게 된 건 겨우 반년 전이에요. 어느 날 엄마가 갑자기 숨을 제대로 못 쉬면서 온몸에 땀을 흘리더니 입술이 가지처럼 보라색으로 변하는 거예요. 말도 제대로 하지 못하셨지요. 다행히 제가 쉬는 날이라 재빨리 병원으로 모시고 가서 응급 처치를 했어요. 심장 조영 결과 관상동맥에 막힌 부분이 발견됐어요. 두 군데 스텐트를 박아야 한다더군요. 의사는 제게 수입품을 쓸 것인지 국산을 쓸 것인지 물었어요. 그 말이 아주 차갑게 들리더라고요. 사람이 귀문鬼門 앞에 도착했는데 어린 귀신이 돈이 있으면 천국에 가지만 돈이 없으면 지옥으로 떨어진다고 말하는 것 같았어요. 정말 울고 싶더군요. 국산 스텐트도 한 개에 1만 위안이 넘고 수입품은 2만~3만 위안이나 한다는 거예요. 아들인 제가 어떻게 수입품을 안 쓰겠다고 할 수 있겠어요? 결국 엄마 수술 한 번에 제가 일하기 시작해 힘들게 모은 6만 위안이 전부 흔적도 없이 사라졌어요. 그러니 장비를 살 돈이 어디 있겠어요? 아저씨, 전 그래도 충분히 다행이라고 생각해요. 엄마는 한 분뿐인데 잘 보살펴 드려야지요. 극단편 영화는 우선 휴대폰으로 연습하면 돼요. 먼저 손에 익히는 거죠. 게다가 정말로 장비가 갖춰진다 해도 안장은 훌륭한데 말에게 달릴 힘이 없으면 좋은 영화를 찍지 못하게 될 거예요. 만에 하나 창업에 실패해 제가 찍은 극단편 영화가 인터넷에서 충분한 조회 수를 얻지 못하면 수입도 없을 거고 결국 밥 먹는 것마저 문제가 되고 말 거예요. 그때가 되면 우리 엄마가 저를 얼마나 근심 어린 눈으로 바라보시겠어요? 차라리 열차 승무원으로 일하는 게 낫겠지요."

젊은 친구는 자신이 숭배하는 영화계의 유명 감독에서 시작해 자신의 극단편 영화에 대한 꿈까지 많은 얘기를 흥미진진하게 늘어놓았다. 그러면서 독서에 관해서도 얘기했다. 그는 다큐멘터리 작품을 좋아하고 특히 예술가들의 전기를 좋아한다고 말했다. 예술가들의 전기를 읽으면 꿈속에서 이전 세대의 가족들을 만나는 것 같고, 말할 수 없는 따스함과 슬픔을 동시에 느낀다고 했다. 젊은 친구는 일찍이 어느 독서 관련 사이트에서 베스트셀러 순서대로 허구 작품 소설을 몇 권 샀다고 말했다. 중국 소설도 있고 외국 소설도 있었다고 했다. 그가 장난조로 말을 이었다.

"그런 책들은 첫 페이지를 펴자마자 단숨에 다 읽었어요. 그런 책들의 기능은 주로 여자를 유혹하는 방법을 전수하는 거예요. 잠이 안 오는 사람도 세 페이지만 읽으면 곧장……"

젊은 친구가 말을 마치기 전에 갑자기 창백한 얼굴에 엄숙한 표정을 한 중년의 남자가 객차 안으로 들어섰다. 키가 작고 비쩍 마른 남자는 제복 차림에다 팔에 '차장'이라고 쓰인 완장을 차고 있었다. 젊은 친구는 그를 보자마자 후다닥 몸을 일으켜 차렷 자세를 취하더니 고개를 돌려 나를 향해 귀신 같은 얼굴을 하고는 재빨리 자리를 떴다. 그가 센서가 장착된 유리 문 앞에 이르자 문은 자동으로 열렸다. 자동문은 그의 거대한 몸집 앞에서 공손한 하인 같았다. 차장은 나를 위아래로 한번 훑어보더니 곧장 자리를 떴다.

나는 열차가 종점에 도착하면 집집마다 불이 환하게 켜지는 시각에 어디로 가야 동짓날의 교자를 먹을 수 있는지 알지 못했다. 마누라는 쇼핑몰 구경에 강한 의지를 보이면서, 명절에는 일부 유명 브랜드 상품이 세일을 하고 심지어 70퍼센트나 할인된 가격에도 살 수 있다고 말했다. 마누라는 구경하다 지치면 쇼핑몰의 패스트푸드점에서 볶음 국수나 뚝배기 완자를 먹었다. 아들이 마약치료감호소에 입소한 뒤에도 마누라는 여전히 쇼핑몰 구경을 좋아했지만 물건은 하나도 사지 않았다. 과거에는 쇼핑몰에서 돌아올 때면 항상 개선하는 영웅의 모습으로 손에 크고 작은 보따리가 가득하고 얼굴에는 영광의 빛이 넘쳤는데 지금은 걸인처럼 초췌한 얼굴에 빈손으로 돌아왔다. 나는 이날 밤 마누라나 훈툰 음식점 여주인이 자신들이 만든 교자를 함께 먹자고 나를 불러주기를 갈망했다. 하지만 누구도 내게 전화하지 않았고 안부를 묻는 부드러운 문자 메시지 한 통조차 없었다. 어쩌면 마누라는 지금쯤 천천히 쇼핑몰을 구경하고 있고 훈툰 음식점 여주인은 머릿속이 온통 돈 벌 생각에 장사로 바쁜 저녁을 보내고 있을지 몰랐다. 그러니 그녀의 인생에서 별로 중요하지도 않은 나를 생각할 리가 있겠는가?

나는 지독한 실망감에 의기소침해져 휴대폰으로 인터넷에 접속해 그날 뉴스를 살펴보다가 조용히 잠들고 말았다. 잠에서 깼을 때는 열차가 이미 하얼빈 서부역으로 들어서고 있었다.

종착역에 도착하자 오는 길 내내 잠들어 있던 휴대폰이 깨어나더니 벨 소리가 울리기 시작했다. 귀를 즐겁게 하는 소리였다. 전화를 받아보니 내가 수술을 한 위생원의 원장이었다. 그는 세 번째로 수술한 환상環狀 치질 환자가 수술 후에 원래는 모든 것이 정상이었는데 30분쯤 지나자 갑자기 항문 내에서 출혈이 심해지더니 혼수상태에 빠져 지금 급히 다롄으로 이송하는 중이라고 말했다.

내가 큰 소리로 물었다.

"어떻게 그럴 수가 있나요? 제 수술은 거의 천의무봉天衣無縫이었단 말입니다."

상대방은 실제 상황을 있는 그대로 설명하는 수밖에 없었다. 환자가 수술 직후에 아주 양호한 상태를 보였는데 마침 동짓날이라 친척 한 명이 찬합에 교자를 가득 담아 보내왔고, 신이 나서 전부 먹어치웠다는 것이었다. 게다가 맥주까지 한 병 마셨다고 했다.

"방금 항문 수술을 하고서 그렇게 본격적으로 먹고 마시다니 죽고 싶어 환장했답니까?"

열차에서 내린 나는 시끌벅적한 플랫폼에 서서 상대방에게 호통을 쳤다.

"어쨌든 선생님이 수술을 하셨으니 돌아와서 봐주시는 것이 가장 좋을 것 같습니다. 저희에게도 조리의 책임이 있긴 하지만 인명사고가 나면 선생님이나 저희나 좋을 일은 없을 것 같네요."

"어차피 나는 좋을 일이 없는 사람이에요."

나는 화를 주체하지 못한 채 전화를 끊었다.

"아저씨, 왜 아직 나가지 않고 계세요? 다른 승객들은 전부 나갔 잖아요."

젊은 친구는 손잡이가 달린 정교한 검정 캐리어를 끌고서 내 곁을 지나가고 있었다.

"일이 생겼네. 다시 다롄으로 돌아가야 할 것 같아."

내가 몹시 상심한 어투로 말했다.

젊은 친구는 걸음을 멈추고는 주머니에서 휴대폰을 꺼내 뭔가를 찾아보더니 다급한 어투로 말했다.

"아저씨, 그럼 빨리 두 번째 플랫폼으로 가세요. 15분 뒤에 다롄 가는 열차가 한 편 있어요."

그는 내게 위치를 가리키면서 두 번째 플랫폼으로 가는 방법을 자세히 설명해주었다. 그러면서 한마디 덧붙였다.

"아저씨는 표도 없잖아요. 검표원에게 급한 일이 있어서 탔다고 하시고 요금을 내겠다고 하세요. 그러면 별일 없을 거예요. 특등석 객차는 맨 앞이 아니라 맨 뒤에 있다는 것 잊지 마세요. 조급해하실 것 없어요. 아직 시간은 충분하니까요!"

젊은 친구는 손을 흔들어 내게 작별 인사를 건넸다. 그는 캐리어를 끌고 하얼빈 동짓날의 어둠 속으로 사라졌다. 그리고 나는 고향에 도착한 순간, 다시 어둠 속에서의 여행을 시작해야 했다. 우리가 달려가는 곳은 전부 타향이었다.

그들의 손톱

# 1

눈이 두 마리 개를 키우는 것 같았다. 하나는 흑구이고 하나는
백구였다. 그녀는 집무集貿*시장에 만터우를 팔러 갈 때는 백구를
데리고 가고 아침저녁으로 오리를 몰 때는 흑구를 데리고 갔다. 그
녀는 흑구를 데리고 만터우를 팔러 가는 것이 두려웠다. 남들이 검
은 밀가루를 팔러 간다고 생각할 수 있기 때문이었다. 백구를 데리
고 오리를 몰러 가면 녀석이 강물에 뛰어든 모습이 물거품과 너무
나 흡사했다. 강가에 서서 멀리 희미한 모습을 바라보면 물에 빠져
익사하는 것처럼 보이기도 했다. 이처럼 백구의 숨결은 항상 흑구

---

\* 일정한 시차를 두고 일정한 지역에서 시장 경영 관리 방식으로 중소도시 인근 지
역의 농부산품이나 일용 소비물품 등의 현물을 교역하던 고정 장소.

만큼 말끔하고 상쾌하지 못했다. 집무시장의 연기로 그슬리고 불로 태우면 아무런 맛도 나지 않았다!

흑구와 백구는 키도 같고 살이 오른 정도도 같았다. 심지어 생김새도 거의 같았다. 코는 둥글고 귀는 아주 큰 데다 눈동자가 새까맸다. 하지만 흑구는 약간 마른 편이라 백구가 흑구보다 훨씬 더 커 보였다. 루쉐如雪는 백구를 앞에 세워 길을 가면서 두 녀석을 '다바이大白'와 '얼헤이二黑'*라고 불렀다.

다바이와 얼헤이는 좀처럼 함께 집을 나서는 일이 없었다. 루쉐는 항상 한 녀석을 남겨 집을 지키게 했다.

봄, 여름, 가을 세 계절에 루쉐는 아침 일찍 오리를 강가에 풀어 놓고 집으로 돌아와 만터우를 쪄서 점심때쯤 집무시장에 내다 팔았다. 오후에는 들판에 나가 일을 하고 저녁이 되면 오리를 몰고 집으로 돌아왔다. 하지만 겨울이 되면 강물이 얼고 무수한 나무들은 활기를 잃었다. 오리들은 아가씨들처럼 규방에 들어가 우리 밖으로 나오지 못했다. 그녀는 점심때쯤 만터우를 쪄서 오후 3시쯤 시장에 가지고 가 팔았다. 낮이 짧고 밤이 길다보니 사람들은 일찌감치 잠자리에 들었다. 두 끼만 먹는 집이 아주 많아졌다.

루쉐는 겨울이 싫었다. 겨울이 되면 눈앞이 흐려지기 때문이다. 눈이 세상을 하얗게 물들이면 눈에 보이는 색깔은 너무나 단조로웠다.

하지만 봄은 달랐다. 눈동자가 쉴 틈이 없었다. 봄바람은 만화경처럼 대지의 식물들을 오만 가지 색으로 변화시키기 때문이다. 나

---

* 아주 하얀 놈과 약간 검은 놈이라는 뜻이다.

무와 풀들은 초록으로 변하고 강물은 파란색으로 변했다. 들판은 한데 모여 요란하게 떠드는 계집애들의 천하가 되고 꽃가지들도 즐겁게 재잘대기 시작했다. 꽃 사이를 날아다니는 나비들과 물가의 잠자리들로 오색찬란한 옷을 입었다. 이때가 되면 루쉐는 다바이와 얼헤이가 측은하게 느껴졌다. 개들의 눈은 겨울이든 봄이든 검정과 하양 두 가지 색만 볼 수 있기 때문이다.

그해 봄은 예전과 달랐다. 보하波河의 적막이 깨지면서 대형 모래채취선이 물 위에 가로로 떠서 새벽부터 밤중까지 요란한 소음을 쏟아냈다. 강둑 아래 사는 사람들은 편히 살 수가 없었다. 겨우내 갇혀 있던 오리들은 원래 따스한 봄 강물을 좋아했지만 강 위의 기계 소음과 디젤엔진이 뿜어대는 검은 연기가 물 위에 가득 떠다녔기 때문에 오리들도 물에 들어가기를 꺼렸다.

하지만 루쉐는 변함없이 매일 아침 오리들을 강가에 풀어놓았다. 강물 속의 작은 물고기와 수초, 강가 버드나무 숲 밑의 지렁이와 수풀 사이의 벌레들이 오리들의 별식이었다.

5월의 마지막 날, 루쉐는 얼헤이와 함께 보하로 가서 오리를 몰고 오다가 한 마리가 모자라다는 것을 알아챘다. 그녀는 자신이 잘못 셌을 것이 두려워 손에 들고 있는 장대로 한데 모여 있는 오리들을 흩뜨렸다가 다시 일렬로 서게 한 다음 연달아 세 번이나 세어봤다. 틀림이 없었다. 그녀를 향해 가족처럼 고개를 쳐들고 있는 오리들은 스물한 마리였다. 가장 튼실하고 예쁘게 생긴 암놈 한 마리가 없어진 것이다. 그녀는 사라진 오리를 아주 분명하게 기억하고 있었다. 눈빛이 부드럽고 절대로 먹을 것을 다투지 않는 녀석이었다. 행동이 조금 굼떠 항상 무리 뒤에 처지곤 하던 녀석이었다.

얼혜이도 오리가 한 마리 부족한 것을 알아차렸다. 녀석이 오리를 전부 알아보는 것은 아니지만 매일 맨 뒤에 처진 오리 뒤를 따르다보니 눈에 익었다. 녀석은 강가로 달려갔다. 주인 대신 없어진 오리를 찾아 돌아올 작정이었다. 하지만 녀석은 결국 굵은 오리 깃털 두 가닥만 입에 물고 돌아왔다. 깃털을 보는 순간, 루쉐는 잃어버린 오리의 것임을 알아봤다. 누군가 오리를 훔쳐간 것이 분명했다. 깃털은 오리가 잡혀갈 때 강가에 떨어진 것임이 틀림없었다.

수면 위에는 오리가 없었다. 채색 구름의 그림자만 떠다닐 뿐이었다. 강가의 버드나무 숲에도 오리가 보이지 않았다. 석양의 흐릿한 잔광만 남아 있었다. 모래채취선은 오리를 풀어놓은 곳에서 200미터 정도 떨어진 곳에서 구릉구릉 구르릉 요란한 소리를 내고 있었다. 폐병을 앓고 있는 사람이 연달아 기침하는 소리 같았다. 강바닥의 부드럽고 하얀 모래는 모래채취선의 철제 버킷에 얼마나 먹혔는지 알 수 없었다. 루쉐의 눈에는 그 모래채취선이 보하의 심장을 파먹기 위해 지옥에서 날아온 매 같았다.

루쉐는 이 모래채취선에 가까이 접근해본 적이 없었다. 그녀가 들은 바로는 세 척의 채취선이 돌아가면서 작업한다고 했다. 파낸 모래는 체로 걸러낸 다음 분리 작업을 거쳐 한곳에 쌓아두었다가 트럭에 실어 건축 공사 현장으로 운반되었다. 채취 노동자들은 모래를 채취하는 데 그치지 않고 트럭에 싣는 일도 도맡아 했다. 그들은 강가에 커다란 천막을 치고 아궁이를 만들어 솥을 걸고 직접 취사를 했다. 루쉐가 아침부터 저녁까지 오리를 칠 때면 그들이 고기를 굽는 맛있는 냄새가 바람에 실려 날아오곤 했다. 하지만 그런 경우는 아주 드물었다. 외지에 나와 노동하는 사람들이 어떻게 그런 호사를 누릴 수 있겠는가! 그녀는 마음속으로 모래채취 노동자들이 오리를 훔쳐간 것이 분명하다고 확신했다. 그녀는 이 작은 도시에서 여러 해 동안 오리를 치면서 단 한 마리도 잃어버린 적이 없었기 때문이다.

오리들도 놀란 것이 분명했다. 집으로 돌아오는 길에 풀이 바람에 흔들리기만 해도 오리들은 날개를 퍼덕거리며 도망치려는 자세를 취했다. 루쉐는 오리를 몰고 집으로 돌아와 죽을 한 사발 먹었다. 그 예쁜 어미 오리를 생각하니 몹시 가슴이 아프고 당혹스러웠다. 그녀는 모래채취 노동자들에게 경고해둘 필요가 있겠다는 생각이 들었다. 그들이 오리를 훔치는 데 인이 박여버리면 다른 오리들도 줄줄이 재앙을 입게 되지 않을까? 그녀는 문을 걸어 잠그고 얼헤이를 데리고 강둑을 넘어 띠풀이 잔뜩 자라 있는 작은 길을 헤치면서 모래채취 노동자들이 거주하는 천막으로 찾아갔다.


2


모래채취선이 갑자기 조용해졌다. 보아하니 노동자들이 저녁 식사를 하는 시간인 듯했다. 요란하던 소리가 멈추자 대자연의 아름다움이 되돌아왔다. 강가의 벌레 울음소리도 돌아왔고 심지어 부드러운 바람이 버드나무 숲을 스치는 소리도 들을 수 있었다.

해는 서산에 지고 있었다. 파란 서쪽 하늘에 몇 가닥 붉은 저녁놀의 흔적이 남아 있었다. 어떤 아가씨가 서둘러 약속 장소로 달려가다가 바쁜 나머지 얼굴의 연지를 미처 지우지 못한 것 같았다.

루쉐가 천막에 채 도착하기도 전에 한바탕 웃음소리가 들렸다. 노동자들이 무슨 재미있는 얘기를 하고 있는지는 알 수 없었다.

얼헤이가 먼저 천막 입구에 모습을 드러내 부드러운 사절처럼 가볍게 두 번 짖었다. 개들은 일단 자신의 영지를 벗어나면 당당하고 강직한 모습을 보이지 못했다. 등 뒤에 주인이 버티고 서 있다 해도 마찬가지였다.

"이런 젠장. 어디서 들개가 와서 짖어대는 거야? 한 번만 더 짖으면 이 어르신이 네놈을 잡아먹고 말 테다!"

천막 안에서 남자의 거친 욕설이 흘러나왔다.

화가 나서 얼헤이를 따라 걸음을 옮긴 루쉐는 천막 입구로 다가가 발을 구르며 말했다.

"방금 내 오리를 잡아먹고 이제는 내 개까지 잡아먹겠다고요? 도대체 인성이란 게 있기는 해요? 고기를 먹고 싶으면 집무시장에 가서 돈 주고 사 먹으란 말이에요! 남의 닭이나 개를 훔쳐 먹으면서 남자라고 할 수 있냐고요!"

루쉐는 이렇게 말하면서 천막 안의 사람들은 쳐다보지도 않았다. 그들을 완전히 무시하는 태도였다. 그녀는 눈길을 보하 수면 위로 던지고 있었다. 모래채취선에 연결되어 있는 거대한 버킷이 루쉐의 눈에 들어왔다. 꼭 목매달아 죽은 귀신 같았다.

"누가 아줌마 오리를 잡아먹었다는 거요?!"

또 다른 남자의 목소리였다. 화가 났는지 무척이나 날카롭고 떨렸다.

루쉐가 말했다.

"제 말 들어보세요. 오늘 그 오리는 제가 아저씨들한테 공짜로 먹게 보내준 거라고 칩시다. 제가 호의를 베푼 걸로 치자고요. 하지만 앞으로는 한 마리만 더 없어져도 곧장 경찰을 부를 테니까 그런 줄로 알아요!"

경고를 마친 루쒜는 천막 앞에 놓인 자전거를 한 번 걷어차고는 곧장 발길을 돌려 집으로 돌아가려 했다.

"아줌마 잠깐만요! 무슨 근거로 우리가 아줌마 오리를 훔쳤다는 건가요? 이리 들어와서 우리가 뭘 먹는지 보세요. 오리고기가 한 점이라도 있나요? 바깥도 잘 살펴봐요. 오리털이 한 가닥이라도 있는지 말이에요."

루쒜가 두 걸음 더 옮기는 순간, 빨간 조끼를 입은 키 작은 남자 하나가 달려 나와 그녀를 가로막고 천막 안으로 잡아끌면서 말했다.

"멀쩡한 사람들을 무고하지 말고 어서 들어가서 확인해보란 말이에요!"

루쒜는 그의 목소리에서 개를 잡아먹겠다고 소리쳤던 그 남자임을 알아챌 수 있었다.

주인이 위험에 처하자 얼헤이가 키 작은 남자를 향해 달려들었다. 루쒜는 얼헤이가 그를 물기라도 하면 그를 데리고 병원에 가서 광견병 백신을 맞혀야 하고, 쓸데없이 시간과 돈을 허비해야 하기 때문에 재빨리 소리 질러 얼헤이를 저지했다. 얼헤이는 발톱을 거두면서 남자의 조끼에 두 줄기 진흙 자국을 남겼다.

조명이 다소 어둡긴 했지만 루쒜는 천막 안에 들어서 돌과 나무판으로 대충 만든 간이 탁자와 그 위에 펼쳐진 음식들을 분명하게 볼 수 있었다. 춘장 한 그릇에 대파와 배추, 콩꼬투리 볶음 한 접시, 그리고 만터우 한 접시가 전부였다. 만터우는 아주 크고 반질

반질 윤이 났다. 이런 작은 도시에서 이처럼 먹음직스러운 만터우를 팔 수 있는 사람은 루쉐 본인뿐이었다. 만터우는 하나에 두 냥에 불과하지만 다른 사람이 만드는 만터우는 광택제와 베이킹파우더 혹은 만터우개량제를 넣기 때문에 크고 하얀 것이 보기만 좋을 뿐 실속은 없었다. 밀 맛이 나지 않는 것이다. 반면에 그녀가 파는 만터우는 밀가루로만 만들고 다른 첨가제가 들어가지 않았다. 효모로 밀가루를 발효시켜 쩌낸 만터우는 쫄깃쫄깃하고 맛이 좋아 이 작은 도시 사람들에게 큰 사랑을 받았다. 모래채취 노동자들이 산 만터우는 바로 그녀가 판 것이었다. 만터우를 산 사람도 그녀는 한눈에 알아볼 수 있었다. 바로 나무 돈대에 앉아 만터우를 씹고 있는 얼굴이 검은 거한이었다. 이틀이나 사흘에 한 번씩 그는 자전거를 타고 집무시장에 나타났다. 루쉐는 그를 유심히 지켜봤다. 그는 무슨 물건을 사든지 항상 너무 비싸다면서 잘 모르는 노점상들을 상대로 불평을 늘어놓곤 했다. 식품 가격에 대한 그의 인식은 아직 10년 전에 머물러 있는 것 같았다. 그는 만터우를 살 때 한 번에 스무 개씩 샀다. 루쉐는 그에게 왜 그렇게 많이 사느냐고 물은 적이 있다. 그는 단 한 단어로 간단히 대답했다.

"먹으려고요!"

얼굴이 검은 거한이 루쉐를 알아보고는 목소리를 높여 물었다.

"오리 한 마리에 얼마나 하나요?"

루쉐가 말했다.

"보통 오리는 30~40위안이면 살 수 있지만 제가 풀어서 키우는 오리는 알을 낳기 때문에 60~70위안을 줘도 사기 힘들다고요!"

얼굴이 검은 거한이 갑자기 딸꾹질을 했다. 목이 메는 것 같았다.

"옛날에는 20위안이면 아주 튼실한 오리 한 마리를 살 수 있었지요."

키 작은 남자가 놀리는 듯한 얼굴로 거한을 향해 말했다.

"형님, 모르는 소리 하지 마세요. 지금은 오리만 비싼 게 아니라 닭도 비싸다니까요! 이 아줌마가 키우는 오리의 가격이 너무 싸면 미모에 면목이 없게 되지요!"

그러면서 곁눈질로 그녀에게 추파를 던졌다.

목소리가 호각 소리처럼 날카로운 말상의 남자가 더 저질스러운 어투로 말을 보탰다.

"형님, 이 아줌마가 오리를 몹시 그리워하니 정 그러면 오늘 밤 형님이 이 아줌마 집에 가서 오리가 되어주는 것은 어때요?"

루쉐는 아연했다. 그들이 무슨 얘기를 하고 있는지 분명히 알아듣고 있었다. 만에 하나 이 황량한 들판에서 사내 셋이 자신을 상대로 거친 행동을 한다면 얼헤이도 별로 도움이 되지 못할 것이라는 생각이 들었다. 오리 한 마리 때문에 큰 것을 잃는 일은 없어야 할 것 같았다. 게다가 그들의 식탁에는 확실히 오리고기가 보이지 않았다. 루쉐는 약간 겁이 나기도 하고 뒤가 켕기기도 했다. 자신이 있는 천막 안이 화약 더미처럼 느껴졌다. 말할 수 없는 위험이 도사리고 있는 듯해 그녀는 황급히 얼헤이를 데리고 집으로 돌아가기로 마음먹었다. 그녀가 막 천막을 나서려던 순간 말상의 남자가 달려와 손을 뻗으면서 그녀를 저지했다. 그러고는 음흉한 얼굴로 말했다.

"아줌마는 우리 셋 중에 누가 제일 맘에 드시나요?"

루쉐가 화를 내며 말했다.

"셋 다 검정 오리라 별로 신기할 것도 없네요!"

"아하, 아줌마들은 원래 흰 오리를 좋아하지!"

키 작은 남자가 한마디 던지고는 방자하게 웃었다. 그의 쉰 목소리는 수탉이 우는 소리처럼 들렸다.


# 3


가는 비가 내리는 오후, 얼굴이 검은 거한이 자전거를 타고 집무 시장에 모습을 드러냈다. 그는 하늘색 우비를 걸치고 있었다. 비를 막아줄 모자도 달려 있었지만 그는 굳이 모자를 쓰지 않고 갓난아기를 내버려두듯이 목 뒤로 넘겨 머리를 그대로 노출시켰다. 빗물을 이용해 숱이 많아 칠흑같이 새까만 머리를 감으려는 것 같았다. 그는 키가 크고 다리도 길어 물건을 살 때도 자전거에서 내리지 않았다. 뭔가 마음에 드는 물건을 발견하면 엉덩이를 좌석에서 떼고 두 다리를 옆으로 벌려 오른발로 가볍게 땅을 디디고 잠시 자전거를 세웠다. 물건을 사면 그걸 자전거 손잡이에 걸고 다시 자전거를 몰아 이동했다. 이날 그는 마른 국수와 간장에 절인 가지, 그리고 말린 두부를 샀다. 그가 루쉐 쪽으로 다가오자 그녀는 며칠 전에 마주쳤던 일이 생각났다. 몹시 불쾌해진 그녀는 고개를 다른 쪽으로 돌리고 그가 눈치껏 지나가주기를 기다렸다.

"만터우 스무 개 주세요!"

그녀가 있는 곳에서 그리 멀지 않은 곳에 만터우를 파는 좌판이 두 군데 더 있었지만 얼굴이 검은 거한은 무시당했다는 생각으로 루쉐 옆을 그냥 지나쳐가지 않았다.

루쉐는 그를 쳐다보지도 않고 거짓말을 했다.

"남은 게 열 개 남짓밖에 안 되니 다른 집에서 사세요."

"있는 대로 다 주세요!"

얼굴이 검은 거한이 말했다.

"다른 집 만터우는 못 먹겠어요!"

"못 먹겠으면 직접 만들어 드시면 되잖아요!"

거한이 가볍게 웃으면서 말했다.

"아직 화가 안 풀렸나보군요?"

루쉐는 뒤에서 고기를 파는 류쓰劉四가 자신이 남정네와 얘기를 주고받는 모습을 보면 두 사람 사이에 뭔가 있는 것이라고 생각할까봐 은근 겁이 났다. 류쓰는 바람을 보고도 그림자를 잡아내는 능력을 가진 여자로 집무시장에 소문이 자자했다. 그녀는 한숨을 쉬면서 몸을 돌려 봉지를 하나 꺼내 들고 만터우 상자를 열었다. 그러고는 직접 만든 버드나무 집게로 그에게 만터우를 담아주었다. 만터우는 서른 개 넘게 남아 있었지만 그녀는 자신이 한 말을 증명하기 위해 열두 개만 주기로 했다. 만터우를 다 담은 그녀가 고개도 들지 않고 봉지를 건네자 거한은 재빨리 돈을 건넸다. 루쉐는 70위안인 것을 보고서 그가 계산을 잘못했다고 생각하고는 나머지 돈을 돌려주려 했지만 거한은 이미 자전거를 몰고 저 앞에 가고 있었다. 루쉐는 다급한 마음에 그의 뒤에 대고 큰 소리로 외쳤다.

"이봐요— 돈이 더 왔어요! 어서 다시 돌아와요—"

얼굴이 검은 거한이 고개를 돌려 큰 소리로 말했다.

"남는 돈은 아줌마 오리 값이에요!"

루쉐는 그 자리에 멍하니 서 있었다. 알고 보니 정말로 그들이 그 예쁜 오리를 훔쳐갔던 것이다! 하지만 당시에는 왜 그걸 인정하지 않았던 것일까? 그가 오리 값을 돌려줄 수 있다는 것은 그에게 일말의 양심이 남아 있다는 것을 의미했다. 루쉐는 그가 집무시장을 완전히 벗어날 때까지 한참이나 그의 뒷모습을 바라보고 있었다.

류쓰가 정육점 창문 밖으로 길게 고개를 빼고는 누런 이빨을 드러내면서 음침하고도 괴상한 표정으로 물었다.

"루쉐, 오리는 언제 판 거야?"

루쉐가 말했다.

"오리 한 마리가 알을 잘 낳지 못해서 그냥 팔아버렸어!"

"저 남자가 예전에는 우리 집에 자주 와서 삼겹살을 사가곤 했는데 웬일인지 최근에는 오질 않네! 그런데 무슨 일 하는 사람이야?"

"올해 보하 강변에 모래채취선이 왔잖아? 거기서 모래를 파내는 일을 하더라고."

류쓰가 또 물었다.

"어디 사람인데?"

"그걸 내가 어떻게 알아? 나는 그저 그에게 오리 한 마리 팔았을 뿐이야. 얘기도 몇 마디 주고받지 않았다고."

"젠장, 그 사람들 모래를 너무 많이 파내더라고! 좀 멀리 가서 파내질 않고 주민들 거주지 근처에서 판단 말이야. 너무 일찍 일을 시작하는 데다 구룽구룽― 요란한 소음을 내는 바람에 사람들이 잠도 제대로 못 잔다니까!"

류쓰는 루쉐와 마찬가지로 강둑 아래에 살고 있어 집이 모래를 파내는 지점에서 그리 멀지 않았다. 루쉐가 그녀의 말에 가볍게 장단을 맞춰주었다.

"그러게 말이야."

그러고는 지나가는 사람들에게 만터우를 사라고 외쳤다. 류쓰는 화난 표정으로 고개를 거두고는 파리채로 고기 도마 위의 파리들을 쫓았다. 그녀는 마술을 연마했는지 손이 재빨랐다. 고객이 고른 고깃덩이를 아주 빨리 썰어 저울 위에 올려놓고는 순간적으로 고객이 눈치채지 못하는 사이에 잘 팔리지 않는 잡육 부스러기를 두 조각 얹어 함께 팔아치웠다. 어쩌면 얼굴이 검은 거한은 이런 장난질을 발견했기 때문에 더 이상 류쓰의 정육점을 찾지 않는 것인지도 몰랐다. 루쉐는 류쓰의 소탐대실이 아주 멍청한 짓이라고 생각했다. 장사를 하면서 절대로 하지 말아야 하는 짓은 고객을 속이는 것이었다. 신용 없이 장사가 잘되는 것이 오히려 더 이상한 일이었다.

루쉐가 만터우를 다 팔고 나자 비가 멎고 해가 나왔다. 그녀가 집무시장을 나설 때 적지 않은 좌판에서 그녀를 불러 세우고는 항상 집무시장에 가장 늦게 나와 가장 일찍 물건을 다 팔고 간다면서 부러워했다. 루쉐의 마음은 하늘처럼 맑았다. 다바이도 마찬가지였다. 녀석은 힘이 세다는 것을 과시하기라도 하듯 빈 수레를 끌고서 빠른 속도로 달려 일부러 루쉐를 앞지르더니 다시 몸을 돌려 비스듬히 저 멀리 오고 있는 주인을 바라보면서 신사인 양 친절하게 그녀를 기다려주었다. 다바이가 끄는 작은 수레는 루쉐가 목수에게 부탁해 특별히 제작한 것이었다. 자작나무 재질로 된 수레에는 고무 타이어가 두 개 달려 있고 위에는 소나무로 만든 만터우 상자가 얹혀 있었다. 가끔 피곤할 때면 그녀는 수레 뒤에 달린 가로 손잡이 위에 앉고 다바이가 그녀와 만터우를 함께 끌기도 했다. 하지만 이런 경우는 아주 드물었다. 루쉐가 다바이를 끔찍이 아꼈기 때문이다. 녀석이 만터우 상자를 끌 수 있다는 것만으로도 이미 충분히 대단한 일이었다. 이 작은 도시에서 다바이처럼 큰 개는 집을 지키는 것 외에 달리 할 일이 없었다.

비가 그친 뒤의 햇빛은 정말 찬란했다. 루쉐는 저 앞에서 자신을 기다리고 있는 다바이를 발견했다. 온몸이 희고 반짝반짝 빛이 났다. 대지 위에 떨어진 한 점의 구름 같았다.

4

보하는 깊은 산골짜기에서 흘러나오는 물줄기라 전혀 오염되지 않았고 수질도 깨끗하고 달콤했다. 강물에는 풍부한 미네랄과 다양한 원소들이 미량으로 함유되어 있어 대규모 보하 생수 공장이 건설되고 있었다. 모래채취선의 모래는 바로 하류에 있는 건설 현장으로 운송되고 있었다. 예전에 강둑 아래 살던 사람들은 이곳에 와서 오리를 키우거나 양을 쳤고 옷이나 신발을 빨았다. 연애를 하고 연을 날리기도 했고 미역을 감거나 돼지풀을 미끼로 삼아 낚시를 하기도 했다. 남자들은 이곳에 와서 권투로 갈등을 해결하는 등 온갖 일을 다 했다. 하지만 모래채취선이 온 뒤로는 강가에 나가는 사람은 갈수록 줄어들었다. 사람들은 소음을 피하기 위해 상류로 가야 했다. 이 작은 도시에 사는 사람들은 보하를 자기 집으로 여기면서 습관적으로 이곳을 찾았다. 도시를 나와 보하로 가는 사람들은 누구나 번거로움을 싫어했다. 그래서 이해 여름에는 많은 사람이 보하와 친밀해질 기회를 잃었다. 사람들은 모래채취선이 정박하고 있는 자리가 너무 음험하고 악독하다고 생각했다. 작은 도시의 심장에 해당되는 자리라 불편을 느끼지 않는 집들이 거의 없었다. 어떤 사람은 보하에 일곱 빛깔 신어神魚가 살고 있고 바로 그 자리에 숨어 있었는데 모래채취선이 강바닥에 커다란 구덩이를 뚫는 바람에 이 신어가 놀라 다른 곳으로 헤엄쳐갔다고 말하기도 했다. 그러면서 이 작은 도시가 비호庇護를 잃어 더 이상 태평할 수 없게 되었다고 했다.

루쉐처럼 굳세게 보하를 찾는 사람으로 그녀 앞집에 사는 우라오칸吳老侃이 있었다. 그는 매일 양을 몰고 강가로 갔다. 그곳의 푸른 풀이 바로 양들이 가장 좋아하는 먹이였기 때문이다.

대개 루쉐가 해질 무렵 강가로 갈 때면 우라오칸은 이미 양들을 몰고 집으로 돌아가 있었다. 하지만 이날 그녀가 얼헤이를 데리고 강가에 나갔을 때, 우라오칸과 그의 양들은 아직 강가에 남아 있었다.

우라오칸은 나이가 예순이 넘은 사람으로 몸은 비쩍 말랐어도 마음만큼은 뜨거웠다. 그가 찢어진 밀짚모자를 쓰고 멀찌감치 떨어진 곳에서 루쉐에게 말했다.

"자네 집 오리들은 정말 사람을 잘 알아보더군. 내가 대신 자네 집까지 몰아다줄까 했는데 도무지 말을 듣지 않더란 말이야! 자네는 내가 매가 아니라고 말했을 텐데 오리들이 뭘 두려워하는 건지 모르겠더라고!"

알고 보니 우라오칸은 양을 몰다가 거대한 매 한 마리가 보하 상
공에서 내려와 갑자기 버드나무 숲으로 들어가는 것을 봤던 것이
다. 오리들은 꽥꽥 요란하게 소리를 질러대며 사방으로 도망쳤다.
그는 황급히 강가의 자갈을 주워 매를 쫓아냈다. 우라오칸의 시력
과 팔 힘은 정말 대단했다. 자갈이 매를 맞혀 버드나무 숲에서 완
전히 쫓아냈던 것이다.

"그 매는 틀림없이 혼이 달아났을 거야. 도망칠 때 보니까 아주
낮게 나는 건 말할 것도 없고 날갯짓도 제대로 하지 못하더라고.
내 짐작으로 앞으로는 감히 오리를 해치러 덤비지 못할 거야!"

루쉐가 말했다.

"과거에도 매가 종종 날아왔지만 오리를 잡아먹는 일은 없었잖
아요."

우라오칸이 말을 받았다.

"자네 그 얘기 못 들었나? 모래채취선이 보하의 일곱 빛깔 신어
를 쫓아낸 뒤로 우리가 사는 이곳에 조용할 날이 없어졌다는 얘기
말일세. 매가 날아와 오리를 잡아먹는 걸 보면 오래지 않아 산속의
늑대가 내려와 내 양도 잡아먹을 걸세!"

오리들은 주인과 얼헤이를 보고는 일제히 다시 모여들었다. 매
에게 날개를 쪼인 녀석은 잔뜩 화가 나 있었다. 얼헤이가 너무 늦
게 온 게 불만인지 부리로 연신 얼헤이의 앞발을 쪼아댔다. 얼헤이
는 발톱을 움츠리고 왕왕 짖으며 뒤로 물러섰다.

우라오칸은 루쉐를 버드나무 숲속 매가 오리를 쪼았던 지점으로
데리고 갔다. 전장은 크기가 세숫대야 정도밖에 되지 않았다. 대부
분의 풀이 바닥에 누워 있었다. 붉은 위성류渭城柳 한 다발도 짓눌린

채 꺾여 있었다. 오리털 몇 가닥 외에 매의 깃털도 떨어져 있었다. 당시의 격렬했던 전투 상황을 짐작할 수 있었다.

"그렇다면 며칠 전에 내가 잃어버린 오리도 매가 잡아먹은 걸까?"

루쉐가 혼잣말로 중얼거렸다.

우라오칸이 눈을 크게 뜨고 말했다.

"아이고, 오리를 한 마리 잃어버렸던 건가?"

루쉐가 말했다.

"아니에요. 얼헤이가 강가에서 오리 깃털을 한 가닥 물어왔기에 저는 사람들이 훔쳐간 줄 알았지요."

우라오칸이 거리낌 없이 말했다.

"자네가 일자리를 잃은 과부라는 사실은 이 작은 도시의 도둑놈들이 죄다 알고 있지만 그들은 형편이 아무리 안 좋아도 자네가 키우는 오리에 눈독을 들이진 않을 걸세. 이런 나쁜 짓을 저지를 놈은 매밖에 없어!"

그는 매가 힘이 세다고는 해도 오리를 아주 멀리까지 물고 가지는 못한다면서 아마 근처에 조용하고 인적이 드문 곳으로 물고 가 잡아먹었을 거라고 말했다.

우라오칸은 양떼를 몰고 집으로 돌아갔다. 모래채취 노동자들의 억울한 누명을 벗겨주기 위해 루쉐는 얼헤이를 데리고 강줄기를 따라 상류 쪽으로 수색에 나섰다. 15분쯤 갔을 때 얼헤이가 피비린내를 맡고는 주인을 보하 줄기가 구부러지는 지점의 수풀 속으로 인도했다. 루쉐가 가까이 다가갔을 때는 석양이 아주 붉은 빛을 토하고 있었다. 듬성듬성 흩어진 오리털이 그녀의 눈에 들어왔다.

루쉐가 가장 예뻐하던 오리의 목 부위 푸른 털 위로 개미들이 잔뜩 기어오르고 있었다.


## 5

6월로 접어든 이후 날은 하루가 다르게 더워졌다.

루쉐는 매가 오리들을 기억했다가 갑자기 습격할까봐 두려웠다. 그녀는 다바이를 데리고 집무시장으로 만터우를 팔러 갈 때면 얼헤이를 집에 남겨두지 않고 강가로 가서 오리들을 지키게 했다.

이날 루쉐는 집무시장에서 돌아오면서 특별히 만터우 스무 개를 남겼다. 오후에는 과수원에 가서 먹지 못하는 감을 솎아내는 작업을 마치고 감자와 고기가 들어간 수제비를 만들어 맛있게 먹은 다음, 세면을 하고 머리까지 감았다. 그러고는 자신이 좋아하는 파란 꽃무늬가 아로새겨진 말굽 모양 소매의 저고리로 갈아입고 바닥이 평평한 배 모양의 검정 구두를 신고서 만터우를 챙겨 들고 모래채취 노동자들이 거주하는 천막으로 찾아갔다.

두 번이나 혼인의 무거운 상처를 입었고 온갖 어려움 속에서 바쁘게 살아왔지만 루쉐의 얼굴은 조금도 상하지 않아 바람 속의 한 떨기 홍백합처럼 여전히 요염하고 아름다웠다. 건강한 생명의 바탕이 돋보이는 모습이었다. 이미 마흔을 넘겼지만 누구든지 그녀를 보면 갓 서른을 넘겼을 거라고 생각했다. 그녀는 키가 1미터 70센티였다. 여자로서는 상당히 큰 키였다. 키가 큰 여자가 너무 마르면 좀 경망스러워 보이고 너무 뚱뚱하면 멍청해 보여 여자로서의 매력이 없는 법이다. 루쉐는 너무 야위지도 않고 뚱뚱하지도 않은 딱 좋은 몸매였다. 식욕도 좋고 잠도 잘 자는 그녀는 항상 꿀물과 장미꽃 차를 마셨다. 두부와 신선한 과일, 생선과 새우, 채소 등이 모두 여성 보양의 비밀이었다. 그녀는 화장을 거의 하지 않았다. 그래도 피부가 탱탱하고 주름이 없었다. 달걀 모양의 얼굴은 매끄럽고 윤이 났다. 하늘이 아침놀로 연지를 만들어 그녀의 얼굴에 발라준 것 같았다. 사람들이 어떻게 그렇게 관리를 잘했느냐고 물으면 그녀는 귀여운 코에 힘을 주면서 사람들의 눈을 자극하는 길고 가느다란 봉황 눈을 깜빡거리며 가볍게 웃는 얼굴로 말했다.

"관리할 여유가 어디 있겠어요? 그냥 이런 피부를 타고난 것뿐이에요."

이렇게 말하는 그녀의 얼굴에는 귀여움이 철철 넘쳤다.

루쉐는 혼인에 있어서는 정말 운이 좋지 않았다. 그녀의 첫 번째 남편 멍칭孟靑은 외과의사였고 시아버지 멍다孟达는 이 지역 인민대표대회 주임이었다. 이 작은 도시에서는 대단한 유지인 셈이었다. 일자리가 없었던 루쉐는 시아버지의 인맥 덕분에 수도국에서 수금원으로 일할 수 있게 되었다. 일이 어렵지 않고 월급도 한 달에 2000위안이 넘는 좋은 자리였다. 부부가 막 결혼했을 때는 생활이 한없이 달콤하기만 했다. 두 사람 다 일을 했지만 멍칭이 야간 당직을 서는 날이면 루쉐는 그를 위해 삼계탕을 끓여 병원으로 가져다주곤 했다. 하지만 좋은 시절은 그리 오래가지 않았다. 루쉐는 두 차례 자궁외임신을 했다. 이는 연달아 결혼생활의 지뢰를 밟아 연기가 솟아오르는 것이나 마찬가지였다. 남편은 그나마 그녀를 대하는 태도가 나쁘지 않았지만 시어머니와 시아버지는 그녀가 명씨 집안에 식구를 늘려주지 못하는 것을 몹시 못마땅하게 여기면서 갈수록 그녀를 냉담하게 대했다. 결혼 후 4년이 지났을 때 의사가 루쉐의 임신이 쉽지 않다는 판정을 내리자 루쉐는 자발적으로 이혼을 제안했고 명칭은 이를 받아들였다. 루쉐가 이혼을 하자 수도국에서도 그녀를 해고해 집으로 돌려보냈다. 이에 대해 루쉐는 아무런 원망도 하지 않았고 마음속으로 어쩔 수 없는 일이라고 생각하면서 순순히 받아들였다. 횡사하는 것처럼 도저히 피할 수 없는 일이었다. 그녀는 이혼하면서 분배받은 돈으로 보하 강둑 아래 단층집을 한 채 샀다. 큰방이 세 칸에 마당이 딸린 집으로 커다란 채소밭도 있었다. 루쉐는 채소를 재배하고 닭을 키우고 산나물을 채취해 한 해에 1만 위안 정도의 수입을 올리면서 그런대로 안정적인 생활을 유지했다.

루쉐의 두 번째 남편은 이혼하고 3년쯤 지나 우라오칸이 소개한 사람이었다. 남편의 이름은 리멍李猛으로 땅딸막하고 통통한 체형에 얼굴은 크고 네모났다. 직업은 돼지 도축업자였다. 그는 목소리가 크고嗓門大 힘도 셌으며力氣大 식사량도 많고飯量大 성깔도 사나웠다脾氣大. 그런 그에게 사람들은 '사대四大'라는 별명을 지어주었다. 두 사람이 처음 만난 것은 어느 국숫집에서였다. 사대는 루쉐를 보자마다 탄식하듯 한숨을 내쉬더니 우라오칸에게 말했다.

"저 여자를 망칠 작정이십니까?"

그러고는 고개를 돌려 자리를 떴다. 그는 아내와 사별했고 열한 살 난 아들이 하나 있는 처지라 우라오칸이 자신에게 소개해줄 여자는 외모가 평범한 보통 여자일 것이라고 생각했다. 그런데 뜻밖에도 루쉐가 너무 아름다운 것이었다. 우라오칸이 쫓아가 어째서 여자를 망치는 거라고 생각하는지 물었다. 사대가 말했다.

"저 여자는 저보다 키도 크고 나이도 어려요. 저보다 훨씬 잘생긴 데다 아이도 없잖아요. 그런 여자가 저한테 온다는 것이 신세를 망치는 것 아니고 뭐겠어요?"

우라오칸은 국숫집으로 돌아와 이 말을 그대로 루쉐에게 전했다. 루쉐는 처음에는 입을 열지 않다가 자장면 한 그릇을 다 먹고 나서 젓가락을 내려놓고는 우라오칸에게 말했다.

"그 사람이 개의치 않는다면 다음 주에 이사해 들어와 함께 살아도 좋다고 전하세요."

우라오칸은 믿기지 않는다는 듯한 표정으로 물었다.

"정말 그 친구가 마음에 든 거야?"

루쉐가 빙긋이 웃으면서 말했다.

"모든 일에 여자의 입장을 먼저 고려하는 사람이라면 잘못된 선택일 리가 없지요."

리밍도 꽤나 실속 있는 사람이었다. 우라오칸이 루쉐의 말을 전하자 사흘도 채 안 돼 수레에 간단한 가재도구를 싣고 아들 리샤오자오李小早와 함께 이사해 들어왔다. 그는 루쉐를 보자 약간 미안한 듯 두 손을 벌릴 채로 말했다.

"중년에 만난 사람들이 결혼해서 가정을 이룬다는 것은 쉽지 않은 일인데 하루라도 빨리 하나가 될 수 있다면 얼마나 큰 행복이겠어요!"

루쉐가 말을 받았다.

"맞는 말이에요."

리밍은 아들을 잡아끌고는 루쉐 앞으로 들이밀면서 엄마 하고 부르라고 했다. 이미 씩씩하고 늠름한 사내대장부의 기질을 보이고 있던 리샤오자오는 루쉐를 한참이나 말없이 바라보다가 조심스럽게 입을 열어 불렀다.

"엄마ㅡ"

루쉐는 감격하여 울음을 터뜨렸다. 리밍이 빌린 수레는 벽돌을 실어 나르는 것이었다. 그가 루쉐의 집으로 가져온 가재도구에는 하나같이 벽돌 가루가 묻어 있었다. 아름다운 저녁놀을 한 겹 씌워 놓은 것처럼 운수가 좋을 조짐이 가득했다. 결혼한 뒤로 리밍은 아내를 한 마리 백조로 만들겠다고 선언했다. 지저분한 일이나 힘든 일은 전부 자신이 도맡아 하겠다는 것이었다. 리샤오도 루쉐와 금세 친해졌다. 루쉐는 자신을 끔찍이 아끼는 남편이 생긴 데다 고생하지 않고 아들까지 얻은 걸 보면 자신의 운명도 그다지 나쁘지 않다는 생각이 들었다. 하지만 이 작은 도시에서 그녀를 아는 사람들은 하나같이 그녀가 시집을 잘못 갔다고 말했다. 둘이 서로 맞지 않는다는 것이었다. 루쉐는 이에 대해 속으로 당신들이 뭘 안다고 그런 말을 하냐고 항변했다. 어울린다는 것은 두 사람이 하루 종일 바삐 일하고 나서 이불 속에 들어가 잠을 잘 때, 밤이 짧은 것을 한탄하는 것이다. 밍칭은 재혼을 했고 아이도 생겼지만 여전히 루쉐에 대해 미련을 버리지 못하고 있었다. 하지만 루쉐는 그에 대해 애틋한 마음이 전혀 남아 있지 않았다. 한번은 리샤오자오가 심하게 설사를 하자 루쉐는 그를 데리고 병원에 갔다가 전남편과 마주쳤다. 밍칭은 참지 못하고 그녀를 나무랐다.

"돼지 잡는 사람에게 재가하다니 정말 신세를 망치려는 거로군!"

루쉐가 반박하기도 전에 배를 움켜쥐고 있던 리샤오자오가 쳇하고 콧방귀를 뀌면서 예의를 갖춰 말을 받았다.

"아저씨도 돼지 잡는 사람과 다를 것 없네요!"

아교처럼 딱 붙어다니는 리밍과 루쉐의 아름다운 세월은 겨우 4년으로 막을 내리고 말았다. 리샤오자오가 열다섯 살 되던 해 단오절에 열여섯에서 열일곱쯤 되는 고등학생 몇 명이 음식점에서 술을 많이 마시고는 말다툼을 벌이더니 거리로 나와 주먹다짐을 하기 시작했다. 마침 그 옆을 지나가던 리밍이 선의로 다가가 말리려 했지만 뜻밖에도 고등학생들은 그가 쓸데없이 남의 일에 간섭한다고 여기고는 그에게 달려들었다. 빗줄기가 쏟아지듯이 여러 개의 주먹이 그의 몸에 쏟아졌다. 리밍은 머리가 어지러워 방향도 제대로 잡을 수 없었다. 그날 밤 간신히 집으로 돌아온 그는 계속 아프다고 소리를 지르더니 결국 루쉐가 병원에 데리고 가기도 전에 숨이 멎고 말았다. 사건의 자초지종을 알게 된 루쉐는 그 고등학생 몇 명을 고발하고 그 집 가장들이 배상해야 한다고 주장하고 싶었지만 아이들이 전부 미성년자인 데다 곧 대학입학 시험을 치러야 하는 터라 앞길을 막아서는 안 된다는 생각이 들었다. 게다가 리밍이 아이들의 폭행으로 인한 심근경색으로 사망했다는 사실을 증명하려면 시신을 부검해야 하는데 법의관들이 남편의 시신에 칼을 대는 것이 석연치 않았다. 어떤 사람은 리밍이 의사자 판정을 받도록 신청할 것을 건의하기도 했다. 이런 칭호를 받으면 소정의 장려금을 받을 수 있었다. 루쉐는 정말로 신청할까 생각해봤지만 관계기관에서 조사해 증거를 확보해야 하는 것이 여간 번거롭고 귀찮은 일이 아닌 데다 까딱하면 헛수고가 될 가능성이 컸다. 결국 그녀는 생각을 접었다. 리밍이 이렇게 세상을 떠나자 리샤오자오는 고모가 와서 데려가버렸다. 루쉐는 남편을 잃었을 뿐만 아니라 아들도 잃은 셈이었다. 그녀는 너무 황당하고 외로웠다. 슬픔을 이기기 위해 그녀는 개를 두 마리 키우기 시작했다. 그녀는 만터우를 팔러 갈 때는 백구를 데리고 다녔고 오리를 풀어놓을 때는 흑구를 데리고 다녔다. 그렇게 자신도 모르는 사이에 6년이라는 세월이 흘러갔다.


# 6


얼굴이 검은 거한이 몸을 비스듬히 기울여 엉덩이를 자전거 좌석에 얹더니 저녁 무렵 하늘의 따스한 잔광 속에서 틱 틱 소리를 내면서 손톱을 깎고 있었다. 모래채취선이 작업을 멈추자 모래를 파내는 거대한 버킷에서 새 울음소리가 들려왔다. 새들은 이렇게 큰 삽은 처음 보는 터라 호기심에 달려들어 이리저리 살펴보고 있는 듯했다. 하지만 새들은 이 쇠로 된 물건이 몹시 불편하다는 것을 알게 되었다. 요란한 소리가 날 뿐만 아니라 버킷이 이리저리 마구 움직였기 때문이다.

거한이 발걸음 소리를 듣고 고개를 들었다. 그는 루쉐를 보고, 특히 그녀의 손에 들려 있는 만터우를 보고서 그녀가 오리를 습격한 진범을 찾아냈다는 것을 알았다.

루쉐는 만터우를 자전거 손잡이에 걸어놓고는 두 손을 비비면서 말했다.

"오리 값을 돌려드리려고 왔어요. 아니면 그냥 남겨두셨다가 만터우를 사실 때마다 조금씩 제하셔도 돼요."

얼굴이 검은 거한이 말했다.

"아주머니의 만터우를 끊을 수 없을 테니 갖고 있다가 만터우 값에서 제하시면 될 것 같네요."

루쉐가 고개를 끄덕이며 물었다.

"그런데 오리를 훔치신 것도 아니면서 왜 오리 값을 배상하셨던 건가요?"

얼굴이 검은 거한은 고개를 숙인 채 계속 손톱을 깎으면서 루쉐의 말에 대답하지 않고 오히려 되물었다.

"도대체 누가 그런 짓을 한 건가요?"

"매가 그랬어요! 아저씨네 모래채취선 때문에 강물 속의 일곱 빛깔 신어가 놀라서 달아난 뒤로 이곳은 하루도 태평할 날이 없네요. 매가 오리를 잡아먹고 늑대가 산에서 내려와 양들을 잡아먹으니 말이에요!"

거한이 루쉐를 힐끗 쳐다보더니 껄껄 웃으며 말을 받았다.

"일곱 빛깔 신어라고요? 난 어째서 그런 걸 보지 못한 걸까요!"

"아저씨가 보지 못했다고 해서 없다고 단정할 수는 없잖아요."

"그럼 아주머니는 보셨나요?"

"저도 얘기만 들었어요."

"그럼 아직 직접 보신 건 아니네요. 댁의 흑구는 왜 함께 오지 않았나요?"

"오리를 지키라고 강가에 보냈어요."

"매가 흑구까지 물어가면 어쩌시려고요?"

거한은 그녀에게 농담을 하기 시작했다.

"매가 흑구를 물고 갈 수 있다면 일곱 빛깔 신어도 아저씨네 천막을 버섯 따듯이 휩쓸어갈 수 있을 거예요."

말을 마친 루쉐도 참지 못하고 웃음을 터뜨렸다. 거한도 덩달아 웃었다. 루쉐는 문득 그의 손톱이 회색인 것을 발견했다. 야산에 흩어져 있는 왕귀리풀 같았다. 귀엽고 천박하지 않아 사람들의 사랑을 받는 풀이었다.

거한이 루쉐에게 말했다.

"매는 소화능력이 특별히 뛰어나기 때문에 쥐나 뱀, 산토끼, 작은 새 같은 동물을 즐겨 잡아먹지요. 매가 오리를 잡아먹었다는 것은 이 일대에 먹을 수 있는 야생동물이 갈수록 줄어들고 있다는 뜻이에요. 그래서 오리를 잡아먹게 된 것이지요. 매는 배가 고프면 틀림없이 다시 올 거예요. 매를 쏘아 죽일 총이 없다면 그물을 쳐서 잡는 수밖에 없어요."

루쉐는 잔뜩 화가 나서 말을 받았다.

"매를 잡기만 하면 반드시 삶아 먹고 말 거예요. 감히 제 오리를 잡아먹었으니 말이에요!"

루쉐는 천막에서 나오면서 다른 동료 둘은 어디에 갔느냐고 물었다. 거한이 대답했다.

"오늘은 작업이 일찍 끝났어요. 두 사람은 위루가玉露街로 발마사지를 받으러 갔을 거예요."

위루가는 편벽하고 조용한 거리로 기차역 근처에 있었다. 이 작은 도시의 불법 이발소와 족욕점, 마사지점, 사우나, 가라오케 등은 전부 색정산업 업소들로 그 긴 거리에 밀집되어 있었다. 잘 아는 사람들은 자기네끼리 위루가를 '홍등가'라고 불렀다. 위루가는 대낮에는 아무 소리 없이 조용하기만 하다가 밤만 되면 붉은 조명과 술기운으로 떠들썩했다. 거리에서는 사람이나 차를 찾아보기 어렵지만 업소들 내부는 요란하고 떠들썩했다. 루쉐가 들은 바로는 외지에서 온 노동자들이 사나흘에 한 번씩 그곳을 찾아 피땀 흘려 번 돈을 시원하게 날리고 온다고 했다. 몰래 몸을 파는 매춘부들 가운데 가격이 센 여자들은 주로 가라오케나 사우나에서 영업을 하고 비교적 싼 매춘부들은 족욕점이나 이발소에서 몸을 팔았다.

루쉐가 거한에게 왜 함께 가지 않았느냐고 묻자 그가 고개를 숙이면서 말했다.

"저는 그런 걸 누릴 형편이 못 되거든요."

루쉐는 그가 돈을 아끼는 구두쇠라고 생각하고는 흥 하고 콧방귀를 뀌면서 말을 받았다.

"형편이 됐으면 함께 갔을 거라는 뜻이군요. 남자들은 다 똑같아요!"

천막에서 나온 루쉐는 오리를 풀어놓은 곳으로 갔다. 오리들이 하나같이 목을 길게 빼고 이전보다 더 흥분한 모습을 보이고 있었다. 알고 보니 얼헤이가 매를 한 마리 물어 죽인 것이었다. 매는 얼헤이에게 목이 물려 잘린 상태로 강가에 너부러져 있었다. 붉은 선혈이 깃털을 적신 모습이 꼭 걸레 같았다. 루쉐는 얼헤이의 머리를 쓰다듬으면서 칭찬해주었다. 그러고 나니 매가 조금 측은하게 느껴져 강물에 던져주었다. 마음속으로 강물에는 하늘이 그대로 투영되니 매가 그곳으로 가고 싶어할 것이라고 생각했다.

날이 어두워지면서 모기들이 극성을 부리기 시작했다. 루쉐는 서둘러 오리 떼를 몰아 강가에서 벗어났다. 버드나무 숲에 이르자 거한이 띠풀이 가득 자란 오솔길로 비스듬히 들어서면서 멀리서 자신을 부르는 소리가 들렸다.

"방금 강가에 발을 씻으러 갔다가 매 한 마리가 물 위에 떠내려가는 걸 봤어요. 건져내 살펴보니 총에 맞은 게 아니더군요. 고기가 아주 신선했어요. 아주머니네 흑구가 영웅이 된 것 아닌가요?"

루쉐가 큰 소리로 대답했다.

"맞아요. 이제 아저씨가 그물을 칠 필요는 없을 것 같아요!"

거한이 말했다.

"공짜로 매 고기를 먹게 됐으니 나중에 흑구에게 상으로 만터우를 두 개 줘야 할 것 같네요."

그러고는 몸을 돌려 천막으로 돌아갔다.

루쉐는 그의 뒷모습을 보면서 낮은 목소리로 중얼거렸다.

"우리 보하를 족욕점으로 생각한 건가?"

이는 그를 질책하는 말 같지만 실제로는 칭찬하는 말이었다. 그녀의 어투가 아주 다정하고 달콤했기 때문이다. 얼헤이도 듣고서 그 느낌을 알 정도였다. 주인의 어투가 변한 것을 감지한 얼헤이는 주인을 뒤따라 두 번 부드럽게 짖었다.


# 7


루쉐와 거한은 점점 더 친해지기 시작했다. 그녀는 그에게 굳이 집무시장에 만터우를 사러 올 필요 없이 사흘에 한 번씩 천막으로 배달해주기로 약정했다. 이리하여 그는 자전거를 타고 고기나 계란, 야채를 사러 집무시장에 가서 루쉐를 보면 빙긋이 웃기만 하고 가까이 다가가지 않았다. 그녀가 만터우를 천막으로 가져다주는 즐거움을 만끽하기 위해서였다.

얼굴이 검은 거한은 루쉐의 만터우가 정말 맛있다고 말했다. 가격에 비해 실속 있고 솜씨가 뛰어날 뿐만 아니라 소나무 상자에 담아주는 것이 너무 좋다고 했다. 그는 금속 깔개를 사용하지 않고 버드나무 가지로 바꾸면 만터우 맛이 더 좋을 것 같다고 말했다. 이리하여 그는 자발적으로 루쉐를 위해 버드나무 가지로 깔개를 짜기로 마음먹었다. 그는 밤이 긴 데다 작업을 마치면 무료해서 그런다면서 루쉐가 사용하는 솥의 직경을 알려달라고 말했다. 크기를 정확히 알아둬야 한다고 했다. 마음속으로 다 계산된 말이었다.

루쉐가 말했다.

"솥의 직경이 얼마나 되는지 제가 어떻게 알겠어요. 차라리 아저씨가 저희 집에 와서 직접 확인해보세요!"

이리하여 거한은 처음으로 루쉐의 집 대문 안에 발을 들여놓게 되었다. 부엌 동쪽 벽 아래 놓인 커다란 솥이 보였다. 너무 깨끗해서 사람 모습을 비춰볼 수 있을 정도로 빛이 났다. 거한이 솥을 살펴보고 나서 물었다.

"이걸로 만터우를 찌는 데는 편리하겠지만 혼자 먹을 밥을 짓기에는 너무 크지 않나요?"

루쉐는 재빨리 부뚜막 아래 취사도구 선반에서 아주 작은 솥을 하나 꺼내면서 말했다.

"저 혼자 먹을 걸 만들 때는 이걸 써요."

거한이 말했다.

"아, 그렇군요. 기름이 반질반질한 걸 보니 고기를 좋아하시나보군요?"

"제 남편이 돼지 도축업자였어요. 그가 고기를 좋아하다보니 저를 꾀어 함께 먹게 했던 거예요."

루쉐가 말했다.

"남편이 세상을 떠나셨나요?"

거한이 물었다.

"그걸 어떻게 아셨어요?"

루쉐가 그를 빤히 쳐다보면서 물었다.

"그리고 제가 혼자 밥을 먹는다는 걸 누가 말해주던가요?"

거한은 솥의 직경을 재면서 말했다.

"여자 혼자 오리 한 마리를 찾아 문을 나선 것을 보면 집에 바깥주인이 없다는 것을 알 수 있지요. 집에 남자가 있다면 여자가 밖에 나가 문제를 처리하는 일은 없을 테니까요. 게다가 아주머니는 아이도 없잖아요. 아이가 있는 여자는 어디를 가든지 개 두 마리를 아이들인 양 친밀하게 데리고 다니지 않지요. 남편도 없고 자식도 없으니 혼자서 밥을 먹는 수밖에 없지 않겠어요."

루쉐의 눈 주위가 빨개졌다. 뜻밖에도 얼굴이 검은 거한이 자신을 이처럼 세심하게 관찰하고 있었던 것이다. 게다가 말하는 것도 아주 다정하고 빈틈이 없었다. 보아하니 맨 처음 오리 값을 배상해주었을 때 이미 그녀가 과부인 것을 알아챈 듯했다.

거한이 솥을 다 살펴보고 나서 한 가지 방법을 생각해내고는 루쉐에게 작별 인사를 건네고 천막으로 돌아가려 하자 루쉐가 차나 한잔 하고 가라며 그를 붙잡았다. 거한이 말했다.

"차는 됐습니다. 고기를 대접해주신다면 좀더 있다 가도록 하지요."

루쉐가 말했다.

"고기라면 염장한 게 좀 있어요. 고추는 드시나요? 드신다면 마당에 나가 몇 개 따올게요. 지금 염장한 고기를 썰면 10분 뒤에 아주 매운 염장고기 볶음을 드실 수 있을 거예요."

거한이 말했다.

"이대로 가면 제 배 속의 회충이 저녁 내내 소란을 피워 편안할 수 없을 것 같네요!"

그러고는 마당으로 고추를 따러 나갔다.

루쉐와 거한이 따스한 등불 아래서 식사를 하려 할 때쯤 강가에서 개구리 울음소리가 들려오기 시작했다. 필경 여름이 무르익는 시기였다. 거한은 고추를 넣고 볶은 염장고기에 대해 찬사를 멈추지 않았다. 배 속에 술 두 잔이 함께 들어가자 그는 점차 말이 많아졌다. 그는 루쉐에게 자신은 허베이河北 출신으로 감옥에서 나온 지 얼마 되지 않았다고 털어놓았다. 12년 전에 그는 집에 아내를 남겨두고 외지로 나가 일을 했다. 그가 살던 마을은 땅이 척박한 데다 농사 외에는 달리 부업거리도 찾을 수 없었다. 집집마다 가난한 세월을 보내야 했다. 이 때문에 신체 건장한 남자들은 집을 떠나 일자리를 찾는 것을 택했다. 그가 집을 나가 일을 시작한 지 3년째 되던 해에 마을로 돌아와 보니 아내가 완전히 다른 사람으로 변해 있었다. 행실이 칠칠치 못한 데다 안색도 좋지 않았다. 밥때가 됐는데도 밥을 해야 한다는 걸 몰랐고 하루 종일 잠에 취해 정신을 차리지 못했다. 게다가 그는 이와 유사한 상황을 여러 번 마주하게 되었다. 함께 외지에 나가 일을 하던 마을의 다른 사람들도 기쁜 마음을 가득 안고 집에 돌아왔건만 아내들이 예전처럼 살갑지 않고 하나같이 정신이 흐릿했던 것이다. 그는 암암리에 마을 노인들에게 사정을 묻고서야 촌 위원회 주임이 보름에 한 번씩 남편이 없는 부녀자들을 한데 모아 촌 위원회로 데려가 사무실 청소를 시켰다는 사실을 알게 되었다. 주임은 이것이 촌민들의 의무라고 말했다고 했다. 사무실 하나에 먼지가 있으면 얼마나 있겠는가? 그런데 부녀자들은 청소하러 갈 때마다 한두 시간씩 머물다 왔다. 그녀들은 촌 위원회에 갈 때는 고개를 똑바로 쳐들고 씩씩하게 걸어서 갔지만 돌아올 때는 고개를 푹 숙인 채 비틀비틀 걸어서 왔다. 거한은 촌 위원회 주임이 그녀들에게 무슨 짓을 했는지를 모두가 다 알게 되었다고 말했다. 이에 몇 명이 밀모해 작은 술집 하나를 통째로 빌린 다음, 촌 위원회 주임을 초대해 함께 술을 마시고 그의 바지 속 물건을 잘라내 더 이상 여자들에게 손을 대지 못하게 했다. 촌 위원회 주임이 약속 장소에 나타나 술이 세 순배쯤 돌았을 때 그들은 일제히 달려들어 그를 꽁꽁 묶은 다음, 입을 아교테이프로 봉했다. 거한은 자신이 젊었을 때 돼지를 거세했던 경험이 있는 터라 직접 칼을 쓰는 것은 그의 몫이 되었다. 그들은 촌 위원회 주임의 물건을 잘라내 이를 똥통에 던져버렸다. 그들이 떠나자 촌 위원회 주임은 곧바로 경찰에 신고했고 그를 비롯한 몇 명의 남자가 붙잡혀갔다. 조사 결과 촌 위원회 주임이 2년 동안 아홉 명의 부녀자를 강간했다는 사실이 밝혀졌는데도 남자들은 형벌을 면치 못했다. 다른 남자들은 징역 1년에 집행유예 2년, 혹은 징역 2년에 집행유예 3년의 형을 받았지만 그에게는 고의로 직접 상해를 가했다는 이유로 징역 8년 형이 선고되었다. 남들은 모두 그에 대한 판결이 지나치게 무겁다면서 상소할 것을 권했지만 그는 마을 부녀자들을 위해 악의 근원을 없앴으니 8년 형은 그다지 억울하지 않다고 말했다. 그가 형기를 마치고 출옥해 보니 물가가 턱없이 올라 있었다. 뭐든 가격이 두 배 이상으로 뛰어 있었다. 아들은 대학을 다니고 있고 아내는 몸이 병든 터라 돈 들 데가 한둘이 아니었다. 그는 하는 수 없이 옛날처럼 외지로 나가 일을 해야 했다. 그가 옥중에서 가장 참을 수 없었던 것은 공간이 너무 좁다는 점이었다. 그래서 그는 드넓은 공간에서 일을 하고 싶었다. 그런 의미에서 모래채취 노동은 가장 이상적인 일자리였다. 모래채취선이 정박하는 곳에는 물도 있고 산도 있었기 때문이다.

루쉐가 말했다.

"그럼 비가 오는 날 모자를 쓰지 않는 것도 감옥에 있는 동안 비를 맞아보지 못했기 때문인가요?"

거한이 말했다.

"정말 똑똑하시군요! 감옥에 들어가보면 비와 바람이 얼마나 소중한지 알게 되지요. 보세요. 감옥에 들어가 있는 동안 햇빛이 부족하다보니 손톱도 회색으로 변해버렸잖아요."

거한이 열손 가락을 앞으로 내밀어 루쉐에게 보여주었다. 불빛 아래서 두 손은 대나무 뗏목처럼 보였다. 엷은 회색 손톱은 달빛이 던지는 그림자 같았다. 감정을 억누르지 못한 루쉐가 그의 두 손을 덥석 부여잡았다.

거한이 루쉐를 자기 품 안에 끌어들여 꼭 껴안고는 그녀의 이마에 입을 맞추며 말했다.

"어쩌면 인과응보인지도 모르겠어요. 촌 위원회 주임의 그걸 잘라버린 뒤로 감옥에서 8년을 지내는 동안 제 것을 사용할 수 있는 능력이 사라져버렸으니 말이에요."

그는 부끄러운 듯 그녀를 풀어주더니 길게 탄식 같은 한숨을 내쉬고는 천막으로 돌아갔다.

8

한 가지 비밀이 있었다. 루쉐와 그녀가 사랑했던 사람을 제외하면 외부인들은 아무도 알지 못하는 비밀이었다.

그녀는 사랑하는 사람의 손톱을 깎아주는 걸 좋아했다. 깎은 손톱은 한데 모아 초록색 칠을 한 나무판 위에 양감하듯이 박아놓았다. 남자의 손톱은 그들의 성격처럼 천차만별이었다. 멍칭의 손톱은 흰색에 가까웠고 질감이 얇고 가벼우면서 무늬가 있었다. 반투명이면서 비교적 부드러웠다. 그의 손은 항상 소독약에 젖어 있다 보니 희미하게 소독약 냄새가 났다. 리멍의 손톱은 분홍색이고 질감이 두꺼웠다. 별처럼 작고 흰 점들이 나 있고 쉽게 갈라졌다. 돼지를 도축하느라 그런지 항상 반질반질하게 초를 먹인 것처럼 기름이 한 겹 덮여 있었다. 멍칭은 손톱이 천천히 자라 보름에 한 번씩 깎아주었지만 리멍은 손톱이 빠르게 자라는 편이라 한 주만 깎지 않아도 고양이 발톱처럼 날카로워졌다. 남자들은 그녀가 손톱을 깎아줄 때 갓난아기처럼 천진난만한 표정을 지었다. 얼굴 전체가 찬란하게 빛났다. 멍칭은 이른 아침에 일어나자마자 깎아주는 것을 좋아했고 리멍은 황혼 이후에 깎는 것을 좋아했다. 그들은 따스하고 깨끗한 물에 손을 씻은 다음, 두 손을 아이처럼 그녀의 품을 향해 내밀었다. 그러면 루쉐는 곧 작업에 심취했다. 손톱이 깎이는 소리가 날 때마다 그녀의 마음은 달콤한 꿀에 잠기는 것 같았다. 루쉐는 처음에 그 초록색 나무판 위에 멍칭의 손톱만 박힐 줄 알았다. 그녀는 투명한 아교와 족집게로 손톱을 박아넣으면서 그때의 느낌에 따라 놓고 싶은 자리에 박아넣었다. 손톱은 한 송이 한 송이 작은 꽃이 되었다. 은백색 꽃은 요염하고 낭만적이었고 반짝반짝 투명하게 빛이 났다. 그녀는 평생 이런 손톱만 좋아할 수 있으면 그만이라고 생각했다. 그런데 뜻밖에도 그 손톱들이 갑자기 그녀의 삶에서 사라져버렸다. 이혼하고 나서 그녀는 가끔씩 멍칭을 생각하곤 했다. 그의 모습을 생각한 것이 아니라 눈꽃 같은 그의 손톱을 생각한 것이다. 리멍의 손톱이 초록색 나무판 위에 등장하기 시작했을 때, 그녀는 이전에 멍칭의 손톱을 박아 만든 작은 꽃이 너무 소박하다고 생각했다. 그래서 두 사람의 혼인 상태가 아주 빨리 끝나버린 것이 아닌가 하는 생각이 들기도 했다. 리멍의 그 분홍빛 손톱에는 길상과 행복의 기운이 가득했으니 반드시 결말까지 아름답고 행복할 것이라고 생각했다. 그녀는 손톱을 박아 꽃 몇 송이와 두견새를 만들었다. 이어서 연꽃을 만들려고 했는데, 화심만 만들고 꽃잎을 만들기 전에 리멍이 세상을 떠나고 말았다. 이제 얼굴이 검은 거한의 손톱이 나타났다. 루쉐는 그의 손톱이 가장 적을 것임을 잘 알았다. 겨울이 되면 모래채취선은 떠나버릴 것이기 때문이다. 모래채취선이 떠나면 얼굴 검은 거한도 함께 떠날 것이었다. 그녀에게 그의 손톱은 차가운 겨울밤의 별처럼 아름답고 처량하기만 했다. 그래서 둘이 함께 있을 때마다 어린 남녀처럼 순결하게 포옹을 하고 나면 루쉐가 항상 손톱깎이를 꺼냈다. 별빛을 조금이라도 더 얻어내고 싶어서였다. 거한이 왜 그렇게 손톱 깎는 것을 좋아하느냐고 물었다. 루쉐가 방긋이 웃으면서 말했다.

"아저씨가 남들과 말다툼하다가 손을 쓰게 되면 남들이 손톱에 긁혀 상처를 입을까봐 걱정돼서 그래요."

오리는 살이 찌고 강물은 야위었다. 풀잎은 누렇게 변하고 바람이 차가워졌다. 가을이 소리 없이 찾아왔다. 거한과 루쉐 둘 다 함께할 날이 갈수록 줄어들고 있다는 사실을 잘 알고 있었다. 두 사람은 갑작스러운 이별을 견디기 어려울 것 같아 의식적으로 서로를 멀리하면서 각자 마음의 준비를 하고 있었다. 루쉐는 더 이상 천막으로 만터우를 배달하지 않았고 거한도 그녀의 집을 찾는 일이 드물었다. 루쉐는 아침 일찍 오리를 풀어놓으러 나갈 때면 참지 못하고 모래채취선 쪽을 바라보곤 했다. 얼굴 검은 거한도 집무시장에 만터우를 사러 갈 때면 감히 루쉐의 눈을 쳐다보지 못하고 눈길을 다바이에게로 던졌다. 루쉐는 이전에는 모래채취선의 소음을 들으면 반감이 들었는데 이제는 하늘의 음악 소리로 들렸다. 그녀가 아침 일찍 일어나 창문을 열면 모래채취선이 작업하는 소리밖에 들리지 않았다. 얼굴 검은 거한의 심장박동 소리를 듣는 것처럼 친밀하고 편안했다.

이 작은 도시의 가을은 봄이나 여름에 비해 훨씬 단명했다. 서리가 두 번 내리면 농작물은 시들기 시작했고 하늘 가득 낙엽이 날렸다. 어느 날 루쉐는 오리를 몰고 집으로 돌아오다가 우라오칸과 마주쳤다. 그는 신이 나서 그녀에게 며칠 전에 버섯을 캐러 산에 올라가는 길에 생수 공장을 봤다고 말했다. 공사가 거의 끝난 걸 보니 모래채취선도 곧 보하를 떠날 것 같다고 했다. 깊은 실의에 잠겨 집에 돌아온 루쉐는 오리들을 우리에 잘 가둬놓고 다바이와 얼헤이에게 먹이를 준 다음, 아무 생각 없이 혼자 식사를 마치고 반지함에 모아놓은 거한의 손톱을 꺼내 초록색 나무판에 박아넣기 시작했다. 그의 손톱은 정말로 얼마 되지 않았다. 이리저리 생각한 끝에 결국 손톱으로 잠자리 두 마리를 만들기로 했다. 한 마리는 멍칭의 하얀 손톱으로 만든 꽃 위를 날고 다른 한 마리는 리밍의 분홍색 꽃 위를 날게 했다. 두 마리의 회색 잠자리는 황혼 무렵의 분위기를 갖고 있었다. 흐릿하면서 우아한 것이 은하에서 떨어진 물방울 두 개 같았다.

냉기가 감도는 어느 날 아침, 잠자리에서 일어나 창문을 연 루쉐는 한 번도 경험한 적 없는 고요함과 외로움을 느꼈다. 마당에 나가보니 다바이와 얼헤이가 왼쪽과 오른쪽에서 각자 그녀의 바짓단을 물고 마당 밖으로 안내했다. 루쉐가 나가보니 대문 울타리에 버드나무 가지를 엮어 만든 찜통 깔개가 두 개 걸려 있었다. 두말할 것 없이 모래채취선이 떠났고 얼굴 검은 거한도 떠난 것이었다. 두 개의 찜통 깔개는 엷은 빨간색으로 영원히 꺼지지 않을 불꽃 두 송이 같았다.

강둑 아래쪽에 사는 사람들은 최근에 루쉐의 모습이 평소 같지 않다는 것을 눈치챘다. 강물은 아주 빨리 얼었고 벌레 울음소리는 더 이상 들리지 않았다. 하지만 그녀는 만터우를 팔러 나가지 않고 여전히 오리들만 몰고 강가로 나갔다. 모래채취선이 떠난 뒤로 그녀는 그곳을 오리 풀어놓는 장소로 삼아 매일 그곳에서 시간을 보냈다. 차가운 물을 싫어하는 오리들은 물에 들어가기를 꺼렸지만 그녀는 긴 장대를 이용해 억지로 오리들을 강물에 집어넣었다. 오리들은 잠시 헤엄을 치다가 정말로 냉기를 참을 수 없어 일제히 강가로 헤엄쳐 올라왔지만 루쉐는 장대로 다시 오리들을 물속으로 내쫓았다. 어느 날 오후, 오리들은 강물에 들어가 강 한가운데까지 헤엄쳐 들어갔지만 예전처럼 돌아올 생각을 하지 않고 계속 강 건너편을 향해 헤엄쳐갔다. 뭔가 중대한 결심이라도 한 것 같은 자세였다. 주인에게서 철저히 벗어나려는 것 같았다. 점점 멀어져가는 오리들을 바라보다가 마음이 조급해진 루쉐는 얼른 얼헤이를 보내 오리들을 몰아오게 했다.

강물에 들어간 얼헤이는 줄곧 오리들을 쫓아갔다. 몸은 물속에 잠겼지만 머리는 수면 위로 내밀고 있었다. 누군가 검정 예모禮帽를 하나 떨어뜨려 수면 위로 떠내려가고 있는 것 같았다. 얼헤이가 강 한가운데로 몰았지만 오리들은 완강하게 몸을 돌려 다시 강 건너편을 향해 헤엄쳐갔다. 가서 야생오리가 되기로 확실하게 생각을 굳힌 것 같았다. 얼헤이는 달리 방법이 없자 계속해서 오리들을 몰았다. 하지만 오리들은 봉기라도 하듯이 돌아올 뜻을 보이지 않았다. 강 한가운데로 오면 무슨 감옥이라도 있는 것처럼 집단적으로 다시 몸을 돌려 완강하게 강 건너편으로 헤엄쳐갔다. 루쉐의 눈에 기력을 다한 얼헤이가 조금씩 물에 가라앉는 모습이 보였다. 이윽고 얼헤이의 검은 머리는 완전히 물속에 잠기고 말았다.

얼헤이도 보이지 않고 오리들도 보이지 않자 루쉐는 울음을 터뜨렸다. 그녀는 장대를 집어던지고 우라오칸을 찾아가 도움을 청했다. 우라오칸은 어부를 하나 불러 작은 배를 몰고 가서 먼저 오리들을 몰아온 다음, 얼헤이를 건져냈다. 모래채취선은 강바닥에 거대한 구덩이를 남겼다. 얼헤이는 바로 그 구덩이에 빠진 것이었다. 우라오칸과 어부가 얼헤이를 건져 강가로 왔을 때는 이미 해가 지고 있었다. 우라오칸이 말했다.

"일곱 빛깔 신어가 사라진 뒤로 보하에 계속 사고가 터질 거라고 내가 말했잖아? 다행히 이번에 빠져 죽은 건 사람이 아니라 개인 것이 천만다행이지. 건설회사도 송사에 휘말리지 않아 다행이고 말이야."

루쉐는 차가운 자갈 위에 쪼그리고 앉아 얼헤이의 시신을 토닥이며 한참을 실컷 울었다. 강물로 얼굴을 씻고 집으로 돌아온 그녀는 삽을 찾아 얼헤이를 모래채취 노동자들이 묵던 곳에 잘 묻어주었다. 그녀는 오리들을 따스한 우리 안에 몰아넣은 다음, 녀석들이 가장 좋아하는 잡어를 먹이고 나서 밀가루를 반죽하기 시작했다.

다음 날 아침 일찍 루쉐는 얼굴이 검은 거한이 남겨준 버드나무 가지 깔개를 깔고 만터우를 쪘다. 오후에는 다바이를 데리고 집무 시장에 가서 만터우를 팔았다. 사람들은 이구동성으로 그녀의 만터우가 갈수록 맛있어진다고 칭찬하면서 말로 표현할 수 없는 맑은 향기가 더해졌다고 말했다.

스챤

대략 매년 9월 말이나 10월 초일 것이다. 현지 사람들이 '누어涙魚'라고 부르는 물고기가 스촨逝川 상류에서 울면서 내려온다.

이때 어민들은 성어기가 가져다주는 피로와 흥분에서 아직 완전히 벗어나지 못한 상태이지만 입동의 첫눈이 내릴 것 같은 기운을 느끼기만 하면 아무리 피곤해도 어구를 챙기기 시작한다. 어쨌든간에 누어 몇 마리를 잡아야 마누라와 아이들에게 한 해의 수확이 나쁘지 않았음을 자랑스레 보여줄 수 있기 때문이다.

누어는 스촨에만 있는 어종이다. 몸체는 둥글고 납작하며 붉은 지느러미와 파란 비늘을 갖고 있다. 매년 첫눈이 내린 뒤에야 모습을 드러낸다. 누어가 나타날 때면 스촨 전체에 잉잉잉 소리가 울려퍼진다.

이 물고기는 어부에게 잡힐 때면 항상 진주 같은 눈물을 뚝뚝 흘리면서 암홍색 꼬리를 가볍게 움직인다. 파르스름한 비늘에는 타래붓꽃 빛깔이 나타난다. 부드러운 아가미는 풀무처럼 후둑후둑 소리를 내면서 열렸다 닫히기를 반복한다. 이럴 때 어부들은 재빨리 잡은 누어를 커다란 나무 대야에 던져놓으며 위로한다. 같은 말을 연달아 반복하면서 기도라도 하듯이 달래주는 것이다.

"그래, 됐어. 울지 마라. 됐어. 그만 울라고. 이제 됐으니 울지 마란 말이야……."

그러면 스촨에서 잡혀 올라온 누어는 정말로 더 이상 울지 않았다. 누어들은 강가의 나무 대야 안에서 이리저리 헤엄쳤다. 뜻밖의 따스함을 얻은 것처럼 마음 편한 모습이었다.

초겨울 스촨의 슬픈 소리를 듣고 싶지 않다면 누어를 잡기만 하면 됐다.

누어는 일반적으로 첫눈 내릴 무렵에 상류에서 하류로 내려온다. 따라서 어민들은 일찌감치 강가 여기저기에 모닥불을 피워놓고 기다렸다. 모닥불은 대부분 주황색이라 멀리서 보면 하나같이 황금 사발인 듯 반짝반짝 빛을 발했다. 이 일대 어부의 아내들은 대부분 눈썹 뼈가 아주 높고 외꺼풀이 두꺼웠으며 입술도 무척 두툼했다. 어부의 아내들이 길을 걸을 때면 타다닥 소리가 났다. 생육능력이 극도로 강했고 식사량도 놀라운 수준이었다. 어부의 아내들은 청색이나 은회색 모자가 달린 두건을 즐겨 썼고 나이에 관계없이 일률적으로 쪽을 져 올렸다. 그녀들이 보여주는 스촨 연변의 이미지는 한 그루의 건장한 검은 자작나무의 모습이었다.

어민들에게 스촨의 발원지가 어디인지는 알려지지 않았다. 다만 저 먼 북쪽 지방에서 흘러온다는 것만 알 뿐이었다. 스촨의 하도는 그다지 넓지 않았고 수면은 거울처럼 평평했다. 한여름에 폭우가 쏟아질 때도 물결이 거세게 이는 일은 거의 없었다. 그저 물안개만 끊임없이 피어올라 강 수면에서 양쪽 강가의 숲 지대로 퍼져나갈 뿐이었다. 모두들 스촨의 물은 틀림없이 아주 깊을 것이라고 생각했다.

늦가을의 바람이 숲 사이에서 수분을 잃어버린 나뭇잎들을 마음 껏 잡아당길 때면 민감한 할머니 어부인 지시古喜는 누어 잡는 도구를 준비했다. 지시는 나이가 일흔여덟로 비쩍 마른 데다 곱사등이였다. 지시는 바람에 말린 장과와 버섯을 먹으면서 항상 혼잣말을 중얼거렸다. 누구나 작은 배를 타고 스촨의 상류에서 아자阿甲라 불리는 이 작은 어촌을 지나다가 향기를 내뿜는 차를 한잔 마시고 싶어지면 지시의 집을 찾아갈 수 있었다. 그녀는 차뿐만 아니라 늘 남자들이 즐겨 피우는 담뱃잎도 준비해놓고 있었다. 구리 재질로 만들어진 담뱃대 몇 대가 선반 위에 나란히 놓여 있어 필요할 때 언제든 즐기기만 하면 되었다.

지시를 알아보는 것은 조금도 어렵지 않았다. 아자에서 신선한 비린내가 가득한 흙길을 지나다가 갑자기 풍만하면서도 쭉 뻗은 몸매에 높은 콧날, 요염한 입술을 가진 아가씨를 만나게 되면 그녀가 바로 지시였다. 젊은 시절의 지시, 세월이 50년을 거꾸로 흘렀을 때의 지시의 모습이었다. 그녀는 머리를 높이 감아올려 쪽지고 맑은 눈동자와 하얀 치아를 뽐냈다. 여름에는 항상 바닥에 끌리는 회색 천으로 된 긴 치마를 입고 날생선을 먹는 모습이 사람들의 호감을 샀다. 당시의 어민들은 위를 상하게 하는 음식이나 차에는 생각이 없었기 때문에 날생선을 먹는 지시의 표정을 즐거운 눈빛으로 바라보곤 했다. 지시의 날카롭게 빛나는 치아가 눈처럼 흰 비늘과 여리고 흰 생선살을 씹을 때면 기묘한 음악 소리가 나는 것 같았다. 병을 앓고 있는 어민들도 지시의 그런 모습을 보면 뭔가 먹고 싶은 욕망이 생겼다. 하지만 지금은 지시를 만나는 것이 너무나 쉬운 일이 되어버렸다. 아자 어촌에서 등이 굽은 늙은 어부 아낙을 만났을 때, 갑자기 고개를 든 그녀의 눈에서 생선 비늘처럼 새하얀 빗줄기가 뿜어져 나온다면 그 여인이 바로 지시, 늙은 지시다.

눈은 새벽 5시부터 소리 없이 조용히 내렸다. 지시는 몇 가지 악몽을 연달아 꾸고 나서 남몰래 혼자 하느님을 향해 잔뜩 욕을 해댔다. 한참 욕을 하고 있는데 창살에서 삭삭 물고기 비늘을 깎는 듯한 소리가 들렸다. 두말할 것 없이 눈송이가 내리는 소리였다. 누어가 스찬을 지나가는 소리이기도 했다. 지시는 추위를 느꼈다. 게다가 죽을 것처럼 기침이 심했다. 그녀의 가족들도 전부 놀라 잠에서 깼다. 옷을 입고 구들에서 내려온 그녀는 화로를 가까이 끌어당겨 쇠막대기로 감자 두 개를 구웠다. 그런 다음 기름등을 켜고는 누어를 잡는 그물에 아직 구멍이 나 있는지 살펴봤다. 그녀는 그물의 한쪽 끝을 화장火墻에 박혀 있는 못에 걸어놓고 다른 한쪽을 문 손잡이에 고정시켰다. 문에서 화장 사이에 길이가 10미터 넘는 그물이 흐릿한 안개처럼 떠 있었다. 은백색 그물의 가는 줄들이 불꽃을 내며 거세게 타오르는 기름등 불빛 속에서 호박琥珀 빛을 내뿜었다. 지시는 나뭇진의 향기를 맡는 듯한 느낌이 들었다. 그물은 지시가 직접 짠 것이었다. 나무로 된 북梭을 사용할 때 그녀의 손가락은 그다지 민첩하지 못했지만 그물눈은 대단히 고르고 균형이 잡혀 있었다. 아자에서는 지시에게 그물을 짜달라고 부탁하지 않는 사람이 없었다. 그녀가 젊었을 때, 젊고 힘이 넘치는 어민들은 성내에 나갔다가 스촨으로 돌아올 때면 항상 눈처럼 흰 그물용 실을 한 무더기씩 사다가 그녀에게 건네면서 갖가지 형태와 크기의 그물을 짜달라고 부탁하곤 했다. 물론 그럴 때마다 그녀에게 두건이나 머리장식, 단추 같은 물건을 사다주었다. 그 시절 지시는 남자들에게 기꺼이 자기가 그물 짜는 모습을 보여주었다. 그녀가 불타는 듯 뜨겁게 내리쬐는 햇볕 아래서 그물을 짜는 모습도 물 같은 달빛 아래서 짜고 있는 것처럼 보였다. 때로는 그물을 짜고 또 짜다가 그물 옆에서 잠이 들기도 했다. 눈처럼 하얀 그물이 그녀의 몸을 휘감고 있는 모습은 그물에 걸린 인어 한 마리 같았다.

지시는 고아하고 힘찬 손가락을 그물눈을 향해 뻗으면서 낮은 목소리로 중얼거리듯이 하느님을 향해 몇 마디 욕을 내뱉었다. 이어서 감자가 얼마나 익었는지 살펴보고는 물을 끓여 차를 우렸다. 지시가 미적미적 먹고 마시는 일을 끝냈을 때, 날도 꾸물꾸물 밝아오기 시작했다. 희미한 잿빛 유리창을 통해 밖을 내다보면 스촨의 수면에 어두운 검은빛이 일렁이는 것을 볼 수 있었다. 지시의 목조가옥은 스촨을 마주하고 있었고 건너편 강가는 온통 아득한 숲이었다. 새들의 종적이 남아 있을 리는 없었다. 지시가 잠시 하늘을 바라보는 사이에 다시 잠이 오기 시작했다. 낮은 목소리로 한마디 중얼거리던 그녀는 곧장 구들 위에 몸을 웅크리고 앉아 토끼잠을 잤다. 그녀가 다시 잠에서 깬 것은 누군가가 문을 두드리는 소리 때문이었다. 찾아온 사람은 후후이胡會의 손자 후다오胡刀였다. 후다오는 차 한 봉지와 말린 대추 한 봉지를 품에 안고 있었다. 너무 급한 마음에 모자 쓰는 것을 깜빡한 모양이었다. 머리 위에는 하얀 눈이 한 겹 두껍게 얹혀 있었다. 눈처럼 하얀 밀가루 떡을 머리에

이고 있는 것 같았다. 그의 두 귀는 얼어서 산사나무 열매처럼 요염하게 붉었다. 후다오는 풀이 죽은 목소리로 연신 투덜거렸다.

"지시 아주머니, 이 일을 어떻게 하면 좋아요. 이 녀석이 정말 날을 잘못 잡은 것 같아요. 아이롄愛蓮 말로는 몸이 좀 이상한 것 같대요. 오늘을 버티지 못할 것 같아요. 누어가 몰려오는데 이 일을 어떻게 하면 좋을까요. 때가 너무 맞지 않네요……."

지시는 차와 말린 대추를 찬장 위에 올려놓고 어색해서 어쩔 줄 몰라 하는 후다오를 힐끗 쳐다봤다. 남자들은 모두 처음 아버지가 될 때면 이렇게 당황해 혼란스러운 모습을 보였다. 지시는 남자들이 이렇게 당황하며 혼란스러워하는 모습을 즐겼다.

"지시 아주머니, 누어가 오는데도 아이가 나오지 않으면 아주머니는 스촨으로 누어를 잡으러 가셔야겠지요? 에이, 정말 때가 안 맞네요. 보름만 참으면 되는데, 이 녀석이 누어랑 시합이라도 벌이려는 것 같아요……."

후다오는 두 손을 내린 채 문 앞에서 횡설수설 얘기를 이어가면서 수시로 창밖을 내다봤다. 창밖에는 뭐가 있었을까? 내리는 눈과 쌓인 눈 말고는 아무것도 없었다.

아자 어촌에는 한 가지 전설이 전해지고 있었다. 누어가 올 때 누어를 잡으러 가지 않거나, 가긴 했지만 한 마리도 잡지 못하면 그 집 주인은 누구든 큰 재앙을 만나게 된다는 것이었다. 물론 이 마을에 재앙을 당한 사람은 한 명도 없었다. 해마다 이맘때가 되면 사람들은 모두 스촨 강가를 지키면서 큰 수확을 거두었기 때문이다. 누어는 여느 어종과는 달라 그물에 매달려 있는 동안에는 백퍼센트 다 살아 있다. 무게는 한 근 정도 되고 몸체는 균형이 잘 잡혀 있는 데다 눈부시게 아름답다. 사람들은 파르스름한 비늘을 가진 이 물고기를 나무 대야에 물을 가득 채워 쏟아넣었다가 다음 날 아침 일찍 다시 스촨에 놓아주었다. 누어들은 다시 물속으로 들어갈 때는 더 이상 잉잉잉 소리를 내지 않았다.

누가 이처럼 신기한 물고기를 봤을까?

지시는 얼른 가서 더운물을 한 솥 끓이라고 지시하면서 후다오를 집으로 돌려보냈다. 그녀는 감자를 하나 먹고 뜨거운 차를 한 사발 마신 다음, 물고기 잡는 어구를 하나하나 제자리에 돌려놓고는 화로 문을 닫고 은회색 두건을 쓰고서 집을 나섰다.

집들이 다 합쳐서 백 채쯤 다닥다닥 붙어 있는 아자 어촌은 눈에 덮이면 더더욱 작아 보였다. 눈에 덮인 집들은 하나같이 설탕에 절인 꿀대추 같았다. 지시는 잠시 스촨을 바라봤다. 스촨은 첫눈에 덮여 무척 작고 빈약해 보였다. 그녀는 누어들이 몰려오기 전에 강물이 미세하게 떨리는 진동을 느낄 수 있을 것 같았다. 문득 후다오의 할아버지 후후이가 생각났다. 후후이는 스촨 건너편 강가의 소나무 숲에 잠들어 있었다. 이 불쌍한 늙은 어부는 일흔이 되던 해에 흑곰의 희생물이 되고 말았다. 젊었을 때의 후후이는 말을 탈 줄 알았고 총 쏘는 솜씨도 뛰어났다. 검은 아가미를 가진 복어를 포위해 잡는 기술도 최고였다. 키가 작은 것은 말할 것도 없고 지극히 평범한 외모였지만 아자의 아가씨들 마음속에는 우상으로 자리 잡고 있었다. 당시에는 지시도 물고기를 잘 잡았을 뿐만 아니라 날생선을 먹을 줄 알았고 자수와 재단, 술 담그기까지 못하는 것이 없었다. 당시에 후후이는 종종 지시의 집을 찾아와 담배를 얻어 피우곤 했다. 지시의 목조 가옥도 후후이가 전적으로 힘을 보태 지은 것이었다. 당시의 지시는 아주 순진한 생각을 하고 있었다. 백에서 하나를 고른다 해도 당연히 자신이 후후이의 아내가 될 것이라는 생각이었다. 하지만 후후이는 전혀 예쁘지 않고 매력도 없으며 가정을 꾸려나갈 능력 또한 없는 여자를 아내로 맞았다. 후후이가 결혼하던 날 지시는 스촨 강가에서 생선의 내장을 파내 다듬고 있었다. 그녀는 신부를 맞으러 가는 사람들의 행렬이 지나갈 때 후후이의 가슴에 멍청하게 붉은 꽃 한 송이가 달려 있는 것을 봤다. 지시는 생선 비늘이 가득 들어 있는 나무 대야 속 비린내 나는 물을 그를 향해 확 끼얹어버리고는 통쾌하게 소리 내어 웃었다. 후후이는 미안하다는 듯이 지시를 향해 가볍게 웃음을 지어 보이고는 비린내를 흠뻑 뒤집어쓴 채로 신부를 맞으러 갔다. 지시는 스촨 강가에 서서 몸에 얼룩무늬가 가득한 창꼬치 한 마리를 집어들고는 와작와작 씹어 먹었다. 그러는 그녀의 얼굴 위로 두 줄기 눈물이 주르르 흘러내렸다.

후후이는 어느 해인가 누어를 잡으면서 지시에게 자신이 그녀를 아내로 얻지 못하는 이유를 밝힌 적이 있다. 후후이가 말했다.

"지시는 정말 능력이 대단해. 못하는 것이 없어. 지시에게는 집안을 일으키고도 남을 능력이 있기 때문에 지시를 아내로 맞는 남자는 처마 밑에서 서서히 생활능력을 잃어가게 될 거라고. 지시는 정말 지나치게 강한 능력을 갖고 있어."

지시가 화난 표정으로 말을 받았다.

"내가 능력이 대단한 게 죄가 된단 말이야?"

어부의 아내가 물고기를 잡지 못하고 야채나 생선을 말릴 줄도 모르며 술을 담그지도 못하고 그물을 짜지도 못하면서 할 줄 아는 거라곤 그저 아이 낳는 것밖에 없다면 절대로 사랑받지 못한다는 것이 지시의 생각이었다. 지시의 이런 생각은 그녀 일생의 비극을 숙성시키고 말았다. 아자에서 남자들은 모두 그녀를 좋아했고 모두 그녀가 빚은 술과 그녀가 우린 차를 즐겨 마셨으며 그녀가 만든 잎 담배를 즐겨 피웠다. 그녀가 날생선을 먹는 생기발랄한 모습을 바라보는 것도 좋아했고 남들과 달리 입안 가득 하얗게 빛나는 치아도 좋아했다. 하지만 그녀를 아내로 맞으려는 남자는 하나도 없었다. 스촨은 낮이나 밤이나 쉬지 않고 흘렀고 지시는 하루하루 나이가 들어갔지만, 강 양안의 나무숲은 오히려 갈수록 더 울창해졌다.

지시는 중년을 넘어서자 특별히 노래를 즐겨 부르게 되었다. 그녀는 스촨 강가에 서서 살아 있는 물고기의 배를 따서 다듬을 때도 노래를 불렀고, 가을에 산에 들어가 버섯을 캘 때도 노래를 불렀다. 자신의 목조 가옥 지붕 위에 야채를 널어 말릴 때도 노래를 불렀고 저녁 무렵 집에서 기르는 닭이나 오리에게 모이를 줄 때도 노래를 불렀다. 지시의 노랫소리는 밥 짓는 연기처럼 아자 어촌의 사방에 가득 퍼져갔다. 남자들은 그녀의 노랫소리를 들으면 누어들의 울음소리를 듣는 것처럼 칼로 에이듯이 가슴이 아팠다. 그들은 지시의 노랫소리를 만날 때마다 그녀에게 다가가 담배를 얻어 피우면서 일제히 친절한 어투로 "지시, 지시" 하고 불러댔다. 지시는 노래를 멈추고 빠른 몸짓으로 담뱃가루를 빻고 담뱃대를 더욱 빛나게 문질러 닦았다. 구리와 나무 무늬가 원래의 모습을 드러냈다. 그녀는 남자들이 "지시, 지시" 하고 부르는 소리를 무척 좋아했다. 그럴 때면 그녀는 작은 새가 사람에게 의지하는 듯한 태도를 보였다. 하지만 그녀의 담배를 다 피운 남자들은 대부분 신발을 지르신고는 서둘러 집으로 돌아갔다. 지시 혼자만 남았다. 달빛 아래 마당 안에 남은 나무 그림자 같았다. 지시는 마흔 살을 넘기면서 더이상 노래를 부르지 않았다. 그녀는 조용히 자기 머리에 처음 생겨난 흰 머리카락을 받아들이기 시작했다. 그리고 빈번하게 집집마다 드나들면서 여자들을 위해 아기를 받아주었다. 그녀는 분만하는 여인들의 그 행복한 고통의 순간이 너무나 부러웠다.

지시가 아기를 받기 시작한 이래로 누어가 오는 날 태어난 아기는 하나도 없었다. 그녀는 남몰래 하느님에게 이 아기가 황혼 이전에 태어나게 해달라고 기도했다. 그래야 자신이 스촨 강가에서 누어를 잡는 사람들 가운데 한 명이 될 수 있기 때문이었다. 이리하여 그녀는 흩날리는 눈발 속에서 하느님에게 기도를 하면서도 한편으로는 퍽이나 우습다는 생각이 들었다. 방금 하느님을 향해 안좋은 말을 잔뜩 내뱉었기 때문이다.

후다오의 아내는 구들 위에 몸을 곧게 편 채 누워 있었다. 진통때문에 비 오듯 땀을 흘리고 있었다. 지시를 본 후다오의 아내는 촉촉하게 젖은 눈으로 그녀를 응시했다. 지시는 손을 씻은 다음, 반응이 얼마나 오래 지속되었는지, 느낌이 안 좋다는 부분은 어디인지 물었다. 후다오는 집 안을 몹시 바쁘게 이리저리 뛰어다니다가 나무 대야를 발로 차서 뒤집어버리는 바람에 물이 바닥으로 흐르게 하기도 하고, 또 벽 한구석에 박혀 있던 쇠 정을 건드려 넘어뜨리는 바람에 쾅당 하고 요란한 소리를 내기도 했다. 지시가 참지 못하고 큰 소리로 후다오를 나무랐다.

"자네는 가서 누어 잡는 도구나 챙기도록 해. 여기서 왔다 갔다하지 말고!"

후다오가 말했다.

"이미 다 챙겨놨어요."

지시가 물었다.

"땔나무도 다 준비해놨나?"

후다오는 망설임 없이 대답했다.

"네, 다 준비해뒀어요."

"어망은 전부 3호 크기여야 해."

후다오는 여전히 눈치가 없었다.

"3호 어망도 챙겼어요."

말을 마친 그는 차를 우리면서 차 통을 뒤집어엎어 또다시 듣기 싫은 소리를 냈다. 그러는 바람에 산모가 또 경련을 일으켰다.

지시는 후다오에게 버럭 소리를 지르는 수밖에 없었다.

"자네가 그렇게 능력이 좋으면 자네 아내가 낳는 아기니까 자네가 받도록 하게."

놀란 후다오는 금세 얼굴이 흙빛이 되고 말았다.

"지시 아주머니, 제가 어떻게 아기를 받아요? 제가 어떻게 아기를 받아낼 수 있겠어요?"

"자네가 집어넣은 아기니까 집어넣을 때처럼 받아내면 될 게 아닌가?"

지시가 한마디 농담을 던지자 후다오는 그제야 자신이 그 자리에 있는 것이 산모에게 정신적 부담을 준다는 것을 깨닫고는 당황하여 어쩔 줄 모르는 표정으로 재빨리 자리를 떴다. 밖으로 나가면서 또 문짝에 걸려 쾅당 하고 땅바닥에 엎어진 그는 연신 에구에구 신음을 냈다. 무척이나 우스꽝스러우면서도 귀여운 모습이었다.

후다오의 집 대청의 북쪽 벽에는 후후이의 초상화가 한 장 걸려 있었다. 후후이는 검은 중절모를 쓰고 긴 담뱃대를 입에 물고서 빙 긋이 웃고 있었다. 그의 젊은 시절 모습이었다.

지시는 처음 이 그림을 보는 순간, 너무 웃겨서 몸을 앞뒤로 흔들며 웃어댔다. 후후이는 도시에서 돌아와 강가에 나올 때마다 지시의 집에 들르곤 했다. 지시는 멀리서 후후이가 가죽 자루를 등에 메고 손에 두루마리 종이를 한 장 들고 있는 것을 보고는 그 종이가 뭐냐고 물었었다. 후후이가 능글맞은 표정으로 그림을 펼쳤다. 그녀가 본 것은 또 다른 모습의 후후이였다. 그때 그녀는 웃으면서 큰 소리로 말했다.

"생생한 모습이 망측한 꼴을 드러내 웃음거리가 된 원숭이 같네. 누가 널 이렇게 능욕한 거야?"

후후이가 말했다.

"어느 날 내가 죽으면 더는 망측한 꼴로 느끼지 않게 될 거야."

정말로 지시는 지금 늙어서 흐려진 노안으로 젊은 시절의 후후이를 바라보며 왠지 마음이 쓰리고 아팠다.

오후가 되었다. 산모가 두 시간을 몸부림쳤지만 아기는 나올 기미를 보이지 않았다. 이런 상황에 지시는 약간 두려움을 느꼈다. 계속 이러다가는 앞으로 너덧 시간이 더 지나도 아기가 나오지 않을 수 있었다. 게다가 누어 떼는 이미 스촨으로 내려오고 있는 것이 분명했다. 창밖으로 수많은 사람이 스촨 강가로 몰려가는 모습이 그녀의 눈에 들어왔다. 그들은 이미 땔나무를 나르고 있었다. 개들도 눈 속을 깡충깡충 뛰어다녔다.

후다오는 마당에 서서 돼지우리 안의 돼지들에게 건초를 먹이고 있었다. 일부 건초는 바람과 눈에 돌돌 말린 풀 부스러기가 되어 있었다. 작은 물고기들이 춤을 추는 것 같았다.

50년의 세월을 거꾸로 돌아간 지시가 집 처마 앞에 서서 건초를 고르고 있었다. 그녀는 은백색 갈고랑이로 건초를 짚가리 위로 걸어올렸다. 가축들의 겨울나기를 위한 것이었다. 지시의 새까만 머리카락 위에 마른 풀 부스러기가 내려앉았다. 녹갈색 북데기에는 아직 풀 향기가 남아 있었다. 가을날의 황혼이 숲속 나뭇잎들에 무거운 느낌을 더해주었다. 희미한 아침 서리는 유리창에 신선한 눈물의 흔적을 남겼다. 지는 해가 스촨 건너편의 아득한 숲속으로 떨어졌다. 이때 지시는 후후이가 스촨 상류에서 걸어 내려오는 모습을 봤다. 그가 멀리서 꿈틀거리는 모습은 한 마리 개미 같다가 점점 가까워지자 굼뜬 개구리 같더니 아주 가까이 다가왔을 때는 꼬리를 흔드는 귀여운 발바리로 변해 있었다.

지시는 웃으면서 자신이 체감한 개미와 개구리와 발바리의 세 가지 서로 다른 형상을 후후이에게 말해주었다. 후후이도 웃으면서 무척 즐거운 모습을 보였다. 이어서 그는 지시에게 방금 잡은 비늘이 가는 물고기 한 마리를 던져주고는 그녀가 조금씩 씹어 먹는 모습을 흐뭇한 눈빛으로 바라봤다. 지시는 집으로 들어가 어두운 실내에 후후이를 위해 차와 먹을 것을 준비해주었다. 후후이가 갑자기 지시의 허리를 끌어안고는 생선 비린내로 가득한 입술에 입을 맞췄다. 지시의 입안에서는 스촨 특유의 냄새가 났다. 후후이는 아주 오래 그 냄새를 빨아들였다.

"내가 멀리서 걸어오는 모습이 뭐 같았다고?"

후후이가 지시의 입술을 가볍게 깨물며 물었다.

"개미."

지시가 가쁜 숨을 내쉬며 말했다.

"조금 가까이 왔을 때는 뭐 같았다고?"

후후이는 지시의 허리를 더 세게 껴안았다.

"개구리."

지시가 가벼운 목소리로 말했다.

"바로 앞까지 왔을 때는 뭐 같았다고?"

후후이는 다시 한번 지시의 입술을 가볍게 깨물었다.

"꼬리 흔드는 발바리."

이렇게 대답하면서 지시는 가볍게 몸을 떨었다. 머리 위의 건초 부스러기가 흘러내리면서 목을 간질였기 때문이다.

"네 몸에 달라붙었을 때는? 찰싹 달라붙어서 너를 응시할 때는 뭐 같지?"

후후이는 지시를 안은 채 구들 위로 올라가 가볍게 그녀의 옷섶을 풀었다.

지시는 아무 말도 하지 않았다. 그녀는 그때 그가 어떤 모습이었는지 알지 못했다. 그러다가 후후이가 깊은 정을 힘차게 토해놓자 갑자기 중얼거리듯이 말했다.

"지금은 사람 잡아먹는 호랑이 같네."

화로 위의 물이 끓었다. 끓는 물이 주전자 뚜껑을 들어올리면서 덜컹덜컹 소리가 났다. 지시가 물이 오래 끓고 있는 것도 살피지 못하는 사이에 주전자 뚜껑은 계속 요란하게 소리를 냈다. 그러다가 두 사람의 축축하게 젖은 몸이 서로 떨어졌을 때는 주전자 속의 물이 다 증발해버리고 집 안은 따뜻하고 훈훈한 수증기로 가득 차 있었다.

지시는 그 잊지 못할 황혼의 끄트머리에서 후후이가 틀림없이 자신을 아내로 맞을 거라고 생각했다. 그렇게 되면 그녀는 그를 위해 차를 우리고 밥을 하고 생선을 다듬고 돼지를 먹일 것이었다. 그리고 그에게 아이를 몇 명 낳아줄 것이었다. 하지만 후후이는 다른 여자를 아내로 맞았다. 지시가 생선 비늘로 가득한 생선 다듬은 물을 신랑 후후이의 몸에 뿌렸을 때, 그녀에게는 그날의 해가 너무나 창백하고 냉혹하게 느껴졌다. 이때부터 그녀는 후후이가 자기 집에 들어오는 것을 허락하지 않았다. 그녀의 담뱃잎과 차도 다른 남자들에게 남겨줄망정 그에게는 하나도 주지 않았다. 후후이가 죽었을 때, 아자 마을 사람 모두가 장례에 참석했지만 오직 그녀만은 가지 않았다. 그녀는 늙고 쇠약해진 몸으로 창문 앞에 서서 낮이나 밤이나 쉬지 않고 흐르는 스촨을 바라봤다. 귓가에 물이 끓어 주전자 뚜껑이 덜컹덜컹 흔들리는 소리가 항상 들려왔다.

산모가 또다시 심하게 신음을 하기 시작하자 지시는 후후이의 초상화 앞에서 벗어났다. 그녀가 걸음을 옮기면서 중얼거리듯이 투덜거렸다.

"에이, 넌 정말 망측한 원숭이 같아."

말을 마친 그녀는 또 습관적으로 하느님을 향해 욕을 몇 마디 내뱉었다. 그러고 나서야 산모 곁으로 돌아갔다.

"지시 아주머니, 저는 죽나요?"

산모가 담요 밖으로 촉촉하게 젖은 손을 내밀었다.

"처음 아기를 낳는 여인들은 하나같이 자신이 죽을지도 모른다고 생각하지. 하지만 죽은 사람은 하나도 없었어. 내가 있는 한, 아기를 낳다 죽는 사람은 없을 거야."

지시는 산모를 위로하면서 수건으로 산모의 이마 위에 맺힌 땀을 닦아주었다.

"아들이 나왔으면 좋겠어, 딸이 나왔으면 좋겠어?"

산모가 지친 얼굴로 빙긋이 웃었다.

"그냥 괴물만 나오지 않으면 돼요."

지시가 말했다.

"지금은 그렇게 말하지만 아기가 나오면 코가 어떻니 눈이 어떻니 온갖 트집을 다 잡게 될 거야."

지시가 구들 가장자리에 앉아 말했다.

"몸 상태를 보니 쌍둥이를 가진 것 같네."

산모는 덜컥 겁이 났다.

"하나도 나오기 힘든데 둘이면 더 어렵겠네요."

지시가 말했다.

"사람은 참 나약한 것 같아. 아이 한둘 낳는데도 하루 종일 아이고, 아야 소리를 질러대니 말이야. 개나 고양이들을 보라고. 새끼를 한 번에 너덧 마리씩 낳지 않는 어미가 없잖아. 게다가 옆에서 보살펴주는 사람도 없고. 고양이는 새끼를 낳기 전에 스스로 솜으로 보금자리를 만든다고. 짐승들도 아프긴 마찬가지야. 단지 사람들처럼 그렇게 엄살을 부리지 않을 뿐이지."

지시의 한바탕 연설을 들은 산모는 더 이상 끙끙대지 않았다. 하지만 그녀의 강인함은 살얼음처럼 연약해 얼마 지나지 않아 다시 신음이 시작되었다. 게다가 입을 열었다 하면 후다오를 향해 욕을 퍼부었다.

"후다오, 넌 죽었어. 나한테 나쁜 짓을 해놓고는 하나도 신경 안 쓰다니! 후다오, 어째서 아기 낳는데 와보지도 않는 거야. 너 아픈 것만 알지……."

지시가 속으로 웃었다. 날이 어두워지기 시작했다. 후다오는 이미 새끼 돼지들에게 건초를 넉넉히 넣어주고 나서 장작을 패 한 다발로 묶고 있었다. 밤중에 스촨 강가에서 쓸 예정이었다. 눈이 많이 잦아들었다. 자세히 보지 않으면 완전히 멎은 것처럼 보일 수도 있었다. 하지만 땅 위에는 꽤나 두텁게 눈이 쌓여 있었다. 적송으로 쳐놓은 나무 울타리에 내려앉은 눈이 가장 보기 좋았다. 한 송이 한 송이 사발 모양으로 구불구불 이어져 있어 그 아래서 붉게 타오르는 듯한 소나무 울타리의 기둥들이 훨씬 더 선명하게 돋보였다. 부드럽게 타오르는 불꽃 같은 모습이 더없이 아름다웠다.

하늘이 잿빛으로 어두워질 때쯤 지시는 마음 한구석이 조금씩 아파오는 것을 느꼈다. 어촌의 개들이 신바람이 나서 껑충껑충 뛰며 짖어대는 소리가 들렸다. 사람들은 스촨 강가에 모닥불을 피우기 시작했다. 산모는 또다시 조용해졌다. 그녀는 땀을 엄청나게 흘렸다. 몸 아래 말라 있던 갈대 자리가 이미 축축이 젖어 있었다. 지시는 촛불을 켰다. 산모가 그녀를 향해 미안한 듯한 표정으로 가볍게 웃어 보였다.

"지시 아주머니, 어서 누어 잡으러 가세요. 아주머니가 스촨에 가지 않으시면 사람들이 누어 잡는 일이 재미없다고 느낄 거예요."

정말로 매년 첫눈이 내릴 무렵이면 스촨 강가에서 지시는 항상 수십 마리, 심지어 백 마리가 넘게 펄쩍펄쩍 뛰는 누어를 잡아올리곤 했다. 지시가 잡아올린 누어를 담는 나무 대야에 모든 사람의 눈길을 잡아끄는 능력이 있는 것 같았다. 어린아이들은 장난스럽게 손을 대야 안에 넣고 누어의 머리나 꼬리를 건드려보기도 했다. 그러면 누어들은 대야 안에서 한동안 팔딱거리다 이내 다시 잠잠해지곤 했다. 이럴 때면 아빠 엄마들이 재빨리 다가와 아이들에게 호통을 쳤다.

"저리 가. 누어 비늘을 상하게 하면 안 된단 말이야!"

지시가 말했다.

"내가 누어를 잡으러 가면 아기는 누가 받아주나?"

산모가 말했다.

"제가 직접 할게요. 탯줄을 어떻게 자르면 되는지 좀 알려주세요. 집에는 저 혼자 있으면 돼요. 후다오도 가서 누어나 잡으라고 했어요."

지시가 나무라듯이 말했다.

"자기 능력을 보고 그딴 소리를 하라고."

산모가 한쪽 다리를 옮기면서 말했다.

"지시 아주머니, 누어를 잡지 못하면 사람이 죽을 수도 있나요?"

지시가 말했다.

"그걸 내가 어떻게 알겠어. 그냥 전해오는 이야기일 뿐이야. 게다가 누어를 잡지 못한 집이 하나도 없었으니까."

산모가 또 가벼운 어투로 말했다.

"저는 어렸을 때부터 엄마 아빠한테 누어가 왜 우는 건지, 어째서 그렇게 파란 비늘을 갖고 있는 건지, 왜 첫눈이 내린 뒤에야 나타나는 건지 수없이 물어봤어요. 하지만 엄마 아빠는 아무 대답도 해주지 않았어요. 지시 아주머니, 혹시 아주머니는 알고 계세요?”

지시가 두 손을 내리고는 쓸쓸하게 중얼거리듯이 말했다.

“내가 뭘 알 수 있겠어? 꼭 물어야 한다면 스촨에게 물어야겠지. 아마 스촨은 알고 있을 거야.”

또다시 산모의 신음이 시작되었다.

날이 완전히 어두워졌다. 스촨 강가의 모닥불이 점점 밝아지면서 강물이 희미한 울음소리를 내기 시작했다. 어민들은 서둘러 각자의 자리를 차지하고서 한 장 한 장 일제히 은백색 그물을 내렸다. 대야의 물도 이미 준비되어 있었다. 어부의 아내들은 회색이나 남색 두건을 쓰고서 굳센 모습으로 강가를 왔다 갔다 하고 있었다. 스촨 건너편 산에는 은백색 나무들이 아득히 펼쳐져 있었다. 뜻밖에도 달은 기이한 모습으로 떠올라 있었다. 맑고 차가운 달빛이 강 수면과 모닥불, 나무 대야, 그리고 어부들의 검게 그을린 얼굴을 비추고 있었다. 굳이 달빛이 비출 필요가 없이 넘쳐 흘러나오는 슬프고 처량한 소리가 이미 스촨 상류로부터 전해져오고 있었다.

잉잉잉 잉잉잉 잉잉잉잉잉

수천수만 척의 작은 배가 상류에서 떠내려오는 것 같았다. 인간 세상의 모든 낙엽이 전부 스촨을 향해 몰려오는 것 같았다. 모든 악기가 연주해내는 가장 구슬픈 곡조들이 하나로 합쳐지는 것 같았다. 아무것도 가리지 않는 스촨의 슬프고 처량한 소리에 아자 어촌 사람들은 일종의 종교적 분위기에 빠져들었다. 어민 하나가 가장 먼저 누어를 한 마리 잡아올렸다. 그 불쌍한 물고기는 가볍게 꼬리를 흔들었다. 눈에서는 눈물방울이 뚝뚝 떨어지고 있었다. 이 어부의 아내는 누어를 재빨리 나무 대야에 던져넣으면서 가벼운 어투로 위로해주었다.

"됐어. 울지 마. 이제 됐으니까 그만 울라고……."

주홍빛 불꽃이 어부 아내의 얼굴을 고색창연한 구릿빛으로 만들었다. 그녀가 쓰고 있는 두건이 짙은 남색으로 변했다.

잉잉잉 잉잉잉잉잉 잉잉잉

밤은 점점 더 깊어졌다. 후다오는 이미 일곱 마리째 누어를 잡아 올렸다. 그는 고기를 잡는 와중에도 틈틈이 짬을 내 집으로 돌아가 아내가 아기를 낳았는지 확인했다. 그 불쌍한 여인은 여전히 두 눈을 커다랗게 뜨고 천장을 바라보고 있었다. 절망의 표정이었다.

'설마 아기가 누어 떼가 지나간 다음에 나오려는 건 아니겠지?'

지시는 문득 이런 생각을 했다.

"지시 아주머니, 여긴 제가 지키면서 보살피고 있을 테니까 어서 스촨에 가보세요. 저는 이미 누어를 일곱 마리나 잡았는데 아주머니는 아직 한 마리도 못 잡으셨잖아요."

후다오가 말했다.

"자네가 여길 지킨다고 무슨 소용이 있겠어? 자네가 아기를 받을 수 있는 것도 아니잖아."

지시가 말했다.

"아기가 나올 때가 되면 내가 스촨에 가서 자네를 부를 거야. 그게 언제일지는 모르겠지만 말이야."

후다오가 우물쭈물 더듬거리며 말했다.

"설마 내일이나 되어서야 아기가 나오는 건 아니겠지요?"

"산모가 오늘을 버티진 못할 것 같네. 12시 전에는 틀림없이 나올 거야."

지시가 말했다.

차를 한 모금 마시자 지시는 다시 정신이 들었다. 양초를 새것으로 바꾼 그녀는 산모에게 자신이 젊었을 때의 우스운 이야기들을 들려주었다. 넋을 잃고 듣던 산모는 참지 못하고 웃음을 터뜨렸다. 지시는 산모가 크게 부담을 갖지 않는 모습을 보고는 마음을 놓았다.

밤 11시쯤 되었을 때, 산모는 다시 한번 진통에 휩싸였다. 처음에는 신음이 작더니 나중에는 있는 힘을 다해 소리를 지르기 시작했다. 후다오가 몹시 당황하여 들락거리는 모습을 본 산모는 고통의 근원을 발견하기라도 한 듯이 아예 포효하기 시작했다. 지시는 후다오에게 촛불을 하나 더 켜서 산모 옆에 들고 서 있게 했다. 양수가 터지고 마침내 지시의 눈에 영아의 머리가 푹 익은 사과처럼 희미한 모습을 드러냈다. 이 숙성된 과일이 술에 만취한 모습으로 눈앞에 나타나자 지시는 마음속으로 기쁨을 감추지 못하고 있는 힘을 다해 산모를 격려했다.

"좀더 힘을 주면 나올 거야. 힘을 더 줘봐. 그렇게 엄살 부리지 말고. 자꾸 엄살 부리면 난 그냥 누어 잡으러 갈 거야……."

그 시뻘건 과실이 마침내 산모의 몸에서 빠져나왔다. 우렁찬 울음소리가 과실의 달콤한 향기처럼 사방으로 번져갔다.

"허, 요 녀석, 목청이 이렇게 큰 걸 보니 크면 날생선을 좋아할게 분명하군!"

지시는 조용히 두 번째 아이가 세상에 나오기를 기다렸다. 10분이 지나고 20분이 지나면서 산모의 호흡이 가빠지기 시작했다. 이때 또 하나의 숙성된 과일이 희미하게 모습을 드러냈다. 산모가 큰 소리로 한 번 외치자 목소리가 이상할 정도로 맑고 또렷한 아기가 엄마의 배를 뚫고 나왔다. 너무나 귀여운 사내아이였다!

지시가 큰 소리로 외쳤다.

"후다오, 자넨 정말 기술이 대단하네. 한 번에 아들딸을 다 얻다니 말이야!"

흥분한 후다오는 꽃가루를 채집하는 꿀벌 같은 표정이었다. 그가 감격에 겨운 눈빛으로 아내를 바라봤다. 위대한 공신功臣을 바라보는 것 같았다. 산모는 마침내 조용해졌다. 그녀는 핏물에 젖은 갈대 자리 위에 편안하게 누워 순조롭게 후씨 집안의 식구를 늘려준 것에 대한 기쁨을 느끼고 있었다.

"지시 아주머니, 아직 늦지 않았을 거예요. 어서 스촨에 나가보세요."

산모가 지친 목소리로 말했다.

지시는 핏물에 젖은 손을 깨끗이 씻고 나서 차를 한 잔 더 마셨다. 그러고 나서야 두건을 쓰고 후씨네 집을 나섰다. 대청을 지나면서 원래 벽에 걸려 있던 후후이의 꼴불견인 초상화를 한 번 더 볼 생각이었지만 뜻밖에도 벽에는 아무 그림도 걸려 있지 않았다. 그 자리에는 커다란 조롱박 하나와 베틀에 얹는 북 두 개가 대신 걸려 있었다. 지시는 놀라움을 금할 수 없었다. 설마 방금 그녀가 본 것이 후후이의 혼백이란 말인가? 지시는 의아하게 여기며 마당으로 나섰다. 공기가 아주 신선했다. 몸속에 허파가 하나 더 생긴 것만 같았다. 몸이 더없이 상쾌하고 편안했다. 후다오가 뭔가를 태우는지 불꽃이 거세게 타오르고 있었다.

"뭘 태우는 건가?"

지시가 물었다.

후다오가 말했다.

"저희 할아버지의 초상화요. 살아 계실 때 그러셨거든요. 당신이 증손자를 보지 못하셨으니 증손자를 낳으면 초상화가 대신 볼 수 있도록 벽에 걸어두라고요. 증손자가 태어나면 초상화를 더 이상 벽에 걸어둘 필요가 없다고 하셨어요."

지시는 서서히 꺼져가는 불꽃을 바라보면서 마음속으로 처량하게 말했다.

'후후이, 정말 증손자를 봤네. 하지만 애석하게도 이 후씨 집안의 핏줄은 나 지시를 통해 이어진 게 아니군.'

후다오가 말했다.

"할아버지께서는 생전에 사람이 한두 세대의 일은 직접 관리할 수 있지만 네 세대를 넘는 것은 어렵다고 하셨어요. 네 세대를 넘기면 노인들은 아이들에게 괴물이 되기 마련이라고 하셨지요. 그러면서 증손자를 낳으면 곧장 이 초상화를 태워버려 사람들이 당신을 기억하지 못하게 하라고 하셨어요."

불꽃은 눈 덮인 땅을 한 조각 태우고는 마침내 사그라졌다. 완전히 꺼져버렸다. 집 안에서 새어나오는 촛불 빛 때문에 눈 덮인 땅이 노란빛으로 보였다. 지시는 스찬이 토해내는 가벼운 울음소리를 들으면서 두 눈에 흐르는 눈물을 막을 수 없었다. 그녀는 더 이상 날생선을 깨물어 먹지 않았다. 질감을 가진 생선 비늘이 과거에는 그녀의 치아 사이에서 기분 좋은 소리를 냈다. 하지만 이제는 치아가 빠질까봐 두려웠다. 잇몸도 더 이상 예전 같은 선홍빛이 아니라 푸르스름한 빛이 섞인 자주색이었다. 햇볕에 긴 세월

동안 그을린 오래된 담벼락 같았다. 그녀는 머리칼도 많이 빠진 데다 반백에 가까웠다. 겨울날 산 동굴 입구에 흩어져 있는 거친 들풀 같았다.

지시는 이렇게 눈물을 흘리며 자신의 목조 가옥으로 돌아와서는 늙은 어깨 위에 그물을 얹고 손에는 나무 대야를 집어들고는 있는 힘을 다해 스촨을 향해 달려갔다. 스촨의 모닥불이 투명하고 영롱한 빛으로 타오르고 있는 가운데 수많은 어부의 아내들이 누어가 담긴 나무 대야 앞에 서서 지시를 바라봤다. 수면에서 슬프고 처량한 소리가 넘쳐나진 않았다. 스촨은 눈에 띄게 조용해져 있었다. 강 건너편의 흰 눈은 모닥불 불빛으로 인해 땅 위에 황금을 깔아놓은 것처럼 아름답게 보였다. 지시는 곧 남들처럼 강물에 들어가 어렵사리 나무 대야에 물을 채웠다. 그런 다음 멍하니 강가에 서서 누어가 그물에 걸리기를 기다렸다. 한밤중이 지난 뒤의 어둠은 그리 길지 않았다. 지시는 자기 등 뒤로 수많은 사람이 오가는 소리를 들었다. 문득 과거에 자신이 후후이의 몸에 생선 다듬은 물을 뿌렸던 일이 생각났다. 당시의 그녀는 두려운 것이 없었고 힘이 넘쳤다. 사람에게 힘이 없어진다는 것은 정말 마음을 아프게 하는 일이었다. 날이 조금 추워지자 지시는 두건의 모서리를 열심히 가슴 부위로 끌어내렸다. 그러고는 첫 번째 그물을 걷어올리기 시작했다. 그물이 수면 위를 쏴쏴 소리를 내면서 지나갔다. 그 가볍고 경쾌한 느낌에 그녀의 마음은 점점 더 무겁게 가라앉았다. 누어는 한 마리도 잡히지 않았다. 빈 그물이었다. 창백한 그물이 강가의 흰 눈 위에 펼쳐져 눈과 하나가 되었다. 하지만 지시는 조금도 기죽지 않았다. 언젠가는 누어 한 마리가 그녀의 그물에 부딪힐 것이었다. 그녀는 자신이 빈 그물로 집에 돌아가게 되리라고는 믿지 않았다. 또다시 얼마쯤 시간이 지나 새벽 하늘빛이 이미 조금씩 밝아지기 시작했을 때, 지시는 두 번째 그물을 걷기 시작했다. 아주 조심스럽게 두 번째 그물이 강가로 끌어올려졌다. 그물이 조금 무거워진 것 같았다. 그녀의 다리가 조금 떨렸다. 마음속으로 적어도 열 마리는 넘는 파란 누어들이 그물눈에 박혀 있을 것이라고 생각했다. 그녀는 마음과 정성을 다해 그물을 끌어당겼지만 올라온 부분은 전부 눈처럼 하얗기만 했다. 아무것도 보이지 않았다. 그물의 끝부분이 기가 꺾이고 풀이 죽어 힘을 잃은 모습을 가볍게 드러냈을 때가 되어서야 지시는 문득 자신이 빈 그물을 끌어올렸다는 사실을 깨달았다. 그녀는 낮은 목소리로 하느님을 향해 한마디 욕을 내뱉고는 강가에 주저앉았다. 속으로 그물이 무겁게 느껴졌는데 어째서 아무것도 잡히지 않은 것일까 하는 생각을 했다. 그리고 마침내 자신의 기력이 예전만 못하기 때문이라는 것을 깨달았다. 그래서 같은 시각인데도 그물이 몹시 무겁게 느껴졌던 것이다.

날이 점차 밝아오고 모닥불은 소리 없이 꺼져갔다. 스촨 건너편 산이 번쩍 모습을 드러냈다. 수많은 어민이 잡은 누어를 다시 스촨에 놓아주기 시작했다. 지시는 수면 위에서 팍팍 소리가 나는 것을 들었다. 누어가 물속으로 들어갈 때 나는 소리였다. 누어들은 일제히 스촨 하류를 향해 헤엄쳐갔다. 지시는 누어들의 파란 등과 붉은 지느러미가 눈에 보이는 것 같았다. 누어 떼는 꼬리를 민첩하게 흔들면서 빠른 속도로 헤엄쳐갔다. 스촨 상류에서 다시 하류로 흘러간 것이다. 지시는 누어란 물고기는 정말 대단하다는 생각이 들었다. 사람 몸의 수백분의 일도 되지 않는 작은 몸이 해마다 스촨 상류에서 하류까지 전 구간을 헤엄쳐다니는 것이 정말 놀라웠다. 반면에 사람들은 스촨의 한 구간만 지키고 있었다. 그렇게 지키면서 살다가 늙어갔다. 지키지 못하면 스촨 강가의 무덤이 되어 여전히 물소리를 들으면서 스촨을 바라보는 처지가 되었다.

지시는 목이 쉬었다. 강가에서 노래를 한 자락 부르고 싶었지만 이미 목에서 소리가 나지 않는다는 것을 실감하고 있었다. 빈 그물 두 장이 한데 걸려 있었다. 아침 햇살이 따스하게 그녀의 그물을 애무하고 있었다. 그물눈마다 부드러운 빛을 발산하고 있었다.

누어를 다 방류한 어민들은 줄줄이 집으로 돌아갔다. 그들은 아내와 아이들, 개를 함께 데리고 갔다. 아내들은 나무 대야와 그물을 손에 들고 있었다. 다 타고 꺼진 모닥불의 따스한 재 위에는 개들의 요란한 발자국만 남아 있었다. 천천히 몸을 일으켜 그물 두 장을 한데 모아 들고 텅 빈 강가에 선 지시는 다시 몸을 돌려 자신의 나무 대야를 가지러 갔다. 힘들게 나무 대야 가까이 다가간 그녀는 대야에 담긴 맑은 물속에 열 몇 마리의 아름다운 파란색 누어가 헤엄치고 있는 것을 보고는 놀라움을 금치 못했다! 누어들은 유유자적 헤엄치고 있었다. 지시의 눈에 저도 모르게 눈물이 가득 차올랐다. 그녀는 고개를 들어 어촌으로 돌아가고 있는 어부와 아내들을 바라봤다. 그들의 뒷모습이 이리저리 흔들리고 있었다. 각자의 집에 거의 다 도착한 터였다. 갑자기 하늘가에 비단처럼 붉은 노을이 한 줄기 나타났다. 아자 어촌은 아기를 밴 것 같은 평화로움 속에 가라앉았다. 지시는 가볍게 몸을 흔들었다. 하느님을 향해 한마디 칭찬을 해주고 싶었다. 하지만 입에서 나온 말은 여전히 안 좋은 저주와 욕이었다.

지시는 있는 힘을 다해 나무 대야를 강가로 끌고 갔다. 강가에 무릎을 꿇고 엎드려 거친 숨을 몰아쉰 그녀는 뼈가 드러날 정도로 여위고 쇠약해진 손으로 한 마리 한 마리 살찐 누어를 스찬에 놓아주었다. 이 마지막 열 몇 마리의 누어는 물속에 들어가자마자 질주하듯 빠르게 헤엄쳐갔다.

6

말 장화를 삶다

이야기는 1938년이나 1939년에서 시작된다. 아버지의 기억은 분명하지 않았다. 아버지는 연도는 중요하지 않다고 했다. 중요한 것은 계절이라는 것이다. 엄동의 섣달, 부뚜막신에게 제사 지내는 날이었다. 서북풍이 요란한 소리를 내면서 불어대는 가운데 동북항일연군 부대의 한 지대 소속 스무 명 남짓한 대원들은 이른 아침 쓰다오링四道嶺 샤오헤이산小黑山의 비밀 영지를 떠나 쌓인 눈을 밟으면서 행군을 시작해 자정 무렵 중소中蘇 국경에 있는 일본군 수비대를 습격했다. 아버지는 돌아가실 때까지 그 부대의 번호를 비밀로 하셨다.

아버지는 사전에 먼저 정찰을 했다고 설명했다. 수비대는 작은 마을에서 4~5리 떨어진 산자락에 위치해 있었다. 주둔 병력은 30명 정도였다. 장방형 건물에 직사각형 창고가 두 개 있고 커다란 늑대개 두 마리가 지키고 있었다. 널빤지로 된 건물은 막사이고 두 개의 창고는 각각 탄약고와 식량 창고였다. 이 창고들이 그들 지대의 주요 목표였다.

당시 일본 관동군은 중국 동북지역에 주둔하고 있었다. 한편으로는 소련을 겨냥해 변경 일대에서 비밀리에 방어선 구축 공사를 하면서 다른 한편으로는 항일 무장 세력에 대한 토벌 작전을 펼치고 있었다. 인민과 항일 무장 세력과의 연계를 차단하기 위해 그들은 대규모로 이른바 '귀둔병호歸屯幷戶'*를 실시하고 '집단 부락'을 건설했다. 이로 인해 거대한 농지가 황폐해지고 무수한 촌락이 폐허로 변했다. 아버지는 이때 이후로 부대를 양성하는 데 큰 문제가 생기고 식량과 의복이 부족해져 수동적인 상태에 빠지고 말았다고 했다.

쓰다오링은 어디일까? 지도에서는 찾을 수 없었다. 아버지는 쓰다오링 외에 터우다오링頭道嶺과 얼다오링二道嶺, 싼다오링三道嶺, 우다오링五道嶺도 있으며 이 고개들은 하나같이 칼끝 모양을 하고 있다고 말했다. 산 위는 밀림이고 산 아래에는 계곡물이 거침없이 마구 흐르고 있었다. 지형이 아주 복잡해 수비는 쉽고 공격은 어려워 비밀 군영으로 삼기에 적합했다. 아버지는 맨 처음에는 부대의 영지가 터우다오링의 다헤이산大黑山에 있었다고 말했다. 그곳에는 늑대가 많아 현지 사람들은 늑대고개라고 불렀다. 깊은 밤이 되면 늑대 무리가 일제히 울어대기 시작하고 늑대들의 노란 눈이 귀신불처럼 수풀 속에서 번쩍였다. 토굴 속의 여성 전사들은 이런 '한밤중의 노래와 불빛'이 몹시 두려워 남성 전사들이 묵고 있는 곳으

---

* 마을의 치안을 강화하고 거주지를 한곳에 집중시키는 정책.

로 달려갔다. 아버지도 이들을 피하지 않았고 오히려 늑대 울음소리를 좋아하게 되었다.

늑대들은 보통 무리를 지어 살았다. 하지만 무리에서 떨어져 사는 녀석도 없지 않았다. 아버지는 터우다오링에도 이런 어미 늑대가 한 마리 있었다고 말했다. 양쪽 눈이 다 멀어 앞을 보지 못하는 늑대였다. 태어나면서부터 앞을 보지 못했는지 후천적으로 눈이 멀었는지는 알 수 없다고 했다. 사냥꾼의 공격으로 눈이 멀었는지 아니면 질병이나 동족상잔 때문인지도 알 수 없다고 했다. 사람들은 녀석이 무리에서 배척을 당해 쫓겨난 것이라고 분석했다. 눈이 먼 늑대는 끝이 말린 검처럼 더 이상 힘을 쓰지 못하기 때문이다. 후각은 여전히 민감하다 해도 목표가 된 먹잇감을 향해 날듯이 달려갈 때면, 끝이 없는 어둠 속에 깊이 빠져버리기 때문에 종종 나무에 부딪히거나 계곡 바닥으로 떨어지기 일쑤였다. 사냥감에 입이 닿기도 전에 가죽과 살이 찢겨지는 고통을 겪는 것이다. 하지만 늑대는 아주 영리했다. 아버지 말로는 이 눈먼 늑대가 지대의 종적을 발견한 뒤로는 줄곧 소리와 후각을 쫓아 그들의 뒤를 따라다녀 생존할 수 있었다는 것이다.

취사병이었던 아버지는 이 늑대를 불쌍히 여겨 쥐덫을 몇 개 만들어 잡은 쥐를 녀석에서 던져주었다. 전우들은 이구동성으로 늑대가 사람을 잡아먹고 뼈도 토해내지 않는 야수라고 하면서 키울 만한 짐승이 못 된다고 했지만 아버지는 그래도 녀석이 불쌍하다며 굳이 먹이를 챙겨주었다. 특히 기나긴 겨울에 흰 눈이 주검을 싸는 커다란 천처럼 삼림을 덮어버리면 녀석은 먹을 것을 거의 찾지 못해 슬프게 울 힘마저 없어 흐릿하게 뜬구름처럼 맥없이 대오를 따라왔고, 아버지는 항상 방법을 찾아 녀석에서 먹을 것을 구해 주곤 했다. 먹을 것을 구하면 녀석은 몇 번 울음소리를 내고는 젖을 배불리 먹지 못한 아기처럼 연신 킁킁거렸다. 만족감을 표하는 것인지 항의하는 것인지 알 수 없었다.

대지에 봄이 돌아오면 눈먼 늑대는 훨씬 좋은 세월을 보내게 되었다. 봄, 여름, 가을 세 계절 동안 녀석은 코로 배를 채울 수 있는 먹이를 찾았다. 그 먹이들은 다른 늑대들이 기본적으로 입도 대지 않는 것이었다. 예컨대 장과漿果*나 버섯, 푸른 이끼, 곤충 같은 것이었다. 녀석에게는 정녕 고기를 먹을 기회가 없었던 것일까? 그건 녀석의 운에 달려 있었다. 병들어 죽은 매나 반쯤 부패한 토끼가 녀석에게는 아주 특별한 별미였다. 그런 먹잇감이 발견되면 녀석은 재빨리 달려갔지만 도착하기 전에 먼저 까마귀들의 진수성찬이 되기 일쑤였다. 종종 그가 재빨리 큰 입을 벌려 게걸스레 먹기 시작하면 까마귀들이 내려와 자기네끼리 먹을 걸 두고 다투기도 했다. 하지만 눈먼 늑대는 까마귀들을 보지 못하고 열심히 먹기만 할 뿐이었다. 아버지는 눈먼 늑대와 까마귀들이 상한 고기를 놓고 다투는 모습을 여러 번 봤다고 말했다. 녀석이 새까만 까마귀들에 의해 오그라든 포대처럼 한쪽으로 밀려나 있는 모습을 봤을 때는 정말로 가슴이 아팠다고 했다.

때로는 눈먼 늑대가 아니라 까마귀들이 먼저 썩은 고기를 발견하기도 했다. 그러면 녀석도 덩달아 비린내 나는 고기에 머리를 처박았다. 까마귀들이 음식을 쪼아 먹는 소리가 들리면 녀석은 소리

---

* 산딸기나 머루처럼 씨 없이 과육만 있는 야생 과실.

를 따라 다가갔다. 따라서 눈먼 늑대가 가장 좋아하는 소리는 까마귀들의 울음소리였다. 까마귀들이 먹지 않는 뼈다귀가 녀석에게는 몹시 기대하는 햇빛이나 마찬가지였다. 녀석은 뼈다귀를 산굴 안으로 가지고 들어가 비상식량으로 비축해두었다가 필요할 때 사용했다. 녀석은 몸이 아주 야위어 있었지만 이빨은 여전히 날카로웠다. 녀석에게 짐승 뼈다귀는 과자나 다름없었다.

눈먼 늑대는 빚쟁이처럼 지대를 따라다니다보니 점점 지대의 일원이 되었다.

그러다가 어느 해 정월에 늑대가 갑자기 사라졌다! 녀석이 보이지 않자 모두들 녀석이 호랑이나 곰에게 잡아먹힌 게 아닌가 걱정하기 시작했다. 아버지는 눈먼 늑대가 사라진 지 사흘째 되던 날 전우와 함께 전방의 큰 부대로 식량을 운반하던 길에 얼다오링에서 우연히 녀석을 만났다고 말했다. 녀석은 뜻밖에도 배가 불러오고 있었다. 새끼를 밴 것이다! 녀석은 무거운 몸을 끌고 새 풀이 나기 시작한 관목 숲을 가로질러 터우다오링 쪽으로 걸어가고 있었다. 녀석의 발톱은 숲 위에 예전보다 더 깊은 발자국을 남겼다. 녀석의 털빛도 과거에 비해 더 싱싱하고 윤이 났다! 녀석은 익숙한 부대의 냄새를 맡고는 걸음을 멈추고 고개를 돌렸다. 그러고는 아주 낮게 몇 번 울음소리를 냈다. 부끄러워하는 것 같기도 하고 자랑스러워하는 것 같기도 했다.

녀석은 어디에서 수컷 늑대의 마음을 얻었던 것일까? 아버지는 부대 사람들이 수컷 늑대가 녀석과 발정이 난 뒤 후회했을 게 분명하다고 말했다. 그러지 않고서야 새끼를 가진 녀석이 외로이 홀로 산골짜기를 가로질러 돌아다니게 하지는 않았을 거라는 게 아버지의 생각이었다.

식량을 운반하던 아버지 일행은 도중에 일본군의 매복 공격을 받아 절반이 목숨을 잃고 말았다. 알고 보니 부대 안에 량粱씨 성을 가진 통신원이 부대를 배신했던 것이다. 그들은 하는 수 없이 터우다오링의 비밀 군영을 포기하고 다시 깃발을 옮겨 쓰다오링의 샤오헤이산에 영지를 설치했다. 이리하여 터우다오링의 눈먼 늑대는 그들의 시야에서 사라지고 말았다. 녀석은 2~3년 동안 모습을 드러내지 않았다. 모두들 녀석이 그동안 새끼를 얼마나 낳았을지, 어린 새끼들을 잘 키우고는 있을지 걱정하곤 했다. 눈먼 늑대가 부대를 찾아오지 않자 아버지는 녀석이 새끼를 낳았고 새끼들이 하나같이 좋은 눈을 가지고 있으니 등불이 생긴 셈이라서 자신들을 찾을 필요가 없어진 것이라고 생각했다. 하지만 아버지는 여전히 어쩌다 부대가 고기를 먹게 되면 남은 뼈다귀를 근처의 산굴 속에 던져놓곤 했다. 눈먼 늑대는 산굴을 좋아했고 뼈다귀를 잘 먹었기 때문에 부대가 이동해 녀석에게 갈 곳이 없어지더라도 산굴을 찾기만 하면 굶어 죽지 않을 수 있었던 것이다.

당시에 작전 개시를 위해 아버지는 주도면밀한 계획을 세워 부뚜막신에게 제사를 올리는 조신절灶神節을 택했다. 정찰대가 가져온 소식에 의하면 일본군은 겨울날 저녁이 되면 긴 밤을 보내기 위해 서너 명씩 모여 인근 진鎭으로 술을 마시러 간다고 했다. 진에는 양조장이 하나 있었다. 술맛이 좋고 안주도 훌륭했다. 게다가 주인 아낙은 미모가 빼어났고 손님들을 정성껏 모셨다. 그러다보니 양조장은 이 수비대 사병들을 위한 사랑의 보금자리가 되었다. 단오절이나 추석, 조신절 같은 중국의 전통 명절을 맞을 때마다 양조장은 꽃밭처럼 활기가 넘쳤고 다채로운 음식과 술 향기가 사람들의 코와 위장을 자극했다. 이럴 때면 수비대의 절반은 대오를 이탈하기 때문에 방비가 허술하여 습격하기가 쉬웠다.

조신절 당일에는 하늘에 눈송이가 날렸다. 쓰다오링에서 목표 지점까지는 약 80리 길이었고 산골짜기를 몇 개 가로지른 다음 강도 몇 개 건너야 했다. 아버지의 부대는 화설판滑雪板*을 타고 이른 새벽에 출발했다. 쉭쉭 북풍이 몰아쳐 눈송이를 박명하게 만들었다. 땅 위에 떨어지기도 전에 바람에 날려 찢어진 것이다. 눈가루가 날리는 탓에 사람들은 눈을 제대로 뜰 수 없었다. 아버지는 부대원들이 이렇게 눈을 뜰 수 없고 앞이 잘 안 보이는 상황을 별로 싫어하지 않았다고 말했다. 눈송이는 먼지에 오염되지 않아 하늘이 내려준 안약처럼 눈을 더없이 맑고 깨끗하게 씻어주기 때문이었다.

아버지의 부대는 오후 3시에 일본군 수비대에 접근해 산 뒤에 매복하면서 화설판을 거둬들여 개천에 감춰두었다. 습격에 성공한 뒤 다시 타고 자리를 뜰 생각이었다. 아버지 말로는 전사 모두 화설판의 고수라 겨울에는 화설판이 바로 그들의 전마인 셈이었다.

음력 섣달의 해는 지독하게 추운 날씨에 오후 4시가 되지도 않아 산 뒤로 목을 움츠렸다. 빨리 불을 피워야 할 것 같았다. 해가 지면 핏빛 저녁노을이 남았다. 마치 서쪽 하늘이 부상을 입은 것 같았다. 아버지는 날이 완전히 어두워지고 나서 정찰대가 소식을 가져왔다고 말했다. 오토바이 세 대가 열한 명의 일본군 병사를 태

---

* 대나무를 비롯한 목재로 만든 일종의 재래식 스키.

우고 수비대 영내를 벗어났다는 것이다. 보아하니 진에 있는 양조장으로 가는 듯해 지대장이 망설임 없이 공격 명령을 내렸다고 말했다.

밤의 어둠이 깊어지자 부대는 포복으로 목표물에 접근했다. 수비대에는 사방으로 전기가 통하는 철망이 설치되어 있고 두 개의 철문은 굳게 닫혀 있었다. 철문 옆의 초소는 비어 있고 초병의 모습은 보이지 않았다. 막사 안은 불이 밝혀져 있어 마당까지 훤히 비추고 있었다. 생경한 철망에 불빛이 닿자 마당에 발톱 모양의 무수한 그림자가 깔렸다. 가는 붓으로 소나무 가지를 그려놓은 것 같았다. 두 마리의 커다란 늑대개가 이상한 냄새를 감지하고는 왕왕 짖어대기 시작했다. 손발이 민첩한 명사수 샤오장小張이 권총을 손에 쥐고 초소에 혼자 매복해 있다가 일본군 병사가 순찰을 위해 철문을 여는 순간 그를 사살해 공격 통로를 열었다. 초소 건너편에는 눈길을 사이에 두고 사람 키 절반 정도 높이로 장작이 쌓여 있었다. 공격의 선봉인 기관총 사수 한 명과 소총을 든 전사 다섯 명이 이를 엄폐물로 삼아 돌격을 준비하고 있었다. 나머지 대원들은 좌우 두 날개로 포진해 일본군 수비대에 대한 삼면 협공의 구도를 만들었다.

두 마리 늑대개는 갈수록 더 맹렬하게 짖어댔다. 마침내 끼익하는 소리와 함께 내무반 건물의 문이 열리면서 누군가가 밖으로 나왔다. 개가 주인을 맞아 철문 쪽으로 인도하고는 더 처량한 목소리로 짖어대면서 발톱으로 삭삭 문을 긁어대 비상사태임을 알렸다. 일본군 병사는 밖에 엄청난 병력이 매복해 있으리라고는 생각도 못 하고 철문을 활짝 열어젖혔다. 그가 머리를 내미는 순간, 샤오장이 권총을 들어올렸다. 탄알이 날아가는 소리와 함께 일본군 병사는 땅바닥으로 고꾸라졌다! 두 마리 늑대개가 미친 듯이 짖어대면서 폭풍우 속을 이동하는 두 송이 짙은 구름처럼 앞서거니 뒤서거니 달려나와 한 놈은 초소를 향해 달리고 다른 한 놈은 장작더미를 향해 달렸다. 초소를 향해 달려가던 놈은 샤오장의 총에 맞아 쓰러지고 장작더미를 향해 달려가던 놈은 소총수의 총에 고꾸라졌다. 다른 점이 있다면 앞의 늑대개는 탄알을 한 발 맞았고 뒤의 늑대개는 두 발을 맞았다는 것이다. 총성을 들은 수비대의 일본군 병사들이 서둘러 총을 들고 반격에 나섰다. 마당의 환한 불빛 덕분에 그들은 선명한 과녁이 되면서 교전에서 열세에 놓일 수밖에 없었다. 부대는 전력 손실을 최소화하면서 수비대를 공격했고 결국 승리의 깃발을 높이 들어올렸다.

그러나 아무도 예상하지 못한 일이 벌어졌다. 영내를 벗어났던 세 대의 오토바이가 얼마 지나지 않아 돌아온 것이다!

실탄이 장전된 총을 휴대한 열한 명의 일본군 병사가 돌아왔다.

아버지는 항일전쟁 승리 이후 그 작은 진을 지나간 적이 있다고 말했다. 그제야 그날 일본군 병사들이 왜 갑자기 돌아왔는지 알 수 있었다고 했다. 알고 보니 진에 사는 농민 몇몇이 양조장 부부가 일본인을 상대로 장사하는 모습을 눈에 거슬려하던 차 부뚜막신에게 제사를 지내는 이날, 그들이 또 술을 마시러 오리라는 것을 알고 자체적으로 제조한 소이탄을 양조장에 던져 격렬한 화염이 양조장을 완전히 삼켜버렸던 것이다.

그들은 돌아오는 길에 이미 수비대에서 들려오는 총소리를 들은 터였다.

아버지는 앞뒤로 협공을 받다보니 지대의 우세가 금세 열세로 전환되었다고 말했다.

부대가 탄약고와 식량 창고를 향해 돌진했을 때, 뜻밖에도 두 창고가 토치카 기능을 갖추고 있으리라고는 미처 생각지 못했다. 이는 그들이 사전 정찰에서 발견하지 못한 사실이었다. 식량 창고와 탄약고는 수비대 대문 앞의 초소와 마찬가지로 허술하게 설치되어 있었지만 초병이 그 안을 계속 지키고 있었다. 두 창고에 설치된 기관총 공격에 공터 위의 전사들은 궁지에 몰릴 수밖에 없었다. 아버지는 지대장과 부상병들을 돌보던 두 명의 여성 전사를 포함해 대부분의 전우가 그곳에서 희생되었다고 말했다.

마침내 호랑이 입을 빠져나온 대원은 부지대장과 남성 전사 둘, 여성 전사 하나, 그리고 취사병인 아버지까지 다섯 명이 전부였다. 물론 아버지는 이런 사실을 맨 마지막에 알았다고 했다. 탈출한 다섯 명은 세 방향으로 흩어져 도주했기 때문이다.

그들은 먼저 철수 계획을 세웠다. 일반적으로 적을 견제하면서 전투력을 보전하기 위해서는 철수할 때 두 개 방향으로 나뉘어야 했다. 불빛 속에서 아버지는 동서를 구분하지 못해 제3의 방향으로 철수하게 되었다.

부대가 전멸하지 않은 것은 '이갈이 왕'이라는 별명을 가진 전사 덕분이었다. 이 사람은 도대체 이 가는 걸 얼마나 좋아했던 것일까? 그는 잠잘 때만 이를 간 것이 아니라 행군할 때나 식사할 때도 이를 갈았다. 그의 바로 옆자리에서 잠을 자던 전사는 꿈을 꾸다가 그가 이 가는 소리에 깰 때마다 냄새나는 양말을 그의 입에 쑤셔넣었다. 그러면 그는 찌걱찌걱 양말을 씹으면서 더 이상 이 가는 소리를 내지 않았다. 하지만 잠에서 깨면 양말을 입에 쑤셔넣었던 전사는 곧 비참해졌다. 양말이 축축하게 젖은 건 말할 것도 없고 햇볕에 비춰보면 작은 광점이 가득했다. 도처에 작은 구멍이 난 것이다. 양말 위에 무수한 별을 뿌려놓은 것 같았다.

아버지는 교전 중에 불리한 상황에 처하자 식량 창고 가까이에 있던 부지대장이 철수 명령을 내렸다고 말했다. 중상을 입은 '이갈이 왕'이 이를 앙다물고 탄약고를 향해 기어가고 있는 모습이 아버지 눈에 들어왔다. 그는 얼어붙은 땅 위에 먹으로 그은 것처럼 긴 핏자국을 남기면서 직접 제조한 대전차 수류탄으로 탄약고를 폭파시켰다. 격렬한 폭발음이 천지를 진동시키는 가운데 하늘을 뚫는 듯한 불빛이 금홍색 잉어처럼 밤하늘을 향해 솟구치면서 수비대 주위의 철망을 전부 갈기갈기 찢어놓았다. 일본군은 재빨리 식량 창고 쪽으로 방어선을 구축했다.

아버지는 탄약고 북쪽을 통해 도망쳐 나왔다. 이때 이후로 멜대가 스치는 소리나 슥삭슥삭 톱을 켜는 소리, 이를 가는 소리, 심지어 쥐가 뭔가를 갉아먹는 소리마저 아버지에게는 아름답게 느껴졌다.

아버지의 도주는 전혀 순탄치 않았다. 일본군 병사 하나가 악착같이 뒤쫓아왔기 때문이다. 두 사람은 거의 한나절 동안이나 대치와 싸움을 이어갔다.

처음에 아버지는 뒤에 사람이 있다는 것을 알아채지 못했다. 아버지는 개가죽 귀마개를 하고 있었고 헉헉거리며 가쁜 숨을 몰아쉬고 있었다. 게다가 눈을 밟으면 뽀드득 소리가 나서 아예 등 뒤의 동정을 감지할 수 없었다. 철수 방향에 약간의 착오가 있다보니 사전에 수비대가 산 뒤 개천에 숨겨놓았던 화설판이 아버지에게는 꿈속의 무지개처럼 요원한 것이 되고 말았다. 아버지는 눈 속을 한 시간 넘게 걷고도 겨우 7~8리밖에 가지 못했다. 하지만 아버지는 적병과의 거리가 충분하다는 생각에 걸음을 멈추고 쉬면서 기력을 좀 보충하기로 마음먹었다.

취사병인 아버지는 행군할 때나 작전할 때나 항상 쇠로 된 솥을 등에 지고 다녀야 했다. 쇠솥은 크기가 둥그런 나무 도마만 하고 너비는 아버지의 등짝만 했다. 그런 까닭에 쇠솥을 지고 다녀도 몸이 그다지 돌출되지 않았고 거의 신체의 일부처럼 편했다. 물론 쇠솥 때문에 아버지가 곱사등이처럼 보이기는 했다. 아버지의 솜저고리 위에는 쇠솥 말고도 건량 자루가 비스듬히 매달려 있었고 자루 안에는 두 근이 넘는 볶은 쌀이 담겨 있었다. 그리고 군복 안에는 가슴 근처에 두 개의 작은 자루가 달려 있었다. 하나에는 소금이 들어 있고 다른 하나에는 성냥이 들어 있었다. 성냥과 소금은 부대가 위기에 몰렸을 때 생명줄이 돼주었다.

아버지는 잠시 걸음을 멈춘 순간 머리가 어지럽고 눈앞이 흐릿했다. 전우의 죽음에 자극을 받은 탓인지 갑자기 구역질이 났다. 고개를 숙이고 구토하려는 순간 등 뒤에 매고 있는 솥이 거칠게 흔들리면서 그 충격으로 약간 위험하게 넘어지고 말았다. 이어서 오른쪽 전방의 수풀 속에서 하얀 불꽃이 일었다. 별똥별이 스치고 지나가는 것 같았다. 아버지는 탄알이 쇠솥의 오른쪽 구석을 스치고 지나간 것을 감지했다. 뒤에서 적병이 추격해오고 있었던 것이다! 아버지는 본능적으로 땅바닥에 엎드려 총을 꺼내 들고서 낮은 포복으로 눈밭에 기어들어가 몸을 숨겼다.

아버지는 이 사람에 대해 얘기하면서 항상 '적병'이라는 단어를 썼다. 그러니 나도 그대로 따라해야 할 것 같다.

눈은 이미 멈춘 터였다. 아버지는 눈밭의 반사광을 이용해 희미하게 검은 그림자 하나가 수풀 사이로 빠르게 움직이고 있는 것을 발견했다고 말했다. 40~50미터의 거리를 두고 떨어져 있었다. 적수는 아버지의 모습이 사라지자 잔뜩 경계하는 눈치였다. 탄알이 날아갔기 때문에 아버지가 탄알을 맞고 쓰러진 것이 아님을 잘 알고 있었던 것이다. 적병은 이미 방어 자세를 취하고 있었다. 그에게는 최적의 공격 기회가 완전히 사라진 터였다. 적병이 모습을 감췄다. 아버지는 그 검은 물체가 어디로 가라앉았는지 귀신 그림자처럼 모습이 드러나지 않았다고 말했다. 그렇다면 눈밭에 엎드려 있는 것이 분명했다. 그해에는 눈이 많이 내려 적설량이 족히 두자는 됐기 때문에 몸을 숨기기에 안성맞춤이었다.

아버지는 자신이 소속된 지대의 무기와 장비가 당시로서는 상당히 우수하고 정예화되어 있었다고 말했다. 일고여덟 정의 구식 소총에 모제르총도 두 정 있었다고 했다. 권총 가운데 좋은 것은 적에게서 노획한 일명 왕바허즈王八盒子라 불리는 14식 권총이고 나머지는 자체적으로 제작한 리볼버 권총이었다. 일부 지대는 무기와 장비가 몹시 부족해 취사병과 의무병에게는 대검만 한 자루씩 지급될 뿐이었다. 다행히 아버지가 속한 부대에서는 모든 사람에게 소총이 지급되었다. 아버지가 소지했던 총은 자체 제작한 리볼버 권총으로 다소 둔중하긴 하지만 사용하기에는 아주 편했다. 아버지는 자신의 총 다루는 솜씨가 나쁘지 않았다고 자랑했다. 그 총으로 멧돼지와 노루를 잡아 지대 사람들의 취식 수준을 크게 개선

시키기도 했다고 말했다. 하지만 나는 총에 대한 아버지의 주장이 상당히 과장되었다는 의심을 줄곧 떨칠 수가 없었다. 어린 시절 아버지가 무장부의 운동회에 참가했을 때, 아버지가 던진 원반과 포환은 말을 잘 듣지 않는 아이처럼 규정된 범위를 벗어나 엉뚱한 곳에 떨어졌고, 단 한 번도 유효한 점수를 따지 못했기 때문이다. 게다가 아버지가 야단칠 때, 나를 향해 던진 작은 벽돌 조각이든 빈 병이든 간에 한 번도 제대로 맞힌 적은 없었다. 어쩌면 아버지가 내게 겁만 줄 요량으로 일부러 정확한 방향으로 던지지 않은 것인지도 모른다.

일본군 수비대와의 교전에서 아버지는 가지고 간 탄알을 거의 다 써버리고 세 발밖에 남지 않았다. 아버지에게는 한 발 한 발의 탄알이 황금처럼 소중했다. 아버지는 혼자 야외에서 작전을 하다 보면 탄알의 용도가 아주 다양해진다고 말했다. 적을 제압할 수 있을 뿐만 아니라 야수들의 습격을 방어할 수도 있고 동물을 사냥해 식량을 확보할 수도 있다는 것이다. 또한 자신을 찾고 있는 동료들에게 구조 신호를 보낼 수도 있었다. 이런 것들 말고도 아버지는 아주 중요한 기능 하나를 언급했다. 만에 하나 숨이 끊어질 순간에 적이 파놓은 위험에 빠졌다면 차라리 스스로 통쾌한 죽음을 맞는 것이다. 이 때문에 아버지는 자신을 위한 탄알 한 발을 남겨 인생의 마지막 사탕처럼 간직하고 있었다.

하지만 그날 밤, 그의 사탕은 온전할 수 없었다.

아버지는 음력 섣달이 되면 원래 날이 몹시 추운 데다 밤이 되면 기온이 섭씨 영하 30도까지 내려가기 때문에 사람들이 눈밭 위를 기다보면 15분이면 몸이 얼어버린다고 말했다. 쌍방이 완강하게 대치하다보면 산 채로 동사하는 수도 있다고 했다. 적병이 먼저 자발적으로 공격을 개시하도록 유도하기 위해 아버지는 한 가지 묘안을 냈다. 그는 옷을 두 겹으로 입고 있었다. 안에는 융으로 된 가을 옷을 입고 겉에는 솜저고리를 입고 있었다. 아버지는 엄동설한을 두려워하지 않고 솥과 건량 자루를 풀어놓은 채 솜저고리를 벗고 안에 껴입은 가을 옷을 벗은 다음, 다시 솜저고리를 입고 쇠솥을 등에 졌다. 그러고는 손이 닿는 대로 풍설에 잘려나간 신갈나무 가장귀를 하나 집어들고는 일부러 큰 소리로 몇 번 기침을 했다. 적병의 관심을 끌기 위해서였다. 그런 다음 나무 가장귀에 가을 옷을 걸어 가볍게 흔들어 자신이 움직이고 있는 듯한 허상을 만들었다. 과연 적병은 아버지의 이런 속임수에 걸려들어 연달아 두 발의 총탄을 발사했다. 아버지는 적병의 사격 솜씨가 정말 훌륭했다고 말했다. 탄알이 전부 가을 옷을 뚫고 지나간 것이다. 두 발의 탄알이 뚫고 지나간 뒤에 아버지는 나무 가장귀를 내던져 가을 옷을 땅바닥에 떨어뜨렸다. 상대로 하여금 자신이 총을 맞은 것으로 오인하게 하려는 술수였다. 정말로 적병은 아버지가 운이 안 좋다고 생각하고는 천천히 머리를 드러내면서 앞으로 다가와 자신의 전과를 확인하려 했다. 적병이 10미터쯤 앞에 다가왔을 때 아버지는 방아쇠를 당기려 했다. 가장 유리한 순간에 그를 쓰러뜨리려 했던 것이다. 하지만 손이 얼어버렸을 줄은 미처 생각지 못했다. 이동 상태에 있던 검은 그림자가 약간 흔들릴 때 결국 첫 번째 탄알이 발사되었고 총소리는 아버지의 위치를 노출시키고 말았다. 적병이 자신이 속았다는 것을 알아차리고 재빨리 땅바닥에 엎드리는 순간 아버지는 두 번째 탄알을 발사했다. 이번에는 총알이 나무에 맞아

찌지직 소리와 함께 불길이 일었다. 아버지는 마지막 탄알을 남긴 뒤로 오히려 마음이 진정되었다고 했다. 쌍방이 서로에게 아무런 상처도 입히지 못했다는 것을 알고 있었다. 다시 말해서 두 사람의 목숨은 지평선 위에 나란히 놓여 있는 셈이었다. 먼저 해를 보는 사람이 운명을 알 수 있었다.

아버지는 자신이 점거하고 있는 눈밭이 낙타 등처럼 볼록 튀어나와 있는 천연의 참호라 아무래도 상대방보다 유리한 위치이기 때문에 굳이 자리를 옮기고 싶지 않았다고 말했다. 하지만 눈밭에서 오래 버틸 수 없다는 것을 잘 알고 있던 아버지는 적병이 있는 방향을 뚫어지게 주시하면서 상대방의 의지가 먼저 무너지기를 기다렸다. 두 사람은 거의 반 시간이나 이렇게 대치했다. 온몸의 피가 굳어버리는 듯한 순간, 아버지는 상대의 등 뒤에서 처연한 늑대 울음소리를 들었다고 말했다. 이 소리는 줄곧 지대 근처를 맴돌고 있던, 아버지에게 아주 익숙한 소리였다. 오랜 친구가 자신을 부르는 것 같았다. 반면에 적병은 위기를 느끼고는 초조함과 불안에 휩싸였다. 그가 잠복하고 있는 곳에서 부스럭부스럭 움직이는 소리가 전해져왔다. 그가 늑대를 피하려 움직이는 것이 분명했다. 마침내 적병이 몸을 일으켰다. 줄곧 신경을 곤두세우고 그를 주시하던 아버지는 그가 머리를 드러내는 순간 마지막 한 발을 쏘았다.

아버지는 아주 침착했다. 철수하면서 잊지 않고 탄알에 맞은 가을 옷을 챙겨 옆구리에 두르고 두 소매로 매듭을 지었다. 아버지는 요즘 운동회가 열리면 많은 사람이 겉옷을 벗어 허리에 두르곤 하는데 사실 이런 복장이 유행하기 시작한 것은 그때 당신의 옷차림에서 비롯되었다고 말했다. 그날 등 뒤에서 서북풍이 아주 심하게 붙었지만 가을 옷이 커튼처럼 허리랑 엉덩이를 감싸주어 무척 따듯했다고 했다.

아버지는 운이 너무 좋았다고 말했다. 나중에 아버지는 적병을 자세히 살펴보고 나서야 마지막 탄알이 그의 왼쪽 어깨에 맞았다는 사실을 알게 되었다. 게다가 이 사내는 왼손잡이였다. 오른손으로는 총을 잡고 있지만 총을 쏘는 솜씨가 왼손에 비해 훨씬 떨어졌다. 때문에 아버지는 탄알을 전부 쓰고 나서 추격당하는 처지였지만 총에 맞지 않기 위해 뱀처럼 오른쪽과 왼쪽으로 번갈아 몸을 피하는 방식을 취했다. 덕분에 적병에게 유리한 사정거리 안에 있으면서도 총을 맞고 쓰러지는 일은 없었던 것이다. 적병이 발사한 마지막 두 발의 탄알은 밤의 삼림에 바치는 작은 예화禮花가 되고 말았다.

아버지는 적병에게 탄알이 남아 있지 않다는 것을 언제 알아차렸던 것일까? 아버지는 동정을 잘 살피기 위해 귀마개를 벗었다고 했다. 눈밭을 2리쯤 걸은 뒤로 아버지는 더 이상 등 뒤에서 총소리가 나는 것을 듣지 못했다. 늑대 울음소리만 갈수록 더 선명하게 들릴 뿐이었다. 이를 이상하게 여겨 뒤를 돌아보니 희미하게 자신을 쫓는 적병이 총을 어깨에 메는 소리만 들렸다. 총구가 땅을 향하게 맨 것 같았다. 이는 그가 더 이상 총을 쏠 수 없다는 것을 의미했다. 아버지는 그 순간 마음이 한결 가벼워져 편안하게 걸음을 재촉할 수 있었고, 심지어 가다가 멈춰 서서 오줌을 눌 수도 있었다. 아버지는 전투가 위급한 상황에 처할 경우 겨울만 아니면 바지에 오줌을 싸기도 했다고 말했다. 특히 비 오는 날에는 더 그랬다고 했다. 하지만 북풍이 몰아치는 시기에 오줌을 바지에 썼다가는

10분도 지나지 않아 바짓가랑이가 얼어서 혹처럼 딱딱해졌다. 남자들의 물건도 덩달아 딱딱하게 얼어 아무리 왕성한 사람일지라도 더 이상 구실을 하지 못했다! 아버지는 당신이 그랬다면 나랑 누나는 태어나지 못했을 거라고 말했다.

아버지는 오줌을 누고 나서 다시 뒤를 돌아봤다. 적병이 가깝게 쫓아와 있었다. 거리가 20~30미터밖에 되지 않는 것 같았다. 그는 몸을 기우뚱거리며 걷고 있었다. 몹시 힘들어하는 기색이 역력했다. 아버지는 많은 생각을 하지 않았다. 인내심이 있으면 쫓아와 보라는 배짱이었다. 무기가 전부 벙어리가 되었으니 두 사람에게 남은 것은 의지력과 체력, 그리고 행운이 전부였다.

다시 눈이 내리기 시작했다. 아버지는 눈이 내리지 않았다면 방향을 잃는 일은 없었을 것이라고 말했다. 아버지는 원래 쓰다오링에 새로 건립된 군영 방향으로 철수하고 있었다. 그곳에서 흩어진 전우들과 합류할 수 있기를, 토굴에 불을 피우고 더운물 한 그릇을 마시고 식사한 다음 편안한 잠을 잘 수 있기를 간절히 기대했다.

하지만 눈은 갈수록 거세졌다. 아버지는 눈 내리는 밤의 삼림은 셀 수 없이 많은 연막탄을 터뜨린 것과 같아 갈래 길로 빠져들어 길을 잃지 않는 것이 불가능하다고 말했다. 동서남북을 구분할 수 없었던 아버지에게는 모든 방향이 다 전방이었다. 하지만 한 시간쯤 걷고 나서야 갑자기 자신이 아까 그 지점으로 돌아와 있는 것을 알게 되었다. 갈 길이 없었던 적병은 아버지를 바짝 따라왔다. 아버지가 어디로 가든지 그는 계속 따라왔다. 아버지는 투지의 작용이 아니라면 이자가 뒤에서 늑대에게 쫓기고 있거나 왔던 길을 찾지 못하고 있는 것이 분명하다고 판단했다. 다시 말해서 적병 역시 철수할 힘이 없었던 것이다.

두 사람이 이렇게 흩날리는 눈 속에서 두 시간을 더 행군하고 나서 오후로 접어들자 아버지는 정말로 더는 걸을 수 없어 강가의 관목 숲에서 걸음을 멈췄다. 눈발이 흩날리는 숲은 온통 뿌옇고 희미했지만 늑대 울음소리는 전혀 희미하지 않았고 오히려 갈수록 더 선명해졌다. 늑대를 만났을 때는 불빛이 곧 탄알이었다. 아버지는 적병과 맨몸으로 일전을 벌일 작정이었다. 운이 좋으면 쇠솥을 내려놓고 모닥불을 피워 더운물에 볶은 쌀을 먹을 수 있을 터였다. 볶은 쌀이 생각난 아버지는 옆으로 맨 건량 자루를 만져봤지만 자루가 있던 자리는 허전하기만 했다. 그 순간 두 다리에 힘이 빠졌다. 여기저기 자세히 만져보던 아버지는 건량 자루가 등 뒤로 옮겨가 있는 것을 발견했다. 한 촌 정도 되는 주둥이가 산을 가로질러 급히 걷는 사이 나뭇가지에 걸려 찢어진 듯했다. 볶은 쌀은 하나도 남지 않고 전부 유실되어버렸다. 다행히 자루에 매달려 있던 차 통은 그대로 남아 있었다. 이 차 통은 행군 중에 물을 마실 수 있게 해주고 음식을 담는 용기로 쓰이기도 했다. 아버지는 자신이 흘린 볶은 쌀을 새들이 찾아낸다면 날개를 활짝 펴면서 환호했을 것이라고 말했다. 아버지는 위험에서 벗어나자 건량 주머니를 옷 밖에 비스듬히 매지 않고 소금과 성냥을 담은 주머니처럼 은화라도 되는 듯이 소중하게 허리춤에 집어넣었다. 그렇게 하면 실수로 분실할 염려가 없기 때문이었다.

솔직히 말하자면 여기까지 서술하면서 나는 아버지가 이야기를 셀 수 없이 반복했다는 생각이 들었다. 신기할 것이 전혀 없었다. 그들 부대의 작전은 실패했고 아버지가 단창필마로 철수하는 과정에서 적병 하나가 끈질기게 추격해왔다는 이야기다.

하지만 이어지는 이야기는 반복될 때마다 어투가 잔잔하고 조용했음에도 내 마음 깊은 곳에 파문을 일으켰다. 나는 이야기의 후반부에 영원히 싫증을 느끼지 않았다. 마치 좋아하는 음악을 듣는 것처럼 무수히 다시 들어도 여전히 듣기 좋았다.

눈이 멈추지 않자 아버지는 강가 계곡에서 잠시 걸음을 멈추고 쉬기로 했다. 아버지는 권총 말고도 길이가 세 치 정도 되는 강철 칼을 휴대하고 있었다. 취사병인 아버지에게 이 칼의 용도는 주로 음식을 만드는 것이었다. 야채를 다듬거나 불쏘시개로 쓰기 위한 자작나무 껍질을 벗기고 잡은 들짐승을 해체할 때 주로 쓰였다. 물론 위급할 때는 무기로도 사용할 수 있었다.

아버지는 쇠솥을 내려놓고 총도 내려놓은 다음, 적병이 한 걸음 한 걸음 다가오는 모습을 바라봤다. 적병은 숨을 몹시 헐떡거렸다. 몸이 너무 무거워 숨도 제대로 쉬지 못하는 듯했다. 아버지는 손에 강철 칼을 꼭 쥐고 몸은 잔뜩 웅크린 채 결전을 준비했다. 하지만 아버지가 남긴 발자국을 밟으면서 비틀비틀 다가온 적병은 싸우려는 자세를 보이지 않았고 손을 들고 투항하지도 않았다. 적병은 눈밭 위에 그대로 쓰러지고 말았다. 아버지는 그가 쓰러진 척하는 것일지도 모른다는 생각에 칼을 들고 천천히 다가가 확인하고서야 그가 왼쪽 어깨에 총을 맞았다는 사실을 알게 되었다. 그의 군복은 심하게 찢어져 있었다. 알고 보니 다급한 상황에서 그는 군복을 찢어 붕대 대신 상처를 감쌌던 것이다. 하지만 부상이 너무 심한 데다 군복의 재질이 응급 처치에 적합하지 않아 싸맨 상처 부위에서 심하게 피가 새어나와 응고되면서 검은 덩어리를 이루고 있었다.

아버지는 깊은 밤중에 흩날리는 눈발 속에서 그렇게 강렬하고 날카롭고 절망적이면서도 괴롭게 빛나는 눈을 본 적이 없다고 말했다. 적병은 부들부들 몸을 떨었고 이 부딪치는 소리가 요란했다. 고통으로 괴로워하는 것인지 아버지에 대한 원한 때문인지는 알 수 없었다.

아버지는 먼저 그의 총을 빼앗았다. 아주 가볍고 사용하기 좋은 속칭 샤오마가이즈小馬蓋子 총이라 불리는 38식 소총이었다. 아버지는 여성 전사들이 좋아하는 총이라고 설명했다. 아버지는 결국 이 총에 의지해 엄마의 꽃다운 마음을 얻었다. 당시 엄마는 후방의 피복공장에서 군복을 만들고 있었다. 물론 이는 뒷이야기에 지나지 않는다.

샤오마가이즈 총을 손에 넣은 아버지는 계속 그의 몸을 수색했다. 권총이나 칼은 발견되지 않았다. 일본군 역시 서둘러 싸움에 응하느라 장비가 부족했음을 의미했다. 아버지는 당장 칼로 그의 심장을 찔러 저항능력을 상실한 적병의 목숨을 빼앗아버릴 수도 있었지만 그가 숨을 가늘게 쉬는 것을 보니 얼마 버티지 못할 것 같은 데다 늑대 울음소리가 점점 더 가까워지고 있었기 때문에 서둘러 불부터 피우려 했다. 적병이 부상을 당한 뒤에 상처를 잘 처치하지 못해 핏방울이 눈밭에 떨어져 있었기 때문에 아버지는 피냄새가 늑대를 계속 유인했을 것이라고 생각했다. 늑대 울음소리가 갈수록 가까워지자 아버지는 적어도 두 마리 이상의 늑대가 우는 소리임을 알아챘다. 공격성이 강하고 처연하면서도 투과력이 있는 소리였다. 완곡하면서도 약간 주저하는 듯한 소리도 섞여 있었다. 어린아이의 울음소리 같기도 했다. 전부터 잘 알고 지낸 듯한 친숙한 느낌도 들었다.

아버지는 관목 숲에서 마른 나뭇가지를 한 다발 모은 다음, 자작나무 한 그루를 찾아내 껍질을 벗기고 모닥불을 피웠다. 모닥불 자리는 적이 쓰러진 곳에서 4~5미터밖에 되지 않았다. 아버지는 솥을 걸고 눈을 조금 녹여 물을 마셨다. 그러고는 달리 먹을 것이 없는 터라 소금을 몇 알 삼켰다. 더운물을 조금 마시고 나니 기력이 돌아왔다.

아버지는 눈 녹은 물을 데우면서 적병을 어떻게 처리해야 좋을지 생각했다. 그는 출혈이 너무 심해서인지 땅바닥에 쓰러진 뒤로 다시는 몸을 일으키지 못했다. 아버지는 이대로 가다가는 몇 시간 지나지 않아 그가 관목 숲에서 죽게 될 것임을 모르지 않았다. 그가 아버지를 두려워하는 것 같진 않았지만 늑대 울음소리만큼은 이상할 정도로 두려워하는 모습을 보였다. 늑대가 한 번 울 때마다 그는 애절한 신음을 토해냈다.

아버지는 땔감을 더 구해왔다. 모닥불 곁에서 두 시간쯤 더 쉬다가 눈이 멎으면 다시 움직일 작정이었다. 아버지가 땔감을 안고 모닥불 곁으로 돌아왔을 때는 눈 녹은 물이 이미 끓고 있었고 늑대들도 가까이 다가와 있었다. 관목 숲 뒤에 몸을 숨긴 늑대들은 번갈아가며 소리를 냈다. 위협과 초조감이 뒤섞인 외침이자 아는 사람을 부르는 낮은 속삭임이었다. 적병은 더 심하게 끙끙댔다. 몸을 잔뜩 웅크린 모습이 있는 힘을 다해 모닥불 곁으로 다가오려는 것 같았다. 하지만 그는 결국 쓰러진 자리에서 반걸음도 이동하지 못했다.

아버지는 부근을 맴돌고 있는 늑대 가운데 한 마리가 자신이 잘 아는 눈먼 늑대라는 것을 어떻게 알아챘던 것일까? 더운물을 좀 마시고 나서 아버지는 모닥불에서 비스듬히 마주 보이는 곳의 관목 숲에서 늑대 울음소리가 들리며 황록색 광점 두 개가 움직이는 것을 발견했다. 늑대의 눈에서 뿜어져 나오는 빛이었다. 늑대가 두 마리라면 광점이 네 개여야 했지만 아버지가 아무리 둘러봐도 광점은 항상 두 개뿐이었다. 이는 늑대 한 마리의 눈이 빛을 뿜지 않는다는 것을 의미했다! 이것은 눈먼 늑대가 아니면 또 무엇이란 말인가! 아버지는 그제야 두 마리 늑대 가운데 한 마리가 내는 울음소리가 무척이나 귀에 익은 느낌이었던 이유를 알았다고 말했다.

더운물이 배 속에 들어가자 아버지는 굳어버린 피가 조금씩 꿈틀대며 움직이는 것을 느낄 수 있었다. 아버지는 소금을 몇 알 꺼내 사탕 먹듯이 음미했다. 전쟁이 끝나고 평화의 시기가 왔는데도 아버지에게 식염을 쟁여두는 습관이 있는 것은 전쟁 시기의 경험과 무관하지 않았다. 아버지는 항상 소금이야말로 속세의 진주라고 말하곤 했다!

눈먼 늑대는 배고픔이 극한에 이르렀을 것이 분명했다. 녀석의 울음소리에는 극도의 조급함과 분노가 담겨 있었다. 아버지는 모닥불에 장작을 더 얹어 불길이 세게 일도록 했다. 모닥불은 타닥타닥 소리를 내면서 거세게 타올랐다. 어두운 밤의 심장인 듯이 팍팍 소리를 내면서 요동치기도 했다. 아버지는 휴식을 취하면서 간간이 적병을 바라봤다. 그는 오른손을 들어올리려 애를 썼다. 아버지를 부르는 것 같았다. 아버지가 가까이 다가가 보니 그는 온몸을 떨고 있었고 얼굴이 고통과 두려움으로 심하게 일그러져 있었다. 그는 아버지를 향해 어금니 사이에서 나오는 작은 목소리로 너무 춥다고 말했다. 아버지는 그가 모닥불 가까이 다가가고 싶어한다는 것을 알았다. 아버지는 잠시 주저하다가 어쩌면 이것이 이승에서 그가 갖는 마지막 소원일지도 모른다는 생각에 결국 그가 밉지만 불쌍하기도 해 그의 두 발을 모닥불 가까이 당겨주었다. 정확히 말하자면 거의 새것에 가까운 그의 말 장화를 잡아당겨 그를 모닥불 옆으로 끌어다준 것이다. 모닥불 불길이 그의 얼굴을 비추자 그는 이상한 웃음소리를 냈다. 따스함에 감동한 것인지 아버지가 결국 자신의 말에 따른 것에 득의양양해진 것인지 알 수 없었다.

적병은 아주 젊은 사병으로 중국어도 조금 할 줄 알았지만 말을 이어서 하지는 못하고 한 글자씩 띄어서 했다. 그가 모닥불 가까이 와서 어렵사리 토해낸 한 글자는 '물水'이었다. 아버지가 그를 거들 떠보지도 않자 그는 또 '소금鹽'이라는 단어를 말했다. 아버지는 여전히 못 들은 척했다. 아버지는 물과 소금이 몸에 들어가면 독사가 살아나듯이 그도 소생할 수 있었을 거라고 말했다. 자신이 하마터면 그의 총에 맞아 저승으로 갈 뻔했고 전쟁의 희생자가 될 뻔했다는 생각이 들자 아버지는 심지어 그를 모닥불 가까이 끌어다줘 마지막 인간의 온기를 누리게 한 것이 전우들에 대한 배반이라는 자책감이 들기도 했다.

아버지는 그날 밤 모닥불이 너무나 아름다웠다고 말했다. 주위에 춤추듯 흩날리는 눈꽃이 금빛 날개를 단 나비 떼 같았다고 했다! 쇠솥 위 상공을 날아다니는 눈꽃을 바라보면서 아버지는 마음속으로 저 눈꽃들이 어렸을 때 먹던 자오즈餃子로 변하면 얼마나 좋을까 하는 생각을 했다. 아버지는 죽도록 배가 고팠고 늑대들도 극도로 배가 고팠다. 늑대 한 마리가 시종 흉악한 목소리로 울어대고 있었다. 녀석은 모닥불이 빨리 꺼지고 여명이 다가오기를 고대하고 있는 것이 분명했다. 적병은 자신이 결국 늑대의 성찬이 될까봐 두려워하고 있었다. 그는 생명의 마지막 순간에 있는 힘을 다해 자신의 몸을 툭툭 치고 나서 모닥불을 가리켰다. 그러고는 똑같은 행동을 한 번 더 반복했다. 아버지는 그가 자신을 화장시켜달라는 뜻임을 모르지 않았다. 아버지는 투항하면 포로로 대우해주는 문제를 고려해보겠다고 말했다. 적병은 아버지의 말을 알아들었지만 손을 위로 들어올리지 않고 가슴에 가져다 댔다. 마지막 보루 같은 자존심을 지키려는 듯했다. 죽어도 투항하지 않을 태세였다.

적병은 마지막 몸부림을 치다가 새벽 2~3시경이 되어서야 죽음을 맞았다. 아버지는 이때 눈이 멎었다고 말했다. 하늘은 지전紙錢* 같은 눈꽃을 뿌려주지 않았다. 서북풍이 매섭게 불어오기 시작했다. 아버지는 장작을 더 주워왔다. 모닥불의 불길은 시종 왕성한 상태를 유지했다. 배가 고픈 아버지의 배에서 꼬르륵 소리가 요란하게 났지만 눈 녹은 물이 끓고 있는 쇠솥에는 삶을 수 있는 것이 하나도 없었다. 아버지는 뭔가가 나오기를 기대하면서 다시 한번 적병의 몸을 뒤져봤다. 압축한 비스킷 한 덩이나 담배 한 개비가 나오면 이는 이 순간의 훌륭한 향수가 될 수 있었다. 하지만 아버지는 끝내 실망하고 말았다. 아버지는 적병의 군복 주머니에서 두 가지 물건을 발견했다. 하나는 남색 격자무늬의 손수건이고 다른 하나는 금속으로 된 사각형 거울 케이스였다. 케이스를 열어보니 안

---

* 중국에는 사람이 죽어 장례를 치를 때 저승에 가는 노잣돈이라는 의미로 가짜 돈인 지전을 태우는 관습이 있다.

에는 길이가 두 치 정도 되는 흑백 사진이 한 장 들어 있었다. 모닥
불에 비춰보니 사진의 주인공은 꽃무늬 기모노 차림의 젊은 여자였
다. 이마가 아주 넓고 코가 작은 그녀는 가볍게 고개를 숙인 채 얼
굴에 잔잔한 미소를 띠고 있었다. 눈빛에서 꿀이 뚝뚝 떨어지는 것
같았다. 거울 케이스에 감춰져 있던 여인의 사진을 보고 아버지는
들판에 핀 작은 꽃 같다는 느낌을 받았다. 아버지는 이 사진 속 인
물이 아마 먼 고향에 있는 적병의 애인일 것이라고 생각했다. 하지
만 그 아가씨는 더 이상 마음에 담고 있는 남자를 볼 수 없게 되었
다. 아버지는 거울 케이스를 다시 적병의 군복 주머니에 넣어주고
남색 격자무늬 손수건은 자기 주머니에 넣었다.

아버지는 적병의 머리끝에서 발끝까지 샅샅이 수색하다가 갑자
기 구세주를 발견했다. 적병이 말 장화를 신고 있었던 것이다. 장
화는 아주 길었다. 긴 장화는 장교나 기병들이 착용하는 장비였다.
일개 사병인 적병의 견장과 군모를 보면 장교가 아니라는 걸 쉽게
알 수 있었다. 그렇다면 수비대의 기병이었던 것일까? 일반적으로
장교들의 장화는 입구가 평평하고 기병들의 장화는 입구가 비스듬
히 기울어져 있었다. 아버지는 적병의 장화가 짙은 고동색이고 입
구가 비스듬히 기울어져 있으며 안에는 검은색 융털이 나 있어 무
척 따뜻했다고 말했다. 게다가 아주 고급 소가죽으로 만들어져 있
고 발목 부위에는 부추 잎 정도의 폭으로 체인 장식이 달려 있었
다. 장화에 목걸이를 걸어준 것 같았다.

아버지는 적병의 발에서 이 장화를 벗겨낸 다음 모닥불 가까이
가져가 큰 칼로 조각조각 오리기 시작했다. 장화 안은 아직 따스했
다. 적병은 죽었지만 그의 체온이 다 사라지지 않고 남아 외로운

혼령처럼 떠돌고 있었다. 아버지는 장화에 남은 온기를 느끼는 순간 가슴이 철렁 내려앉아 적병을 한 번 쳐다봤다고 말했다. 그는 죽으면서 미처 눈을 감지 못한 상태였다. 아버지는 하던 일을 멈추고 적병에게 다가가 그 남색 격자무늬 손수건을 꺼내 얼굴을 덮어주었다. 아버지가 이 대목을 자세히 이야기할 때마다 나는 아버지가 적병의 장화를 먹는 것을 볼까봐 두려워서 그랬느냐고 물었다. 아버지의 대답은 한결같았다. 한 사람이 죽었는데, 에이, 그가 눈을 감지 못했다면 그야말로 눈에 띄지 않을 수 없겠지. 아버지는 끝내 적병의 눈을 가려준 구체적인 이유는 말하지 않았다.

아버지가 장화 밑창을 떼어내 던져버리려던 순간, 밑창에 무슨 문구가 새겨져 있는 것을 발견했다. 자세히 살펴보니 '쇼와昭和 27년 제조'라는 표시였다. 아버지는 장화 밑창을 멀리 던져버렸다. 죄악의 한 해를 던지는 기분이었다고 했다. 아버지는 장화를 죽 찢어 돼지 털을 태우듯이 안에 달린 융모를 전부 불에 태워버린 다음, 칼로 표면을 긁어댔다. 그렇게 융모가 타고 남은 재를 제거하고 가죽에 입힌 염료까지 긁어내자 소가죽 본연의 색깔이 회복되었다. 장화 한 짝을 분해하여 세어보니 크고 작은 소가죽이 다 합쳐서 열 조각이나 됐다. 아버지가 소가죽을 눈 더미 안에 넣고 마구 문지르자 훨씬 더 깨끗해졌다. 그런 다음 아버지는 모닥불에 장작을 더 얹어 불길이 왕성하게 타오르게 하고 쇠솥에 눈을 잔뜩 넣었다. 눈 녹은 물이 훨씬 많아지자 말 장화를 분해한 소가죽을 솥 안에 넣고 장자송樟子松* 푸른 가지 몇 개를 잘라 넣었다. 잡다한

---

* 중국 북방에 분포하는 적송의 일종.

냄새를 없애주는 일종의 조미료인 셈이었다. 아버지는 이렇게 솥 안에 넣을 것들을 다 넣고 말 장화를 삶기 시작했다.

아버지는 불길이 왕성해 쇠솥은 금방 뜨거워지면서 거센 열기를 내뿜기 시작했다고 말했다. 겨울밤의 숲에서 쇠솥에서 발산하는 수증기는 허공으로 솟아오르는 순간, 모닥불 불빛에 승천하는 한 마리 금룡으로 보였다. 솥에 뚜껑이 없었기 때문에 수증기는 아주 빨리 피어올랐고 아버지는 쉴 새 없이 솥에 눈을 집어넣었다. 서서히 말 장화 냄새가 풍기기 시작했다. 처음에는 단내가 나더니 조금 지나자 누린내가 났다. 반 시간쯤 지나자 소가죽이 뜨거운 열기에 되살아나는 것 같았다. 은은한 향기가 나기 시작했다. 아버지는 더 기다릴 수 없었고 늑대들도 인내심을 갖지 못했다. 늑대들은 고기 냄새를 맡자 정신없이 울어대기 시작했다. 약탈을 예고하는 위협적인 울음소리와 적선을 구걸하는 애절하고 따스한 울음소리가 뒤섞여 있었다.

아버지는 자작나무 가지로 젓가락을 만들어 가장 커다란 말 장화 가죽 한 조각을 건져내 칼로 잘게 썬 다음 입에 넣고 씹기 시작했다. 소가죽은 잔뜩 불기는 했지만 삶는 시간이 길지 않은 탓에 몹시 질겨 씹기가 어려웠다. 아버지는 애써 반 조각을 씹다가 나머지 반을 다시 두 조각으로 나눠 관목 숲에 도사리고 있는 늑대들에게 던져주었다. 나는 먹을 것이 그렇게 부족한 상황에서 왜 늑대들에게까지 나눠주었느냐고 물었다. 아버지는 아마 습관 때문이었던 것 같다고 말했다. 필경 눈먼 늑대가 그곳에 있었던 것이다. 게다가 늑대들은 일단 먹을 것을 얻으면 사람을 잡아먹으러 접근하지 않는다고 했다. 아버지가 말한 사람에 적병도 포함되는 것일까? 이 물음은 아버지가 세상을 떠날 때까지 줄곧 감히 입 밖에 낼 수 없었다.

아버지는 일단 배에 음식물이 들어가면 아무리 밑바닥에 몰려도 평정심을 잃는 일은 없다고 말했다. 서북풍은 갈수록 거세졌고 나뭇가지들도 윙윙 소리를 내면서 울러대기 시작했다. 아버지는 적병이 추격해올 것을 걱정하지 않았다. 오는 도중의 어려움은 차치하고라도 그들이 눈밭에 발자국을 남겼다 해도 흩날리는 눈과 광풍에 이미 흔적도 없이 지워졌기 때문에 누구도 그들을 찾을 생각을 하지 못할 것이 분명했다.

말 장화는 한동안 더 삶아진 뒤에 마침내 제법 씹을 수 있게 되었다. 아버지는 두 조각을 씹어 먹고 나서 기력을 다소 회복했다. 그러고는 남은 소가죽을 다 건져냈다. 아버지는 하품 한 번 하는 사이에 건져낸 소가죽이 차가운 바람에 완전히 식더니 하품을 한 번 더 하자 완전히 단단하게 얼어버렸다고 말했다. 아버지는 이걸 간식거리 삼아 여러 개의 주머니에 나눠서 담았다. 그런 다음 모닥불 위의 쇠솥을 들어냈다. 뜨거운 쇠솥을 눈 위에 내려놓는 순간 치지직 소리가 났다. 아버지는 쇠솥에 깔린 눈밭이 너무 뜨거운 열기에 갑자기 녹아 물이 줄줄 흘렀다고 말했다. 하지만 땅바닥의 눈을 녹인 쇠솥에는 금세 딱지가 생겼고 차가운 바람에 원래의 차가운 솥으로 변했다. 아버지는 고개를 들어 주위를 둘러봤다. 눈은 멎었지만 밤하늘은 아직 맑게 개지 않은 상태였다. 고개를 들어도 북두성이 보이지 않아 아버지는 자신이 어디쯤 와 있는지 전혀 알 수 없었다. 한밤의 산골짝은 전부 같은 모양이었다. 아버지는 그 모습이 여러 개의 칼을 줄줄이 꽂아놓은 것 같았다고 비유했다. 도

살장에 끌려온 것처럼 음산하고 무서운 기분이 들었다고 했다.

아버지는 원래 날이 새기 전에는 출발하지 않을 생각이었고 어디로 가야 할지도 알지 못했다. 날이 밝은 뒤에 해를 보고 방향을 가늠할 작정이었다. 하지만 늑대들의 압박 때문에 떠나지 않을 수 없었다. 늑대들이 바스락거리며 살금살금 관목 숲 밖으로 기어나와 모닥불 쪽으로 다가왔기 때문이다. 그 얼마 되지 않는 소가죽으로는 두 녀석을 만족시키지 못할 것이 분명했다. 아버지는 녀석들이 불과 5~6미터밖에 떨어지지 않은 곳까지 다가왔을 때 비스듬한 위치에서 남은 모닥불 불빛을 이용해 잊지 못할 광경을 목격했다고 말했다. 두 마리 늑대는 앞뒤로 서서 직선을 그리며 다가왔다. 앞에 있는 늑대는 덩치가 크고 사나워 보였고 뒤에 있는 늑대는 작고 야위어 보였다. 앞에 있는 녀석이 앞을 향해 달려들려고 몸부림치는 걸 뒤에 있는 녀석이 죽어라고 꼬리를 물어 저지하고 있었다. 아버지는 뒤에 있는 녀석이 바로 그 눈먼 늑대라는 것을 알아차렸다. 아버지는 늑대의 눈에서 붉은빛이 뿜어져 나오는 걸 본 적이 없었다. 앞에 있는 늑대가 모닥불을 향해 달려들려고 할 때, 녀석의 눈에 이런 빛이 가득했는데 모닥불 불빛에 반사된 것도 아니었다. 아버지가 헤이 헤이 두 번 소리 내어 불렀다. 이는 과거에 눈먼 늑대가 지대를 따라올 때, 아버지가 먹을 것을 던져주면서 습관적으로 녀석을 부르던 소리였다. 눈먼 늑대는 아버지가 부르는 소리를 잘 알고 있었던 게 분명했다. 녀석은 더욱더 힘을 주어 앞에 있는 늑대를 끌어당겼다. 앞에 있는 늑대의 꼬리가 팽팽하게 당겨졌다. 활에 얹은 화살 같았다. 더 이상은 당길 수 없을 것 같았다. 언제라도 꼬리가 찢어질 것처럼 위태로워 보였다. 고통도 극심했는지 무서울 정도로 큰 소리로 비명을 질러댔다. 결국 앞에 있던 녀석이 양보해 눈먼 늑대가 녀석을 관목 숲으로 끌고 들어갔다. 아버지는 길게 안도의 한숨을 내쉬면서 은혜에 감사하듯이 소가죽 두 조각을 녀석들에게 던져주었다.

아버지는 앞에 있던 늑대는 불빛도 두려워하지 않았기 때문에 그 자리에 오래 머물렀다가는 너무 위험해질 것이라는 판단에 출발할 준비를 했다고 말했다. 아버지는 원래 적병의 솜옷을 벗겨 바꿔 입으려 했다. 적병이 입고 있는 옷의 보온성이 훨씬 더 뛰어났기 때문이다. 하지만 그 솜옷의 어깨 부위는 아버지가 쏜 탄알로 솟아나온 피가 이미 응고되어 있었고 옷도 심하게 손상되어 있었기 때문에 억지로 벗기는 것은 적병의 손을 찢는 것이나 다름없었다. 결국 아버지는 적병의 모자만 벗겨 자기 머리에 썼다. 그런 다음 장작을 더 넣어 모닥불을 활활 왕성하게 타오르게 해놓고 그 자리를 떴다.

아버지의 말 장화 삶은 이야기를 자주 들은 엄마와 나는 그 자리를 떠나면서 왜 군이 모닥불을 크게 키웠느냐고, 적병을 화장하려고 그랬던 거냐고 여러 차례 물었다. 그럴 때마다 아버지는 애매한 대답을 내놓았다. 어떤 때는 "나는 적병의 총을 노획하고 그 자의 말 장화까지 삶아 먹었어. 그러지 않았더라면 굶어 죽었을지도 모르지"라고 대답했다. 또 어떤 때는 "전우들의 유골이 어디에 묻혀 있는지도 모르겠어"라고 대답하기도 했다. "그날 밤에는 달이 뜨지 않았기 때문에 불을 피워 길을 비춰야 했어"라고 대답할 때도 있었다. 마지막 대답이 그나마 진실에 가까웠다. "에이, 그랑 그 아가씨의 사진이 함께 재가 됐으니 그가 귀신이 되었어도 크게 아쉬울 건 없겠지."

아버지는 서북풍이 불어오는 방향을 기준 삼아 부대의 비밀 영지로 철수하려면 바람과 반대 방향으로 가야 한다고 판단했다. 그러나 1~2리쯤 걸었을 때 갑자기 바람이 멎어버렸다. 방향이 사라진 것이다. 아버지는 유일한 표지판을 잃어버린 셈이었고, 또다시 방향을 잃고 말았다. 아버지는 당시에 숲 전체가 얼어붙어 나뭇가지들도 움직이지 않았다고 회상했다. 야생동물의 울음소리조차 들리지 않았다. 지옥에 온 듯한 기분이었다고 했다. 날이 점점 밝아왔지만 흐린 구름 속의 빛이었다. 아버지가 기대했던 해는 모습을 드러내지 않았다. 그렇게 갈 길을 잃은 아버지는 등 뒤에서 짐승이 걸어오는 소리를 들었다. 몸을 돌려 바라보니 5미터쯤 떨어진 거리에 늑대 두 마리가 다가오고 있었다. 한겨울의 늑대는 털 빛깔이 무척이나 어두웠다. 황원의 풀 더미처럼 보였다. 여전히 눈먼 늑대가 뒤에서 걸으면서 입으로 앞서가는 늑대의 꼬리를 물고 있었다. 앞서 오던 늑대가 아버지를 쳐다보면서 서서히 걸음을 멈췄다. 녀석의 눈빛이 부드러워졌다. 눈먼 늑대가 낮은 목소리로 울면서 절망에 빠진 아버지를 위로했다. 앞서 오던 늑대를 자세히 살펴본 아버지는 녀석이 어린 수놈임을 알아봤다. 녀석은 감히 눈먼 늑대의 명령을 거역하지 못했다. 알고 보니 녀석은 눈먼 늑대의 아들이었다! 아버지는 그걸 어떻게 알았던 것일까? 앞서 오던 늑대가 아버지를 쫓아와 걸음을 멈추던 순간, 그 뒤에 있던 눈먼 늑대가 곧장 입을 풀어 앞에 있는 늑대의 꼬리를 놓아주고는 앞으로 두 걸음 다가와 입으로 부드럽게 그 늑대의 얼굴을 핥아주는 것이었다. 마치 입을 맞추는 것 같았다. 앞에 있던 늑대는 애교 섞인 소리를 내면서 어리광을 피웠다. 아버지는 모자 사이에만 이처럼 사랑이 듬뿍 담긴 애무와 표현이 가능하다고 말했다. 그리고 효심이 가득한 자식만이 아무리 만족스럽지 못한 일이 있더라도 엄마에게 고개를 숙이고 순종한다고 했다. 그제야 아버지는 과거에 눈먼 늑대가 새끼를 뱄던 일이 생각났다. 녀석은 자기 미래의 삶을 위해 또 다른 두 눈을 찾아냈던 것이다! 눈먼 늑대가 새끼를 한 번에 몇 마리를 낳았는지, 그중 몇 마리가 살아남았는지는 알 수 없었다. 어쩌면 남편과 다른 혈육들이 전부 녀석을 혐오해 내버렸을지도 모른다. 하지만 적어도 아버지가 녀석을 발견했을 때는 옆에 용감하고 충성스러운 새끼 늑대가 함께 있었다. 자신의 꼬리를 어미의 생명줄로 내어주고서 곁을 떠나거나 내버리지 않고 인적 없는 황량한 산골짝으로 끌고 다니는 것이었다. 아버지는 눈먼 늑대가 입에 물고 있는 꼬리가 생명의 탯줄이자 마음속 깊은 곳에 감춰진 한 줄기 빛인지도 모른다고 말했다.

그다음에 이어지는 이야기를 나와 엄마는 거의 외우다시피 했다. 사흘 내내 흐린 날이 이어지면서 해도 달도 보이지 않았지만 눈먼 늑대와 새끼가 앞에서 길을 안내해 아버지에게 잃었던 길을 찾아주었다. 아버지와 늑대들은 남아 있던 삶은 말 장화와 눈 더미 아래 묻혀 있던 붉은 팥 장과, 그리고 산굴에 감춰주었던 짐승 뼈다귀를 먹으면서 간신히 난관을 넘겼다. 산굴 속의 짐승 뼈다귀에는 눈먼 늑대가 비축해둔 것도 있고 아버지가 과거에 던져준 것도 있었다. 그럼 뼈다귀를 어떻게 먹었던 것일까? 아버지는 밤중에 산굴 속에 모닥불을 피운 다음 불에 바삭바삭하게 잘 구우면 씹을 수 있다고 말했다. 게다가 새끼 늑대가 일행을 위해 있는 힘껏 먹을 것을 구해다주었다고 했다. 그동안 녀석은 눈 속에서 토끼 한 마리를 발견했지만 토끼를 향해 달려가는 순간, 어미가 꼬리를 늦게 놓아주는 바람에 허탕을 치기도 했다. 어미 늑대는 마침내 아버지를 인도하여 어느 마을에 도착했다. 아버지는 밥 짓는 냄새를 맡는 순간 눈먼 늑대와 작별할 때가 왔다고 생각했다. 녀석은 흙먼지를 씻어내려는 것처럼 입을 벌리고 두 앞발로 격렬하게 땅을 긁어대더니 신바람이 나서 땅바닥에 누워 눈 위를 몇 번 뒹굴었다. 그러더니 다시 몸을 일으켜 털을 떨어 몸에 달라붙은 눈가루를 털어냈다. 아버지에게로 향한 녀석의 눈빛이 아버지의 눈물과 마주쳤다. 눈먼 늑대는 아버지의 눈물을 보지 못했다. 녀석은 더없이 자랑스러운 목소리로 허공을 향해 몇 번 울어댔다. 자신의 사명을 완수했음을 선포하기라도 하는 것 같았다. 새끼 늑대는 아버지의 무거운 짐을 덜어주고 나자 해방감에 어미보다 더 신나게 춤을 추었다. 아버지는 녀석이 그 자리에서 몇 번 빙글빙글 도는 모습이 정말로 춤을 추는 것 같았다고 말했다. 그러더니 녀석은 아버지 앞에 똑바로 서서 아버지를 바라보다가 갑자기 몸을 뒤로 기울이더니 장난스럽게 아버지를 공격하려는 자세를 취하면서 길게 포효했다. 그런 녀석의 태도에 결국 아버지는 놀라고 말았다.

어미 늑대가 주위를 이리저리 어슬렁거리는 동안 새끼 늑대는 계속 어미 앞에 있었다. 눈먼 늑대는 아들의 꼬리를 입에 물고 뒷자리를 지켰다. 아버지는 늑대들이 몸을 돌려 떠나기 전에 녀석들을 향해 두 손을 한데 모으고 고개를 숙여 작별 인사를 건넸다. 눈먼 늑대는 이를 볼 수 없었고 새끼 늑대는 아무런 느낌도 없이 아버지를 향해 긴 울음소리를 낼 뿐이었다. "이런 일은 굉장히 드물어요. 당신을 잡아먹지 않았으니 운이 아주 좋았다고 생각하세요"
라고 말하는 것 같았다. 아버지는 산굴에서 사흘 밤을 보내는 동안
눈먼 늑대가 동굴 입구를 지켰다고 말했다. 새끼 늑대가 어미 말을
듣지 않고 아버지의 몸에 입을 대는 만일의 사태를 예방하기 위해
항상 꼬리를 물고 놓지 않는 것도 잊지 않았다고 했다.

아버지는 구조된 후에 후방 피복공장에서 일하던 엄마를 알게
되었다. 적병에게서 노획한 그 샤오마가이즈 소총은 조직의 동의
를 얻어 나중에 아버지와 함께 전선에 나가게 된 엄마에게 넘겨주
었다. 두 분은 나를 낳기 전에 먼저 딸을 하나 낳으셨지만 부모님
을 따라 전선을 돌아다니다보니 영양실조로 두 살 때 세상을 떠나
고 말았다. 나는 좋은 운명을 타고났는지 항전 승리 이후에 태어
났다. 아버지는 나를 매우 엄격하게 키우셨다. 항상 엄한 교관 같
은 모습으로 내게 암벽타기와 수영, 스키, 측량제도, 폭파, 심지어
낙하산 강하 등의 기술을 가르쳐주셨다. 엄마의 얘기에 따르면 이
런 기술들은 전부 당시 동북항일연군 전사들이 필수로 배워야 하
는 전술 과목이었다고 한다. 매년 조신절이 다가올 때마다 아버지
는 말 장화를 삶던 이야기를 들려주었다. 그러다보니 내게도 안 좋
은 습관이 생겼다. 매년 섣달 스무사흘이 되면 내 아들에게 말 장
화 삶는 이야기를 들려주게 된 것이다. 퇴직한 뒤로는 종종 도서
관에 가서 항일전쟁 시기의 지방지地方志를 열람하곤 했다. 터우다
오링과 얼다오링, 쓰다오링의 정확한 위치를 알아보고 싶어서였
다. 집요하게 아버지를 따라오던 적병에 관한 자료도 찾아보고 싶
고 민간 자료에서 눈먼 늑대와 관련된 전설도 찾아보고 싶었다. 하
지만 나는 서투른 어부처럼 무수한 그물을 던졌음에도 끝내 아무

런 수확도 거두지 못했다. 결국 나는 심지어 아버지가 들려주신 이야기가 전부 지어낸 것이 아닐까 하는 의심을 품기도 했다. 하지만 분명한 사실은 아버지가 총알을 맞았던 융으로 된 가을 저고리의 탄알 자국이 아직 남아 있다는 것이다. 구멍 주위의 탄 자국이 선명하게 남아 있다. 그 옷은 우리 후손들이 물려받진 못했고 항일연합군 박물관 전시실에 보관되어 있다.

아버지가 돌아가신 이듬해에 어머니도 세상을 떠났다. 두 분 모두 여든까지 사셨다. 말 장화를 삶은 이야기는 나 혼자만 다음 세대에게 들려주었다. 아들은 인터넷 편집을 하고 있다. 녀석은 이 이야기를 들을 때마다 항상 나귀와 말, 소는 전부 커다란 가축으로 같은 종족인 셈이라 할아버지가 그해에 산속에서 드신 것은 몸에 아주 좋은 아교阿膠*였을 것이라고 비꼬듯이 말했다. 그러고는 장쉐량張學良을 욕하면서 그가 동북군을 이끌고 침략군에 대항했다면 일본군이 쉽게 동북 지역을 점령하는 일은 없었을 것이라고 말했다. 녀석은 당시의 동북군은 호랑이처럼 기세가 강해 공군만 해도 200대의 전투기를 보유하고 있었고 지상 부대의 전력도 상당히 막강했다고 말했다. 당시에 장쭤린張作霖이 운영했던 병기공장 설비도 아주 훌륭했다면서 그중에는 독일에서 수입한 설비도 있었기 때문에 그 공장에서 제조한 무기는 너무나 단단했다고 말했다. 아들은 장쭤린이 폭격으로 사망하지만 않았어도 그 염병할 침략군은 감히 동북 지역에 발을 들여놓을 생각조차 못 했을 것이라고 말했

---

* 중국 한약의 일종으로 말이나 소, 나귀 등 마과Equus asinus에 속한 동물의 가죽을 물에 불린 다음 고온에 끓여서 만든 전통 영양제다.

다. 아들은 곧잘 불만을 늘어놓다가 전화로 음식을 주문하곤 했다. 녀석이 주문하는 음식은 주로 돼지껍질 묵과 생선껍질 묵이었다. 녀석은 동물의 가죽이야말로 몸을 정화淨化한다고 말했다. 나는 녀석이 이 이야기를 기억하면서 자신의 위장으로 정신을 돕고 있다는 생각이 들었다.

마지막으로 보충하고 싶은 것은 아버지가 말 장화를 삶던 얘기를 마칠 때마다 항상 하늘을 우러러 한마디 던졌다는 것이다. 사람이라면 자신의 나중을 생각해 뼈다귀를 좀 남겨두어야 하는 법이야!

무월霧月의 외양간

바오주이寶隆는 밤의 어둠 속에서 소가 되새김질하는 소리에 귀를 기울이고 있었다. 여물과 타액이 부드럽게 뒤섞이는 소리가 그를 자주 반복되는 기억 속으로 빠져들게 했다. 그는 항상 아주 중요한 일들이 그 소리 속에 담겨 있다고 생각했다. 하지만 기억은 심연처럼 뚫고 지나가기가 어려웠다. 그는 늘 소득 없이 원래 상태로 되돌아왔다.

계부는 자신이 곧 죽게 될 것이라는 생각 때문인지 요즘 거의 매일 바오주이와 얘기를 나누러 외양간을 찾았다. 때로는 아무 말도하지 않고 바오주이의 머리를 어루만지기만 했다. 그런 그의 눈에서 혼탁한 눈물이 흘러나왔다. 바오주이가 물었다.

"아저씨, 배고파요?"

바오주이는 극도로 배가 고프면 눈물이 났기 때문이다.

계부는 고개를 가로저었다. 푸르스름한 볼을 실룩거리며 계부는 뭔가를 중얼거렸다. 그러다가 바오주이의 손을 잡아끌면서 힘겹게 말했다.

"아저씨가 죽으면 집 안에 들어와서 자도록 해."

"저는 소들과 함께 있는 게 좋아요. 화얼花兒이 곧 송아지를 낳을 것 같아요."

바오주이가 빙긋이 웃으면서 말했다.

화얼은 흰색과 종려 색이 섞인 얼룩소로 왼쪽 뺨에 난초 꽃 모양의 하얀 얼룩무늬가 있었다. 그 때문에 녀석은 얼굴에 아무 무늬도 없는 디얼地兒보다 훨씬 더 예뻐 보였다. 디얼은 세 살 난 수놈으로 집에서 밭을 갈고 쟁기질을 하는 주요 노동력이었다. 밋밋한 얼굴에 키가 작고 피부는 짙은 고동색이며 나이가 많은 소였다. 꼬리가 너무 굵어 똥을 눌 때마다 늘 꼬리가 더럽혀졌다. 바오주이는 녀석을 원망하면서 밤중에 여물통에 여물을 넣어줄 때면 납작한 배를 한 대 툭 차면서 말했다.

"그렇게 시도 때도 없이 먹어대지 좀 마라. 먹는 것도 때가 있어야 하는 법이라고."

이 말은 엄마가 항상 그에게 하던 말이었는데 지금은 그가 디얼에게 하고 있었다. 디얼은 이런 말에 신경도 쓰지 않았다. 얼굴이 넓적한 펜롄扁臉은 전혀 딴판이었다. 녀석은 식사량이 놀라울 정도로 일정했고 싼 것을 처리하는 방식도 자연스럽게 갈수록 거칠어졌다. 바오주이는 녀석의 꼬리에 줄을 매달아 외양간 난간에 높이 걸어두려고 시도한 적도 있었다. 하지만 한 녀석의 꼬리에 줄을 매달자마자 녀석이 똥을 한 무더기 싸더니 꼬리를 흔들어 항문에 남아 있는 똥이 바오주이의 얼굴로 날아가게 했다. 화가 난 바오주이는 녀석의 꼬리를 잘라버리고 싶었다.

"네놈 꼬리를 잘라 늑대한테 줘버릴 거야!"

바오주이는 이렇게 위협하면서 디얼의 꼬리에 매어두었던 줄을
풀었다.

계부는 벌써 며칠째 외양간에 오지 않았다. 쉐얼雪兒이 밥을 가져
다줄 때마다 바오주이가 물었다.

"아저씨 아직 안 죽었어?"

쉐얼은 하얀 이를 드러내며 원망하듯이 말했다.

"너나 죽어!"

쉐얼은 바오주이와 엄마는 같지만 아버지가 다른 여동생이다.
쉐얼은 비쩍 마른 아이였다. 비린내 나는 음식을 좋아하지 않았고
눈은 아주 까맣고 크며 고집이 무척 셌다. 엄마는 늘 쉐얼의 배에
회충이 잔뜩 들어 있다고 말하곤 했다.

소가 되새김질하는 소리가 잦아들었다. 바오주이는 뭔가를 음미
하면서 두 눈을 감았다. 얼마 자지 않았는데 한 줄기 빛이 아프게
눈을 찌르는가 싶더니 진한 땀 냄새가 엄습해왔다. 엄마가 쉰 목소
리로 외쳤다.

"바오주이, 어서 일어나. 일어나서 아저씨 좀 살펴봐라. 아무래
도 아저씨가 세상을 떠나려나보다. 죽기 전에 네가 보고 싶은 모양
이야."

"그걸로 제 눈 좀 찔러대지 마세요."

바오주이가 중얼거리며 자신을 향해 빛을 쏘아대고 있는 손전등
을 가리켰다.

엄마는 황급히 전등 불빛을 다른 쪽으로 돌리면서 마침 외양간

가운데 칸을 비췄다.

외양간의 매화 세 그루가 그윽한 자태를 뽐내고 있었다. 하지만 아직 향기는 발산되지 않았다. 바오주이가 일어나 앉았다.

"어서 가봐. 아저씨가 오래 기다리지 못할 것 같아."

엄마 목소리에 울음이 섞여 있었다.

"계부이긴 하지만 너한테 아주 잘해줬잖니! 네가 줄곧 이 외양간에서 지냈어도 아저씨가 이곳을 사람이 묵는 방보다 더 따듯하게 해주고 매일 밥도 가져다줬잖아. 바오주이야……."

"저는 사람들이 묵는 방으로 돌아가지 않을 거예요."

바오주이가 다시 드러누우며 말했다.

"저는 소들이랑 같이 잘 거라고요."

"어서 한 번만 가봐. 내일 엄마가 파 전병 만들어줄게."

엄마는 애걸하듯이 고개를 숙이고는 아들의 이마를 어루만졌다.

"감자채볶음은요?"

바오주이는 위가 흥분하는 바람에 벌떡 일어나 앉았다. 엄마가 고개를 끄덕였다.

다시 일어나 앉은 바오주이는 엄마의 얼굴이 언 배추처럼 보기 흉하다는 생각이 들었다. 엄마의 머리칼도 펜렌의 꼬리처럼 지저분해 보였다. 그는 신발을 신고 내일 이후에 먹게 될 맛있는 음식들을 위해 외양간을 나섰다. 밖은 약간 쌀쌀했다. 별빛이 귀뚜라미처럼 마당 이곳저곳을 뛰어다녔다. 그는 아저씨 방으로 들어가기 전에 방 안의 불빛을 살펴봤다. 문을 여는 순간 두려움에 몸을 떨며 뒷걸음질 쳤다. 방 안의 숨결에 그는 갑자기 울고 싶어졌다. 그가 몹시 슬픈 어투로 말했다.

"외양간으로 돌아갈래요······."

"바오주이야! 엄마가 무릎을 꿇어도 안 되겠니?"

엄마가 말했다.

"바오······ 주이야······."

계부의 목소리가 바다의 거센 물결 위에 요동치는 작은 배처럼 흔들리며 떠내려왔다.

엄마가 그를 세게 방 안으로 밀어넣었다. 그런 다음 등 뒤에서 문을 닫아버렸다.

바오주이는 계속 몸을 떨고 있었다. 쉐얼이 노란 찻주전자를 받쳐 들고 계부에게 물을 먹여주는 모습이 눈에 들어왔다. 계부는 구들 윗부분에 비스듬히 몸을 기댄 채 눈을 커다랗게 뜨고 있었다. 구들 밑으로 처진 팔이 마른 장작처럼 경직되어 있었다.

엄마가 바오주이의 몸을 구들 가까이로 밀었다. 쉐얼이 바오주이를 힐끗 쳐다보더니 찻주전자에 남은 물을 바닥에 뿌리고는 창가로 갔다.

계부의 입이 지렁이처럼 꿈틀거리더니 거친 숨을 내쉬며 말했다.

"아저씨는 곧 죽을 것 같아. 아저씨가 죽고 나면 집 안으로 들어와 지내겠다고 약속해주겠니? 네가 방을 하나 차지하고 네 엄마랑 쉐얼이 다른 방을 쓰는 거야."

"엄마가 아저씨랑 함께 지내고 있잖아요."

바오주이가 말했다.

"하지만 아저씨가 곧 죽고 나면 엄마는 아저씨랑 같이 지낼 수 없어."

계부가 말했다.

"또 다른 아저씨가 와서 엄마랑 같이 지내겠지요 뭐."

바오주이가 말했다. 엄마가 목도 쉬고 몸도 기진맥진한 채 달려들어 바오주이를 한 대 후려쳤다.

"이런 못된 자식……!"

바오주이는 잠시 휘청거리다가 다시 똑바로 서서 자신도 모르게 계부를 바라봤다.

"저는 소랑 같이 지낼 거예요. 화얼이 곧 송아지를 낳을 것 같거든요."

바오주이가 말했다. 계부가 사랑 가득한 눈빛으로 바오주이를 바라봤다. 커다란 눈물방울이 그의 푹 파인 두 볼에 고였다.

"아저씨…… 죽으면 돌아오지 않으실 건가요?"

바오주이가 갑자기 물었다.

계부는 '으음' 외마디 소리를 냈다. 멈추지 않는 눈물이 계속 흘러내리고 있었다.

"한 가지 물어볼 게 있어요. 소는 왜 되새김질을 하는 건가요?"

바오주이가 물었다. 한때 수의사였던 계부는 당연히 가축에 관한 일이라면 손바닥 보듯이 훤히 알고 있었다.

"소는 위가 네 개야."

계부가 말했다.

"소가 먹는 여물은 먼저 혹위로 들어가지. 그런 다음 되새김위로 넘어가. 그리고 나서 입으로 돌아와 잘게 씹히지. 그런 다음, 그다음에는……"

"다시 삼키나요?"

246

바오주이는 눈알을 움직이지 않고 정지된 눈빛으로 계부를 바라봤다. 계부가 지친 표정으로 고개를 끄덕이며 말했다.

"씹어서 넘긴 여물은 다시 겹주름위를 거쳐 주름위로 넘어가지."

바오주이가 '주름위皺胃'를 '냄새나는 위臭胃'*로 잘못 알아듣고는 자신도 모르게 헤헤 웃으면서 말했다.

"소는 정말 멍청하네요. 그렇게 자주 되새김질해서 맛있는 여물을 냄새나는 위로 보내니 말이에요. 냄새나는 위를 거치고 나면 똥이 되겠군요?"

계부의 눈물이 더 거세졌다. 그는 헛수고인 줄 알면서도 계속 바오주이의 손을 잡으려 애썼다. 하지만 그의 몸부림은 자신과 의붓아들 사이의 거리만 더 넓힐 뿐이었다. 문득 세 마리 소에게 저녁 여물을 주어야 한다는 것이 생각난 바오주이는 곧장 몸을 돌려 밖으로 나가려 했다. 엄마가 흐느껴 울면서 바오주이를 가로막았다. 엄마가 말했다.

"지난 몇 년 동안 아저씨가 널 보살펴준 은혜에 감사한다는 인사는 드려야지."

"곧 죽을 거잖아요. 제가 고마워한다 해도 저 같은 아들을 오래 기억하지도 못할 거예요. 머리만 아플 뿐이라고요."

"이런 멍청한 놈 같으니라고……."

엄마가 큰 소리로 통곡했다.

바오주이는 엄마를 피해 문밖으로 나왔다. 쉐얼도 문 앞에 쪼그

---

* '皺'는 중국어 발음이 'zhou'이고 '臭'는 'chou'다.

리고 앉아 엉엉 울고 있었다. 바오주이는 큰 걸음으로 이복동생 옆을 지나치면서 말했다.

"너는 죽지도 않을 텐데 왜 울고 난리야."

"내일 너한테 먹을 것 하나도 양보하지 않을 거야!"

쉐얼이 이를 앙다문 채 바오주이 뒤에 대고 삿대질을 하면서 말했다.

"파 전병에 감자채가 있는데 뭐."

바오주이가 득의양양한 어투로 말을 받았다.

"칫, 꿈 깨셔!"

바오주의의 말에 쉐얼이 콧방귀를 뀌었다.

바오주이가 외양간으로 돌아오자 화얼이 고개를 푹 숙인 채 가볍게 울었다. 저녁에는 좀처럼 밖에 나가는 일이 없었던 어린 주인 때문에 상심했던 모양이다. 디얼도 덩달아 음매 하고 그윽하게 울어댔다. 성질이 고약한 펜렌만 아주 짧고 다급한 소리로 호응하며 인사 행렬에 동참했다. 바오주이는 속으로 크게 감동하면서 녀석들에게 여물을 챙겨주려고 서둘러 움직였다. 여물을 가지러 가는 길에 그는 그만 작두에 걸려 넘어지고 말았다. 얼른 일어선 그는 손을 털면서 작두를 향해 툴툴거렸다.

"낮에는 열심히 일하고 밤에는 일찍 자야 하잖아. 왜 손을 뻗어 날 잡아당기는 거야?"

건초가 여물통 안에서 부드럽게 기복했다. 바오주이가 자신의 세 동료에게 말했다.

"너희 급하지 않지? 우리 아저씨가 곧 죽을 것 같아. 나를 좀 보고 싶어한다고 해서 갔다 온 거야."

그가 화얼의 둥그런 배를 어루만지면서 말을 이었다.

"난 너희의 위가 네 개이고 마지막 위는 냄새나는 위라는 걸 이 제야 알았어."

화얼과 디얼, 그리로 펜렌은 여물을 먹고 나서 태연하게 되새김 질을 하기 시작했다. 바오주이는 피곤을 참지 못하고 구들로 올라 가 잤다.

안개 때문인지 외양간의 이른 아침은 아침 같지 않았다. 안개가 끼는 날이면 바오주이는 왠지 모르게 울고 싶어졌다. 구들 위에 앉 아 사방을 두리번거리던 그는 외양간 안이 유난히 어둡다는 것을 알게 되었다. 왜 해마다 안개가 찾아오는 건지 알 수 없었다.

여물통 위에 가로놓여 동서 양쪽의 기둥이 받치고 있는 난간은 영원히 그렇게 견고할 것만 같았다. 자작나무로 만들어진 난간의 검은 반점들은 마치 수많은 사람의 크고 작은 눈동자가 박혀 있는 것 같았다. 어떤 눈은 정신이 말똥말똥한 것처럼 부리부리했고 어 떤 눈은 활기라곤 없이 비실비실했다. 소들을 묶어놓은 세 개의 매 화매듭이 안개 속에서 가볍게 움직이는 것 같았다. 정말로 꽃이 피 려는 것 같았다. 바오주이는 매일 여물통에 올라가 두 번 외양간 난간에 접촉했다. 이른 아침에는 세 개의 매화매듭을 풀어 소들에 게 들판의 자유를 만끽하게 하다가 저녁이 되면 다시 난간 옆 선반 위에 묶어놓았다. 그는 매화매듭을 풀었다가 다시 묶을 때마다 바 로 그 순간에 뭔가 중요한 일이 터질 것 같은 느낌이 들었다. 하지 만 그 사건이 무엇일지는 끝내 생각해내지 못했다. 소가 되새김질 하는 소리를 들으려는 것처럼 뭔가 기억해내려고 애썼지만 끝내 아무것도 기억하지 못했다.

바오주이는 안개 속에서 외양간 울타리를 바라봤다. 이때 외양간 문이 열리면서 샘물이 용솟음치듯 환한 빛이 피어올랐다. 동시에 안개가 서서히 밀려왔다. 쉐얼의 맑은 목소리가 들렸다.

"바오주이, 밥 가져왔어!"

계부가 위독해진 뒤로는 줄곧 쉐얼이 그에게 밥을 갖다주었다.

바오주이는 대꾸하지 않았다.

쉐얼은 재빨리 남쪽 벽의 탁자 옆으로 가서 그릇 하나와 접시 하나를 집어들었다. 쉐얼은 비취색 짧은 저고리 차림이었다. 희미한 불빛 속에서 요염한 비취색을 본 세 마리 소가 색깔을 실컷 즐기려는 듯이 요란하게 울어댔다.

"파 전병이랑 감자채볶음이야! 한꺼번에 다 먹지 말고 전병 두 장은 남겨뒀다가 점심때 먹도록 해."

바오주이는 여전히 아무 대꾸도 하지 않았다.

"엄마가 그러는데 오늘은 안개가 짙게 껴서 길이 미끄러우니까 화얼을 데리고 밖에 나가지 말래. 넘어지기라도 하면 배 속에 있는 송아지가 위험해지니까."

쉐얼은 또박또박 조리 있게 말했다. 바오주이는 알았다고 짧게 대답하고 나서 물었다.

"아저씨는 아직 안 죽었어?"

"너나 죽어!"

쉐얼이 바오주이 앞으로 몇 걸음 다가서며 말했다.

"아빠가 돌아가시면 네가 어떻게 전병을 먹을 수 있겠니. 방귀나 실컷 먹든지!"

"그렇게 못된 걸 보니 네 배 속에는 벌레가 가득한 게 분명해."

바오주이가 말했다.

"개 배때기에나 벌레가 자라는 법이야!"

쉐얼이 펄쩍 뛰며 말했다. 그 모습이 꼭 초록 앵무새 같았다.

"아저씨는 어째서 아직 안 죽는 거지?"

바오주이가 몹시 실망한 어투로 말했다.

씩씩거리며 외양간을 나서던 쉐얼이 문가에 이르러 큰 소리로 조금 전에 했던 당부를 반복했다.

"화얼을 밖에 데리고 나가지 마. 밖에는 안개가 자욱하고 길이 미끄럽단 말이야!"

바오주이는 구들에서 펄쩍 뛰어내려 파 전병을 먹기 시작했다. 그는 먼저 전병을 탁자 위에 펼쳐놓고 그 위에 감자채를 얹어 둘둘 말았다. 이상하게도 그가 집 안으로 돌아가 아저씨를 만나는 대가로 쟁취한 맛있는 음식은 별다른 즐거움을 주지 못했다. 위에 솜이 가득 찬 것처럼 뭘 먹어도 억지로 먹는 기분이었다. 그는 전병을 한 장만 먹고 탁자 앞을 떠났다.

아주 낮은 동창東窓으로 밖을 내다보니 여전히 안개가 짙게 깔려 있었다.

바오주이는 여물통 위로 올라섰다. 그 위에 서면 머리가 외양간 난간을 넘을 수 있었다. 세 개의 매화매듭이 움직이기라도 하려는 듯이 반짝반짝 빛나는 모습으로 그를 내려다봤다. 바오주이가 먼저 두 개의 매듭을 풀자 디얼과 펜렌이 문 쪽으로 다가섰다. 화얼 차례가 되자 그는 잠시 망설였다. 하지만 역시 세 번째 매화매듭도 풀었다. 여물통에서 내려온 그가 화얼의 코를 어루만지면서 말했다.

"오늘은 좀 천천히 걸어. 밖에 안개가 짙게 깔려 있단 말이야. 네가 넘어지기라도 하면 배 속에 있는 송아지는 얼마나 아프겠니?"

화얼이 음매 음매 하고 두 번 울었다. 무척 온순한 대답이었다.

바오주이는 전병 두 장을 둘둘 말아 밥통에 담고 물통을 등에 메고서 서둘러 세 마리 소를 이끌고 외양간을 나섰다.

짙은 안개가 대지 위를 떠다녔다. 해는 고슴도치처럼 짙은 안개 뒤에서 계속 모습을 바꾸며 움직이고 있었다. 바오주이의 시야는 흐릿했다. 발밑의 길은 돼지기름을 발라놓은 것처럼 발을 디딜 때마다 이리저리 흔들렸다. 펜렌이 모범을 보이려는 듯이 맨 앞에서 전진했고 디얼이 그 뒤를 따랐다. 화얼만 말을 잘 듣는 아이처럼 바오주이 옆에서 조심스럽게 따라왔다. 네 개의 생물이 짙은 안개를 뚫고 한 집 한 집 인가를 지나며 전진했다. 집 밖의 검은 울타리들이 하얀 안개 속에서 마치 물속을 헤엄치는 푸른 물고기 떼처럼 보였다. 개 짓는 소리가 여기저기서 낭랑하게 들려오더니 이어서 황금빛 닭 울음소리가 밀려왔다. 바오주이와 화얼이 동시에 걸음을 멈추고 닭 울음소리가 그칠 때까지 기다렸다. 바오주이와 화얼은 닭 울음소리를 무척 좋아했다. 어쩌다 마을 사람 몇몇이 바오주이의 어깨를 스치고 지나가도 얼굴을 잘 알지 못할 때가 있지만 닭 울음소리는 아주 익숙했다.

"소를…… 먹이러…… 가는구나?"

목소리를 길에 늘어뜨려 말한 사람은 마을 노인이었다. 그는 술을 너무 좋아해 항상 혀가 말을 잘 듣지 않았다.

"화얼이 아직 새끼를 낳지 않은 모양이구나?"

이번에는 두부를 만드는 싱邢 아줌마였다. 그녀 입에서는 항상 파 냄새가 났다.

"너희 아저씨는 아직 잘 버티고 있지?"

이렇게 물은 사람은 틀림없이 리얼과이<sub>李二拐</sub>였다. 그는 세 살 난 아들 홍무<sub>紅木</sub>의 손을 잡고 있었다. 그는 아내가 세상을 떠나서 그런지 늘 꾀죄죄한 모습으로 아들의 손을 잡고 마을의 좁은 골목을 돌아다니다가 어느 집에서든지 들어와 밥 먹고 가라고 권하면 기다렸다는 듯이 그 집으로 들어갔다. 그의 아내가 세상을 떠난 지 1년이 지나는 동안 그는 아들을 데리고 마을에 있는 집을 다 방문했다. 이제 그는 바오주이와 마주칠 때마다 그의 아저씨의 병세에 관해 묻곤 했다.

바오주이가 이 세 사람에게 한 대답은 아주 간단했다.

"네."

"아직 안 죽었어요."

"곧 죽을 것 같아요."

바오주이와 세 마리 소는 마을에서 2리 정도 떨어진 풀밭으로 갔다. 이곳은 안개가 더 짙었고 풀은 더없이 축축했다. 바오주이는 금세 소들이 고개를 파묻고 사각사각 풀 씹는 소리를 들을 수 있었다. 소리만 들어도 풀이 대단히 부드럽고 순도가 높다는 것을 알 수 있었다. 풀밭에 앉은 그는 손을 뻗어 안개를 잡으려 했지만 허공만 느껴질 뿐이었다. 다시 한번 잡아봤지만 손에 잡히는 건 여전히 허공이었다. 손에는 아무것도 남지 않았다. 그는 바로 눈앞에 있는 물체인데 왜 손에 잡히지 않는 것인지 이해가 되지 않았다.

바오주이의 계부는 자신이 밤중에 인간 세상의 손을 놓게 될 것이라고 생각했지만 새벽이 될 때까지 여전히 스스로 숨을 쉴 수 있었다. 자신이 아직 살아 있다는 것을 실증하기 위해 그는 기침을 해봤다. 이때 옆에 있던 딸이 몸을 뒤척이며 힘겹게 물었다.

"아빠 괜찮아요?"

그는 응 하고 짧게 대답하고는 시험 삼아 일어서서 몇 걸음 걸어봤다. 뜻밖에도 동창까지 걸어갈 수 있었다. 하늘은 희미한 잿빛이었고 밖에는 하얀 안개가 피어올라 전설 속의 천당 분위기처럼 사방을 가득 메웠다. 분위기가 이렇다보니 갑자기 그의 감춰진 아픔이 다시 발작하기 시작했다. 소리 없이 눈물이 흘러내렸다. 아내는 그가 아직 무사한 것을 보고는 얼른 옷을 입고 일어나 불을 때 밥을 했다. 그녀가 장작불을 피우면서 말했다.

"어제 바오주이에게 약속했어요. 오늘 파 전병을 만들어주기로 말이에요. 녀석이 감자채볶음도 해달라고 하더라고요. 당신은 그애가 멍청하다고 하지만 먹는 것에 대한 생각은 아주 철저하다고요. 에이……."

잠시 후 쉐얼도 일어났다. 쉐얼이 자기 방에서 나와 부엌으로 불쑥 들어서면서 엄마에게 말했다.

"엄마, 안개가 너무 지독해. 아무것도 안 보여요. 모든 게 희미하기만 하다고요."

"무월霧月이 찾아왔나보구나."

엄마가 담담하게 말했다. 이어서 근심으로 괴로운 듯이 탄식을 내뱉었다.

"도대체 뭐가 변해서 이런 안개는 되는 거지?"

쉐얼이 서글픈 어투로 자문했다.

엄마가 말했다.

"조금 있다 네 오빠한테 밥 가져다줄 때, 오늘은 화얼을 데리고 밖에 나가지 말라고 전해. 안개가 이렇게 심한데 화얼이 넘어지기라도 하면 배 속에 있는 송아지가 어떻게 될지 모르거든."

쉐얼은 엄마가 밀가루를 반죽하고 있는 것을 보고는 놀라서 소리쳤다.

"정말로 바오주이한테 파 전병을 구워주려는 거예요?"

"쉐얼아……."

바오주이의 계부가 동창에서 몸을 돌리며 말했다.

"앞으로는 노상 바오주이 바오주이 하지 않도록 해. 오빠라고 불러야 하는 거야……."

"저런 멍청이가 오빠라고요?"

쉐얼이 불만 가득한 어투로 말했다.

"그 애는 매일 소들과 함께 지내잖아요. 사람들이 우리 집에서 소를 네 마리 키운다고 말한단 말이에요."

"세 마리야."

엄마가 강조하며 말했다.

"한 마리는 아직 태어나지 않았잖아."

"바오주이도 소로 친다는 뜻이라고요!"

쉐얼은 말을 마치고 닭에게 모이를 주러 마당으로 나갔다.

안개는 오전 10시 전후가 되어서야 서서히 열어지기 시작했다. 해는 여전히 몽롱하게 빛났다. 창호지를 통해 보이는 기름등잔 같았다. 바오주이의 계부는 국물을 좀 마시고는 마당 한쪽에 있는 외양간으로 갔다. 아내가 조심스럽게 뒤를 따랐다. 외양간 문을 밀어 연 그는 자신이 직접 설치한 아궁이와 직접 쌓아올린 화장을 바라봤다. 화장 위에 걸린 친숙한 물건들이 눈에 들어왔다. 개가죽과 말총, 잘 말아 묶어놓은 종려나무 밧줄, 쥐덫, 걸그물 같은 것이었다. 그가 바오주이를 처음 만났을 때는 아주 총명하고 영리한 아이였던 것이 생각났다. 그의 눈에서 또다시 눈물이 솟기 시작했다.

"화얼은 어째서 안 보이는 거지?"

아내가 갑자기 등 뒤에서 당황한 어투로 말했다.

"멍청한 녀석, 안개 낀 날에는 화얼을 데리고 밖에 나가지 말라고 했는데. 곧 새끼를 낳을 텐데 넘어지기라도 하면 송아지는 어떻게 하라고!"

아내는 몸을 돌려 빠른 걸음으로 다시 집으로 돌아가 쉐얼을 찾았다.

"너 왜 바오주이한테 엄마가 한 말을 전하지 않은 거야? 화얼이 외양간에 없잖아!"

"전했어요. 두 번씩이나 말했단 말이에요……"

쉐얼이 큰 소리로 항변했다.

"녀석이 오늘 소들을 끌고 어느 풀밭으로 갔을 것 같니?"

"그걸 내가 어떻게 알아요? 그 애가 저녁에 돌아와봐야 알겠지요."

쉐얼이 말했다.

"그 애는 저녁에 돌아올 거야. 하지만 화얼이 돌아올 수 있을지는 모르겠네."

아내는 자신도 모르게 이미 다가온 무월을 저주했다. 입이 마비될 정도로 저주하면서 숨을 헐떡거렸다. 그런 다음 간신히 마음을 가라앉히고 바오주이를 찾으러 갔다. 막 플라스틱 신발로 갈아 신었을 때 문득 남편이 보름 동안이니 병으로 자리보전을 하고 있었고 병이 이미 고황에 들었는데 갑자기 기적처럼 걸을 수 있게 되었다는 사실이 생각났다. 마음속으로 몹시 불길하다는 느낌이 들면서 자기가 밖으로 나가는 순간 뜻밖의 일이 터지는 것은 아닌지 두려웠다. 미래를 생각하자면 소가 남편보다 더 중요하지만 그녀는 그래도 남편을 선택하기로 마음먹었다.

바오주이의 계부는 눈길을 돌려 자작나무로 된 그 난간을 바라봤다. 문득 그의 눈앞에 8년 전 바오주이의 모습이 스쳐 지나갔다. 그는 이 아이를 보자마자 무척 마음에 들어했다. 녀석은 호랑이의 머리를 갖고 태어난 터라 웃기를 좋아했다. 생부는 풀을 베다가 독사에게 물려 목숨을 잃었다. 그때 바오주이의 엄마는 지금처럼 그렇게 지저분하지 않았다. 구들 위의 요와 이불은 비누로 깨끗이 빨았고 솥이나 그릇에는 먼지 한 톨 남아 있지 않았다. 그는 그녀보다 두 살 아래였지만 아주 만족스러운 마음으로 그녀와 결혼했다. 당시 두 사람에게는 방이 한 칸밖에 없어 바오주이는 구들 위쪽 구석에서 자야 했다. 신혼이었기 때문에 그는 거의 매일 밤 그녀와 함께 있고 싶었다. 달빛이 좋은 날이면 그는 곤히 잠든 바오주이의 얼굴을 선명하게 볼 수 있었다. 녀석은 몸을 뒤척일 때마다 잠꼬대를 해댔다. 그러면서 가볍게 몸을 떨었다. 이미 고인이 된 전남편의 원혼이 어느 구석에선가 자신을 감시하고 있는 것 같았다. 그는 가능한 한 빨리 방을 하나 더 만들어 이미 일곱 살이 된 바오주이에게 독방을 쓰게 해주겠다고 약속했다. 하지만 그의 방이 완성되기도 전에 무월이 찾아오고 말았다.

그들이 살고 있는 마을은 삼면이 산으로 둘러싸여 있고 한쪽은 강을 마주하고 있었다. 매년 유월이 되면 안개가 끊임없이 떠내려왔다. 아침부터 밤까지 계속 안개가 껴 있고 정오 때만 잠시 사라지곤 했다. 햇빛이 충분하지 않다보니 무월에는 농작물이 아주 천천히 자랐다. 외지 사람들은 이구동성으로 사나흘 연속으로 안개가 이어지는 것은 정말 보기 드문 일이라고 말했다. 하지만 그들이 사는 이곳에서는 안개가 한 달 내내 지속되었다. 일부 기상 전문가들이 이곳을 찾아와 연구해봤지만 끝내 합리적인 해석을 내놓지는 못했다. 오히려 주민들에게 전해지는 민간의 전설이 더 설득력을 얻고 있었다.

300년 전에 어느 신선이 구름을 타고 사방을 돌아다니다가 이곳을 지나게 되었다. 밭에 심은 농작물들은 잘 자라 사람들을 즐겁게 하기에 충분했다. 소와 양이 무리를 이루고 있고 집집마다 창고가 가득 차 있어 번영과 풍요의 기운이 넘쳤다. 하지만 여러 가정의 남편들이 마누라에게 욕을 한다는 것이 문제였다. 욕에는 항상 '못생긴 마누라'라는 말이 빠지지 않았다. 신선은 이를 의아하게 여겨 남편에게 욕을 먹고 울고 있는 몇몇 아내를 찾아가 물었다. 아내들은 하나같이 매년 6월이 되어 햇빛이 찬란하고 농사일이 한가해지면 남편들이 아내의 추한 용모 때문에 몹시 화를 내며 소동을 벌인다고 말했다. 이에 신선은 빙긋이 웃으며 이곳의 6월을 무월로 만들어버리고 대단한 위력을 과시하던 햇빛의 목을 베어버렸다. 자욱한 안개 속에서 아내들이 선녀처럼 보이기 시작했고 남자들은 성깔도 일제히 죽게 되었다. 남편들은 신선이 되어 하늘로 오르는 느낌이 들면서 사라졌던 그윽한 정을 촉촉하게 부활시켰다.

바오주이의 계부는 그해 무월에 아내를 몹시 갈망했다. 어느 날 밤, 두 사람은 짙은 안개 속에 휩싸여 사랑을 다해 환락을 누렸다.

언제 깨어났는지 바오주이가 자리에 일어나 앉아 거칠게 움직이는 두 사람의 그림자를 보고 있다가 나중에는 헤헤 웃기까지 했다. 바오주이의 웃음소리는 계부의 격정을 철저하게 파괴해버렸다. 그는 떨면서 황급히 아내의 몸에서 내려왔다. 엄청난 치욕을 당한 기분이었다.

다음 날 이른 아침 바오주이가 외양간으로 가자 그가 곧 따라 들어갔다. 외양간 안에는 안개가 가득 떠다녔다. 그가 조심스럽게 바오주이에게 물었다.

"너 어젯밤에 뭘 본 거니?"

"아저씨랑 엄마의 몸이 겹쳐 있는 걸 봤어요."

바오주이가 진지하게 말했다.

바오주이는 여물통 위로 폴짝 올라서서 난간에 매여 있던 소 줄을 풀었다. 그러고는 느닷없이 물었다.

"아저씨, 어째서 어제 두 분이 몸을 움직일 때 냈던 소리가 소가 여물을 씹을 때 내는 소리랑 같은 건가요?"

그 순간 그는 소 여물통 위로 뛰어올라 한 주먹에 바오주이를 넘어뜨렸다. 바오주이의 머리가 둔탁하게 여물통 난간에 부딪히더니 억 하는 소리와 함께 미끄러져 여물통 안으로 떨어지고 말았다. 당시 그는 자신이 바오주이를 그저 기절만 시킨 것이라 생각했다. 그는 얼른 아이를 안고 집 안으로 돌아와 한참 바삐 돌아치고 있는 아내에게 말했다.

"바오주이가 여물통 기둥에 머리를 부딪혔어."

"그 애는 몸이 아주 날렵한 녀석인데 어디에 머리를 부딪혔단 말이에요?"

아내가 소리치면서 바오주이의 코에 손을 대봤다. 바오주이의 호흡을 감지한 그녀는 곧장 마음을 놓으면서 말했다.

"머리를 부딪혀 기절한 거니까 한숨 자고 나면 좋아질 거예요."

바오주이는 안개 속에서 꼬박 하루 밤낮을 깨어나지 않았다. 그가 깨어난 것은 안개가 가득 낀 그다음 날 이른 아침이었다. 그는 모든 것이 낯선 듯 멍한 눈빛을 하고 있었다. 엄마가 바오주이! 하고 불렀지만 그는 대답할 줄 몰랐다.

"머리가 아픈가보구나?"

계부가 그에게 물었다.

바오주이가 창밖의 안개를 바라보며 대답했다.

"안 아파요."

그날 밤 바오주이는 외양간에 가서 자겠다고 소란을 피웠다. 사람들하고는 함께 지낼 수 없다고 했다. 계부는 고작해야 한 이틀 머릿속이 흐릿할 뿐인 거라고 생각하고는 크게 마음에 두지 않았다. 그리하여 외양간에 임시로 그를 위한 잠자리를 마련해주었다. 바오주이는 이때부터 외양간에서 생활하기 시작했다. 그는 사람들이 사는 집에는 절대로 들어가지 않겠다고 완고하게 고집을 부렸다. 나중에 계부는 바오주이가 끊임없이 말 같지 않은 이상한 얘기를 하고 식탐을 보이며 잠도 많이 자는 데다 안개가 짙게 낀 날이면 눈물을 흘린다는 점을 발견했다. 부부는 그제야 바오주이가 의식의 일부를 잃어 지적장애 아동이 되었다는 사실을 깨달았다. 이로 인해 아내는 몇 번이나 소매를 적시며 울었다. 당시에 배 속에 아이를 갖고 있던 그녀는 태기를 보였고 이내 쉐얼이 조산아로 태어났다. 계부는 더더욱 회한을 견딜 수 없었다. 아무리 생각해도 그 주먹 한 방이 의붓아들의 앞길을 망쳐버렸다는 사실이 이해되지 않았다. 자작나무로 만든 여물통 난간이 그의 눈에는 도살용 칼처럼 사악해 보였다. 그는 아내에게 진실을 말할 수 없었다. 할 수 있는 것이라고는 말없이 외양간을 수리하며 바오주이를 위해 아궁이가 있는 구들을 하나 설치해주는 것뿐이었다. 그는 매일 바오주이에게 밥을 갖다주면서 그가 기억의 갑문을 열 수 있기를 기대했다. 삼구 때가 되어 북풍이 거세게 몰아치자 그는 거의 매일 한밤중에 일어나 바오주이의 구들 아궁이에 장작을 채워주고 내친김에 소들에게 여물도 주었다. 바오주이는 다른 아이들처럼 학교에 가지 못하고 매일 소를 먹였다. 바오주이도 소를 무척 좋아했다. 세 마리 소의 이름도 전부 그가 지어준 것이었다. 해마다 섣달그믐이 되면 계부는 아침 일찍 일어나 외양간으로 가서 바오주이에게 새 옷을 입히고는 창문에 '복福' 자를 붙여주었다. 그리고 바오주이에게 자신이 직접 풀을 붙여 만든 등롱을 선물했다. 바오주이는 황금빛 호박 등을 좋아했고 계부는 해마다 의붓아들에게 호박 등을 만들어주었다. 밤중에 단원교자를 먹고 벤파오를 터뜨릴 때면 바오주이를 마당으로 데리고 나와 그에게 불꽃을 구경시켜주면서 떠들썩한 분위기를 즐기게 했다. 바오주이는 어찌 된 영문인지도 모르고 몹시 즐거워하다가 교자를 두 접시나 먹어치웠다.

쉐얼의 출생은 아버지인 계부에게 어떠한 즐거움도 안겨주지 못했다. 그는 쉐얼의 출생과 바오주이의 병 사이에 어떤 미묘한 관계가 있다고 생각했다. 쉐얼이 두 살이 되었을 때, 그는 이미 딸과 친해질 수 있는 능력을 잃었다. 그는 피곤하지만 자신을 그렇게 즐겁게 했던 일도 더 이상 할 수 없었다. 양심의 가책으로 인해 그는 말이 없어졌고 건강도 심하게 침식당했다. 바오주이의 엄마가 남편의 병을 고치기 위해 온갖 처방을 다 써봤지만 그는 끝내 원기를 회복하지 못했다. 아내의 성질은 나날이 거칠어졌고 하루 종일 얼굴과 눈이 퉁퉁 부어 있었다. 좀처럼 얼굴을 꾸미는 일도 없었다. 남편의 몸이 말이 아니게 수척해졌을 때, 그녀는 돈을 빌려서라도 남편을 데리고 대도시에 가서 진찰해봐야겠다고 마음먹었다. 하지만 남편은 이를 완강하게 거부하면서 돈은 아껴 남겨두었다가 앞으로 바오주이의 머리를 치료하는 데 써야 한다고 강변했다. 아내는 눈물을 흘리면서 남편이 정말 착한 마음씨를 가진 사람이라고 생각하며 그가 의붓아들에게 이렇게 잘하는 것도 바오주이가 전생에 복을 쌓은 덕이라고 말했다.

안개 때문인지 자작나무 난간은 더 굵어 보였다. 그는 그 사악한 여물통 난간을 바라보면서 그걸 아작아작 씹어 배 속에 삼켜 지옥에 함께 데려가지 못하는 것을 한으로 여겼다. 4년 전에 그는 모든 걸 다 쏟아 집을 수리했다. 방 한 칸이었던 집이 두 칸으로 바뀌었고 쉐얼도 자기만의 작은 구들을 갖게 되었다. 자신이 곧 세상과 작별하게 되리라는 것을 잘 알고 있었던 그는 바오주이가 사람 사는 집 안으로 돌아오길 바랐다. 그러면 혹시라도 그의 병이 천천히 호전될지도 모른다는 기대 때문이었다. 하지만 바오주이가 어젯밤에 한 말 때문에 그는 끝내 입안에서 맴돌던 마지막 한마디를 내뱉지 못했다. 바오주이는 계부가 죽으면 살아 있는 또 다른 아저씨가 올 것이고 사람이 사는 집에는 여전히 자신의 자리가 없을 것이라고 말했다. 이런 소박한 이치를 그는 왜 생각하지 못했던 것일까? 하지만 그에게는 더 이상 집을 지을 힘이 없었다.

"바오주이야……."

그가 그 으스름한 여물통 난간을 바라보면서 낮은 목소리로 바오주이를 불렀다.

난간은 외양간 전체에서 눈에 가장 잘 띄는 위치에 있었다. 여물통 바로 위인 데다 외양간의 한가운데에 해당되는 위치였다. 난간의 하얀 나무껍질은 이미 소 줄에 마모되어 반짝반짝 빛났지만 크고 작은 검은 나무 무늬는 여전히 선명하게 눈에 들어왔다. 여물통 난간이 허공에 눈에 확 띄는 자리에 걸려 있는 것을 빼면 나머지 물건들은 전부 세로로 세워져 있었다. 기둥도 세로이고 벽도 세로, 문도 세로였다. 이런 풍경 때문에 반 허공에 매달려 있는 하얀 여물통 난간은 유난히 눈길을 끌었다. 바오주이의 계부는 전설로만 흉악한 귀신들이 길고 날카로운 이빨을 갖고 있다고 들었을 뿐이지만 그가 보기에는 이 여물통 기둥이 누군가 자기 집에 심어놓은 이빨 같아 보였다.

'저 이빨을 뽑아버려야겠어.'

그는 마음속으로 자기 자신에게 말했다.

외양간 안을 두리번거리던 그는 서북쪽 구석에 놓여 있던 공구 상자를 뒤져 소나무를 벨 때 쓰는 작은 도끼를 하나 찾아냈다. 그런 다음 몸을 돌려 여물통 앞으로 기어 올라가려고 했다. 하지만 그의 몸속 힘은 전부 빠져나간 터였다. 그는 여물통 위에 올라서지 못하고 그저 도끼를 손에 쥔 채 눈이 빠지도록 저 높이 있는 여물통 난간을 바라볼 뿐이었다. 이렇게 굳은 몸으로 2분쯤 서 있던 그는 갑자기 더 짙은 안개가 몰려오는 것을 느꼈다. 하얀 여물통 기둥은 교활하게도 그 속에 모습을 감췄다. 구름 뒤에 숨은 번개를 잡을 수 없는 것과 마찬가지의 상황이었다. 여물통 난간은 그의 눈 앞에서 점점 흐릿해지면서 처음에는 끝없는 하얀색이더니 이어서 강대한 검은색으로 변했다가 그다음에는 자줏빛으로 변했다. 그는 비틀비틀 여물통을 향해 다가가면서 큰 소리로 외쳤다.

"바오주이야……."

그러고는 곧장 땅바닥에 쓰러지고 말았다. 그의 생명이 끝났을 때, 손에는 아직 도끼가 들려 있었다. 오래 사용하지 않아 이미 녹이 잔뜩 슨 도끼였다.

바오주이가 세 마리 소를 몰고 마을로 돌아온 것은 이미 집집마다 저녁을 지을 때였다. 펜롄과 디얼이 앞에 가고 그는 화얼과 함께 뒤에 처져 있었다. 해질 무렵이라 안개는 더 짙어져 있었다. 바오주이는 아주 천천히 걸었다. 화얼이 눈 깜짝할 사이에 갑자기 어디론가 사라져버릴까 두려웠기 때문이다. 그는 한 가지 생각해둔 것이 있었다. 아저씨가 아직 죽지 않았으니 그에게 한 가지 더 물어볼 작정이었다.

그가 마당에 들어서기도 전에 톱을 켜는 소리와 나무판을 가공하는 소리가 들려왔다. 그가 걸음을 멈추고 화얼의 몸을 툭툭 두드리면서 말했다.

"어이, 한번 잘 들어봐. 집 안에서 무슨 소리가 나는 거지?"

화얼은 잠시 침묵하더니 고개를 쳐들고 아주 짧게 한 번 울음소리를 냈다. 녀석은 어린 주인이 뭔가 말을 할 때마다 항상 이런 거동을 보였다.

바오주이는 마당 안에 수많은 사람의 그림자가 움직이고 있는 것을 봤다. 삭삭 나무판자를 베는 소리는 꼭 보리를 베는 소리 같왔다. 그는 잠시 덜렁거리다가 어떤 사람과 부딪쳤다. 그 사람이 말했다.

"바오주이 돌아왔니?"

바오주이가 네 하고 간단히 대답하고 나서 물었다.

"그런데 여기서 뭐 하시는 거예요?"

"관을 짜는 거야. 너희 아저씨가 죽었거든."

그 사람은 아무렇지도 않은 듯이 담담한 어투로 말했다.

"아저씨가 죽었다고요?"

바오주이는 혼자 중얼거리듯이 하고는 화얼에게로 고개를 돌리며 말했다.

"물어볼 게 하나 있었는데 어떡하지!"

바오주이는 갑자기 억울한 마음이 들어 엉엉 소리 내어 울기 시작했다. 울음소리가 안개 속을 떠다녔다. 거의 모든 사람이 이 소리를 들었다. 사람들이 약속이라도 한 듯이 이구동성으로 물었다.

"대체 누가 우는 거야?"

"바오주이가 우네."

"바오주이가 제 아저씨를 생각하면서 울고 있군."

"바오주이는 아저씨를 이렇게 보내는 게 너무 슬픈 모양이야."

사람마다 제각기 서로 다른 내용의 말을 내뱉었다. 그런 다음 바오주이의 울음소리를 품평하기 시작했다.

"친아들보다 더 진실하고 애절하게 우는군."

"제 계부랑 그렇게 깊은 정도 없었는데 어떻게 저렇게 울 수 있는 거지?"

바오주이의 울음소리는 집 안에서 이미 울음을 멈추고 쉬고 있는 엄마의 울음을 다시 폭발시켰다. 여기에 쉐얼의 맑고 낭랑한 울음소리까지 더해졌다. 사람들은 집 안팎을 드나들며 어른의 울음을 말렸다가 또 아이들의 울음을 말리느라 정신이 없었다. 결국 누군가 바오주이를 이끌어 외양간으로 돌아갔다. 화얼이 아무 소리도 내지 않고 어린 주인의 뒤를 따랐다. 디얼과 펜렌은 이미 외양간에 들어가 그를 오랫동안 기다리고 있던 터였다. 그 사람이 외양간 안에 불을 밝혔다. 희미하고 노란 불빛이 하얀 여물통 난간과 위로 올라간 작두, 그리고 계부가 바오주이를 위해 직접 만들어준 구들과 잠자리를 비췄다. 바오주이가 잠시 뭐라고 중얼거렸다. 마음속에서 이상하게 서글픈 느낌이 올라왔다. 바오주이를 데리고 들어온 사람은 그가 울고 있는 모습을 보고는 외양간 문을 닫고 다시 관을 만들러 갔다.

바오주이는 여물통 위로 올라가 세 마리 소를 전부 난간에 묶어놓았다. 그가 매화매듭을 하나씩 눈앞으로 끌어올 때마다 반짝하고 아저씨의 모습이 나타났다 사라졌다. 그가 아저씨에게 묻고 싶었던 것은 매화매듭을 묶는 방법이었다. 이는 낮에 혼자 풀밭에 갈 때마다 생각한 유일한 문제였다. 그는 더 이상 아저씨한테서 이 문제에 대한 해답을 얻을 수 없게 되었다.

바오주이는 여물통 난간에서 내려와 소들에게 콩깻묵을 나눠준 다음 구들 가장자리에 앉아 난간 위 세 개의 매화매듭을 바라봤다. 화얼이 여물통에서 벗어나 멀리 떨어진 여물 더미를 향해 다가갔다. 녀석의 목이 줄에 꽉 감기고 말았다. 여물통 난간의 매화매듭이 따라서 흔들렸다. 바오주이는 자기도 모르게 벌떡 일어나 다가가면서 한마디 내뱉었다.

"내가 묶어놓은 매듭은 누구도 건드리지 못해!"

계부의 붉은 관은 짙은 안개에 묻혀 있어 붉은빛이 무척이나 부드럽고 따스해 보였다. 시신은 사흘 동안 한자리에 놓아두었다가 염을 해 입관한 뒤 땅에 묻을 예정이었다. 아침 일찍 문밖에 영구를 실을 마차가 도착했다. 사람들은 바오주이에게 상복을 입히고 효모孝帽*를 씌웠다. 허리에는 긴 효포孝布도 둘러주었다. 이런 복장이 그는 몹시 불편했다. 안개에 휩싸인 사람들은 마당 안에서 서로 몸을 부딪쳤다. 영번靈幡**이 거대한 갈대처럼 마당 입구에 꽂혔다. 엄마가 외양간으로 와서 바오주이에게 잠시 후 아저씨를 보낼 때 큰 소리로 곡을 해야 하고 사거리에 이르면 동서남북 사방을 향해 머리를 땅에 대고 한 번씩 절을 해야 한다고 말해주었다. 그러면서 입으로는 아저씨 잘 가세요……라고 외쳐야 한다고 알려주었다.

"다 기억할 수 있겠지?"

엄마가 슬프고 원망스러운 어투로 물었다. 엄마의 입에 잔뜩 물거품이 일었다. 눈물과 콧물이 범벅이 됐기 때문인 듯했다. 엄마의 옷소매에는 풀이 마른 듯한 하얀 자국이 남아 있었다.

바오주이는 대답을 하지 않았다. 엄마가 힘주어 다시 말했다.

"아저씨가 너한테 그렇게 잘해줬으니 너도 정성을 다해 보내드려야지. 그래야 지하에서 아저씨가 널 지켜주시지 않겠니!"

바오주이는 이해가 되지 않았다. 엄마의 말은 자신이 어떻게 병

---

* 상제가 머리에 쓰는 모자.
** 영구가 나갈 때 상제가 손에 쥐는 깃발.

에 걸렸는지를 설명해주는 것 같았다. 하지만 그는 자신의 모든 것이 정상이라고 생각했다.

엄마가 외양간을 나서자 바오주이는 효모를 벗어 여물 더미 위로 던져버리고 효포도 풀어 던져버렸다. 그제야 몸속의 피가 제대로 도는 듯한 기분이 들었다. 그는 아주 익숙하게 여물통 난간 위로 올라가 세 개의 매화매듭을 전부 풀었다. 그런 다음 디얼과 펜렌, 화얼을 데리고 외양간을 나섰다. 그가 소를 이끌고 마당을 지날 때 수많은 사람이 소들을 가리키며 바오주이에게 물었다.

"아저씨를 배웅해드리지 않을 작정이냐?"

바오주이는 네 하고 간단히 대답하고는 소를 먹이러 가야 한다고 말했다.

"네가 아저씨를 배웅하지 않으면 네 엄마가 화를 낼 게다."

"화내려면 내라지요 뭐."

바오주이가 말했다.

"아저씨는 죽었으니까 자기를 배웅한다 해도 모를 거예요."

사람들은 바오주이가 소들을 몰고 축축한 마을 길을 걸어가는 모습을 보면서 누구도 막지 못했고, 집 안에 있는 그의 엄마에게 알리지도 않았다. 모두들 바오주이가 이미 충분히 불행하다고 생각했다. 그러니 누가 그에게 장례 행렬에 참여하라고 말하겠는가?

안개 때문에 낮이나 황혼 녘이나 흐릿하기는 마찬가지였다. 황혼은 또 평소보다 더 어두웠다. 바오주이는 소를 몰고 집으로 돌아오면서 길 위에 동그란 지전紙錢이 희미하게 떠다니는 것을 봤다. 소 발굽이 지전을 무수히 밟고 지나갔다.

그가 마당으로 들어서자마자 엄마가 달려와 아무 말도 하지 않고 화얼의 머리를 쓰다듬었다. 그러고는 긴 탄식을 했다.

"아저씨 갔어요?"

바오주이가 물었다.

"그래 갔어. 너는 오늘도 외양간에 가서 잘 거니?"

엄마가 담담한 목소리로 물었다.

"네, 저는 소들이랑 같이 있는 게 좋아요."

바오주이가 말했다.

"네 아저씨가 말했잖아. 자기가 떠난 다음에는 널 집에 들어와 자게 하라고 말이야."

엄마가 따지듯이 말했다.

"안 돼요. 화얼이 곧 새끼를 낳을 거란 말이에요."

바오주이가 단호하게 말했다.

"그럼 화얼이 새끼를 낳은 다음에는 집으로 들어올 거니?"

"화얼이 새끼를 낳으면 소가 더 많아지잖아요. 소들이 절대로 저한테서 떨어지려 하지 않을 거예요."

바오주이는 소들을 몰고 외양간으로 돌아갔다. 그는 여물통 위로 올라가 세 개의 매화매듭을 난간에 단단히 맸다. 그런 다음 소들에게 물을 먹였다.

외양간 안은 불빛이 희미했다. 사방이 조용해 소들이 물 마시는 소리가 유난히 청아하게 들렸다. 이때 외양간 문이 열리더니 쉐얼이 파란 마고자 차림으로 들어섰다. 그녀는 손에 그릇을 하나 받쳐 들고 있었다. 땋은 머리 끝에는 하얀 끈이 매여 있었다. 그 애는 말없이 그릇을 탁자 위에 내려놓았다. 그러고는 몸을 돌려 바오주이를 뚫어져라 봤다.

"오늘 아저씨 가시는데 잘 배웅해드렸어?"

바오주이가 물었다.

쉐얼은 응 하고 짧게 대답했다.

"같이 간 사람들 많았어?"

바오주이가 또 물었다.

쉐얼은 이번에도 응 하고 짧게 대답했다.

소들은 홀짝홀짝 쉬지 않고 물을 마시고 있었다.

"오빠…… 오빠…… 이전에 내가 오빠를 바오주이라고 불러서 화났어?"

쉐얼이 갑자기 울음 섞인 목소리로 바오주이에게 물었다.

바오주이가 고개를 가로저으며 말했다.

"나는 바오주이잖아. 갑자기 오빠라고 부르는 건 무슨 뜻이야?"

"오빠는 가족이라는 뜻이야. 그리고 나보다 크다는 걸 의미하지."

쉐얼이 설명했다.

"펜렌도 너보다 크니까 오빠라고 불러야겠네?"

바오주이가 물었다.

"소랑은 그런 걸 따지지 않아. 사람들 사이에만 형제자매가 있는 거라고."

쉐얼이 인내심을 갖고 자세히 설명했다.

"알았어. 내가 오빠였구나."

바오주이가 서글픈 표정으로 말했다.

세 마리 소는 물을 충분히 마셨는지 여물 쪽으로 발을 옮겼다.

"왜 전에는 오빠가 아니었던 거지?"

바오주이가 어리둥절한 표정으로 물었다.

"그때는 오빠가 미워서 오빠라고 부르지 않았던 거야. 아빠는 살아 계실 때 나를 한 번도 안아주지 않고 오로지 오빠한테만 관심을 보였거든. 매일 외양간만 걱정하셨지. 돌아가시기 직전에 숨도 제대로 쉬기 어려울 때 내가 물을 가져다드렸어. 그때도 아빠는 오빠 이름만 불렀어. 나는 친자식인데도 말이야!"

쉐얼이 무척 억울하다는 듯한 어투로 대답했다.

"그래서 날 미워한 거야?"

바오주이가 물었다. 쉐얼이 고개를 끄덕이고는 말을 이었다.

"아빠가 돌아가셨으니까 이젠 오빠가 밉지 않아."

"안 미워한다고?"

"아빠처럼 오빠를 끔찍이 사랑한 사람이 지금 없는데 오빠를 미워해서 뭐하겠어?"

쉐얼이 말했다.

"그럼 이제 우리 아저씨를 미워하는 거야?"

쉐얼은 뚝뚝 눈물을 흘리며 고개를 가로저었다.

"아빠가 너무 불쌍해. 아빠는 매일 밤 엄마한테 욕을 먹었거든. 엄마가 욕을 하면 아빠는 울면서 바오주이 바오주이 하고 오빠 이름을 불러댔어."

"그걸 네가 어떻게 알아?"

바오주이가 물었다.

"내가 들었으니까 알지. 엄마가 아빠를 욕하는 소리는 엄청 커서 내 방까지 다 들렸어. 언젠가 한밤중에 자다가 깼는데 그때도 엄마가 아빠를 욕하고 있더라고. 무월이 되면 엄마가 아빠를 욕하는 게 더 심해졌어."

"엄마가 뭐라고 욕을 했는데?"

"이런 밥통 같은 인간아. 이 한마디만 반복했어."

쉐얼이 대답했다. 바오주이의 얼굴에 어리둥절한 표정이 가득했다.

"밥통 같은 인간이라는 말은 쓸모없는 사람이라는 뜻이야."

쉐얼이 설명해주었다.

"엄마가 왜 한밤중에 아빠한테 그런 말로 욕을 한 거야?"

바오주이가 물었다.

"그건 나도 모르겠어."

"아저씨는 욕을 먹고 나서 왜 내 이름을 부른 거지?"

"그것도 잘 모르겠어. 오빠가 아빠를 밥통 같은 인간으로 만들어서 그런 것 아냐?"

바오주이가 정색을 하고 말했다.

"나는 소를 먹일 수 있잖아. 나는 밥통 같은 인간이 아니라고. 그런 내가 어떻게 아저씨를 밥통 같은 인간으로 만들 수 있겠어? 엄마는 아저씨가 못하는 것이 없고 소가 위를 네 개나 갖고 있다는 것도 안다고 말했어. 정말 대단한 아저씨지만 매화매듭 매는 방법은 모른다고 하더라고."

바오주이가 말했다.

"아저씨랑 엄마 둘 다 매화매듭을 맬 줄 모른다고 했는데 그러면 내가 누구한테서 그걸 배웠을까?"

"오빠 친아빠한테서 배웠겠지."

쉐얼이 말했다.

"친아빠는 어디 있는데?"

바오주이가 흥분해서 물었다.

"땅속에 있지."

쉐얼은 화가 났는지 입을 삐죽거리며 말했다.

"사람들 얘기로는 오래전에 죽었다던데."

바오주이는 다소 실망한 어투로 그렇군 하고 한마디 내뱉었다.

"오늘 아빠를 묻고 나서 리얼과이가 훙무를 데리고 우리 집에 왔었어."

쉐얼이 말했다.

"엄마가 그들한테 밥을 해줬어?"

바오주이가 물었다.

"해줬지. 그리고 오빠가 어렸을 때 입었던 옷도 전부 홍무한테 줬어."

"너는 그들이 오는 게 달갑지 않니?"

쉐얼이 처량한 표정으로 대답했다.

"아빠가 돌아가셨는데 그들에게 밥해주는 걸 보니까 엄마랑 말도 하기 싫더라고."

"그럼 엄마랑 얘기하지 마."

"하지만 집에 엄마랑 나 두 사람밖에 없잖아. 내가 말을 하지 않으면 엄마가 화를 낼 거야. 한밤중에 욕할 사람이 없어졌으니 나한테 욕을 하게 될 거라고."

쉐얼이 근심 가득한 표정으로 말했다.

"엄마가 왜 너한테 욕을 한다는 거야? 네 배 속의 회충이 엄마 배 속으로 들어가는 것도 아니잖아?"

바오주이가 다소 진지한 표정으로 물었다. 바오주이의 물음에
쉐얼은 참지 못하고 웃음을 터뜨렸다. 그러고는 눈물이 글썽글썽
한 눈으로 바오주이를 바라봤다.

바오주이가 말했다.

"두려워할 것 없어. 밤중에 엄마가 너한테 욕을 하면 외양간으로
와서 오빠…… 오빠를 찾도록 해…… ."

바오주이는 '오빠'라는 단어를 입 밖으로 내면서 약간 말을 더듬
었다.

쉐얼은 응 하고 간단히 대답하고는 가져온 음식을 가리키며 말
했다.

"어서 먹어. 금세 식는단 말이야. 제상에 올렸던 음식 남은 거
야."

바오주이는 눈길을 음식으로 옮겼다.

화얼이 새끼를 낳았다. 흑백이 섞인 얼룩소였다. 바오주이는 송
아지에게 쥐안얼卷耳*이라는 이름을 지어주었다. 태어날 때 귀가
꽃봉오리처럼 말려 있었기 때문이다. 쥐안얼은 바오주이 일가에
무월에는 한 번도 경험하지 못했던 융화와 즐거움을 가져다주었
다. 쉐얼은 매일 외양간을 찾아 쥐안얼과 놀았다. 분홍색 비단 머
리띠를 쥐안얼의 다리에 매어주기도 하고 빗자루를 가져다가 녀
석의 검은 코끝을 털어주기도 했다. 엄마도 밤마다 쥐안얼에게 콩
국을 먹여주었다. 쥐안얼에 대한 화얼의 사랑과 정성은 너무 지극
해 수시로 혀로 녀석의 얼굴을 핥아주었다. 디얼도 녀석에게 무한

---

* 귀가 말려 있다는 뜻이다.

한 애정을 보였다. 단지 꼬리가 지저분한 펜롄만 뜻밖에도 쥐안얼을 향해 몇 번씩 날카로운 소리를 질러 녀석을 놀라게 하려 했다. 하지만 이에 대해 쥐안얼이 아무런 반응도 보이지 않자 펜롄은 깃발을 내리고 북을 멈추듯이 악작극을 포기하는 수밖에 없었다. 한 주가 지나자 쥐안얼은 반질반질 광택이 나는 몸으로 한가롭게 사방을 돌아다니기 시작했다. 녀석은 장난기가 심해 입으로 밭에 자라난 푸른 새싹을 핥기도 하고 발굽으로 쌓아놓은 보리 짚가리를 걷어차 흩뜨려놓기도 했다. 녀석이 유일하게 얌전히 앉아 있는 시간은 안개를 바라볼 때였다. 녀석이 막 알기 시작한 사람과 풍경을 하얗게 펼쳐진 안개가 어렴풋하게 만들면 녀석은 깊은 생각에 빠진 듯 신비한 표정을 짓곤 했다.

바오주이는 풀이 무성한 습지를 찾아 소들을 먹이면서 더 이상 대오를 확대하지 않았다. 그는 자신의 대오가 끊임없이 거대해지면 결국 자신이 소들의 대오에 포위될 것이라는 생각이 들었다. 그는 소들의 각기 다른 성질을 이해할 수 있고 녀석들이 보이는 갖가지 동작이 담고 있는 의미와 내용을 알 수 있었다. 외양간 자작나무 여물통 난간의 매화매듭은 갈수록 많아졌고 하나하나 나란히 매어져 있었다. 당시 그가 소떼를 몰고 마을 길을 걷는 모습은 완전히 장관이었다.

무월이 끝나갈 무렵의 어느 황혼 녘, 바오주이가 소를 몰고 막 외양간으로 돌아왔을 때 쉐얼이 신바람이 나 뛰어 들어오더니 숨이 턱에 닿을 듯이 헐떡이며 말했다.

"오빠, 엄마가 오늘 욕하면서 리얼과이를 쫓아냈어. 다시는 우리 집에 못 올 거야."

바오주이가 어눌하게 말했다.

"안 오면 안 오는 거지 뭐."

"엄마가 왜 욕했는지 알아?"

쉐얼이 목소리를 낮추며 말했다.

"리얼과이가 엄마랑 같이 지내면서 오빠를 금광에 보내는 게 어떻겠냐고 말했대. 오빠는 멍청하니까 금을 훔칠 줄도 모르니 사람들이 틀림없이 오빠를 고용하려 할 거라고 했대. 오빠가 금광에서 일하면 집에 돈을 벌어다줄 수도 있고 식량을 절약할 수도 있다면서 말이야. 오빠를 위해 금광 쪽에 애기를 다 해놨다나."

바오주이가 놀란 표정으로 쉐얼을 쳐다봤다.

"엄마가 애기를 다 듣고 나서 리얼과이에게 욕을 퍼부었어……."

쉐얼이 가슴을 치면서 목소리를 높여 아주 그럴듯하게 엄마의 욕설을 흉내 냈다.

"당장 여기서 꺼져. 그런 식으로 우리 바오주이를 망가뜨릴 생각일랑 하지 마라고! 바오주이의 아저씨는 살아 있을 때 그 애에게 친자식보다 더 잘해줬어. 우리 바오주이를 사람으로 여기지 않는 놈들은 내가 살아 있는 한 우리 집 문지방을 넘을 생각일랑 하지 마란 말이야!"

"리얼과이는 엄마한테 욕을 먹고 가버린 거야?"

바오주이가 물었다.

"응."

"아주 잘됐네."

쉐얼은 이어서 약간 부끄러운 듯한 표정으로 말을 이었다.

"오빠, 앞으로는 엄마가 한밤중에 나를 나무라면서 욕을 할 거라는 걱정은 하지 않아도 돼. 요즘 엄마가 매일 나를 꼭 껴안고 자거든. 게다가 내 머리의 이까지 잡아준다고."

바오주이가 마음을 놓으며 웃었다. 그는 여물통 난간 위로 올라가 난간에 소 줄을 맸다. 그가 대단히 숙련된 솜씨로 매화매듭을 매는 순간, 쉐얼이 그에게 말했다.

"오빠, 나 어젯밤 꿈에서 아빠랑 오빠를 봤어."

바오주이가 여물통에서 내려와 자세한 내용을 묻는 듯한 표정으로 쉐얼을 쳐다봤다.

"꿈에서 아빠가 오빠를 데리고 설을 쇠더라고."

쉐얼이 떨리는 목소리로 말했다.

"날은 아주 어두운데 눈까지 내렸어. 아빠가 오빠를 데리고 마당에서 폭죽을 터뜨리더라고. 폭죽 소리가 너무 컸는지 오빠가 놀랄까봐 아빠가 손으로 오빠의 귀를 막아주었어."

바오주이는 울음이 터질 것만 같았다. 꿈은 안개처럼 손에 잡히지 않기 때문이다. 그는 꿈이 어떤 맛인지 알지 못했다.

"꿈에서 또 아빠가 외양간에 들어와 쥐안얼을 살펴보더니 손을 뻗어 녀석의 코를 어루만지더라고. 그러자 아빠를 모르는 쥐안얼이 발을 뻗어 아빠를 걷어차더라고."

"쥐안얼이 그럴 리가 있나. 아저씨가 아니었겠지."

바오주이가 몹시 마음 아픈 표정으로 말했다.

그날 밤 바오주이는 소들이 되새김질하는 소리를 들으면서 다시한번 있는 힘을 다해 이 소리에 담겨 있었던 중대한 일을 기억해내려고 애썼다. 머리가 마비될 정도로 집중했지만 기억의 주변은 여전히 삼엄하고 높은 담장으로 둘러쳐져 있어 넘어갈 수 없었다. 그는 등불을 켜고 자작나무로 된 난간을 살펴봤다. 아주 검은 수반이 영원히 지치지 않는 눈을 부릅뜨고 자기 몸에 걸려 있는 매화매듭을 바라보고 있었다. 그의 기억은 창밖의 흰 구름처럼 가물가물하고 아득하기만 했다. 온통 어둠뿐이었다. 바오주이는 잠시 멍하니 있다가 잠자는 모습이 너무나 귀여운 쥐안얼을 바라봤다. 그러고는 자신에게 말했다.

"소들이랑 잘 지내면 그만이야. 생각나지도 않는 일을 생각해서 뭐한담."

바오주이는 등불을 끄고 잤다. 그의 잠에는 꿈이 없었다. 그래서 그의 잠은 아주 깨끗했다. 수정처럼 투명했다. 이른 아침 그는 갑자기 삐걱 하는 소리와 한 줄기 빛 때문에 잠에서 깼다. 구들에서 내려와보니 쥐안얼이 외양간 문을 머리로 들이받아 열어놓은 것이었다. 화얼과 디얼, 펜롄도 호기심 가득한 얼굴로 오랫동안 보지 못한 문밖의 햇빛을 바라보고 있었다.

무월이 지나간 것이다.

구들에서 내려온 바오주이는 외양간 문 앞으로 나갔다. 쥐안얼이 고개를 비스듬히 하고서 무한한 놀라움으로 문밖에 떠다니는 햇빛을 바라보고 있었다. 바오주이가 녀석의 엉덩이를 철썩 두드리면서 말했다.

"해가 떴으니 밖에 나가 놀아야지!"

쥐안얼이 가볍게 발굽을 움직여보더니 또 갑자기 고개를 움츠렸다. 그제야 바오주이는 쥐안얼이 무월에 태어났기 때문에 한 번도 해를 보지 못한 터라 눈을 찌르는 햇빛에 너무 놀랐다는 사실을 알아차렸다. 재빨리 문지방을 넘어 마당으로 나간 바오주이는 쥐안얼에게 제대로 햇빛을 보여준 다음 녀석에게 손을 흔들어 따라 나오게 했다. 쥐안얼은 흐뭇한 표정으로 가볍게 울음소리를 내더니 다소 겁먹은 듯한 얼굴로 그를 따라 마당으로 나왔다.

쥐안얼은 고개를 잔뜩 움츠린 채 걸음을 옮길 때마다 고개를 숙였다. 자기 발이 햇빛을 밟아 어둡게 만드는 것은 아닌지 확인하려는 것 같았다.

돼지기름 한 항아리

1956년의 일이다. 나는 갓 서른이 넘었고 이미 세 아이의 엄마였다. 위의 둘은 사내아이로 하나는 아홉 살, 하나는 여섯 살이었다. 막내는 계집애로 세 살이라 아직 품에 안아주어야 했다.

그해 초여름 어느 날, 내가 허위안河源의 친정에서 돼지를 먹이고 있을 때 향鄕 우체부가 찾아와 편지를 한 통 건네주었다. 남편 라오판老潘이 보낸 것이었다. 직장에서 가족을 위한 생활비도 지급하기 때문에 임업 노동자들은 가족을 동반할 수 있게 됐다는 것이었다. 그는 내게 집 안에 있는 물건을 다 처분한 다음, 아이들을 데리고 자신이 있는 곳으로 오라고 했다.

라오판은 어려서부터 엄마 아버지가 없었다. 동생이 하나 있긴 했지만 역시 허위안에 있었다. 당시 집에는 돈이 될 만한 물건이 별로 없었다. 나는 요와 이불, 베개, 커튼, 탁자와 의자, 솥단지, 물바가지, 기름 등을 전부 그에게 넘겨주었다. 돼지는 팔아서 여비로

쓰기로 했다. 집은 비스듬히 기울어진 두 칸짜리 토방이라 처분하기가 쉽지 않았다. 바빠 돌아치고 있을 때 같은 마을의 휘다옌霍大眼이 찾아왔다. 휘다옌은 도축업자로 집이 아주 부유한 편이었다. 그는 내게 이 집을 돼지 도축장으로 사용하고 싶다고 말하면서 집을 돼지기름과 바꾸면 안 되겠느냐고 물었다. 내가 잠시 주저하는 것을 보고서 그는 라오판이 있는 다싱안링大興安嶺에 관해서는 자신도 들은 바가 있다면서 한 해의 절반이 겨울이고 소금물에 삶은 황두 말고는 다른 음식이 없고 생선이나 고기는 구경도 하기 어렵다고 말했다. 그의 이 한마디에 마음이 움직인 나는 그를 따라가 돼지기름 한 항아리를 받아왔다.

약간 푸른빛이 감도는 하얀 항아리였다. 위까지 기름이 잔뜩 묻어 있어 반질반질 윤이 났다. 안에 무엇이 들어 있는지는 차치하고 겉모양만 보고도 한눈에 마음에 들었다. 내가 전에 봤던 항아리들은 하나같이 자주색 아니면 강황색이라 거무튀튀했다. 튼튼하고 실용적이긴 했지만 애착이 가지 않았다. 하지만 이 항아리는 천성적으로 영혼을 사로잡는 힘을 지니고 있었다. 색깔이 좋고 윤이 날 뿐만 아니라 모양도 무척 아름다웠다. 높이는 한 자 정도 됐고 폭은 두 뼘 정도였다. 배 부분이 약간 튀어나와 있는 것이 마치 임신한 지 너덧 달쯤 된 여인의 배 같았다. 입구 부분은 연노란색으로 마치 금목걸이를 하고 있는 것 같아 길상의 기운이 넘쳤다. 나는 항아리 안에 돼지기름이 들어 있는지 확인해보지도 않고 휘다옌에게 기꺼이 집이랑 바꾸겠다고 말했다.

그러고는 항아리 뚜껑을 열어 진한 기름 향을 맡아봤다. 새로 짜낸 돼지기름에서만 나는 특유의 향기가 솟아 나왔다. 다시 자세히 살펴보니 기껏해야 반쯤 차 있을 것이라는 내 예상과는 달리 뜻밖에도 기름이 항아리 입구까지 가득 채워져 있었다. 돼지기름 한 항아리는 적게 잡아도 스무 근은 족히 될 것 같았다. 돼지기름은 눈처럼 희고 더할 수 없이 부드러웠다. 하지만 나는 훠다옌이 위에만 좋은 기름을 띄워놓고 아래는 기름 찌꺼기로 가득 채워놓았을지도 모른다는 생각에 덜컥 겁이 났다. 얼른 수수 작대기를 하나 가져다 허실을 확인해보고 싶었다. 내가 수수 작대기를 돼지기름 속에 쑤셔넣는 순간, 옆에서 보고 있던 훠다옌이 한숨을 내쉬었다. 나는 작대기를 천천히 쑤셔넣었다. 작대기는 미세한 저항도 없이 맨 밑바닥까지 아주 부드럽게 미끄러져 들어갔다. 이물질이 섞여 있지 않다는 것을 증명해주기에 충분했다. 내가 수수 작대기를 빼내자 훠다옌이 말했다.

"이 항아리에 든 기름은 전부 새로 짠 겁니다. 돼지 두 마리에서 짜낸 기름이에요."

그러면서 그는 이 기름을 남들에게는 나눠주지 말라고 당부했다. 한두 숟가락 떠주는 것도 안 되고 전부 나만 먹어야 한다는 것이었다. 이 항아리에 든 돼지기름은 특별히 나만을 위해 준비한 것이기 때문이라고 했다. 그러면서 잘 알지 못하는 사람에게 이 돼지기름을 먹이는 것은 자신의 성의를 짓밟는 것이라고 했다. 나는 잘 알겠다고 대답하고는 항아리를 받아들고 그의 집 마당을 나섰다.

나는 아이 셋을 데리고 길을 나섰다. 큰애는 이미 나를 도울 수 있는 나이였다. 나는 큰애에게 밥그릇 네 개와 젓가락 한 묶음, 좁쌀 다섯 근, 뚜껑이 달린 알루미늄 단지 등속을 등에 지게 했다. 둘째 아이도 그냥 두지 않았다. 둘째는 장아찌 단지 두 개와 옥수수

병 하나를 들었다. 나는 버들가지로 커다란 삼태기를 하나 짜서 아이들 옷을 전부 그 안에 담았다. 그런 다음 셋째를 그 위에 앉혔다. 이리하여 나는 옷과 아이를 한꺼번에 등에 질 수 있었다. 품에는 바로 그 돼지기름 항아리를 안고 있었다.

때는 7월이라 한창 우기였다. 출발할 때쯤 시동생이 기름 먹인 종이우산을 보내주었다. 나는 우산을 버들가지 삼태기에 꽂아두었다. 셋째는 삼태기 안에서 심심할 때마다 삼태기를 사탕수수로 여기고는 쉴 새 없이 갉아먹었다.

우리는 먼저 허위안에서 두 시간이나 마차를 달려 린광林光 기차역에 도착했다. 기차역에서 세 시간을 더 기다려 해가 저물 무렵이 되어서야 넌강嫩江으로 가는 기차를 탈 수 있었다. 당시 북방 지역으로 가는 것은 전부 석탄을 때는 소형 기차뿐이었다. 기차는 방금 진흙에서 뒹굴다 나온 당나귀마냥 먼지가 폴폴 날렸다. 소형 기차의 좌석은 전부 이인용이었고 열차 안에는 사람이 그리 많지 않았다. 내가 아들딸을 데리고 탄 것을 보고는 다른 여행객들은 내가 등에 진 삼태기를 내리는 것을 도와주기도 하고 아이들 손에 있던 물건을 건네받는 걸 거들어주기도 했다. 우리가 미처 자리를 잡고 앉기도 전에 열차는 학질을 앓기라도 하는 것처럼 덜컹거리며 출발했다. 열차가 학질에 걸린 것은 괜찮았지만, 통로에 서 있던 둘째가 휘청하면서 넘어져 머리를 좌석 모퉁이에 부딪히는 바람에 금세 시퍼렇게 멍이 들고 말았다. 아이는 아픔을 참지 못하고 엉엉 울어댔다. 순간 나는 만에 하나 둘째 아이가 머리가 아니라 눈을 부딪혀 눈이 멀기라도 했다면 무슨 낯으로 남편을 볼 수 있었을까 하는 생각에 가슴이 철렁 내려앉았다.

나는 돼지기름 항아리를 탁자 밑에 내려놓았다. 열차가 플랫폼에 다가설 때는 둘째 아이처럼 돼지기름 항아리가 흔들려 넘어질까봐 두려워 얼른 허리를 굽혀 감싸안았다.

아이 셋을 데리고 집을 나선다는 것은 정말 쉬운 일이 아니었다. 한 녀석이 배가 고프다고 보채면 금세 또 한 녀석이 대변이나 소변이 마렵다고 칭얼댔고, 잠시 후에는 또 다른 녀석이 춥다고 보챘다. 나는 아이들에게 먹을 것을 챙겨주고, 화장실에 데리고 가고, 삼태기를 헤집어 옷을 꺼내주느라 도무지 정신을 차릴 틈이 없었다. 날이 어두워지고 객차 안의 등이 꺼지자 아이들은 종일 뒤척이느라 피곤했던지 큰애는 차창에 몸을 기대어 자고, 둘째는 좌석에 드러누워 잠이 들었다. 셋째는 내 품에 안긴 채 잠들었다. 세 아이 모두 이렇게 잠이 들었다. 나는 잠깐 졸았다가 그사이에 물건이나 아이들을 잃을까 두려워 도저히 잠을 잘 수가 없었다. 이렇게 하룻밤을 꼬박 새우고 날이 밝아서야 우리는 넌강에 도착했다.

라오판이 편지에 적어준 대로 나는 장거리 여객터미널을 찾아갔다. 헤이허黑河로 가는 버스는 사흘에 한 대꼴로 운행되고 있었다. 푯값도 비싼데 공교롭게도 우리가 도착했을 때는 버스가 막 출발한 뒤였기 때문에 이틀을 더 기다려야 했다. 나는 여관비가 걱정되어 그냥 값싼 목판 화물차 차표를 사서 그날 오후에 곧장 출발했다.

목판 화물차란 다름 아닌 지붕이 없는 화물차였다. 짐칸의 사방이 높이 80센티미터 정도의 목판으로 둘러싸여 있어 마치 돼지우리의 담장 같았다. 차 안에는 사람이 서른 명 정도 타고 있었다. 전부 헤이허로 가는 이들이었다. 객차 바닥에는 건초가 깔려 있어 모두 그 위에 앉아 있었다. 객차 앞쪽은 자리가 비교적 안정적으로 고정되어 있어 운행 중에 차체가 심하게 흔들리는 것을 덜 느낄 수 있었다. 때문에 사람들은 내가 아이를 셋이나 데리고 있는 것을 보고는 나더러 앞쪽에 가서 앉으라고 권해주었다. 나는 돼지기름 항아리가 흔들려 깨지기라도 할까 두려워 항아리를 두 다리 사이에 고정해놓았다. 팔로는 아이를 안고 다리로는 항아리를 붙들고 있는 모습에 사람들 모두 웃음을 터뜨렸다. 어떤 남자가 작은 소리로 옆의 여자에게 속삭였다.

"저 여자 지금 남자 생각을 하고 있는 게 틀림없어. 항아리를 가랑이 사이에 꽂고 있는 것 좀 보라고."

내가 두 사람을 향해 눈을 흘기자 그들은 서둘러 항아리가 참 예쁘다며 너스레를 떨었다.

목판 화물차를 탈 때 가장 두려운 것은 땡볕이 아니라 바로 비였다. 비가 내리면 모두들 커다란 방수포를 펼쳐 머리에 받치고는 한데 모여 앉아 비를 피해야 했다. 천둥 번개를 동반하는 소나기는 한바탕 후다닥 내리고 나서 금세 멈추기 때문에 크게 문제 될 것이 없었지만 큰비를 만나면 정말 큰일이었다. 길이 진흙탕으로 변해 차가 앞으로 나갈 수 없게 되면 하는 수 없이 도중에 있는 객잔에 차를 세워야 하기 때문이었다.

우리가 넌강을 출발했을 때는 하늘이 그런대로 괜찮더니 두어 시간을 달린 뒤부터 갑자기 흐려지기 시작했다. 노면이 울퉁불퉁한 데다 운전기사가 운전마저 험하게 하는 바람에 사람들은 뼈마디가 다 욱신거릴 정도였다. 차가 심하게 요동칠 때면 그 많은 사람이 일제히 창자가 내려앉아 끊어질 것 같다며 고래고래 소리를 질러댔다. 점점 먹구름이 몰려와 하늘이 어두워지고 천둥 번개가 내리치더니 우리가 얼른 커다란 방수포를 끌어당겨 채 펼치기도 전에 후드득 빗방울이 떨어지기 시작했다. 차 앞쪽 자리에 앉아 있던 나도 방수포를 머리에 얹은 채 아이들까지 살펴야 했기 때문에 돼지기름 항아리는 일찌감치 한쪽으로 밀어두어야 했다. 손이 부족한 것이 원망스럽기 짝이 없었다. 손이 두 개만 더 있었더라면 얼마나 좋을까 하는 생각이 들었다. 비는 점점 더 거세지고 차는 갈수록 느려져만 갔다. 방수포는 주룩주룩 요란한 소리를 내고 있었다. 빗방울 소리가 마치 머리 위로 비가 내리는 것이 아니라 하늘에서 강이 흘러내리는 것처럼 느껴졌다. 방수포 아래서도 사람들은 서로 몸을 부딪치며 와자지껄 떠들어댔다. 어떤 여자는 등 뒤에 있는 남자가 자기 엉덩이에 몸을 갖다댔다고 화를 냈고, 또 어떤 여자는 자기 남편이 너무 가까이 붙어 있어 입 냄새를 참기 어렵다고 툴툴거렸다. 여기저기서 쉬지 않고 온갖 불평이 터져나왔다. 여자들만 이렇게 떠들어댄 것이 아니라 가축들도 그랬다. 닭 한 마리가 들어 있는 바구니를 가지고 온 사람이 있는가 하면 돼지 두 마리를 마대에 넣어 가져온 사람도 있었다. 닭은 비좁은 바구니 안에서 목을 움츠린 채 꼬꼬댁꼬꼬댁 울어댔고 돼지는 마대 안에서 이리저리 거칠게 몸을 비틀어댔다. 발을 마구 뻗어대면서 마대 안을 헤집고 있었다. 돼지 새끼가 마대를 헤집고 밖으로 거의 다 빠져나와서는 돼지기름 항아리 가까이 다가오는 것을 보고는 큰애가 발을 내밀어 한 대 걷어찼다. 이를 본 돼지 주인이 버럭 화를 내면서 큰애한테 욕을 해댔다.

"돼지가 뭘 몰라서 그러는 걸 가지고 왜 그래? 설마 너도 돼지라서 그러는 거야?"

큰애는 나이가 어리지만 입은 매서워 조리 있게 또박또박 말대꾸를 해댔다.

"돼지는 사람이 아니라서 뭘 모른다고 하지만, 아저씨는 사람이면서 왜 그렇게 사리 분별을 못 하시는 건데요?"

큰애의 이 한마디에 방수포 아래 있던 사람들 모두 한바탕 웃음을 터뜨렸다.

저녁 무렵이 되어 차는 마침내 라오과링老鴰嶺에 있는 한 객잔 앞에 멈춰 섰다. 방수포로 가리긴 했지만 비가 워낙 거세게 내린 데다 방수포 언저리에 앉아 있어서인지 등 부분이 완전히 젖어 있었다. 내가 항아리를 품에 안고 객잔 안으로 들어서는 순간, 객잔 주인은 한눈에 항아리를 마음에 들어했다. 대체 그 항아리는 어디서 가져온 골동품이냐는 객잔 주인의 물음에 나는 그저 돼지기름 항아리에 지나지 않는다고 대답했다. 그는 쯧쯧 혀를 차면서 항아리를 쓰다듬고 또 쓰다듬었다. 이런 모습을 본 그의 아내가 버럭 화를 내며 말했다.

"항아리를 그렇게 자세히 들여다봤으면 그만이지, 언제까지 쓰다듬고 있을 거예요?"

객잔 주인이 말을 받았다.

"항아리가 여자 가슴도 아닌데 쓰다듬지 못할 이유가 뭐야?"

그러면서 내게 물었다.

"값이 얼마나 나가는 물건인지 모르겠지만 기름이 든 채로 항아리를 내게 팔면 안 되겠어요?"

나는 돼지기름 항아리가 그동안 살던 두 칸짜리 토방과 맞바꾼 것인 데다 무척 맘에 드는 물건이라 팔 생각이 없다고 말했다. 객잔 주인이 나를 향해 흰자위가 드러나도록 눈을 부라렸지만 그의 아내는 오히려 나를 향해 살가운 눈짓을 해 보였다.

우리는 라오과링에서 날이 개기를 기다렸다. 잠깐 멈춰 기다린 다는 것이 어느새 사흘이 지나갔다. 객잔의 침대는 전부 판자로 되어 있었다. 위아래 두 층으로 되어 있어 한 층에 스무 명 남짓 누울 수 있었다. 대개 남자들이 위층 침대에서 자고 여자와 아이들은 아래층을 썼다. 사람이 많다보니 이불이 부족해 두 사람이 한 장씩 덮고 자야 했다. 조금이라도 돈을 아낄 요량으로 나랑 아이들은 객잔에서 밥을 먹지 않고 집에서 가져온 옥수수떡과 장아찌를 먹었다. 비가 와서 날씨가 추워지자 몸에 한기가 들었다. 혹시나 아이들이 감기에 걸리지 않을까 하는 걱정에 주인집 부엌을 빌려 가져온 단지에 좁쌀죽을 조금 끓였다. 부엌으로 들어서자 객잔 주인은 나를 붙잡고 늘어지면서 그 돼지기름 항아리를 사고 싶은데 얼마면 되겠냐며 성가시게 굴었다. 그러면서 자기 마누라한테는 말하지 말라고 했다. 나는 자기 마누라와 뜻이 맞지 않는 이 남자가 너무 성가셔 금으로 된 산을 준다고 해도 이 항아리와는 절대 바꾸지 않을 거라고 단호하게 말했다. 객잔 주인은 화를 내면서 내가 죽 끓이는 데 쓴 땔감 값을 내놓으라고 했다. 내가 말했다.

"그 돈 몇 푼 쥐었다가 손을 데지 않을 자신이 있으면 받아가보라고요."

그가 나를 노려보며 소리를 질렀다.

"당신같이 고집불통인 여자야말로 돈을 손에 쥐고 있다가 손바닥을 데어봐야 돼!"

객잔에 든 사람들은 침상에서 잠을 자면서 물건은 전부 바닥에 쌓아놓아야 했다. 물론 잠을 자는 사람들이 방에 놔둘 수 있는 물건은 전부 생명이 없는 것들이었다. 사람들이 가지고 온 새끼 돼지나 닭 같은 생물은 전부 마구간에 묶어두어야 했다. 보통 객잔을 운영하는 집에서 말을 키우지 않는 경우는 없었다. 아이들은 마구간에서 노는 걸 좋아했다. 라오과링을 떠나기 바로 전날, 나는 마구간으로 둘째와 막내를 찾으러 갔다. 마구간에서 말에게 먹이를 주던 객잔 주인이 말 몇 마리를 가리키며 말했다.

"말해봐요. 마음에 드는 말이 있으면 끌고 갈 수 있게 해드릴 테니까!"

내가 물었다.

"어째서 그 항아리여야 하는 건가요?"

객잔 주인이 말했다.

"좋은 물건과 좋은 여자는 같은 거예요. 한번 보고 나면 잊을 수 없거든요! 난 좋은 여자한테 장가들 복이 없었던 사람이니까 곁에 좋은 항아리라도 두고서 마음속으로 좋은 여자랑 산다고 생각하려 했던 거예요!"

이런 대화를 그의 아내가 들었으리라고 누가 생각이나 했을까? 마구간 바닥에는 건초가 깔려 있어 누구도 그녀가 들어오는 소리를 듣지 못했다. 이 여자는 정말로 고집이 셌다. 그녀는 말 한마디 하지 않고 말을 묶어두는 기둥을 향해 돌진해 머리를 부딪혔다. 그 자리에서 의식을 잃은 여자는 관자놀이 부위가 찢어져 선혈이 줄줄 흘러나왔다. 쥐를 잡아 가지고 놀던 아이들 모두 놀라서 어쩔 줄 몰라 했다.

그날 밤 비가 멈추고 달이 모습을 드러냈다. 이튿날 새벽, 닭이 울기도 전에 운전기사는 서둘러 출발해야 한다고 소리를 질러댔다. 돼지기름 항아리를 안고 차에 오르려는 순간, 나는 객잔 주인의 아내가 차 옆에 서 있는 모습을 봤다. 상처가 난 이마에 반창고를 붙이고 있는 그녀의 얼굴색은 잿빛이었다. 그녀는 나를 보자마자 동생이라고 부르더니 얼른 다가와 쿵 하는 소리와 함께 내 앞에 무릎을 꿇고 앉았다. 그러고는 내게 그 항아리를 두고 가달라고 사정하는 것이었다. 그녀는 밤새 생각한 끝에 깨달은 것이지만, 이 남자의 신변에 살아 있는 물건이든 죽은 물건이든 간에 그를 즐겁게 해주는 것이 없다면, 저승에서 사는 것이나 다름없다고 말했다. 앞으로 줄곧 침울한 표정만 짓고 있을 남편의 얼굴을 보고 싶지 않다는 것이 그녀의 하소연이었다. 말을 마친 그녀는 결국 울음을 터트렸다. 내가 어찌해야 좋을지 몰라 머뭇거리고 있던 차에 운전기사가 객잔 주인을 찾아 데리고 왔다. 객잔 주인은 자기 아내가 자신에게 항아리를 구해주기 위해 무릎까지 꿇고 간청하는 것을 보고는 크게 감동했다. 그가 자기 아내를 부축해 일으키며 말했다.

"사흘이나 비가 내려서 바닥에 습기가 많단 말이야. 게다가 당신은 관절염도 앓고 있잖아. 이렇게 무릎을 꿇고 있다가는 병난다고. 벌을 사서 받을 생각이야? 정 그렇게 무릎 꿇고 싶거든 밤에 내 배 위에서 꿇으라고. 거긴 아주 따뜻할 테니까 말이야."

그의 이 한마디에 주위에서 구경하고 있던 사람 모두 한바탕 웃음을 터뜨렸다. 객잔 주인이 내게 말했다.

"보기 좋은 물건은 항상 화를 불러오지요. 우린 그런 물건에 관심 없으니까 어서 빨리 가지고 가세요."

입으로는 이렇게 말했지만 항아리를 쳐다보고 있는 그의 눈빛에는 여전히 아쉬운 기색이 역력했다.

우리가 라오과링의 객잔을 떠날 무렵에는 붉은 해가 떠오르고 있었다. 객잔 주인은 아내를 부축해 안으로 들어갔다. 내 눈시울이 촉촉해졌다. 이 항아리를 집과 헛되이 바꾼 게 아니라는 생각이 들었다. 이 항아리는 정말 보배였다. 사람들 모두 그 부부의 화목해진 모습을 보고는 덩달아 기분이 좋아졌다. 남자들은 휘파람을 불고 여자들은 콧노래를 불렀다. 작은 새들도 덩달아 지저귀면서 허공에서 끊임없이 흥겨운 새소리가 들려왔다. 누군가가 말했다.

"지금 객잔에는 손님이 없을 테니 객잔 주인은 방에 들어가자마자 곧장 바지를 벗고 자기 마누라더러 뱃가죽 위에 무릎을 꿇으라고 할 거야!"

모두들 큰 소리로 웃어댔다. 우리 둘째 아이가 물었다.

"뱃가죽은 그렇게 말랑말랑한데 어떻게 사람이 올라가 무릎을 꿇을 수 있어요?"

노란 수염의 사내 하나가 말했다.

"남자 몸에는 줄이 하나 달려 있어서 그걸로 여자를 묶어둘 수 있지. 한 번에 한 사람씩 묶을 수 있거든. 그러니 무릎을 꿇을 수 있고말고."

모두들 더 큰 소리로 웃어댔다. 둘째 아이는 매사에 끝까지 캐묻는 버릇이 있었다. 둘째가 또 물었다.

"그 줄이 어디 달려 있는데요? 빨리 말해주세요."

우리는 가는 내내 웃었다. 오후로 접어들 무렵 차는 차오안허潮安河에 멈춰 섰다. 우리는 작은 가게에 들러서 간단하게 요기하고는 곧바로 가던 길을 재촉했고, 해가 떨어질 무렵에 헤이허에 도착했다.

헤이허는 내가 평생 가본 곳 중에서 가장 큰 도시로 헤이룽강黑龍江이 시내 주변을 흐르고 있었다. 시내에는 높은 건물도 있고 반들반들 잘 닦인 도로 위로 지프차도 달리고 있었다. 거리에는 자전거를 탄 사람도 많아 이 도시는 매우 부유한 동네라는 생각이 들었다. 어떤 여자들은 치마 차림으로 다리를 드러내고 있어 이 도시가 무척 개방적인 곳으로 느껴졌다. 여객터미널이 부두 바로 옆에 있어 차가 멈춰 서기도 전에 나는 부두에 정박 중인 여객선과 화물선들을 볼 수 있었다.

모허漠河 상류로 가는 배는 매주 두 차례 왕복했다. 한 번은 큰 배로 운행했고 한 번은 작은 배로 운항했다. 그곳 사람들은 큰 배를 대용객人龍客이라고 부르고 작은 배를 소용객小龍客이라고 불렀다. 우리가 도착한 때는 오전에 소용객이 막 떠난 직후였다. 대용객은 이틀 후에나 출항할 예정이었다. 나는 기꺼이 헤이허에서 이틀을 머물 생각이었다. 이번에 라오판이 있는 곳으로 가게 되면 곧장 다산大山 안으로 깊이 들어가 앞으로 몇 년 몇 월에 다시 밖으로 나오게 될지 단정할 수 없다는 생각에 머릿속에 좋은 경치를 조금이라도 더 담아두었다가 한가할 때마다 되새기고 싶었던 것이다. 배표를 사고 나서 아이들을 데리고 상점을 돌아다니다가 남색 견직물 스무 자와 꽃무늬 화포 다섯 자를 샀다. 설을 쇨 때 아이들에게 새 옷을 지어 입혀줄 생각이었다. 헤이허 맞은편 기슭이 바로 소련이라 그런지 어떤 상점에서는 소련제 목도리도 팔았다. 무늬와 색깔, 재질이 모두 훌륭하고 값도 그리 비싸지 않아 내 것도 하나 샀다. 그 밖에 비누 몇 개와 양초 몇 봉지도 샀다. 수중에 있는 돈을 다

쓴 셈이었다. 배에 오를 때 호주머니에 남아 있는 돈이라고는 겨우 6위안뿐이었다. 하지만 당시에는 이 정도 돈도 아주 유용하게 쓰였다. 우리 모자 넷이 배 위에서 밥 한 끼를 먹는 데 1위안이면 충분했다.

대용객은 소용객보다 느린 데다 물을 거슬러 올라가기 때문에 하루면 도착할 거리를 꼬박 이틀을 항행해야 했다. 배는 목판 화물차보다 훨씬 더 유쾌하고 편안했다. 그리고 시원했다. 낮에는 아이들을 데리고 고물에 서서 산수풍경을 바라보며 강 갈매기를 구경했다. 배의 요리사가 물고기를 잡는 것도 구경했다. 당시는 물고기가 많이 나던 때라 그물을 던져놓고 반 시간쯤 지나 그물을 거두면 적어도 세숫대야 하나는 채우고도 남을 만큼 많은 물고기가 잡혔다. 아주 즐겁게 놀아서인지 아이들은 배에서 내릴 때가 되자 몹시 아쉬워하며 내리기를 주저했다.

우리가 배에서 내린 곳은 카이쿠캉開庫康이라는 곳이었다. 어떤 사람은 이런 이름을 일부러 잘못 읽어 카이쿠당開褲襠*이라고 말하기도 했다. 라오판이 일하는 샤오차허小岔河 임업경영소는 카이쿠캉에서도 50리 남짓 떨어진 곳에 있었다. 배에서 내리자마자 깡마르고 키 큰 젊은이 하나가 다가와서는 내게 판 형님의 형수님 아니냐고 물었다. 내가 그렇다고 대답하자 젊은이는 자기 이름이 추이다린崔大林이며 판 소장님이 시켜서 마중을 나온 사람이라고 설명했다. 벌써 일주일이나 우리를 기다렸다고 했다. 나는 그에게 찾아오는 길이 순탄치 않아서 라오과링에서 비를 만나 사흘을 지체했

---

* 열린 바짓가랑이라는 뜻.

고 헤이허에서 대용객을 기다리느라 이틀을 더 지체하느라 그랬다
고 말해주었다. 젊은이는 자신도 그러리라고 생각했다면서 만일
이번 배에서도 내리지 않았으면 더는 못 기다리고 임장으로 돌아
갔어야 했다고 말했다. 내가 품에 안고 있던 돼지기름 항아리를 받
으면서 추이다린은 말했다.

"판 형수님, 정말 대단하시네요. 아이 셋을 데리고 기차에 배까
지 갈아타시면서 이런 항아리까지 들고 오시다니 말입니다!"

추이다린이라는 이 청년에 대한 내 첫인상은 눈치가 빠른 데다
말을 아주 잘한다는 것이었다. 그는 임장에서 통신원으로 일하고
있다고 했다.

추이다린의 뒤를 따라 객점으로 가면서 속으로 라오판이 소장
이 됐다니 여기서 일을 아주 잘하고 있었구나 하는 생각이 들었다.
하지만 그는 편지에 그런 내색을 한 글자도 내비치지 않았다. 그는
좋은 일이건 나쁜 일이건 아내에게는 말하는 걸 별로 좋아하지 않
는 사람이었다.

대용객은 카이쿠캉에 정박한 지 20분 정도 지나자 곧바로 출발
했다. 아직도 선착장 세 곳을 더 거쳐야 종점에 이를 수 있기 때문
이었다. 우리는 카이쿠캉에서 하루를 묵은 다음, 이튿날 아침 일찍
길을 떠났다.

추이다린은 멜대를 하나 준비해 두 개의 광주리를 어깨에 졌다.
그는 둘째 아이를 앞쪽 광주리 안에 태우고는 남자아이는 씩씩하
니까 햇빛을 무서워해선 안 된다고 말해주었다. 막내는 뒤쪽 광주
리에 태웠다. 그러면서 자기 몸이 그늘이 되어 서늘하므로 광주리
안에서 어느 정도 햇볕을 피할 수 있을 거라고 했다. 그는 또 우리

가 가지고 온 물건들을 두 광주리에 잘 나누어 담았다. 그가 멜대를 어깨에 지고 앞장섰고 나와 큰애는 그의 뒤를 쫓아갔다. 돼지기름 항아리는 채롱에 담아 내가 등에 멨다. 품에 안을 때보다 힘이 훨씬 더 들었다.

손발이 가벼운 상태로 50리를 걷는다 해도 반나절 이상 걸릴 텐데 하물며 우리는 어깨에 멜대를 메고 등에 채롱을 진 채 숲속의 좁은 길을 걸어야 했으니 오죽했겠는가. 추이다린이 아무리 힘이 좋다 해도 반 시간마다 한 번씩 쉬면서 짐을 고쳐 메고 숨을 몰아쉬어야 했다. 그가 걸음을 멈출 때마다 큰애는 아직 멀었냐면서 투정하듯 물었다. 그러면 추이다린은 연신 다 왔다고, 저 앞에 있는 산만 넘으면 곧 도착한다고 둘러댔다. 산에는 나무가 정말 많았다. 굵기가 물통만 한 낙엽송과 사발만 한 자작나무 천지였다. 숲속에는 작은 새도 아주 많아서 짹짹 지저귀는 소리가 무척 듣기 좋았다. 목이 마르면 우리는 샘물을 떠 마셨고 배가 고프면 카이쿠캉의 객점에서 산 볶은 쌀을 먹었다. 숲속에는 야생화도 많았다. 막내는 뒤쪽 광주리에 탄 채 아무 때나 손을 뻗어 붉은 백합과 흰 작약, 자줏빛 국화 할 것 없이 맘대로 잡아당겨 주저 없이 입안으로 쑤셔넣었다. 나는 이름 모를 꽃들이 혹시 딸애에게 독이 될까 두려워 백합만 먹게 했다. 막내의 입에서 꽃향기가 나서 그런지 나비와 꿀벌들이 막내의 입 주변으로 날아와 맴돌았다. 막내는 으앙 하고 울음을 터뜨리고는 고사리 같은 손을 휘둘러 나비와 벌을 쫓아냈다. 숲속에서 사람을 가장 짜증나게 하는 것은 단연 모기와 눈에놀이, 그리고 피부에 달라붙어 마구 물어대는 작은 벌레들이었다. 하나같이 사람의 피를 빠는 곤충들이었다. 우리는 길을 걷고 있었기 때문에 이런 벌레들에게 잘 물리지 않았지만 광주리에 타고 있던 둘째와 막내는 벌레에 마구 물리고 쏘였다. 정오가 되어 둘째 아이의 왼쪽 눈꺼풀이 눈에놀이에 물려 두드러지게 부어오른 것을 발견했다. 한쪽 눈은 크고 한쪽 눈은 작아 보였다. 막내 역시 모기에 목과 팔을 여러 군데 물려 여기저기 발갛게 부어 있었다. 나는 마음이 몹시 아파 속으로 라오판에 대한 원망을 삭일 수가 없었다. 내가 아이 셋을 데리고 여기까지 오는 길이 이렇게 고생스럽다는 것을 미처 생각하지 못하고 겨우 사람 하나를 보내 마중하게 한 것을 보면 정말로 마음이 모진 사람이라는 생각을 떨칠 수가 없었다. 그곳에 도착하면 절대로 그와 한 이불을 덮지 않을 것이고 아예 거들떠보지도 않을 거라고 단단히 마음먹었다.

오후가 되도록 질질 끌려가다시피 하며 걷고 있는데 갑자기 빽빽한 수풀 속 깊은 곳에서 말발굽 소리가 들려왔다. 추이다린이 멜대를 땅바닥에 내려놓으면서 내게 말했다.

"오르촌족鄂倫春族* 사람들이 사냥하고 있는 걸 거예요."

아니나 다를까, 얼마 후 고동색 말 한 필이 숲속에서 뛰쳐나왔다. 말 위에는 엽총을 차고 천으로 된 두루마기를 입은 오르촌족 사람이 타고 있었다. 우리를 보자 그는 곧장 말에서 뛰어내려 추이다린에게 어디로 가는 길이냐고 물었다. 추이다린이 샤오차허 경영소로 간다고 대답하자 오르촌족 사람은 우리를 말에 태워 데려다주겠다고 했다. 내가 추이다린에게 멜대를 풀어 광주리를 말 등에 매달라고 했지만 추이다린은 자신은 괜찮으니 사양하지 말고

---

*중국 내몽골로부터 동북 다싱안링의 산림에까지 두루 분포하는 소수 민족.

어서 큰애와 함께 말에 타라고 권했다. 담력이 약한 큰애는 말에
타려고 하질 않았다. 나 역시 한 번도 말에 타본 적은 없었지만 말
을 보니 그런대로 온순해 보여 마음이 놓였다. 나는 피곤해서 더는
못 걸을 지경이었는데 말을 보니 구세주를 만난 것 같은 기분이라
고 말하면서 등에 돼지기름 단지를 멘 채 기세 좋게 말 등에 올라
탔다. 처음 얼마간은 몸이 몇 번 휘청거리기도 했지만 조금 가다보
니 이내 적응됐다. 처음에는 오르촌족 사람이 나를 위해 말을 끌어
주었지만 나중에 내가 안정적으로 말을 타고 있는 것을 보고는 말
을 끄는 대신 추이다린의 멜대를 빼앗아 자기 어깨에 메면서 그에
게 좀 쉬라고 말했다. 오르촌족 사람의 마음 씀씀이는 정말 넉넉하
고 다른 사람을 편안하게 했다.

산속 길은 울퉁불퉁한 법이었다. 이런 길을 걷다가 또 직접 말을
타기까지 했으니 이제는 말에서 떨어질 일만 남은 셈이었다. 한 시
간 남짓 편안하게 말을 타고 가다가 우리는 푸른 바위가 드러나 있
는 버드나무 수풀을 지나게 되었다. 말이 돌멩이에 걸려 한쪽으로
기울게 되리라고는 상상도 못 했던 나는 말에서 떨어지고 말았다.
땅에 떨어졌지만 그다지 큰 상처 없이 팔꿈치와 무릎의 살갗이 약
간 벗겨진 정도였다. 문제는 애꿎게도 돼지기름 항아리가 산산조
각 나버린 것이었다. 오는 길 내내 항아리를 안고 왔는데 목적지에
거의 다 다다라서 깨져버렸다는 생각을 하니 울음이 터져나왔다.
새하얀 돼지기름이 너무 아까웠다. 더 마음을 아프게 한 것은 그토
록 예쁜 항아리였다. 이렇게 될 줄 진즉에 알았더라면 차라리 라오
과링 객잔에 팔고 왔을 것이다. 울고 있는 내 모습을 보면서 추이
다린이 위로하며 말했다.

"항아리의 깨진 조각을 잘 걷어내면 돼지기름은 먹을 수 있을 거예요."

그는 어디선가 기름을 담을 만한 물건도 가지고 왔다. 그러고는 급한 대로 깡통과 밥그릇에 덥석덥석 돼지기름을 그러모았다. 용기들이 전부 가득 차자 나는 시동생이 보내준 기름종이 우산을 펼쳐 남은 돼지기름을 그 안에 쓸어모았다. 멀쩡하던 돼지기름에 풀이 잔뜩 묻은 데다 개미들이 왔다 갔다 하는 모습을 보고 있는 내 가슴이 얼마나 쓰라린지는 말로 다 표현할 수 없었다. 하지만 나는 무슨 일이든 오래 마음에 담아두는 성격이 아니었다. 항아리가 너무 예뻐서 박복한 것이라고, 그래서 깨진 거라고 치부하기로 했다.

나는 누가 뭐라고 해도 다시는 말을 탈 엄두가 나지 않았다. 오르촌족 사람은 미안한 마음에 큰애에게 자기가 안아줄 테니 함께 말을 타고 가자고 했다. 큰애는 놀란 표정으로 연신 걸어갈 수 있다고 말했다. 오르촌족 사람이 둘째와 셋째가 들어가 있는 광주리를 말 위에 실으려고 하자 두 아이 역시 으앙 하고 울음을 터뜨리면서 말에 타고 싶지 않다고 했다. 아이들도 나처럼 말에서 떨어질까봐 겁이 났던 것이다. 결국 말 등에 실린 것은 채롱에 메고 있던 돼지기름뿐이었다. 그릇들이 서로 부딪쳐 깨질 것을 염려한 오르촌족 사람은 싱싱한 풀을 베어다가 깡통과 그릇 그리고 반쯤 펼쳐진 기름종이 우산 사이에 끼워넣었다. 이렇게 길을 걸으면서 그는 반 시간마다 추이다린과 교대해 멜대를 멨다.

우리가 이렇게 가다가 멈추기를 반복하는 사이에 해는 지고 달이 떴다. 산토끼들은 굴로 돌아가고 눈이 부리부리한 부엉이들이 나타났다. 저녁 8시가 넘어서야 우리는 샤오차허 임업경영소에 도착했다. 광주리 안에 들어가 있던 둘째와 셋째는 이미 잠들어 있었다. 라오판은 나를 보더니 속으로 우스운 생각이 들었는지 두 명이나 되는 견우가 나타나 멜대를 대신 메어준 것을 보면 어지간히 복이 많은 것 같다고 농담하듯 말했다.

당시 임업경영소에는 일고여덟 동의 가옥이 있고 서른 명이 넘는 노동자가 일하고 있었다. 그 가운데 일고여덟 명만 식솔을 거느리고 있었다. 우리보다 얼마간 먼저 도착한 사람들이었다. 우리가 살 집은 널빤지로 벽을 세우고 석회를 발라 지은 것으로 아주 오래된 건물이었다. 라오판은 이 집이 위만주국 당시 금광국金礦局이 남겨두고 간 건물이라고 말했다. 내가 말을 받았다.

"그렇다면 유심히 살펴봐야겠네요. 언젠가 땅을 파다가 그 빌어먹을 금을 캐게 될지도 모르니까요!"

오르촌족 사람은 우리를 데려다주고는 곧장 말에 올라타 가버렸다. 자고 가라고 그를 붙잡지 않는 라오판이 몹시 미웠다. 라오판이 말했다.

"저 사람들은 집 안에서 자는 데 익숙하지 않아. 숲속에서 자는 걸 더 좋아하지. 당신이 자고 가라고 붙잡았어도 그냥 갔을 거라고."

나는 뼈마디가 다 부서질 것처럼 쑤시고 아파 아이들을 재워놓고 뜨거운 물에 발을 담그고 온돌에 몸을 녹였다. 라오판을 보지 못한 지 거의 두 해가 다 되어갔다. 가슴에 억울한 마음이 가득했다. 돼지기름 항아리가 깨지던 순간에는 저녁에 남편을 혼내줘야겠다는 생각을 했다. 그러나 남편을 보는 순간, 모질게 구는 것은 고사하고 사뭇 살갑게 굴다가 결국 함께 자기로 마음먹었다.

겨우 하루 이틀밖에 안 됐는데도 아이들은 샤오차허에 적응했다. 라오판은 연말에 노동자들이 더 필요해질 거라면서, 그때가 되면 조직에서 교사도 한 명 파견해줄 거라고 말했다. 그렇게 되면 큰애도 학교에 다닐 수 있을 것이었다. 만약 그렇지 못하다면 큰애는 제 나이에 학교에 다니지 못하고 다산에서 허송세월하는 수밖에 없었다.

　나는 깡통과 밥그릇 그리고 종이우산에 담겨 있던 돼지기름을 숟가락으로 긁어내 세숫대야로 옮겨 담은 뒤 이걸로 음식을 했다. 당시 샤오차허에는 개간한 땅이 많지 않은 데다 채소 종자도 모자라 남자들은 겨우 연한 콩꼬투리와 감자만 파종해놓은 터였다. 집 안에 남아 있는 우리 여자들은 산속에서 사냥하는 오르촌족 사람들을 찾아가 산나물 찾는 방법을 배웠다. 미나리와 여로, 어수리 같은 산채를 뜯어다가 이번에는 우리가 보란 듯이 남자들에게 음식을 해주었다. 남자들은 아주 맛있게 먹었고 산에 올라가 나무를 벨 때 더욱 힘을 냈다. 산나물은 돼지기름으로 조리하는 것이 제격이었다. 산나물은 기름을 아주 잘 먹기 때문이었다. 때로는 음식을 먹을 때 개미가 들어가 있는 것이 발견되기도 했다. 돼지기름을 바람에 말릴 때 미끄러져 들어갔다가 빠져나오지 못한 것들이었다. 개미들은 구복을 채우기 위해서라면 두려울 것이 없다는 말이 거짓이 아니었는지 그 작은 목숨을 잃어가면서도 돼지기름 속으로 파고들었던 것이다. 라오판은 개미를 집어내고도 버리지 않았다. 개미의 몸 전체에 기름이 배어 있어 버리기 아깝다며 개미까지 같이 먹어치우는 것이었다. 샤오차허에 온 지 두 달이 채 안 돼서 나는 아이를 가졌다. 돼지기름 덕분이었는지 이번 임신은 유난히 티가 났다. 가을에 버섯을 수확할 무렵에는 누구든지 내가 아이를 가진 것을 알아볼 수 있을 정도였다. 남자들이 라오판에게 짓궂은 농담을 건넸다.

"라오판 형님, 형수님이 온 지 두 달밖에 안 됐는데도 형님의 씨가 싹을 틔웠네요. 정말 대단한 능력입니다."

라오판은 웃으면서 대꾸했다.

"이게 다 그 돼지기름 안에 들어 있던 개미 덕분일세. 개미를 먹고 나니 정말 힘이 샘솟더라니까."

10월이 되자 다싱안링은 곧 겨울로 접어들었다. 10월의 눈은 정말 대단했다. 한 차례 또 한 차례 쉬지 않고 내렸다. 하늘도 땅도 전부 하얗게 변했다. 천지가 하얗게 변해서인지 나무와 사람은 전부 검은빛으로 두드러져 보였다. 남자들은 벌목을 했고 여자들도 한가로이 쉬지는 않았다. 아이들을 데리고 밥하거나 산에 올라가 땔감을 주워야 했다. 녹나무나 소나무에 관솔과 옹이가 붙어 있는 것을 발견할 때면 우리는 바로 톱으로 잘게 잘라 불쏘시개로 사용했다. 여자들은 또 관솔과 옹이를 큰 가마솥에 넣고 물을 조금 부은 다음 하루 종일 불을 때 기름을 짜냈다. 이렇게 짜낸 기름은 호박琥珀과 비슷했고 등불을 켜는 데 사용할 수 있었다. 이런 등 기름이 내뿜는 연기에는 솔 향기가 짙게 배어 있어 좋았다. 이렇게 모두 송진 기름을 짜낼 즈음 내 해산 날짜가 다가오고 있었다. 1957년 4월이었다. 남방이었더라면 밀보리 싹에 파랗게 물이 오를 때이지만 샤오차허에는 여전히 큰 눈이 내리고 있었고 헤이룽강 역시 꽁꽁 얼어붙어 있었다. 이곳에도 위생소가 하나 있기는 했지만 한 명밖에 없는 의사는 겨우 두통이나 발열 같은 증상을 처치하고 작은 외상을 치료할 수 있는 수준이었다. 큰 병을 만나면 곧바로 사색이 되어 눈썰매를 준비해 들것으로 환자를 카이쿠캉으로 이송하곤 했다.

당시 여자들이 가장 두려워한 것은 다름 아닌 난산이었다. 이런 곳에서는 사람들이 아이를 아주 쉽게 낳았다. 이치대로 말하자면 나도 이미 아이를 셋이나 낳았기 때문에 크게 걱정할 필요는 없었다. 그러나 이번 아기는 너무 컸다. 방구들 전체를 굴러다닐 정도로 아팠는데도 아기는 나오지 않았다. 다행히 해 질 무렵이라 남자들이 산에서 돌아왔다. 위생소의 의사는 내 상태를 보더니 겁이 났는지 라오판에게 어서 빨리 방법을 강구해 나를 데리고 산에서 내려가라고 했다. 카이쿠캉으로 간다 해도 빠른 말로 세 시간은 족히 달려야 했는데 더구나 나는 말을 탈 수도 없었다. 이때 추이다린이 말했다.

"아니면 차라리 강을 건너가보지요. 소련 병원은 아주 좋다고 하더라고요."

그 시절에는 뤄구허洛古河나 마룬馬倫, 오우푸鷗浦 같은 헤이룽강 국경 연안의 마을에 큰 병원에 갈 수 없는 위급한 환자가 생길 경우 가린나나 우수밍 같은 가까운 소련 마을을 찾곤 했다. 국경을 마음대로 건너는 것은 허가되지 않았고 소련 경내 쪽에는 초소도 설치되어 있었다. 하지만 초소의 병사들도 국경을 통과하려는 사람이 환자인 것을 확인하면 쉽게 입국시켜주었다. 라오판은 당원인 데다 임업경영소 간부였기 때문에 이치대로 하자면 나와 아이를 죽든 살든 카이쿠캉으로 데리고 가는 것이 차후에 번거로움을 피할 수 있는 가장 좋은 방법이었다. 하지만 라오판은 역시 라오판이었다. 그는 조금도 주저하지 않고 즉시 사람들에게 말이 끄는 눈썰매와 들것을 준비하라고 지시한 다음, 추이다린에게 말을 몰게 해 나를 솜이불 두 채에 똘똘 말아 소련으로 데리고 갔다. 그 곳은 소련 말로 '리에바 마을'이라고 불리는 작은 촌락이었다. '리에바'는 '빵'이라는 뜻이었다. 소련 사람들은 리에바를 즐겨 먹었다. 여름철에 강변에 나가면 강 건너편에서 실려오는 구수한 빵 굽는 냄새를 맡을 수 있었다. 당시에는 헤이룽강이 아직 얼어 있었기 때문에 나룻배를 구해야 하는 번거로움을 덜 수 있었다. 우리가 썰매로 국경선을 넘자마자 소련 경내 초소에 있던 병사 두 명이 총을 들고 달려왔다. 러시아어를 할 줄 아는 사람이 아무도 없는 상황에서 라오판은 썰매에 누워 있는 나를 가리키면서 내 커다란 배를 툭툭 치고는 고개를 가로저었다. 소련 병사들은 곧장 난산 산모라는 것을 알아듣고서는 고개를 끄덕였다. 두 병사 가운데 한 명이 우리를 병원까지 안내해주었다. 병원은 비록 규모가 작아도 시설은 완벽하게 갖춰져 있었다. 진료하는 사람은 수염이 하얗게 센 나이 많은 남자 의사였다. 그는 내 몸 상태를 보자마자 먼저 주사를 한 대 놓고는 곧바로 재왕절개 수술에 들어갔다. 이내 응애 하는 울음소리와 함께 토실토실한 사내아이가 나왔다. 아이는 체중이 거의 5킬로그램이나 나갔기 때문에 해산이 쉽지 않았던 것이다. 라오판은 모자가 다 무사한 것을 보고는 의사에게 힘주어 읍을 했다. 너무 서둘러 나오는 바람에 우리는 선물 같은 것을 준비해오지 못했다. 라오판은 차고 있던 손목시계를 풀어 의사에게 건넸다. 의사는 빙긋이 웃으면서 시계를 다시 그의 손목에 채워주었다. 라오판은 뒤로 돌아서 온몸을 뒤진 끝에 담배 반 갑과 돈 2위안을 찾아냈다. 돈은 인민폐라 그에게 줘도 쓸모가 없었다. 라오판은 담배만 의사에게 건넸다. 의사는 나를 가리키면서 손을 내저었다. 환자 앞이라 담배를 피울 수 없다는 뜻이었다. 수술을 했기 때문에 그날은 집으로 돌아갈 수 없어서 우리는 그 마을에 이틀을 더 머물렀다. 소련 의사는 우리에게 먹을 것과 마실 것을 대접했고 말먹이도 제공해주었다. 병원에 있는 여자 간호사는 내게 계란과 빵을 가져다주고 아기에게 파란 바탕에 붉은 꽃무늬가 새겨진 솜옷도 한 벌 선물했다. 아주 예쁜 옷이었다. 떠날 때가 되자 나는 헤어지기가 너무 섭섭해 여자 간호사에게 뽀뽀를 해주고 또 수술해준 남자 의사에게도 뽀뽀해주는 것으로 인사를 대신했다. 초소의 병사들은 우리 일행 가운데 누구도 알아볼 수 없는 종이를 한 장 내밀면서 라오판에게 서명하고 지장을 찍으라고 했다.

샤오차허의 임장으로 돌아온 직후, 라오판은 곧장 카이쿠캉으로 갔다. 소장 직에서 사퇴하기 위해서였다. 그는 자신이 조직과 기율을 무시하고 아내가 무사히 출산할 수 있도록 국경을 넘은 만큼, 소장 직위에 부적격이라고 말했다. 하지만 조직에서는 그에게 구두경고만 내렸을 뿐 처벌은 하지 않았다. 카이쿠캉에서 매우 기쁜 마음으로 돌아온 그는 희탕喜糖*을 두 근이나 사다가 샤오차허의 사람 모두에게 몇 개씩 나눠주었다. 아이가 소련에서 태어났다는 의미로 우리는 호적에 올릴 아이의 이름을 '쑤성蘇生'이라고 지었고 아명은 '마이螞蟻'**라고 지어주었다. 라오판은 돼지기름에 섞여 있던 개미의 자양분이 없었더라면 자신의 정액이 그렇게 왕성

---

* 혼례를 비롯해 좋은 일이 있을 때 기쁨을 함께 나누기 위해 이웃들에게 돌리는 사탕.
** 개미라는 뜻.

하지 못했을 것이고 내가 아이를 자연분만하지 못하는 일도 일어나지 않았을 것이라고 말했다.

쑤성은 네 아이 가운데 가장 예뻤다. 넓은 이마와 짙은 눈썹은 라오판을 닮았고 높은 콧날과 위로 약간 들린 입술은 나를 닮았다. 눈은 나나 라오판 모두 닮지 않아 크지도 작지도 않았지만 새까맣게 빛나고 있었다. 라오판은 쑤성의 눈이 개미를 닮았다고 하면서 개미 눈은 그다지 빛나지는 않는다고 말했다. 샤오차허의 사람들 모두 쑤성을 좋아해 귀골을 타고났다고 말했다. 사람들은 아이를 호적상의 이름보다 아명으로 부르는 것을 좋아했다.

마이가 네 살 되던 해에 추이다린이 결혼을 했다. 샤오차허에 피부가 희고 깨끗한 여교사가 부임해왔다. 이름은 청잉程英으로 양저우揚州 사람이었다. 강남 지방의 좋은 물과 토양 때문인지 그녀는 아름다운 데다 재능도 출중했다. 허리가 버들가지처럼 가늘었고 맵시 있는 눈썹과 고운 눈을 갖고 있었다. 길게 땋아 늘어뜨린 머리는 흑마처럼 반짝거리면서 어깨 뒤로 찰랑거려 뭇 사내들의 가슴을 뛰게 만들었다. 세 사내가 그녀 뒤꽁무니를 쫓아다니며 열심히 구애를 했다. 한 사람은 카이쿠캉의 초등학교 교사였고 또 한 사람은 샤오차허 임장의 기술자였다. 그리고 나머지 한 사람이 바로 추이다린이었다. 그녀는 결국 추이다린을 선택해 시집을 가기로 했다. 이에 대해 사람들은 청잉이 추이다린의 집안에 조상 대대로 전해 내려오는 에메랄드가 박힌 금반지에 반한 것이라고들 말했다.

그 지역에는 혼인 전야에 '압상壓床'을 하는 풍속이 있었다. '압상'이란 동자童子를 하나 구해 신랑과 하룻밤 같이 자게 하는 것이었다. 이렇게 해야만 신혼의 침상이 깨끗해진다고 믿었다. 추이다린과 청잉 모두 마이를 좋아해서 마이가 압상을 하게 되었다. 보통 네 살배기 아이라면 부모의 품을 떠나기 싫어하는 법이지만 우리가 마이에게 추이 삼촌이랑 하룻밤 자고 오라고 하자 마이는 무척 즐거워하면서 순순히 승낙했다. 추이다린의 품에 안겨가면서 마이가 다시 물었다.

"나 추이 삼촌이랑 자는 거야. 아니면 청잉 이모랑 자는 거야?"

나와 라오판은 큰 소리로 웃으면서 이렇게 대답했다.

"네가 청잉 이모랑 자려고 하면 추이 삼촌이 네 엉덩이를 때릴 거야!"

마이는 압상을 제대로 치러내지 못했다. 추이다린은 아이가 갑자기 배탈 나서 밤새 끙끙거렸다고 했다. 날이 밝자 복통은 멎어 있었다. 라오판이 마이를 데려올 때 마이의 배는 이미 아무 이상이 없었다. 마이는 또 추이다린이 압상한 대가로 2위안을 주었다면서 아빠에게 자신이 집에 돈을 벌어다주었다고 말했다.

추이다린의 혼례에는 샤오차허 임장 사람 모두가 참석해 대성황을 이루었다. 그날은 여름하고도 일요일이었다. 우리는 집 밖에 천막을 치고 부뚜막을 세웠다. 여자들은 일고여덟 가지 음식을 장만했고 남자들은 술을 마셨다. 아이들은 희탕을 빨아먹으면서 놀았다. 모두들 저녁까지 실컷 웃고 떠들며 즐겼다. 젊은이들은 또다시 동방으로 몰려가 날이 밝을 때까지 신랑 신부를 놀리고 들볶았다.

우리는 혼례 때 신부 손에 끼워져 있는 반지를 봤다. 과연 금반지에 마름모꼴의 에메랄드가 박혀 있었다. 한 번만 봐도 잊기 어려운 보석이었다. 불순물이라고는 조금도 섞이지 않고 투명하게 맑아 정말 사람을 취하게 만드는 초록빛이었다! 우리 여자들은 청잉의 손을 끌어다가 반지를 구경하면서 쯧쯧 감탄의 혀를 차면서 몹시 부러워했다. 어떤 사람은 그 반지가 웬만한 집 한 채 값이라고 말했고 또 어떤 사람은 화물차 한 대 분량의 홍송紅松과 맞먹을 거라고 말하기도 했다. 좋은 말 다섯 필에 상당할 것이라는 사람도 있고 순면 1000장에 해당될 것이라고 말하는 사람도 있었다. 우리는 생각해낼 수 있는 좋은 물건을 전부 동원해 반지와 비교했다. 그때부터 우리가 청잉을 봤다고 하면 그것은 곧 그녀의 손가락에 끼고 있는 에메랄드를 봤다는 것을 의미했다. 그녀가 분필을 들고 칠판에 글씨를 쓸 때마다 학생들은 글씨가 반짝반짝 빛난다고 말했다. 겨울이 되자 그녀의 반지에 있는 그 초록색 물건만 봐도 사람들은 마음이 설레었다. 그녀의 손가락 끝에 봄이 숨어 있는 것 같았다.

아이들은 샤오차허에서 하루가 다르게 커나갔고 임장에도 사람이 갈수록 늘었다. 샤오차허 학교에도 남자 교사 한 명이 더 증원되었다. 그는 독신이었다. 사람들은 모두 그와 청잉이 함께 일하는 것을 추이다린이 몹시 기분 나쁘게 생각한다고 말했다.

정말 이상하게도 청잉은 결혼한 지 몇 년이 지났는데도 아이를 갖지 못했다. 그녀는 아주 건강해 보였기 때문에 아이를 낳아서 키우지 못할 이유가 없을 듯싶었다. 이에 사람들은 추이다린에게 문제가 있는 것이라고 수군대기 시작했다. 어느 해 봄날, 두 사람이 함께 청잉의 친정집엘 다녀오더니 크고 작은 보따리에 한약을 가득 챙겨가지고 돌아왔다. 그때 이후로 추이다린의 집에서는 늘 탕약 냄새가 풍겨나왔다. 우리는 그 탕약이 불임증 치료제일 것이라고 추측했다. 하지만 누가 먹는지는 알아낼 방법이 없었고 물어보는 것 또한 마땅치 않았다.

산속의 나날은 느리다면 아주 느렸지만 빠르다면 또 무척 빨랐다. 눈 깜짝할 사이에 내 귀밑머리는 하얗게 셌고 라오판 역시 기력이 예전 같지 않았다. 마이가 태어난 뒤로도 나는 두 번이나 임신을 했지만 두 번 다 태아가 제대로 자리를 잡지 못했다. 첫 번째 아이는 석 달 만에 유산되었고 둘째 아이는 태어나기는 했다. 여자아이였는데 체중이 겨우 2킬로그램 정도였고 젖이 나오질 않아서 아이에게 양젖을 먹이는 수밖에 없었다. 아이는 너무 허약해 하루가 멀다 하고 아프더니 세 살이 되던 해에 심한 고열로 목숨을 잃고 말았다. 그 일이 있고 난 뒤에 나는 라오판에게 우리 나이도 이제 쉰으로 접어들고 있는 데다 아이가 넷씩이나 있으니 다시는 아이를 갖지 말자고 말했다. 라오판이 말했다.

"아이를 더 낳지 않는 것이 본전이라도 챙기는 일인 것 같소. 우리가 마지막에 너무 힘을 들였나보네!"

그 마지막이란 당연히 그가 너무나 아끼고 사랑하는 마이를 가리키는 말이었다.

문화대혁명 이전에 큰애는 일을 시작했다. 샤오차허 임장에서 검측원으로 근무하게 된 것이다. 둘째는 공부를 좋아해서 우리는 아이를 카이쿠캉으로 보내 중학교에 다니게 했다. 막내딸은 샤오차허에서 초등학교를 다녔지만 교과서를 들었다 하면 졸기 시작하는 데다 머리 회전도 빠르지 못했다. 청잉은 다른 학생들은 단어 하나를 외우는 데 3분 내지 5분이면 되는데 우리 막내딸은 하루에 한 글자도 제대로 못 외운다면서 5학년인데도 교과서를 한 번에 이어서 읽지도 못한다고 걱정했다. 하지만 이 아이는 손으로 하는 일에서만큼은 아주 뛰어났다. 커튼도 만들 줄 알고 뜨개질도 잘했으며, 심지어 옷도 재단할 수 있었다. 나는 여자아이가 이 정도면 시집가는 데는 아무 문제가 없을 거라고 생각했다. 가장 마음을 놓을 수 있는 아이는 바로 마이였다. 마이는 학교 공부에도 뛰어났고 부지런한 데다 성격도 아주 온순했다. 학교에서는 겨울마다 난로에 불을 피우는데 마이가 있는 교실의 난로는 항상 그 애가 도맡아 피웠다. 마이는 매일 날이 새기도 전에 교실로 가서 난로에 불을 피웠다. 수업이 시작될 즈음이면 교실 안은 이미 따뜻해져 있었다.

문화대혁명이 시작되면서 중국과 소련의 관계에 긴장이 고조되었다. 내가 소련의 리에바 마을에서 마이를 낳았던 일도 다시 끄집어내 새로운 해석을 내리는 바람에 라오판은 소련의 스파이가 되고 말았다. 당시 그가 서명한 문서도 매국의 입증물로 간주되었다. 임업경영소 소장 자리에서 쫓겨난 그는 사람들에 의해 카이쿠캉으로 끌려가 비판을 받은 다음, 배에서 잡역부로 일하게 되었다. 추이다린에게도 덩달아 불운이 닥쳤다. 그는 카이쿠캉에 있는 식량 창고로 배치되어 경비를 맡게 되었다. 나중에 라오판이 나서서 모든 책임을 자신에게 돌리면서 자신이 주도적으로 아내를 소련으로 보낸 것이고 서명도 자신이 한 게 맞다고 해명했다. 그러면서 추이다린에게는 아무 책임이 없으니 그를 샤오차허에 남게 해달라고 사정했다. 추이다린이 카이쿠캉에 있으면서 아내와 떨어져 지내면 아이 낳을 기회를 놓친다는 설명도 잊지 않았다. 모든 사람이 추이다린에게 아이가 없다는 사정을 잘 알고 있었기 때문에 그를 샤오차허로 돌려보냈다. 하지만 그는 더 이상 사무실에 앉아서 일할 수 없게 되었고 대신 노동자들처럼 산에 올라가 벌목을 해야 했다.

그러나 추이다런이 샤오차허로 돌아오고 얼마 지나지 않아 청잉이 죽고 말았다.

청잉을 죽게 만든 것은 바로 그 에메랄드 반지였다.

청잉이 결혼한 이후로 그 반지는 그녀의 손에서 떨어진 적이 없었다. 그녀는 수업할 때도 반지를 끼고 있었고 물을 길을 때도 끼고 있었으며 강변에서 옷을 빨 때도 끼고 있었다. 줄곧 아이가 생기지 않아서 그런지 청잉은 점차 얼굴색이 예전 같지 않고 살도 많이 빠졌다. 그러던 어느 날 그녀는 강가로 빨래를 하러 갔다가 집으로 돌아와서야 반지를 잃어버렸다는 사실을 알게 되었다. 살이 빠지다보니 손가락도 따라서 가늘어진 데다 비누 거품 때문에 반지가 스르륵 미끄러져 강물 속으로 빠져버린 것이었다. 샤오차허 사람 모두가 청잉을 도와 반지를 찾으러 나섰다. 사람들은 청잉이 빨래하던 강가에 흩어져 물이 얕은 곳에서는 조리를 가지고 건져내려 애썼고 물이 깊은 곳에서는 수영을 잘하는 사람들이 잠수해 들어가 여기저기 헤집어가며 찾아봤다. 이렇게 이틀을 노력했지만 반지는 끝내 찾지 못했다.

청잉은 반지를 잃어버린 뒤로 완전히 넋이 나간 사람 같았다. 사람들을 바라볼 때도 눈빛이 불안정했고 길을 가다가 그녀와 마주쳐 인사를 건네도 못 들은 것처럼 행동하곤 했다. 학생들에게 수업할 때 설명을 하다가 중간에 막히기 일쑤였다. 그녀는 원래 아주 단정한 편으로 옷에 주름이 진 적이 없었고 정장 바지도 항상 칼날처럼 곧게 줄이 서 있었다. 머리도 늘 단정하게 땋고 다녔다. 하지만 반지를 잃어버린 뒤로는 마치 호신부를 잃어버리기라도 한 것처럼 복장도 단정하지 않았고 머리는 항상 부스스했으며 이 사이에 낀 음식물을 빼내는 것도 잊고 다녔다. 그녀의 이런 태도를 본 사람들은 입을 모아 당시 그녀가 추이다린에게 시집갔던 것은 사람이 좋아서가 아니라 재물 때문이었던 게 분명하다고 수군거렸다.

그러던 어느 날 저녁, 청잉이 집에 돌아오지 않았다. 추이다린은 샤오차허 전역을 뒤져봤지만 그녀를 찾을 수 없었다. 나흘 후에야 그녀는 헤이룽강 하류에 있는 '란위컹爛魚坑'*이라 불리는 곳에서 사체로 발견되었다. 시신은 강기슭에 있는 버드나무 숲까지 쓸려가 있었고 이미 심하게 부패되어 있었다. 사람들은 청잉이 반지를 찾으러 갔다가 급류에 휩쓸려갔거나 아니면 자살한 것이라고 말했다. 그렇게 아끼던 물건이 사라져 더는 살 수가 없었다는 것이다.

나는 문득 마이가 추이다린의 집에서 '압상'할 때 복통을 앓았던 일이 떠올랐다. 동자가 너무 영험해서 그들의 새 침대가 새 부부에게 행운을 가져다주지 않으리라는 사실을 예감한 것이 아닌가 하는 생각이 들었다.

이때부터 추이다린은 허리가 구부러지기 시작했다. 하루 종일 머리를 푹 숙인 채 아무하고도 말을 주고받지 않았다. 아직 마흔도 채 안 된 사람이 초로의 노인 같았다. 그의 집에서는 더 이상 약을 달이는 냄새도 나지 않았다.

추이다린이 아내를 잃은 데다 라오판의 액운에 연루되었던 것 때문에 나는 늘 그가 안쓰러웠다. 마이가 집에 있을 때면 나는 자주 그의 집에 가서 장작을 패거나 마당을 쓸고 물을 길어다주는 등

---

* 썩은 물고기 구덩이라는 뜻.

집안일을 돕게 했다. 어쩌다 맛있는 음식을 하는 날에는 그에게 한 그릇 가져다주곤 했다. 샤오차허 사람들 역시 그를 딱하게 여기며 종종 그의 집에 음식과 건량을 보내주었다.

그 무렵 이미 다 큰 마이는 아빠가 자신 때문에 힘든 일을 겪는 다는 사실을 알고는 몹시 우울해했다. 녀석은 무단결석을 하기 시 작했고 난로에 불을 피우러 학교에 일찍 가는 일도 없었다. 때로는 붉은 술이 달린 창을 들고 몇십 리를 걸어서 카이쿠캉까지 아빠를 만나러 가기도 했다. 누구든지 아빠 몸에 무력을 쓰기만 하면 자신 이 칼로 찔러버리겠다고 말하기도 했다. 마이는 열네 살에 벌써 키 가 1미터 70센티미터나 됐고 몸무게도 50킬로그램이 넘었다. 수 염도 제법 나서 덩치가 큰 청년 같았다. 카이쿠캉 사람들은 마이가 찾아올 때마다 늘 위풍당당한 모습이었던 것을 다 알고 있었다. 라 오판에 대해 비판 투쟁을 가했던 사람들도 이런 훌륭한 아들을 두 었으니 살 만한 가치가 있겠다고 말했다.

마이는 학교를 그만둔 뒤로 겨울이 되면 산에 올라가 벌목을 했 고 여름에는 사람들을 따라 헤이룽강에서 강물을 이용해 목재를 샤 오차허에서 헤이허 항구까지 운송하는 뗏목 타기 작업을 했다. 한 번 뗏목을 탈 때마다 여드레에서 열흘이 걸렸다. 뗏목을 타는 것은 아주 위험한 일이라 마이가 뗏목 타는 일을 하러 갈 때마다 나는 헤 이룽강의 수많은 급류와 위험한 여울을 떠올리면서 혹시 사고라도 나면 어떻게 하나 하는 생각에 제대로 잠을 이룰 수 없었다. 마이가 뗏목 타는 일에 참여할 때마다 나는 항상 십장에게 술을 대접하면 서 마이를 잘 보살펴달라고 부탁하곤 했다. 뗏목 위에서 노를 관리 하는 십장을 '물 보는 사람'이라고 불렀다. 노는 배의 상앗대에 해당되는 장치로 방향을 잡는 기능을 했다. 뗏목이 무사히 떠내려가느냐의 여부는 노를 잡고 있는 십장의 손재주에 달려 있었다. '물을 보는' 십장도 마이를 무척 좋아해서 마이가 뗏목을 타기만 하면 가는 내내 바람도 잔잔하고 물결도 일지 않는다고 말했다. 마이는 행운아였다. 일반적으로 뗏목으로 엮은 목재는 길이가 100미터가 넘었고 너비는 30미터나 되었다. 그리고 그 위에 200평방미터의 목재를 적재할 수 있어야 했다. 이런 뗏목을 한 번 띄우는 데 보통 일고여덟 명의 장정이 필요했고 뗏목 위에는 취사도구와 천막도 실려 있어 그 위에서 숙식을 해결했다. 십장은 마이가 뗏목에 서서 강물 위로 오줌을 누는 것이 가장 통쾌하다고 말했다고 전했다. 달빛이 좋은 밤이면 뗏목 위에서 술을 마시기도 했다. 이럴 때면 마이는 쾌판서快板書* 솜씨를 뽐내기도 했다. 마이가 이들에게 들려주는 이야기는 대부분 자신이 지어낸 것으로 하나같이 영웅과 미인에 관한 내용이라 함께 뗏목을 타는 사람 모두 좋아했다.

1974년에 마이는 집에서 세는 나이로 열여덟 살이 되었다. 많은 사람이 그에게 배우자감을 소개해주었지만 마이는 사내대장부는 천하를 집처럼 여기며 떠돌아다녀야 하므로 아내를 맞으면 짐만 될 뿐이라고 말했다. 그해 여름, 마이는 또 뗏목을 타러 갔다. 이번에 뗏목 작업이 마이의 운명을 바꿔놓았다.

수로로 샤오차허에서 헤이허까지 가려면 진산金山이라는 지역을 지나야 했다. 진산 맞은편 기슭에는 소련의 작은 마을이 자리 잡

---

* 대쪽 두 개로 이루어진 리듬 악기와 두 개의 동판을 작은 대쪽 네 개 사이에 끼워 넣어 만든 리듬 악기를 두드리며 이따금 대사도 곁들여 노래하는 중국의 민간 기예.

고 있었다. 일반적으로 뗏목을 타는 일은 낮에 항행하고 밤에는 잠을 자야 하기 때문에 매일 저녁 정박할 곳을 찾아야 했고, 이튿날 아침이면 다시 뗏목을 몰아야 했다. 이 진산 구간의 수로에는 돌과 큰 바위가 많기 때문에 당일 바람이 세게 불거나 물을 보는 십장이 뗏목을 정박하면서 노를 단단히 고정시키지 않을 경우, 뗏목으로 엮은 목재가 소용돌이를 일으키면서 바람을 따라 곧장 소련 쪽으로 흘러가고 한순간 남의 땅으로 넘어가기 십상이었다. 당시에는 소련 역시 헤이룽강에 대한 방어를 강화하고 있던 터라 우리가 '강토끼'라고 부르는 순시선들이 항상 강 위를 돌아다니고 있었다. 뗏목으로 엮은 목재가 강안에 접근하기만 하면 '강토끼'들이 쏜살같이 쫓아와 소련 병사들이 들고 있던 총을 뱃사람들에게 들이대면서 알아들을 수 없는 말로 고함을 지르곤 했다. 말이 안 통하다보니 십장은 하늘을 가리키는 수밖에 없었다. 하늘이 뗏목을 이리로 보낸 것이지 고의로 국경을 넘은 것은 아니라는 뜻이었다. 이때 마이가 볼을 불룩하게 부풀려 휘리릭 하고 큰바람 소리를 흉내 내면 소련 병사들은 일제히 웃음을 터뜨렸다. 해가 질 무렵이라 작은 마을에 사는 사람 모두 저녁 식사를 준비하느라 분주했고 리에바를 굽는 냄새가 진동했다. 강가 마을에는 어망을 짜는 아가씨가 몇 명 있었다. 십장은 그 가운데 파란 블라우스를 입고 금발 머리를 한 갈래로 땋은 아가씨가 다른 사람은 거들떠보지도 않고 오로지 마이만 뚫어지게 쳐다보고 있었다고 말했다. 아가씨는 크고 초롱초롱한 눈망울에 희고 깨끗한 피부를 가졌으며 계란형 얼굴에 입술은 마치 방금 팥을 먹은 것처럼 붉었고 풍만한 몸매에 화려한 자태를 뽐냈다. 십장은 소련 사람들이 술을 좋아한다는 것을 알고는 뗏목에 실려 있던 소주 몇 병을 가져다가 그들에게 선물했다. 소련 병사들은 강가에 있던 아가씨들에게 마을에 들어가 오이절임과 리에바를 가져오라고 지시했다. 이리하여 소련 병사들과 뗏목꾼들은 강가에 둘러앉아 함께 먹고 마셨다. 십장이 말한 그 아가씨는 마이 등 뒤에 서서 마이에게 빵도 떼어주고 술도 따라주었다. 마이 역시 그녀가 맘에 들었는지 그녀를 보기만 하면 얼굴이 온통 붉어졌다. 먹고 마시기를 마치자 어느새 날이 어두워졌고 바람도 멎어 있었다. 달이 떠오르기 시작하자 십장은 뗏목을 다시 진산 쪽으로 되돌리려 했다. 마이가 뗏목에 오르는 것을 바라보고 있던 아가씨가 눈물이 그렁그렁한 얼굴로 호주머니에서 나무 국자 하나를 꺼내 마이에게 건넸다. 나무 국자는 자루와 바닥이 금색이고 윗부분에는 단풍잎 두 개와 팥 여섯 알이 그려져 있었다. 마이는 나무 국자를 받아 웃옷 깊숙이 쑤셔넣었다.

이번에 뗏목을 타고 돌아온 후 마이는 예전의 마이가 아니었다. 혼자서 나무 국자를 손에 들고 넋을 놓고 마당에 앉아 있기 일쑤였다. 하루에 한 번씩 물고기를 잡으러 간다느니, 떡을 감으러 간다느니, 신발을 빨러 간다느니 하는 구실로 강가에 나갔지만 사실은 그가 강 건너편을 바라보기 위해 나간다는 사실을 누구나 알고 있었다.

어느 날, 마이는 그물에 무게가 열 근은 족히 되어 보이는 붉은 배의 열목어를 한 마리 잡아가지고 왔다. 물고기는 집 안으로 들고 들어올 때에도 여전히 머리와 꼬리를 휘젓고 있었다. 나는 장즙어醬汁魚*를 만들어 단지에 담아 카이쿠캉에 있는 라오판에게 가져

---

* 기름에 통째로 튀긴 생선 위에 걸쭉한 양념장을 친 음식.

다주기로 마음먹었다. 생선 비늘을 다 벗겨내고 칼로 속을 가를 때 이 생선의 배가 이상하리만큼 크다는 생각이 들었다. 큰 물고기의 부레는 아주 구하기 힘든 별미라 부레를 잘라내기 위해 물고기의 배를 가르는 순간 희미하게 초록색 물건 하나가 눈에 들어왔다. 놀랍게도 물고기 배 속에 반지가 들어 있는 것이었다! 꺼내서 자세히 살펴보니 뜻밖에도 청잉이 잃어버린 바로 그 반지였다. 나는 내 눈을 도저히 믿을 수 없었다! 내 눈이 침침해진 것이 아닌가 의심하면서 큰 소리로 마이를 불렀다. 마이는 반지를 보자마자 "청 선생님이 끼고 계시던 반지네요!"라고 말했다. 우리는 반지를 대야에 넣고 비누로 씻고 또 씻었다. 반지에 묻어 있던 생선 기름과 물풀들을 깨끗이 씻어냈다. 반지는 시집가는 색시처럼 아름다워 보는 사람의 가슴을 뛰게 하기에 충분했다. 문득 이 물고기가 조금만 더 일찍 잡혔더라면 청잉이 그렇게 죽지도 않았을 테니 얼마나 좋았겠는가 하는 생각이 들었다. 그녀가 빨래하고 있을 때 손가락에서 미끄러져 강물에 빠진 것이 사실임을 반지가 확실하게 설명해주고 있었다. 나는 마이와 함께 반지를 손수건으로 잘 싸서 서둘러 추이다린의 집으로 찾아갔다. 그에게 돌려주기 위해서였다. 그러나 추이다린은 반지를 보자마자 울면서 뜻밖의 반응을 보였다.

"이건 운명이네요. 운명이에요. 저는 이 반지를 받을 수 없습니다."

나는 그가 청잉이 그리워서 괴로워하는 것이라고 생각하고는 좋은 말로 타일러주었다.

"지금은 받아들이기 힘들겠지만 반지를 장롱에 잘 보관해두도록 해요. 남은 반평생을 이렇게 혼자서 보낼 수는 없지 않겠어요?

적당한 사람을 못 만나면 찾아나서도록 해요. 밤에 불 끄고 좋은 얘기를 나눌 수 있는 그런 사람 말이에요."

추이다린은 갑자기 내 손을 부여잡고 눈물로 범벅이 된 얼굴로 말했다.

"판 형수님, 이 반지는 형수님 차지가 될 운명이에요. 더 이상은 드릴 말씀이 없습니다. 반지가 또다시 제 집으로 돌아온다면 전 죽는 수밖에 없어요!"

내가 말했다.

"이 물건이 그렇게 진귀한 건데 내 것일 리가 있겠어요. 나도 가질 수 없어요."

뜻밖에도 추이다린은 내 앞에 무릎을 꿇고는 자기를 좀 살려달라고 하면서 제발 반지를 가지고 있어달라고 했다. 내가 말했다.

"그럼 이 반지를 마이에게 줄게요. 물고기를 잡은 사람이 마이이니 마이가 주운 것이나 마찬가지니까요. 이 반지를 마이가 보관하고 있다가 아내를 맞을 때 쓰라고 하면 되겠네요."

마이가 추이다린을 부축해 일으키면서 거리낌 없이 말했다.

"저도 이 반지가 맘에 들어요. 제가 가질게요!"

그러고는 반지를 받아 호주머니에 집어넣었다.

그때까지도 나는 추이다린의 마음속에 감춰진 비밀을 알지 못했다. 단지 그가 아내를 잃고 나서 아내가 쓰던 물건을 보게 되는 것을 두려워하는 것이라고만 생각했다.

나는 그 물고기를 기름에 완전히 지진 다음 된장을 한 공기 넣고 약한 불로 세 시간 동안 졸였다. 생선이 뼈까지 흐물흐물해지자 그릇에 가득 담아 트랙터를 타고 카이쿠캉으로 갔다. 그때는 이미 샤오차허에서 카이쿠캉까지 간이 도로가 닦여 있어 가는 길이 훨씬 더 수월했다. 두 시간이면 도착할 수 있었다. 선착장에 있는 사람들은 라오판에게 아주 잘 대해주었고 그에게 힘든 일도 시키지 않았다. 또한 내가 찾아갈 때마다 라오판에게 하루 휴가를 주어 나와 함께 공소사를 구경할 수 있게 해주었다. 나는 라오판에게 반지가 물고기 배 속에 들어가 있었던 이야기를 해주었다. 라오판이 말했다.

"정말 신화 같은 이야기네. 마이 녀석이니까 배 속에 에메랄드 반지가 든 물고기를 잡을 수 있었던 걸 거요!"

내가 카이쿠캉에서 샤오차허로 돌아왔을 때 마이는 이미 떠나고 없었다. 정말 상상도 할 수 없는 일이었다. 녀석은 세 통의 편지를 남기고 떠났다. 그 가운데 한 통은 카이쿠캉의 조직에 보내는 것이었다. 편지에서 녀석은 자신이 소련에서 태어나는 바람에 아버지가 소련 스파이로 몰렸다면서 이제 자신은 중국을 떠나 영원히 집과 관계를 끊을 테니 아버지를 샤오차허로 돌려보내야 한다고 썼다. 또 한 통은 자기 형과 누나들에게 쓴 것으로 자신은 불초자식이니 남은 형제들이 부모님을 잘 모시고 죽을 때까지 효도를 다해달라고 당부하는 내용이었다. 마지막 한 통은 나와 라오판에게 쓴 것으로 자신은 이번에 떠나면 영원히 돌아오지 않을 것이지만 그렇다 하더라도 절대로 슬퍼하지 말고 몸 건강히 잘 계시라는 인사를 남기고 있었다. 우리에게 보낸 편지 맨 밑에는 고두叩頭의 예를 올리는 남자아이를 하나 그려놓았다. 그러면서 매년 섣달 그믐날 밤마다 자신이 살아 있는 한 어디에 있든지 샤오차허 방향으로 우리에게 고두로 세배를 올릴 것이라고 썼다.

마이는 그 반지와 붉은 팥이 그려져 있는 나무 국자를 가지고 떠났다. 나는 녀석이 강 건너편으로 헤엄쳐갔다는 것을 모르지 않았다. 라오판은 강인하고 굳센 사람이라 나는 이제껏 그가 눈물을 흘리는 모습을 한 번도 본 적이 없었다. 하지만 마이가 떠나자 더 살고 싶지 않을 정도로 슬퍼했다. 그 뒤로는 누군가 이 얘기를 꺼내기만 하면 눈물을 보였다. 나도 칼로 가슴을 찌르는 것처럼 괴로웠지만 라오판을 위해 애써 마음을 추스르면서 결국에는 아이가 태어난 곳으로 돌려보내야 한다고, 그것이 운명이라고 말해주었다.

우리는 감히 편지 내용을 공개하지 못하고 단지 마이가 실종되어 어디로 갔는지 알 수 없다고만 말했다. 그러지 않으면 라오판은 나라를 배신하고 적에게 투항한 아들을 둔 셈이 되어 죄가 가중되기 때문이었다. 그 세월 동안 우리는 매일같이 마음을 졸이며 살았다. 어느 날 갑자기 마이가 송환되어 돌아오지나 않을까 두려웠다. 송환되었다는 소식이 없으면 우리는 또 녀석이 밀입국하다가 익사한 것은 아닌지 걱정되었다. 헤이룽강 어디에서라도 시신이 발견되었다는 말만 들어도 우리는 몸을 부들부들 떨다가 그 시신의 주인이 마이가 아닌 것을 확인하고서야 비로소 안도의 한숨을 내쉴 수 있었다. 겨울이 되어 강이 봉쇄되자 우리도 점차 마음의 안정을 되찾기 시작했다. 마이가 틀림없이 맘에 드는 처자와 함께 편안한 생활을 하고 있을 것이라고 생각했다.

문화대혁명이 끝나면서 라오판은 샤오차허로 돌아오게 되었다. 당시 임업경영소는 이미 임장으로 확장되어 있었고 상부에서 장장이 파견되어 있었다. 장장은 라오판에게 부장장을 맡아달라고 부탁했지만 라오판이 이를 거절했다. 라오판은 자신이 곧 예순 살이 되는 데다 류머티즘을 앓고 있기 때문에 일할 능력이 없다고 말했다. 나는 마이가 떠난 것이 그의 기름 등에서 심지를 빼낸 것과 마찬가지라는 점을 모르지 않았다. 그의 마음속에는 빛이 얼마 남아 있지 않았다.

1989년, 라오판은 세상을 떠났다. 일흔까지 살았으니 호상인 셈이었다. 세상을 뜨기 직전에 그는 내가 샤오차허로 올 당시 돼지기름 항아리를 가지고 오느라 정말 힘들었겠다고 말했다. 나는 그가 마이를 생각하고 있음을 알고는 마이가 우리에게 남기고 간 편지를 가져다 보여주었다. 그는 그 고두의 예를 올리는 남자아이를 뚫어져라 쳐다보다가 웃으면서 세상을 떠났다.

라오판의 장례식에서 추이다린은 내게 자신을 반평생 동안 괴롭혔던 비밀을 말해주었다. 그는 그 반지가 정말로 내 것이었다고 말했다. 그는 나를 카이쿠캉에서 샤오차허까지 데리고 오는 길에 돼지기름 항아리가 깨지자 나를 도와 그릇 안에 돼지기름을 긁어모으다가 기름 항아리에서 나온 에메랄드 반지를 발견했다. 그리고 순간적으로 재물이 탐나 반지를 훔쳐 자기가 가졌던 것이다. 처음에는 그도 내가 그 항아리 안에 반지를 숨긴 것으로 알고는 감히 반지를 꺼내지 못하다가 나중에 내게 몇 번 슬쩍 물어보고는 그 돼지기름 항아리가 집과 맞바꾼 것이라는 사실을 알게 되었고, 내가 반지에 관해 아무것도 모른다는 점을 알고는 그제야 감히 꺼내볼 수 있었다고 했다. 그는 또 청잉을 자기 곁에 둘 수 있었던 것도 확실히 그 반지 때문이었다고 말했다. 사실 그는 청잉이 자신을 쫓아다니던 기술자를 훨씬 더 좋아했다는 것도 알고 있었다. 결혼하고 나서 그는 그 반지를 볼 때마다 다리에 힘이 빠져 남자가 해야 할 일을 제대로 할 수 없었다고 했다. 이에 그는 청잉에게 그 반지를 끼지 말아줄 것을 부탁했지만 그녀는 말을 듣지 않았고, 이 때문에 자주 말다툼을 했다고 했다. 나는 추이다린에게 왜 라오판이 죽은 뒤에야 내게 이런 얘길 해주는 거냐고 물었다. 그는 라오판은 사내 대장부라 이런 사실을 알았다면 쳐다보는 눈빛만으로도 자신을 죽일 수 있었을 것이라고 말했다.

이제야 나는 당시 훠다옌이 왜 다른 사람들에게 그 돼지기름을 먹게 하지 말라고 당부했는지를 알게 되었다. 알고 보니 그는 남몰래 나를 좋아해 내게 그 반지를 선물하려 했던 것이다. 라오판의 동생이 형의 장례를 위해 고향인 허위안에서 달려오자마자 나는 그에게 훠다옌의 소식을 물었다. 훠다옌은 뇌출혈로 6~7년 전에 죽었다고 했다! 죽기 전에 그는 라오판의 동생을 보기만 하면 형과 형수에게서 편지는 오는지, 두 사람은 그곳에서 잘 살고 있는지 곧잘 물었다고 했다. 라오판의 동생은 또 한 번은 자기가 훠다옌에게 내가 아들을 낳았고 이름을 마이라고 지었다고 얘기해주자 훠다옌은 빈대라고 부르는 것보다는 낫다고 말하고는 화가 나서 씩씩거리며 가버렸다고 말했다. 훠다옌의 부인은 거칠고 드센 여자라 두 내외는 평생 사이가 좋지 않았다고 했다. 훠다옌의 병이 위급했을 때에도 그의 아내는 신발가게에 들어가 검은 가죽 구두를 신어보고 있었고, 사람들이 그녀에게 빨리 집으로 돌아가라고 재촉하는데도 그녀는 조급해하거나 당황하는 기색도 없이 신발가게 주인에게 빨간 신발로 바꿔달라고 말했다는 것이다. 그가 죽었다고 하자 그녀는 자신은 액땜을 한 셈이니 늙은 개자식의 혼귀가 달라붙는 일을 없을 것이라고 악담을 했다고 했다.

아, 나는 라오판이 살아 있을 때 그에게 한껏 뽐낼 수 있었을 텐데 이 반지의 내력을 한발 늦게 알게 된 것이 너무나 안타까웠다.

"이것 봐요. 나를 좋아하는 남자가 또 있단 말이에요."

하지만 라오판의 성격으로 미루어볼 때 그는 이런 얘길 듣고도 큰 소리로 웃으며 이렇게 말했을 것이 분명하다.

"눈이 꼭 소 눈처럼 생긴 도축업자 따위가 당신을 좋아한다는 걸 가지고 뭐 그리 잘난 척이오?"

라오판이 세상을 떠나고 나서 2년이 지나 추이다린도 세상을 떠났다. 나는 아직 살아서 자식과 손주들이 집 안에 가득하다. 내 평생에 가장 잊을 수 없는 일은 허위안에서 샤오차허까지 오는 길에 만났던 비와 바람이다. 나의 운명은 그 돼지기름 항아리와 떨어질 수 없는 것이었다. 여름철 저녁 무렵이면 나는 자주 헤이룽강 강변을 거닐면서 국경 너머 강 저편을 바라보곤 한다. 날개를 활짝 펴고 강 양안을 날아다니는 새들의 울음소리가 그렇게 듣기 좋을 수 없다. 어떤 새는 쑤성 쑤성 하고 우는 것 같다. 이런 울음소리를 들으면 더욱더 고개를 쳐들게 된다. 눈이 이미 침침해져 새 그림자를 분명하게 볼 수는 없지만 새의 등 뒤로 보이는 하늘은 아주 분명하게 볼 수 있다.

눈 커튼

창문 커튼이 있다. 서리와 눈이 응결되어 만들어진 커튼이다. 최근 몇 년 동안 줄곧 내 기억 속 아주 깊은 곳에 감춰져 있다가 매년 설 분위기가 달아오를 때쯤이면 들썩이면서 눈앞에 떠오르곤 한다. 나는 일찍이 여러 차례 펜을 들어 이 눈 커튼을 드러내고 싶었지만 결국 이 커튼은 세속의 탁류에 녹아버렸다.

눈 커튼이 그렇게 완전히 사라졌다고 생각한 나는 최근 2년 동안 그 눈 커튼이 살며시 모습을 드러내리라고는 전혀 생각지 못했다. 눈 커튼은 외롭고 쓸쓸하게 마음 한구석에서 밝고 차가운 빛을 내뿜으면서 나를 일깨우고 있었다. 그제야 나는 진정한 서리와 눈은 마음을 다해 따뜻하게 녹이지 않으면 절대로 떠나보낼 수 없다는 것을 깨달았다.

섣달로 접어들자 기차역은 최고의 흥행을 몰고 온 영화를 상영하는 것처럼 사람들이 몰려들어 초만원을 이루었다. 매표소 앞에는 초조한 표정으로 표를 사려고 기다리는 사람들이 장사진을 이루고 있고 플랫폼에는 기차를 기다리는 사람들이 새까맣게 몰려 있었다. 이따금 증편된 열차의 발차 시각과 또 다른 열차들의 지연을 알리는 확성기 소리가 들려왔다. 여행객 대부분은 설을 쇠기 위해 고향을 찾는 사람들이었다. 대합실 화장실은 빈번하게 드나드는 이용객들로 인해 지린내가 코를 찔렀다. 벤치에는 피곤한 기색이 역력한 여행객들이 빈틈없이 앉아 있었다. 통로에는 담배꽁초와 과일 껍질, 종잇조각들이 마구 버려져 있고 청소부는 사람들이 다 보는 앞에서 아이의 오줌을 누이는 여자와 함부로 담뱃재를 터는 남자들을 향해 수시로 잔소리를 해대고 있었다. 이 시기의 기차역은 새벽 재래시장보다 훨씬 더 지저분하고 어수선했다. 수천수만 명의 사람이 구경하려고 달려드는 크리스마스트리 같았다. 모든 사람이 크리스마스트리에 선물을 걸다보니 결국 그 무게를 이기지 못하고 기울어지면서 묵직한 숨소리를 내고 있는 것 같았다.

당시에는 오늘날처럼 그렇게 쉽게 기차표를 구할 수 있는 것이 아니었다. 아침 일찍 일어나 줄을 서지 않으면서도 침대칸 표를 한 장 사고자 한다면 웃돈을 얹어 암표상에게서 높은 가격에 표를 사거나 철도 관련 기관에서 일하는 지인에게 은근히 부탁하는 수밖에 없었다. 다행히 내게는 이 분야에서 일하는 친구가 한 명 있어서 표를 사는 고생을 면할 수 있었다.

내가 설을 쇠기 위해 고향 집으로 돌아가는 시기는 대개 조신절 즈음이었다. 섣달 스무닷새가 아버지 기일이라 성묘를 해야 했기에 반드시 그 전에 집에 도착해야 했다.

그해에는 조신절 당일에 출발했던 것으로 기억한다. 출발하기 전에 나는 집 문 앞에 '복福' 자를 써서 붙여놓았다. 섣달그믐에 다른 집 사람들은 대련對聯을 붙이거나 등롱을 걸어놓기도 하는데 우리 집 문 앞에만 길상을 나타내는 아무런 장식이 없는 게 마음에 걸려 미리 길상의 뜻을 담고 있는 '복' 자를 붙여놓은 것이었다.

기차역의 무질서와 혼란은 말할 것도 없고, 숨이 차서 땀범벅이 된 얼굴로 무거운 여행 가방을 든 채 벌떼처럼 몰려드는 인파 속을 어렵사리 헤치고 간신히 기차에 오르면 나는 나도 모르게 설을 원망하는 마음이 들었다. 나는 설이 사람들을 숨차게 하고 정력을 허비하게 하는 것이라고 생각했다. 설이 사람을 가지고 노는 괴수로, 사람들로 하여금 자신을 에워싸고 빙빙 돌게 만드는 이기적인 존재라는 생각도 들었다.

짐을 내려놓고 잠시 숨을 고르는 사이에 기차는 천천히 플랫폼을 빠져나가고 있었다. 날은 이미 어두워져 열차 유리창에는 성에가 잔뜩 끼어 있었다. 장난꾸러기 어린애들은 창밖 풍경을 보려고 쉴 새 없이 손톱으로 성에를 긁어댔다. 사각사각— 하는 소리가 요란했다. 물고기 비늘을 긁는 소리 같았다.

머리를 잔뜩 볶은 한 여자 승무원이 검은 가죽 가방을 메고서 승객들을 향해 침대칸 승차권을 교환하라고 외쳤다. 모두들 그녀 손에 승차권을 건네고 양철로 된 직사각형 표를 받았다. 그녀는 승차권을 순서대로 검은 가죽 가방 안에 집어넣었다. 나란히 모여 있는 승차권 다발이 마치 공동묘지에 빼곡히 세워져 있는 하얀 묘비 같았다. 그녀는 묘지를 지키는 데 이골이 난 듯 무심한 표정을 지으며 객실을 벗어났다.

30분쯤 지나 아까 그 여자 승무원이 되돌아와 객실 통로를 지나가면서 또 한 번 큰 소리로 외쳤다.

"아직 표를 바꾸지 않으신 분 있나요?"

아무도 대답하지 않자 그녀는 가죽 가방을 옆에 끼고 가버렸다.

나는 귤을 하나 꺼내 먹고 세면실로 가서 이를 닦은 다음, 침대 칸으로 와서 쉴 생각이었다. 하지만 세면실은 이미 좌석이 없는 수많은 승객이 차지하고 있었다. 하는 수 없이 씩씩거리며 자리로 돌아와 양치 도구를 여행 가방 안에 집어넣고 좀 쉬려고 중간 침대 칸으로 올라갔다. 나는 열차를 탈 때 맨 아래 칸에서 자는 것을 꺼렸다. 다른 여행객들이 아래 칸을 자기 집 아랫목처럼 여기면서 당당하게 엉덩이를 올려놓는 것은 말할 것도 없고, 어떤 사람은 아예 기름투성이 통닭이나 족발을 뜯으면서 술을 마시다가 침대 시트에 기름 얼룩을 묻혀놓기도 했다. 또한 과즈瓜子*를 즐겨 먹는 여자들은 과즈 껍질을 사방으로 튀기면서 떠들어댔다. 더 심한 사람은 끈적끈적한 주스를 마시면서 시트에 흘리기도 했다. 그렇게 가지각색의 사람들이 함부로 앉아 땟국으로 얼룩진 침대칸에서 잠을 잔다면 아마 돼지우리에서 자는 기분일 것이다.

어스레한 등불 빛에 의지해 나는 잡지 한 권을 펼쳤다. 막 읽기 시작하려던 차에 맞은편 침대 아래 칸에서 말다툼하는 소리가 들렸다. 얼른 고개를 내밀고 살펴봤더니 아래 칸 창가 자리의 주인은 꽤나 나이 든 여자로 내가 기차에 오를 때에도 그 자리에 앉아 있

---

* 수박 씨나 해바라기 씨, 호박 씨 등을 소금이나 향료를 넣어 볶은 것으로 중국인들이 가장 즐겨 먹는 주전부리 중 하나다.

었다. 머리칼이 거의 백발이라 나이가 예순쯤 되어 보이는 그녀는
회색 솜저고리에 짙은 남색 두건을 두르고 광주리를 하나 소지하
고 있었다. 광주리는 처음에는 다탁 위에 놓여 있었지만 객차 안으
로 승객들이 계속 들어와 다탁 위에 과일과 찻잔을 내려놓는 바람
에 걸리적거리지 않도록 다탁 밑으로 옮겨놓았다. 여자는 다른 사
람들이 부주의해서 광주리를 발로 차지나 않을까 싶어 수시로 다
탁 밑을 내려다봤다. 좀처럼 외출할 기회가 없었는지 그녀는 아이
처럼 손톱으로 차창의 성에를 긁으면서 쉴 새 없이 밖을 내다봤다.
그녀가 혼잣말할 때면 나는 나도 모르게 웃음이 새어나올 뻔했다.
예컨대 그녀는 작은 목소리로 이렇게 중얼거렸다.

"이런 황량한 벌판에 아직도 불이 켜져 있다니! 설마 귀신들을
비추려는 건가."

또 이런 말도 했다.

"어머나, 전봇대가 이렇게나 많다니! 얼마 안 가서 또 있고 얼마
안 가서 또 있네. 이 전기는 어디에서 오는 거지? 어째서 나는 전봇
대들이 번쩍이는 걸 한 번도 못 본 거지?!"

이 노부인과 말다툼을 벌이는 상대는 가죽 점퍼 차림의 뚱뚱한
중년 사내였다. 술이 얼큰하게 취한 그는 잠을 좀 자야겠다면서 나
이 든 여자에게 어서 자리를 비켜달라고 요구하고 있었다. 노부인
이 말했다.

"여기는 내 침대예요. 어째서 나한테 자리를 비우라는 거예요?"

뚱뚱한 남자가 말했다.

"어째서 당신 침대라는 거요? 여기는 내 침대예요. 내가 방금 추
가로 돈을 지불하고 산 침대라고요!"

노부인이 갑자기 뭔가를 깨달은 듯이 말했다.

"오호라! 그러니까 새해가 다가오는 때라 기차에 사람이 너무 많이 탔으니 한 침대에서 두 사람이 같이 자라고 했다는 거로군요?"

주위에 있던 사람들이 웃음을 터뜨렸다. 웃음소리는 한참이나 이어졌다.

뚱뚱한 남자가 성가시다는 듯이 말을 받았다.

"누가 당신 같은 할망구랑 한 침대에서 잔다고 그래요? 어느 침대인지 몰라도 얼른 그리로 가라고요!"

노부인은 이 남자가 자신과 한 침대에서 자려 하는 것이라고 생각했다. 그녀가 다시 물었다.

"새벽까지만 여기서 자겠다는 건가요?"

남자가 퉁명스러운 어투로 말을 받았다.

"지금부터 아침까지 계속 잘 거라니까요."

노부인은 아이고, 아이고 신음 같은 탄식 소리를 내면서 자신이 어쩌다 이런 동숙자를 만나게 되었는지 한탄하는 듯했다.

이때 담배를 피우고 있던 남자 한 명이 나서서 노부인에게 말했다.

"표를 다시 확인해보세요. 이 침대가 맞는지 말이에요. 열차에서는 같은 자리를 중복해서 팔 수 없거든요!"

또 다른 사람이 나서서 거들었다.

"혹시 암표상에게서 산 가짜 표 아니에요?"

노부인이 억울하다는 듯이 말했다.

"이 표는 가짜일 리 없어요. 내 딸이 새벽 4시에 기차역에 가서 줄을 서서 사다준 거란 말이에요."

그러면서 그녀는 몸을 일으켜 바지 주머니에서 표를 꺼냈다. 그녀의 표는 이 자리 게 틀림없었다. 하지만 그녀가 승무원에게 승차권을 교환하지 않았기 때문에 빈자리로 간주되어 다른 사람에게 다시 팔렸던 것이다.

모두 그녀가 범한 실수를 알려주자 무척 당혹스러웠던 그녀는 금방이라도 울음을 터뜨릴 것 같았다. 그녀가 말했다.

"예전에 기차에 탈 때는 항상 본인이 표를 소지하고 있었고 승무원이 검사를 할 때만 표를 꺼냈단 말이에요. 자기가 산 표를 어떻게 남한테 줄 수 있겠어요?"

술 냄새를 고약하게 풍기는 뚱뚱한 남자가 경멸하는 어투로 말했다.

"열차도 제대로 탈 줄 모르는 여자가 무슨 외출을 한다는 거야!"

그녀가 곧장 반박했다.

"누가 기차를 탈 줄 모른다는 거예요? 평생 열 번도 넘게 탔단 말이에요."

그녀의 이 한마디가 또 주위 사람들의 웃음을 유발했다.

담배를 피우던 남자가 새로 온 자리 주인에게 말했다.

"이봐요, 노부인에게 말 좀 공손하게 하세요. 연세가 이렇게 많으신 분이 문밖 출입하는 게 어디 그렇게 쉽겠습니까?"

"자신이 레이펑雷鋒*이라도 되는 줄 아나? 좋아, 그렇게 하지.

---

* 인민해방군의 모범 병사다. 후난湖南성 창사長沙 출신으로 어렸을 때는 소년선봉대에서 활동했고 1957년에 중국공산주의청년단에 들어가 중국 각지의 농장이나 공장에서 작업하는 등 봉사활동을 계속했다. 1960년 인민해방군에 입대해 수송대

그럼 당신 침대를 노부인에게 주면 되겠네."

뚱뚱한 남자가 거세게 몰아붙였다.

"또 무슨 말을 그렇게 하는 거요?"

담배를 피우던 남자가 담배를 비벼 끄고는 한번 해보자는 듯이 뚱뚱한 남자를 향해 팔을 내둘렀다.

"어쭈? 설 쇠러 집에 가면서 들고 갈 게 없으니까 어디 얼굴에 멍이라도 잔뜩 들어서 가고 싶어 그러나?!"

뚱뚱한 남자가 가죽 재킷을 벗어 침대 위에 내던지면서 도발하듯이 말했다.

"어디 덤벼봐. 이 어르신이 네놈이 원하는 대로 해줄 테니까!"

"나 때문에 싸우지들 마요. 설 명절을 쇠는데 사람을 때리는 건 좋지 않아요."

노부인이 뚱뚱한 남자의 스웨터 소매를 잡아끌면서 말했다.

담배를 피우던 남자 역시 공연히 소란을 피우고 싶지는 않았기에 "내가 승무원을 찾아서 시비를 가려드리지요"라고 한마디 던지고는 몸을 돌려 승무원실로 달려갔다.

금세 머리를 온통 꼽슬꼽슬하게 볶은 여자 승무원이 나타났다. 자초지종을 다 들은 그녀는 노부인에게 말했다.

"이건 다른 사람을 탓할 일이 아니에요. 제가 승객들에게 표를 바꾸라고 몇 번이나 외쳤잖아요. 그러느라 목까지 다 쉬었다고요. 모두 내 말을 증명해주실 수 있겠죠? 아주머니께서 표를 안 바꾸셨고 열차가 출발한 지 이미 30분이 지났기 때문에 이 침대의 권리를

---

에 근무하다가 교통사고로 사망했다.

포기하신 셈이 됩니다. 그러니 침대는 다른 사람 차지가 되는 것이고요."

그러면서 뚱뚱한 남자를 가리켰다.

노부인이 애처로운 어투로 말했다.

"나는 지금까지 잠을 잘 수 있는 열차를 타본 적이 없어요. 타본 거라고는 전부 앉아서 가는 열차였는데 표를 교환해야 한다는 걸 어떻게 알았겠어요?"

그러고는 확인하듯이 물었다.

"그럼 내 표는 완전히 무효라는 건가요?"

"완전히 무효라고까지는 할 수 없지만 지금은 침대칸이 만석이라 아주머니는 앉아서 가시는 수밖에 없어요."

"그럼 어디에 앉아서 가란 말인가요?"

그녀가 떨리는 목소리로 물었다.

"좌석 가장자리에 앉으세요." 열차 승무원이 말했다.

"다른 방법이 없어요."

노부인은 눈물을 흘리면서 혼잣말로 투덜거렸다. 조금 전에 딸이 기차를 태워주면서 표를 바꿔야 한다고 알려주지 않은 것에 대한 원망이었다. 이럴 줄 알았더라면 진즉에 차라리 경좌硬座 표를 사는 게 나았을 거라는 게 그녀의 생각이었다. 그녀는 여러 사람의 눈길을 한 몸에 받으며 몹시 괴로운 표정으로 광주리를 들고 좌석 끝으로 갔다. 그러고는 객차 벽에 붙어 세워져 있는 자리를 한번 쳐다보고 나서 말했다.

"좌석이 세워져 있는데 어떻게 앉으라는 거예요? 칠선녀七仙女 엉덩이라 해도 앉기 어렵겠네요!"

그녀의 말에 또 한바탕 웃음이 터져나왔다.

승무원이 손을 뻗어 좌석 스프링을 당기면서 말했다.

"이건 접이식 좌석이에요. 승객이 일어나면 저절로 올라가지요!"

노부인은 광주리를 아주 작은 탁자 위에 올려놓고는 조심스레 자리에 앉아 손으로 광주리를 감쌌다. 광주리는 3분의 1이 탁자 밖으로 튀어나와 있어 지나가는 행인들의 몸에 부딪혀 바닥으로 떨어지기 십상이었다. 누군가가 그녀에게 권했다.

"광주리는 그냥 원래 있던 자리에 두세요. 거긴 널찍하잖아요."

그녀는 아무 말 하지 않고 몹시 우울한 표정으로 뚱뚱한 남자가 이불을 펼치고 신발과 솜바지를 벗고는 이불 속으로 들어가는 모습을 바라보고 있었다. 모든 사람이 그에게 경멸의 눈길을 보냈지만 더 이상 말을 꺼내진 않았다.

열차 승무원이 돌아가려 하자 노부인이 물었다.

"이건 원래 잠을 잘 수 있는 표였는데 이제는 잠을 잘 수 없는 표가 됐잖아요. 그러면 나한테 돈을 돌려줄 수 있나요? 내 딸이 공연히 억울한 돈을 쓰게 할 수는 없잖아요. 그것도 적은 돈이 아니거든요. 몇십 위안이나 된단 말이에요! 그 돈으로 쌀을 샀다면 반년은 족히 먹을 수 있을 거라고요!"

승무원은 다소 귀찮다는 듯한 어투로 대답했다.

"알겠어요. 무슨 뜻인지 알았으니 이따가 차장님께 여쭤볼게요!"

"무슨 일이든 다 높은 자리에 있는 사람이 결정한다는 건가?"

노부인이 낮은 목소리로 투덜거렸다.

승무원은 더 이상 그녀를 상대하지 않고 아직 흥이 가시지 않은 구경꾼들을 향해 말했다.

"뭐 그리 재미난 구경거리가 생겼다고 그러세요. 모두 자기 침대칸으로 올라가세요. 9시가 되면 소등하니까 미리 이불을 깔아놓으세요. 그때 가서 허둥대지들 마시고요!"

말을 마친 그녀는 고개를 꼿꼿이 세우고 가슴을 쫙 편 채로 아주 까다로운 문제를 해결했다는 자부심을 만끽하는 듯한 자세로 객차를 나섰다.

뚱뚱한 남자는 벌써 우렁차게 코를 골고 있었다.

조금 전에 하마터면 뚱뚱한 남자와 대판 싸움을 벌일 뻔한 그 남자가 입을 삐죽 내밀고 죽은 돼지처럼 곯아떨어진 뚱뚱한 남자를 향해 말했다.

"에이그, 저런 인간이랑 말을 섞지 말았어야 했어! 내가 이십대일 때 널 만났다면 이빨이 다 부러져 남아나는 게 없었을 거라고! 개 오줌 같은 술을 마시고는 세상 무서운 줄도 모르고 까불고 있어!"

그는 혼잣말로 푸념을 늘어놓고는 노부인을 동정 어린 눈빛으로 바라보다가 말했다.

"아주머니, 물 좀 드릴까요?"

노부인이 말했다.

"기차를 타면 화장실 가는 게 무서워요. 기차가 흔들리면 아무리 해도 오줌이 나오질 않거든요. 그래서 그냥 참아요. 물을 한 방울도 마시지 않지요."

남자가 탄식하듯 한숨을 내쉬면서 말했다.

"에이, 제가 산 표는 맨 위 칸이라 아주머니께서 올라가기 어렵겠네요. 그렇지만 않으면 올라가서 주무시라고 양보하고 싶은데 말이에요."

나이 든 여자가 말했다.

"안 그러셔도 돼요. 젊은 사람들은 잠이 많은 법이니 어서 올라가 주무세요."

이때 객차 입구 쪽에 있던 낙타색 스웨터를 입은 남자가 다가왔다. 나이가 예순 가까이 되어 보이는 그는 돋보기를 끼고 있었다. 손에는 신문을 한 부 들고 있었다. 그가 침대칸을 양보하려던 젊은 사람에게 말했다.

"내 자리는 아래 칸인데 위 칸으로 올라갈 수 있네. 노부인을 내 자리에서 주무시게 하고 내가 자네 자리에서 자면 문제가 해결되지 않겠나?"

노인의 말에 젊은 남자가 연신 손을 저으면서 말했다.

"이렇게 연세가 많으신데 제가 어떻게 할아버지를 위에 올라가시게 할 수 있겠어요. 만에 하나 어디에 부딪히기라도 하면 어떡하고요?"

"나는 아침마다 태극권을 하기 때문에 몸에 안 좋은 데가 한 군데도 없네. 위 칸에 올라가는 것은 말할 것도 없고, 나무 위에 올라가는 것도 아무 문제 없다고!"

노인이 자기 가슴팍을 두드리면서 호언장담했다.

"아이고, 절대 안 돼요. 만에 하나 뜻하지 않은 사고가 발생하면 저는 뒷감당을 할 수 없단 말이에요!"

그러고는 갑자기 얼굴이 빨개지더니 배탈이 났다면서 재빨리 화

340

장실로 달려가 자리를 피했다.

노인이 탄식하며 말했다.

"진심으로 양보할 것도 아니면서 선한 사람인 척 행색만 하는 군!"

말을 마친 노인은 신문을 들고 자기 자리로 돌아갔다.

자리를 양보하는 일은 그렇게 마무리됐다.

기차는 쿠릉 치익 쿠릉 치익 요란한 소리를 내면서 달렸고 밤이 깊어지면서 추위도 더 매서워졌다. 차창에 성에가 낀 면적이 점점 더 넓어지더니 유리창을 거의 다 뒤덮어버렸다. 자리에 앉아 있는 노부인은 하얀 거울 액자 속에 박혀 있는 초상화 같았다. 늙고 어두운 데다 슬픔의 기운이 짙게 드리워진 모습이었다. 어린애를 안고 있는 여자 하나가 다가와 그녀에게 말을 걸었다. 그녀는 자기 품 안에서 새우 과자를 먹고 있는 여자아이에게 말했다.

"할머니에게 새우 과자 좀 드려볼래?"

여자아이는 몸을 일으켜 발버둥 치면서 누군가 자기 것을 빼앗아가기라도 하는 것처럼 날카로운 비명을 질러댔다. 여자는 면목이 없었는지 아이를 나무랐다.

"벌써부터 이렇게 혼자 모든 걸 다 먹으려고 하는 걸 보니 나중에 효도할 줄 아는 아이가 될 가망은 없겠구나. 정말이지 내가 널 잘못 키운 것 같아!"

여자아이는 꾸중을 듣더니 점점 더 제멋대로 굴면서 발버둥을 치다가 노부인의 광주리를 발로 걷어찼다.

노부인이 잠긴 목소리로 말했다.

"아가, 이 광주리는 차면 안 돼. 이 안에는 우리 영감이 좋아하는 음식이 들어 있거든! 그 사람은 너무 깨끗해서 더러워진 음식은 절대 입에 대지 않는단 말이야!"

아주 짧은 시간에 겨우 이 말만 몇 마디 했을 뿐인데 노부인은 목이 완전히 쉬어버렸다. 객차 안의 연기와 먼지가 전부 노부인의 목구멍 속으로 빨려들어간 것 같았다. 화난 여자가 아이를 바닥에 내려놓으면서 말했다.

"엄마 말 안 들었으니 널 기차 밖으로 던져야겠다. 창밖 황량한 벌판에는 도처에 늑대들이 깔려 있으니까 널 잡아먹으라고 줘버려야겠어!"

여자아이는 놀라서 울음을 터뜨렸다. 아이는 늑대가 자기를 잡아먹게 하느니 차라리 노부인에게 새우 과자를 넘기는 게 낫다고 판단했는지 얼른 과자를 노부인에게 건네고는 울면서 말했다.

"할머니, 이거 드세요. 할머니, 이거 드시라고요."

아이 엄마는 조금 전에 구겨진 체면을 만회하기라도 한 듯이 얼굴에 따뜻한 미소가 피어올랐다.

노부인이 여자아이를 향해 말했다.

"할머니는 새우 과자를 좋아하지 않는단다. 네가 천천히 먹도록 해. 알았지?"

노부인이 몸을 돌려 아이 엄마에게 말했다.

"어린애들은 겁이 많으니 너무 놀라게 하지 마세요. 애가 넋이 나간 것 같으니 어서 달래주도록 해요."

기차의 속도가 줄기 시작했다. 아마 전방에 기차역이 있어 정차하려는 듯했다.

아이 엄마가 노부인에게 물었다.

"아주머니는 지금 어딜 가시는 건가요?"

"작은딸네 집에 설 쇠러 가요."

그녀가 말했다.

"해마다 큰딸 집에서 설을 쇠었는데 작은딸이 내가 보고 싶다면서 편지를 몇 통이나 써서 꼭 와달라지 뭐예요. 생각해보니 작은딸네 집에 가본 지 여러 해가 된 데다 영감도 그곳에 묻혀 있으니 영감을 한번 보러 가고 싶기도 하더군요."

"그럼 이 광주리 안에 든 게 전부 제사 음식이군요?"

아이 엄마는 이렇게 물으면서 놀란 표정으로 무의식적으로 아이를 품 안에 끌어안았다. 광주리 안에 귀신이라도 들어 있어 갑자기 튀어나와 사람을 해치기라도 할 것 같았다.

"에이, 우리 영감 주려고 시내에서 잣이 든 돼지고기 순대랑 송화단松花蛋을 좀 샀어요. 그리고 내가 직접 만든 염장 고기를 찌고 고량소소주高粱小燒酒를 두 병 챙겨왔지요. 이게 전부 우리 영감이 가장 좋아하던 음식이거든요."

그녀의 말이 떨어지기가 무섭게 기차가 덜컹— 하고 격렬하게 한 번 몸을 흔들더니 어느 역 플랫폼에 멈춰 섰다. 노부인 역시 몸이 가볍게 흔들렸지만 그 와중에도 죽어라고 광주리를 감싸안고 있었다. 광주리가 바닥에 떨어지기라도 할까봐 두려워하는 모습이었다. 플랫폼의 등불이 차창을 주황색으로 비추자 그 빛을 받아 노부인의 얼굴에도 약간의 광채가 돌았다.

두 사람이 기차에 올라 침대칸 객차 안으로 들어섰다. 그들의 몸에는 아직 녹지 않은 눈송이가 듬성듬성 남아 있었다. 나이 든 여자가 새로 탄 승객을 한번 쳐다보더니 한숨을 내쉬며 말했다.

"알고 보니 여긴 아직 눈이 내리고 있었군!"

5분쯤 지나자 기차는 또다시 거친 숨을 내뱉으며 몸을 떨더니 앞을 향해 달리기 시작했다. 차창은 밝아졌다 어두워지기를 반복하면서 재빨리 이전의 모습을 되찾아 객차 안의 등불에 휩싸인 회백색으로 돌아왔다.

아이 엄마가 아이를 안아올리면서 노부인을 동정하듯 말했다.

"아이를 데리고 아래 침대칸에서 자는데 아이가 좀처럼 저한테서 벗어나려 하지 않아요. 다른 사람하고는 같이 있으려 하지 않지요. 집에서 저 애 할머니가 안아서 재우려고 해도 안 된다니까요. 다른 애들처럼 낯가림만 없어도 저 애를 할머니랑 한 침대에서 자게 할 텐데 너무 안타깝네요."

여자아이는 엄마가 자신을 노부인과 함께 재울 생각이었다는 말을 듣자마자 마치 외할머니로 둔갑한 늑대와 함께 자게라도 한 것처럼 또다시 칭얼대면서 소란을 피우기 시작했다. 아이는 제 엄마 머리칼을 붙잡고 힘껏 발버둥 쳤다. 여자가 아이에게 호통을 쳤다.

"왜 이렇게 버르장머리가 없는 거야? 올해 설 쇨 때 새 옷 입고 싶지 않은가보구나?"

여자아이는 억울하다는 듯이 으앙 하고 울음을 터뜨렸다. 아이 엄마는 하는 수 없이 아이를 안고 자기 침대칸으로 돌아갔다.

소등할 시간이 다가오자 통로를 왕래하는 사람이 많아지기 시작했다. 대부분 화장실에 가는 사람들로 용변을 보고 나서 밤새 편안하게 자려는 것이었다. 화장실 밖에는 적잖은 사람이 줄을 섰다. 사람들은 노부인 곁을 지나갈 때마다 동정 어린 눈길로 쳐다봤다. 차장을 찾아가 사정을 얘기해보라고 권하는 사람도 있었다. 그녀의 나이가 많은 점을 고려해 실수가 있었다 하더라도 인도주의적 관점에서 다시 침대를 배정해줘야 한다는 것이 그의 생각이었다. '인도주의'라는 말을 이해하지 못해 말문이 막힌 노부인이 물었다.

"나더러 '인도'를 찾아가 방법을 알아보라는 건가요? '인도'가 남자인가요 아니면 여자인가요?"

그녀의 이 한마디에 또다시 한바탕 웃음소리가 폭발했다. 자신이 아주 우스운 말을 했다는 것을 알아차린 노부인은 얼굴이 약간 붉어졌다. 바로 이때 승무원이 객차 커튼을 내리러 왔다. 노부인이 몸을 돌려 승무원에게 물었다.

"아가씨, 차장에게 말했나요? 제 푯값을 돌려준다고 하던가요?"

머리를 볶은 승무원이 하품을 하면서 말했다.

"제가 말씀드리지 않았나요? 차장이 안 된대요."

"어째서 안 된다는 거예요?"

노부인이 말했다.

"내가 낸 돈은 자면서 갈 수 있는 자릿값이었단 말이에요. 하지만 지금 나는 앉아서 가고 있잖아요! 게다가 이렇게 좁은 자리에 앉아 가다보니 정말이지 몸이 다 굳어버렸다고요."

"할머니 표는 우리 열차에서 산 게 아니라 기차역에서 사신 거니까 우리가 돈을 내드리면 그 손해를 우리가 보게 되잖아요?"

승무원이 말했다.

"원래 당신들하고 기차역은 한 식구 아닌가요?"

노부인이 잔뜩 실망한 표정으로 되물었다.

"지금은 돈과 돈이 한 식구인 것을 제외하면 그 누구도 한 식구가 아니에요."

승무원이 웃으면서 말했다.

노부인은 더 이상 아무 말도 하지 않았다. 승무원이 그녀 옆의 창문 커튼을 내리려고 하자 노부인이 다시 커튼을 걷었다. 그녀가 말했다.

"앉아서 가다보니 너무 무료해서 그러는데 풍경이라도 좀 보게 해주면 안 되겠어요?"

"밖은 캄캄한데 볼 게 뭐가 있다는 거예요? 게다가 창문에 낀 서리랑 눈 때문에 아무것도 보이지 않을 거예요!"

승무원은 구시렁거리면서도 노부인의 소원을 존중해 더 이상 커튼을 건드리지 않았다. 노부인이 지키고 있는 광주리 위에는 남색 천이 덮여 있었다. 남색 천은 극장 무대에 드리워진 커튼처럼 그 뒤에 풍부하고 다채로운 연극을 숨기고 있을 것만 같았다. 나는 그녀가 대도시에서 생활하는 사람 같지 않다는 생각이 들었다. 그렇지 않다면 그녀가 이토록 우둔할 만큼 천진난만한 모습을 보이진 않을 것이기 때문이다. 물어보니 정말 그랬다. 그녀는 큰딸이 농촌에 살고 있다고 말했다. 딸은 그녀 혼자 대도시에서 차를 갈아타는 것이 걱정되어 특별히 그녀를 데려다주러 왔다고 했다. 모녀는 여관 지하실에 방을 잡았고 딸은 그녀를 위해 표를 사다주었다. 거의 하룻밤을 제대로 자지 못한 셈이었다.

그녀가 몹시 낙담한 표정으로 내게 말했다.

"이럴 줄 알았으면 침대칸 표를 사지 않는 건데 그랬어요! 딸이 표를 살 때도 애를 먹었는데 내가 기차를 타서도 애를 먹네요. 고생하는 건 그렇다 쳐도 헛돈을 썼으니!"

내가 잠시 망설이다가 낮은 목소리로 말했다.

"그러지 마시고 저랑 한 침대에서 주무시겠어요? 아니면 자정까지라도 먼저 주무시는 건 어떨까요?"

"아가씨, 신경 쓰지 마요. 난 앉아서 갈 수 있어요. 그래봤자 하룻밤 아니겠어요?"

처음에는 조금 긴장했지만 그녀의 말을 들으니 마음이 다소 편안해졌다. 내가 말했다.

"그럼 제가 먼저 자정까지 자고 그다음에 아주머니가 주무시는 건 어떨까요?"

노부인이 말했다.

"나이가 많아지면 잠도 많이 줄어요. 자든 안 자든 상관없지요. 옛날에 생산대에서 일할 때 추수기인데 날씨가 안 좋기라도 하면 서둘러 농작물을 수확하느라 사흘 밤낮을 한시도 눈을 못 붙였어요!"

그녀는 한숨을 내쉬고서 말을 이었다.

"하지만 수확할 때는 들판이라 바람도 있고 어디서나 많은 사람이 함께 움직이기 때문에 답답하지는 않았지요. 밭에서 열흘 밤을 새울지언정 여기서는 하룻밤도 새우고 싶지 않네요!"

그녀와 계속 이야기를 나누고 싶었지만 갑자기 객차 안이 어두워지기 시작했다. 밤 9시가 된 것이다. 천장 전체의 불이 꺼지고 통로 벽에 설치된 작은 전등만 희미하게 불빛을 내뿜고 있었다. 처음에 노부인에게 관심을 가졌던 사람들도 이제는 아무도 쳐다보지 않는 문 닫은 가게의 진열품인 양 더는 관심을 보이지 않았다. 얼마 지나지 않아 침대칸 여기저기서 코고는 소리가 진동하기 시작했다. 나는 잠이 오지 않아 이따금씩 몸을 돌려 머리를 내밀고는 노부인을 바라봤다. 그녀는 여전히 꼿꼿한 자세로 앉아 있었다. 그 모습이 마치 아주 정성껏 수업을 듣는 고지식한 학생 같았다. 그녀는 여전히 두 손을 광주리 위에 올려놓고 있었다. 광주리가 그녀를 지켜주는 부적이라도 되는 것 같았다. 이윽고 스르르 졸음이 몰려오더니 나도 모르게 잠이 들었다. 하지만 잠자리가 편치 않아 간간이 잠에서 깼다. 잠든 사이에도 줄곧 악몽에 시달렸다. 기차가 탈선해 객차 안에 사람들의 피와 살점이 이리저리 날아다니고 비명이 들리는 꿈을 꾸었다가 또 아버지가 내 침대칸 앞에 서서 가죽 채찍으로 나를 때리면서 불초한 자식이라고 욕하는 꿈도 꾸었다. 그러다가 또 개 한 마리가 막다른 골목까지 쫓아와 나를 공격하려고 호시탐탐 노려보는 꿈도 꾸었다. 놀라서 잠이 깬 순간마다 나는 습관적으로 노부인을 바라봤다. 그녀도 더 이상 피곤함을 이기지 못하고 광주리에 머리를 파묻고 있었다. 광주리에 머리를 대고 자는 자세가 꼭 무성한 호박잎 위에 누워 있는 호박 같았다. 나는 그녀를 보러 내려갈까 하는 생각도 해봤지만 결국 이기심과 피곤함이 앞서 걱정되면서도 그대로 침대에 누워 또다시 스르르 잠이 들고 말았다.

나는 동틀 무렵까지 서너 시간을 깨지 않고 잤다. 잠에서 깨는 순간, 누군가 방귀를 뀌고 이를 가는 소리가 들렸다. 추가 비용을 내고 맞은편 아래쪽 노부인의 침대칸을 샀던 남자는 드르렁드르렁 요란하게 코를 골고 있었다. 쓰나미가 몰려오는 것 같았다. 노부인은 이미 깨어 있었다. 여전히 손을 광주리에 얹고서 단정한 자세로 앉아 있었다. 꿈속에서 아버지가 채찍으로 나를 때리던 광경이 떠올라 나도 모르게 부끄러운 마음이 들었다. 내가 중간 침대칸인 내

자리에서 내려와 노부인이게 말했다.

"아주머니, 제 자리에 가서 좀 쉬세요. 광주리는 제가 대신 잘 보고 있을게요."

그녀가 아주 힘없는 목소리로 말했다.

"밤도 다 견뎠는데요, 뭐. 이제 곧 도착할 테니 폐를 끼치고 싶지 않아요."

나는 그녀의 말에 너무 부끄러워 쥐구멍이라도 찾아 들어가고 싶었다. 목이 화끈거리는 게 불이라도 난 것 같았다. 얼른 생수병을 열어 꿀떡꿀떡 물을 들이키기 시작했다. 물 한 병을 다 마시고도 타는 듯한 더위를 느꼈다.

날이 점점 밝아오기 시작했다. 일찍 잠에서 깬 여행객들은 삼삼오오 몸을 기우뚱거리면서 화장실로 향했다. 차창은 밤새 차가운 여행을 하더니 서리와 눈이 두껍게 엉겨붙어 커튼을 하지 않았는데도 꼭 커튼을 친 것 같았다. 아주 빈틈없는 눈 커튼이었다. 노부인이 또다시 막 열차에 올랐을 때처럼 손톱으로 성에를 긁어내고 있었다. 사각사각— 하는 소리가 칼로 내 심장을 도려내는 것처럼 몹시 아프게 느껴졌다. 열심히 서리를 긁어낸 그녀는 마침내 한 가닥 맑은 유리의 본색을 마주하게 되었다. 가볍게 구부러진 모양이 마치 한 마리의 치어 같았다. 그녀가 긁어낸 부분을 주황색 아침 햇살이 통과해 내 눈앞에서 반짝였다. 아주 생기발랄하면서도 처량하고 아름다운 햇빛이었다! 가을바람에 날려온 누런 버들잎들처럼 아름다운 시절이 쉬이 사라져버릴 것 같은 슬픔을 전해주고 있었다. 잡초를 베어내는 낫처럼 날카로운 모양의 햇빛에 마음이 온통 뒤죽박죽인 나는 고개를 숙이고 말았다.

승무원이 졸음이 미처 가시지 않은 듯한 게슴츠레한 모습으로 객차 안에 들어서더니 통로를 마구 돌아다니며 외쳐댔다.

"자, 다들 일어나세요. 아직 주무시고 있는 손님들도 어서 일어나세요!"

종점까지는 아직 두어 시간 더 가야 하는 데다 대부분의 승객이 아직 자고 있는데도 불구하고 그녀는 미리 침대칸을 정리하고 청소를 하려는 것 같았다. 내가 가장 싫어하는 것이 바로 이런 상황이었다. 사람들은 억지로 통로로 내쫓겼고 승무원은 거리낌 없이 침대 시트를 털어대 사방으로 먼지가 흩날렸다. 단정한 자세로 앉아 있던 노부인이 승무원의 투덜거리는 소리를 듣고는 몸을 옆으로 돌리면서 고개를 들고 쳐다봤다. 알고 보니 누군가 실수로 침대 시트에 차를 쏟았던 것이다. 승무원이 바락바락 악다구니를 치면서 말했다.

"이게 당신들 집 침대 시트였어도 이렇게 함부로 사용했겠어요? 당연히 공용 시트니까 엉덩이 닦는 휴지 정도로 생각했겠지요!"

침대 시트를 더럽힌 승객은 벌금이 두려웠는지 얼른 화장실로 빠져나갔다. 승무원이 화난 채로 침대칸에서 내려오자 노부인이 그녀에게 말했다.

"아가씨, 침대 시트에 차가 묻었으면 깨끗하게 빨면 돼요. 더러워진 부분을 물에 적셔서 솥 바닥에 있는 재를 가져다 바르고 나서 15분 정도 지나 문지르면 틀림없이 깨끗이 씻길 거예요!"

여자 승무원이 노부인을 흘겨보면서 기분 나쁜 듯한 어투로 말했다.

"아 참, 내가 침대 시트를 빨려고 솥 바닥에 붙은 재를 구하러 아주머니네 농촌까지 가야 하는 건가요? 내가 바보인 줄 아세요?"

신랄한 조롱을 들은 노부인이 입술을 삐죽댔지만 결국 아무 말도 하지 않고 몸을 돌려 눈길을 창밖으로 향했다.

노부인의 침대를 차지했던 뚱뚱한 남자는 벌써 잠자리에서 일어나 있었다. 옷을 다 입은 그는 사람들이 아무 말 없이 악당을 노려보는 듯한 눈빛으로 자신을 쳐다보고 있는 것을 알아채고는 거북했는지 슬그머니 자리에서 일어나 담배를 피우러 객차 연결 통로 쪽으로 갔다. 불의를 참지 못하고 노부인 편을 들다가 결국 맨 위 침대칸으로 잠을 자러 갔던 남자도 어느새 일어나 있었다. 그가 여행 가방에서 귤을 하나 꺼내 노부인에게 건네면서 말했다.

"귤 하나 드시면서 목을 좀 축이세요."

노부인은 자신은 귤만 먹었다 하면 입안이 헌다면서 거절했다. 남자는 무안한 듯 귤을 도로 거두었다. 어린애를 안고 있던 여자도 노부인에게 다가와 진심으로 미안해하면서 말했다.

"원래는 아이랑 함께 일찍 일어나 아주머니를 좀 눕게 해드릴 생각이었는데 어찌 된 일인지 동이 틀 때까지 자고 말았네요. 에휴, 기차를 타니까 몸이 너무 지치는 것 같아요."

말을 마친 그녀는 정말로 하품을 했다. 이때 또 다른 두세 명의 승객이 노부인에게 다가와 관심을 보였다. 하나같이 자신의 침대로 가서 잠시라도 몸을 눕히는 것이 좋겠다고 말했다. 노부인은 모든 사람에게 같은 대답을 했다.

"긴 밤도 다 견뎠는데요, 뭐. 이제 곧 기차역에 도착할 테니 괜찮아요."

기차가 속도를 크게 줄였다. 곧 청양수靑楊樹역에 도착할 예정이

었다. 이곳이 노부인이 내려야 하는 역이었다. 기차가 잠시 덜커덩
거리더니 점점 속도를 줄여 완전히 멈추었다. 그녀가 몸을 일으키
는 순간 좌석이 자동으로 튕겨올라왔다. 놀란 노부인이 아이고—
아이고— 소리를 질러댔다. 이것이 그녀가 승객들에게 선사한 마
지막 웃음꽃이었다.

　사람들은 웃으면서 기차에서 내리는 그녀를 배웅했다. 밤새도록
앉아 있었던 탓에 다리가 저렸던 그녀는 가볍게 비틀거리면서 굼
뜬 동작으로 걸음을 옮겼다. 온 힘을 다해 두 다리를 끄는 것 같았
다. 그녀가 두 팔로 감싸안고 있는 광주리 역시 그녀를 따라 비틀
거렸다. 기차에서 내리면서 그녀는 막 마지막 한마디를 던졌다.

　"다행히 어젯밤에 자리에서 일어나지 않았으니 망정이지 중간
에 일어나 엉덩이를 떼는 순간 좌석이 튀어올라왔다면 나는 그 좌
석을 다시 내리지 못했을 거야. 그렇다고 밤새 서 있을 수는 없잖
아."

　나는 노부인이 앉았던 좌석에 앉아 그녀가 긁어놓은 그 맑은 유
리창 틈을 통해 작은 플랫폼의 정경을 바라보고 있었다. 마침내 기
차에서 내려 그녀는 남색 두건을 머리에 둘렀다. 밖이 몹시 추운
것 같았다. 그녀는 어깨를 잔뜩 움츠린 채 플랫폼에 서서 좌우를
두리번거렸다. 마침내 젊은 여자 하나가 그녀를 향해 달려왔다. 나
는 가족을 만난 그녀가 기차에서 당한 억울한 일을 얘기하면서 우
는지 안 우는지 확인하고 싶었다. 하지만 기차가 다시 움직여 종착
역을 향해 달리기 시작하면서 그녀의 모습은 너무나 빨리 기차 뒤
로 멀어지며 망망한 흰 눈 속에 던져진 채 점점 흐릿해지다가 끝내
시야에서 사라졌다. 하지만 내가 앉아 있는 자리에는 여전히 그녀

의 체온이 남아 있어 무척이나 따뜻했다. 그런데도 나는 왠지 심한 추위를 느꼈다. 한 번도 경험해보지 못한 추위였다.

이는 아주 오래전에 일어난 일이다. 나는 매년 섣달그믐이 되면 언제나처럼 기차를 타고 설을 쇠러 집에 갔다. 매년 이맘때가 내게 는 한 해 중 가장 추운 시기로 다가왔다. 아마 그 노부인에게 진 마음의 빚을 갚지 못한 탓이리라. 최근 2년 동안 내가 기차에 오를 때마다 그녀의 모습이 슬그머니 머릿속에 떠오르곤 한다. 그녀가 쥐죽은 듯이 좌석 끝에 앉아 있는 모습이 눈에 보이는 듯했다. 그녀의 얼굴이 서리와 눈이 가득한 차창에 상감되어 초상화처럼 영원히 열차 안에 걸려 있는 것만 같았다.

말 한 필, 두 사람

말 한 마리가 두 사람을 끌고 얼다오허즈二道河子를 향해 걸어가고 있었다.

말은 무척 야윈 데다 늙어서 길을 가자니 걸음이 느려터질 수밖에 없었다. 말이 끌고 있는 두 사람도 빨리 가자고 재촉하지 않았다. 두 사람은 몇 년 전 말에게 채찍질하는 걸 그만두었다. 첫째는 말이 사람의 뜻을 잘 알아 일부러 게으름을 피우지 않았기 때문이고, 둘째는 말과 사람이 모두 늙어서 말도 채찍질을 견디지 못하고 사람도 말에게 채찍질할 용기를 잃었기 때문이다.

늙은 말이 끌고 가는 두 노인은 부부였다. 남자는 말처럼 몸이 수척했지만 여자는 커다란 나무 그루터기처럼 통통했다. 두 사람은 말처럼 위압감을 주는 커다란 눈을 갖고 있지 않았다. 두 사람다 좀처럼 크게 치켜뜨는 일 없이, 항상 반쯤은 꿈을 꾸고 있고 반쯤은 깨어 있는 듯한 작은 눈이었다. 수척한 얼굴에 달린 작은 눈은 억지로 박아넣은 듯한 느낌을 주었고 실물보다는 확실히 더 커 보였다. 반면에 통통한 얼굴에 달린 작은 눈은 비지 덩어리 안에 돌이 박힌 듯한 느낌이었다. 아주 작게 들어간 흔적만 보면 눈이 몸을 감춘 곳이 어딘지 알 수 있었다. 그 때문에 말도 때로는 주인 마님이 눈 없는 사람이라고 생각하기도 했다.

그들이 살고 있는 마을에서 얼다오허즈까지는 20리 길이었다. 그곳에는 인가가 없고 구불구불한 강 한 줄기와 드넓은 들판과 밭이 전부였다. 물론 산도 아주 많았다. 하지만 산은 강 건너편에 있어 어슴푸레하게 보였다. 쉽게 다가갈 수 없었다. 말은 한때 그 산이 아주 큰 집이라고 생각했다. 다만 그 안에 어떤 동물이 사는지 짐작할 수 없을 뿐이었다. 어쩌면 흑곰이나 늑대, 아니면 토끼가 살고 있을지도 몰랐다. 말은 이런 동물들을 본 적이 있다. 말은 이런 동물들이 자신보다 좋은 운명을 타고났다고 생각했다. 사람들이 소리 지르는 것을 들을 필요도 없고 밧줄에 매인 채 머리를 파묻고서 노안이 들고 풀도 제대로 먹지 못할 때까지 수레를 끌지 않아도 되기 때문이다. 하지만 때로는 그 산속에 자기가 한 번도 본 적 없는 동물이 살고 있을지도 모른다고 생각했다. 어쩌면 구름이 살고 있을지도 몰랐다. 말의 마음속에서 구름은 생명을 갖고 있고 거주하는 곳도 있었다. 대지에서 구름과 가장 가까운 곳이 바로 산이기 때문에 구름으로서는 이곳에 사는 것이 가장 편리할 터였다.

여느 때와 마찬가지로 수레 끌채에 탄 남자는 고개를 숙이고 팔짱을 낀 채 졸고 있었고, 수레 뒤에 탄 여자는 누워서 자고 있었다. 두 사람은 말이 길을 잘못 들지 않을까 걱정할 필요가 없었다. 얼다오허즈로 가는 길은 한 갈래밖에 없었기 때문이다. 말이 놀랄까봐 걱정할 필요도 없었다. 이 계절에는 다른 수레가 지나다니지 않기 때문이다. 말을 놀라게 할 수 있는 것이 있다면 길을 가로질러 가는 다람쥐가 고작일 터였다. 말은, 두 사람 다 곤히 자고 있다는 것을 잘 알고 있었다. 그래서 곧게 뻗은 구간을 만나면 잠시 졸다가 가곤 했다. 항상 피곤함을 느꼈기 때문이다. 정말로 늙은 것 같았다.

말은 박자를 잘 맞춰서 걷고 있었다. 노부부도 축축하지만 사방에 향기가 그윽한 새벽 공기 속에서 편안하게 두 사람의 완성되지 않은 꿈을 계속 꾸고 있었다. 가끔씩 들판의 맑고 깨끗한 새 울음소리가 두 사람을 잠시 깨게 만들었다.

말이 끌고 가는 것은 두 사람 외에 식량과 농기구도 있었다. 두 사람에게는 얼다오허즈에 움막이 하나 있었다. 여름이면 일주일에 한 번씩 이곳에 와야 했고 올 때마다 사나흘씩 묵었다. 사람은 움막에 묵지만 말은 들판에서 자야 했다. 가을이 오면 날씨가 아무리 좋지 않아도 두 사람은 이곳에 묵었다. 새떼가 날아와 나락을 다 쪼아 먹기 때문에 허수아비에만 의존해 위협하는 것으로는 별 효력이 없었다. 두 사람이 맨손에 맨발로 뛰어나가는 수밖에 없었다.

들판에 잔잔한 바람이 불어오면 들꽃들이 향기를 바람에 실어 보냈다. 인가에서 멀리 떨어진 곳일수록 들꽃은 더 미친 듯이 피었다. 끌채에 탄 남자는 꽃구경을 별로 좋아하지 않았지만 말은 좋아했다. 말은 항상 혀끝으로 꽃을 핥곤 했다. 수레 뒤에 탄 여인도 꽃을 좋아했다. 하지만 여인은 작약이나 백합처럼 꽃송이가 큰 것만 좋아하고 자잘한 꽃들에 대해서는 콧방귀를 뀌면서 "바늘구멍만 하게 핀 것도 꽃이라고 해야 하나?"라고 말하곤 했다.

이 20리 길을 말은 이미 얼마나 많이 오갔는지 모른다. 몇 해나 다녔는지도 모른다. 다만 풍작을 거둔 밀을 싣고 마을로 돌아오다가 수레가 진흙탕에 빠지는 바람에 주인에게 등을 채찍으로 무수히 언어맞았던 일만 기억날 뿐이다. 사실은 너무 맞아서 더는 힘을 낼 수 없었지만, 이런 극심한 통증이 미친 듯이 힘을 낼 수 있게 해주었다. 말은 또 노인의 아들이 처음 수갑을 차고 끌려간 뒤 수레에 실린 물건도 없이 평평한 길을 달리는데도 채찍을 수십 대나 맞았던 일도 기억했다. 아들이 두 번째로 수갑을 차고 끌려간 뒤에는 두 사람 다 말에게 아주 따스하게 대해주었다. 밤에는 잊지 않고 콩떡을 먹여주었다. 여주인은 종종 솔로 갈기를 손질해주기도 했다. 말을 자신들의 아들로 여기는 듯했다.

날이 이미 환히 밝았다. 말은 한 차례 코투레를 해 이미 얼다오허즈에 도착했음을 알렸다. 과연 남자가 수레에서 뛰어내려 먼저 손으로 땀에 촉촉이 젖은 말 등을 쓰다듬으며 한없이 가련하다는 듯이 말했다.

"아이고, 이 땀 좀 봐! 너무 불쌍해서 더는 널 부려먹지 못하겠다."

그러면서 고개를 돌려 수레 뒤에 탄 오랜 반려자 쪽을 바라봤다. 순간 그는 놀라움을 금치 못했다. 마누라가 보이지 않는 것이었다! 그는 오줌이 마려워서 소변을 보러 갔으려니 생각하고는 근처 밀밭과 들판을 둘러봤다. 하지만 아무것도 발견하지 못했다. 평소에는 마차가 멈춰 서고 노인이 뛰어내릴 때까지 그녀는 여전히 수레 뒤에서 모든 것을 잊은 채 잠을 자고 있었다. 그럴 때면 노인이 소리를 질렀다.

"이봐, 할망구. 어서 일어나. 안 일어나면 해가 서산에 지고 말 거라고!"

할멈은 마지못해 일어나 앉아 편안하고 힘 빠진 모습으로 오는 길 내내 꾸었던 꿈 얘기를 늘어놓곤 했다. 그녀는 꿈을 아주 많이 꿨는데 하나같이 희귀하고 이상했다. 나뭇잎에 날개가 돋았다느니, 밀 나락에 진주가 숨겨져 있었다느니, 말이 강가에서 노래를 불렀다느니, 쥐가 붉은 꽃을 입에 물고서 공중에 있는 까마귀에게 청혼을 했다느니 하는 꿈이었다. 이런 얘기를 듣고 있노라면 노인은 예순이 넘은 할멈이 열여덟, 열아홉 살 소녀의 마음을 갖고 있다는 생각이 들곤 했다. 노인은 이해가 되지 않았다. 젊을 때는 꿈꾸는 걸 싫어하던 여자가 어째서 만년에 들어서는 산을 밀어버리고 바다를 뒤집듯이 꿈이 용솟음치는 건지 알 수 없었다.

"할멈, 어딜 간 거야? 안 보이니까 소리라도 좀 내봐!"

노인이 소리쳤다.

말은 제자리에 서서 불안한 마음으로 네 다리를 움직이고 있었다. 주인이 왜 수레를 몰지 않는지 답답하기만 했다. 자신을 속박하고 놓아주지 않는 밧줄을 끊어버리고 홀가분한 기분으로 초장 위에서 쉬고 싶었다.

노인은 할멈의 목소리가 들리지 않자 다급해졌다. 문득 할멈이 수레 바닥에 숨어 자신과 술래잡기를 하려는 게 아닌가 하는 생각이 들었다. 그녀는 젊었을 때 자주 노인을 상대로 이런 장난을 치곤 했다. 노인은 있는 힘을 다해 허리를 구부려봤지만 수레 밑에는 진흙이 잔뜩 묻은 바퀴 두 개 외에는 아무것도 보이지 않았다. 그제야 노인은 할멈이 도중에 수레에서 떨어졌다는 것을 깨달았다.

노인은 자신의 부주의를 탓하면서 잠시 졸았던 것을 후회했다. 어쩌면 용변을 보러 도중에 뛰어내렸다가 마차를 따라잡지 못한 것인지도 몰랐다. 노인은 서둘러 수레를 돌려 할멈을 찾으러 되돌아갔다.

말은 노인이 할멈을 부른 소리를 듣고서 이미 주인이 제때 밧줄을 풀어주지 않는 이유를 알게 되었다. 때문에 다시 길에 올라서도 추호의 나태함도 보이지 않았다. 이미 눈앞이 흐릿해질 정도로 지치긴 했지만 걸음에 더욱 속도를 냈다. 하지만 노인은 말이 천천히 달린다고 화를 냈다. 채찍이 없었던 그는 마차에서 내려 버드나무 가지를 꺾어다 쉴 새 없이 말을 때렸다. 아주 오랫동안 채찍 맛을 보지 않은 터라 통증에 대한 말의 감각은 유난히 민감했다. 말은 고개를 파묻고 죽어라 달렸지만 노인은 조금도 사정을 봐주지 않고 계속 등에 불이 나도록 나뭇가지를 휘둘렀다. 말의 눈이 흐려질 정도로 마구 후려쳤다.

4리쯤 갔을까, 노인은 노란 꽃이 만개하고 풀이 무성한 습지로 둘러싸인 길에서 할멈을 발견했다. 할멈은 길 위에 가로로 누워 있었다. 잠을 자고 있는 것 같았다. 노인이 소리쳤다.

"왜 길바닥에서 자는 거야? 놀라서 죽을 뻔했잖아!"

노인은 긴 한숨을 내쉬며 수레에서 뛰어내려 할멈을 데리러 갔다. 말은 온몸이 땀범벅이었고 몸의 통증도 참기 어려웠다. 네 다리 가운데 떨지지 않는 다리가 없었다. 하지만 말은 노인처럼 그렇게 낙관적으로 할멈이 자고 있는 것이라고 생각하진 않았다. 말은 할멈이 마차 위에서만 자길 좋아한다는 걸 잘 알고 있었다. 할멈은 땅바닥에서는 제대로 잠을 자지 못했다. 바람 소리와 새 울음소리가 그녀를 깨웠고, 게다가 마차가 달리는 소리가 이렇게 또렷한데도 아직 깨어나지 않았다면 이미 죽은 것이 분명했다.

과연 노인은 할멈을 들어 옮기면서 이마가 온통 피투성이인 것을 발견했다. 땅바닥도 피로 얼룩져 있었다. 노인은 할멈의 얼굴을 가볍게 두드리면서 소리쳤다.

"우리 마누라, 뭐라고 말 좀 해봐!"

할멈은 입을 열지 않았다. 더 이상 그에게 기이하면서도 다채로운 꿈 이야기를 들려주지 않았다. 노인은 할멈이 숨을 쉬는지 시험해봤다. 미세한 호흡도 느껴지지 않았다. 다시 할멈의 거친 손을 만져봤다. 이미 가을날의 강물처럼 차가웠다. 그리고 사지도 뻣뻣하게 굳어 있었다.

다소 귀가 어둡긴 했지만 할멈보다 열 살이나 많은 그는 조금도 멍청하지 않았다. 그는 할멈이 죽었다는 사실을 알았다. 그는 울지 않았다. 대신 특별히 억울하다는 듯이 말했다.

"어떻게 난다고 하더니 정말로 날아간 거야?"

그가 보기에 그가 지금 품에 안고 있는 것은 할멈의 껍데기였다. 진정한 할멈은 이미 몸을 빼내서 날아가버린 것이다.

가벼운 바람이 태극권을 하는 것처럼 천천히 여유 있게 불어왔다. 바람의 주먹과 발이 떨어지는 곳마다 가져오는 파동은 제각기 달랐다. 예컨대 풀 위에 떨어지는 바람은 풀의 허리를 꺾어놓았고 노란 꽃 위에 떨어지는 바람은 끊임없이 꽃향기를 훔쳐다가 마음대로 길 가는 말이나 나비에게 주어버렸다. 할멈의 몸에서 유일하게 움직일 수 있는 것은 머리카락이었다. 그 성긴 백발이 바람에 춤을 추듯 휘날렸다. 영감에게 마지막 작별 인사를 하는 것 같았다. 영감은 그 진한 꽃향기를 맡으며 감상에 젖어 말했다.

"이 노란 꽃들이 좋으면 나한테 말하지 그랬어. 내가 우리 집 마당에도 하나 가득 이 꽃을 심어 할멈이 마음껏 즐기게 했을 것 아냐!"

말은 영감이 할멈을 힘들게 안아 수레에 태우는 모습을 바라보고 있었다. 그런 다음 대체 그 길 위에 뭐가 잘못되어 있었는지 자세히 살피기 시작했다. 마침내 말과 영감이 동시에 사건의 원인을 발견했다. 노면이 오른쪽으로 치우친 곳에 돌이 하나 튀어나와 있었다. 그 돌 윗부분은 대나무 순 끝처럼 뾰족해 살인자의 역할을 하기에 충분했다. 그 돌은 이미 피로 물들어 있었다.

"너 이 염라대왕이 보낸 귀신아, 내가 널 발로 차서 죽여버리고 말 테다!"

영감이 포효하면서 있는 힘을 다해 그 돌을 발로 찼다. 하지만 돌은 까딱도 하지 않았다.

"이 늑대 이빨 같은 놈, 내가 널 뽑아버리고 말 테다!"

영감은 여전히 소리를 질러대며 무릎을 꿇고 앉아 손으로 그 돌을 파내기 시작했다. 하지만 돌은 여전히 피로 붉게 물든 이빨을 드러내고 노인을 바라보면서 태연한 모습을 보였다.

"너 이 눈깔도 없는 탄알 같으니라고, 내가 네놈의 혼까지 부숴버릴 테다."

영감은 주먹과 발이 전부 소용없자 마차로 가서 곡괭이를 가져다가 있는 힘을 다해 돌을 때리기 시작했다. 이번에는 돌도 버티지 못하고 처음에는 끙끙 신음하더니 나중에는 불꽃을 튕기면서 순식간에 지리멸렬하게 부서지고 말았다.

그 곡괭이는 원래 백합 뿌리를 캐는 데 쓰려던 것이었다. 할멈은 천식이 있어 항상 백합 뿌리로 죽을 쑤어 먹었다. 영감은 곡괭이를 조심스럽게 다시 수레에 가져다놓은 다음, 할멈의 뺨을 어루만지며 울었다.

영감과 말은 마을을 향해 걸어갔다. 영감은 더 이상 수레 끌채에 타지 않았다. 할멈을 안고 수레 뒤에 탔다. 영감은 할멈이 너무 곤히 잠들어 있다가 몽롱한 상태에서 마차가 흔들려 땅바닥으로 떨어진 것이라고 생각했다. 땅에 떨어지는 순간, 그 재수 없는 돌에 머리가 부딪혀 한순간에 세상을 떠난 것이라고 생각했다.

이렇게 보잘것없는 돌이 그녀의 목숨을 앗아갔다는 사실이 영감은 잘 이해가 되지 않았다. 할멈은 땅에 떨어지자마자 죽은 걸까? 할멈이 자신을 부르진 않았을까? 안타깝게도 그의 귀는 젊었을 때처럼 그렇게 예민하지 못했다. 게다가 일단 마차가 달리기 시작하면 들리는 것이라곤 말발굽 소리뿐이었다. 다른 것은 전부 소리 없이 지워져버렸다. 이런 생각을 하자 문득 말이 미워졌다.

그럼 말은 어땠을까? 말은 걸으면서 마음이 몹시 무거웠다. 말은 자신을 책망했다. 할멈이 땅에 떨어진 것은 자신의 걸음걸이가 예전처럼 편안하지 않았기 때문일 것이다. 다리가 항상 떨렸고 수레도 덩달아 덜컹거렸기 때문일 것이다. 틀림없이 수레가 흔들려서 땅바닥으로 떨어졌을 것이다. 게다가 더 용서할 수 없는 것은 수레를 모는 영감이 사람이 하나 줄어든 것을 감지하지 못했다는 것이다. 그가 수레를 끄는 것이 아니었기 때문이다. 말이 수레를 끄는 과정에서 무게가 줄어들면 이를 감지했어야 했다. 하지만 말은 아무것도 느끼지 못했다. 말은 폐물이었다. 말은 이런 상황에서 풀을 먹지 않는 것이 가장 바람직하다고, 이렇게 삶을 끝내버리는 것이 낫겠다고 생각했다.

2리 정도 길을 가다가 영감이 갑자기 말을 세우더니 수레를 돌리게 했다. 다시 얼다오허즈를 향해 가기로 한 것이다. 그는 할멈이 이미 죽었으니 마을로 데리고 가봤자 아무 소용 없다고 생각했다. 할멈은 그곳을 좋아하지 않았다. 할멈은 얼다오허즈의 밀밭을 더 좋아했다. 하지만 방향을 돌려 얼마 가지 않았을 때, 영감은 또 생각을 바꿨다. 할멈의 관이 집에 있다는 사실이 생각났기 때문이다. 할멈이 결국 관에 들어가야 장례를 지낼 수 있었다. 이리하여 다시 말에게 방향을 돌리게 하여 마을을 향해 가게 되었다. 말은 정력이 고갈되었지만 주인의 생각을 충실하게 이행했다. 이렇게 말과 영감은 해가 중천에 이를 때까지 계속 걸었다. 정오가 되었다. 날이 더워지기 시작했다. 말은 목이 마르고 혀가 타들어갔다. 이때 영감은 또 생각을 바꿨다. 영감은 말의 방향을 돌려 다시 얼다오허즈 방향으로 달리게 했다. 할멈을 그녀가 좋아하는 곳에 묻고 싶었기 때문이다. 그는 할멈을 움막 뒤에 내려놓고 다시 마을로 가서 관을 가져와도 결과는 마찬가지일 거라고 생각했다. 이리하여 마차는 다시 맨 처음 노선으로 달리기 시작했다. 말은 또 할멈에게 사고가 났던 지점을 지나쳐야 했다. 말에게는 이것이 고통일 수밖에 없었다. 하지만 말은 사람의 뜻을 좋은 쪽으로만 이해했다. 주인이 그에게 하라고 하는 데는 반드시 그럴 만한 이치가 있을 거라고 생각했다. 두 시간쯤 달려 이미 얼다오허즈에 가까워졌을 때, 영감은 또 생각을 바꿨다. 할멈을 혼자 움막 안에 두었다가 만에 하나 늑대나 곰이 찾아오면 반항할 힘이 없는 할멈이 야수의 먹이가 될 수도 있겠다고 생각한 것이다. 이런 생각을 하니 영감은 몹시 두렵고 떨렸다. 그는 곧장 방향을 돌려 마을을 향해 가기로 했다. 영감은 그래도 할멈에게 마지막으로 몇십 년을 살았던 곳을 다시 보게 해주는 것이 낫겠다고 생각했다. 이리하여 말은 이날 풀도 전혀 못 먹고 물도 마시지 못했으며 영감 역시 아무것도 먹지 못했다. 영감과 말은 마을과 얼다오허즈 사이를 계속 왔다 갔다 하면서 배회하다가 황혼 무렵이 되어서야 죽도록 지친 몸으로 마을에 도착했다.

할멈의 장례는 얼다오허즈에서 치러졌지만 파란곡절이 많았다. 길이 너무 먼 데다 장례 행렬을 배웅하는 사람들은 대부분 마을 입구까지밖에 나오지 않았다. 영감도 남들이 따라오는 것을 꺼렸다. 영감은 자신과 할멈 그리고 말, 이렇게 세 식구면 충분하다고 생각했다. 사람들이 뒤에 따라오는 것은 순전히 쓸데없는 짓이었다. 말이 붉은 관을 끄는 동안 영감은 여느 때와 다름없이 끌채 위에 앉아 있었다. 그는 말발굽 소리를 들으면서, 들판의 푸른 풀과 들꽃들을 바라보면서, 희미한 새 울음소리를 들으면서 햇빛 찬란한 세월 속을 걷고 있었다. 말과 영감은 아주 천천히 걸었다. 말과 영감에게는 공통된 소원이 하나 있었다. 할멈에게 마지막으로 그녀가 좋아하는 여정을 즐기게 해주는 것이었다. 사고가 난 지점에 이르자 영감은 특별히 말을 세우고 수레에서 내려 풍점초 군락에서 꽃을 한 다발 꺾어다가 관 위에 얹어주었다. 그런 다음 계속 갈 길을 갔다. 길을 가면서 영감은 할멈이 살아 있을 때의 세세한 일들을 회상했다. 머리를 빗는 할멈의 자태와 만족스러운 식사를 했을 때의 표정, 화를 내면서 빗자루를 내던질 때의 분노한 모습을 회상했다. 영감은 정말로 할멈이 그리웠다.

얼다오허즈에 도착하자 영감은 마차에서 짐을 부린 다음, 말을 강가로 끌고 가서 물을 먹였다. 그런 다음 자신도 요기를 하고 적당한 자리를 택해 묘혈을 파기 시작했다. 그는 이 묘지의 풍수가 나쁘지 않다고 생각했다. 좌우 양쪽에 밀밭이 있고 앞에는 들판이 펼쳐져 있으며 뒤에는 강물이 있었다. 영감이 보기에 먹을 것과 마실 것이 있고 놀 것도 있는 유일무이한 곳이었다. 그가 묘혈을 파는 동안 말도 그 옆에 서 있었다. 영감이 말에게 말했다.

"할멈이 죽어서 내가 무덤을 파고 있는 거야. 내가 죽으면 네가 무덤을 파줄 수 있겠니?"

말은 발굽으로 영감이 파올린 흙을 다졌다. 자신이 땅을 파는 것도 가래에 뒤지지 않는다는 뜻이었다. 영감은 사랑스럽다는 듯이 말의 귀를 쓰다듬으며 말했다.

"너는 참 좋은 형제야."

묘혈은 해가 질 때쯤에야 간신히 완성되었다. 영감은 할멈을 묘혈로 내리는 과정에서 한 가지 골칫거리를 발견했다. 혼자서는 관을 묘혈 안으로 옮길 수 없었던 것이다. 처음에 이 관이 마차에 실릴 때는 이웃 사람들이 도와주었다. 영감은 한숨만 연발했다. 그가 할멈에게 말했다.

"에이, 할멈을 조용히 보내주려고 사람들이 따라오지 못하게 했는데 나 혼자서는 할멈을 묻어줄 수 없을 것 같구려. 말은 또 사람이 아니라서 부려먹을 수 없으니 내가 어떻게 했으면 좋겠소? 여긴 전후좌우에 사람 그림자 하나 보이지 않으니 마을로 가서 사람들을 불러오지 않는다면 할멈이 손오공처럼 법술을 부려 관을 종잇

장처럼 가볍게 만들지 않는 한, 내가 할멈을 안고 함께 무덤에 들어가는 수밖에 없을 것 같구려."

영감은 자신의 말이 뭔가 작용을 할 것이라고 생각했다. 그의 마음속에서 할멈은 못 하는 것이 없기 때문이다. 할멈은 그토록 신비한 꿈을 꿀 수 있으니 관을 가볍게 하는 것은 손바닥 뒤집는 것처럼 쉬운 일일 거라고 생각했다. 영감은 잠시 멈췄다가 확실한 믿음을 갖고 관을 다시 옮기기 시작했다. 하지만 관은 아주 조금 움직일 뿐이었다. 다급해진 그는 거의 울음이 터질 것만 같았다. 그는 사람 하나를 데려와야 한다는 걸 미처 고려하지 못한 자신이 정말 멍청하다고 생각했다. 또한 그걸 일깨워주지 않은 마을 사람들도 멍청하다고 생각했다. 하지만 어쩌면 사람들은 이 일을 영감 혼자 해내지 못하리라는 점을 간파하고 있었는지도 모른다. 그에게는 아들이 없기 때문이다. 그들은 일부러 영감을 어려움에 빠뜨린 것이다.

영감은 속수무책이었다. 해는 하늘에서 하루 종일 놀다가 곧 서산으로 떨어지려 하고 있었다. 하늘에도 흙먼지가 이는 것이 분명했다. 하늘의 흙먼지는 쇠 녹처럼 붉은빛이었다. 해의 몸을 한 겹 한 겹 붉은 꽃잎이 감싸고 있는 것이다. 영감이 말에게 말했다.

"여기에 할멈이랑 같이 있어. 나는 밤새 마을로 돌아가 사람을 데려올 테니까. 내가 돌아왔을 때 늑대나 곰이 할멈을 마주 찢어놓은 걸 보게 되는 날에는 나도 너한테 예의를 갖추진 못할 거야!"

말이 히힝 하고 코투레를 하며 입으로 관을 밀었다. 할멈이 그 안에 있는 이상 늑대나 곰이 어떻게 하지 못할 것이라는 뜻이었다.

영감이 손전등과 맹수들의 습격에 방비하기 위한 호신 장비를 챙겨 마을로 돌아가려 할 때 새가 날개를 펴는 것처럼 갑자기 말의 귀가 마구 움직였다. 말은 뭔가 이상한 소리를 들을 때만 이런 행동을 보였다. 영감은 두려운 마음에 유일한 길 쪽을 바라봤다. 영감의 눈에는 아무것도 보이지 않았다. 그는 때로 말도 허장성세를 부리는구나 하고 생각했다. 영감이 막 출발하려 할 때, 저 앞에서 말을 타고 오는 사람이 보였다. 영감의 심장이 미친 듯이 뛰기 시작했다. 마음속으로 할멈이 정말 사람들에게 베푼 것이 많다는 생각이 들었다. 평소에는 이곳에 사람이 없는데 그에게 사람이 가장 필요한 중요한 순간에 누군가 그를 도우러 오고 있는 것이었다. 그는 감격해서 울음이 터질 것만 같았다.

하지만 찾아온 사람은 영감이 별로 좋아하지 않는 인물이었다. 그는 목수 왕王씨였다. 그는 설청색 말을 타고 왔다. 그 말은 영감의 말보다 훨씬 더 멋있었다. 왕씨는 또 깨끗한 파란색 옷을 입고 있었고 말 등에는 고기 잡는 작살과 어망이 실려 있었다. 보아하니 얼다오허즈로 고기를 잡으러 가는 모양이었다.

"제가 뭐 좀 도와드릴 일이 있을까요?"

목수 왕씨가 말에서 뛰어내리며 영감에게 큰 소리로 말했다.

영감은 잠시 망설이다가 애써 질투심을 누르면서 말했다.

"이보게, 손 좀 빌림세. 나 혼자서는 관을 옮길 수가 없을 것 같네."

왕씨가 빙긋이 웃자 영감은 그의 웃음 속에 조롱의 의미가 담겨 있음을 감지했다. 그는 영감보다 열 살이나 젊었고 몸도 대단히 건장했다. 한 끼에 밥을 다섯 그릇이나 먹을 것 같았다. 과거에 그는 영감과 마찬가지로 할멈을 좋아했다. 하지만 할멈은 가난해서 서른이 넘도록 마누라를 얻지 못한 이 노총각을 선택했다. 영감은 당시에 왕씨가 몹시 슬퍼하며 자신과 할멈의 혼례 때 대취하여 탁자 밑으로 기어들어가 뻗은 것을 다른 사람들이 꺼내 집까지 데려다 주었던 일을 아직 기억하고 있었다. 이 일이 그의 동방화촉의 밤에 즐거움을 크게 경감시켰다. 영감은 이 일 때문에 줄곧 그를 찜찜하게 생각했다.

영감은 왕씨에게 관의 아랫부분을 들게 하고 자신은 윗부분을 들었다. 하지만 뜻밖에도 너무 힘에 부쳐 제대로 들 수가 없었다. 애당초 드는 자세부터 안정적이지 못했다. 하는 수 없이 왕씨와 자리를 바꿔야 했다. 왕씨에게 윗부분을 들게 하고 자기가 아랫부분을 들었다. 있는 힘을 다해 관을 묘혈 안으로 집어넣고 나자 영감은 이미 지쳐 다리가 후들거렸다. 영감은 몹시 억울했다. 마지막으로 왕씨가 할멈의 머리를 안고 자신은 다리를 안아 자기가 제대로 힘을 쓸 수 없었다는 생각이 들었다. 영감이 탄식하면서 잠시 멈추고는 괭이로 묘혈에 흙을 더 쏟아부었다. 왕씨는 이런 영감의 의도를 알아차리고는 가버렸다. 그는 강으로 고기를 잡으러 갔다. 영감은 그가 고기를 잡으러 간다는 말은 틀림없이 핑계일 테고, 그가 혼자서 관을 내리는 것이 힘에 부치는 일임을 알고서 일부러 가버렸다고 생각했다. 게다가 왕씨는 분명 마지막으로 자신이 직접 사랑했던 여인을 보내고 싶었을 것이라는 게 영감의 판단이었다. 영감은 휘이 휘이 외치며 흙을 뿌렸다. 석양이 황금빛 잔광을 묘혈 주위로 뿌렸다. 영감은 자신이 그 부드럽고 아름다운 빛무리도 함께 묻고 있다고 생각하자 마음속으로 큰 위안을 얻었다.

목수 왕씨는 그다지 오래 물고기를 잡지 못하고 밤새 말을 타고 마을로 돌아왔다. 이는 더더욱 영감의 추측을 실증하는 일이었다.

날이 어두워지자 영감은 묘지를 떠나 움막으로 돌아와 기름 등을 켜고 불을 피웠다. 그러고는 둔한 몸짓으로 식사를 준비했다. 비빔 국수를 한 그릇 만들려 했던 그는 불의 세기를 제대로 조절하지 못해 태우고 말았다. 국수는 거의 풀이 되었다. 닥닥 긁어서 식사를 마친 영감은 입김을 불어 기름 등을 끈 다음 잎담배를 한 대 말아 피웠다. 할멈이 미치도록 그리웠다. 정말로 돌을 하나 구해다 자신을 쳐 죽이고 싶었다. 하지만 생각을 달리하니, 목수 왕씨가 온 것은 어쩌면 할멈이 마지막으로 그를 한번 보고 싶어서 그녀의 영혼이 불러온 것일지도 모른다는 생각이 들었다. 이런 생각을 하다보니 할멈이 자신에게 불충한 것처럼 느껴져 담배를 다 피우고는 이불 속으로 들어가 자버렸다. 이튿날 아침 일찍 잠자리에서 일어난 영감은 밀밭에 가서 일을 했다. 해가 뜰 때 나가 일을 하다가 해가 져서 돌아왔다. 그는 이곳에서 이렇게 장장 일주일을 멍하니 보냈다. 원래 두 사람이 하던 일을 영감 혼자서 하려니 아무래도 시간이 많이 걸렸다. 농사일을 마치고 말에 올라 마을로 돌아가려던 영감은 마차 위에 곡괭이가 놓여 있는 것을 발견했다. 잠시 정신이 흐려진 그는 갑자기 하지 않은 일이 한 가지 생각났다. 백합 뿌리를 캐는 것이었다. 그는 황급히 곡괭이를 메고 들판으로 가서 백합을 몇 포기 찾아 그 하얀 뿌리를 캐내 주머니에 넣고서야 집으로 향했다. 마차가 노란 꽃이 만발해 있는 풀밭을 지날 때, 그는 문득 할멈이 이미 죽었기 때문에 그 백합 뿌리를 먹을 사람이 없다는 사실이 생각나 처량한 마음으로 한 줌 한 줌 길에다 다 뿌려버렸다.

  마을로 돌아온 영감은 거의 바깥출입을 하지 않았다. 그에게 닥친 가장 큰 문제는 식사를 해결하는 것이었다. 과거에는 항상 할멈이 밥을 해주었고 그는 입을 벌려 먹기만 하면 됐다. 지금은 솥과 그릇, 대야를 앞에 두고도 난처하기만 했다. 그는 밥을 할 줄도 몰랐고 채소를 볶을 줄도 몰랐다. 만터우나 자오즈를 찌는 방법은 더더욱 몰랐다. 마을에는 밥집이 하나 있었다. 장진라이張金來가 연 집이었다. 영감은 하는 수 없이 그 집에 가서 식사를 해결했다. 사실 그는 그 집에 가고 싶지 않았다. 장진라이가 목수 왕씨의 사위이기 때문이다. 이 밥집은 여행의 계절이 되어야 장사가 좀 괜찮게 됐다. 평소에 외부 사람들이 찾아오지 않거나 마을에 혼례나 상례 같은 큰일이 없을 때는 아예 가게 문을 닫았다. 장진라이는 젊을 때 얼다오허즈에서 폭약으로 물고기를 튀기다가 조심하지 않는 바람에 폭발로 인해 다리 한 짝을 잃었다. 장애인이 된 그는 농사일을 할 수 없어 밥집을 열게 된 것이었다. 그는 조건이 좋지 못하다보니 목수 왕씨의 딸 쉐화雪花를 아내로 맞게 되었다. 쉐화는 선천성 소아마비를 앓고 있어 사지가 뒤틀려 있었다. 안팎으로 휘고 구부러진 나무 같았다. 길을 걸을 때는 몸을 떨었다. 발밑에 용수철이 달려 있는 것 같았다. 부부 가운데 길을 시원하게 걸을 수 있는 사람이 한 명도 없었지만 두 사람의 아들은 아주 건강해 망아지처럼 패기가 넘쳤다. 게다가 부부 사이의 감정도 아주 좋아 누구도 상대를 저버리지 않았다. 두 사람 다 장애가 있긴 하지만 고생을 두려워하지 않고 누구보다 열심히 노력해 집 안에 텃밭을 가꿨다. 이 텃밭에는 없는 채소가 없었다. 또한 돼지와 양, 닭, 오리 같은 가축도 키웠다. 영감은 처음에는 밥집에서 식사하는 것을 좋아하지 않았지만 며칠 다니다보니 익숙해졌다. 그는 아침 일찍 가서 죽을 한 그릇 먹었고 점심때는 밥 한 그릇에 야채볶음 한 접시를 먹었으며 저녁에는 술 두 냥과 반찬 두 가지에 만터우를 하나 먹었다. 하루 지출이 20위안이나 됐다. 영감은 할멈과 함께 그렇게 많은 밀을 심었기 때문에 매년 수입이 수천 위안에 달했고 수중에 약간의 저축도 있었다. 두 사람에게는 아직 감옥에 있는 아들이 있었다. 영감은 이가 갈리도록 아들이 미웠다. 단 한 푼도 아들에게 남겨주고 싶지 않았다. 게다가 자신의 수의와 관도 몇 해 전에 이미 다 마련해두었다. 그는 자신이 밥집에서 밥을 사 먹는 것이 아깝지 않았다. 죽을 때까지 줄곧 이렇게 살 작정이었다. 그때까지 그렇게 먹을 수 있는 돈이 있었다. 그에게 가장 자유롭지 못한 것은 밥집에서 종종 목수 왕씨와 마주친다는 것이었다. 그는 손자를 보러 오면서 문에 들어서자마자 큰 소리로 외쳤다.

"우리 착한 손자 어디 있나?"

그러면 아이는 어디서 놀고 있었는지 재빨리 달려나와 "할아버지, 할아버지" 하고 외치며 회오리바람처럼 왕씨의 품으로 달려가 안겼다. 이런 모습을 바라보는 영감의 마음은 서늘했다. 마음속으로 아들이 제구실만 했다면 자신도 지금쯤 손자를 품에 안지 않았을까 하는 생각이 들었다.

영감의 아들은 감옥에 두 번 갔다. 두 번 다 강간죄 때문이었다. 이로 인해 영감 부부는 마을에서 면목이 없어 얼굴을 들고 다니지 못했다. 영감의 아들은 어려서부터 성격이 이상해서 사람들과 어울리는 것을 싫어했고 항상 혼자 다녔다. 사실 녀석은 여자를 좋아하지도 않았다. 도시에서 고등학교를 졸업하자 영감은 그가 농사꾼의 운명에서 벗어나지 못한다는 것을 간파하고는 배필을 마련해주기로 마음먹고 한 명 또 한 명 신붓감을 소개해주었지만 그는 전혀 흥미를 보이지 않았다. 결혼할 생각도 없었다. 영감과 할멈도 그다지 개의치 않았다. 마음속으로 늦게 사춘기를 맞는 사내들이 있으니 때가 되면 여자를 찾을 거라고 생각했다. 그때 가서 자신이 직접 찾도록 하는 게 낫겠다는 것이 영감의 생각이었다. 어느 해 봄에 영감이 키우는 닭 몇 마리가 쉐민薛敏네 채소밭으로 기어들어 가 몇 뙈기 밭의 시금치를 깡그리 쪼아 먹었다. 쉐민은 무지막지한 여자였다. 그녀는 영감이 배상하겠다고 해도 받아들이지 않았고 일을 저지른 닭을 주겠다고 해도 받아들이지 않았다. 그녀는 하룻 밤 사이에 원래의 시금치가 그대로 다시 돋아나게 해놓으라고 요 구했다. 정말로 사람을 난처하게 만드는 태도였다. 영감의 아들도 대충 넘어가지 않았다. 그는 그날 밤 쉐민의 집으로 쳐들어가 그녀 를 강간해버렸다. 그때 쉐민의 남편은 조카의 혼례에 참석하러 고 향에 갔다가 아직 돌아오지 않은 터였다. 다섯 살이던 쉐민의 어린 딸은 엄마가 강간당하는 것을 보고는 놀라서 울음을 터뜨렸다. 아 이가 밖으로 뛰어나가 사람들에게 도움을 청하려 할 때 마침 재봉 사 후胡씨가 그 옆을 지나고 있었다. 후씨가 아이를 따라 집으로 들 어왔고 영감의 아들은 그 자리에서 붙잡히고 말았다. 재봉사 후씨 는 뛰어난 재주를 갖고 있는 여자라 마을에서 먹고 입고 사는 데 문제가 없었고 사람들과의 관계도 좋아 다른 여자들의 질투를 샀 다. 그녀가 쉐민을 대신해 신고를 했다. 영감의 아들은 징역 9년 형 에 처해졌다. 그를 심문하면서 법관이 왜 여자를 강간했느냐고 묻 자 그가 대답했다.

"저 여자가 이치를 따지지 않고 막무가내로 억지를 부려 강간하 는 것이 마땅하다고 생각했습니다!"

마을로 돌아온 쉐민의 남편은 사람들의 손가락질을 견딜 수 없어서 몸을 썻고 호구를 정리하기로 마음먹고 쉐민과 이혼했다. 이 때문에 쉐민은 남편을 원망했고 영감과 할멈을 원망했으며, 딸을 원망하고 재봉사 후씨를 원망했다. 남편을 원망한 것은 부부의 정을 무시하고 자신을 버렸기 때문이고, 영감과 할멈을 미워한 것은 못된 아들을 두었기 때문이며, 딸을 원망한 것은 나가서 사람을 데려오지 말았어야 했기 때문이고, 재봉사 후씨를 원망한 것은 경찰에 신고하지 말았어야 했기 때문이다. 만약 그랬다면 그녀는 치욕을 참으면서 아무 일도 일어나지 않은 것처럼 지낼 수 있었을 것이고, 여전히 양갓집 부녀의 이미지를 유지할 수 있었을 것이다. 그녀는 가끔씩 자신을 원망하기도 했다. 당시 영감네 일가를 그렇게 난처한 처지로 내몰지 않았다면 오늘의 이런 화는 면할 수 있었을 것이다. 사실 그녀는 입만 거칠었을 뿐이다. 당시 그녀는 마음속으로 돈을 조금만 더 보상해주면 된다고 생각했다. 그녀는 영감 일가에게 닭으로 배상하게 할 생각도 없었다. 그녀는 가금 사육을 몹시 싫어했다. 결국 닭도 날아가고 계란도 깨져버린 꼴이 되고 말았다. 일이 철저히 어그러지고 만 것이다. 하지만 나중에 그녀는 재봉사 후씨를 미워하지 않게 되었다. 그녀도 자신과 똑같이 아주 짧은 시간 안에 완전히 망가져버렸기 때문이다. 영감과 할멈이 얼다오허즈에서 황무지를 개간해 밀을 심기 시작한 것은 아들이 감옥에 간 뒤의 일이었다. 말도 바로 그때 영감 집으로 왔다. 나이는 두 살이었다. 영감 부부는 말을 끌고 가서 밭을 갈았다. 말이 조금이라도 쉬는 꼴을 보면 부부는 죽어라고 매질을 해댔다. 말이 뱀이나 족제비, 곰처럼 어슬렁거리기만 해도 사람들의 간담을 서늘하게 하는 동물이 되지 않고 하필 말이 된 것을 원망할 정도도 심하게 매질을 했다.

9년이 지나 아들이 출옥해 마을로 돌아왔다. 그가 돌아온 것을 누구도 알아보지 못했다. 그는 키가 자랐으나 이상하게도 몸은 수척하고 얼굴은 창백하기만 했다. 게다가 남들과 얘기하는 걸 싫어해 대부분의 시간을 말과 함께 멍하니 보냈다. 때로는 말 우리에서 잠을 자기도 했다. 그가 깊은 밤에 울기도 한다는 사실은 말만이 알고 있었다. 그는 항상 말의 머리를 감싸안고 뭐라 말을 하곤 했다. 말은 사람의 말을 조금 알아들었지만 이 범죄자가 하는 말은 한마디도 알아들을 수 없었다. 이렇게 일 년이 채 지나지 않아 그는 또다시 감옥에 가게 되었다. 이번에 그가 강간한 여자는 재봉사 후씨였다. 하루는 할멈이 아들을 데리고 후씨를 찾아가 아들에게 바지를 하나 해주려 했다. 하지만 후씨는 아무리 부탁해도 그의 몸 치수를 재려고 하지 않았다. 그의 몸이 닿기만 해도 위험하다고 여기는 것 같았다. 할멈이 그녀에게 부탁했다.

"내가 같이 있는데 이 애가 댁한테 어쩌기라도 하겠소?"

그러자 후씨가 고결한 척하며 말을 받았다.

"저는 아주 깨끗한 사람이라 더러운 바지는 못 만들어요."

할멈은 하는 수 없이 씩씩거리며 아들을 데리고 집으로 돌아와야 했다. 후씨는 집에서 젖소를 한 마리 키웠다. 그녀는 그 소를 무척이나 아꼈다. 저녁이면 항상 젖소를 받아 마을로 돌아오곤 했다. 할멈의 아들은 바지 만드는 것을 거절당한 다음 날 저녁 무렵, 초장에 숨어 있다가 후씨가 젖소를 몰고 모습을 드러내자 그녀를 풀밭 위에 눕혀 짓누르면서 시원하게 강간해버렸다. 이번에는 곧장 자수했다. 그가 강간의 동기를 털어놓았다.

"그 여자가 더러운 바지는 만들지 못하겠다고 하지 않겠어요? 그래서 그녀 자신이 더러운 바지를 입게 해줄 작정이었습니다."

체면을 중시하는 재봉사 후씨는 우물에 몸을 던져 자살했다. 영감의 아들은 재범인 데다 강간의 후유증으로 후씨가 죽었기 때문에 이번에는 중형을 선고받았다. 징역 20년 형이었다. 그는 부모님들을 돌아가실 때까지 모실 수 없다는 것을 알고는 일 저지른 직후에 곧장 집으로 돌아가 말을 껴안고 말했다.

"네가 나 대신 두 양반을 끝까지 잘 모셔줘!"

이것은 말이 알아들을 수 있었던 그의 유일한 한마디였다.

영감은 평소 밥집에서 밥을 먹었다. 저녁에 집에 돌아오면 휑한 구들에서 혼자 자야 했다. 그러다 그는 마구간으로 이사해 말과 함께 지냈다. 말이랑 같이 있으면 그렇게 처량한 생각이 들지 않았다. 아들이 두 번째로 감옥에 들어간 뒤로 영감은 약속이라도 한 듯이 말을 사람처럼 대했고 잠시도 말과 떨어지지 않았다. 말이 풀을 먹을 때 씹는 소리가 무척이나 부드러워 그 소리를 들으면 금방이라도 눈물이 나올 것 같았다. 그는 말도 자신과 마찬가지로 바람 앞의 촛불처럼 남은 생이 얼마 없다는 것을 잘 알고 있었다. 하지만 그는 자신이 말보다 먼저 죽고 싶었다. 말이 먼저 간다면 그가 살아 있는 게 무슨 의미가 있겠는가?

영감은 일주일 남짓마다 한 번씩 말에 수레를 채우고 얼다오허즈로 갔다. 그곳에 도착하면 영감은 말에서 내려 할멈을 보러 갔다. 말도 그를 따라 할멈을 보러 갔다. 말과 영감은 잠시 우두커니 할멈을 보고 있다가 각자 할 일을 했다. 영감은 밀밭으로 가서 일을 했고 말은 한가로이 초장을 돌아다녔다. 저녁이 되면 영감은 불을 피워 국수를 한 그릇 만들어 먹었다. 말은 그 붉은 불꽃을 보면서 그것이 밤에 피는 유일한 꽃이라고 생각했다. 잠자리에 들 시간이 되면 영감은 움막에서 묵었고 말은 풀밭 위에 누웠다. 말은 밤이슬의 촉촉한 숨결을 좋아했고 이름 모를 벌레들의 울음소리를 즐겨 들었다. 그런 소리를 듣고 있으면 정말이지 마음이 부드러워졌다. 말은 할멈이 그리웠다. 할멈은 성격이 세심해서 밤이면 자주 옷을 걸치고 나와 그를 살펴봤고, 종종 갈기를 빗어주기도 했기 때문이다. 영감은 어땠을까. 영감은 확실히 좀 멍청해 자기 자신도 제대로 돌보지 못했다. 옷을 빨 때는 비누도 골고루 칠하지 못했고 국수를 삶을 때도 항상 죽을 쑤기 일쑤였으며, 아침에 움막에서 일어나면 짐을 어떻게 싸야 하는지도 몰랐다. 게다가 가을에 제때 밀밭에 허수아비를 세워놓으려면 지금 초장에서 풀을 베어야 하지만 영감은 아무런 동태도 보이지 않았다. 말은 그를 일깨워주기 위해 한번은 낫을 입에 물고 영감 면전에 가져다준 적도 있었다. 영감은 그런 속뜻을 전혀 알아채지 못하고 말했다.

"내가 아무리 고기가 먹고 싶어도 네 혀를 베어 먹지는 않아!"

말은 정말 유구무언이었다.

밀은 이삭이 패면 하루하루 알이 굵어지기 시작했다. 말과 영감은 예전과 마찬가지로 마을과 얼다오허즈 사이를 오갔다. 하루는 영감이 밥집에서 우연히 외지에서 사생을 하러 온 화가를 만나게 되었다. 그는 장진라이의 집에 묵고 있었다. 사람들은 그가 무엇이든 아주 똑같이 그릴 수 있다고 했다. 영감은 할멈의 사진 한 장과 함께 돈을 꺼내 그에게 주면서 할멈의 초상화를 문짝만 하게 그려달라고 부탁했다. 화가는 그의 부탁을 받아들이면서 일주일 뒤에 그림을 찾으러 오라고 했다.

　그날이 되자 영감은 단정하게 옷을 차려입고 특별히 나무 빗에 물을 적셔 몇 가닥 남지 않은 백발을 특별히 반들반들하게 빗었다. 그는 밥집을 향해 다가가면서 약간 부끄럽기도 하고 흥분되기도 했다. 처음 할멈과 만나기로 약속한 버드나무 숲으로 갈 때와 같은 기분이었다. 그는 마침내 어두컴컴한 방 안에서 할멈의 초상을 보게 되었다. 그림은 정말 문짝만큼 컸고 짙은 유채의 신선함이 뚝뚝 떨어지는 듯했다. 할멈은 채색옷을 걸치고서 빙긋이 웃는 얼굴로 그를 바라보고 있었다. 그녀의 등 뒤로는 풍작을 이룬 밀밭이 일망무제로 펼쳐져 있고, 밀밭 위에는 어슴푸레한 남자와 말 한 필의 모습이 어른거렸다. 영감은 목수 왕씨가 자신의 생활 모습을 제공해준 것이 틀림없다고 생각했다. 그렇지 않다면 화가는 그림을 이렇게 세련되고 생생하게 그려낼 수 없었을 것이다. 영감은 그림을 안고 집으로 돌아가는 길 내내 소리 내어 울었다. 할멈을 잃었다가 다시 찾기라도 한 것처럼 가슴에 기쁨이 가득했다. 그의 눈물이 그림 위에 떨어지자 그림은 더욱 생동감 있어 보였다. 할멈이 방금 강가에서 목욕을 하고 돌아온 것 같았다. 영감은 먼저 그림을 마구간으로 들고 가서 늙은 말에게 보여주었다. 말은 그림을 보자마자 눈물을 흘렸다. 말이 혀를 내밀어 주황색 액자 틀을 핥았다. 영감의 질투심을 불러일으킬까 두려워 감히 할멈을 핥지는 못했다. 마지막으로 영감은 그림을 집 안 서쪽 벽에 걸었다. 이렇게 하면 햇빛이 동쪽 창문으로 들어와 그림이 더 생생한 빛을 발할 수 있었다. 할멈이 입을 벌려 그에게 말을 할 것만 같았다.

　영감이 세상을 떠났다. 말은 그날 영감과 자신이 얼다오허즈에 갔던 것을 분명히 기억했다. 목적지에 도착해서 말은 한참 동안 멈춰서 있었다. 영감도 이전처럼 마차에서 뛰어내리지 않았다. 말은 고개를 돌려보려고 애쓰다가 영감이 수레 끌채에 앉아 있지 않고 마차에 대자로 누워서 조금의 미동도 하지 않는 것을 발견했다. 말은 영감이 숨졌다는 것을 알게 되었다. 늙은 말은 오래 지체하지 않고 마차를 돌려 마을로 향해 갔다. 말은 마차 바퀴가 덜컹거리는 소리를 들으면서, 점점 어두워지는 하늘을 보면서, 수시로 하늘을 향해 제발 비를 내리지 말아달라고 기도했다. 비가 오면 주인의 몸이 젖기 때문이다. 말은 어느 정도 달리다가 한 번씩 히힝 하고 울음소리를 냈다. 하늘을 향해 소리 내어 우는 것 같았다. 먹구름도 그의 진심에 감동했는지 잠시 한데 모이더니 점점 흩어져 사라졌다. 이렇게 해가 나오고, 길 위에는 말의 활기찬 그림자가 약동했다. 말은 부드럽고 맑은 그림자를 밟고 있었다. 들꽃이 가득 깔려 있는 작은 길을 밟고 있는 것 같았다. 네 발굽 모두에서 꽃향기가 나는 것 같았다.

늙은 말은 밥집 앞에 섰다. 말만이 목수 왕씨가 자기 주인을 얼마나 존중하고 관심을 보이는지 알고 있었다. 그는 할멈을 사랑했다. 평생 동안 사랑했다. 이 또한 말만이 알고 있는 사실이었다. 말은 한 번만 본 것이 아니다. 깊은 밤이면 목수 왕씨는 종종 주인네 집 문밖을 배회했다. 그는 남들이 볼까 두려워 항상 마을에 사람 그림자가 없어질 때까지 기다려 밖으로 나왔다. 사실 그는 할멈이 밖으로 나와서 발 씻은 물을 버리는 그 순간을 기다린 것이었다. 마당을 사이에 둔 데다 날도 어두웠기 때문에 사실 그는 아무것도 제대로 보지 못했다. 그저 쏴악 하고 물 뿌리는 소리와 가끔씩 그녀의 기침 소리를 들었을 뿐이다. 늙은 말은 주인집 아들이 처음 감옥에 들어갔을 때 할멈이 화병을 얻었던 것을 기억하고 있었다. 이때 목수 왕씨가 물고기를 몇 마리 잡아다가 한 줄로 꿰어 주인집 마당 안에 던져넣었다. 이튿날 아침 일찍 일어나 물고기를 발견한 영감은 기쁨을 감추지 못한 채 집 안으로 들어가 할멈에게 누군가 몰래 물고기를 가져다주었다고 알렸다. 영감은 마음씨 좋은 사람이 자신들을 동정해 몰래 이 물고기들을 가져다준 것이라고 여겼지만 할멈은 틀림없이 목수 왕씨가 가져다준 것이라는 사실을 잘 알고 있었다. 그 역시 아내를 얻고 자식도 낳았지만 줄곧 할멈을 잊지 못했다. 그가 이런 감정을 한 번도 말로 표현한 적은 없었지만 할멈은 잘 알고 있었다. 이번에 할멈을 매장해주었을 때도 말은 목수 왕씨가 특별히 얼다오허즈로 달려온 것이고, 물고기를 잡으러 가는 길이었다는 얘기는 그저 구실에 불과하다는 것을 잘 알고 있었다. 늙은 말은 목수 왕씨가 일부러 가벼운 표정으로 묘혈을 떠난 뒤에 그의 눈에 한순간 눈물이 가득 쏟아졌던 것도 기억했다. 왕씨는 강으로 물고기를 잡으러 간 것이 아니라 마음껏 울기 위해 간 것이었다.

목수 왕씨는 영감을 얼다오허즈에 묻어 그가 사랑하는 할멈 곁에 있게 해주었다. 그를 떠나보내는 사람들이 일제히 흩어져 돌아간 뒤에 목수 왕씨는 남몰래 들꽃 한 다발을 꺾어 할멈의 무덤 앞에 두었다. 그러고는 낮은 목소리로 그녀에게 말했다.

"진작부터 꽃을 따다주고 싶었지만 줄곧 기회가 없었어요. 나중에 여름이 되면 또 꽃을 따다줄게요."

촌장이 나서서 영감네 집을 봉쇄했다. 그는 이 집의 상속권은 당연히 복역 중인 그 강간범에게 있지만 그에게 이 집을 누릴 복이 있는지는 모르겠다고 말했다. 또한 말에 대해서는 모두들 너무 늙어 농사도 지을 수 없으니 죽어서 고기를 나눠 먹자는 데로 의견을 모았다. 말을 죽이던 날, 도축인은 일찍부터 와 있었다. 그는 마구간에 애당초 말이 없는 것을 발견하고는 촌장에게 가서 물었다. 촌장은 이 축생이 자기 주인과 떨어질 수 없을 거라면서 아마 얼다오허즈에 갔을 거라고 말했다. 그 누구도 늙은 말 한 마리 때문에 얼다오허즈까지 다녀올 마음은 없었다. 모두들 말을 죽인다 해도 고기가 너무 늙어서 하루 종일 삶아도 흐물흐물해지지 않을 것이고 맛도 좋을 리 없다면서 더 이상 마음에 두지 않았다.

가을이 왔고 밀이 누렇게 익었다. 밀밭에 허수아비가 없었던 까닭에 새들이 무리를 지어 날아왔다. 이미 너무 말라 피골이 상접한 말은 있는 힘껏 새들을 내쫓았다. 하지만 그가 힘들게 한 무리를 쫓아내면 또 한 무리가 날아왔다. 이 새들은 밀밭을 완전히 낙원으로 여기고 있었다. 늙은 말은 주인에게 미안했다. 새를 쫓기 위해 그는 밀밭을 이리저리 뛰어다녔다. 숨이 턱까지 차오르면서 점점 기력이 떨어졌다. 말은 자신의 생명이 이미 막바지에 이르렀음을 직감했다. 하루는 늙은 말이 강가에 가서 물을 마시고 돌아오다가 보리밭에 두 사람의 그림자가 나타난 것을 발견했다. 두 여인이었다. 다름 아닌 쉐민 모녀였다. 쉐민은 이미 노쇠해 얼굴에 주름이 가득했다. 그녀가 이혼한 뒤로 누구도 그녀를 다시 아내로 맞이하지 않았다. 그녀는 딸 인화印花와 서로 의지하며 살았다. 인화는 스물한 살로 생김새가 수려했지만 머리는 조금 모자라는 편이라 고등학교를 졸업하지 못하고 고향으로 돌아와 농사일을 하고 있었다. 늙은 말은 주인집에서 요 몇 년 사이 물건이 자주 없어진 것은 전부 쉐민의 소행이라는 걸 잘 알고 있었다. 그녀는 자신의 비극이 전부 영감 일가의 손에 의해 이루어진 것이라 여겼다. 그리하여 그녀는 쌀이 떨어지면 밤에 영감 집 곳간에 들어가 퍼갔고, 땔감이 떨어지면 인화를 보내 가져오게 했다. 영감과 할멈은 물건을 잃어버리는 횟수가 많아지자 밤에 유심히 동정을 살폈다. 두 사람은 쉐민이 도둑질하는 것을 발견하고서도 뭐라고 말하기가 난처해 그냥 모르는 척 내버려두었다.

쉐민은 영감과 할멈이 수확하기 전에 죽은 것이 몹시 기뻤다. 그녀가 보기에는 풍작을 이룬 이 밀이 의심의 여지 없이 전부 자신의 소유로 돌아올 것 같았다. 그녀는 날카로운 낫을 두 자루 챙겨가지고 가서 인화와 함께 밀을 베기 시작했다. 쉐민은 밀을 사갈 사람과도 미리 연락을 해둔 터였다. 그녀는 밀을 팔면 시내로 가서 예스러운 남색 공단 솜저고리를 하나 사고 인화에게는 나사 바지를 줄 심산이었다. 그런 다음 남는 돈은 저축할 생각이었다. 하지만 쉐민은 밭 한 귀퉁이를 베고 나서 늙은 말의 습격을 받았다. 말은 강가에서부터 빠르게 달려와 발굽으로 쉐민이 휘두르고 있는 낫을 걷어찼다. 쉐민은 하마터면 말을 알아보지 못할 뻔했다. 말은 너무 말라 전혀 다른 모습이었다. 달릴 때는 그 헐렁헐렁한 배가 시계추처럼 왼쪽으로 한 번 오른쪽으로 한 번씩 흔들렸다. 말은 그녀 앞에 서서는 쉬지 않고 몸을 떨었다. 사람이 감기에 걸려 오한이 든 것 같았다. 하지만 밀의 눈은 맑고 투명했다.

"너는 정말 개보다 더 충성스럽구나!"

쉐민이 늙은 말에게 말했다.

"네 주인은 다 죽었어. 그들은 너를 버리고 돌보지 않는데 너는 뭣 때문에 그들 일에 간섭하고 있는 거야!"

그녀가 낫을 내려놓고 말에게 말했다. 쉐민은 일을 멈췄지만 인화는 여전히 낫을 휘두르고 있었다. 늙은 말이 또다시 다가가 그녀를 저지했다. 인화가 몸을 일으켜 늙은 말에게 말하는 사이에 쉐민이 다시 밀을 베기 시작했다. 인화가 말했다.

"네가 감히 나를 발로 찬다면 내가 이 낫으로 네 다리를 베어 저녁에 네 고기를 구워 먹을 테다."

늙은 말은 인화를 걸어차진 않았지만 그녀의 낫을 걸어찼다. 인화가 밀밭에 떨어진 낫을 주워 손을 재빨리 움직여 말의 앞다리를 베어버렸다. 말은 정말로 늙은 터라 밀밭에서 꼼짝도 못 하게 되었다. 말의 다리에서 점점 피가 배어나왔다. 피는 방금 베어 뉘어놓은 밀 더미를 붉게 물들였다.

쉐민은 말이 쓰러진 것을 보고 노래를 부르기 시작했다. 그녀의 노랫소리가 떨어지기 무섭게 새들이 날아왔다. 새들도 노래를 부르기 시작했다. 늙은 말은 다시 일어설 수 없었다. 말은 삭 사삭― 삭삭― 밀 베는 소리를 듣고 있었다. 눈물이 이슬방울처럼 뚝뚝 떨어졌다.

그날 저녁 쉐민과 인화는 밥을 먹고 나서도 여전히 흥이 다하지 않아 불을 피워 밀을 구워 먹었다. 신선한 밀은 정말로 맛있었다. 너무 맛있어서 자초지종을 다 잊었다. 인화가 엄마에게 늙은 말을 잡을지 말지 물었다. 어차피 죽었는데 피 흘리는 모습을 보니 너무 불쌍하다는 것이었다. 쉐민이 말했다.

"말이 너무 시원하게 죽게 해선 안 돼. 그 집은 우리에게 빚진 게 아주 많단 말이야!"

"말이잖아요. 사람이 아니라고요!"

인화가 말했다.

"다른 집에 있었다면 말이겠지만 그 집에 있으면 사람이지!"

쉐민은 큰 소리로 말했다. 늙은 말은 이렇게 사흘이나 밀 베는 소리를 듣다가 결국 조용히 죽었다. 쉐민과 인화가 말의 가죽을 벗기고 좋은 부위의 고기를 발라내 구워 먹으려 할 때, 목수 왕씨가 말을 타고 얼다오허즈에 나타났다. 그는 물고기를 잡으러 왔다고 말했다. 쉐민이 말가죽을 벗기려 하는 것을 보고 그가 저지하며 말했다.

"두 양반의 밀을 가졌으면 그걸로 됐소. 이 말은 두 분이 가장 소중히 여기던 가축이니 고스란히 두 분에게 돌려주는 게 나을 거요."

쉐민은 밀을 팔아버리기 전에 문제를 일으키고 싶지 않아 목수 왕씨의 건의를 따랐다. 왕씨는 구덩이를 파고 늙은 말을 영감과 할멈 바로 옆에 묻어주었다. 불룩 솟은 세 기의 무덤 가운데 하나는 말의 무덤이라는 사실을 아무도 모를 것이었다.

밀 수확이 곧 끝날 황혼 무렵, 쉐민은 먼저 움막으로 밥을 지으러 갔고, 인화는 좀더 베겠다고 했다. 날이 어두워질 때쯤 쉐민이 밥을 다 해놓고 인화를 부르러 가려던 차에 인화가 돌아왔다. 날이 어슴푸레했지만 쉐민은 비틀거리며 걷는 딸의 모습을 볼 수 있었다. 그녀는 딸이 너무 피곤해서 그러려니 생각했다. 딸이 가까이 다가오고서야 쉐민은 딸에게 일이 생긴 것을 알았다. 딸의 머리카락은 산발이 되어 있고 옷은 갈기갈기 찢겨 있었다. 얼굴은 도처가 눈물 자국이었다.

"무슨 일이 생긴 거야?"

당황한 쉐민이 어쩔 줄 몰라 하며 물었다.

"어떤 사람이 갑자기 밀밭에 나타나더니 날 강간했어요!"

인화가 큰 소리로 울면서 말했다.

쉐민은 하늘과 땅이 빙빙 도는 것 같아 몸을 가누지 못하고 땅바닥에 주저앉았다. 인화는 그 사람이 검은 복면을 쓰고 있고 눈과 코, 입만 내놓고 있어 애당초 그의 진짜 얼굴을 볼 수 없었다고 말했다. 그저 힘이 세고 숨소리가 무거웠으며 몸에서는 말 같은 냄새가 나는 것을 느꼈을 뿐이라고 말했다.

"그놈은 아니겠지?"

쉐민은 속으로 생각했다. 영감의 아들이 바로 온몸에서 말 냄새를 풍기는 남자였다. 하지만 그는 아직 감옥에 있었다. 설마 그가 탈옥했거나 감형으로 앞당겨 나온 거란 말인가? 만일 그놈이 아니라면 또 누가 있을 수 있단 말인가?

"난 이 밀이 정말 싫어요!"

인화가 울면서 하소연했다.

"이 일은 일어나지 않은 걸로 해. 누구한테도 절대 말하면 안돼!"

쉐민이 무릎을 치면서 대성통곡하며 말했다.

"귀신이 너를 강간한 거야!"

두 모녀는 잠시 그렇게 울다가 다시 평소처럼 밥을 먹었다. 이틀날 아침 일찍 모녀는 남은 밀을 전부 뺐다. 그러고는 벌거숭이가 된 밀밭에 앉아 고개를 숙인 채 이미 무뎌진 낫을 내려다봤다.

꽃잎 죽

바람이 이미 말라버린 처마 밑의 황해쑥을 날려버렸다. 황해쑥은 창문 앞을 가로질러 아주 날렵한 사람의 다리처럼 경쾌하게 한 칸 한 칸 창살을 지나갔다. 이 황해쑥은 단오절에 엄마가 꽂아둔 것이었다. 벽사辟邪*를 위한 것이라고 했다. 이 집에는 이미 사악한 기운이 없어졌기 때문에 황해쑥은 비와 바람을 일으키는 일을 마친 무당 할멈처럼 가벼렸다.

바람은 다만 한 줄기가 아니라 아주 많았다. 내 눈에는 거친 바람도 있고 가는 바람도 있었다. 강한 바람도 있고 약한 바람도 있었다. 채소밭의 바람은 아주 약하고 가는 바람이라 굵기가 각기 다른 채소 이파리 위로 불어오면 넓적한 이파리들이 가볍게 흔들렸다. 아주 거세게 흔들리진 않았다. 그래서 배춧잎의 무당벌레가 흔

---

* 사악한 기운을 막기 위한 단오절의 액막이.

들리다 떨어지는 일은 없었고 완두꽃 위에서 장난치고 있던 나비는 더더욱 편안하고 안전했다. 비쩍 마른 채소도 가볍게 몇 번 몸을 떨면 그만이었다. 하지만 허공을 가르는 바람은 무척이나 세고 거칠었다. 먹구름도 바람에 조금씩 밀려가면서 얼굴빛이 푸르딩딩하게 변했다. 광풍이 불기라도 하면 먹구름을 여러 모양으로 갈기갈기 찢어놓기도 했다. 누가 봐도 우는 모양이었다. 뒤를 돌아보지 않고 용감하게 담장 구석을 향해 달려드는 바람은 머리를 부딪혀 체면을 구겼다고 생각했는지 더 이상 고개를 돌리지 않고 아예 소리를 삼키며 스스로 흩어져버렸다. 미친 듯이 뛰어다니는 닭들의 울긋불긋한 깃털을 스치는 바람은 너무나 가볍고 부드러웠다. 스치는 바람에 깃털들은 하나하나 곧게 펴졌다. 꽃이 혀를 내밀어 뭔가 말을 하려는 것 같았다.

언니는 부뚜막 위에서 밥을 하고 있고 나는 화로 앞에 쪼그리고 앉아 부지깽이로 화력을 조절하고 있었다. 불을 다스리는 어린 여신인 셈이었다. 남동생 녀석은 뭘 하고 있었을까? 녀석은 뒤뜰 별채에서 조롱에 든 새를 가지고 놀고 있었다. 녀석은 새들보다 더 즐겁게 재잘거렸다. 언니는 내가 불을 너무 세게 높였다고 투덜거리더니 잠시 후에는 또 불을 키우지 않는다고 나무랐다. 언니의 투정에 아랑곳하지 않고 나는 냄비 속 음식이 강한 불을 필요로 할 때 화로 입구에 있던 장작을 치워버렸다. 그러자 냄비 바닥을 핥던 거센 불길이 시들해져버렸다. 또 언니가 옥수수죽을 끓이기 위한 부드러운 불을 필요로 할 때, 헤헤, 나는 오히려 화력을 아주 세게 높여 섣달그믐 날 저녁에 불놀이를 할 때보다 더 왕성한 불길을 만들었다.

부엌문은 열려 있었고 나는 바람 소리에 귀를 기울이고 있었다. 바람 소리가 갈수록 더 커질 때쯤 하늘은 이미 아주 어두워져 있었다. 갑자기, 부엌 안이 환하게 밝아지더니 아주 짧고 거대한 빛이 집을 뒤흔드는 것 같았다. 번개가 친 것이다. 이어서 요란하게 천둥이 치면서 문이 거세게 흔들렸다. 보아하니 비가 쏟아질 것 같았다.

"비 올 것 같아. 어서 창문 닫아."

언니가 내게 지시를 내렸다.

부지깽이를 내려놓고 마당 쪽을 내다보니 이미 여기저기 빗방울이 떨어지고 있었다. 나는 재빨리 달려가 창문을 닫았다. 창문 밖으로 보이는 먹구름은 까마귀 떼가 잔뜩 모여 웅크리고 있는 것 같았다. 닭장 안의 닭들도 일제히 잔뜩 머리를 움츠리고 있었다. 닭들은 바람을 좋아하나 비는 싫어했다. 바람은 깃털을 빗어주지만 비는 깃털을 초라하게 만들기 때문이다. 나는 창틀 위의 비누갑을 방으로 옮겨놓았다. 비누가 비에 젖어 불면 우리는 깨끗한 옷을 입을 생각을 하지 말아야 하기 때문이다.

밥과 음식을 다 준비한 언니는 방 한가운데에 있는 팔선탁 위에 하나하나 올려놓았다. 아궁이 속에는 금빛 찬란한 불덩이가 타고 있었다. 불덩이가 된 장작은 수정처럼 영롱한 모습으로 좌우로 가볍게 흔들리며 열기를 내뿜고 있었다. 큰 불덩이는 투명한 사과 같고 작은 불덩이는 농익은 딸기 같았다. 이 질펀한 화염은 대부분 물을 데우는 데 사용됐다. 엄마 아빠는 밖에서 돌아오시면 먼저 얼굴부터 씻었다. 예전에 아빠는 얼굴을 씻을 필요가 없었지만 양곡 창고에서 짐을 부리는 일을 시작한 뒤로는 머리와 얼굴에 먼지와 흙이 잔뜩 달라붙은 채 돌아왔기 때문에 씻지 않고는 식사하거나 이불 속으로 들어갈 수가 없었다. 온수는 몸을 씻는 데만 쓰이는 것이 아니라 설거지에도 쓰였다.

창문을 닫고 부엌문도 닫고 나니 빗줄기가 더 거세지기 시작했다. 빗소리는 매섭고 요란했다. 아궁이에 물을 펄펄 끓이고 있는 것 같았다. 엉덩이를 맞은 수많은 아기가 한꺼번에 울음을 터뜨리는 것 같았다. 날은 어두웠다. 유리창 위에는 빗물이 가득 흘러내려 창밖의 풍경을 흐릿하게 만들었다.

밥 먹을 때가 됐지만 엄마랑 아빠는 아직 돌아오지 않았다. 팔선탁 위의 음식은 평소와 다르지 않았다. 황금빛 옥수수죽과 감자채 볶음 한 접시, 된장과 퍼런 파가 전부였다. 이 밖에 향긋한 기름을 잔뜩 뿌려 버무린 유채절임도 있었다. 유채절임에는 얇게 썬 고추가 들어가 있어 얼핏 보면 황토 위에 붉은 버들이 자라나 있는 것 같아 무척이나 귀엽고 아름다웠다.

별채에서 본채로 건너온 남동생 녀석이 식탁 위의 음식들을 보더니 불평을 해댔다.

"또 이거야?"

그러고는 눈길을 창밖으로 돌리며 욕을 해댔다.

"염병할, 비는 왜 이렇게 오는 거야!"

남동생은 열 살이고 나는 열두 살, 언니는 열다섯 살이었다. 어쩌면 남동생 녀석은 아직 어려서 모든 게 마음에 들지 않는 것인지도 몰랐다. 녀석의 장난이 심하다보니 입고 있는 파란 셔츠는 원래 양쪽으로 단추가 두 줄 달려 있었지만 한쪽에는 하나밖에 남아 있지 않았다. 임무를 다하고 있는 마지막 노병 같았다. 나머지 단추들은 전부 놀다가 잃어버리고 없었다. 나뭇가지에 걸려 떨어져 나간 것도 있고 개 발톱에 뜯겨 떨어져나간 것도 있다. 친구랑 싸우다가 뜯겨나간 것도 있다. 녀석의 옷깃은 한 번도 단정한 모습을 보인 적이 없었다. 끝이 항상 지저분하게 말려 있었다. 녀석은 눈이 크고 눈꺼풀이 두터웠으며 말할 때마다 입을 씰룩거렸다. 게다가 항상 잔뜩 화난 듯한 표정이었다. 녀석은 밖으로 돌아다니는 것을 좋아하다보니 바람과 햇볕에 노출되는 시간이 많았다. 엄마는 그런 녀석을 '흑인도黑印度*'라고 불렀다.

흑인도가 말했다.

"제기랄, 오늘 비는 정말 대단하네. 오색실을 풀어버려야 할 것 같아."

오색실은 매년 단오절이면 엄마가 우리 남매 셋의 손과 목에 매어주는 실로서 빨강과 분홍, 노랑, 파랑, 하양의 다섯 색깔이었다. 하양과 노랑은 아주 비슷하다보니 맨 처음에는 두 색을 혼동하여 네 가지 색인 줄 알았다. 전해지는 말에 의하면 오색실을 맨 아이들은 산에 올라가도 벌레나 뱀에게 물리는 일이 없다고 했다. 게다가 밤중에 돌아다녀도 귀신이 빙의할 가능성이 거의 없다는 것이었다. 일반적으로 말해서 오색실은 단오절이 지나 첫 비가 내릴 때 칼이나 가위로 잘라내 빗속에 던져버려야 했다. 그러면 오색실이 용으로 변한다고 했다. 나는 손목에 오색실을 매고 다니는 것이 몹시 불편하고 싫었다. 항상 손목에 벌레가 한 마리 기어다니는 것 같았기 때문이다. 그래서 비 오는 날을 기다리지 않고 미리 강가에

---

* 19세기 프랑스 작가 쥘 베른의 소설 『아름다운 지하세계』에서 묘사하고 있는 인도를 가리킨다.

서 잘라내 강물에 흘러가버리게 했다. 흑인도는 어떻게 했을까? 녀석은 단오절이 지나 처음 내리는 비가 너무 적다고 생각했다. 비가 너무 빈약해 자신이 풀어준 용이 바람을 일으키고 파도를 만들지 못한 채 그 자리에 남게 될 것이 두려웠던 것이다. 그런데 지금은 비가 아주 세차게 내리고 있기 때문에 녀석은 기회를 놓칠 수 없었다. 녀석은 내게 오색실을 잘라달라고 하고는 그걸 들고 빗속으로 뛰어나갔다. 녀석이 마당에서 외치는 소리가 귓가에 들려왔다.

"기왕이면 큰 용이 되거라!"

오색실을 던지고 다시 집 안으로 들어온 녀석은 이미 물에 빠진 닭이 되어 있었다. 녀석은 젖은 옷을 벗고 아궁이 앞에 쭈그리고 앉아 불을 쬤다. 불을 쬐면서 재채기를 해댔다. 불길의 열기가 채찍처럼 녀석이 입고 있던 옷 속의 비루먹은 개 냄새 같은 땀 비린내를 날려버렸다. 방 안에 있던 언니가 부엌 쪽으로 고개를 길게 빼서 내밀고는 나무라듯 잔소리를 해댔다.

"젖은 옷을 불에 대고 말리지 좀 마, 제발! 냄새나 죽겠단 말이야!"

말을 마친 언니는 옷장에서 녀석을 위해 깨끗하고 뽀송뽀송한 옷을 찾아주었다. 꺼낸 옷의 주머니와 소매에는 기운 자국이 많았고 깃도 심하게 닳아 있었다. 흑인도가 젖은 옷을 세숫대야에 던져놓고 마른 옷으로 갈아입고는 언니에게 물었다.

"누나는 오색실 풀어버렸어?"

언니가 고개를 비스듬히 숙인 채 왼팔에 맨 오색실을 내려다보면서 원망 어린 어투로 대답했다.

"나한테 어떻게 그런 복이 있겠니! 며칠 지나면 산에 가서 장과

나 버섯을 따와야 하는데 오색실을 끊어버렸다가 뱀에게 물리면 어떻게 해?"

언니의 말투를 들으니 오색실이 독사의 목구멍을 막고 있기라도 한 것 같았다. 언니는 쉽사리 호신부를 잘라버릴 수 없었다. 장녀인 언니는 확실히 나나 동생 녀석보다 집안일을 훨씬 더 많이 책임지고 있었다. 닭을 먹이고 밥하고 물 긷고 집 안을 정리하는 것이 전부 언니의 몫이었다. 이 밖에 들판에 장과나 버섯이 떨어질 때면 산에 가서 이를 줍거나 따오는 것도 전부 언니가 해야 할 일이었다. 나도 집안일을 완전히 수수방관하는 것은 아니지만 천성이 게으르다보니 간단하고 가벼운 일만 전문으로 맡아 했다. 부뚜막과 장롱의 먼지를 닦거나 아궁이에 불을 피우는 것, 설거지하고 쌀을 씻는 것 정도였다. 엄마는 내가 '주로 먼지 닦는 일을 한다'고 말했다. 그럼 흑인도 녀석은 뭘 했을까? 녀석은 조롱의 새를 관리하는 것 말고는 집안일에 일체 관여하지 않았다. 창고에 가서 좁쌀을 한 바가지 퍼오라 해도 녀석은 좁쌀 자루가 어디에 있는지조차 알지 못했다. 호미나 괭이를 어디에 걸어두었는지는 더더욱 몰랐고 마당 밖으로 나와 모이를 쪼아 먹는 수많은 닭 가운데 어느 놈이 우리 집 닭인지도 구분하지 못했다.

천둥소리와 번개는 빠르게 달리는 말 같았다. 도처에 말발굽 소리가 울려 퍼졌고 먹구름이 이리저리 흩어져 부서졌다. 그러다가 비가 점점 잦아들자 하늘도 조금씩 밝은 빛을 드러내기 시작했다. 하지만 먹구름이 완전히 사라졌는데도 하늘은 완전히 밝지 않았다. 이미 저녁이 됐기 때문이다. 언니는 먼저 팔선탁 위의 음식들을 바라보면서 미간을 찌푸렸다. 비가 그치지 않으면 엄마 아빠가 집에 돌아오시는 시간이 지체될 테고, 저녁 식사가 미뤄지면 이미 차려놓은 음식들을 도로 부엌으로 가져가 다시 데워야 하기 때문이었다.

흑인도가 별채에서 고깔모자를 들고 나왔다. 신문지를 붙여 만든 모자로 아래는 넓고 위는 좁은 원추형이었다. 녀석이 이 모자를 부뚜막 위로 던지면서 언니한테 말했다.

"새가 이 모자 위에 똥 쌌어. 누나가 좀 닦아줘."

언니가 툴툴거렸다.

"누가 너더러 조롱을 모자 위에 올려놓으라고 했어? 이 모자가 더러워지면 사람들이 엄마를 또 조리돌릴 때 벌로 거리 몇 군데를 더 돌게 한다는 거 몰라?"

"이 망가진 모자에 새똥이 좀 묻었기로서니 그게 뭐 그리 큰일이라고 그래? 내가 보기에는 똥이 신문의 검은 글자들보다 더 멋있는 걸, 뭐! 게다가 조리돌림이 그리 힘드는 것도 아닌데 거리 몇 군데 더 도는 게 뭐 그리 대단한 일이라고 그래!"

흑인도는 이렇게 말하면서 쳇 하고 혀를 찼다. 언니의 말에 수긍하지 않는 태도였다.

"내가 네 조롱 안에 있는 새를 날려 보내 마음대로 날아다니면서 똥을 싸게 할 테니까 그런 줄 알아!"

내가 흑인도를 위협하면서 말했다. 나는 이 종이 모자를 더럽혀선 안 된다는 사실을 잘 알고 있었다. 더럽히면 엄마를 상대로 비판 투쟁*을 벌이는 사람들이 엄마가 자신의 죄를 인정하는 태도가

---

* 문화대혁명 시기에 주자파走資派나 반혁명분자로 몰린 사람들에게 머리에 고깔

충분하지 않다고 비난할 게 분명했다.

"이활자二豁子*는 하루 종일 남의 말에 반박할 생각만 하는군. 그럴 시간 있으면 머리 빗는 법이나 배우셔. 쓸데없는 일에 관여하지 말고!"

흑인도 녀석은 내 말에 수긍하지 않고 오히려 나를 놀려댔다.

나는 항렬이 둘째이자 앞니 사이가 벌어져 있기 때문에 흑인도는 나를 '이활자'라고 불렀다. 녀석이 나를 이렇게 부르기만 하면 나는 곧장 울음을 터뜨렸다. 이번에도 예외가 아니었다. 언니는 아무것도 모르고 달려와 울고 있는 쪽이 피해자라고 판단하고는 흑인도를 호되게 나무랐다.

"말썽 좀 그만 피우고 어서 우산 들고 나가서 엄마 아빠 마중이나 해!"

아빠는 보름 전에 현성縣城의 양곡 창고로 배정되어 짐을 부리는 일을 하기 시작했다. 자전거를 타고 출근해 20리 산길을 걸어야 하다보니 일찍 집을 나서서 저녁 늦게야 돌아왔다. 아빠는 이전에 우리 작은 진鎭의 학교에서 교장으로 일했다. 공선대가 학교에 진주해 학생들에게 노동 수업만 시키면서 문화를 가르치지 않는 것에 불만을 표했던 아빠는 결국 공선대 대장과 한바탕 말다툼을 벌였다. 그 결과 현 교육국에 고발되었고 교육국에서는 아빠를 악랄하게 비난하는 여론을 조성해 현 위원회에 보고했다. 그리하여 교장직에서 파면된 아빠는 현성의 양곡 창고로 배정되었던 것이다. 아

___

모자를 씌우고 목에 죄명을 적은 팻말을 달고 거리를 돌아다니면서 군중 앞에서 자신의 죄를 인정하게 하고 폭행을 가하던 일을 말한다.
* '이'는 둘째를 의미하고 '활자'는 앞니 잇새가 벌어진 사람들을 흉보는 말이다.

빠가 반듯하게 다림질한 중산복을 벗으면서 엄마에게 말했다.

"조만간 이 옷을 다시 입고 학교로 복귀하게 될 거요. 나는 학생들에게 문화를 가르치지 않아도 된다는 사실을 믿을 수가 없어!"

내가 보기에 아빠가 이런 일을 당하는 것은 일종의 필연이었다. 엄마가 아빠보다 먼저 소련 수정주의의 간첩이라는 혐의로 비판 투쟁을 당했기 때문이다. 엄마는 고깔모자를 쓰고 거리에서 끌려다니며 조리돌림의 경력을 시작했다. 학교 교장의 아내가 간첩이라면 그 교장은 정보원일 수밖에 없었다. 양페이페이楊非非는 나랑 말다툼할 때마다 아빠를 이런 식으로 모함하고 욕했다.

"저 애는 소련 수정주의 간첩의 자식이에요!"

나는 인정사정 봐주지 않고 맞받아쳤다.

"너희 아버지는 너희 엄마가 키우는 잡종 개지!"

결국 잡종 개의 자식과 수정주의 간첩의 자식이 서로 뒤엉켜 물고 뜯었다. 양페이페이는 내 팔을 물어 시퍼렇게 멍이 들게 했고 나는 그 애의 엄지손가락 손톱을 찢어놓았다.

흑인도 녀석이 우산을 들고 문을 나서려던 순간, 대문이 열리는 소리가 나더니 엄마가 돌아오셨다. 엄마는 온몸이 비에 젖어 있었고 손에는 바구니를 하나 들고 있었다. 그 안에는 푸른 채소가 빗물에 깨끗이 씻긴 채 담겨 있었다.

엄마는 마당에 자전거가 없는 것을 보고는 흑인도에게 물었다

"아빠는 아직 안 돌아오셨니?"

"네!"

흑인도는 아주 간단히 대답했다.

"아빠도 빨리 오셔야 하는데……."

엄마가 혼잣말로 중얼거리면서 바구니를 창고 비막이 차양 아래에 내려놓았다.

"비가 오는 날 비옷도 안 입고 가셨으니 아마 오는 길에 어느 나무 밑으로 가서 비를 피하고 계실 거야."

흑인도 녀석이 말했다.

"나무 아래서 토끼 한 마리를 잡더라도 그 자리에서 불을 피워 토끼를 잡아먹으면 안 되는 법이에요!"

엄마가 참지 못하고 웃으면서 흑인도에게 말했다.

"아빠가 어떻게 그런 한가한 생각을 하시겠니?"

흑인도가 입을 삐죽거리며 말했다.

"아빠는 아직 들판의 맛을 보지 못해서 그래요. 일단 맛을 보면 한가한 생각을 갖게 될 거라고요!"

"방금 천둥소리가 그렇게 컸는데 아빠가 혹시……."

엄마가 시름 가득한 표정으로 말했다.

"아빠는 덕이 부족한 일은 하지 않았어요. 하늘이 아빠에게 벼락을 내릴 리가 없다고요."

흑인도가 말했다.

"벼락을 맞는 건 전부 나쁜 놈들이에요!"

엄마는 흑인도 녀석의 말을 듣고서야 다소 마음이 놓였는지 집 안으로 들어가 마른 옷으로 갈아입었다. 내가 종이 모자를 엄마에게 보여주면서 흑인도가 조롱을 모자 위에 걸어두는 바람에 새똥이 모자 위에 떨어졌다고 말했다.

"괜찮아. 사람들이 제대로 보지도 않을 테니까."

엄마가 부드러운 어투로 말했다. 엄마는 모자를 보온병 다루듯이 아주 조심스럽게 찻장 안에 넣어두었다.

언니는 창틀 위에서 파리 두 마리가 요란하게 앵앵거리는 것을 보고는 손바닥으로 잡아 때려죽였다. 흑인도 녀석은 하늘이 거의 다 갠 것을 보고는 조롱을 들고 마당에 나가 새들에게 무감각한 하늘을 보여주었다. 나는 뭘 했을까? 엄마가 흑인도 녀석을 야단치지 않는 것에 약간 화가 난 나는 일부러 창틀 위의 화병을 뒤집어버렸다. 파란색 물고기 모양의 화병 안에는 이미 절반은 말라버린 들꽃이 꽂혀 있었다. 화병 속의 물은 며칠 동안 갈아주지 않아 끈적끈적했고 고약한 냄새까지 났다. 언니가 화병을 집어들고는 나를 야단쳤다.

"화병이라고는 이것 하나밖에 남지 않았는데 넌 이것마저 깨뜨리고 싶은 거야?"

예전에도 나는 화병을 두 개 깨뜨린 적이 있다. 하나는 배가 불룩한 갈색 원형 화병이고 다른 하나는 내가 방금 뒤집어놓은 화병과 같은 것으로 원래 한 쌍이었다. 전해지는 바에 의하면 이 두 화병은 엄마랑 아빠가 결혼할 때 친구들이 돈을 모아 선물한 것이라고 한다. 나는 이 화병이 내가 막 태어났을 때의 모습을 다 봤을 것이라고 확신했다. 화병이 이런 비밀을 알아서는 안 될 일이었다. 그러니 나는 이 화병들을 깨뜨려 기억을 잃게 하고 싶었던 것이다.

"나는 이 화병이 정말 눈에 거슬린단 말이야."

내가 말했다.

"다들 그런 생각 안 들어요? 물고기 입에 매일 당당하게 꽃이 하나 가득 꽂혀 있는 걸 보면 숨이 막힐 것 같지 않나요? 나는 저 화병만 보면 가슴이 답답해진단 말이에요."

엄마는 막 집을 나서려던 차에 내가 하는 말을 듣고는 다시 몸을 돌리더니 화병을 집어 창틀 구석에 내려놓으면서 나를 향해 웃는 얼굴로 말했다.

"앞으로 꽃을 꽂을 때는 이 물고기 화병을 쓰지 않을게. 그러면 너를 답답하게 만드는 일도 없겠지."

언니는 화병에서 쏟아진 더러운 물을 걸레로 닦은 다음, 이미 제 모습을 잃은 꽃을 한데 모아 쓰레기통에 갖다 버렸다. 그러고는 엄마의 조용한 반응에 약간 불만이 있었던지 혼잣말로 중얼거렸다.

"진짜 물고기 입도 아닌데 뭐가 그렇게 답답하다는 거야!"

엄마는 미묘한 웃음을 지으면서 나를 힐끗 쳐다보더니 언니를 향해 말했다.

"언제 내가 또 꽃을 꺾어다 꽂을지 모르지만 다들 어떤 꽃을 좋아하는지 말해봐."

"백합이요."

언니가 말했다.

"나는 자마련紫馬蓮*이나 작약이 좋던데요."

내가 말했다.

"작약은 이미 철이 지났잖아."

언니가 말했다.

"아직 한두 송이 지지 않은 게 있을지도 모르잖아. 내가 얼른 가서 꺾어올게!"

이렇게 말하는 엄마의 어투와 표정에 천진난만한 자태가 가득

---

* 천남성天南星과에 속하는 다년생 초본식물.

묻어났다. 엄마는 우리에게 아빠를 마중하러 갈 테니 다들 함부로 밖에 나가지 말라고 당부했다.

비가 멈췄다. 하늘은 갈수록 더 어두워졌고 팔선탁 위의 음식들은 점점 차갑게 식었다. 똑딱똑딱 벽에 걸린 괘종시계 바늘이 움직이는 소리만 들렸다. 흑인도는 다시 조롱을 들고 뒤채로 돌아갔다. 녀석은 부엌을 지나면서 장작에 걸려 넘어질 뻔하자 욕을 해댔다.

"이런 씨팔, 내가 네놈들을 완전히 다 태워버릴 테니까 몸 간수 잘 하도록 해!"

나는 그런 흑인도 녀석이 싫었다. 녀석은 앞뒤 가리지 않고 아무 때나 욕을 해댔다. 때로는 사람과 어떤 일들에 대해 욕을 하기도 하고 때로는 물건에게 욕을 하기도 했다. 내가 가장 참기 힘든 것은 녀석이 물건들에 불손한 언사를 던지는 것이다. 물건들은 말을 하지 않으니 녀석을 상대로 욕으로 맞받아치거나 변론을 벌일 수 없기 때문이다. 언니는 파리를 완전히 박멸하고 나서 창틀을 닦고는 또 나를 불러 아궁이에 불을 붙이라는 지시를 내렸다. 죽을 데울 생각이었던 것이다.

"이 시계 소리로 장작에 불을 붙일 수 있었으면 좋겠네."

나는 혼잣말을 중얼거리면서 마지못해 아궁이로 가서 불을 붙였다. 장작에 불이 붙자 이내 타닥타닥 소리가 났다. 때문에 나는 소리 속에 열기가 숨겨져 있는 것이 아닌가 하는 잘못된 상상을 하기도 했다. 정말로 그렇다면 음식이 식었을 때 시계 소리로 음식을 다시 데울 수 있을 것이다.

내가 막 아궁이에 불을 피웠을 때 아빠가 들어오셨다. 아빠는 오렌지색 비옷을 입고 있었다. 아주 요염해 보였다. 아빠는 자전거를 잘 세워놓고 먼저 닭장에 있는 닭들에게 안부 인사를 건넸다.

"다들 배불리 먹었니?"

아빠는 닭에게 모이 주는 걸 좋아했다. 그래서 아빠가 마당에 나가기만 하면 닭들은 사병들이 장군을 보호하는 것처럼 모여들어 아버지를 에워쌌다.

"엄마는 아직 안 돌아오셨니?"

아빠가 집 안으로 들어와 언니에게 물었다.

"돌아오셨는데 아빠 찾으러 다시 나가셨어요."

언니가 말했다. 언니는 부모님과의 결렬서決裂書*를 쓰고 있었다. 담임선생님이 요구한 것이었다. 언니가 부모님과 확실히 경계선을 긋지 않으면 홍위병紅衛兵에 가입할 수 없다는 이유에서였다. 언니는 마침 쓰지 못하는 글자가 몇 개 있어 아빠에게 물어볼 작정이었다. 하지만 아빠는 엄마가 집에 없다는 얘기를 듣고는 황급히 엄마를 찾으러 나갔다.

흑인도 녀석이 언니에게 말했다.

"아빠한테 물어볼 게 아니라 차라리 자전을 찾아봐! 자전의 능력이 그보다 낫다니까. 묻고 싶은 게 뭐든 다 자전에 들어 있다고!"

이 한마디에서 녀석은 아빠를 '그'라고 부르고 있었다. 언니가 녀석을 나무랐다.

"앞으로 '그'라는 말은 아빠가 아닌 사람에게만 쓰도록 해!"

---

\* 문화대혁명 시기에 가족 중 주자파나 반혁명분자가 있으면 가족관계를 떠나 사상적으로 분명히 선을 긋겠다는 의지를 대외적으로 천명하기 위해 강제로 쓰게 한 글.

흑인도 녀석이 말을 받았다.

"아빠라고 부르지 않는 게 어때서? 그는 취로구에 불과하잖아!"

언니가 말했다.

"이런 못된 자식!"

"누나도 결렬서를 쓰려면 그와 경계를 분명히 해야 하는 것 아니야?"

흑인도 녀석이 말했다.

"하지만 아빠는 양곡 창고에 가서 혁명 교육을 받고 계시잖아. 개조가 끝나면 다시 훌륭한 동지가 되실 거란 말이야!"

언니가 말했다.

흑인도 녀석은 아무런 대꾸도 하지 못했다. 나는 이미 옥수수죽을 다시 다 데운 터였다. 옥수수죽이 처음 솥에서 나올 때는 표면에 아주 얇은 기름 막이 생겼다. 금빛 밀짚모자를 씌워놓은 것 같았다. 지금은 다시 열을 가해 데운 탓에 기름 막 표면에 이리저리 금이 가 있었다. 밀짚모자가 찢어진 듯한 느낌이 들었다. 나는 죽을 솥에서 덜어 다시 식탁 위에 차려놓았다. 이어서 감자채를 뜨겁게 데울 작정이었다. 그러면 죽은 것 같은 감자채가 회생할 것 같았다.

"놔뒀다가 엄마 아빠가 돌아오시면 데우도록 해."

언니가 감자채를 데우려는 나를 저지했다. 그러면서 감자채는 데워선 안 된다고 말했다. 열을 가하면 더 이상 회생이 불가능하다는 것이다.

"젠장, 배고파 죽겠네."

흑인도 녀석이 팔선탁을 힐끗 쳐다보며 말했다.

"두 양반이 작당해서 외국으로 가려는 것 아닐까?"

"인도!"

나는 흑인도 녀석에게 보복할 절호의 기회를 놓치지 않았다.

"남자가 좀 검은 건 괜찮다고 봐. 왠지 좀 대담해 보이잖아!"

흑인도가 말을 받았다.

"말 대가리도 검잖아! 맞아, 게다가 말 대가리는 잇새가 벌어져 있지. 소리 지를 때마다 바람이 샌다고!"

흑인도 녀석이 악독한 표정을 지으며 말했다.

내가 부엌으로 가서 장작을 하나 집어다가 녀석을 때리려던 차에 엄마가 돌아오셨다. 얼굴에 수심이 가득한 엄마는 집 안에 들어서자마자 내게 물었다.

"너희 아빠 아직 안 돌아오셨니?"

내가 말했다.

"마당에 있는 자전거 못 보셨어요? 이미 돌아오셨어요!"

"그럼 어디 계시니?"

"엄마 찾으러 나가셨어요!"

남매 셋이 한목소리로 대답했다.

엄마의 얼굴 표정이 한결 편안해졌다. 엄마가 우리에게 물었다.

"아빠가 비에 흠뻑 젖으셨던? 젖은 옷을 벗어놓지도 않고 날 찾으러 나가신 거야?"

내가 대답했다.

"아빠는 불을 쬐지도 않으셨어요. 귤껍질 같은 색깔의 비옷을 입고 계시던걸요. 아주 멋지더라고요."

"그럼 비옷은 어디 있지?"

엄마가 잠시 눈을 깜박거리다가 물었다.

"물 항아리 위에 얹어놨어요!"

내가 부엌으로 달려가 재빨리 비옷을 가져왔다.

비옷은 아직 젖어 있었다. 석양이 비추는 호수 같았다. 무척 요염하고 아름다웠다. 비옷 위에는 작은 초록색 나뭇잎 몇 개가 달라붙어 있었다. 나뭇잎들은 아무래도 광풍 때문에 산길을 빠른 속도로 달리는 아버지 몸 위로 떨어진 것 같았다. 나뭇잎들은 너무나 귀여웠다. 목욕을 마친 소녀의 몸에 남아 있는 비눗방울이 그윽한 향기를 내뿜고 있는 듯한 느낌이 들었다. 하지만 비옷을 바라보는 엄마의 눈빛은 무척이나 서글퍼 보였다. 사랑하는 딸이 밖에 나가 나쁜 짓을 배워오기라도 한 것처럼 낙담한 표정이었다. 엄마가 약간 화난 표정으로 맥없이 물었다.

"누가 너희 아빠에게 이렇게 예쁜 비옷을 입혀드린 걸까?"

"틀림없이 여자일 거예요!"

흑인도 녀석이 조롱을 들고 본채로 들어오면서 말을 이었다.

"남자라면 누가 그렇게 요염한 비옷을 입고 다니겠어요?"

엄마의 눈빛이 더욱 깊은 수심에 잠겼다. 엄마는 손으로 옷고름을 어루만지며 재빨리 방으로 들어가 장롱을 열고는 자신의 옷 보따리를 꺼내 품에 안고 부뚜막으로 갔다. 우리 가족의 옷은 전부 각자의 보따리 안에 들어 있었다. 아빠의 옷 보따리는 흰색이고 언니 것은 자주색, 내 것은 빨간색, 흑인도의 것은 초록색, 그리고 엄마의 옷 보따리는 하늘색이었다. 원래는 흰색이 흑인도의 것이었는데 녀석이 흰색은 상복 같아 불길하다면서 거부하는 바람에 아빠가 초록색을 녀석에게 양보한 것이다. 녀석이 초록색을 아주 만족스러워한 것도 아니었다. 초록색 보따리는 두꺼비 같아 보인다는 게 그 이유였다.

엄마는 하늘색 보따리를 풀었다. 한 겹 한 겹 가지런히 쌓인 엄마의 옷들이 모습을 드러냈다. 엄마의 옷들은 대부분 색깔이 짙고 낡아 보였다. 거의 전부가 검은색과 파란색, 자주색과 고동색이었다. 빨간색은 단 한 점이었다. 엄마가 젊고 풍만하던 시절에 입던 옷이다. 지금은 엄마도 나이가 들고 몸이 수척해져 이 옷을 입지 않은 지 오래였다. 엄마는 이 옷을 꺼내놓고 잠시 주저하더니 갈아입었다. 엄마가 나를 등진 채 입고 있던 그 회색 옷을 벗을 때, 나는 희미한 불빛 속에서 맨살을 드러낸 엄마의 등을 봤다. 엄마의 등은 가운데 척골이 밖으로 돌출된 부분이 훤히 드러날 정도로 수척했다. 고목 가지가 그 자리에 있는 것 같았다.

흑인도 녀석은 엄마가 빨간 옷을 입은 것을 보고는 입을 삐죽거렸다. 엄마가 아버지를 찾으러 나가자 녀석은 그제야 나랑 언니에게 큰 소리로 말했다.

"이 소련 수정주의 간첩이 이렇게 싱싱했었나? 강을 건너 자신의 주인에게 망명하려는 것 아니야?"

언니는 녀석을 '미친놈'이라고 욕했지만 나는 헛웃음이 나올 뿐이었다. 흑인도 녀석이 말한 강은 헤이룽강으로 중국과 소련의 국경이었다. 엄마는 유년 시절을 그곳에서 보냈다. 어쩌면 이런 특수한 경력 때문에 사람들은 진상을 제대로 따져보지도 않고 엄마를 소련 수정주의 간첩이라고 매도하는 것인지도 몰랐다. 나는 우리 집에 어떤 기밀문서도 존재하지 않는 게 그나마 다행이라고 생각했다. 그렇지 않았다면 이 간첩은 강을 건너 기밀을 소련 제국주의에 헌납하고 큰 상을 받았을 것이라는 있지도 않은 죄상이 날조되었을 것이다.

나는 하늘에 반드시 눈꺼풀도 있고 눈썹도 있어 일단 눈을 감으면 하늘이 캄캄해지는 것이라고 생각했다. 단지 하늘의 눈썹이 저녁놀이고 하늘의 눈꺼풀이 지평선인지 확실히 알 수 없는 것뿐이었다.

언니는 등잔 심지를 올려 방 안을 좀더 밝게 한 다음, 결렬서를 써내려갔다. 구들 가장자리에 엎드려 등을 구부린 채 머리와 손에 든 펜을 좌우로 가볍게 움직이고 있었다. 뭐라고 써야 할지 생각이 잘 나지 않는 것 같았다. 흑인도 녀석은 별채에서 조롱을 가지고 놀다가 자전을 가져다 언니에게 건네면서 '지원병'을 자처했다. 녀석이 물었다.

"어떤 글자를 쓰지 못하겠다는 거야? 내가 찾아줄게!"

"너는 부수도 모르면서 뭘 찾을 수 있다는 거야?"

내가 잊지 않고 녀석에게 꿀밤을 먹였다.

"부수는 모르지만 병음拼音*은 안단 말이야!"

흑인도 녀석이 당당한 어투로 말했다.

"평권설平捲舌**도 구분하지 못하는 녀석이 찾긴 뭘 찾는다고 그래!"

내가 노기등등한 표정으로 몰아댔다.

"그래, 나는 '활아자齙牙子'***라고 말할 때 바람이 새기 때문에 평

---

* 중국어의 발음을 알파벳으로 표기한 것.
** 혀를 말아서 발음하는 교설치음과 혀끝으로 발음하는 설치음의 구별을 말함.
*** 앞니 잇새가 벌어진 것을 말함.

권설도 분명하게 구별하지 못한다. 어쩔래!"

흑인도 녀석이 반격하면서 내 급소를 찔렀다.

내가 울음을 터뜨리려는 순간, 언니가 부엌에 가서 불 좀 보고 오라는 분부를 내렸다. 불이 꺼지게 해선 안 된다는 것이었다. 불이 꺼지면 음식을 할 때 또다시 불을 피워야 하기 때문이다. 마지못해 부엌으로 걸어가는 내 등 뒤로 언니가 흑인도 녀석에게 하는 말이 들렸다.

"그럼 먼저 '유취만년遺臭萬年'*의 '유' 자를 어떻게 쓰는지 찾아봐. 방송에서 이 단어를 들은 적이 있는데 아주 힘 있는 단어 같았거든!"

숯 위에 가는 장작 두 개를 옆으로 얹어놓을 때쯤, 흑인도가 언니에게 하는 말이 들렸다.

"찾았어. 찾았다고. 이 '유' 자 왼쪽에 '계집녀女' 변이 있잖아!"

나는 녀석이 '이姨' 자를 '유遺' 자로 오인했을 것이라고 유추했다.** 나는 언니보다 세 학년이 낮지만 글자는 언니보나 훨씬 더 많이 알고 있었다. 나는 자전 찾는 것을 좋아했고 한 번에 대여섯 개의 새 글자를 외울 수 있었다. 나는 남의 재앙을 고소해하는 마음으로 언니가 흑인도 녀석의 말을 믿고 '유취만년'을 '이취만년姨臭萬年'이라고 쓰기를 기대했다. 그러면 선생님이 보고 나서 볼이 얼얼해지도록 웃을 것이다.

부엌에는 등불이 없었지만 아주 어둡지는 않았다. 부엌의 조명

---

* 남은 냄새가 만 년을 간다는 뜻의 성어로, 전하여 더러운 이름을 천추에 남긴다는 의미로 쓰인다.

** 중국어에서는 '姨' 자와 '遺' 자 둘 다 발음이 'yi'로 같다.

은 대부분 방 안의 등불에 의지했다. 불빛도 방을 빠져나와 부뚜막 위까지 다가오면 배가 고픈 것 같았다. 솥을 뒤져 밥을 찾고 있는 것 같았다. 부엌을 밝히는 또 다른 조명의 내원은 아궁이 불이었다. 아궁이 불이 쏟아내는 빛은 붉은색이었다. 엄마가 갈아입은 옷 색깔과 같았다. 숯 위에 가로놓여 천천히 불이 붙고 있는 가는 장작 두 개비는 두 가닥 향불처럼 아주 조용하고 편안하게 타면서 은은한 나무 향기를 토해냈다. 나는 이런 불이 아주 좋았다. 지나치게 열렬하지도 않고 지나치게 담담하지도 않았다. 경쾌하고 느린 노래나 춤 같은 불, 온정이 넘치는 불이었다.

내가 정신이 나간 듯이 아궁이 앞에 쪼그리고 앉아 불을 보고 있던 차에 부엌문이 열리는 소리가 났다. 아버지가 돌아오신 것이다. 아버지는 들어오자마자 우렁차게 재채기를 하면서 내게 물었다.

"너희 엄마는 아직 안 돌아왔니?"

"돌아오셨다가 또 나가셨어요. 아빠 찾으러 나간 것 같아요."

내가 말했다.

"날 찾으러 어디로 갔는데?"

아버지는 이미 방 안에 들어와 있었다.

"그걸 누가 알겠어요!"

흑인도 녀석이 끼어들어 말했다.

나는 아빠를 따라 방 안으로 들어가면서 말했다.

"엄마는 아빠를 찾지 못했는지 돌아와서 빨간 옷으로 갈아입고 다시 나가셨어요. 말은 아빠를 찾으러 나간다고 했지만 그렇게 예쁜 옷을 입고 나간 걸 보니 사람을 찾으러 나간 건 아닌 것 같아요."

"누나가 뭘 안다고 그래!"

흑인도 녀석이 말을 가로챘다.

"엄마가 그렇게 예쁜 옷을 입은 건 취로구에게 보여주려고 그런 거라고!"

녀석은 겁도 없이 '아빠'라는 호칭 대신 '취로구'라는 욕을 쓰고 있었다.

"하지만 날도 어두워졌는데 아빠가 엄마의 옷을 제대로 볼 수 있겠어?"

내가 신발을 한 짝 벗어 흑인도 녀석을 향해 던지려던 순간, 아빠가 저지하면서 부드러운 어투로 말했다.

"너는 누나니까 동생을 잘 돌봐야지."

아빠의 미간에 주름이 잡혔다. 찻장으로 다가간 아빠는 그 기다란 고깔모자를 바라보면서 우리에게 다시 물었다.

"너희 엄마 오늘도 조리돌림 나갔니?"

"네, 갔어요."

언니가 펜을 내려놓고 고개를 아빠 쪽으로 돌리며 말했다.

"오전에 갔어요. 그리고 오후에는 밭에 나가 일하셨어요. 저녁에 돌아오실 때는 바구니에 채소를 가득 담아가지고 오셨다니까요."

"조리돌림할 때 사람들이 엄마를 때리진 않았겠지?"

아빠는 이렇게 묻자마자 또 재채기를 했다. 언니가 말했다.

"예전이랑 똑같았어요. 아무도 엄마를 때리지 않았어요. 엄마가 고깔모자를 쓰고 거리를 돌아다닐 때 할 일 없이 남의 일에 참견하기 좋아하는 사람들만 따라가면서 구경하더라고요. 양페이페이가 엄마에게 구린내 나는 달걀을 하나 던진 것 말고는 엄마의 손가락

하나 건드린 사람도 없었어요."

"양페이페이가 구린내 나는 달걀을 던진 건 엄마가 미움을 샀기 때문이 아니야!"

흑인도 녀석이 기세등등한 태도로 나를 가리키며 말했다. 이번에는 나를 '이활자'라고 부르지 않았다.

내가 말했다.

"누가 우리 엄마 아빠를 욕하는 거야? 내가 그 못된 년을 혼내주고야 말겠어. 우리 엄마 아빠를 욕한 만큼 흠씬 두들겨 패버릴 거야! 노동자계급의 자제라고 해서 전부 몸이 쇠로 된 건 아니잖아. 아주 약해빠졌다고. 살짝 건드리기만 해도 울음을 터뜨린다니까. 정말 한심한 것들이야!"

"여자가 주먹다짐을 배우면 못써."

아빠가 말했다.

"우리 집 사내 녀석은 새 가지고 노는 것밖에 모르기 때문에 저라도 남자 노릇을 하려는 거예요."

나는 일부러 흑인도 녀석을 자극했다.

녀석은 내 말에 아무런 반응도 보이지 않고 자전을 구들 가장자리로 던지더니 팔선탁을 바라보며 말했다.

"젠장, 배고파 기절할 것 같네."

"그럼 너희 먼저 먹도록 해라. 난 다시 엄마를 찾으러 나가볼 테니까."

아빠가 말했다.

"흥, 양페이페이네 닭은 매일 변소에 가서 구더기를 잡아먹는 게 분명해. 그러지 않고서야 어떻게 냄새나는 계란을 낳을 수 있겠어!"

내가 혼잣말로 중얼거렸다.

흑인도 녀석이 먼저 헤헤 기분 좋게 웃자 아빠도 따라 웃었다. 가장 어색하게 웃은 사람은 언니였다. 언니가 입을 삐죽거리며 내게 말했다.

"넌 머리에 이상한 생각만 가득 차 있구나. 빨리 가서 아궁이에 불이나 때."

불을 때는 일이 언급되자 아빠는 갑자기 뭔가가 생각났는지 나한테 부엌에 가서 그릇 두 개를 가져오라고 했다. 아빠는 몹시 부자연스럽게 몸을 이리저리 비틀더니 누군가 문 안에 들어서기라도 하는 것처럼 대문 쪽을 바라봤다. 나쁜 짓을 저지른 아이가 뭔가를 잘못 인식한 것처럼 어색한 모습이었다. 아빠는 내게 그릇을 받치라고 하더니 좌우 두 팔을 구부려 양쪽 주머니에서 누런 황두를 한 움큼씩 꺼냈다. 동글동글하고 탐스러운 황금빛 콩이었다. 황두는 드르륵 소리와 함께 그릇 안으로 쏟아졌다. 처음에는 탱탱 청아한 소리가 나더니 그릇이 가득 차자 바스락바스락하는 소리로 바뀌었다. 흑인도 녀석이 다가오더니 놀란 표정으로 그릇 안으로 계속 쏟아지는 황두를 바라보면서 우와 우와 하고 탄성을 연발했다. 아주 짧은 순간에 아빠의 주머니가 비었고 그릇 안의 황두도 잠잠해졌다. 아빠는 주머니를 털면서 부끄러운 듯이 가볍게 웃고는 우리에게 말했다.

"이 콩을 볶아서 간식으로 먹도록 해."

황두를 본 흑인도 녀석의 눈동자가 더 검고 밝아졌다. 커다란 검은콩 두 개가 작은 콩들을 내려다보고 있는 것 같았다. 녀석이 말했다.

"노동자계급의 재교육을 제대로 받지 않았군요. 아무래도 훔친 것 같은데요!"

"훔친 거 아니야."

아빠가 맥없는 어투로 말했다.

"땅바닥에 떨어져 있던 걸 내가 한 알 한 알 주운 거야."

거짓말을 할 줄 모르는 아빠의 얼굴이 빨개졌다.

"흥, 황두에 먼지 하나 묻지 않았잖아요. 새로 수확한 것처럼 깨끗하다고요. 이걸 땅바닥에서 주웠다는 말을 어떻게 믿겠어요!"

흑인도 녀석이 추궁하듯이 말했다.

아빠의 얼굴이 더 빨개졌다. 아빠가 우물거리며 말을 하지 못하다가 힘들게 입을 열었다.

"노동자들은 마음이 착하더구나. 내게 아이가 셋 있다는 얘기를 듣더니 황두를 챙겨주면서 꼭 아이들에게 먹이라고 당부하더라고."

"도둑놈!"

흑인도 녀석은 계속 자신의 판단을 고집했다.

이 황두가 어디서 난 건지 따지고 싶지 않았던 나는 신바람이 나서 황두가 담긴 그릇을 받쳐 들고 부엌으로 갔다. 냄비에 더운물을 넣고 좀 불린 다음, 적당하게 약한 불에 볶을 작정이었다. 볶은 황두는 구수하면서도 바삭바삭한 것이 정말 맛있었다. 하지만 씹는 것이 불편했다. 어금니에 상당한 공력이 있어야 제대로 씹을 수 있었다.

아빠는 다시 엄마를 찾으러 나가셨다. 흑인도 녀석이 슬그머니 부엌으로 기어들어와 나 대신 냄비에 물을 부으면서 말했다.

"내가 보기엔 이 콩을 빨리 볶아서 먹어야 할 것 같아. 누가 보기라도 하면 아빠가 절도범으로 잡혀갈지도 모르잖아."

"그럼 우리 빨리 움직이도록 하자."

나는 마침내 이 일과 관련해 흑인도 녀석과 의견 일치를 보게 되었다.

콩 색깔의 변화를 잘못 봐 설익은 걸 먹게 되지나 않을까 하는 생각에 흑인도는 등잔 심지를 올려 부엌 안을 좀더 밝게 하려고 했다. 평소에 우리는 등잔을 아끼지 않고 사용했지만 엄마 아빠는 밥하는 공간에서는 희미한 불빛만으로도 충분하다고 생각했다. 그래서 부엌은 항상 조도가 낮아 침침했다. 노안으로 앞이 잘 보이지 않는 눈 같았다. 게다가 유증기와 파리똥이 잔뜩 달라붙어 있어 안 그래도 희미한 불빛이 한층 더 희미했다. 흑인도 녀석이 고개를 들어 등잔을 살피더니 욕을 한마디 했다.

"이 망할 놈의 등잔은 거의 죽은 거나 마찬가지네!"

그러고는 언니를 향해 손전등을 사용하자고 건의했다. 우리는 손전등을 '전기 막대기電棒'라고 불렀다. 집에서는 아주 귀중한 물건이라 누구나 맘대로 사용할 수 있는 게 아니었다. 손전등을 쓰려면 건전지를 소모해야 하고 건전지는 바로 돈이기 때문이다. 언니는 손전등을 사용할 권한을 갖고 있었다. 일반적으로 말해서 밤길을 가야 하는데 달빛조차 없을 경우에만 언니는 손전등을 출동시켰다. 하늘에 하얀 떡보다 더 크고 밝은 달이 떠 있을 때 손전등을 쓰겠다고 하면 언니는 창밖의 달을 가리키면서 진지하게 말했다.

"저게 바로 자연 손전등이야. 네가 저걸 쓰지 않으면 남들이 다 써버린단 말이야. 그럼 넌 바보가 되는 거라고!"

흑인도는 손전등 사용을 거절당하고 다시 부엌으로 돌아왔다. 녀석은 콩이 이미 냄비 안에 있는 것을 보고는 주걱을 들고 삭삭 소리를 내면서 볶기 시작했다. 녀석이 내게 말했다.

"손전등은 닭털 한 가닥에 불과하다고. 내가 커서 커다란 용이 되면 집 안 가득 손전등을 사놓을 거니까 두고 봐!"

내가 빙긋이 웃었다. 우리 둘은 그렇게 빨리 통일전선을 구축하게 되었다.

언니는 계속해서 결렬서를 썼고 나랑 흑인도 녀석은 번갈아가며 콩을 볶았다. 우리가 약한 불로 콩을 볶는 사이에 콩 향기가 부엌 가득 퍼지기 시작했다. 냄비 바닥을 오래 배회한 녀석들이 먼저 익었다. 콩은 다 익으면 픽 소리가 난다. 이때 콩의 표면에는 균열이 생기고 불의 흔적이 먹구름처럼 각기 다른 형태로 콩의 몸체에 남는다. 바로 이럴 때 콩을 젓는 빈도를 더 높여야 한다. 나는 힘이 들어 등에 땀이 났고 앞머리도 다 젖었다. 콩이 터지는 소리가 점점 더 빨라졌다. 팍 파박 파바박. 섣달그믐날 저녁에 터뜨리는 폭죽 소리만큼이나 요란했다. 흑인도 녀석은 냄비에서 콩을 몇 알 집어 먼저 맛을 보려고 했다. 콩은 몹시 뜨거웠다. 녀석은 발을 동동 구르면서도 손바닥 위의 콩을 내던지지 못했다. 녀석은 뜨거운 걸 꾹 참다가 얼른 한 알을 입에 넣으면서 내게 말했다.

"불의 세기가 딱 좋은 것 같아. 지금은 먹기 좋게 부드럽지만 식으면 아주 바삭바삭해질 것 같아!"

"나는 좀 오래 볶은 콩이 더 좋더라. 아주 고소하거든!"

내가 말했다.

"살짝 볶는 건 별로 의미가 없어."

"그럼 누나 맘대로 볶아봐. 나중에 타서 못 먹게 되면 닭들도 먹지 않을 테니까."

나는 하는 수 없이 빈 양철 대접을 들고 한 주걱 한 주걱 볶은 콩을 옮겨 담았다. 냄비에서 나온 콩은 더 이상 구수한 향기가 나지 않았다. 조금 전 볶는 동안에는 참새 떼 같더니 지금은 순한 양들처럼 조용하기만 했다. 흑인도 녀석은 콩 그릇을 받쳐 들고 마당으로 나갔다. 조금이라도 빨리 식히려는 것이었다. 나는 솥에 물을 조금 따랐다. 죽을 따스하게 데울 생각이었다.

엄마가 소리 없이 돌아오셨다. 마당으로 들어서면서 엄마는 흑인도 녀석에게 말을 걸지도 않았고 나를 찾지도 않았다. 곧장 방으로 들어가는 엄마를 따라 나도 안으로 들어갔다. 엄마는 등받이 없는 작은 의자를 들고 식탁 앞에 앉아 멍하니 접시에 담긴 신선하고 기름기 좔좔 흐르는 함채咸菜*를 바라봤다. 함채가 엄마를 몹시 미워하기라도 하는 것 같았다. 엄마의 눈 가장자리에 또다시 주름이 생겼다. 얼굴에 피곤한 기색이 역력했다. 이미 어울리지 않게 엄마의 몸을 감싸고 있는 빨간 옷은 마치 모욕당한 젊은 아낙네처럼 힘없고 의기소침한 모습이었다.

"아빠는 방금 돌아오셨다가 엄마가 안 계시는 걸 보고는 다시 나가셨어요."

언니가 말했다.

엄마가 고개를 들었다. 하늘만큼이나 거대한 굴욕을 당하기라도

---

* 소금에 절여 적당한 크기로 썬 채소.

한 것처럼 눈물이 글썽글썽한 눈으로 엄마가 말했다.

"아빠가 어디에 갔는지 아니? 량라오우梁老五 집엘 갔단다! 정말 날 억울하게 만드는 일이지 뭐니! 내가 량라오우랑 교류하게 된 건 네 아빠 때문이잖아! 교장인 아빠가 이처럼 영락한 처지에 놓여 앞으로 어떻게 해야 좋을지 모르는 터라 아주 실리적이고 솔직한 성격인 량라오우 아저씨한테 아빠에게 좋은 말 좀 해달라고 부탁한 거였어. 그분은 우리 집 사람들을 무척 존중하는 데다 고향인 관리關裏*에서 참기름을 한 통 가지고 올 때마다 우리한테 일부를 나눠주고 했잖아!"

이렇게 말하면서 엄마는 끝내 눈물을 보였다. 혁명가 집안의 역사를 말하는 것처럼 격앙된 어조였다.

나는 아빠가 함채에서 참기름 냄새를 맡고는 엄마가 량라오우 집으로 그를 찾아갔다고 생각한 것이라는 사실을 알게 되었다. 량라오우는 최근에 우리 집을 자주 찾아왔다. 젊었을 때 짐을 부리는 노동자로 일했던 그는 당시에 자신이 얼마나 힘들게 살았는지를 말하곤 했다. 화물선이 들어오면 하역 노동자들은 종종걸음으로 재빨리 배로 달려가 화물을 부렸다. 해가 지면 눈앞이 잘 안 보일 정도로 몸이 지쳐 있었고 어깨가 아파 밤새 자면서 몸을 뒤집지도 못했다. 그가 이런 고통에 대해 얘기할 때마다 아빠는 자신이 지금 하고 있는 양곡 나르는 일은 아예 커다란 복이라는 생각이 들었다. 노동자들은 아빠를 잘 보살펴주었고 아빠가 양곡을 지고 걷는 속도가 느리면 몇 번 덜 지게 해주기도 했다. 아빠의 체력이 달

---

* 산하이관山海關 서쪽 또는 자위관嘉峪關 동쪽 일대의 지역.

리는 것을 보면 아예 쌓여 있는 양곡 자루 위에 누워 잠시 쉬게 해주었다. 량라오우의 옛집은 관리에 있었다. 그는 봄이 되어 옛집으로 가족을 만나러 갔다가 참기름을 가지고 돌아오면 항상 우리 집에 작은 병으로 하나 덜어주곤 했다. 우리는 참기름이 아까워서 함채를 버무릴 때만 조금씩 뿌려 먹었다. 나는 참기름이 이렇게 큰 문제를 야기할 줄은 정말 생각지도 못했다.

"량라오우의 마누라랑 마주친 거예요? 그 여자가 엄마에게 욕을 했나요?"

언니가 물었다.

"그래, 맞아. 나는 채소밭으로 너희 아빠를 찾아갔지. 너희 아빠가 나를 찾으러 그리로 갔을 거라고 생각했거든. 길을 가다가 량라오우 집 앞을 지나치게 됐는데 마침 그때 그의 마누라가 물을 뿌리고 있더라고. 그 여자는 나를 보자마자 '댁의 바깥양반이 밤늦은 시간에 우리 집으로 댁을 찾으러 오는 일이 없도록 하세요. 간첩인 주제에 우리 집 양반을 상대로 서방질을 하려는 건가요?'라며 호통을 치더라고. 그러면서 일부러 내 발 가까이에 물을 뿌려대는 거야."

말을 마친 엄마는 깊은 상처를 입은 소녀처럼 훌쩍훌쩍 계속 울어댔다.

나는 '서방질'이라는 단어의 의미를 잘 알고 있었다. 남녀지간의 간통을 의미하는 말이었다. 나는 설사 엄마가 간첩이라 해도 량라오우 같은 사람과 엮이는 일은 없을 거라는 생각이 들었다. 키가 작고 땅땅한 몸집에 아주 저속한 얼굴을 한 그를 어떻게 잘생긴 우리 아빠와 비교할 수 있단 말인가! 바보 중의 바보인 아빠는 왜 그 집에 엄마를 찾으러 가서 무고한 엄마에게 굴욕을 느끼게 했단 말인가!

"아빠 찾으러 나가지 마세요. 아빠는 돌아오지 않는 게 더 마땅해요! 우리끼리 먼저 저녁 먹도록 해요."

내가 엄마에게 말했다.

"가족이 다 모이지 않았는데 어떻게 밥을 먹니?"

엄마는 그새 마음이 평온하게 가라앉아 있었다. 보아하니 그다지 슬프고 나약한 모습인 것 같지는 않았다. 언니가 말했다.

"엄마 너무 화내지 마세요. 아빠가 그 집으로 엄마를 찾으러 간 건 엄마가 틀림없이 아빠를 찾으러 그 집으로 갔을 거라고 생각했기 때문일 거예요. 엄마를 나쁜 쪽으로 생각한 건 아니라고요."

"그럼 량라오우의 마누라는 뭘 근거로 나한테 그런 모욕을 줬던 걸까?"

엄마가 목을 곧게 펴면서 천진난만한 아이처럼 물었다.

"그 여자는 엄마가 자기 남편을 소련 수정주의 간첩으로 만들지도 모른다고 생각했을 거예요. 그러면 그 여자를 위해 물을 길어주는 사람이 없어질 테니까요."

내가 말했다.

"게다가 엄마가 그 여자보다 훨씬 더 예쁘기 때문에 질투심이 생겼을 거예요."

엄마가 눈물을 글썽이며 웃었다. 엄마의 웃는 모습은 너무나 예뻤다. 엄마가 말했다.

"네 말을 들으니 너희 아빠를 탓할 일은 아닌 것 같구나."

나랑 언니는 이구동성으로 결론을 내렸다.

"당연하지요. 아빠를 탓하시면 안 돼요!"

흑인도 녀석이 양철 그릇을 들고 들어왔다. 입으로는 우적우적 볶은 콩을 씹고 있어 입가에 구수한 향기가 넘쳤다. 그릇 안에서 콩들이 흔들리면서 드르륵 소리가 났다. 내가 그릇을 빼앗아 안을 들여다보니 콩이 바닥에 조금밖에 남아 있지 않았다. 화가 나서 눈물이 날 지경이었다. 나는 제 입밖에 모르는 흑인도 녀석이 죽도록 미웠다. 혼자서 볶은 콩을 절반 넘게 먹어버린 것이다!

"배가 고파서 콩 좀 먹은 걸 가지고 왜 그렇게 난리야!"

흑인도 녀석이 말했다.

"어디서 난 콩인데 그러니?"

엄마가 물었다.

"엄마를 찾으러 간 사람이 양곡 창고에서 훔쳐온 거예요!"

흑인도 녀석이 말했다.

"얼른 다 먹어치우지 않고 있다가 공선대가 쳐들어와 발견하면 그 사람은 양곡 창고에서 체벌을 받을 뿐만 아니라 감옥에 들어가 철창 밖을 바라보는 신세가 될 거란 말이에요."

말을 마친 흑인도 녀석은 별채로 가서 조롱에 있는 새들에게 모이를 주었다. 녀석은 새들에게 하루에도 여러 번 모이를 주었다. 매번 적당한 양이었다. 녀석의 말로는 그렇게 먹여야 새들이 보기 좋게 자란다고 했다. 그러지 않고 잔뜩 배불리 먹였다가는 몸이 무거워 움직이려 하질 않을 것이고, 노래하는 건 더더욱 기대할 수 없다는 것이었다.

엄마는 이미 기분이 많이 좋아진 터였다. 언니가 이런 기회를 놓치지 않고 아빠가 엄마를 무척 걱정하면서 우리에게 엄마가 거리에서 조리돌림당하면서 억울한 일을 겪진 않았는지 물었다고 말했다. 소련 수정주의의 간첩인 엄마는 이 말을 듣고 눈에 따스한 빛이 넘쳐흘렀다. 엄마가 벽에 걸린 시계를 보더니 혼잣말로 중얼거렸다.

"이렇게 늦은 시각에 특별히 량라오우 집에 가서 굴욕을 당하게 될 줄은 생각지도 못했어. 다시 나가서 찾아봐야겠다."

언니는 이번에는 자발적으로 손전등을 가져다가 엄마의 손에 쥐여주었다.

엄마는 밤의 어둠 속으로 사라졌다. 언니는 이미 차갑게 식어버린 음식을 바라보면서 내게 불이 꺼지지 않게 하라고 지시했다. 그러면서 엄마가 아빠를 만나지 못할 수도 있다고 말했다.

내가 언니에게 볶은 콩을 좀 먹으라고 말했더니 그릇 바닥에 남은 콩을 힐끗 쳐다보다가 겨우 한 알만 집어 입에 넣었다. 언니가 낮은 목소리로 중얼거렸다.

"흑인도 이 녀석도 정말……."

아궁이 옆에는 구겨서 뭉친 종이가 여러 장 놓여 있었다. 언니가 구겨서 버린 결렬서였다. 아마 엄마랑 아빠가 서로를 찾아다니는 숨바꼭질이 끊이지 않는 바람에 방해를 받았는지 결렬서 작성이 순조롭지 않은 듯했다.

나는 그릇을 받쳐 들고 부엌으로 돌아갔다. 아궁이 앞에 쪼그리고 앉기 전에 등잔 심지를 올려 부엌 안을 좀더 밝게 한 다음 열심히 볶은 콩을 집어먹었다. 나는 충치가 많아서 도처에 틈이 벌어져 있었기 때문에 콩을 씹는 것이 무척이나 힘들었다. 하지만 이 콩은 정말로 신기했다. 씹을수록 고소한 맛이 더했다. 콩이 내 입안에서 바삭 소리를 내면서 씹히는 사이에 아궁이에서는 타닥 장작 타는 소리가 났다. 콩을 씹는 나를 응원하는 것 같았다. 그렇게 나는 점점 먹는 것에 지쳐갔다. 어금니 두 개에 싸한 통증이 느껴졌다. 흑인도 녀석이 내게 아무리 많은 콩을 남겨주었다 해도 소용없었을 것 같았다. 누군가 내게 어린 나이에 노인네 티를 내게 하는 건지도 모르겠다는 생각이 들었다!

나는 기가 죽은 데다 배가 몹시도 고팠다. 아궁이의 불이 나를 데우는 사이에 몸이 노곤해지면서 잠이 쏟아졌다. 그렇게 비몽사몽간을 헤매고 있을 때, 마당에서 다급한 발걸음 소리가 들리더니 아빠가 문을 밀고 들어왔다.

"엄마 아직 안 돌아왔니?!"

나는 아빠의 얼굴을 선명하게 보지 못했다. 그저 다급한 목소리만 들었을 뿐이다.

"집에 왔다가 또 아빠 찾으러 나갔어요."

내가 맥없는 목소리로 말했다.

"왜 집에서 가만히 기다릴 줄 모르는 거야?"

아빠가 불만을 토로했다.

"그럼 아빠는 왜 집에서 얌전히 엄마를 기다리지 못하시는 거예요?"

내가 되물었다.

"엄마는 여자잖니. 어두워진 때에 엄마 혼자 밖에 돌아다니고 있는데 어떻게 아빠가 찾으러 나가지 않을 수 있겠니!"

아빠가 야단치듯이 말했다.

"그럼 엄마는 아빠가 교장이 아니라 하역 노동자로 일하는 것을 못마땅해할 거라고 걱정하면서 어떻게 집에서 가만히 의자에 앉아 있을 수 있겠어요!"

내가 아빠의 말을 가로챘다.

아빠는 방 안으로 들어갔다. 나는 언니가 오늘 저녁에 결렬서를 쓰는 것은 정말로 개미가 사람들의 발에 밟힌 것만큼이나 재수 없는 일이라는 생각이 들었다. 죽어서도 죽지 못하고 살아서도 살지 못하는 꼴이었다.

아빠가 언니에게 물었다.

"너희 엄마가 날 찾으러 어디로 간다고 하디?"

"그런 말은 안 했어요. 너무 걱정하실 필요 없어요. 제가 손전등을 드렸거든요."

언니가 말했다.

"엄마가 들판에 나갔다가 늑대라도 만난다면 손전등이 무슨 도움이 되겠니?"

아빠가 말했다.

"어째서 소용이 없어요? 늑대는 빛을 무서워하기 때문에 늑대의 눈을 향해 손전등을 흔들면 놀라서 도망칠 거라고요."

언니가 말했다.

아빠는 창틀에 들꽃이 꽂혀 있지 않은 것을 보고는 아직 피었다 지지도 않았는데 어째서 내다 버린 거냐고 물었다. 꽃을 좋아하는 점에 있어선 아빠는 여자들과 다르지 않았다. 꽃을 몹시 아끼고 좋아했다. 아빠가 아침 일찍 일어나서 습관적으로 하는 동작은 창가로 가서 들꽃들의 향기를 맡는 것이었다. 아빠는 양곡 창고에서 돌아오는 길에 자전거를 타고 산길을 달릴 때 날씨가 좋기만 하면 언제나 앙증맞고 귀여운 들꽃들을 만났고, 그럴 때마다 자전거를 세우고 한 다발씩 꽃을 꺾곤 했다. 그래서 아빠가 집에 돌아오실 때는 자전거에 항상 꽃이 한 다발 꽂혀 있었다. 이를 본 주민들은 침을 뱉으면서 한마디씩 던지곤 했다.

"취로구 주제에 대책 없이 낭만을 좋아하는군!"

언니가 아빠에게 엄마가 량라오우 마누라를 만나 굴욕을 당했던 일을 간단히 설명하자 아빠는 더욱 다급해하며 말했다.

"빨리 가서 엄마를 찾아야겠다. 엄마가 울 만큼 충분히 울고 나서 나갔으니 또 무슨 일이 일어나진 않겠지."

아빠는 회오리바람처럼 재빨리 밖으로 나갔다. 늦은 밤이 긴 혀를 늘어뜨려 아빠를 어둠 속으로 말아갔다. 흑인도 녀석은 휘파람을 불면서 별채에서 나와 내 옆을 지나며 물었다.

"방금 문 여는 소리가 들리던데 누가 온 거야?"

"아빠."

내가 아주 간단히 한 단어로 대답했다.

"또 나간 거야?"

흑인도가 감정이 섞인 목소리로 물었다.

"응."

나는 여전히 최대한 간단히 대꾸했다.

"이런, 오늘 밤 두 양반이 서로를 찾아다니는 꼴을 보니 날이 밝을 때까지도 찾지 못할 것 같네."

흑인도 녀석이 확신에 찬 목소리로 말했다.

"두 양반의 저런 상황을 '유유상종'이라고 하는 거야!"

녀석이 부엌문을 발로 차서 열고는 마당으로 나갔다. 곧이어 오줌을 누는 소리가 들렸다. 녀석은 항상 닭장 옆에 오줌을 누곤 했다. 때로는 닭 모이통을 조준해 오줌을 난사하는 바람에 닭들이 모이를 먹지 않기도 했다. 나는 녀석의 그런 행동들이 너무나 싫었다. 녀석은 식사할 때 젓가락을 사용하지 않고 손가락으로 음식을 집어 먹기도 했고 방귀를 참았다가 일부러 사람이 여럿 모여 있을 때 뀌어 사람들의 속을 뒤집어놓기도 했다. 밖으로 나갈 때는 항상 문을 손으로 밀어서 열지 않고 발로 차서 열었다. 저밖에 모르는 방자한 태도였다. 나는 녀석이 이대로 자라면 틀림없이 깡패나 불량배가 될 것이고 배우자도 얻지 못할 것이라고 확신했다.

나는 아궁이에 작은 장작 두 조각을 더 넣은 다음 방으로 돌아왔다. 언니는 이미 결렬서 작성을 그만둔 터였다. 언니는 구들 가장자리에 앉아 흑인도의 양말을 꿰매고 있었다. 녀석의 양말 밖으로 발가락이 삐져나왔기 때문이다. 구겨진 종이들은 벽 구석에 던져져 있었다. 찹쌀이 몇 무더기 쌓여 있는 것 같았다.

오줌을 다 눈 흑인도 녀석이 하품을 하면서 방으로 들어왔다. 녀석이 식탁 앞에 앉아 손가락으로 함채를 한 가닥 집어 입에 넣고는 우적우적 씹었다. 언니가 잔소리를 하려던 차에 녀석이 연달아 방귀를 뀌어대면서 말했다.

"볶은 콩은 맛있긴 한데 방귀가 너무 자주 나오는 게 탈이야!"

언니가 녀석을 나무랐다.

"그러게 누가 너더러 그렇게 많이 먹으래!?"

보아하니 녀석은 정말로 배가 고팠던 모양이다. 녀석이 너무나 간절하게 먹고 싶어하는 표정으로 옥수수죽을 바라봤다. 물고기를 바라보는 고양이 같았다. 언니가 참지 못하고 말했다.

"그렇게 배고픈 걸 못 참겠으면 둘째 누나랑 한 그릇씩 덜어서 먹도록 해."

"난 반대야!"

내가 격렬하게 반박하고 나섰다.

"죽이 차갑게 식어서 굳어 있는데 녀석에게 한 그릇 퍼주면 그대로 흔적이 남아서 엄마 아빠가 돌아오시면 불쾌해하실 거라고. 게다가 죽 한 그릇을 어떻게 데운다고 그래!"

흑인도 녀석이 말했다.

"나는 한 그릇이 아니라 한 주걱도 데울 수 있어!"

언니는 우리가 또 싸우려는 것을 보고는 서둘러 제지하면서 말했다.

"됐어. 조금만 더 기다려. 엄마 아빠 오시면 온 가족이 다 같이 먹자."

흑인도는 손으로 팔선탁을 두드리며 조용히 눈을 깔았다.

시계추가 왼쪽으로 오른쪽으로 계속 흔들렸다. 시간은 이렇게 속절없이 흘러갔다. 30분쯤 지나 언니는 양말을 다 꿰맸다. 아궁이의 장작도 서서히 꺼져가고 있는데 마당에서는 발걸음 소리가 들리지 않았다. 한 시간이 지나자 흑인도 녀석은 팔선탁 한구석에 엎드려 졸기 시작했다. 나와 언니는 엄마 아빠가 정말로 돌아가신 건 아닌지 걱정하면서 두 분이 우리를 나 몰라라 포기하실 수 있을까 하는 얘기를 주고받았다. 우리 얘기를 흑인도 녀석이 듣고는 잠기가 사라졌는지 고개를 들고 사내대장부 같은 말투로 우리를 위로했다.

"걱정들 하지 마. 어른들은 죽겠다고 해서 정말로 죽는 게 아니라고."

"맞아, 엄마 아빠가 절대로 당과 인민을 저버릴 리는 없지."

언니가 맞장구를 쳤다.

"하지만 두 분이 정말로 돌아가시면 어떻게 해?"

내가 근심 가득한 표정으로 물었다.

"그럼 내가 엄마 아빠를 찾아가서 따질 거야!"

흑인도 녀석이 단호한 어투로 말했다.

"그럼 너도 엄마 아빠 따라서 죽어야 하잖아. 염라대왕이 네가
두 분을 만날 수 있게 허락해주실까?"

내가 말했다.

흑인도 녀석이 진저리를 치자 언니가 나를 향해 눈을 흘겼다.

우리는 일을 안 좋은 쪽으로만 생각하다보니 완전히 제정신이
아니었다. 흑인도 녀석은 두 분이 작은 나무숲으로 들어가 목을 맸
을 가능성이 크다고 말했다. 목이 줄에 묶여 목숨을 잃는 방식으
로 아주 시원한 죽음이라고 했다. 나는 두 분이 물에 뛰어들어 익
사했을 것이라고 말했다. 이곳에 작고 아름다운 호수가 있고 주위
에 푸른 풀과 들꽃이 많기 때문이라고 했다. 언니는 어떻게 생각했
을까? 언니의 생각은 상당히 공포스러웠다. 두 분이 도로에서 차
에 몸을 던져 죽었을 거라고 했다. 이런 생각을 주고받다보니 우리
는 두 분이 이미 세상을 떠났다고 생각하게 되었다. 내가 먼저 울
음을 터뜨렸다. 언니는 잠시 참는 것 같더니 덩달아 울음을 터뜨렸
다. 흑인도 녀석은 어땠을까? 녀석은 입을 굳게 다문 채 미동도 하
지 않더니 결국에는 참지 못하고 울기 시작했다. 녀석이 무척이나
불쌍한 어투로 말했다.

"아빠 엄마가 죽으면 나는 누가 키워준단 말이야!"

우리는 다 같이 어깨를 들썩거리며 울었다. 울다가 밤이 깊었다. 우리는 날이 밝으면 이웃 사람들에게 두 분의 시신을 찾아달라고 부탁할 작정이었다. 흑인도 녀석은 먼저 나무숲에 가보자고 제안했고 언니는 차가 다니는 큰길로 나가보자고 했다. 나는 호숫가로 먼저 가봐야 한다고 주장했다. 우리가 이런 문제로 다투고 있는 사이에 갑자기 마당에서 발걸음 소리가 들렸다. 우리 세 남매는 거의 동시에 문밖으로 뛰어나갔다. 엄마 아빠가 돌아오신 것이다!

엄마 아빠가 방 안으로 들어서자 온몸에서 밤이슬 냄새가 났다. 바짓단도 이슬에 촉촉이 젖어 있었다. 아빠는 신난 얼굴로 손전등을 들고 있고 엄마는 약간 부끄러워하는 얼굴로 손에 꽃을 한 다발 들고 있었다. 자주 꽃과 흰 꽃, 빨간 꽃이 다 있었다. 큰 꽃도 있고 작은 꽃도 있었다. 만개한 꽃도 있고 봉오리만 있는 꽃도 있었다. 어느새 이미 시들어가는 꽃도 있었다. 엄마가 꽃다발을 안고 식탁 옆을 지나갈 때, 꽃잎들이 떨어져 죽이 담긴 솥 안으로 들어갔다. 황금빛인 옥수수죽에 빨간색, 노란색, 하얀색 꽃잎들이 떨어져 섞이니 마치 자기 쟁반에 유화로 한 폭의 풍경화를 그려놓은 것처럼 아름다웠다. 엄마 아빠의 머리에는 초록색 풀잎들이 붙어 있었다. 풀숲에서 뒹굴기라도 한 것 같았다. 엄마의 그 빨간 옷은 등 부분이 온통 축축하게 젖어 있었다. 때문에 연한 주홍색이 진한 빨강으로 변해 있었다.

나는 재빨리 아궁이로 가서 불을 관장하는 여신이 되었다. 장작불은 이미 꺼져 있었다. 다시 불을 붙여 꽃잎이 들어간 죽을 데워야 했다. 내가 솥을 받쳐 들고 방으로 들어갔을 때, 엄마는 그 꽃다발을 커다란 항아리에 꽂고 있었다. 엄마가 꽃을 가볍게 흔들자,

거참, 또 꽃잎들이 팔선탁 위로 떨어졌다. 그 가운데는 내가 좋아하는 작약의 분홍빛 커다란 꽃잎도 섞여 있었다. 솥 안의 죽은 정말로 향기가 가득해졌다.

엄마가 꽃을 다 꽂고 물을 준 다음, 이를 팔선탁 한가운데에 놓았다. 이렇게 우리는 온 가족이 팔선탁에 둘러앉아 꽃잎 죽을 먹었다. 아무도 꽃잎을 골라 내버리지 않았다. 모두가 꽃잎을 먹었다. 우리 식구가 함께한 가장 늦은 저녁 식사이자 가장 아름다운 한 끼였다.

흑인도 녀석은 가장 먼저 식사를 마치고 별채로 돌아갔다. 우리는 녀석이 너무 피곤해서 자러 간 줄 알았다. 하지만 몇 분 뒤에 새 울음소리가 들리더니 작은 새들이 푸드덕거리며 날아 들어왔다. 흑인도 녀석이 문 앞 입구에 서 있었다. 녀석이 조롱을 높이 쳐들고 조롱 문을 부드럽게 열어놓은 터였다.

가는 비 내리는 그리그해의 황혼

나는 이미 그리그해에 같이 갔던 사람들 수를 잘 기억하지 못한다. 여덟아홉 명이었던 것 같기도 하고 대여섯 명이었던 것 같기도 하다. 고향 창문 밖 나무의 수를 기억하지 못하는 것과 마찬가지다. 햇빛 찬란할 때면 나는 이삼십 그루를 셀 수 있지만 달빛이 그윽한 여름밤이면 이 나무들 가운데 대부분이 기적처럼 사라져버린다. 눈으로 볼 수 있는 나무들도 보일 듯 말 듯 희미하고 동쪽에 있는 것 같더니 어느새 서쪽에 가 있다. 수시로 있다가 없어지기도 한다.

우리 일행은 소형 버스를 타고 호텔을 나섰다. 호텔 이름이 무엇이었는지는 잘 기억나지 않는다. 단지 맞은편 건물이 아주 특이했다는 것만 기억날 뿐이다. 건물 전체가 회색이고 창문마다 구름 모양의 석고 조각이 있었다. 지붕은 우산 모양이고 좌우 대칭으로 발굽을 들어올리고 승천하려는 네 필의 말 조각상이 세워져 있었다.

조각상 위에는 노르웨이 국기가 꽂혀 있어 말이 국가를 위해 싸우는 듯한 느낌이 들게 했다.

　소형 버스는 베르겐의 옛 시내 구역을 지났다. 방사형 석판 길은 촉촉이 젖어 있었다. 이 도시의 비는 허공을 맴도는 비둘기처럼 사람들이 방심하고 있는 사이에 갑자기 눈을 적셨다. 구름 중에는 흰 구름도 있고 먹구름도 있었다. 비를 내리는 구름도 있고 맑게 춤추는 구름도 있었다. 흐림과 맑음이 변화무쌍하게 뒤섞여 있었다. 노래하는 것 같다가 우는 것 같기도 했다. 바람과 구름을 예측하기가 어려웠다. 거리의 오래된 건물들도 변화무쌍한 비 때문인지 항상 한쪽 담장은 촉촉하게 젖어 있는 반면, 다른 쪽 담장은 가을 낙엽처럼 바싹 말라 있었다.

　세상이 갑자기 밝아졌다. 이 밝음은 맑게 갠 날씨 때문이 아니라 차가 도시를 벗어났기 때문이다. 베르겐은 고층 건물이 드물어 햇빛을 막는 일은 없었지만 도심의 건물들은 고색창연한 회색이 주조를 이루고 있어 알게 모르게 햇빛의 위력을 다소 약화시켰다. 도심 구역의 도로는 그다지 넓지 않았고 거리 양쪽의 건물들은 다닥다닥 가깝게 붙어 있었다. 이 때문에 거리 위에 뿌려지는 햇빛은 사람들에게 힘이 빠지는 느낌을 갖게 했지만 동시에 아주 적절하고 따스하고 심지어 친절하기까지 한 느낌을 주었다. 오래된 익숙함이었다. 거리 위에서 잠시 쉬다보면 아주 얇고 마른 풀 냄새를 품은 햇빛을 느낄 수 있었다. 이 햇빛은 누렇게 바랜 옛날 사진처럼 사람들의 기억에서 지난 일들을 무궁무진하게 끌어냈다.

　우리가 구경하려 하는 곳은 노르웨이의 유명 음악가 그리그가 생전에 살던 집이었다. 그 집은 베르겐 근교의 산 위에 바다와 인접하여 자리 잡고 있었다. 집들이 갈수록 드문드문해지고 나무들은 더 많아졌다. 시간이 황혼으로 다가가고 있어서 그런지 나무들은 햇빛에 대해 무척이나 아쉬워하는 모습이었다. 그래서인지 초록빛이 더욱 촉촉해 보였다. 눈물을 흘리고 있는 것 같았다.

소형 버스는 산 위를 향해 달려갔다. 길이 구불구불해 차체가 이리저리 기울었다. 창밖 풍경은 고요하기만 했으나 흔들리는 차 안에서 보니 폴짝폴짝 뛰고 있는 것 같았다. 땅속에서 상고시대의 공룡들이 튀어나와 수목을 뒤흔들려는 것 같았다. 이런 흔들림 속에서도 나는 몸이 노곤해지면서 졸음이 밀려왔다. 다시 작은 모나진漠邢鎭으로 돌아온 것처럼 깊은 밤에 목조 건물이 내는 기이한 소리가 들렸다.

작년 깊은 가을, 나는 작은 마을인 모나진에 갔다. 커다란 가방을 두 개 들고 있었다. 그 안에는 책과 원고지 외에 겨울을 나기 위한 옷과 내가 좋아하는 주전부리가 가득 들어 있었다. 나는 그곳에서 반년쯤 시간을 보내며 첫 번째 장편소설을 완성할 작정이었다. 사실 나는 글쓰기 환경을 까다롭게 고르는 사람이 아니라 때로는 무료한 회의 석상에서 다른 사람들이 발언하는 소음 속에서 글을 쓰기도 한다. 다만 도시에 오래 살다보니 영원히 연기와 먼지에 덮여 있는 잿빛 흐린 하늘이 지겨워 일종의 도피의 욕망을 느끼곤 했다.

이번에는 고향에 돌아가지 않았다. 고향에는 친척들이 너무 많아 때로는 다정하게 사람을 대하는 것도 일종의 간섭이나 방해가 됐다. 내가 선택한 모나진은 작은 강과 산, 풀밭이 있는 곳이었다. 강이 있어 물 흐르는 소리를 들을 수 있고 산이 있어 날아가는 새들의 족적을 쫓을 수 있으며 풀밭이 있어 산책을 하다보면 맑은 향기가 나는 곳을 찾아갈 수 있었다. 게다가 모나진은 주민 수가 많지 않고 교통이 불편해 왕래하는 사람도 극도로 적었다. 이런 환경 속에서 한동안 지내다보면 마음과 글이 모두 평안과 안정을 얻을 수 있을 것 같았다.

진장鎭長은 나를 어느 농가로 인도했다. 이 집 남자는 마침 장작을 패고 있다가 나를 보더니 헤벌쭉 웃었다. 그러고는 집 안으로 들어가 열쇠를 가져와서는 내 손에 쥐여주었다. 열쇠는 황동으로 만들어졌고 머리가 아주 큰 데다 여기저기 기름 얼룩이 남아 있었다. 그는 열쇠를 건네고 나서 가볍게 손을 털며 내게 물었다.

"담이 아주 크신가봐요?"

마을의 치안이 좋지 않다는 뜻으로 받아들인 내가 되물었다.

"절도 사건이 자주 발생하나보죠?"

진장이 빙긋이 웃었다. 내게 열쇠를 건네준 사내도 덩달아 빙긋이 웃었다. 그들의 은밀하고 의미심장한 웃음에 나는 어쩔 줄 몰랐다. 진장이 말했다.

"선생님이 사용하실 집은 왕뱌오王表의 아버님이 물려주신 곳이에요. 3년 전에 아버님이 돌아가신 뒤로 집은 계속 비어 있었어요. 이 친구는 집을 혼자 사용하는 것이 무섭지는 않을까 걱정하는 겁니다."

왕뱌오라고 불린 사람이 해명을 이어갔다.

"아버지가 돌아가신 뒤에 어린아이들을 데리고 그 집에 갔더니 아이들이 울음을 터뜨리더니 겁을 내면서 안으로 들어가질 못하더라고요. 그래서 이 집은 줄곧 사는 사람 없이 비어 있었지요."

내가 환하게 웃으면서 말했다.

"저는 노인의 영혼을 무서워하진 않습니다."

왕뱌오가 잠시 우물쭈물하다가 그 집을 공짜로 사용하게 할 수는 없다면서 매달 약간의 임대료를 내야 한다고 말했다. 그래야 남들이 자신을 공짜로 퍼주는 바보로 여기지 않는다는 것이었다. 내가 한 달에 얼마나 내면 되겠냐고 묻자 왕뱌오는 재빨리 눈동자를 몇 번 굴리더니 손가락 두 개를 세우며 대답했다.

"한 달에 200위안으로 합시다. 여기서 겨울을 나시려면 장작불을 때야 하니까 50위안이 추가될 겁니다. 장작불은 제가 다 알아서 때어드리고요."

나는 그 자리에서 두 달 치 방세를 건네고 그 묵직한 열쇠를 들고서 왕뱌오 부친이 남긴 목조 가옥으로 향했다.

집은 아주 오래되어 보였다. 서쪽 담장이 약간 내려앉아 있어 멀리서 보면 집이 약간 기울어진 것 같았다. 지붕에는 담배풀 몇 떨기가 자라고 있어 바람에 하늘하늘 흔들렸다. 하품을 하고 있는 것 같았다. 마을 동북쪽 구석에 자리 잡고 있는 집은 동쪽으로 강을 접하고 있고 북쪽으로는 산을 기대고 있었다. 남쪽에는 작은 채소밭이 하나 있었다. 산수의 영험한 기운을 담뿍 담고 있는 집이었다. 그 커다란 열쇠를 맞아준 것은 과연 뭐가 뭔지 알 수 없는 칙칙하고 커다란 검정 자물쇠였다. 아마 아주 오랫동안 열지 않은 탓인지 녹이 슬어 열쇠가 잘 들어가지 않았다. 하는 수 없이 진장이 집에 가서 석유를 가져다 붓고서야 간신히 자물쇠를 열 수 있었다. 이 목조 가옥은 방이 세 칸이었다. 동쪽 방에는 구들이 있는 것으로 보아 침실로 사용한 것 같고 서쪽 방은 온갖 잡동사니가 잔뜩 들어차 있는 것으로 보아 창고로 사용하는 것 같았다. 그리고 가운데 위치한 널찍한 방에는 화로가 놓여 있었다. 이 방이 부엌이었다. 부엌 안의 취사도구는 아주 간단했다. 솥 하나에 젓가락 한 벌, 금이 간 접시 두 개, 그리고 이가 빠진 커다란 남색 사발 하나가 전부였다. 진장은 내게 식당에 가서 밥을 먹으려면 상부에서 사람이 검사하러 올 때 재빨리 먹고 와야 한다고 말했다. 그러지 않으면 진에는 식당을 운영하지 않기 때문에 직접 해 먹어야 한다는 것이었다. 물론 나는 혼자 알아서 해 먹는 쪽을 좋아했다. 첫째는 자신의 규율에 따라 정해진 시간에 식사를 할 수 있기 때문이고, 둘째는 자신의 입맛에 맞게 음식을 만들 수 있기 때문이다. 진장은 또 왕뱌오의 아버지를 늙은이라고 얕보지 말라면서 그가 평소에 아주 깔끔해서 입고 있는 옷에 얼룩 하나 없었고 이불도 항상 깨끗했다고 말했다. 그러면서 내게 그의 침구들을 그대로 사용하면 초대소에서 짐을 빌려오지 않아도 될 거라고 했다. 나는 구들 위에 쌓여 있는 이불을 들춰봤다. 정말로 이상한 냄새가 나지 않았고 이불을 싸고 있는 흰 천도 하늘 아래 구름처럼 깨끗하기만 했다. 습기가 차서 약간 축축한 게 문제라면 문제였지만 햇볕 아래 한두 번 널어 말리면 금세 뽀송뽀송해질 것 같았다. 그 자리에서 진장은 사람을 시켜 나 대신 식량과 기름, 소금, 간장, 식초 등을 사오게 했다. 이런 물건들만 있으면 며칠은 불편하지 않게 보낼 수 있었다. 진장은 모나진에는 집집마다 텃밭이 있기 때문에 채소는 아예 살 필요가 없다면서 어느 집 채소든지 맘에 들기만 하면 허락 없이 뽑아다 먹어도 따지는 사람이 없다고 말했다. 다만 고기를 먹으려면 따로 돈을 써야 한다고 했다. 돼지 울음소리가 들리면 어느 집에선가 돼지를 잡는 것이니 그 소리를 따라가면 고기 한 덩이를 얻어다가 구복을 채울 수 있을 것이라고 했다.

집을 깨끗이 정리하고 나니 날이 이미 어두워져 있었다. 나는 장작을 안아 나른 다음, 불을 피워 밥을 했다. 식사를 마치자 환하게 전기가 들어왔다. 모나진은 이미 발전이 시작되었지만 매일 저녁 10시까지만 전기가 들어왔다. 덕분에 촛불을 좋아하는 나는 촛불을 밝히고 책을 읽을 좋은 기회를 잃지 않았다. 특별히 도시에서 양초와 촛대까지 챙겨온 터였다. 촛대는 인도산으로 보탑 모양을 하고 있었다. 양초 자체에도 은회색 보석 조각이 양감되어 있어 고색창연한 느낌을 주면서 그윽한 향기를 내뿜었다. 내가 가져온 양초에는 흰색도 있고 빨간색과 파란색, 초록색과 노란색도 있었다. 흰 촛불의 불빛은 글쓰기에 아주 적합했다. 흰 눈밭처럼 불빛이 원고지에 비치면 내 펜은 그 위에 마음대로 발자국을 남길 수 있었다. 빨간 초의 불빛은 먼 곳에 있는 친구에게 편지를 쓰면서 따스한 정을 발산하기에 적합했다. 파란 초는 차가운 느낌을 주었다. 늦가을의 밝은 달과 흡사해 지난 일에 대한 감상에 젖기에 딱 좋았다. 마지막 초록색 초의 불빛은 활력과 열정을 가져다주었다.

그날 밤. 전등은 꺼졌다 켜지기를 반복하면서 꽤 오래 애를 먹이다가 마침내 전구에서 마지막 한 줄기 빛이 빠져나갔다. 나는 얼른 초록색 초에 불을 붙였다. 촛불 불빛이 점차 밝아지는 순간, 갑자기 삐걱 하고 문 열리는 소리가 들렸다. 누군가 밖에서 들어오는 소리 같았다. 식사 후에 대문에 빗장을 걸어둔 것이 기억났다. 누군가 열고 들어올 수가 없었다. 의아해하는 사이 부엌에서 가벼운 발걸음 소리가 들렸다. 누군가 부엌에서 뭔가 훔치려고 살금살금 움직이고 있는 것 같았다. 촛대를 들고 문가로 다가가 확인해보니 문고리는 단단히 잠겨 있었다. 손으로 살짝 밀어봤더니 태산처럼 꿈쩍도 하지 않았다. 바람이 비집고 들어오려 해도 힘깨나 빼야 할 것 같았다. 다시 촛불을 들어 부엌 쪽을 비춰봤지만 사람 그림자 하나 보이지 않았고 조금 전의 발소리도 어느새 사라져 들리지 않았다. 나는 아마 환청일 것이라고 생각했다. 번잡하고 소란한 도시의 밤에는 오히려 어떤 소리도 감지하지 못하지만 고요한 환경에서는 소리가 떠오르는 해처럼 매번 신선한 느낌을 주기 마련이다. 나는 다시 침실로 돌아와 입김을 불어 촛불을 끄고 창문 커튼 한쪽을 살짝 들춰봤다. 창밖의 가을밤을 보고 싶었다. 바로 그때, 부엌에서 또다시 소리가 들려왔다. 아주 뚜렷한 소리였다. 젓가락으로 접시를 두드리는 소리 같았다. 빠르지도 않고 느리지도 않은 것이 선율감마저 있었다. 어두운 밤에 이런 소리를 들으니 부드러우면서도 아름다운 서글픔이 느껴졌다.

성냥을 그어 다시 촛불을 켠 나는 촛대를 받쳐 들고 조심스럽게 부엌 쪽으로 다가갔다. 솥과 밥공기, 사발 등만 가지런하고 질서 정연하게 놓여 있을 뿐 사람은커녕 벌레 한 마리조차 보이지 않았다. 조금 전에 나던 소리도 사라졌다. 바로 이때, 귀신을 만날 수도 있다는 생각에 나도 모르게 모골이 송연해졌다. 전설 속의 귀신들이 빛을 무서워한다는 게 생각나 촛대를 부엌에 내려두고 벌벌 떨면서 구들로 돌아와 잠을 잤다. 다음 날 아침에 일어나보니 초록색 초는 단정하게 촛대 위에 남아 있었다. 길이는 내가 부엌에 내려놓았을 때랑 똑같았다. 어젯밤에 누가 바람을 불어 촛불을 끈 것일까?

이어지는 며칠 동안 밤이 되어 전기가 나가면 나는 촛불을 켰다.

불빛이 따스하고 부드럽게 사방으로 퍼져갈 때면 불시에 문을 여는 소리가 들려왔다. 가볍고 희미한 발소리도 따라서 들려왔고 부엌의 그릇들도 노래하기 시작했다. 이런 현상에 나는 두렵기도 하고 호기심이 생기기도 했다. 내가 촛대를 받쳐 들고 부엌으로 가기만 하면 불빛이 그 출처를 찾을 수 없는 소리를 흩어버렸다. 나는 여전히 불이 붙은 초를 부엌에 내려놓고 침실로 돌아와 편안하게 잠을 잤다. 날이 밝아 부엌으로 가보면 촛대는 그 자리에 아주 단정한 모습으로 세워져 있었다. 내가 내려놓았을 때와 똑같은 자태였다.

그 촛불은 대체 누가 끈 걸까? 나는 거의 매일 다른 색깔의 양초로 바꿔놓으면서 불을 끄는 사람이 특정 색깔을 좋아한다면 그 촛불은 계속 타게 놔두지 않을까 하는 생각을 해봤다. 하지만 모든 촛불이 등장할 때는 불이 밝혀져 있다가 예외 없이 꺼져버렸다.

낮이 되면 나는 글을 쓰는 것 외에 산책도 했다. 글쓰기는 아주 순조롭게 진행되었고 항상 어느 정도 글을 쓰다보면 온몸이 부르르 떨리면서 나도 모르게 밤중에 부엌 쪽에서 들리던 소리가 생각났다. 이럴 때면 하는 수 없이 펜을 내려놓고 산책에 나서야 했다.

가을이 깊어진 모나진에는 추위도 깊어졌다. 어떤 농부들은 이미 밭에서 농작물을 거두기 시작했다. 호박이 묵직히 달려 호박琥珀 같은 황금빛을 드러냈다. 배추도 튼실한 겉잎들이 속을 꼭 감싸고 있는 게 마치 임산부 같았다. 일찌감치 밭에 버려진 오이와 콩꼬투리는 이미 가을바람에 말라가고 있었다. 농부들은 나를 보면 일을 멈추고는 허리를 펴 손을 흔들며 가볍게 웃어주었다. 그들의 그 평화로운 미소는 내게 이름 모를 야릇한 감동을 선사했다.

나는 종종 농지를 지나 강가로 갔다. 햇빛이 물결을 따라 강물 위를 넘실대는 모습이 보기 좋았다. 얇은 물속의 동글동글한 자갈을 보고 물 위에 떠 있는 가을 나뭇잎을 바라보는 것이 좋았다. 그 노란 잎과 빨간 잎들이 한데 뭉쳐 떠내려가는 모습은 어디론가 이사를 가는 것 같았다. 모나진의 추위가 자신들의 얼굴을 창백하게 만들기 전에 서둘러 남방의 따스한 곳을 찾아 호흡을 계속하려는 것 같았다. 흐르는 강물을 바라보노라면 나도 모르게 한 시간도 넘게 서 있곤 했다. 가끔은 배가 고파 배에서 꼬르륵 소리가 나고서야 집으로 돌아올 생각을 하기도 했다.

왕뱌오가 이따금 집을 살피러 와서는 내게 장작불을 땔 수 있는지 물었다. 그러고는 집 앞의 텃밭을 가리키면서 말했다.

"드시고 싶은 채소가 있으면 직접 가져다 드셔도 돼요. 저 채소들은 그대로 두면 추수가 끝나 저장할 공간이 없어져 전부 돼지 먹이가 되고 말거든요!"

나는 왕뱌오에게 생전에 그의 부친이 어떤 모습이었는지, 평소에 뭘 좋아하셨는지 물었다. 왕뱌오는 부친이 살아 계실 때 사진 보는 것을 안 좋아해서 남긴 사진이 없다고 말했다. 그러면서 자신은 부친을 닮지 않았다고 했다. 자신은 못생겼지만 부친은 아주 미남이었다는 것이다. 그는 또 부친이 자식들과 함께 사는 것을 원치 않아 모친이 돌아가신 뒤로는 줄곧 혼자 사셨다고 설명했다. 그의 부친은 소리를 듣는 것을 좋아했다고도 했다. 사람 목소리가 아니라 자연계에서 발산되는 소리를 좋아하셨다고 했다. 예컨대 바람 소리나 새 울음소리, 물 흐르는 소리, 가을벌레들의 애절한 울음소리 같은 것이었다. 봄이 되어 얼음이 사라지고 지붕의 눈도 물방울이 되어 처마 밑으로 떨어질 때면 그의 부친은 빈 항아리로 그 물을 받아냈다. 항아리는 큰 것도 있고 작은 것도 있었다. 모양도 각양각색이었다. 진흙 항아리도 있고 자기 항아리도 있었다. 플라스틱 항아리도 있고 유리 항아리도 있었다. 그리고 물방울이 똑똑 떨어져 항아리 속으로 들어가는 소리도 제각각이었다. 큰 종이 울리는 것처럼 쟁쟁거리는 소리도 있고 가늘고 부드러운 애인의 속삭임 같은 소리도 있었다. 낭랑한 소리들은 귀를 즐겁게 했지만 낮게 메아리쳐오는 소리는 처량하고 서글픈 감상에 젖게 했다. 소리는 높낮이를 달리하며 변화무쌍하게 다양한 정취를 연출하면서 마구 뛰어다녔다. 한 곡의 음악 같았다. 왕뱌오의 말에 깊은 감동을 받은 나는 나도 모르게 이미 세상을 떠나신 이분에 대해 야릇한 존경의 마음을 갖게 되었다.

겨울이 가까이 다가오고 맑은 바람과 밝은 달이 추위의 모습으로 나타나기 시작하자 해가 짧아지고 밤이 길어졌다. 혼귀들도 추위가 무서웠던지 하얀 이슬로 뒤덮인 들판을 돌아다니고 싶어하지 않았다. 그래서인지 부엌에서 나는 소리는 갈수록 더 심해졌다. 촛대를 부엌에 놔두면 여전히 기적처럼 불이 꺼졌지만 그 뒤로도 아무 소리 없이 조용하기만 한 것은 아니었다. 냄비나 솥, 그릇 등속이 요란하게 덜그럭거려 밤새 잠도 못 자게 나를 뒤흔들어놓았다. 흐릿한 정신으로 원고지를 마주하고 있으면 생각이 어지러워지고 원래 영성靈性이 풍부하던 언어도 빛을 잃어 건조하고 낯설게 변했다. 이럴 때면 분노를 금할 수 없었다. 이 노인의 영혼이 왜 내게서 떠나주지 않는 건지 원망스럽기만 했다. 이리하여 귀신을 몰아내는 방법을 찾게 되었다.

나는 우연히 모나진의 여자 무당을 한 명 만나게 되었다. 초겨울 첫눈이 내리던 날이었다. 나는 창밖의 창망한 풍경을 바라보다가 밖으로 나가 눈을 밟기 시작했다. 강가까지 가보니 강 양안에 이미 얼음이 얼어 있었지만 한가운데는 여전히 물줄기가 알몸을 드러내고 있었다. 물결은 온통 하얀 주변 풍경 때문인지 검은색으로 보였다. 수면 위로는 희미하게 안개도 피어 있었다. 눈은 끊임없이 강물 위로 떨어져 내렸다. 정말로 뜨거운 솥에서 삶아지고 있는 섣달 그믐의 교자가 하얀 김을 내뿜고 있는 것 같았다. 이처럼 겨울에도 움직일 수 있는 모든 생물은 사람들에게 생기를 안겨주고 있었다.

나는 몽롱하면서도 갈수록 더 장엄해지는 이 일대의 강물을 즐겼다. 이때 어울리지 않는 소리가 들려왔다. 돼지 비명이 몹시 처량하게 들려왔다. 어느 집에서 돼지를 잡는 것 같았다. 어쩌면 이 돼지도 눈을 좋아했는지 모른다. 그래서 초겨울 첫눈을 음미하기도 전에 목숨을 빼앗기는 것이 너무 억울해 이렇게 큰 소리로 울부짖고 있는 것이다. 나는 이미 눈을 구경할 흥미를 잃은 터라 소리를 따라 돼지 잡는 사람의 집을 찾아갔다. 삼겹살을 한 덩이 사다가 홍소육紅燒肉 찜을 만들어 그동안 열심히 일한 나 자신을 위로할 요량이었다.

돼지를 잡는 집은 바로 우리 옆집이었다. 텃밭을 사이에 두고 바로 서쪽에 붙어 있는 집이었다. 마당에 들어서보니 커다란 솥이 하나 걸려 있고, 솥에서는 흰 구름처럼 뜨거운 김이 모락모락 피어오르고 있었다. 두 사람이 돼지 털을 깎고 있었다. 비린내가 코끝을 향해 몰려왔다. 형세를 보아 하니 이 돼지는 반 시간 정도 지나야 해체가 시작될 것 같았다. 일단 자리를 떴다가 잠시 후에 다시 와야겠다고 생각하던 차에 문 열리는 소리가 나더니 여주인이 더러워진 물을 마당에 뿌리러 나왔다가 나와 마주쳤다.

여자는 키가 작고 마른 몸매에 자주색 꽃무늬 스웨터 차림이었다. 이마가 작고 수척한 얼굴에는 주근깨가 가득했다. 두 눈은 볼수록 더 의미심장했다. 그윽하고 맑은 두 눈이 두 개의 깊은 연못 같았다. 사람들의 눈빛이 그 연못에 빠져들면 영원히 돌아오지 못할 것 같았다. 여자는 물을 다 뿌리고 내 앞을 지나가면서 나를 힐끗 쳐다봤다. 그러고는 확신에 찬 목소리로 말했다.

"물건을 하나 달고 있네요."

나는 그녀의 말이 무슨 뜻인지 몰라 설명 좀 해달라고 부탁했다. 그녀가 말했다.

"몸에 귀신이 달라붙어 있다고요."

내가 여전히 어리둥절해 있는 것을 보더니 그녀가 말을 이었다.

"묵고 있는 집에 귀신이 하나 있어 소동을 부리고 있잖아요."

내가 고개를 끄덕였다. 그녀는 걱정할 것 없다면서 귀신은 얼마든지 쫓아낼 수 있다고 호언장담했다.

"고기는 몇 근 드릴까요? 어느 부위를 원하세요? 제가 저녁에 고기를 배달하러 가는 길에 귀신을 쫓아드리지요. 평안 무사하게 지낼 수 있도록 해드린다고요. 술 두 병과 향 몇 가닥을 준비해주세요. 향을 태우면서 향불의 모양을 봐야 하거든요."

그녀의 말투를 들으니 마치 귀신이 그녀의 자식쯤 되는 것 같았다. 그녀가 호통을 한번 치면 귀신이 놀라서 당장 도망갈 것 같았다.

저녁에 그녀가 삼겹살 한 덩이를 들고 찾아왔다. 그녀의 온몸에

서 고기 냄새가 났다. 게다가 술도 좀 마셨는지 나랑 얘기를 주고
받는 동안 진한 술 냄새를 풍겼다.

집 안에 들어서자마자 그녀는 앉기를 거부하면서 이 집에 들어
와본 지 벌써 여러 해가 지났다고 말했다. 집에 자물쇠가 걸려 있
긴 하지만 그녀는 밤만 되면 항상 이곳에서 나는 소리를 들을 수
있었다고 했다. 내가 어떤 소리냐고 묻자 그녀는 사람을 어지럽게
만드는 그 깊고 검은 두 눈을 들고는 전부 피아노 소리 같았고 굉
장히 듣기 좋았다고 말했다. 때로는 소리가 아주 오래 지속되기도
했고 때로는 아주 짧게 끝나기도 했다고 했다. 또 한번은 한밤중에
이 소리를 듣기 시작해 달이 서쪽으로 기울 때까지 들었는데도 웬
일인지 질리지 않았다고 했다. 내가 물었다.

"그 소리를 그렇게 좋아하시면서 왜 굳이 저를 위해 귀신을 쫓아
내려는 건가요?"

그녀는 여전히 보는 사람을 오싹하게 만드는 그 검은 두 눈을 깜
빡이며 말했다.

"사람들을 괴롭히지 않는다면 좋은 소리겠지만 밤새 잠을 못 자
고 전전긍긍하게 만든다면 그건 좋은 소리가 아니지요."

그녀는 쌀을 한 그릇 달라고 하더니 향을 세 가닥 피운 다음, 내
게 집 한가운데 앉아 두 눈을 감고 손을 허벅지 위에 올려놓으라고
했다. 그녀가 중얼중얼 알아들을 수 없는 주문을 외우면서 내 주위
를 빙글빙글 돌았다. 마침내 나는 잠기가 쏟아지면서 무거운 고개
를 떨어뜨렸다. 의식이 어렴풋한 가운데 나는 그녀가 내 몸을 구들
에 기대어놓고는 준비해둔 술 두 병을 가지고 간 것을 기억했다.

그 뒤로 상당 기간 동안 부엌에서는 아무런 소리도 나지 않았다.

이때 모나진은 이미 아득하게 백설로 뒤덮여 있었고 강은 철저하게 봉쇄되어 있었다. 흐르는 물소리와 새 울음소리가 사라지자 대자연은 비할 데 없이 고요하고 적막한 모습을 드러냈다. 나는 화로 앞에 가까이 다가앉아 책을 읽거나 촛불 아래서 글을 썼다. 세월이 연화年畫*만큼이나 좋은 것 같았다.

나는 그 바다를 그리그해라고 부르기로 했다. 이 바다는 그리그의 것이기 때문이다. 그리그가 생전에 살았던 집에서 창밖을 내다보면 흐릿한 잿빛 바다가 보였다. 때는 황혼 무렵이었다. 하늘은 잿빛으로 무겁게 가라앉아 있었다. 가는 비가 지붕 위로 떨어지면서 아주 듣기 좋은 소리가 사방으로 흩어졌다. 그리그 야상곡의 선율 같았다. 나는 이미 그 집이 무슨 색이었는지 기억하지 못한다. 하지만 집 안 대청의 구조와 진설된 물건들은 기억이 또렷하다. 심지어 부엌의 그릇들까지 기억한다.

홀에는 벽난로에 바짝 붙어 피아노가 한 대 놓여 있었다. 그리그가 생전에 사용하던 피아노였다. 피아노 위에는 사진 액자가 두 개 놓여 있었다. 하나는 그리그의 사진이고 다른 하나는 그리그의 부인이자 유명한 성악가였던 니나 하게루프의 사진이었다. 솔직히 말해서 그리그의 모습은 위대한 음악가 같지 않았다. 오히려 소박한 농부 같았다. 그의 큰 코는 성채 같아서 사람들에게 때려 부술 수 없을 것 같은 위압감을 주었다. 홀 창문 쪽에는 많은 의자가 가지런히 놓여 있었다.

가이드는 우리를 자리에 앉게 한 다음 자신은 피아노 앞에 서서

---

* 설을 맞아 실내에 붙이는 길상의 의미가 가득한 그림.

두 손을 비볐다. 그러고는 웃으면서 그리그 선생님은 이제 잠시 밖에 나갔다가 저녁 식사 때쯤 돌아오실 것이라고 말했다. 그의 이한마디에 나는 잠시 흥분했다. 깊은 밤 모나진의 목조 가옥에서 뜻밖의 소리를 들었을 때와 다르지 않은 느낌이었다.

그리그는 세상을 떠난 지 이미 한 세기가 지났지만 북유럽의 민족적 분위기가 뚜렷한 그의 음악은 줄곧 사람들에게 큰 환영을 받아왔다. 입센의 유명한 희곡 『페르 귄트』의 악곡도 그가 써주었다고 들었다. 그 가운데 나는 특히 「아침」을 좋아했다. 촉촉하고 맑고 명랑한 느낌의 악곡이었다.

가이드가 북유럽 소수민족 복장을 한 피아니스트를 한 명 데려왔다. 그녀가 우리를 위해 그리그의 악곡 일부를 연주해주었다. 실내 조명은 어두운 잿빛이었다. 하지만 아주 부드럽고 따스한 잿빛이었다. 피아노에서 활발한 음악이 바닷물처럼 넘실대던 순간, 나는 창밖으로 웅장한 바다의 장관을 봤다. 가는 비가 바다 수면을 때리면서 음악처럼 웅장한 소리를 냈다. 나는 음악에 깊이 빠져드는 동시에 바다의 기복과 흔들림 속으로도 깊이 빠져들었다. 두 곡 사이 틈새에서 고요함 속의 음악이 맴도는 소리를 들었고 벽에 걸린 풍경이 내뿜는 도자기가 쟁쟁거리는 듯한 소리도 들었다. 바다를 마주한 발코니의 격자창이 삐걱대는 소리도 들을 수 있었고 집 처마에서 떨어지는 가는 빗방울이 열광적으로 대지에 입을 맞추는 소리도 들었다. 이처럼 변화무쌍한 환상과 소리에 젖으면서 나는 문득 깊은 밤 모나진의 그 부엌에서 그릇들이 내던 소리가 생각나 깊은 진동과 감동을 느꼈다.

나는 오랫동안 가는 비가 흩날리는 바다를 바라보고 있었다. 조수가 일렁이듯 저녁의 어스름이 밀려오고 있었다. 눈앞의 바다는 온 누리를 비추는 햇빛을 압도한 듯 온통 파란 바다였고 지는 해의 따스함도 압도한 듯한 금빛 바다였다. 또 하늘을 감싸기 시작한 달빛도 압도한 듯 사방으로 따스하게 펴져가는 은백색 바다였다. 이것이 더할 수 없이 아름다운 황혼 무렵 가는 비 속의 그리그해였다. 그리그해는 잠든 것 같지만 깨어 있고 깨어 있는 것 같지만 잠들어 있었다. 어지럽게 흩날리는 빗방울은 무수한 정령이 춤을 추고 있는 것 같았다. 이리저리 기복하는 즐거운 소리가 우리를 지극히 순수하고 아름다운 세계로 이끌었다. 이런 순간에는 오장육부가 송두리째 음악에 바쳐지는 것 같았다. 배 속에 남아 있는 것은 맑은 바람과 새들이 지저귀는 소리, 꽃술과 구름 그림자뿐이라 신선이 되어 사뿐히 허공으로 날아오르고 싶은 욕망을 갖게 된다. 언제인지 모르게 음악 소리가 멈췄다. 그 검은 피아노 앞에 앉아 있던 연주자도 홀연히 사라지고 없었다. 의자 삐거덕거리는 소리가 요란한 것으로 보아 구경하러 왔던 사람들이 일제히 자리를 뜨려는 것 같았다. 이럴 때면 구경하러 온 사람의 어떤 거동도 우리를 초조함과 어색함에 빠뜨리고 만다는 생각이 들었다. 나는 차라리 발코니로 가서 가는 비 내리는 황혼 속의 바다를 바라보며 그리그가 살던 집의 모든 구석에서 나는 소리에 귀를 기울이고 싶었다. 누가 문밖에서 도취한 듯이 「솔베이그의 노래」를 부르는 소리가 들렸다. 서정적인 선율이 내 가슴을 흔들었다. 그리그가 친구 집에 가서 차를 마시다가 저녁을 먹으러 집에 돌아오면서 자신이 작곡한 노래를 흥얼거리는 것 같았다.

　장편소설을 이미 3분의 2 정도 썼을 때, 그 깊은 밤 문 여는 소리가 다시 들리기 시작했다. 당시 모나진에는 들뜬 분위기가 역력했다. 설이 다가오면서 사람들이 바삐 움직이기 시작했고 떠들썩한 명절 분위기는 갈수록 짙어졌다. 나는 이번 설이 지나고 장편소설을 탈고하면 곧장 이 마을을 떠나기로 마음먹었다. 아마 겨울 끝자락이나 초봄 무렵이 될 듯싶었다.

겨울이 깊어지면서 해가 지는 시각도 일러졌다. 오후 3시만 되어도 하늘이 어두워지기 시작했다. 이때가 하루 중 가장 따스한 시각이라 나는 보통 이때 산책에 나서곤 했다. 때로는 흰 눈에 덮인 풀밭 위를 돌아다니기도 하고 때로는 상점을 찾아가 모나진 사람들이 설 물품들을 사는 모습을 구경하기도 했다.

설 물품을 준비하는 일은 대부분 여자들의 몫이었다. 여자들은 벽에 붙일 대련對聯도 사고 꽃무늬 천도 샀다. 벤파오鞭炮*도 사고 등롱이나 연화도 샀다. 사탕이나 그릇, 젓가락 등도 샀다. 서둘러 이런 물건들을 사는 것은 여간 즐거운 일이 아니었다. 수많은 여인 사이에서 나는 자주 왕뱌오를 볼 수 있었다. 그는 나를 보면 고개를 살짝 숙이고는 부끄러운 듯 두 손을 비비면서 자기 마누라는 설 물품 사는 걸 좋아하지 않기 때문에 어쩔 수 없이 여자들이 하는 일을 자신이 대신하고 있다고 말했다. 그럴 때면 나는 웃으면서 그게 뭐 어떠냐고, 도시에서는 남자들이 장바구니를 들고 시장에 가는 일이 흔하다고 말했다. 이 말에 왕뱌오는 크게 고무되었는지 내게 몇 가지 집안일을 더 털어놓았다. 그는 부친이 살아 계실 때 설 쇠는 것을 몹시 싫어하셨다고 말했다. 이때가 되면 벤파오를 터트

---

* 한 꿰미에 죽 꿴 연발 폭죽으로 주로 설이나 혼례, 장례 때 터뜨린다.

리는 집이 많아 다른 소리를 분명하게 들을 수 없다는 것이 이유였다. 내가 다른 소리는 어떤 것을 의미하느냐고 묻자 왕뱌오는 웃는 얼굴로 뒷머리를 긁적이면서 자기도 잘은 모르지만 아마 바람 소리나 눈 내리는 소리인 것 같다고 말했다. 이런 소리를 제외하고 겨울에 또 어떤 소리를 들을 수 있겠는가? 왕뱌오는 그때부터 자기 집에서는 벤파오를 터트리지 않게 되었고, 그래서 설에도 벤파오를 사지 않는다고 말했다. 벤파오를 터트리면 부친이 아들 집에 와서 설을 쇠지 않기 때문이다. 부친이 세상을 떠난 뒤에도 그는 부친의 혼령을 생각해 섣달그믐에 집으로 돌아가서도 감히 벤파오를 터트리지 못한다고 말했다. 나는 기회를 놓치지 않고 내가 묵고 있는 목조 가옥의 서쪽 방에 구리와 철로 된 온갖 물건과 나무받침대가 잔뜩 보관되어 있던데 그것들은 전부 어디에 쓰는 물건인지 물었다. 왕뱌오는 부친이 한가하고 일이 없을 때 차를 마시면서 쇠몽둥이나 목봉으로 이런 물건들을 두드려 각양각색의 소리를 만들어내면서 즐기곤 하셨다고 말했다. 나는 나무받침대가 어떤 소리를 내는지 알 수 없었다. 그날 밤, 나는 벽 한구석에 세워져 있는 닳아서 표면이 매끌매끌해진 목봉으로 크고 작은 열 개 남짓의 나무받침대를 두드려봤다. 정말로 높낮이와 경중이 다른 다양한 소리가 메아리쳤다. 나무의 소리는 처음에는 약간 무거웠지만 자세히 음미해보니 점차 아주 소박하고 중후하게 느껴졌다. 따스하게 마음을 움직이는 소리들이었다.

이날 밤, 부엌에서 또다시 소리가 나기 시작했다. 게다가 줄곧 계속되다가 날이 밝을 때가 되어서야 사라졌다. 몇 날 밤 잠을 설친 나는 다시 이웃집 무당을 찾아가 도움을 청했다. 하지만 이번에는 일언지하에 거절당하고 말았다. 곧 설이 다가오니 노인의 영혼을 쫓아내면 자신이 너무 죄책감에 시달리게 된다는 것이 이유였다. 게다가 귀신을 쫓아내고 나면 그녀는 이 집에서 아무 소리도 들을 수 없게 되고 세월을 보내는 맛을 잃어버린다고 했다. 그러면서 그녀는 내 얼굴에 이미 귀신이 빙의한 흉악한 표정이 보이지 않는다고 말했다. 노인은 그저 내가 너무 적막해 쓸쓸해할까봐 깊은 밤에 이런 소리를 내면서 친구가 되어주려고 했을 뿐이라는 것이 그녀의 생각이었다. 나는 조용히 무당의 집을 나오는 수밖에 없었다.

기분이 개운치 않았던 나는 사람들에게서 귀신에 대한 또 다른 주장을 들을 수 있었다. 그는 서른 살이 조금 넘었고 여자들보다 가늘고 호리호리한 몸매를 지니고 있었다. 집에서 두부 공방을 운영하고 있어 몸에서는 온통 콩 비린내가 났다. 내가 그를 목조 가옥으로 인도하자 그는 내게서 멀찍이 떨어져 우물쭈물하면서 가까이 오지 않았다. 나와 남들이 보면 안 되는 부끄러운 짓이라도 하러 온 것 같았다.

그가 귀신을 쫓아내는 방법은 여자 무당과 달랐다. 그는 내 방 구들 위에 젓가락 일곱 개를 늘어놓고 침대 끝의 이불을 도끼와 식칼로 눌러놓았다. 그런 다음 마지막으로 화로 안의 재를 약간 퍼다가 문지방 위에 뿌렸다. 그러면서 이제는 깊은 밤에 문 여는 소리가 들리지 않을 것이라고 말했다. 하지만 그는 석 달 동안은 밤에 밖에 나가지 말고 달이 높이 뜨기 전까지는 창문 커튼을 닫아두어 일찍 뜬 별의 빛이 집 안으로 새어 들어오는 일이 없도록 하는 것이 좋다고 덧붙였다. 내가 그렇게 하면 귀신을 얼마 동안 제압할 수 있느냐고 묻자 그는 잠시 콧등을 어루만지다가 다시 입을 열었다.

"귀신도 사람이나 마찬가지예요. 살아 있는 존재라 사람들이 쫓아내면 부끄러움을 타다가 화가 나서 가버리지요. 하지만 시간이 좀 지나 집 생각이 나면 되돌아와요."

말을 마친 그는 서둘러 문을 열고 밖으로 나갔다. 그를 애써 붙잡으면서 차나 한잔 하고 가라고 했지만 그는 고개를 돌려 화로 위에서 삶고 있는 콩을 보더니 가까이 다가가 두 줌을 집어 팔꿈치로 비비면서 말했다.

"이거면 돼요."

그는 내게 아무런 대가도 요구하지 않고 몸을 움츠리면서 문을 나섰다.

몇 초 동안 멍하니 서 있던 나는 아무래도 그를 배웅해야겠다는 생각에 재빨리 문을 밀어 열고 밖으로 나갔다. 차가운 바람이 밀려들어왔다. 나는 그가 콩을 어떤 여자의 손에 건네주는 모습을 봤다. 여자는 키가 크고 통통한 몸매에 초록색 꽃무늬 솜저고리를 입고 있었다. 눈이 작고 콧등이 높으며 입꼬리가 약간 일그러진 얼굴이었다. 문이 열리는 소리가 들리자 그녀는 고개를 들고 나를 향해 가볍게 웃어 보이더니 자랑스럽게 남자 무당을 가리키며 말했다.

"이 사람은 제 남편이에요!"

나도 미소를 지으며 고개를 끄덕이고는 두 사람이 차가운 바람 속에서 함께 콩을 먹는 모습을 지켜봤다. 콩에서 하얀 김이 피어올라 둘의 얼굴을 어루만져주었다. 김 때문에 두 사람의 얼굴이 어렴풋하게 보였다.

물론 목조 가옥에서는 갑자기 아무 소리도 나지 않게 되었다. 섣달의 마지막 며칠 동안 내내 이러한 고요함이 나를 감싸주었다. 하지만 섣달그믐이 되자 그 경전 같은 소리가 다시 들렸다. 당시 나는 이미 진장 집에 가서 단원교자團圓餃子*를 얻어먹고 그의 아이들에게 세뱃돈까지 주고 나온 터였다. 아이들은 무척 기뻐하면서 등롱을 들고 나를 집까지 배웅해주었다.

모나진의 섣달그믐은 무척 아름다웠다. 집집마다 처마 앞에 커다랗고 붉은 등롱을 내다 걸었다. 이 등롱들은 어둡고 무거운 밤에, 기아 시절에 달콤하고 액즙 가득한 과실이 나타난 것처럼 사람들에게 무한한 즐거움을 주었다. 진장의 어린 아들은 아명이 자오광照光**이라 남의 집 앞을 지날 때마다 내게 여기가 누구의 집이고 식구는 몇 명인지 일일이 알려주었다. 심지어 집집마다 키우고 있는 개에 관해서도 설명해주었다. 자오광은 어느 집 개가 사납고 어느 집 개가 온순한지 전부 손바닥 보듯이 훤히 꿰고 있었다. 녀석은 연한 황금빛 잉어 등롱을 들고 있었다. 흰 눈 위에 투영된 등롱의 모습은 정말로 물고기 한 마리가 헤엄쳐 놀고 있는 것 같았다. 자오광은 나를 배웅하면서 그 큰 목조 가옥을 가리키며 말했다.

"왕 할아버지가 살아 계실 때는 아버지 집에 가서 단원교자를 드시고 이맘때쯤 집으로 돌아오셨어요. 할아버지는 겨울에도 귀마개를 하지 않고 늘 귀를 열어두고 계셨지요. 신발이 눈을 밟는 소리를 들으려고 그러신 거예요."

말을 마친 자오광은 내게 작별 인사를 하고 잉어 등롱을 들고서 집으로 돌아갔다.

---

* 각지에 흩어져 생활하던 가족들이 설 전야에 모여 함께 먹는 교자.
** 빛을 비춘다는 뜻.

집 안으로 들어온 나는 문을 걸어 잠갔다. 화로에 불이 꺼져가고 있기에 손에 잡히는 대로 자작나무 장작을 몇 개 던져넣었다. 자작나무 껍질에 꺼져가는 불이 붙으면서 지지직 소리가 나더니 마침내 붉은 불의 혀가 살아나 거센 소리와 함께 화로 안의 장작을 전부 태우기 시작했다. 이때 갑자기 문 입구 쪽에서 삐걱 소리가 났다. 누군가 문을 밀어 열고 들어오는 것 같았다. 고개를 들어 문 쪽을 바라보니 문은 깊은 규방의 소녀처럼 평소 모습대로 조용하기만 했다. 가볍고 부드러운 발소리가 흐르는 물처럼 밀려 들어왔다. 추위와 함께였다. 내 몸이 부엌에 있었기 때문에 어쩌면 이 발소리는 부엌을 지나 서쪽 방으로 갔을지도 몰랐다. 아주 빨리 서쪽 방에서 나무받침대 두드리는 소리가 들려왔다. 지난번에 내가 두드릴 때보다 더 운치 있고 음운까지 있어 무척 조화로운 소리였다.

나는 한동안 화로 옆에 앉아 조용히 그 소리에 귀를 기울였다. 그런 다음 동쪽 본채로 와서 빨간 양초에 불을 붙였다. 새해의 따스한 의미를 담아 멀리 있는 친구들에게 편지를 몇 통 쓸 작정이었다. 첫머리를 막 썼을 때, 내가 앉아 있는 의자가 누군가에 의해 흔들리고 있는 느낌이 들었다. 이어서 촛불이 확 하고 커다란 불덩어리로 팽창하더니 갑자기 꺼져버렸다. 내가 완전한 어둠 속에 묻혀 극도의 공포감에 젖어 있을 때, 탁자 위의 물건들이 가볍게 소리를 내기 시작했다. 나는 어느 게 만년필과 잉크병 소리이고 어느 게 화장품 병이 내는 소리이며 어느 게 찻잔이 내는 소리인지 다 분별할 수 있었다. 이 소리들이 나로 하여금 분노를 금치 못하게 했다. 나는 주먹을 불끈 쥐고 힘껏 탁자를 내려치면서 소리를 질렀다.

"도대체 언제까지 이럴 거예요!"

호통을 치고 나서 성냥을 더듬어 다시 촛불을 켰다. 불빛이 사방으로 가득 퍼져나갔다. 호통이 정말로 효과가 있었는지 소리는 징을 울리면서 병력을 거두었다. 하지만 나는 이미 편지를 쓸 마음이 없어졌다.

그 뒤로도 얼마 동안 깊은 밤 부엌에서 나는 소리는 과거처럼 그렇게 맹렬하진 않더라도 여전히 틈만 나면 찾아오곤 했다. 나는 하는 수 없이 짐을 쌌다. 미완성 원고를 챙겨 정월 보름 등절燈節이 지나자마자 모나진을 떠났다. 목조 가옥을 떠나는 순간, 눈물이 솟구치는 것을 참을 수 없었다. 나를 배웅하러 나온 왕뱌오가 말했다.

"이곳이 마음에 들면 봄에 다시 오세요."

자오광은 만약 다시 오게 되면 도시에서 색연필을 한 통 사다달라고 부탁했다. 스물네 가지 색깔이 있는 것으로 사오라고 했다. 연화를 따라 그리면서 그림을 배울 작정이라고 했다.

도시에 돌아온 뒤로 나는 종종 연기가 뿌연 베란다에서 도시를 조망하곤 했다. 도처에 고층 빌딩과 굴뚝들이 숲처럼 들어차 있었다. 물건 파는 소리가 들려오지 않았다면 나는 나 자신이 사람들이 사는 소리와 냄새가 없는 곳에서 살고 있는 것이 아닌가 하는 의심이 들었을 것이다. 내 장편소설은 이미 좌초해버렸다. 머릿속에 불시에 모나진의 풍경이 나타나 펜을 든 나를 온갖 생각의 미로로 내모는 바람에 창작의 상태를 유지할 수 없었다. 이렇게 나도 모르는 사이에 봄이 찾아왔다. 햇빛이 벽을 눈처럼 하얗게 비출 때, 나는 문화방문단을 따라 노르웨이로 오게 되었다.

그리그가 살전 집 베란다에 서서 바다를 바라보던 나는 눈물을 흘리고 말았다. 그 가는 비 내리는 황혼의 그리그해에는 도처에 음표가 떠다니고 있었다. 내가 모나진에 있을 때 눈꽃이 휘날리던 것과 비슷한 정경이었다. 그 눈꽃들은 전부 음표가 되어 집 처마와 나무, 대지를 적시면서 각기 다른 소리를 냈다. 나는 그 목조 가옥에서 귀신을 쫓아내려고 애썼던 내 행위가 더없이 부끄럽게 느껴졌다. 그 집 부엌에서 나던 그 소리야말로 자연이 들려주는 천뢰天籟의 소리이자 한 사람의 영혼의 노래로서 살아 있는 이들에게 던지는 끊이지 않는 정이었다는 생각이 들었다. 내가 왜 그 소리를 거부했던 것일까? 시끄럽고 소란스러운 인간 세상에서 그런 소리를 들을 수 있다는 것은 행운에 감정이 닿아야만 가능한 일이었다. 그리그의 옛집에서 사방으로부터 발산되는 기묘한 소리들을 들으면서 내 깊은 밤을 휘감았던 그 경쾌한 소리가 더 그리워졌다. 나는 음악을 뜨겁게 사랑하는 사람이라면 그 영혼도 소리를 낼 수 있을 것이라고 믿었다.

나는 이미 그리그해에 같이 갔던 사람들 수를 잘 기억하지 못한다. 여덟아홉 명이었던 것 같기도 하고 대여섯 명이었던 것 같기도 하다. 내 고향에 눈이 몇 번이나 내리는지 모르는 것과 마찬가지다. 지금 나는 여름의 모나진에서 별빛 찬란한 밤을 맞고 있다. 가끔씩 부엌에서 소리가 날 때면 나는 창문을 활짝 연다. 저 멀리서 빛나는 별들과 소슬한 바람도 함께 와서 그 소리를 즐기게 하고 싶었다. 이럴 때마다 나는 북해의 그 그리그해를 떠올리기도 하고 바다를 향해 퍼져가던 음악을 떠올리기도 하고 그 하얀 베란다와 검은 피아노를 떠올리기도 한다. 황혼 무렵 그리그해에서 문을 활짝 열고 차를 마실 때, 내가 묵던 그 목조 가옥의 노인은 야상곡 연주가 끝나자마자 온몸이 이슬에 젖어 떠났을 것이다. 나는 함께 그리그해를 여행했던 사람들에게 편지를 몇 통 써 보내고 싶었다. 그들을 모나진의 그 목조 가옥에 놀러 오게 하고 싶었다. 하지만 그들의 이름을 떠올릴 수 없었다. 그래도 나는 그들이 그리웠다. 그들은 내 고향 창문 밖의 나무들처럼 보일 듯 말 듯, 있는 듯 없는 듯하지만 항상 내게 다정한 그리움을 가져다주기 때문이다.

친구들아 눈 보러 와

먼저 나뭇진에 관해 얘기해볼게. 나뭇진은 홍송紅松의 몸에서 흘러내리는 기름이 바람에 응고되어 황금빛으로 변한 거야. 그걸 칼로 긁어내 양철통 안에 넣은 다음, 화로 위에 놓고 녹이지. 얼마 안 있어 나뭇진이 녹아 그윽한 솔향기가 허공에 퍼질 때쯤 양철통을 문밖에 내다놓고 밤새 말리면 나뭇진 한 덩이를 떼어낼 수 있어. 좋은 나뭇진은 잡다한 이물질이 들어가지 않아 수정처럼 투명한 귤색이 되지. 입안에 뭘 씹고 있는 사람들에게 뭘 씹느냐고 물으면 십중팔구 바로 이거야. 나뭇진은 껌과 마찬가지로 목구멍으로 삼켜선 안 돼. 현지 사람들은 이를 '소나무 기름'이라고 부르지. 여자아이들도 어렸을 때는 이걸 즐겨 씹었어. 씹을 때 나는 찍찍 소리는 마치 새 울음소리 같지. 충치가 있는 아이들이 이걸 씹으면 상당히 포만감 느껴지는 소리가 나.

내가 발에 신고 있는 털 신발은 후다胡達 노인이 선물해준 거였어. 개가죽으로 만들어 무척 가벼우면서도 따뜻하지. 후다 노인으로 말하자면 내가 우후이烏回진에 와서 알게 된 이들 가운데 가장 성깔이 있는 사람이야. 내가 대설 때문에 타청塔城에 갇힌 지 이미 사흘째 되었을 때, 후다 노인이 말 썰매를 끌고 달려와 나를 우후이진으로 데려다주었지. 그는 일흔이 넘은 나이에 하루 종일 꾀죄죄한 산양 가죽을 입고 있었어. 항상 가슴 부위가 불룩 튀어나와 있고 말이야. 그 안에는 술을 담은 호로병이 하나 들어 있었어. 말 썰매를 몰든 길을 걷든, 혹은 공소사供銷社에서 물건을 사든 간에 그는 늘 자신도 모르게 품 안에 있는 호로병을 꺼내 술을 아주 맛있게 한 모금 마신 다음 시원하게 코를 풀고는 가죽 외투 자락에 손을 문지르곤 했지. 그는 키가 아주 작고 비쩍 말랐지만 허리가 굽지도 않았고 등이 휘지도 않았어. 치아도 아주 좋았지. 그래서인지 그는 바람이 일 정도로 빠른 속도로 길을 걸었어. 내가 우후이진에 도착하던 날 밤, 그가 술에 얼큰하게 취해 문을 두드렸어. 그는 먼저 내 관심을 끌려고 찾아온 것이 아니라고 밝히더군(농담이야. 나는 그의 손녀뻘 되는 나이라 그가 정말로 그런 마음을 품고 있었다 해도 힘이 닿지 않았을 거야). 이어서 그는 예전에 자기와 관계를 맺었던 여자들이 하나같이 뛰어난 자색을 갖추고 있었고 치아도 나보다 좋았으며(그는 내 회색 치아를 쥐똥이라고 불렀지) 눈도 나보다 밝고(그는 자신의 눈을 기름이 가득 채워진 등잔에 비유했어) 손도 나보다 가늘고 예뻤다고(당시 내 손은 이미 얼어서 튼 상태였거든) 자랑하더군. 그가 입에서 나오는 대로 거침없이 지껄이는 것을 보고 나는 대담하게 그를 비웃으면서 당신처럼 키가 작은 사람을 어떤 여자들이 좋아할 수 있었던 거냐고 물었지. 빙긋이 웃은 그는 이내 얼굴의 절반이 실룩거리고 나머지 절반은 굳어 버리더라고(어쩌면 술기운에 의한 마비인지도 몰라). 그런 웃음은 사람들에게 무서운 느낌을 주기 십상이야. 우는 것만 못했어. 그는 여자들이 자신의 손재주를 좋아한다고 말했어. 개가죽으로 조끼를 만들면서 중간에 채색 실을 넣을 수도 있다고 하더군. 토끼 가죽 모자를 만들 수도 있고 자작나무 껍질로 요람이나 작은 배, 바구니, 물통, 쌀그릇도 만들 수 있고. 그리고 중의中醫에도 조예가 있어 여인들의 기혈 부족이나 월경불순, 허리 및 등 통증 같은 질환을 전부 치료할 수 있다고 했어. 내가 침술로 치료하느냐고 묻자 그는 술을 한 모금 마시고 나서 대답하더군.

"약재로 치료하지. 산에는 도처에 귀한 보물이 널려 있거든."

그는 또 자신에게 아들 넷에 며느리가 셋이 있고(큰딸은 이제 막 죽었어) 손자들이 한 무더기나 된다고 말했어. 그러고는 애써 손가락을 꼽아가며 한참을 세다가 손자가 일곱에 손녀가 여섯, 합쳐서 열셋이라고 하더라고. 하지만 자기가 가장 좋아하는 손자는 둘째 아들네 일곱 살 난 위원魚紋이라고 했어. 이어서 그는 위원에 관해 얘기하기 시작했지. 위원과 자신은 초감각적으로 마음과 생각이 통한다고 했어. 한번은 그가 산에 올라갔다가 올가미에 걸려 말 한 필이 나무에 부딪혀 다리를 다치는 바람에 산을 내려가 사람들에게 도움을 청할 수 없는 상황에 처했대. 그때 마침 위원이 집 구들 위에서 구슬치기 놀이를 하다가 갑자기 아빠에게 할아버지가 부상을 당해 산에서 내려오지 못하고 있다고 말했대. 후다 노인의 둘째 아들이 반신반의하면서 서둘러 말 썰매를 끌고 산으로 올라와 사방을 둘러보니 정말로 아들이 말한 그대로였다더라고.

그날 저녁 후다 노인이 나를 찾아온 목적은 나의 그 밤색 가죽 트렁크를 구경하기 위해서였어. 그가 나를 맞아주던 날 트렁크에 꽤나 관심을 보이던 것이 생각나더라고. 나는 구들 위에 있던 가죽 트렁크를 화로 옆으로 가지고 와서는 톡톡 자물쇠 버튼을 눌러 열었어. 자물쇠 버튼을 누르는 소리에 맞춰 그의 귓바퀴가 미묘하게 움직였지. 그는 트렁크에 가까이 다가와 먼저 눈을 고정시키고 살펴보더니 안에 있는 물건들을 하나하나 손으로 들춰가며 눈에 대고 자세히 관찰했어. 카메라와 아교풀 병, 초소형 녹음기, 심지어 꽃무늬가 아로새겨진 잠옷까지도 그의 손길을 벗어나지 못했지. 물건들을 살피는 그의 표정은 대단히 풍부했어. 놀란 표정을 지었다가 이내 흥이 가신 듯한 표정으로 바뀌더니 또 금세 원망스러운 표정을 지었다가(잠옷을 봤을 때 특히 그랬어) 다시 분노한 표정으로 바뀌더라고.(그는 내가 천 인형을 트렁크 안에 넣어둔 걸 불만스러워했어. 내가 인형을 숨 막혀 죽게 하려는 의도라고 생각했던 것 같아) 그는 카메라도 살펴봤지만 초소형 녹음기에 대해서는 잘 알지 못하는 것 같았어. 내가 귀에 거는 이어폰을 그의 두 귀에 꽂고는 음악을 틀어주었지. 그가 처음 음악을 들었을 때 깜짝 놀라 아이고 아이고 외치며 감탄을 연발하다가 호로병마저 떨어뜨리는 모습은 아무도 상상하지 못할 거야. 그가 말했어.

"이게 어디서 나는 소리지?"

하지만 그는 이내 익숙해졌는지 내가 이어폰을 빼주자 툴툴거리며 말했어.

"소리가 별로야. 너무 시끄러워."

후다 노인은 내 트렁크를 충분히 다 뒤져보고 나서는 우후이진에 얼마나 있을 건지, 혼자 지내면 무섭지 않은지 등등 이것저것 물어댔어. 나는 봄까지 있다가 갈 거고 도시에서도 혼자 살고 있으며 아무도 두렵지 않다고 말했지. 그는 내게 혹시 무서우면 자기 손자 위원을 불러 함께 지내라고 하더라고.

그는 내가 그림을 그리는 사람이라는 걸 알고 있었고 내가 그림 그리는 모습을 본 적도 있었어. 그래서인지 내 물감 상자에는 아무런 관심도 보이지 않더라고. 그는 몇 년 전 우후이진에 화가 한 사람이 왔는데 그 남자의 손가락이 여자처럼 가늘고 길었다고 말해주더군. 그 화가는 전문적으로 우후이진 여자들을 그렸다더라고. 화가는 또 마을 여자들에게 모델을 서게 하고 약간의 보수를 지급했대. 나중에 마을 남자 하나가 그 화가가 자기 아내의 젖가슴과 엉덩이를 그린 것을 발견하고는 우후이진의 다른 남자들을 규합해 그를 흠씬 두들겨 팬 다음 진에서 쫓아냈대. 이런 얘기를 마친 그는 득의만면한 표정으로 나를 향해 가볍게 웃어 보이더군. 나는 인체에는 관심이 없고 풍경만 그린다고 황급히 해명했지. 그가 노련한 어투로 묻더라고.

"풍경 속에 사람이 있는 건 아니겠지?"

그가 가고 난 다음 날 이른 아침, 나는 문 앞 눈 위에서 이 털 신발 한 켤레를 발견했어. 누가 몰래 놓고 간 것인지 알 수 없었지. 이웃 쥐居 아줌마에게 물었더니 그녀는 의심의 여지가 없다는 듯이 확실한 어투로 말해주더군.

"이건 후다 노인의 솜씨인 게 틀림없어."

너희가 편지에서 내게 우후이진이 얼마나 넓으냐고 물었지만 내가 이걸 어떻게 설명할 수 있겠어? 우후이진은 주위의 산림과 강,

계곡 등과 경계선 없이 완전히 대자연의 일부가 되어 있어. 그래서 유난히 크게 느껴지지. 우후이진이 작다고 말한다면 그건 인가가 적기 때문일 거야. 다 합쳐서 백 가구도 안 되거든. 특히 이런 계절이면 집 밖 온도가 섭씨 영하 30도 밑으로 떨어져 우연히 길 가는 사람을 만난다 해도 하나같이 몸을 꽁꽁 싸매고 있지. 길 가는 사람들은 말을 하지 않고 집 밖에서는 사람의 말소리가 들리지 않아. 간간이 가축들의 울음소리가 들려오긴 하지만 그 소리마저 무척이나 적막하지. 이곳 주민들은 자급자족의 소박한 생활을 하고 있어. 자신이 심은 것을 수확해 먹고 사는 거지. 겨울철 채소는 기본적으로 감자와 배추, 무 위주였어. 이런 채소들은 집 밖의 땅굴 속에 저장할 수 있고 삼구三九* 때는 안에 불을 땔 때 한기를 쫓을 수 있거든. 위생소에는 의사가 두 명밖에 없어. 그들은 주사도 놓고 약을 처방하기도 하지. 남자 환자들에게 주사를 놓는 일은 남자 의사가 도맡아 하고 여성 환자에게 주사를 놓는 일은 여자 의사가 맡아서 해. 전하는 말에 따르면 과거에는 남자 의사밖에 없어서 부녀자들은 병이 나도 감히 주사를 맞겠다고 나서질 않았대(남자에게 엉덩이를 보여주기 싫기 때문이었지). 하는 수 없이 우후이진에서는 특별히 외지에서 여성 의사를 한 분 모셔오게 됐어. 이 의사는 아주 우아하고 조용한 성격의 독신 여성이야. 그래서 위생소에 출근하면 항상 세 사람이 있는 걸 볼 수 있지(남자 의사의 마누라가 마음을 놓을 수 없어 매일 남편과 함께 출근하거든). 우후이진에는 상점도 하나 있어(젊은 사람들은 공소사라고 부르고 노인들은 합작사라

---

*동지 이후 27일을 가리킴.

고 부르지). 상점은 썰렁하기 그지없고 점원 둘은 항상 누렇게 뜬 얼굴로 졸고 있어. 상점에서 파는 통조림은 외피에 이미 녹이 슬어 제2차 세계대전 때 참호에서 파낸 전리품 같을 지경이지. 이곳은 정전이 자주 일어나다보니 가장 잘 팔리는 물건은 양초야. 그날 양초를 사러 간 나는 내친김에 두루마리 휴지를 두 통 사서 품에 안고 상점 밖으로 나왔지. 이상하게도 우연히 나랑 마주친 사람 모두 창피해하는 표정을 짓더라고. 알고 보니 두루마리 휴지는 은밀한 물건으로 여겨져 겉으로 드러내 들고 다니지 않는 거였어. 현지 부녀자들이 두루마리 화장지를 사러 갈 때면 자루를 하나씩 들고 갔다가 남자 고객들이 상점 안에 있으면 다른 물건을 구경하는 척하다가 재빨리 사가지고 나오는 모습은 정말로 재미있어.

너희가 사진 왼쪽 구석의 풀로 꿴 동전에 관해 물었지? 그건 위원이 내게 선물해준 거야. 그 애는 이 물건을 작은 거울이 달린 내 연지함과 바꿔갔지. 위원은 제 발로 날 찾아왔어. 어느 날 정오였지. 내가 막 식사를 마치고 화로 앞을 지키면서 과즈피子를 굽고 있는데 어린아이 하나가 문을 밀고 들어오더라고(나는 현지 사람들처럼 문을 잘 잠그지 않거든). 그 애가 바로 위원이었어. 그 애는 파란 천으로 지은 솜옷 차림에 두 볼이 빨갛게 얼어 있더라고. 콧구멍에는 맑은 콧물 방울이 매달려 있었지. 문 안으로 들어서자마자 열기에 달궈진 녀석은 몸을 부르르 떨면서 훌쩍훌쩍 콧물을 다 삼켜버리더라고. 그러고는 입을 열어 말하기 시작했어.

"제가 선생님한테서 물건을 하나 바꿔갈 수 있을까요?"

내가 물었어.

"너는 누구니?"

"위원이에요."

녀석은 아주 자랑스러운 듯한 어투로 말했어. 우후이진에서 자신을 모르면 대역죄인이라도 되는 것처럼. 나는 빙긋이 웃었지. 위원은 능숙한 동작으로 모자 달린 솜 외투를 벗더니 품 안에서 풀로 짠 동전을 한 꿰미 꺼내면서 말했어.

"이건 진짜 돈이 아니지만 진짜 돈보다 더 멋있어요. 제가 만든 건데 다 합쳐서 스물한 개예요."

나의 어떤 물건과 바꾸고 싶으냐고 물었더니 노련한 어투로 먼저 내 물건들을 살펴보고 싶다더군. 그래서 잡다한 물건들을 그애 앞에 펼쳐놓고 구경하라고 했지. 녀석은 연지함에 흥미를 느끼는 것 같더라고. 위원은 키가 작고 제 아빠처럼 귀가 작은 아이였어. 하지만 눈은 아주 까맣고 컸지. 녀석은 자기 집에 돼지 두 마리와 양 한 마리, 닭 아홉 마리를 키운다고 말했어. 이 가축들은 아침을 알려야 하는 수탉 한 마리만 남고 설이 되기 전에 전부 도축되어 명절 음식을 만드는 데 쓰인다고 하더라고. 녀석은 제 할아버지보다 말하는 걸 더 좋아하는 것 같았어. 이어서 녀석은 내게 우후이진에서 설을 쇨 작정이냐고 묻더군. 내가 물론이라고 대답하자 위원은 신이 난 표정으로 섣달그믐날 저녁에 와서 내게 세배를 하면 세뱃돈을 줄 수 있냐고 묻더라고. 내가 그야 물론이라고 대답했더니 녀석은 환하게 웃으면서 신나게 춤을 추더라고. 녀석은 내 방안을 왔다 갔다 하면서 내게 어른들에게 들은 귀신 얘기를 들려주었어. 해질 무렵이 되자 후다 노인이 찾아왔어. 집 안에 들어서자마자 위원을 찾더라고.

"위원아, 네가 여기 와 있는 거 다 알아. 네가 오면 외지에서 온 선생님이 물건을 바꿔주시잖아. 오늘은 뭘 바꿨니?"

위원은 헤헤 웃으면서 그 연지함을 열어 보여주더라고. 뜻밖에도 후다 노인이 야단을 치면서 말했어.

"어려서부터 그렇게 바람기가 있으면 어떡해! 연지함을 뭐에 쓰려고 그래?"

나중에 나는 이웃 사람의 입을 통해 후다 노인이 혼자 살고 있고 설 명절 외에 평소에는 아들들 집에 가는 일은 거의 없다는 사실을 알게 되었어. 우후이진에서는 겨울에 손님이 오면 보통 후다 노인이 나가서 마중을 하곤 한대. 눈썰매가 산속 지름길을 달리면 시간을 많이 절약할 수 있거든. 어떤 인물이 오든 간에 후다 노인이 가장 관심을 갖는 것은 그 사람이 가지고 오는 물건들이야. 아마 이건 그가 수공예 전문가라는 사실과 무관하지 않을 거야. 나는 또 그가 젊었을 때 전통극을 배워 희반戲班*을 따라다녔다는 사실도 알게 됐어. 그의 모친은 아주 잘나가는 배우였는데 남방 수향水鄉의 작은 진에서 창희唱戲를 했대. 그러다가 현지 아문의 고위 관원이 그녀를 마음에 두고는 산 채로 자기 집으로 잡아갔대. 그녀를 강제로 첩으로 들이는 한편, 사람들을 시켜 후다 노인의 부친을 마대 자루에 넣어 산 채로 강물에 던져 익사시켰대. 이때부터 양친을 잃은 후다 노인은 각지로 유랑하면서 인력거를 끌기도 하고 사람들의 발을 다듬어주는 일도 하다가 나중에는 요리사가 됐대. 남방을 떠나 북방으로 온 그는 사람이 적은 곳을 찾아다니다가 마침내 우후진에 가정을 꾸리고 정착하게 됐지. 후다 노인이 가장 듣기 싫어하는 것이 창

---

* 지방의 전통극 극단.

희 소리였대. 그래서 모든 소리에 아주 민감해졌다더라고.

우후이진에서는 날이 아주 늦게 밝아. 8시나 9시가 되어야 해가 뜨지. 천지에 눈이 쌓여 있고 먼 산이건 가까운 산이건 간에 전부 아득하기만 하지. 가끔씩 창문 앞에 서서 남의 집 지붕 위로 연기가 피어오르는 것을 바라보지만 선명하게 보인 적은 한 번도 없었어. 연기가 너무 빨리 하늘에 녹아들어가 구별되지 않기 때문이지. 내 손에 난 동상은 감탕나무 물로 씻어서 이미 거의 다 나았어. 다만 채소나 과일이 드물다보니 입안이 헐어서 자극적인 음식을 먹을 때마다 참을 수 없을 만큼 아프다는 게 문제일 뿐이야. 마을 사람들은 나한테 아주 잘해줘. 섣달이라 집집마다 돼지를 잡을 때면 꼭 나를 불러서 고기를 대접해주지. 예전에는 돼지 내장을 아주 싫어했는데 이곳에 온 뒤로 돼지 내장이 정말 맛있다는 걸 알게 됐어. 뜨거운 돼지 내장을 안주로 데워 술을 마시면 끝내주는 맛이지. 한번은 술에 취해 남의 집 구들 위에서 잠든 적도 있어. 그 집 바닥에 놓인 신발을 가리키며 '배'라고 하고 젓가락을 집어 '노'라고 하는 바람에 사람들이 포복절도하기도 했지. 가지고 온 물감은 정말 말이 아니야. 우후이진 사람들의 항금炕琴*에 그림을 그려주느라 다 소진했거든. 사람들이 연꽃을 그려달라고 하면 연꽃을 그려주고 진한 색을 칠해달라고 하면 진한 색을 칠해줬지. 설이 다가오면 사람들에게 문신門神과 재신財神을 그려주기도 했어. 그러다보니 노랑과 초록, 빨강 세 가지 색은 일찌감치 다 써버렸어. 내가 여기

---

* 중국 북방 가옥의 구들 위에 장식품이나 물건을 놓기 위해 나무 또는 벽돌로 쌓은 높이 한 자가량 되는 탁자를 말한다.

와서 체험생활을 하는 것이 주로 이런 그림을 그려주는 것이라는 사실을 소속 기관의 간부가 알게 되면 미친 듯이 화낼 게 뻔해. 하지만 이곳 사람들은 내가 연꽃이나 작은 새, 소나무와 선학을 그려주는 것을 무척 좋아해. 섣달그믐날 저녁이면 집집마다 내가 신이 나서 그려준 각양각색의 신들이 벽에 붙어 있어. 그들은 내게 그림을 그려달라고 부탁할 때마다 먹을 것을 준비해 대접해주고 돌아올 때는 집에 가서 먹으라고 갖가지 음식을 챙겨주곤 해. 나는 이런 그림쟁이로 사는 것도 나쁘지 않을 것 같다는 생각이 들어. 이 마을 저 마을 돌아다니며 항시 그림과 문신만 그려주면 되니까 말이야. 내가 타락한 건가?

위원이 남기고 간 그 풀 동전들은 장식물로 벽에 걸어두었어. 너희는 그 밖의 그 모호한 물건들은 뭐냐고 묻겠지. 그건 자작나무 껍질로 만든 키(쌀을 일 때 쓰는)랑 불갈고리, 조롱, 그리고 말린 콩꼬투리 같은 거야. 내 불면증은 치료하지도 않았는데 저절로 다 나았어. 매일 깊은 잠을 잘 수 있고 현지 사람들과 똑같이 아주 일찍 일어날 수 있게 됐지. 때로는 강가에 나가 사람들이 물고기 잡는 모습을 구경하기도 해. 그보다 자주 하는 일은 집집마다 돌아다니면서 오래된 이야기를 듣는 거야. 이곳의 별빛은 언제나 예사롭지 않게 아름다워. 가끔씩 밤중에 집 밖으로 나가 하늘을 올려다보면 하늘 가득 별들이 정말 찬란하게 빛나고 있지. 저녁놀도 장관이야. 이곳의 저녁놀은 항상 닭 피처럼 붉어서 설경과 강렬한 대비를 이뤄.

이곳 사람들이 어떻게 설을 쇠는지 말해줄게. 이곳 사람들은 섣달이 되자마자 바삐 돌아치기 시작해. 가축을 도축하고 새 옷을 짓고 말린 음식을 찌고 청소를 하지. 이렇게 바쁜 움직임은 섣달그믐 날 아침이 되어서야 차차 멈추기 시작해. 이날 아침에는 남녀노소 할 것 없이 다들 새 옷으로 갈아입어. 노인들은 등롱을 내다 걸고 가정주부들은 조상님들에게 제사를 지내느라 바쁘지. 아이들은 주머니 가득 과즈와 사탕을 넣고 여기저기 마구 돌아다녀. 사내아이들이 볜파오를 터뜨리는 소리가 끊이질 않지. 계집애들은 집집마다 돌아다니며 창문에 붙어 있는 전지剪紙 공예를 구경하면서 어느 집 도안이 가장 예쁜지 품평하기도 하지. 나는 이웃집 아주머니 댁에서 설을 보냈어. 접시에 한가득이던 교자를 배불리 먹고 집으로 돌아왔더니 누가 곧 대문을 두드리더라고. 하얀 추위 속에서 우당탕하는 소리와 함께 어린아이 하나가 뛰어 들어와서는 나를 향해 연신 머리를 땅바닥에 대면서 절하는 거야. 그렇게 요란하게 절을 하고는 세뱃돈을 달라고 하겠지. 그 아이가 바로 위원이었어. 나는 녀석에게 50위안을 줬어. 돈을 손에 쥔 녀석은 예화禮花*를 몇 개 사두었다가 정월 보름에 할아버지네 마당에서 터뜨릴 작정이라고 하더군. 내가 할아버지는 어느 아들 집에서 설을 쇠시냐고 물었더니 위원이 고개를 빳빳이 들고는 웃으면서 대답하더라고.

"옛날이랑 다를 게 뭐가 있겠어요? 할아버지는 아들들 집을 한 바퀴 돌면서 잠시 엉덩이를 대고 앉았다가 뒷짐을 지고 다시 당신 집으로 돌아오세요."

위원의 말에 따르면 후다 노인이 큰아들 집에서는 담배를 한 대 피우면서 되도록 빨리 새 아내를 구해오라고 한마디 던지고는 음

---

* 경축 행사를 거행할 때 쏘아 올리는 꽃불.

식을 너무 기름지게 해 먹지 말라고 당부했대. 그런 다음 둘째 아들 집으로 가서 위원에게 세배를 하라고 했어. 위원은 해마다 세배를 하고서 적잖은 선물을 받을 수 있었지. 재작년에는 여치 집과 쥐덫, 토끼 가죽 장갑, 솔방울을 쌓아 만든 작은 장난감 집 등을 받았고 올해는 가죽으로 된 개 목줄을 받았어. 위원네 집에서 교자를 먹은 후다 노인은 소가 너무 싱겁다고 투정하고는 셋째 아들 집으로 걸음을 옮겼어. 그 집에서는 사탕을 하나 집어 먹으면서 등롱 덮개가 제대로 붙지 않았다면서 풀을 정면에 칠하면 하얀 점들이 꼭 부스럼 같아 보기 안 좋다고 지적했지. 마지막으로 막내아들 집에 가서는 땅콩을 하나 까먹고 나서 코를 킁킁거리며 산채酸菜* 항아리가 제대로 관리되지 않아 쉰내가 심하게 난다고 지적하고는 눈썹을 찡그리면서 엉덩이를 털고 이내 집으로 돌아왔어.

"너희 할아버지는 해마다 이렇게 설을 쇠시니?"

내가 물었어.

"매년 그래요. 할아버지는 저만 좋아해요. 매년 정월 보름이면 제가 할아버지한테 꽃불을 쏘아드리지요."

정월 보름 이른 아침에 나는 구들 위에 누워 화롯불의 남은 열기에 의지해 계속 게으름을 피우고 있었어. 그때 이웃집 아주머니가 갑자기 황급하게 달려와 후다 노인이 사라졌다고 말하는 거야. '사라졌다'는 말이 현지에서는 '죽음'을 의미하는 은어라는 걸 몰랐던 나는 후다 노인이 실종된 것이라 생각했지. 이웃 아주머니는 위

---

* 더운물에 데쳐서 시큼하게 발효시킨 채소로 주로 중국 동북이나 화북華北 지방에서 만들어 먹는다.

원이 아침 일찍 일어나 예화를 터뜨리려 하는데 갑자기 할아버지가 구들 가장자리에서 떨어지셨대. 할아버지의 머리가 바닥에 크게 부딪혔지. 이때 녀석은 갑자기 할아버지가 곧 돌아가시게 되는 모습을 봤대. 할아버지가 녀석을 부를 때 녀석은 이미 할아버지를 향해 달려가고 있었지. 정말로 후다 노인은 간신히 몸을 추슬러 구들 위에 누워 있었어. 길고 짧은 숨을 가쁘게 헐떡이고 있었지. 위원이 온 것을 보더니 눈에서 천천히 눈물을 흘리면서 힘겹게 '희戱' 자를 내뱉더래.

"희가 뭐야?"

내가 물었어.

"희가 희지."

이웃 아주머니가 말했어.

나는 후다 노인 집에서 위원을 만났어. 녀석은 몸에 상복을 걸치고 있더군. 눈물에 젖어서 그런지 눈이 더욱 밝게 빛났어. 녀석은 나를 보더니 어른들에게서나 볼 수 있는 처량한 표정을 지어 보이더군. 정월 보름날 밤에 수많은 사람이 후다 노인을 위해 영전을 지켰어. 장명등長明燈*이 차가운 바람 속에서 가볍게 흔들렸지. 위원은 예화에 불을 붙였어. 불을 붙일 때마다 중얼거리듯이 말했지.

"할아버지, 보세요. 이 꽃은 꼭 국화 같잖아요!"

"할아버지, 이 꽃은 얼음 꽃처럼 희네요!"

"할아버지, 이 꽃은 꼭 물을 뿌리는 것 같아요!"

후다 노인이 정말로 또 다른 눈으로 그 모습을 보고 있는 것 같

---

* 대문 밖이나 처마 끝에 달아두고 밤에 불을 켜는 등.

았어. 내가 위원에게 후다 노인이 돌아가실 때 정말로 '희' 자를 말했느냐고 물었더니 녀석이 고개를 끄덕이더군. 나는 '희戲' 자가 아니고 '희嘻'* 자였다 해도 뭐 그리 큰 차이가 있을까 싶었어.

후다 노인의 죽음으로 인해 나는 우후이진에서 빛나는 인물을 한 명 잃게 된 셈이 되었어. 나는 거의 매일 그가 내게 선물해준 개가죽 신발을 신고 따뜻한 마음으로 그를 그리워하고 있어. 그의 훌륭한 손재주는 신발 바닥 가장자리에 한 땀 한 땀 그대로 남아 있지. 신발 입구 가장자리에는 또 조밀하게 레이스도 달려 있어. 그의 장례를 마친 뒤로 눈이 점점 더 크게 내리고 있어. 사람들은 거의 집 밖에 나오지 못하고 '묘동貓冬'** 을 하고 있지. 위원만 종종 나를 찾아올 뿐이야. 녀석은 통상 눈이 내린 다음 날 아침 일찍 황구를 한 마리 끌고 와. 황구 목에는 후다 노인의 마지막 공예품이 달려 있지. 위원은 내게서 재신과 문신 그리는 법을 배웠어. 녀석은 올 때마다 흰 종이를 한 장씩 들고 오지. 내가 일주일쯤 가르치자 녀석은 제법 그럴듯하게 그릴 수 있게 되었어. 하지만 녀석은 항상 재신 할아버지의 수염을 길고 허공에 뜬 모습으로 그리지. 구름처럼 말이야. 때로 녀석은 물을 끓여 나를 위해 차를 우려주기도 하고 구들 위의 먼지를 닦아주기도 해. 아주 부지런하지. 나는 종종 위원 같은 아들을 낳을 수 있다면 얼마나 좋을까 하는 생각을 해. 하지만 도시에서는 이런 아이를 낳아 기를 수 없다는 점을 나도 잘 알고 있어. 게다가 나는 우후이진에서 나도 모르게 총명한 아이를

---

* '헤헤' 하고 가볍게 웃는 소리.
** 겨울에 추위를 피해 집에만 틀어박혀 있는 현상을 이르는 베이징 방언.

낳을 좋은 기회를 잃어버렸지.

이 이야기는 너희가 받은 그 폴라로이드 사진으로부터 시작된 거야. 너희가 정말로 세심하다면 이 우편의 소인이 우후이진이 아니라 너희가 살고 있는 도시의 우체국에서 찍힌 것임을 알아챘겠지. 정말 그랬어. 이 폴라로이드 사진들은 내가 친구한테 부탁해서 너희가 사는 도시를 지나갈 때 부쳐달라고 부탁한 거야. 심지어 나는 그 친구의 이름도 몰라(그게 또 무슨 상관이 있겠어).

후다 노인의 장례를 치르고 난 첫 번째 일요일이었어. 그날은 바람이 불고 몹시 추웠지. 마을 주민들이 내게 와서 영화를 찍은 사람 몇 명이 마을을 찾아왔다고 전해주더라고. 얼른 집을 나선 나는 산언덕에서 정말로 사람들이 움직이고 있는 모습을 발견했어. 그들은 비스듬한 울타리와 모서리에 목각이 있는 작은 집, 눈썰매, 개 등을 촬영하고 있더군. 나는 소매 속에 손을 집어넣고 다가가 열띤 촬영 장면을 구경했어. 일행은 다 합쳐서 여섯 명이었고 외국 영화사에서 풍경을 촬영하기 위해 온 거였어. 그중 가죽점퍼를 입은 사람이 유난히 내 관심을 끌었지. 그는 키가 그리 크지 않고 얼굴은 이미 고인인 된 우리 아버지를 무척 닮았더라고(얼굴이 붉은 편이고 눈이 아주 큰 데다 눈썹이 진했어). 그는 말하는 속도가 무척 빨랐어. 일하면서 짬짬이 다른 동료들을 놀리기도 하더라고. 그는 나한테도 특별한 관심을 보였어. 충분히 눈치챌 수 있었지. 그가 내게 묻더군.

"외지에서 온 분인가봐요?"

내가 고개를 끄덕였어.

"글을 쓰시나요?"

그는 약간 얕잡아보는 듯한 어투로 물었어. 내 직업이 작가 아니면 기자라고 생각한 것 같더군.

"그림을 그려요."

내가 말했지.

"그러시군요. 글을 쓰는 거나 마찬가지네요. 둘 다 붓을 사용하니까요."

그가 조롱하듯이 말을 이었어.

"도시에서 멍하니 세월 보내는 게 싫어서 시골에 내려와 가난한 농부들의 고혈을 빨고 계시는군요?"

그의 거침없는 태도가 마치 나랑 아주 오래 알고 지낸 사람 같았지. 해질 무렵 바람은 멎었지만 구름이 하늘을 가득 메우고 있었어. 기압이 아주 낮았지. 나는 마침 부엌에서 쌀을 일면서 아버지 생전의 몇 가지 생활의 단편을 회상하고 있었어. 그가 갑자기 오랜 친구라도 되는 듯이 허허 웃으며 우리 집 부엌 안으로 들어오더군.

"제가 먹을 밥도 있나요?"

그가 물었어. 나는 대답도 못 하고 그냥 멍하니 서 있었지.

"어차피 식사를 하셔야 하니까 한 사람 먹을 분량만 더 하시면 되잖아요."

그가 배낭을 내려놓으면서 말했어.

"게다가 저도 음식을 할 줄 알아요."

나는 미안한 마음 전혀 없이 그에게 앞치마를 건넸어. 우리는 소고기와 감자를 한데 볶고 당면과 산채를 섞어서 볶았어. 그는 음식을 만들면서 노래를 부르더군(이는 그의 아버지의 생전 모습과 너무나 똑같았어). 그런 다음 우리는 함께 식사를 했지. 그는 아주 게

걸스럽게 음식을 먹더라고. 접시 바닥에 남은 국물도 남기지 않고 후루룩 소리를 내면서 깨끗하게 빨아 먹었지. 식사를 마치고 우리는 화롯가에 앉아서 이런저런 얘기를 나눴어. 이미 잊힌 과거의 얘기들을 주고받았지. 하지만 기억나는 거라곤 그의 소년 같은 얼굴과 아주 빠른 말투, 그리고 요란하게 소리 내면서 차를 마시던 모습뿐이야. 나중에 나는 그에게 사진을 한 장 찍어달라고 부탁했어 (나는 줄곧 그의 배낭 안에서 모습을 드러냈던 카메라를 눈여겨보고 있었거든. 게다가 밤중의 내 모습이 어떤지 보고 싶었어). 그가 놀리듯이 말하더군.

"밥을 먹었으니 대가를 지불하라 이거로군요."

이리하여 나는 털 장화를 신고 입에는 수지를 씹으면서 여유 넘치는 자세로 집 한구석에 앉아 포즈를 취했지. 사진이 나왔을 때 색상과 배경이 생각했던 것보다 아주 훌륭한 것을 보고는 너희에게 보내줘야겠다는 생각이 들었어. 너희가 조금이라도 일찍 우후이진에 있는 나의 모습을 볼 수 있게 하고 싶었지. 그래서 그에게 편지와 함께 사진을 건넸던 거야. 그는 다음 날 아침 일찍 우후이진을 떠날 예정이었거든. 도중에 비행기를 갈아타면서 너희가 사는 도시를 지나가게 돼 있었지.

이어서 그날 밤에 있었던 일을 얘기해줄게. 내 기억으로는 하늘에서 큰 눈이 내리고 있었어. 창틀이 미세하게 사각거리는 것이 느껴졌기 때문에 눈이 오는 걸 알았지.

우리는 차를 진하게 우려 마시고 있었어. 우리가 주고받은 모든 말이 화로 속의 재가 되어갈 때쯤 그가 갑자기 부드러운 어투로 묻더군.

"오늘 여기서 자고 가도 될까요?"

내가 고개를 가로저으며 말했어.

"나는 아직 댁의 이름도 모른다고요."

그는 얼른 일어나 외투를 집어 몸에 걸치고는 웃으면서 말했어.

"점잖은 여인이셨군요."

그러고는 손으로 내 머리를 가볍게 쓰다듬더라고.

나는 그를 쳐다보면서 헤어지는 것을 몹시 아쉬워했어. 그러면서 그가 문 쪽으로 걸어가는 모습을 바라봐야 했지. 불현듯 내가 이렇게 말했어.

"정말로 우리 아빠를 꼭 빼닮으신 것 같아요."

"이미 돌아가셨겠군요."

그가 말했어. 나는 고개를 끄덕였지. 그가 또 말했어.

"걱정하지 마요. 당신이 사는 도시를 지나가게 되면 잊지 않고 이 편지랑 사진을 꼭 부쳐줄 테니까요."

"고마워요."

이렇게 간단한 인사와 함께 그를 완전히 문밖으로 보내주었어.

그날 밤 나는 끊임없이 악몽에 시달리다 깨기를 반복했지. 이른 아침에 창밖을 내다보니 큰 눈이 흩날리고 있더군. 세상과 완전히 단절된 느낌이었어. 나는 슬픔을 참지 못하고 눈물을 흘렸지. 그렇게 아름다운 밤을 그냥 가볍게 흘려보냈던 거야. 나는 그들이 이미 우후이진을 떠났다는 걸 알고 있었어. 그런 밤은 영원히 다시 오지 않겠지. 그가 부엌 한쪽에서 음식을 만들면서 노래를 부르던 정경을 생각하면 하염없이 눈물이 솟아나더군. 나중에 위원이 우유사탕 두 개를 갖고 나를 찾아왔어. 녀석은 집에서 내가 우는 소리를 들었다고 하더라고. 그러면서 사탕을 먹으면 눈물이 없어진다고 했지. 나는 위원을 껴안고 신등神燈처럼 빛나는 녀석의 두 눈에 입을 맞췄어.

너희는 틀림없이 내가 늘 시름에 잠기고 지나치게 감상적이라고 조롱하겠지. 그래도 나는 너희가 몹시 그리워. 나는 정말로 너희가 우후이진에 와봤으면 좋겠어. 후다 노인은 만날 수 없겠지만 그분의 무덤은 남아 있거든. 어쩌면 위원이 너희에게 문신과 재신을 그려서 보여줄지도 몰라. 물론 이런 사람들을 전부 만나지 못한다 하더라도 눈은 절대로 너희를 거부하지 않을 거야. 길고 긴 겨울은 아직 끝나지 않았고 이틀이나 사흘에 한 번씩 큰 눈이 내리니까 눈을 구경하러 와주면 좋겠어. 뜻밖에도 너희가 눈 때문에 타청에 갇혀버린다 해도 더 이상 후다 노인이 눈썰매를 타고 달려가 맞아주진 못하겠지만 말이야.

너희에게 보내는 답장을 이만 줄여야 할 것 같아. 날이 밝아오고 있어. 뭘 좀 먹어야 할 것 같아. 오늘 아침 식사는 구운 감자야. 어젯밤에 감자를 화로의 재 속에 묻어두었거든. 지금쯤 아주 잘 익었을 거야. 온기도 남아 있어 아주 먹기 좋을 거야. 이건 우후이진 사람들이 즐겨 먹는 '별미' 중 하나야. 감자를 먹고 나면 공소사에 가서 양초를 좀 사와야 할 것 같아. 이곳에 올 때 사온 양초를 다 써버렸거든. 그리고 너희에게 편지를 쓰느라 완전히 날밤을 샜으니 공소사에서 돌아오면 잠을 푹 자야 할 것 같아. 잠에서 깨면 정순차이鄭順才라는 사람 집에 가보려고 해. 그분 딸이 곧 결혼하는데 혼수로 가져갈 재봉틀에 길상의 기운이 없는 것 같아 원앙 한 쌍을 그려주려고 말이야.

# 감자 꽃

멀리 은하에서 7월의 리진禮鎭을 바라보면 온 천지가 만발한 꽃으로 뒤덮인 광경을 볼 수 있을 것이다. 이삭 모양을 한 꽃들은 금종을 늘어뜨린 것처럼 별빛과 달빛 아래서 환상적인 은회색을 내뿜고 있을 것이다. 숨죽여 소리를 낮추고 바람이 꽃을 스칠 때 나는 부드러운 소리에 귀를 기울이면 영혼이 먼저 대지에서 뿜어져 나오는 시들지 않는 화초의 향기와 범속한 감자의 향을 맡게 될 것이다. 그러면 자신도 모르게 찬란한 천상의 눈물을 흘리게 될 것이고 눈물방울이 금종 같은 꽃송이를 토닥여 들쭉날쭉 듣기 좋은 메아리가 퍼질 것이고, 전생에 자신이 정성껏 길렀던 이 꽃송이로 인해 위안을 얻을 것이다.

　영원히 리진을 떠난 사람들도 몽경을 통해 이러한 향수를 자신의 친척과 감자를 사랑하는 사람들에게 전하게 될 것이다. 그리하여 이른 아침의 햇빛 속에서 막 꿈결에서 벗어난 두 사람은 아침

이슬방울이 흔들리는 감자밭에서 일을 시작하면서 이런 대화를 나누게 될 것이다.

"어젯밤 애들 할아버지가 그곳에서는 햇감자만 먹고 싶다고 하시더라고요. 이제 막 꽃이 피었는데 뭐가 그렇게 급하시냐고 달래드렸지요."

"우리 집 라오싱老邢도 마찬가지예요. 올해 내가 감자를 너무 조금 심어서 우리 집 감자밭에서 꽃향기가 나지 않는다고 툴툴거리더라고요. 라오싱의 코는 아직도 그렇게 냄새를 잘 맡나봐요."

감자 꽃이 둥그런 귀를 활짝 열고 이날 사람들이 주고받는 대화를 다 엿듣고 있었다.

리진에서는 집집마다 감자를 심었다. 친산秦山 부부는 리진에서 감자를 가장 많이 심는 부잣집이었다. 그들 부부는 남쪽 비탈의 석무는 족히 되는 땅에 전부 감자를 심었다. 봄이 되어 파종을 시작할 때면 감자 모종 포대가 셀 수 없이 많았고 여름이 되어 감자 꽃이 피기 시작하면 이 집 밭에서는 온갖 색깔의 꽃을 다 볼 수 있었다. 보라 꽃도 있고 분홍 꽃도 있고 하얀 꽃도 있었다. 가을이 되면 당연히 이 집 수확량이 가장 많았다. 늦가을이 되어 도시로 가서 감자를 팔면 그 돈은 전부 저축했다. 저축하고 남은 돈으로는 새로 종자를 사들이고 집안사람들과 가축이 함께 누렸다.

피부가 검고 비쩍 마른 체구를 가진 친산은 여름이면 항상 맨발로 일을 했다. 그의 아내는 그보다 키가 머리 절반은 더 컸고 그다지 예쁘지는 않지만 피부가 아주 희고 깨끗했다. 이름이 리아이제李愛傑인 그녀는 무척 온순하고 지혜로운 여자였다. 부부가 함께 감자밭으로 일하러 갈 때면 항상 어깨를 나란히 하고 걸었고 아홉 살 난 딸 펀핑粉萍이 그 뒤를 따라가면서 꽃을 따기도 하고 메뚜기를 잡기도 했다. 혹은 버드나무 가지로 만든 막대기로 온순한 소를 놀리기도 했다. 친산은 담배를 목숨처럼 여겼다. 사람들 눈에 보이는 그는 항상 눈을 가늘게 뜨고 편안하게 담배를 입에 문 모습이었다. 그는 집 마당에 담뱃잎을 많이 심었고 가을이 되어 담뱃잎이 다 자라면 부들부채처럼 묶어서 기와 밑에 매달았다. 그 모습이 마치 가을바람이 옛날의 모습과 향기를 지닌 편종編鍾을 연주하고 있는 것 같았다. 겨울이 되면 친산은 매일 아랫목에 앉아 담배를 피웠고 가끔씩 담배 피우는 친구들을 초대하기도 했다. 그의 치아와 손가락은 전부 담배 연기에 절어 누르스름했고 입술 색깔도 돼지 간과 다르지 않았다. 친산의 아내는 이것 때문에 항상 그와 말다툼을 벌였다.

담배를 지나치게 많이 피우는 친산은 늘 기침을 했고 봄가을에 특히 심했다. 봄가을에서도 저녁에 가장 심했다. 리아이제는 항상 다른 여자들과 수다를 떨면서 자신은 이틀이나 사흘에 한 번씩 머리를 감아야 한다고 넋두리를 했다. 그러지 않으면 머리카락에 밴 담배 냄새 때문에 구역질이 날 정도라고 했다. 여자들은 그녀를 놀리면서 말했다. 친산이 매일 아이제를 품에 안고 담배를 피워서 그런 것 아니야? 이럴 때면 리아이제는 얼굴을 붉히며 말했다. 무슨 소릴 하는 거야? 친산은 그렇게 치근대지도 않는다고.

하지만 그가 라아이제에게 달라붙는지 그렇지 않은지 누가 어떻게 알겠는가?

친산과 그의 아내는 감자를 좋아했다. 딸 펀핑도 좋아했다. 감자를 먹는 방법도 아주 다양했다. 찌거나 삶아서 먹기도 하고 굽거나 튀겨서 먹기도 했다. 볶거나 국에 넣어 끓여 먹는 방법도 있었다. 음식의 종류도 새 신부의 소맷부리에 달린 술처럼 잡다했다. 겨울이 되어 펀펑이 자주 사용하는 화로의 이층 칸에 감자를 통째로 구우면 온 가족이 이를 식후 간식으로 먹곤 했다.

리진 사람들은 7월 말이 되면 햇감자를 캐 먹기 시작했다. 어린 아이들은 남쪽 비탈에 있는 감자밭에 몰래 숨어들어가 두둑에 엄지손가락만 한 너비의 틈새가 보이면 손가락을 집어넣었다. 그러면 틀림없이 터질 듯이 통통한 감자를 꺼낼 수 있었다. 꺼낸 감자를 작은 광주리에 담아 집으로 돌아와 콩꼬투리와 함께 넣고 찜을 해 먹으면 그 맛이 아주 절묘했다. 물론 자기 집 밭의 틈새를 일일이 다 뒤져봐도 더 이상 감자가 일찍 자랄 기미가 보이지 않으면 아이들은 허리를 숙이고 친산네 감자밭으로 숨어들어가 밭에 나온 친산에게 들키지 않으려고 애쓰면서 새끼 여우처럼 잽싸게 감자를 더듬었다. 사실 친산은 그렇게 작은 감자는 전혀 개의치 않았다. 그래서 이런 계절에 감자밭에 일하러 오면 그는 먼저 밭두렁에서 큰 소리로 한바탕 기침을 하는 것으로 아이들이 놀라지 않고 도망칠 수 있도록 신호를 보냈다. 무사히 감자를 훔친 아이들은 자신들의 솜씨가 아주 뛰어나서 들키지 않고 훔칠 수 있었다고 생각하고는 집에 돌아가서 부모님께 말했다.

"친산 아저씨는 담배 때문에 그런지 기침 소리가 정말 크다니까요. 기침하는 소리가 감자밭까지 다 들리더라고요."

초가을이 되어 친산은 어느 날 감자를 먹다가 참지 못하고 기침을 해댔다. 두 어깨가 광풍에 휘날리는 옷걸이처럼 흔들리고 오장육부가 죄다 자리를 바꿀 것처럼 편안한 구석이 한 군데도 없었다.

리아이제가 그의 등을 두드려주면서 나무랐다.

"또 피워요? 어디 그렇게 자꾸 피워봐요. 내일 내가 당신의 담뱃잎을 전부 불태워버릴 테니까."

친산은 아내에게 몇 마디 반박하고 싶었지만 도저히 그럴 기력이 없었다. 그날 밤 친산은 또 한 차례 격렬하게 기침을 했고 심지어 구역질까지 할 것 같았다. 그의 기침 소리에 잠자던 펀펑마저 놀라서 깼다. 펀펑이 문을 사이에 두고 앳된 목소리로 말했다.

"아빠, 제가 푸른 무를 뽑아다가 기침을 가라앉게 해드릴까요?"

친산이 애써 가슴을 가라앉히면서 말했다.

"그럴 필요 없어. 펀펑아, 어서 자."

친산은 기침을 하다 지쳐서 정신이 혼미해진 상태로 잠이 들었다. 친산이 걱정된 리아이제는 이튿날 아침 일찍 잠에서 깼다. 고개를 친산 쪽으로 돌린 그녀는 그의 베개 위에서 진한 핏자국을 발견했다. 깜짝 놀란 그녀는 친산을 깨워 직접 보게 하려고 했으나 다시 생각해보니 피를 토하는 것이 좋은 일이 아닌 데다 이를 친산에게 알리는 것은 안 좋은 일을 더 안 좋게 만들 수 있다는 판단이 섰다. 이리하여 그녀는 친산의 머리를 살짝 들어 베개를 빼낸 다음 자기 베개를 받쳐주었다. 친산은 잠시 눈을 떴다가 한참이나 가라앉지 않는 기침을 하고서야 극도의 피로가 몰려오자 또다시 잠이 들었다.

리아이제는 근심이 가득한 얼굴로 일찌감치 잠자리를 박차고 일어나 베개를 빨았다. 친산이 일어나자 그녀는 그에게 죽을 담아주면서 말했다.

"기침이 그렇게 심한데 우리 오늘 도시에 가서 진찰을 받아보는 게 어때요?"

"한 이틀 담배를 좀 덜 피우면 괜찮아질 거야. 진찰받을 생각 없어."

친산이 우중충한 얼굴로 말했다.

"진찰을 안 하면 어떻게 해요. 억지로 버틸 수 있는 일이 아니라고요."

"기침 좀 한다고 사람이 죽진 않아. 누구든지 도시에 가는 길에 배를 한두 근만 사다주면 좋겠어. 그걸 먹으면 나을 거 같아."

리아이제는 속으로 생각했다. '사람이 기침 때문에 죽지는 않겠지만 피를 토한다는 것은 죽음에 가까워졌음을 의미한단 말이에요.'

이런 불길한 생각에 그녀는 친산에게 죽을 떠주면서 몸을 부들부들 떨었다. 심지어 그와 눈을 마주치지도 못했다. 그저 할 말이 있는 듯 없는 듯 대충 둘러댈 뿐이었다.

"오늘은 날씨가 정말 좋아요. 하늘에 구름 한 점 없네요."

친산은 죽을 먹으면서 응 하고 짧게 대꾸했다.

"라오저우老周네 돼지가 요 며칠 먹이를 잘 안 먹는대요. 그의 아내가 걱정돼서 돼지에게 주사를 맞히려고 사방으로 사람을 찾아다니더라고요. 입추가 다 됐는데 어떻게 돼지가 병에 걸릴 수 있는 거예요?"

"돼지는 사람이랑 달라서 병에 걸리는 데 때를 가리지 않아."

친산이 죽 그릇을 밀어내며 말했다.

"왜 반만 먹고 남겨요?"

리아이제가 약간 절망한 표정으로 물었다.

"내가 좁쌀을 세 번이나 일었단 말이에요. 껍질 하나 없고 얼마나 맛있는데 그래요."

"먹고 싶지 않아."

친산이 또 기침을 했다. 그의 기침 소리가 여진처럼 리아이제를 전전긍긍하게 만들었다.

아침 식사를 마치고 리아이제가 이리저리 달랜 끝에 마침내 친산은 도시로 진찰을 받으러 가기로 약속했다. 부부는 도시로 채소를 팔러 가는 페이시리費喜利네 마차를 얻어 타고 가기로 했다. 두 사람은 마차 맨 뒤에 앉았다. 한바탕 비가 내린 뒤라 노면이 울퉁불퉁 패어 있고 그 안에 남아 있는 물이 튀는 바람에 마차 바퀴가 지나갈 때마다 부부의 바짓단에 연신 흙탕물이 튀었다. 리아이제가 말했다.

"올해 가을은 예년과 사뭇 다르네요. 매일 비가 내리는 바람에 감자를 거두는 일이 꼭 진흙탕에서 망둥이를 건져내는 것 같다니까요."

페이시리가 말에 채찍질을 하고는 뒤돌아보면서 말했다.

"댁에서도 가을 궂은비를 걱정하는군요. 누가 그렇게 넓은 땅에 감자를 많이 심으라고 했나요? 댁에서 벌어들이는 돈이라면 말 쉰 마리를 사고도 남을 거예요."

친산이 피식 웃으면서 말했다.

"하지만 지금은 한 마리도 없잖아요."

페이시리가 허허 웃으면서 말을 받았다.

"내가 댁의 마구간에서 말을 끌어올 리도 없는데 뭐가 겁나서 그래요? 그냥 사실을 말하는 거예요."

리아이제가 끼어들어 말했다.

"우리 남편 친산 좀 놀리지 마세요. 감자를 팔아 번 돈으로 어떻게 말 쉰 마리를 살 수 있다는 거예요. 그랬다면 이 양반이 일찌감치 혼기 찬 아가씨를 후처로 데려왔겠죠."

페이시리가 껄껄대며 큰 소리로 웃기 시작하자 말도 덩달아 즐거워졌는지 가볍게 달리기 시작했다. 마차가 흔들리면서 목에 걸린 방울에서 댕그랑 댕그랑 사기 쟁반에 은화가 떨어지는 소리가 났다. 친산이 숨을 헐떡거리며 말했다.

"나는 첩을 들일 생각이 없어. 내가 지주도 아니잖아."

리아이제가 추궁하는 듯한 어투로 물었다.

"정말로 지주였다면 첩을 들였겠네요?"

"지주였다 해도 나는 당신 하나로 족했을 거야. 나는 정실부인을 좋아하거든."

친산이 가래를 뱉으면서 말했다.

"언젠가 내가 죽거든 감자 팔아 모은 돈으로 젊고 잘생긴 남자를 하나 들여놓고 호강하면서 살도록 해."

남편의 실없는 농담에 리아이제의 낯빛이 금세 창백해졌다. 금방이라도 눈물이 쏟아질 것 같았다.

의사는 친산의 엑스레이를 찍고는 사흘 후에 다시 오라고 했다. 친산 부부는 사흘 뒤에 또다시 도시로 채소를 팔러 가는 페이시리네 마차를 얻어 타고 병원에 갔다. 의사가 조용히 리아이제를 불러 말했다.

"바깥 선생의 폐엽에 종양이 세 개 있어요. 그중 하나는 이미 아주 커진 상태입니다. 어서 하얼빈에 가서 정밀 검사를 받아보시는 게 좋을 것 같습니다."

리아이제가 목소리를 낮춰 긴장된 표정으로 물었다.

"저 사람이 암은 아니겠지요?"

의사가 말했다.

"이건 추측일 뿐입니다만 아마 양성 종양일 거예요. 이곳의 의료 환경에는 한계가 있어서 확진이 불가능합니다. 제 생각에는 최대한 빨리 큰 병원에 가보시는 게 좋을 것 같아요. 아직 이렇게 젊으시니 말이에요."

"저 사람은 올해 겨우 서른일곱이에요."

리아이제가 낙담한 목소리로 말했다.

"올해가 저 사람 띠에 해당되는 해라고요."

"원래 자기 띠에 해당되는 해는 순탄치 않다고 하잖아요."

의사가 동정 어린 말투로 위로했다.

부부는 리진으로 돌아가는 길에 배를 몇 근 샀다. 엄마 아빠가 돌아온 것을 본 펀핑은 아빠의 병이 다 나은 줄 알고 얼굴 가득 화색을 띠며 친산의 배를 뺏어 먹었다. 배의 청량감이 가래를 없애고 기침을 가라앉히는 데 좋은 작용을 했는지 그날 밤 친산은 기침을 하지 않았다. 심지어 기분까지 좋아져 리아이제를 안으려 했다. 리아이제의 심정은 조미료 가게의 맛보다 더 복잡했다. 그의 요구를 들어주자니 혈기를 소진시켜 그의 몸 상태를 더 악화시킬 게 걱정되었고, 거부하자니 나중에는 더 이상 이런 기회가 없을지 모른다는 생각이 들었다. 몸 전체가 말벌에 쏘인 것 같았다. 어느 곳 하나 자유로운 구석이 없었다. 그러다보니 애매하고 부자연스러운 태도로 얼버무리다가 곧바로 친산의 원망을 듣고 말았다.

"당신 오늘 밤 왜 이러는 거야?"

이튿날 리아이제는 아침 일찍 일어나 부드러운 아침햇살을 빌려 친산의 베개를 살펴봤다. 베개는 아주 깨끗했고 핏자국이 전혀 없었다. 그녀는 조금이나마 마음의 위로를 얻었다. 마음속으로 어쩌면 의사의 말을 곧이곧대로 믿고 마음에 둘 필요는 없겠다는 생각이 들었다. 의사도 반드시 완벽할 순 없을 거라고 치부했다. 부부는 할 일을 하기로 했다. 감자밭에 자란 돌피를 뽑고 가을배추에 농약을 뿌리고 마늘을 캐내 길게 땋아 박공벽에 걸었다. 하지만 좋은 시간은 그리 오래가지 않았다. 일주일도 안 되어 친산이 또다시 격렬하게 기침을 하기 시작했다. 이번에는 친산도 자신이 토한 피를 보고는 밀랍인형처럼 표정이 굳어버렸다.

"우리 하얼빈에 가서 진찰을 받아보기로 해요."

리아이제가 슬픈 표정으로 말했다.

"피를 토했는데 뭐 더 좋아질 게 있겠어? 조만간 죽을 텐데 쓸데없이 치료에 돈을 쓰고 싶지 않아."

친산이 말했다.

"하지만 병은 어떻게든 치료를 해야 하잖아요."

리아이제가 말했다.

"대도시에 가면 치료하지 못할 병은 없어요. 게다가 우리는 하얼빈에 한 번도 가보지 못했잖아요. 내친김에 여기저기 돌아다니면서 구경도 좀 하자고요."

친산은 대꾸하지 않았다. 부부는 한밤중까지 의논한 끝에 결국 하얼빈에 가기로 결정했다. 리아이제는 그동안 모아놓은 5000위안을 전부 챙기고 이웃집에 펀펑과 돼지, 닭 등을 돌봐달라고 부탁

494

했다. 이웃이 추수 때는 돌아올 수 있느냐고 물었다. 친산이 싱글 벙글 웃으면서 대답했다.

"숨이 붙어 있는 한 마지막 감자를 수확하러 돌아와야지요."

리아이제가 친산의 어깨를 툭 치면서 나무랐다.

"쓸데없는 소리 하지 마세요!"

두 사람은 또다시 채소를 팔러 도시로 가는 페이시리네 마차를 얻어 탔다. 페이시리가 목을 잔뜩 움츠리고 무기력한 모습을 보이는 친산을 보고 말했다.

"내 말 믿어요. 무슨 진찰 같은 건 할 필요 없어요. 담배를 두 대만 덜 피우고 몸을 좀더 움직이면 괜찮아질 거예요."

"제가 하늘을 보면서 하루 종일 감자밭에서 일하는데 그것으로도 활동량이 부족하다는 건가요?"

친산이 건조한 웃음을 띠면서 말했다.

"진찰은 무슨 진찰을 하겠어요? 마누라 도시 구경을 좀 시켜주면서 소가죽 구두도 사주고 옆이 툭 트인 치파오旗袍*도 한 벌 사주려는 거지요."

"나는 당신 보기 창피해서 그런 옷 안 입어요."

리아이제가 목소리를 낮춰 말했다.

도시에 도착한 두 사람은 라오빙烙餠** 두 근과 함채咸菜*** 두 봉

---

* 원래 만주 귀족 여인들이 입던 원피스 형태의 치마로 나중에는 중국 전역으로 대중화되었다. 옷깃이 높고 몸에 착 달라붙으며 치맛단 옆에 트임이 있는 것이 특징이다.
** 주먹 크기의 밀가루 전병 사이에 고기와 야채 등을 볶아 만든 소를 넣어 먹는 음식.
*** 소금에 절인 야채.

지를 사서 곧장 기차역으로 갔다. 기차표는 그들이 생각했던 것만큼 그렇게 비싸지 않았다. 객차에 오른 두 사람은 나란히 붙어 있는 좌석을 찾아 기분 좋게 앉았다. 덕분에 기차를 타고 가는 내내 리아이제는 감탄을 연발했다.

"여보, 저기 저 보라색 붓꽃 좀 봐요. 솜털이 아주 빽빽하잖아요!"

"저 열 몇 마리 소는 하나같이 튼실하네요. 저게 다 어느 집 소일까요?"

"저 집 사람들은 정말 대단해요. 대문에 파란 칠을 한 것 좀 봐요!"

"저기 찢어진 밀짚모자를 쓰고 가는 사람은 꼭 우리 리진의 왕푸王富 같지 않아요? 왕푸가 저 사람보다 약간 더 건장해 보이긴 하지만요."

친산은 소녀 시절로 돌아간 듯한 아내의 목소리를 들으면서 마음속으로 석양보다 더 짙은 슬픔에 잠겼다. 자신의 병이 심하지 않다면 계속해서 그녀의 목소리를 들을 수 있겠지만 소생할 가망성이 없다면 이 목소리는 번개처럼 사라질 것이 분명했다. 그렇다면 누가 다시 그녀의 곱고 매끄러운 몸을 안아줄 수 있을까? 누가 그녀를 위해 펑펑을 돌봐줄 수 있을까? 누가 그녀를 도와 그 넓은 감자밭을 돌볼 수 있을까?

친산은 더 이상 생각을 이어갈 수 없었다.

두 사람은 여러 곳을 전전하여 하얼빈에 도착한 후에도 도시를 돌아볼 마음이 전혀 들지 않았다. 두 사람은 먼저 기차역 앞에 있는 간이식당에서 순두부와 요우탸오油條*로 끼니를 때우고 나서 병원에 가서 진찰을 받는 방법을 알아봤다. 하얀 앞치마를 두른 뚱뚱한 주방장이 두 사람에게 곧바로 큰 병원 몇 군데를 소개하면서 차 타는 방법도 알려주었다.

친산이 물었다.

"말씀하신 그 많은 병원 중에 어느 곳이 가장 싼가요?"

리아이제가 눈을 부릅뜨고 친산을 한번 노려보고는 말을 이었다.

"저희는 병을 가장 잘 치료하는 병원을 찾아가고자 합니다. 병원비가 비싼 건 일단 걱정하지 않기로 했어요."

친절한 주방장은 부부에게 또다시 시시콜콜 각 병원의 조건을 자세히 설명하면서 결국 그들이 한 곳을 결정할 수 있도록 도와주었다. 부부는 우여곡절 끝에 병원에 도착했고 친산은 그날로 바로 입원했다. 리아이제는 먼저 800위안을 입원비 선금으로 내고 밖에 나가 반합과 수저, 물컵, 수건, 실내화 등 입원에 필요한 물품을 사왔다. 친산의 병실에는 모두 여덟 명의 환자가 입원해 있었고 그중두 사람은 산소호흡기를 달고 있었다. 중태에 빠진 환자들의 길고 짧은 숨소리 속에 다른 환자들의 기침 소리와 가래 뱉는 소리, 물마시는 소리가 섞여 있었다. 리아이제는 주치의의 권유에 따라 친산에게 시티 촬영을 받게 했다. 이 또한 적지 않은 지출을 요했지만 리아이제는 필사적이었다.

입원한 뒤로 친산의 얼굴은 잿빛으로 변하기 시작했다. 특히 다

---

* 밀가루 반죽을 발효시켜 소금으로 간을 한 후, 길이 30센티미터 정도의 길쭉한 모양으로 빚어 기름에 튀긴 푸석푸석한 음식으로 중국 전역에서 떠우장이나 죽과 함께 아침 식사로 많이 먹는다.

른 환자들도 하나같이 수심 가득한 암담한 모습인 것을 보면서 더더욱 자기 인생에 거대한 함정이 매복되어 있다고 생각했다. 저녁 식사 시간이 되자 리아이제는 거리에 나가 차단茶蛋* 두 개와 커다란 빵을 하나 사가지고 왔다. 친산 옆 침대의 환자도 중년의 뚱뚱한 사내였다. 머리에 얼음주머니를 얹고 채로 받친 아내가 밥을 먹여주고 있었다. 아마도 중풍에 걸린 것 같았다. 입이 비뚤어져 말이 불분명했고 음식을 넘길 때도 꽤나 힘겨워했다. 그에게 음식을 먹여주는 여자는 서른 남짓으로 단발머리에 아주 수척한 얼굴이었다. 그녀가 잠깐의 실수로 뜨거운 국물을 그의 목에 흘리자 환자는 곧장 숟가락을 내던지면서 있는 힘을 다해 욕을 해댔다.

"이 창녀 같은 년아! 이 요부, 화냥년아!"

여자는 그릇을 내려놓고 복도로 뛰쳐나갔다. 몹시 상심한 듯했다.

식사를 마친 리아이제와 친산은 다른 환자 가족들에게 다음 날 식사를 주문하는 방법을 묻고는 내친김에 탕비실이 어디에 있는지도 알아봤다. 모두들 친절하게 일일이 다 알려주었다. 리아이제가 보온병을 들고 병실 문을 나섰을 때는 이미 날이 어두워져 있었다. 어두컴컴한 복도는 무척 음침하고 썰렁한 데다 역겨운 냄새까지 풍기고 있었다. 리아이제는 탕비실의 석탄 더미 옆에서 조금 전 남편에게 욕을 먹었던 중년의 여자와 마주쳤다. 그녀는 그곳에서 담배를 피우고 있었다. 리아이제를 보자 그녀가 물었다.

"남편은 어떤 병으로 오신 건가요?"

"아직 확진되진 않았어요. 내일 시티를 찍을 예정이에요."

---

* 간장과 오향, 찻잎 등과 함께 삶은 달걀.

리아이제가 말했다.

"어디에 문제가 있는데요?"

"폐에 문제가 있다고 하네요. 각혈도 했거든요."

리아이제는 찻물을 끓이는 화로의 스위치를 돌리고 보온병 안으로 물이 콸콸 흘러들어가는 소리를 듣고 있었다.

"그렇군요."

여자가 무겁게 한숨을 내쉬었다.

"댁의 바깥 선생은 중풍에 걸리신 건가요?"

리아이제가 다정한 목소리로 물었다.

"네, 바로 그 병이에요. 뇌출혈이라고 하는데 하마터면 죽을 뻔했지요. 응급 조치 이후 몸을 움직일 수 없게 되자 성격도 엄청 거칠어졌어요. 조금이라도 자기 뜻대로 되지 않으면 저한테 화풀이를 해요. 아까 보셨잖아요."

"병이 있는 사람은 누구나 다 초조한 법이지요."

물을 다 받은 리아이제가 뚜껑을 꽉 잠그고 몸을 일으키면서 그녀를 위로했다.

"또 뭐라고 욕하면 그냥 욕하게 놔두세요."

"에휴, 남편들이 병에 걸려 누워 있으니 우리도 참 박복한 사람들이네요."

여자가 담배를 비벼 끄면서 말했다.

"두 분은 어디서 오셨어요?"

"리진에서 왔어요. 이틀 꼬박 기차를 타고 왔지요."

리아이제가 말했다.

"그렇게 먼 곳이에요? 저희 집은 밍수이明水에 있어요."

여자가 리아이제를 쳐다보면서 말했다.

"댁의 남편이 누워 있는 그 침상에서 어젯밤에 한 분이 실려나갔어요. 그래서 자리가 난 거지요. 환자는 마흔두 살인데 폐암이었어요. 아이 둘에 여든이 다 된 노모를 남겨두고 떠났지요. 그의 아내는 울다가 실신하고 말았어요."

보온병을 들어올리던 리아이제의 팔에서 힘이 쭉 빠졌다. 그녀가 목소리를 낮춰 물었다.

"폐암에 걸려도 정말로 목숨을 구할 수 있나요?"

"제가 입이 방정인 것은 아닌데 암은 치료가 불가능하대요."

여자가 말했다.

"그 병을 치료할 돈이 있으면 차라리 구경이나 다니는 게 나을 거예요. 하지만 너무 걱정하지 마세요. 암이 아닐지도 모르잖아요. 아직 확진된 것도 아니고 말이에요."

리아이제는 앞날이 더더욱 암담하다는 것을 깨달았다. 손에 힘이 들어가지 않을 뿐만 아니라 다리도 맥이 풀려 흐느적거리는 눈도 어지러웠다.

"하얼빈에 사는 친척이 있나요?"

"없어요."

리아이제가 말했다.

"그럼 밤에 어디에 묵을 예정이에요?"

"병상에 앉아 남편 곁을 지키려고요."

"아직 모르시는군요. 가족들은 밤에 병실에 있을 수 없어요. 중환자의 경우에만 야간 간호가 허락되거든요. 보아하니 집에 특별히 돈이 많은 것 같지도 않으니 여관에 묵는 것도 어렵겠지요. 차라리 나랑 같이 지내요. 한 달에 100위안이면 돼요."

"거기가 어딘데요?"

리아이제가 물었다.

"병원에서 그리 멀지 않아요. 걸어서 20분이면 갈 수 있지요. 곧 철거하게 되는 낡은 주택이라 집이 아주 낮아요. 집주인은 노부부 인데 10평방미터짜리 방이 비어 있어 원래는 나랑 그 폐암 환자의 아내가 같이 묵었어요. 남편이 죽자 그녀는 물건을 정리해서 고향 으로 돌아갔지요."

"제가 너무 신세를 지는군요."

리아이제가 말했다.

"정말 착하신 분 같아요."

"나는 왕추핑王秋萍이라고 해요. 그냥 핑 언니라고 불러요."

여자가 말했다.

"핑 언니, 우리 딸 이름도 핑이에요. 펀핑이지요."

리아이제가 말했다.

두 여자는 탕비실에서 나와 석탄재가 널려 있는 좁은 통로를 지 나 입원실 병동 복도로 돌아왔다. 앞서거니 뒤서거니 하는 두 사람 의 발걸음은 무척 무거웠다. 일부 환자 가족들이 오가면서 물을 받 기도 하고 남은 밥을 버리기도 했다. 화장실 쓰레기통에서는 지독 한 쉰내가 나 코를 찔렀다.

리아이제가 자신을 혼자 남겨두고 왕추핑을 따라 숙소로 가려고 하자 친산이 갑자기 그녀의 손을 잡아끌면서 말했다.

"여보, 만일 내 병이 암으로 확진되면 우리 여기서 생고생하지 말고 리진의 집으로 돌아가자. 차라리 감자밭에서 죽는 게 나을 것 같아."

"쓸데없는 소리 하지 마요."

리아이제는 왕추핑이 자신들을 쳐다보고 있는 것을 의식하고는 재빨리 손을 빼내면서 약간 얼굴을 붉혔다.

"돈 아끼지 말고 잘 먹고 잘 쉬도록 해."

친산이 당부했다.

"알았어요."

리아이제가 말했다.

왕추핑이 또 새 세입자를 데리고 온 것을 본 집주인은 당연히 기뻐했다. 노부인은 재빨리 주전자에 물을 끓이고 아직 다 자라지 않은 오이를 두 개 씻어서 두 사람에게 과일처럼 먹으라고 내주었다. 방은 아주 낮았고 침대 두 개 모두 벽돌과 나무판자로 만든 것이었다. 두 개의 침대 사이에는 칠이 벗겨져 지저분한 나무로 만든 낮은 탁자가 하나 놓여 있었다. 탁자 위에는 양치질 도구와 거울, 찻잔, 휴지 같은 게 쌓여 있었다. 벽에는 낡은 옷 몇 벌이 걸려 있고 문 뒤쪽 구석에 나무 변기통이 있었다. 이 모든 정경이 조도가 매우 낮은 전구 때문에 더더욱 어둡고 침울해 보였다.

왕추핑과 리아이제는 발을 씻은 다음 불을 끄고 누워 어둠 속에서 이야기를 주고받았다.

"조금 전에 동생의 남편이 손을 잡아끄는 모습을 보고 얼마나 부러웠는지 몰라요. 부부의 정이 아주 깊은 것 같더군요."

왕추핑이 두 사람에 대한 부러움을 토로했다.

"그 사람한테 병이 나니까 저는 제 자신이 아픈 것보다 더 힘들더라고요."

리아이제가 낮은 목소리로 말했다.

"에이. 우리 남편은 아프지 않았을 때도 저랑 감정이 그렇게 좋지 않았어요. 이틀 동안 안 싸우면 사흘째 되는 날 아침부터 싸웠다니까요. 남편이 병에 걸린 뒤에도 나는 의무를 다했지만 그 사람 성질이 갈수록 더 난폭해질 줄은 몰랐어요. 저 사람을 간호하기 시작한 지 벌써 석 달째인데 병이 노상 재발하는 데다 집에 모아놓은 돈도 다 써버려서 빚이 산더미같이 늘어났다니까요. 이런저런 걱정 때문에 살고 싶은 마음도 없어요. 아이 둘은 철이 없어 제 앞가림도 못 하고 시어머니는 먹는 것만 좋아하면서 일하는 건 싫어하지요. 그러면서도 늘 손가락질하며 나를 나무란다니까요."

"언니 집도 농사로 먹고사나요?"

리아이제가 물었다.

"왜 아니겠어요. 우리도 농사꾼 집안이에요. 재작년에 저 사람이 아프기 전에는 아는 사람과 함께 기름집을 차려 몇천 위안 벌었지만 전부 노름으로 탕진하고 말았지요."

"그럼 빚진 돈은 어떻게 갚고 계신 건가요?"

"나는 지금 두 가지 일을 하고 있어요."

왕추핑이 말했다.

"매일 새벽 3시가 되면 기차역 매표소로 가서 줄을 서서 침대칸 표를 사요. 그걸 암표상에게 건네면 15위안을 주지요. 오후에는 또 음식점 몇 군데에서 남은 반찬과 음식 찌꺼기를 수거해서 양돈 농장에 가져다주면 8위안 내지 10위안을 받을 수 있어요. 하루에 20위안 남짓 버는 셈이지요."

"언니 남편은 언니가 이렇게 고생하는 걸 알아요?"

"그 사람이 욕만 안 해도 다행인 형편인데 어떻게 날 안쓰럽게 생각해주길 바라겠어요."

왕추핑이 긴 탄식을 내뱉었다.

"앞으로 제대로 회복되지 않으면 정말로 반신불수가 될 텐데, 그럼 내 남은 반평생은 완전 끝난 거나 마찬가지예요. 때로는 정말로 그렇게 되기를 바라기도 하지만……."

리아이제는 그녀가 무슨 말을 하고 싶어하는지 모르지 않았다. 어둠 속에서 그녀가 놀란 어투로 어머 하고 소리쳤다.

"동생도 겪어보면 알게 될 거예요."

왕추핑이 힘없이 말했다.

"남편이 정말로 암이라면 아주 큰돈이 필요할 뿐만 아니라 치료도 쉽지 않을 거예요. 그때가 되면 할 수 있는 일들을 연결해줄게요. 도시락 파는 일도 있고 아이 돌보는 일이나 우유 배달도 있어요……."

왕추핑의 목소리가 점점 가늘어졌다. 과중한 피로 때문인지 그녀는 목소리를 내지 못하더니 이내 꿈나라로 빠져들었다. 리아이제는 이리저리 몸을 뒤척이며 친산이 병원에서 잘 쉬고 있는지, 밤에 기침을 하지는 않는지, 또 펀펑이 이웃집에서 잘 지내고 있는지 걱정하다가 리진 남쪽 비탈의 감자밭을 떠올렸다. 그렇게 이런저런 걱정을 하다 지쳐서 피곤한 몸으로 깊은 잠이 들었다. 깨어났을 때는 이미 날이 훤히 밝아 있었다. 집주인이 집 바닥을 쓸고 있고 잿빛 비둘기 몇 마리가 창턱 앞에서 구구 소리를 내며 울어대고 있었다. 왕추핑이 자던 자리는 벌써 비어 있었다.

"밤새 잘 잤어요?"

집주인이 친절하게 물었다.

"아주 잘 잤어요. 오는 길에 쌓인 피로가 다 풀린 것 같아요."

리아이제가 대답했다.

집주인은 바삐 돌아치며 일을 하면서 리아이제에게 이런저런 것을 물어봤다. 남편의 병명이 무엇이고 가족은 몇 명이며 집에 방은 몇 칸인지 물었다. 그러면서 리아이제에게 왕추펑은 아침 일찍 줄을 서서 침대칸 표를 사기 위해 기차역에 갔다고 알려주면서 그녀에게도 아침에 일어나면 길모퉁이로 나가 계란전병을 사 먹으라고 권했다.

리아이제는 세면을 하고 어젯밤에 왔던 길을 따라 병원으로 갔다. 거리에는 차와 사람이 헤아릴 수 없을 정도로 많았다. 그녀는 도시의 도로야말로 진정한 고생길이라는 생각이 들었다. 날이 다소 흐렸지만 대부분의 여자가 치마 차림으로 다리를 드러내고 있었고 등에는 정교하고 세련된 가죽 가방을 메고 있었다. 또각또각 인도를 밟는 하이힐 소리가 요란했다. 그녀는 원래 길모퉁이에서 계란전병을 사 먹을 작정이었지만 남편 친산이 걱정되어 빈속으로 곧장 병원으로 향했다. 복도에 들어서자마자 친산이 입원해 있는 병실 문이 열려 있는 게 눈에 들어왔다. 갑자기 한순간에 대여섯 명의 사람이 허둥지둥 몰려와 손발을 바삐 움직이기 시작했다. 여기에는 의사도 있고 당황한 표정이 역력한 낯선 이들도 있었다. 곧이어 사람들이 환자 한 명을 밀고 나왔다. 이 모습에 놀란 리아이제는 다리가 후들거렸다. 친산이 아닌 것을 확인하고서야 한숨 돌린 그녀는 황급히 응급실을 향해 몰려가는 사람들의 뒷모습을 멍하니 바라봤다.

아내를 위해 좁쌀죽을 주문한 친산은 죽이 식을까 걱정되어 반합 뚜껑을 꼭 닫아 자기 배 위에 올려놓고는 몸을 반쯤 일으킨 채 이불에 덮인 반합 위를 손으로 감싸고 있었다. 리아이제가 오자 그는 환하게 웃는 얼굴로 이불 속의 반합을 꺼내며 말했다.

"아직 따뜻하니까 어서 들어."

코끝이 찡해진 리아이제가 작은 목소리로 물었다.

"밤에 기침 안 했지요?"

친산이 눈을 깜빡이며 고개를 가로저었다. 그러고는 낮은 목소리로 말했다.

"당신이 옆에 없으니까 잠이 너무 안 오더라고."

리아이제는 촉촉해진 눈빛으로 친산을 바라봤다. 그러고는 고개를 숙이고 죽을 먹었다. 병실 창밖의 나뭇잎이 바람에 흔들리며 부스스 소리를 내고 있었다. 친산이 젊을 적 밀짚으로 그녀의 귀를 건드리며 간지럼을 태울 때 나던 소리 같았다. 리아이제는 힐끗 왕추펑의 남편을 쳐다봤다. 그는 사지가 뻣뻣하게 굳은 채 고개를 비스듬히 돌리고 바로 옆 침상의 환자가 러우빙을 먹는 모습을 탐욕스러운 눈빛으로 바라보고 있었다. 그 표정이 세상물정에 어두운 어린애와 완전히 빼닮아 있었다.

친산의 검사 결과는 아주 빨리 나왔다. 의사의 진료실로 불려간 리아이제는 모든 게 끝났다는 것을 알게 되었다. 의사가 말했다.

"폐암 말기입니다. 이미 전이가 많이 진행됐어요."

리아이제는 아무 말도 하지 못했다. 순간 그녀는 아주 캄캄한 우물 속에 빠진 듯한 느낌이었다. 햇빛의 존재를 감지할 수 없었다.

"수술한다고 해도 이상적인 결과는 기대하기 어렵습니다."

의사가 말했다.

"잘 생각해보세요. 우선 약물로 현 상태만 유지하는 방법도 있습니다. 하지만 가장 바람직한 것은 환자에게 사실을 알리지 않는 겁니다. 환자가 알게 되면 심적 부담만 더해질 테니까요."

리아이제는 느린 걸음으로 천천히 의사 진료실을 나왔다. 복도를 걸으면서 수많은 사람과 마주쳤지만 이 세상에 오직 자기 혼자만 있는 듯한 느낌이었다. 그녀는 입원 병동 앞에 있는 화단 옆으로 가서 아무 근심 걱정 없는 화초를 바라보며 실컷 울고 싶었다. 하지만 그녀의 눈물은 이미 거대한 슬픔에 정복되어버렸다. 그제야 그녀는 정말로 절망한 사람들에게는 눈물이 없다는 사실을 깨달았다.

리아이제는 친산을 돌보러 가면서 자신의 어지러운 속마음을 감추기 위해 일부러 화단에서 몰래 꽃 한 송이를 꺾어 소매 안에 넣었다. 친산은 마침 물을 마시고 있었다. 반짝이는 햇빛이 그의 누르스름하고 수척한 뺨을 비쳤다. 입술도 바싹 말라 갈라져 있었다. 리아이제는 그가 아무 생각도 하지 않는 것을 보고는 얼른 소매에서 꽃을 꺼냈다.

"냄새 맡아봐요. 향기가 나지요?"

그녀가 꽃을 그의 코에 대주었다.

친산이 숨을 깊이 들이쉬어 향기를 음미하고는 말했다.

"감자 꽃만큼 향기롭진 않네."

"감자 꽃에 무슨 향기가 있다고 그래요!"

리아이제가 그의 말을 바로잡아주었다.

"감자 꽃에 향기가 없다고 누가 그래? 감자 꽃 향기야말로 아주 특별하지. 평소에는 잘 맡을 수 없지만 일단 맡아보면 절대로 잊히지 않는다니까."

친산은 좌우를 두리번거리면서 다른 환자들과 그들의 가족 모두이 부부의 대화에 주의를 기울이지 않고 있는 것을 확인하고는 마음놓고 대담하게 농담을 던졌다.

"당신 몸에서 나는 냄새처럼 말이야."

리아이제가 처연하게 웃었다. 이렇게 웃을 기회를 놓치지 않고 그녀는 무척 즐거운 척하면서 말했다.

"내가 왜 몰래 꽃을 따다주는 건지 알아요? 우리한테 기뻐할 일이 생겼어요. 당신 병에 대한 확진이 나왔어요. 그냥 평범한 폐병이래요. 몇 달간 링거만 맞으면 낫는대요."

"의사가 당신한테 그렇게 말한 거야?"

가슴이 서늘해진 친산이 물었다.

"의사가 방금 그렇게 말했어요. 못 믿겠으면 직접 가서 물어봐요."

"큰 병이 아니라는데 당연히 좋은 거지 뭐 하러 가서 물어봐. 우리가 여기 온 지 일주일이나 지났네. 감자를 수확할 때가 됐을 거야."

"걱정하지 마요. 우리 리진에 마음씨 좋은 사람이 얼마나 많은데요. 다들 우리 집 감자가 땅에서 썩도록 가만 놔두지 않을 거라고요."

리아이제가 말했다.

"우리가 직접 수확해야 의미가 있지."

친산이 느닷없이 물었다.

"돈을 전부 당신이 관리하지만 내게 몇백 위안만 쓰게 해주면 안 되겠어?"

"내가 그렇게 인색한 사람은 아니라고요."

리아이제가 입을 오므리고 웃으면서 말을 받았다.

"지금은 병실에 누워 있는 데다 밖에 나가지도 못하는데 돈을 어디다 쓰겠다는 거예요?"

"식사를 좀 좋은 걸로 주문하려고 그래. 사람들한테 부탁해서 과일 같은 것도 좀 사 먹을 생각이야."

친산이 컵을 들어 물을 몇 모금 마시고 나서 말을 이었다.

"수중에 돈이 좀 있어야 마음이 놓이는 법이지."

허리에 찬 전대에서 돈을 꺼낸 리아이제가 300위안을 세어 친산에게 건넸다.

그날 오후 간호사가 친산에게 링거를 놓아주었다. 약품 표기 라벨이 붙어 있지 않은 액체였다. 리아이제는 남편이 수액을 맞는 내내 함께 있어주면서 따뜻한 대화를 주고받았다. 황혼 무렵에야 수액이 다 들어가고 저녁 식사가 나왔다. 두 사람은 함께 콩 줄기 반찬과 쌀밥을 먹었다. 친산의 식사량이 많지는 않았지만 계속 말을 하는 걸로 보아 기분이 나쁘지 않은 듯했다.

황혼이 되었다. 왕추핑이 남편에게 밥을 가져다주기 위해 왔다. 눈 아래가 거뭇거뭇하고 손에는 붕대를 감고 있었다. 지난 이틀 동안 그녀는 운수가 아주 사나웠다. 기차역에서 암표상을 단속하자 대부분의 암표상은 감히 모습을 드러내지 않았다. 그녀는 혼자 암표를 사고팔면 높은 수익을 얻을 수 있을 것이라 생각했지만 뜻밖에도 요 며칠 매일 늦게 일어나는 바람에 매표소에 도착하면 줄 맨 끝에 서야만 했다. 당연히 아무런 소득도 얻지 못한 데다 재수 없게 손마저 철제 난간에 베어 찢어지고 말았다. 그녀의 남편은 성질이 고약하면서 식욕은 오히려 예전보다 훨씬 더 왕성해져 하루 종일 닭고기를 요구했다가 생선을 요구했다가 했다. 왕추핑은 그런 요구를 다 들어주면서 버티는 수밖에 없었다.

"친산씨도 닭국 좀 드세요."

왕추핑이 말했다.

"저와 아이제는 방금 저녁을 먹었습니다. 감사합니다."

친산이 상냥하게 웃으며 말했다.

왕추핑의 남편은 몹시 못마땅한 눈빛으로 왕추핑을 노려보면서 말했다.

"저 친구가 나보다 젊어 보이니까 내 닭국을 줘서 유혹하려는 거야?……"

왕추핑은 고개를 파묻고 한숨을 쉬면서 어쩔 수 없다는 듯이 남편의 입에 닭국을 한 숟가락씩 떠먹여주었다. 남편이 식사를 마치자 그녀는 리아이제와 함께 화장실에 가면서 불쑥 말했다.

"영안실로 가지 말아야 할 수많은 사람이 영안실로 가고 있는데, 정작 가야 할 저 사람은 죽지 않고 남아 매일 사람을 괴롭히네. 어떤 때는 정말이지 독살이라도 하고 싶다니까!"

리아이제가 망연자실한 표정으로 왕추핑을 쳐다보면서 넋이 나간 듯이 말했다.

"남편의 검사 결과가 나왔어요."

그러고는 갑자기 왕추핑의 품에 달려가 안기며 울기 시작했다.

"제 상황이 언니보다 훨씬 더 안 좋아요. 제 남편은 절 괴롭히려고 해도 그럴 수 있는 시간이 얼마 없거든요!"

중년의 두 여인이 서로 끌어안고 통곡하며 눈물을 흘리자 화장실에 있던 사람 모두 대경실색했다.

그날 밤 왕추핑과 리아이제는 밤새 거의 잠을 자지 못했다. 백주를 한 병 사다가 고주망태가 되도록 마신 두 사람은 화장실에서 다 쏟지 못한 눈물을 쏟으며 소리 내어 울었다. 처음에는 둘 다 머리가 아프고 어지러웠지만 희한하게도 끝까지 다 울고 나니 술을 마실수록 정신이 더 또렷해져 전혀 졸리지도 않았다. 두 사람이 자신들의 집안 이야기를 나누는 사이에 동이 트기 시작했다. 그제야 둘은 눈이 뻑뻑해지면서 꽃봉오리 같은 여명 속에서 기분 좋게 깊은 잠에 빠져들었다.

리아이제는 꿈속에서 자신과 친산이 잡초를 캐러 감자밭으로 가는 모습을 봤다. 풀이 무성한 저습지를 지날 때 친산이 그녀에게 꽃 한 송이를 따주려다가 그만 늪에 빠지고 말았다. 친산의 몸이 늪에 점점 더 깊숙이 빠지자 리아이제가 다급하게 소리를 질렀다. 그러다가 정신이 화들짝 들면서 꿈에서 깨어나 벌떡 일어나 앉았다. 태양혈을 문지르던 그녀는 낮은 탁자 위에 널브러져 있는 빈 술병과 먹다 남은 소시지, 말린두부, 땅콩 등을 보고서야 어젯밤 왕추핑과 술을 마셨던 것을 기억했다. 왕추핑은 얇은 융 담요를 몸에 휘감고 산발한 채로 코를 조금씩 벌름거리면서 자고 있었다. 얼굴빛이 낮에 봤던 것보다 훨씬 더 좋아 보였다. 리아이제가 손목시계를 집어들고 시간을 보니 벌써 정오였다. 너무 놀란 그녀는 서둘러 왕추핑을 흔들어 깨웠다.

"핑 언니, 정오가 다 됐는데 우린 여태 병원에도 안 가고 자고 있었어요."

왕추펑 역시 아이고 하고 외치며 벌떡 일어나 앉아 손등으로 힘껏 눈을 비볐다. 그녀의 입에서 자책과 한탄이 쏟아졌다.

"아이고, 기차표 매표소에 줄도 서지 못하고 돼지 먹이를 받으러 가지도 못했네."

그녀는 허리를 곧게 펴다가 갑자기 또다시 뒤로 벌렁 나자빠져 침대에 눕고는 하늘에 운명을 맡기겠다는 듯이 말했다.

"어차피 정오가 됐으니 차라리 밤중까지 자는 게 낫겠어. 그러면 밥 한 끼라도 아낄 수 있을 테니 말이야."

리아이제는 그녀가 홧김에 하는 말이란 걸 모르지 않았다. 그녀가 세면과 머리 손질을 마치고 다시 작은방으로 돌아와보니 정말로 왕추펑은 이미 자리에서 일어나 있었다. 그녀는 리아이제에게 두 아이가 개에게 물리는 꿈을 꾸었다면서 이틀 뒤에 밍수이에 한번 다녀와야겠다고 말했다.

"한 녀석은 팔뚝을 물려 있고 다른 한 녀석은 다리를 물려 있는 가운데 내 앞으로 달려와서는 일어나지도 못할 정도로 울어대는 거야. 애들이 우리 같은 집에서 태어나 살아간다는 게 너무 가여워."

"꿈은 항상 현실과 반대잖아요."

리아이제가 그녀를 위로했다.

"꿈에서 아이들이 울고 있다는 것은 사실은 웃고 있다는 뜻이에요."

"아, 애들이 너무 보고 싶어."

왕추펑은 다시 한번 긴 탄식의 한숨을 내쉬었다.

"게다가 수확철이 됐으니 계속 친정 식구들의 도움에 의지할 수도 없는 노릇이잖아?"

"정말 수확철이 됐네요. 저희 집도 아주 큰 감자밭을 갖고 있어요."

리아이제가 이런 말을 할 때의 감정은 가을인데도 초겨울의 얇은 빙판 위에 두 발을 딛고 있는 듯한 것이었다. 말로 표현할 수 없는 실의와 설움이 담겨 있었다.

두 사람은 얘기를 나누면서 거리에 나와 각자 계란전병을 하나씩 사가지고 먼지가 잔뜩 쌓여 있는 울타리에 몸을 기대고 먹기 시작했다. 햇빛 때문에 눈이 부셨던 두 사람은 눈을 가늘게 뜨고서 무료하게 지나가는 행인들과 차량, 광고판을 바라보고 있었다. 자동차 경적과 카세트테이프 가판대의 스피커에서 나오는 유행가, 여기저기서 물건을 사라고 외치는 소리가 귀를 자극했다.

두 사람이 병원에 도착했을 때는 이미 정오가 지난 터였다. 리아이제는 병실에 들어가자마자 눈이 휘둥그레졌다. 친산이 보이지 않았다. 환자복은 침대에 잘 개켜져 있고 침상머리에 있던 반합과 물건들도 보이지 않았다.

환자들에게 주사를 놓고 있던 간호사가 리아이제를 보고는 생경한 태도로 말했다.

"5번 침상 보호자님, 어째서 환자가 보이지 않는 거예요?"

"어젯밤에 제가 나갈 때만 해도 이 자리에 얌전히 있었는데 그 사람이 어떻게 병원을 나간 걸까요?"

리아이제가 조바심을 치면서 다급하게 말했다.

"병원에 물어봐야 하나요?"

"병원은 탁아소가 아니에요. 계속 입원하실 건가요? 입원을 중단하실 거면 대기하고 있는 다른 환자에게 침상을 넘겨야 합니다."

간호사가 아주 불쾌한 표정과 어투로 말했다.

리아이제가 친산의 침대보를 들춰보니 침대 밑에 있던 슬리퍼도 보이지 않았다. 겁에 질린 그녀는 침상머리에 앉아 울기 시작했다. 옆 침상의 환자가 어젯밤 친산이 잠을 잘 자다가 새벽 4시쯤 되어 날이 희미하게 밝자마자 침상에서 내려오기에 용변을 보러 가는 줄 알았다고 말해주었다.

친산이 죽으러 간 걸까? 어젯밤 그녀와 왕추핑은 화장실에서 실컷 울고 나서 병실로 돌아오기 전에 몇 번이나 얼굴을 씻고 병원 마당을 거닐며 바람을 쐬어 마음을 진정시켰는데도 불구하고 부어서 붉어진 그녀의 눈이 혹시 그에게 확진에 대한 실마리를 준 것이었는지도 몰랐다. 그가 작별 인사도 없이 떠난 걸 보니 아무래도 그만 살기로 한 것 같았다.

왕추핑은 자기 남편은 거들떠보지도 않고 황급히 리아이제를 데리고 친산을 찾으러 나섰다. 두 사람은 쑹화강 강변과 지훙교霽虹橋 철로 교차로, 공원의 후미진 수풀 등 자살하기에 적당한 장소는 거의 다 찾아가봤지만 강에 투신했다거나 철로에 드러누웠다거나 공원 나무에 목을 맸다는 사람은 한 명도 없었다. 날이 어두워질 때까지 두 사람은 친산의 그림자도 보지 못했다. 눈에 보이는 것은 저 멀리 형형색색의 옷차림으로 집으로 돌아가는 낯선 사람들뿐이었다. 리아이제는 지훙교 녹색 철 난간 앞에 엎드려 목 놓아 울기 시작했다.

두 사람은 머리를 쥐어뜯으며 친산이 어디로 갔을지 생각해봤다. 마침내 왕추핑이 어쩌면 친산이 지러사極樂寺로 가서 출가했을

지도 모른다는 결론을 내렸다. 리아이제도 일리가 있는 추론이라고 생각했다. 어쩌면 친산이 불문에 들어가 자신의 병과 영혼 모두를 구제받으려 했던 것인지도 모른다는 생각이 들었다. 그리하여 두 사람은 또다시 뜬눈으로 밤을 새우고는 아침 일찍 지러사로 향했다. 두 사람은 주지 스님을 찾아 어젯밤 출가를 하겠다고 찾아온 이가 있었는지 물었다. 주지 스님은 합장을 하면서 아미타불 하고 중얼거리더니 가볍게 고개를 가로저었다. 두 사람은 이어서 따즈가人直街에 있는 성당과 교회를 찾아갔다. 두 사람은 왜 교회를 찾아갔을까? 어쩌면 그녀들은 교회가 사람들의 영혼을 받아주는 곳이라고 생각했을 것이다. 이럭저럭 오후가 되었는데도 친산의 그림자는 보이지 않았다. 두 사람은 다시 숙소로 달려가 집주인 집의 텔레비전을 보기 시작했다. 이 도시의 정오 뉴스에서 사람을 찾는다거나 우발 사고 발생 소식을 확인해보려는 의도였지만 끝내 아무런 소득도 얻지 못했다.

오후 2시가 되어 줄곧 극도로 초조한 상태에 있던 리아이제는 갑자기 친산이 틀림없이 리진으로 돌아갔을 거라는 생각이 들었다. 자살하려는 사람이 어떻게 반합과 수건, 슬리퍼 같은 물건을 챙겨가겠는가? 그녀는 또 친산이 그날 자신에게 돈을 달라고 했던 일을 떠올리면서 더더욱 친산이 고향으로 돌아갔을 거라고 확신하게 되었다. 리아이제는 곧장 집으로 돌아가기 위해 짐을 꾸리기 시작했다.

"핑 언니, 조금 있다가 저랑 퇴원 수속 하러 가요."

리아이제가 고개도 들지 않고 말했다.

"친산은 집으로 돌아간 게 틀림없어요."

"그럼 병을 치료하고 싶지 않은 걸까?"

왕추핑이 큰 소리로 말했다.

"그는 자신의 병이 불치병인 걸 알고 있는 게 분명해요. 그 사람은 치료할 수 없는 병이라면 절대로 치료하려 하지 않을 거예요."

리아이제가 잔뜩 잠긴 목소리로 말했다.

"그 사람은 저와 펀핑이 살아갈 수 있도록 돈을 남겨주려는 거예요. 저는 그 사람을 아주 잘 알아요."

"그렇게 착한 사람이 어떻게 동생한테 이런 낭패를 보게 한 거야?"

왕추핑이 담배를 피우면서 말했다.

"집에 돌아가면서 왜 동생한테 말을 하지 않은 거지?"

"저한테 말했다면 제가 가게 했겠어요?"

리아이제가 말했다.

"오늘 기차는 이미 늦었으니 내일 가야겠어요."

일단 친산이 간 곳을 잠정하고 나니 리아이제는 초조감이 진정되면서 차분해졌다. 오후에 왕추핑이 그녀를 데리고 퇴원 수속을 하러 갔다. 처음에는 병원 측에서 입원료 선금을 돌려주지 않으려고 했다. 환자가 이미 일주일 넘게 입원한 데다 적지 않은 약을 사용했다는 것이 이유였다. 말로는 그들을 당해낼 수 없었던 리아이제는 친산의 주치의를 찾아가 도움을 청했다. 그녀의 사정을 들은 의사는 돈을 환불받을 수 있도록 도와주겠다고 약속했다.

저녁에 리아이제는 여행용 가방을 열어 거의 새것이나 다름없는 은회색 모직 바지를 꺼내 왕추핑에게 건넸다.

"핑 언니, 이건 3년 전에 산 건데 딱 두 번밖에 안 입었어요. 도시 사람들은 외모로 사람을 평가하니까 어디 가서 일을 처리할 때 입도록 하세요. 언니가 저보다 키가 좀 크니까 바짓단을 조금 늘이면 될 거예요."

바지를 두 손에 받아든 왕추핑은 바지가 흠뻑 젖도록 울었다.

리아이제가 서둘러 리진으로 돌아왔을 때는 이제 막 추수를 시작할 시기라 집집마다 모두 남쪽 비탈에 가서 감자를 캐고 있었다. 오후라 하늘은 더없이 맑아 구름 한 조각 없었다. 시원한 바람만 골목 안을 이리저리 휘젓고 다니고 있었다. 리아이제는 집으로 가지 않고 곧장 남쪽 비탈의 감자밭으로 갔다. 가는 길 내내 그녀는 밭머리에 놓인 수많은 손수레를 봤다. 감자를 캐는 사람은 캐고 줍는 사람은 줍고 포대에 담는 사람은 포대에 담고 있었다. 주인을 따라 밭에 나와 있던 개가 리아이제를 발견하고는 꼬리를 흔들면서 달려와 그녀의 바짓단을 깨물며 은근하게 굴었다. 그녀에게 돌아오셨어요? 하고 안부를 묻는 것 같았다.

저 멀리에 친산이 허리를 굽혀 감자를 캐고 있고 펀펑이 그의 뒤를 따라다니며 흙을 담는 바구니에 감자를 주워 담고 있는 모습이 눈에 들어왔다. 친산은 남색 상의를 입고 있었다. 오후의 햇살이 묵직하고 눈부시게 그의 그런 모습을 비춰주었다. 환한 햇빛 속에서 그가 반짝반짝 빛나고 있었다. 리아이제는 마음 깊은 곳에서부터 심호흡을 하고 나서 소리쳐 남편을 불렀다.

"여보……."

두 볼이 눈물로 뜨겁게 데워지고 있었다.

감자 수확을 마친 친산 일가는 편안하고 한가롭게 겨울을 지냈다. 친산은 나날이 수척해졌고 이제는 거의 음식을 먹을 수 없는 지경에 이르렀다. 그는 종종 리아이제의 사랑스러운 모습에 매료되어 말없이 바라보곤 했다. 리아이제는 평소와 다름없이 평정심을 유지하면서 그에게 밥을 해주고 그의 옷을 빨아주고 잠자리를 봐주면서 같은 베개를 베고 잤다. 어느 날 저녁 하늘에서 큰 눈이 내리고 펑펑이 부엌 아궁이에서 얇게 썬 감자를 굽고 있을 때, 갑자기 친산이 리아이제에게 말했다.

"내가 하얼빈에서 돌아올 때 당신 주려고 물건을 하나 샀는데 그게 뭔지 맞혀볼래?"

"그걸 내가 어떻게 맞히겠어요."

리아이제의 심장이 콩닥콩닥 뛰기 시작했다.

친산이 구들에서 내려와 궤짝 안에서 붉은 종이로 싼 물건을 하나 꺼내더니 한 겹 한 겹 포장을 벗기기 시작했다. 남보석 빛깔의 공단 치파오였다. 등불 빛에 비친 치파오는 사람의 마음을 뒤흔드는 어두운 빛을 내뿜고 있었다.

"어머나!"

리아이제가 깜짝 놀라 소리를 질렀다.

"얼마나 멋있어? 내년 여름에 입도록 해."

친산이 말했다.

"내년 여름……"

리아이제가 슬픔에 잠겨 말했다.

"그때가 되면 꼭 입어서 보여줄게요."

"입고 다른 사람한테 보여줘도 똑같아."

친산이 말했다.

"이렇게 트임이 깊어서 다른 사람들에게는 보여주지 못할 것 같아요."

리아이제는 결국 울음을 참지 못하고 친산의 품에 몸을 던져 안겼다.

"다른 사람한테 내 다리를 보여주고 싶지 않단 말이에요……."

친산은 눈이 내리는 날 이틀 밤낮을 고통으로 몸부림 치다가 결국 숨을 멈췄다. 리진 사람 모두 리아이제의 장례를 도우러 왔지만 밤새 영구를 지킨 사람은 그녀 혼자였다. 리아이제는 방 안에서 그 남보석 빛깔의 공단 치파오를 꺼내 입고는 따뜻한 화로와 함께 남편을 지키며 새벽부터 황혼까지, 밤부터 여명까지 자리를 지켰다. 출상하는 날이 되어서야 그녀는 치파오를 다른 옷으로 갈아입었다.

날이 너무 추웠기 때문에 그 계절에 죽은 사람들의 묘혈은 깊게 팔 수 없었다. 따라서 관을 언 흙으로 덮는 것은 아무 쓸모도 없는 일이었다. 사람들은 대개 마차를 끌고 가 석탄재를 실어다 무덤을 덮었다가 봄이 되어 날이 따뜻해지고 꽃이 피면 그제야 다시 새 흙을 덮었다. 장례를 진행하던 사람이 석탄재를 가지러 가려고 하자 갑자기 리아이제가 앞을 막아서며 말했다.

"친산은 석탄재를 싫어해요."

장례를 진행하는 사람은 그녀의 애도하는 마음이 너무 커서 그렇다고 생각하고는 좋은 말로 설득하려 했으나 그녀는 갑자기 곡간에서 마대 몇 개를 들고 와 야채를 저장하는 움막으로 가서는 움막을 열고 기운 센 젊은이 몇 명에게 분부했다.

"마대 안에 감자를 담아요."

모두들 리아이제의 의도를 알아차렸다. 그리하여 다 함께 감자를 집기 시작했다. 한 시간도 되지 않아 마대 다섯 자루가 감자로 가득 찼다.

리진 사람들은 아주 특별한 장례를 보게 되었다. 친산의 관 옆에는 알차게 채워진 감자 마대 다섯 자루가 세워져 있었다. 리아이제는 상복을 입고 수레를 따라갔다. 장례를 진행하는 사람이 그녀에게 묘지까지 따라오지 말라고 권했으나 그녀는 끝까지 따라갔다. 친산의 관이 구덩이에 내려졌고 사람들이 삽으로 얼마 되지 않는 동토를 흩뿌렸지만 관은 여전히 일부 붉은빛을 드러내고 있었다. 리아이제가 앞으로 나아가 감자를 한 포대씩 묘지 안에 붓자 감자가 데굴데굴 무덤 위를 뒹굴더니 마침내 다 합쳐져 무덤에 가득 찼다. 눈이 내린 후 지친 햇빛이 촉수를 뻗어 감자들 틈새를 돌아다니면서 무덤 전체를 따뜻하고 풍성한 숨결로 가득 채워주었다. 리아이제는 뿌듯한 마음으로 무덤을 바라보면서 문득 은하의 찬란한 모습을 떠올렸다. 그러면서 속으로 생각했다. 친산이 그곳에서도 우리 집 감자밭을 한눈에 알아볼 수 있을까? 그가 그곳에서도 감자꽃의 특별한 향기를 맡을 수 있을까?

리아이제는 마침내 친산의 무덤을 떠났다. 그녀가 막 두세 걸음을 옮겼을 때, 갑자기 등 뒤에서 바스락거리는 기척이 들렸다. 알고 보니 무덤 위에 있던 둥글고 통통한 감자 하나가 아래로 굴러떨어지더니 리아이제의 발밑까지 굴러와서는 신발 앞에서 멈춘 것이었다. 총애를 받는 데 익숙한 어린아이가 엄마의 극진한 사랑과 친밀감을 애걸하는 것 같았다. 리아이제가 귀엽다는 듯이 감자를 쳐다보면서 가볍게 꾸짖듯이 말했다.

"내 발을 따라오려고 그래?"

백설의 묘원

아버지가 세상을 떠나신 날은 섣달그믐날과 겨우 한 달밖에 차이가 나지 않았다. 아버지는 설을 쇨 수 없었지만 우리는 꼭 이번 설을 쇠어야 했다. 한 사람에 대한 슬픔을 달래기에는, 그것도 상대가 아버지일 경우에는 30일이라는 시간은 아무래도 너무 짧았다. 장례를 마치고 나서 우리는 꼭 해야 할 때가 아니면 거의 말을 하지 않았다. 이런 상황에 누가 설 준비를 할 마음이 들겠는가? 하지만 설은 사람들의 몸을 둘둘 말고 있는 독사처럼 아무리 해도 떼어낼 수 없었다. 때어내려 해도 떨어지지 않았고 털어버리려 해도 털어지지 않았다. 그냥 억지로 버티는 수밖에 없었다.

몹시 추운 날이라 나는 화로 옆에 서서 쉬지 않고 화로 안에 장작을 집어넣고 있었다. 화로 덮개는 붉게 달궈진 부분도 있었지만 방 안 벽 귀퉁이에는 여전히 흰 서리가 남아 있었다. 내 얼굴은 화롯불에 익어 벌겋게 달아올라 있었다. 나는 갈고리를 손에 쥐고 계속해서 화로 안의 불붙은 장작을 쑤셔댔다. 불꽃이 원시 부락에 사는 금발의 난쟁이 무리처럼 팔을 내젓고 힘차게 발을 구르면서 춤을 추었다. 불씨가 꿀벌처럼 웅웅 소리를 내면서 화로 벽면을 미친 듯이 맴돌고 있었다. 화롯불이 타는 소리에 아버지가 몹시 그리워졌다.

나는 화롯가를 벗어나고 싶지 않았다. 밖에 나가는 것이 너무나 두려웠다. 창백한 한기 속에서 이리저리 흔들리며 오가는 그림자들은 대부분 설을 준비하느라 바쁜 사람들이었다. 그들의 얼굴에 만면한 즐거움을 마주치면 어떻게 해야 할까? 화로는 부엌 서북쪽 구석에 설치되어 있고 양쪽의 화장火墻을 통해 방 두 개에 온기를 공급할 수 있었다. 부엌에는 긴 복도가 있어 곧장 문 앞까지 통했다. 부엌에는 따로 창문이 설치되어 있지 않기 때문에 복도 끝의 문에 나 있는 유리창 몇 개를 통해서만 햇빛을 볼 수 있었다. 빛은 힘겹게 복도를 따라 기어올라왔지만 화롯가까지 오면 기진맥진하여 풀이 죽기 일쑤였다. 때문에 화롯가는 햇볕의 따스한 보살핌을 거의 받을 수 없었다. 다행히 화로에서 뿜어져 나오는 빛이 이러한 결핍을 채워주는 덕분에 화로 주변의 벽과 화장, 시퍼런 시멘트 바닥에는 겨울철에도 항상 미세한 우윳빛 광채가 형성되어 모든 것이 황혼 속에 잠겨 있는 것 같았다.

엄마는 방 안에 누워 있었고 구들은 아주 따뜻했다. 하지만 나는 엄마가 자고 있지 않다는 것을 모르지 않았다. 아직 쉰 살이 되지 않은 엄마의 머리칼은 여전히 새카맸다. 이런 엄마의 머리칼을 볼 때마다 나는 가슴이 미어졌다. 가족을 통틀어 가장 고통스러운 삶을 사는 사람은 단연 엄마였지만 엄마는 남편을 잃은 다른 여자들처럼 슬픈 기색을 드러내지 않았다. 엄마는 거의 울지 않았고, 어쩌다 운다 해도 소리를 내지 않았다. 밖으로 드러내지 않는 이 무거운 슬픔이 우리를 몹시 두렵게 했다. 내가 어렸을 때는 설이 다가오면 엄마가 항상 재봉틀을 밟아 우리에게 새 옷을 지어주셨다. 들들들 그 듣기 좋은 소리는 보리를 베는 소리 같았다. 그때 부엌에는 항상 모락모락 김이 피어올랐다. 설 떡을 찌기도 하고 큰 솥에 물을 끓여 빨래도 하다보니 항상 유백색 수증기가 운무처럼 피어올라 눈을 흐리게 했다. 그래서 아버지가 우리와 부딪치거나 우리가 엄마와 부딪치는 일이 비일비재했다. 누가 누구랑 부딪치든 간에 모두들 마냥 즐겁기만 했다.

언니가 화로 가까이 있는 방에서 몸을 비스듬히 숙이고 나와 몇 번 기침을 해댔다. 나는 언니의 기침 소리에서 언니가 방금 울었다는 사실을 감지할 수 있었다. 언니는 우리 집 맏이라 아버지가 돌아가시는 바람에 부담이 더 막중해졌다. 언니가 잔뜩 잠긴 목소리로 물었다.

"넌 왜 줄곧 화롯가에 붙어 있는 거야?"

"불 피우느라고."

내가 말했다.

"불이 타오르는지 지켜볼 필요까진 없어. 그냥 알아서 타게 내버려둬."

말을 마친 언니는 다시 방 안으로 들어갔다.

나는 화로 앞에 망연자실한 채 서 있었다. 마음은 텅 비고 눈앞에는 수시로 산 위 묘원墓園의 정경이 떠올랐다. 아버지는 묘원에 잠들어 계셨다. 지금 그곳은 백설의 묘원이 되어 있었다. 지금 아버지가 잠들어 계신 곳은 어린 시절 내가 산에 올라갈 때마다 가장 무서워하던 곳이었다. 당시 나는 감이나 월귤越橘을 따러 갈 때마다 항상 그곳을 우회하여 돌아가곤 했다. 내게 알 수 없는 슬픔을 갖게 하는 곳이기 때문이었다. 이제 마침내 그곳이 우리 아버지의 묘지가 되고 나서야 나는 어린 시절 마음 한구석에 걸려 있던 슬픔의 원인이 언젠가는 그곳이 우리 가족들을 전부 수용하는 땅이 되겠구나 하는 예감 때문이었다는 것을 깨달았다. 그곳이 아버지의 묘지가 된 터라 이제 나는 더 이상 그곳을 지나가면서 무서워하지 않게 되었다. 처음으로 그곳의 경치를 평온하고 진지한 마음으로 관찰할 수 있게 된 것이다. 그곳은 지세가 비교적 높았고 뒤로 완만한 산비탈이 이어져 있었다. 산비탈에는 드문드문 적송 군락이 펼쳐져 있었다. 그리고 비탈 아래, 즉 묘원 주위에는 넓은 면적으로 낙엽송만 잔뜩 자라나 있었다. 낙엽송들은 가득 쌓인 눈 위로 곧게 누워 있었다. 전부 어린나무들이었다. 다시 100년이 흘러 이 나무들이 자라 멋진 장관을 이루면 그때는 아마 묘원이 보이지 않을 것이고, 나무들에 둘러싸인 영혼들은 더욱 편안하게 잠들 수 있을 것이다. 묘원에 서서 산 아래를 내려다보면 오솔길과 완만하게 낮아지는 산세를 볼 수 있었다. 나무들이 점점 작아져 완전히 사라지는 지점에 집과 풀밭이 나타나고 풀밭이 끝나는 곳에 해와 달이 있는 것 같았다.

화로 안의 불은 갈수록 왕성하게 타올랐다. 나는 아버지가 복도 끝에 있는 문을 밀어 열고 미소 가득한 얼굴로 나를 향해 걸어오는 모습을 보고 있는 듯한 환각에 빠졌다. 이런 환각은 아버지가 돌아가신 그날부터 계속 있어왔다. 아버지는 내 앞으로 걸어와 손을 내밀어 내 어깨를 어루만져주었다. 화로 속의 장작을 다룰 때 쓰는 갈고리를 쥔 손이 떨리면서 또다시 눈앞에 예리하게 묘원의 정경이 재현되었다. 나는 아버지가 애당초 이 집 안에 계시지 않다는 것을 잘 알고 있으면서도 시시각각으로 아버지의 모습을 보는 것 같았다. 죽음은 이렇게 기고만장했다. 묘원을 생각하면서 고개를 돌려 어두컴컴한 복도를 바라봤다. 묘원, 너는 정말로 우리 아버지의 보금자리가 된 건가?

남동생이 화로 서쪽에 있는 가장 작은 방에서 나와 내 옆으로 다가왔다. 녀석은 굳은 표정으로 다가와 아무 말 없이 내 손에 쥐어져 있는 화로 갈고리를 빼앗으려 했다. 자기도 불을 가지고 놀고 싶다는 것이었다. 내가 화로 갈고리를 양보하자 녀석은 화롯가에 서서 갈고리로 화로 덮개를 두드렸다. 녀석이 내게 말했다.

"누나는 방에 들어가 있어. 불은 내가 잘 관리할 테니까."

"불을 보고 있을 필요는 없어."

나는 언니가 내게 했던 말을 그대로 녀석에게 했다. 녀석은 고개를 들고 나를 쳐다봤다. 나는 녀석도 방 안에 처박혀 있고 싶지 않다는 것을 모르지 않았다. 녀석도 뭔가 일거리를 찾아 슬픈 생각을 떨쳐버리고 싶은 것이다. 나는 더 이상 아무 말도 하지 않았다.

나는 언니 방으로 들어갔다. 이 방에서는 창문을 통해 집 뒤의 채소밭을 볼 수 있었다. 하늘은 여전히 희뿌연 잿빛이었다. 새 몇 마리가 채소밭을 두르고 있는 울타리 위를 오르락내리락하고 있었다.

"엄마는 아직 안 일어났니?"

언니가 우울한 어투로 물었다.

"응."

내가 말했다.

"이번 설은 어떻게 쇠지?"

언니가 탄식하듯 한숨을 내쉬었다.

"그러게."

나는 아무런 방법도 찾을 수 없었다.

"엄마가 설날에 울까?"

언니는 근심 가득한 우울한 어투로 물었다.

"안 울 거야. 엄마는 교양이 있고 예의도 아는 분이니까."

나는 말은 이렇게 하면서도 마음속으로는 그러리라는 확신이 없었다.

"나랑 같은 직장에 다니는 리훙링李洪玲의 아버지도 우리 아버지랑 같은 병으로 돌아가셨어. 우리 아버지보다 닷새 먼저 돌아가셨지. 그 애 엄마는 지금도 매일 집에서 우신대. 그리고 걸핏하면 리훙링을 불러 '아버지가 돌아오셨으니 얼른 정거장에 나가 모시고 와!'라고 소리친대. 그래서 가족 전체가 항상 신경을 곤두세우고 있대."

언니가 말했다.

"우리 엄마는 안 그럴 거야. 엄마는 똑똑한 사람이니까."

내가 말했다.

"하지만 오늘 엄마는 말을 한마디도 안 했잖아."

"며칠 지나면 괜찮아질 거야."

나는 창문 앞에 서서 채소밭을 바라보고 있었다. 마당에 쌓인 눈은 겨우내 아무도 발을 딛지 않아 유난히 조용해 보였다. 눈밭 바

깥에 울타리를 쳐서 만든 작은 길에 이따금씩 이리저리 사람 그림
자가 하나둘 움직였다. 길 뒤쪽에 있는 몇몇 집에는 이미 등롱이
걸려 있어 설 분위기가 갈수록 무르익었다. 내 눈앞에 또다시 묘원
의 정경이 나타났다. 그곳의 흰 눈과 나무, 하늘의 구름과 무지개,
바람과 묘지 앞의 제사상 등 모든 것이 꿈속의 혼령들을 맴돌게 하
고 있었다. 나는 다시 부엌의 화롯가로 가서 불을 가지고 놀고 싶
었다. 그곳의 따스한 온기와 빛이 지난 일들을 떠올리기에 가장 알
맞기 때문이었다.

　나는 몸을 돌려 부엌으로 갔다. 이때 갑자기 엄마의 방문이 열리
는 소리가 들렸다. 이어서 남동생이 화로 갈고리를 내던지는 소리
가 들렸다. 남동생이 엄마를 쫓아 나간 것 같았다. 녀석은 엄마가
밖에 나갔다가 어떻게 되지나 않을까 걱정했고, 우리도 모두 뜻밖
의 일이 벌어질까봐 두려웠다. 그래서 엄마가 문을 나서면 항상 누
군가는 아무 생각 없는 척하면서 엄마를 뒤따라갔다. 순간 가슴이
조여왔다. 나는 방금 남동생이 서 있던 자리로 가서 화로 갈고리를
주워 화로 덮개를 들어올렸다. 화로 안에는 빨갛게 달아오른 숯덩
이가 잔뜩 엉켜 있었다. 내가 장작 몇 덩이를 더 집어넣자 화로 안
에서 순식간에 탁 타닥 하면서 거세게 불길이 이는 소리가 들렸다.
불길이 거세게 화로 덮개를 핥으면서 덮개가 미세하게 흔들렸다.
화로 덮개에 빨갛게 달궈진 부분이 점점 넓어졌다. 화로가 쉬지 않
고 술을 마셔 점점 취해가는 것 같았다.

　걱정으로 마음이 무거웠던 나는 엄마와 남동생이 빨리 돌아오
기만을 기다렸다. 이런 기다림은 칼로 심장을 도려내는 것처럼 견
디기 어려웠다. 얼마 지나지 않아 남동생이 먼저 문을 열고 들어왔

다. 녀석의 손에는 대나무 광주리가 들려 있고 그 안에는 사발과 접시가 가득 담겨 있었다. 남동생이 다소 들뜬 표정으로 광주리를 방 한구석에 내려놓은 다음 중요한 비밀을 알아내기라도 한 것처럼 내게 다가와 말했다.

"엄마가 설을 쇨 생각인가봐. 창고에서 설을 쇨 때 쓰는 물건들을 정리하고 있어."

나는 무거운 짐을 내려놓은 것처럼 마음이 홀가분해졌다. 정말로 엄마가 곧바로 문을 열고 들어왔다. 엄마의 한 손에는 밀가루 한 포대가 들려 있고 다른 손에는 하얗고 곧게 언 파 한 다발이 들려 있었다. 엄마는 이것들을 부뚜막 앞에 내려놓고 본격적으로 설 준비를 하기 시작했다.

나는 재빨리 주전자에 물을 가득 채우고 화로 덮개 고리를 들어 올린 다음 물주전자를 올려놓았다. 설 준비를 할 때 가장 필수적인 것이 바로 뜨거운 물이라는 걸 잘 알고 있었기 때문이다. 나의 이런 기특한 행동이 엄마를 기쁘게 하고 마음을 놓게 해줄 것 같았다.

엄마는 우리 자매를 여러 번 불러 설 준비에 필요한 일들을 배정해주었다. 부지런하고 동작이 빠른 남동생에게는 대부분의 '구매'가 배정되었다. 간장과 식초, 젓가락, 향, 계란, 돼지고기 등의 물건은 사오는 일은 전부 남동생에게 맡겨졌고 언니에게는 갖가지 '집안일'이 떨어졌다. 침구를 뜯어서 빨고 먼지를 털고 유리를 닦는 등 모든 청소가 언니의 몫이었다. 떡을 찌고 땅콩과 과즈를 볶는 일도 언니가 해야 했다. 여자인데도 세심한 일에 서툰 나는 그저 물을 길어오거나 오수를 내다 버리고 마당을 쓸거나 장작을 패는 단순한 허드렛일을 도맡았다. 창고 안에 있는 잡동사니들을 정리하는 일도 내 몫이었다. 온몸에 기운이 넘치는 데다 추위를 가장 잘 견디는 나로서는 이런 옥외 노동이 오히려 포상인 셈이었다. 엄마가 일을 하기 시작하자 우리도 엄마를 따라 바삐 움직였다. 우리 남매에게 일들을 배분할 때, 엄마의 왼쪽 눈 속에 작고 동그란 것이 붉게 빛나는 게 보였다. 붉은 콩 같았다. 아버지가 숨을 거두실 때 엄마의 눈에 갑자기 나타난 점이었다. 나는 줄곧 이를 아버지의 영혼으로 여기면서 아버지가 정말로 자리를 잘 잡았다고 생각했다. 아버지의 영혼은 붉은색이었다. 나는 지금 아버지의 영혼이 엄마의 눈 속에 서식하고 있다고 확신했다.

일을 다 배분한 엄마가 또 남동생에게 말했다.

"예전에 샀던 벤파오와 과전剕錢,* 대련, 종이 등롱은 올해부터 일체 사지 않도록 해."

"알았어요."

남동생이 고개를 숙이고 침울한 어투로 대답했다. 가장이 죽은 집에서는 3년 동안 경사스러운 일에 쓰여 사람들의 이목을 끄는 화려한 물건은 전부 피해야 했다. 우리는 어렸을 때부터 이런 이상한 습속을 익히 알고 있었다. 역시 아버지가 없을 때랑 있을 때는 모든 것이 확연히 달랐다. 나는 갑자기 마음이 서글퍼지면서 코끝이 시큰했다. 하지만 엄마 앞에서 눈물을 보여서는 안 된다는 생각에 꾹 참으면서 멍하니 산에 있는 묘원을 상상했다. 묘원의 흰 눈과 말로 다할 수 없이 평온한 분위기를 생각했다. 나의 이런 모습

---

* 중국 북방 지역에서 설을 비롯한 명절에 문 위에 붙이는 종이 오리기 장식으로 다양한 길상의 의미가 담긴 형상이나 십이지에 해당되는 동물 모양이 주류를 이룬다.

이 엄마의 관심을 끈 것임이 분명했다. 엄마는 내가 어렸을 때 사용하던 아명으로 나를 부른 다음 우리 남매에게 말했다.

"오늘부터 누구도 더 이상 눈물을 흘려선 안 돼. 단 한 방울도 안 된다. 나와 너희 아버지는 20년 넘게 함께 살면서 항상 사이가 좋았어. 다른 집 부부들이 한평생 다투고 소란을 피우면서 함께 사는 것보다 훨씬 낫지. 엄마는 그걸로 만족한다. 마음이 아픈 건 부정할 수 없지만 이미 세상을 떠난 사람은 아무리 해도 불러올 수 없는 법이야. 너희 아버지가 마음 편히 가실 수 있게 해드려야지. 이제 너희도 다 컸으니 아버지가 꼭 필요하지도 않을 거야. 앞으로 가야 할 길은 너희 스스로 찾아서 가도록 해. 너희 아버지는 살아 계시는 동안 너희에게 충분히 다정하셨어. 아버지의 사랑을 못 받은 것도 아니니 그걸로 만족할 줄 알아야지."

말을 마친 엄마는 곧장 몸을 돌려 부엌으로 들어가 일을 하기 시작했다. 우리 삼 남매는 서로의 얼굴을 한번씩 쳐다보고는 곧바로 움직이기 시작했다.

나는 양철통을 메고 물을 길러 우물가로 갔다. 우물가는 우리 집 서북쪽에 자리 잡고 있어 가장 빠른 길을 골라도 일고여덟 집을 돌아가야 이를 수 있었다. 길가의 눈은 마당에 있는 눈처럼 그렇게 두툼하고 온전하지 않았다. 많은 사람이 지나다닌 탓에 눈이 동쪽에 한 덩이 서쪽에 한 덩이 누더기처럼 흩어져 땅에 들러붙어 있었다. 길에는 여기저기 가축 분뇨와 장작에서 떨어진 나무 부스러기들도 흩어져 있었다. 이런 길을 걷자니 마음속으로 허전하고 무료한 기분을 떨칠 수 없었다. 하늘은 무척이나 창백했다. 황혼 무렵이 아니었다면 서쪽 하늘가의 희미한 저녁놀조차 볼 수 없었을 것

532

이다. 나는 고개를 숙인 채 걷고 있었다. 이 길은 눈을 감고도 걸을 수 있기 때문이었다. 이따금씩 잘 아는 아주머니나 할머니 같은 어른 두세 분과 마주치면 대부분 내 어렸을 적 아명을 부르면서 다짜고짜 물어왔다.

"네 엄마는 설을 쇨 생각이 있는 거니?"

"그럼요."

나는 가볍게 고개를 들어 그분들을 쳐다보고는 또다시 고개를 숙인 채 앞을 향해 걸었다. 빙 돌아 우물 둔덕에 이르러서야 물을 길러 온 사람이 평소보다 훨씬 더 많다는 것을 발견할 수 있었다.

물을 길러 온 사람들은 대부분 남자였다. 그들은 자연스럽게 줄을 서 있다가 내가 온 것을 보자마자 일제히 나 먼저 물을 길라고 친절하게 양보해주었다. 나는 이들의 호의를 고집스럽게 거절했다. 그분들이 얼마 전에 아버지를 잃은 나를 불쌍히 여기고 있는 게 틀림없다는 생각이 들었기 때문이다. 나는 그런 동정을 받고 싶지 않기 때문에 누가 뭐래도 줄 맨 앞으로 가려고 하지 않았다. 나는 남자들 뒤에 말없이 줄을 서 있었다. 발밑은 두꺼운 얼음이었다. 얼음은 누런빛을 띠고 있어 내가 커다란 치즈를 밟고 있는 것 같은 느낌이 들었다. 나는 감히 남자들의 얼굴을 쳐다보지 못했다. 그들의 모습에서 아버지가 떠오르기 십상이기 때문이었다. 아버지가 살아 계실 때는 당신도 그들 뒤에 줄을 선 사람들 가운데 한 명이었을 것이다. 그때는 이 남자들 모두 서로 담소를 주고받았겠지만 지금은 내가 맨 뒤에 있어서 그런지 모두들 입을 굳게 다물고 아무 말도 하지 않았다. 그저 끼익 끼익 물 긷는 소리와 차르르 물 붓는 소리, 수많은 남자의 발걸음이 개미처럼 느릿느릿 앞으로 이동하면서 나는 미묘한 뽀드득 소리만 들릴 뿐이었다. 이것 말고 내가 느낄 수 있는 것이라고는 이처럼 단조로운 움직임 아래 감춰져 있는 아주 깊은 적막과 차가움뿐이었다. 이것이 진정으로 길고 긴 겨울이었다. 나는 또다시 엄마 눈 속에 있는 그 신선하고 매끄러운 붉은 콩을 떠올렸다. 이때 내 발밑의 물통 두 개에 갑자기 물을 들이붓는 소리가 요란하게 들렸다. 알고 보니 앞에 있던 사람이 내 물통에 먼저 물을 채워준 것이었다. 나는 하는 수 없이 줄에서 벗어나 물 두 통을 메고 뒤뚱거리며 우물가를 떠났다. 사람들과 어느 정도 멀어지고 나서야 나는 마음 놓고 실컷 눈물을 흘릴 수 있었다. 내가 운 것은 그들이 나를 매몰차게 동정했기 때문이다. 나는 견딜 수가 없었다. 울고 나니 마음속에 어떤 억척스러움이 차올랐고, 억척스러움이 차오르자 갑자기 기운이 솟았다. 덕분에 한달음에 집 앞까지 올 수 있었다. 나는 물통을 멘 채 곧장 부엌으로 들어갔다. 부엌 안에는 수증기가 자욱했다. 엄마는 커다란 대야에 사발과 접시를 닦고 있었고 언니는 그 옆에서 두건을 쓴 채 의자 위에 올라가 먼지를 털고 있었다. 엄마는 내게 물을 물독에 붓고 장작을 가져오라고 지시했다. 화로의 불길이 잦아들고 있었기 때문이다. 내가 콧소리가 가득 섞인 채로 대답하자 엄마가 어김없이 물어댔다.

"못난 녀석, 또 밖에 나가 몰래 울었구나?"

"사람들이 나더러 먼저 물을 길라고 하는 바람에 견딜 수가 없었어요."

내가 억울하다는 듯한 표정으로 말했다.

"설을 쇠고 나면 그러지 않을 거야. 게다가 네가 그 사람들을 보고 입도 벙긋하지 않았을 게 분명해. 그러니 사람들이 너를 가엽게 여길 수밖에 없지."

엄마가 담담한 어투로 설명했다.

설이 여러 날 동안 아무것도 먹지 못한 배불뚝이 거한처럼 가쁜 숨을 헐떡이며 문지방까지 이르렀다. 문을 조금 열기만 해도 허기를 이기지 못하고 꼬르륵 소리를 내면서 안으로 밀고 들어올 것 같았다. 이틀만 더 지나면 섣달그믐이지만 우리는 풍속에 따라 산에 가서 아버지를 모시고 집으로 돌아와 설을 쇨 작정이었다. 엄마는 아침 일찍 일어나 서둘러 생선을 굽고 닭고기를 가늘게 썰어 볶고 지단을 부쳤다. 엄마가 만든 음식은 전부 성묘할 때 쓰기 위한 것이었다. 우리 삼 남매는 방 안에서 아버지께 드릴 지전을 찍고 있었다. 아버지가 저세상에서 가장 부유하게 지낼 수 있게 해 드리려는 마음에 우리는 액면가가 100위안인 돈만 만들었다. 세심한 언니는 지폐가 전부 고액이면 아버지가 물건을 살 때 거스름 돈을 받지 못할 수도 있다고 말했다. 이에 우리는 다시 1자오角짜리와 1편分짜리 잔돈도 만들었다. 모든 준비를 마치고 출발하려고 할 때 엄마가 문득 말했다.

"나도 가야겠다."

엄마가 손을 가지런히 내리고 아주 자연스러운 태도로 우리의 의견을 구했다. 나와 남동생은 동시에 언니를 쳐다봤다. 언니가 결정권을 갖고 있었기 때문이다. 언니가 말했다.

"엄마는 오지 마세요. 우리만 가면 돼요."

"하지만 나는 여태 너희 아버지 묘원에 한 번도 가보지 못했잖아."

엄마는 몹시 억울하다는 듯한 표정이었다. 우리가 남편을 보러 가는 엄마의 권리를 박탈하기라도 한 것 같았다.

"하지만 엄마는 거기 가면 틀림없이 울 거잖아요."

언니가 직설적으로 지적했다.

"안 울겠다고 약속할게."

엄마는 거의 여자아이 같은 모습을 보이면서 재빨리 앞치마를 벗어던지고 목도리와 장갑을 찾으러 방 안으로 들어갔다. 여전히 가슴이 두근거리고 걱정을 떨칠 수 없었던 언니가 내게 물었다.

"엄마가 아버지가 계신 곳에 가면 울 것 같니?"

"내 생각엔 울 것 같아."

내가 말했다.

"틀림없이 울 거야."

남동생도 한마디 거들었다.

"그럼 엄마는 가지 못하게 하자."

언니가 말을 마치자마자 우리 삼 남매는 엄마가 나오기 전에 재빨리 집을 나섰다. 우리는 좀도둑처럼 서둘러 울타리를 따라 구불구불한 길을 돌아서 대로변으로 나왔다. 이렇게 아주 빨리 엄마를 따돌렸다. 엄마는 아버지가 계신 묘원의 정확한 위치를 모르는 데다 우리가 일부러 엄마를 떼어놓았다는 걸 알면 절대로 우리를 쫓아오진 않을 것이었다.

날씨는 극도로 추웠다. 허공에 어지럽게 울려 퍼지는 폭죽 소리마저 차갑게 느껴졌다. 산으로 들어선 우리의 눈길은 쉴 새 없이 아버지가 계신 쪽을 향했다. 오랫동안 떨어져 있다가 집으로 돌아온 사람들 같은 집요한 눈길이었다. 커다란 새 몇 마리가 묘원에 있는 나무 위를 맴돌고 있었다. 마치 묘원의 파수꾼들 같았다. 아버지의 묘지 가까이에 온 우리는 옥황상제를 배알하는 것처럼 일제히 무릎을 꿇고 가장 고전적인 추모 의식을 치렀다. 지전을 태울 때 나는 자욱한 연기 속에서 우리는 아버지의 두 손을 보고 있는 듯한 착각이 들었다. 하지만 아버지는 분명히 우리와 단절되어 있었고 다시는 그 두 손을 잡을 수 없었다. 그 순간 나는 참지 못하고 또다시 엄마를 생각했다. 엄마가 이 자리에 서 있었다면 어떤 모습을 보였을까?

아버지께 작별 인사를 건네고 묘원을 떠나 집에 돌아왔을 때는 거의 정오 무렵이었다. 부엌 안은 무척 따뜻했다. 화롯불은 맹렬하게 타고 있었다. 엄마는 고개 한번 들지 않고 대야에 담긴 생선을 자르고 있었다. 아무래도 화가 난 것 같았다. 엄마는 우리에게 화를 내는 일이 거의 없었다. 우리는 먼저 손을 씻은 다음, 각자 자기 위치로 돌아가 자신에게 맡겨진 일들을 서둘러 해치웠다. 이때 엄마가 갑자기 단도직입적으로 물었다.

"너희 아버지에게 집에 와서 설을 쇠시라고 말씀드렸어?"

"네, 말씀드렸어요."

동생이 벌벌 떨면서 대답했다.

"어떻게 말했어?"

엄마가 고개를 들었다. 엄마의 눈가는 붉어져 있었다. 혼자 운 것이 분명했다.

"이렇게 말했어요. 아버지 저희가 집에 설 쇨 준비를 다 해놓았으니 집에 오셔서 설을 쇠고 가세요."

이런 말을 하는 남동생의 목소리에 극도로 조심스러워하는 기색이 뚜렷했다.

"다른 말은 안 했어?"

"제가 아버지께 동생이 올해 대학에 붙게 도와달라고 부탁했어요."

내가 안절부절못하면서 한마디 덧붙였다.

"넌 아직도 아버지한테 그런 걱정을 끼쳐드리고 싶니?"

엄마는 가차 없이 나를 몰아세웠다. 조금 전에 엄마를 묘원에 데리고 가지 않아 기분이 상했을 것이라는 점 말고는 다른 이유를 찾을 수 없었다.

"일부러 그런 건 아니에요."

나는 한마디 던지고 또 눈물이 나올 것 같아 얼른 화롯가로 가서 화로 속 불덩이를 헤집었다.

"알았어. 너희 모두 가서 할 일들 하도록 해."

엄마는 한숨을 내쉬고는 더 이상 추궁하지 않았다.

섣달그믐날, 엄마의 분부대로 언니는 시댁으로 가서 설을 쇠어야 했다. 엄마는 남편을 잃었다는 이유로 딸이 집에 남아 자신과 함께 시간을 보내는 것을 원치 않았다. 결국 나와 동생만 엄마와 함께 섣달그믐날 밤을 보내게 되었다. 엄마가 슬픔에 빠지는 일이 없도록 하기 위해 우리는 그날 하루 종일 무척 즐거운 척하면서 유난히 바쁘게 돌아쳤다. 한밤중이 되자 집 밖은 온통 폭죽 터지는 요란한 소리에 파묻혔다. 지진이라도 난 것 같았다. 우리 집에서는 폭죽을 터뜨리지 않았는데도 마당 밖 사방에서 쉴 새 없이 파박 파바박 폭죽 소리가 들려왔다. 가정주부인 엄마는 예전 설과 다를 바 없이 부뚜막에서 교자를 삶고 있었고 나와 남동생은 쉬지 않고 음식을 날랐다. 밥상이 젓가락과 술잔, 접시로 가득했다. 이 시간이 가장 견디기 어려운 순간이었다. 섣달그믐만 지나면 해가 바뀌고 생활도 다시 평온한 상태로 돌아갈 것이었다. 밖은 어두운 밤이었다. 공기도 차가웠다. 눈꽃이 날리지 않아 내년에는 농사가 풍년을 이룰 거라는 전조가 보이지 않았다. 우리는 거부할 수 없이 설이 다가오는 것을 지켜보고 있었다. 설은 대대로 해마다 잊지 않고 찾아오느라 이미 늙었는지 무척 지쳐 보였다. 모든 발걸음이 늦은 황혼이었다. 내 눈앞에 또 갑자기 산 위 묘원의 풍경이 어른거렸다. 지금 그곳은 백설의 묘원으로 변해 있고 별빛이 반딧불이처럼 여기저기 날아다닐 것이었다.

우리는 밥상 앞에 둘러앉아 술잔을 들고 새해를 위해 진부한 기원을 했다. 엄마는 표정은 대단히 침착하고 조용했다. 내가 엄마의 장수를 기원한다고 외치고 남동생이 관례대로 무릎을 꿇고 머리를 바닥에 대면서 절을 올렸다. 그러면서 엄마에게 만복이 깃들기를 기원하자 엄마의 자애로운 모습이 따스한 3월의 봄날에 자란 식물처럼 다시 풍만하게 소생하는 것 같았다. 엄마도 우리의 길상을 기원하면서 우리 같은 손아랫사람들이 좀처럼 누리기 어려운 덕담을 해주었다. 덕분에 우리는 새해에 맞게 될 삶이 남들과 다르리라는 기대를 갖게 되었다. 처음부터 끝까지 엄마는 눈물을 한 방울도 흘리지 않았다. 엄마의 눈 속에는 부드러운 아이처럼 깃들어 있는 영혼이 있었다. 그 붉게 빛나는 신선한 점이 엄마의 눈빛과 함께 두 사람이 이 세상에 창조해낸 아이들을 바라보고 있었다. 따스하지만 조금은 슬픈 분위기를 지닌 섣달그믐날 밤이 오래 지속된 엄마의 분노를 끌어내 배가 되어 항구를 떠났다. 나는 크게 안도의 한

숨을 내쉬었다. 그날 밤 화로는 무척 따뜻하고 부드러웠다. 실내의 온화한 분위기 덕분에 어느새 봄이 슬그머니 방 안으로 기어들어온 것이 아닐까 하는 생각이 들었다.

음력 첫 달 초하루에는 갑자기 하늘에서 끝없이 큰 눈이 내리기 시작했다. 겨울의 아침은 원래 늦게 찾아오는 법인데 눈이 내리는 아침은 하늘이 이른 새벽녘에 더 가까워 우리는 모두 느지막하게 꿈에서 깨어났다. 침대에서 일어났을 때 방 안은 아주 따뜻하고 훈훈했다. 손으로 화장을 더듬어보고 나서야 엄마가 아침 일찍 화로에 불을 피웠다는 사실을 알게 되었다. 갑자기 눈물이 나올 것만 같았다. 창밖 풍경은 무척 평온했다. 채소밭 너머의 도로에는 이제 설을 준비하는 사람들의 그림자가 보이지 않았다. 설은 이미 지나갔고 모두들 무겁게 가라앉은 휴식에 취해 있는 것 같았다. 작은 마을 전체가 반신불수가 된 것 같았다. 나는 옷을 걸치고 침대에서 내려와 부엌으로 향했다. 먼저 화로 안의 불을 확인한 나는 장작을 더 집어넣었다. 그런 다음 황혼 같은 복도를 지나 엄마의 방으로 갔다. 엄마는 방 안에 없었다. 게다가 느닷없이 엄마의 방이 아주 깔끔하게 정리되어 있었다. 나는 심장이 내려앉는 듯한 기분이었다. 황급히 남동생 방으로 간 나는 침대에서 자고 있는 동생을 흔들어 깨워 물었다.

"엄마 어디 갔니?"

"몰라."

방금 잠에서 깬 동생이 잠기가 가시지 않아 어리둥절한 상태로 대답했다.

"엄마가 안 보여."

내가 말했다.

"어디 멀리 간 건 아니겠지?"

남동생이 전혀 걱정하지 않는 듯한 표정으로 서둘러 일어나 옷을 챙겨 입고는 엄마를 찾으러 마당으로 뛰어나갔다. 동생은 먼저 화장실에 가보고 다시 창고에 들어가 살펴봤지만 엄마는 보이지 않았다.

"물을 길러 간 건 아닐까?"

동생이 물었다.

"그럴 리는 없어. 물통이 전부 집에 있단 말이야."

애가 탄 우리는 울음을 터뜨리기 직전이었다. 이때 마침 언니와 형부가 처갓집으로 새해 인사를 하러 왔다. 언니는 들어오자마자 분위기가 심상치 않은 것을 감지하고는 내게 다급히 물었다.

"엄마한테 무슨 일 있어?"

"어젯밤까지만 해도 집에 있었는데 아침에 일어나보니 엄마가 보이지 않아. 엄마가 화로에 불을 피워놓고 나갔어."

내가 말했다.

"어째서 엄마를 잘 돌보지 않은 거야?"

언니는 우리를 원망하면서 눈물을 글썽거렸다.

엄마가 그리움이 병이 되어 정말로 한순간에 우리를 내버린 건 아닐까? 눈앞에 또 산에 있는 묘원의 풍경이 어른거렸다. 지금 그곳은 백설의 묘원으로 변해 있을 텐데 엄마가 혹시 그곳에 간 건 아닐까? 내가 이런 무서운 상상을 언니에게 말하기 전에 엄마가 갑자기 문을 열고 들어왔다. 먼 길을 다녀온 것임이 분명했다. 엄마의 몸에 눈송이가 아주 많이 내려앉아 있었다. 엄마는 검정 목도리를 두르고 있었고 낯빛은 생생하고 윤기가 흘렀다. 눈빛에도 활력이 넘쳤다.

"엄마 어디 갔었어요? 우리가 얼마나 걱정했는지 알아요!"

언니가 말했다.

엄마는 목도리를 풀고 몸 위아래에 앉은 눈을 털어내면서 다소 겸연쩍게 웃었다. 남의 집 마당에 몰래 들어가 꽃이라도 훔쳐온 듯한 표정이었다. 엄마는 우리에게 낮은 목소리로 차분하게 말했다.

"너희 아버지 만나고 왔어."

"거길 쉽게 찾을 수 있었어요?"

우리가 엄마에게 물었다.

"산에 올라가자마자 찾았는걸."

엄마는 눈을 내리깔면서 낮은 목소리로 말했다.

"너희 아버지 무덤을 보는 순간 다른 사람 무덤을 봤을 때와는 다르게 심장이 뛰더라고. 그래서 그게 너희 아버지 무덤인 줄 알았지."

우리는 모두 고개를 숙이고 그날 엄마를 묘원에 데리고 가지 않은 것을 후회했다.

"그 양반 있는 곳은 아주 좋더구나."

엄마는 약간 심취한 듯한 표정으로 말했다.

"그렇게 많은 나무가 빙 둘러싸고 있고 말이야. 그 양반은 정말로 자리를 잘 찾은 것 같더구나. 봄이 되면 얼마나 더 아름다울지 모르겠더라고."

말을 마친 엄마는 방으로 들어가 목도리와 장갑을 제자리에 놓아두고는 다시 부엌으로 돌아와 앞치마를 둘렀다.

엄마의 까만 머리칼에 윤기가 넘쳤다. 엄마는 훨씬 더 활기찬 모습이었다. 갑자기 또 눈앞에 묘원의 정경이 어른거렸다. 지금 그곳은 백설의 묘원이 되어 있을 것이었다. 눈이 하얀 안개처럼 허공을 가득 채우고 아버지는 그 맑고 향기로운 흰 안개 속에 갇혀 있었다.

엄마가 화로 덮개의 고리를 들어올려 불을 확인했다. 이때 나는 엄마의 눈이 사람을 압도할 정도로 맑아져 있는 것을 발견했다. 눈속의 그 붉은 콩 같은 점이 사라진 것을 보고 놀라움을 금할 수 없었다. 보아하니 아버지는 숨을 거두실 때 혼자 산 위의 묘원으로 가는 것이 너무 두려워 엄마의 눈 속에 숨어 계시다가 엄마가 직접 아버지가 오래 머무실 곳을 찾아가 완전히 보내드리고 나서야 마음을 놓고 그곳에 남게 되신 것 같았다. 아버지가 그곳에 머물게 된 것은 엄마가 아버지에게 용기를 주었기 때문이다. 엄마는 아버지에게 편히 안식할 수 있는 좋은 날씨도 함께 가져다주었던 것이다. 창밖에는 큰 눈이 소리 없이, 그러나 미친 듯이 바람에 휘날리고 있었다. 나는 문득 엄마의 그런 넉넉함을 깨달았다. 엄마가 축적해놓은 감정은 엄마의 여생에 화롯불처럼 오랫동안 멈추지 않고 계속 기억을 만들어낼 것이었다. 이때 엄마가 몸을 돌려 따스하고 부드러운 목소리로 우리에게 물었다.

"너희 아침 식사로 뭘 먹고 싶니?"

어골

사람들은 몇십 년 전만 해도 이 강에서는 삼밧줄로 물고기를 잡았다고 말했다. 이런 얘기를 할 때면 그들의 눈에서 도취한 듯한 광채가 번쩍였다.

모나진漠那鎭 사람들은 겨울이 왔다 하면 이 강에 관한 얘기를 늘어놓기 시작했다. 바람과 눈이 갑옷처럼 마을을 포위하고 있을 때면 어느 구석에서 바라보든지 마을의 대지는 사람들에게 끝없이 하얀 느낌을 주었다. 게다가 사람들을 압박하는 추위가 역병처럼 마을 전체에 가득했다.

어느 날인지는 잘 기억나지 않는다. 어쨌든 그런 날이 있었다. 모나진에서 가장 민감한 여자인 치치旗旗 아줌마가 갑자기 마을 사람들 전체를 향해 한 가지 중요한 소식을 선포했다.

진장인 청산戌山네 집 문 앞에 갑자기 어골魚骨이 잔뜩 쌓였다는 것이다. 그 가운데 어떤 물고기는 등뼈 한 가닥이 엄지손가락만큼이나 두꺼웠다. 싱싱한 물고기의 뼈로 가느다란 핏자국이 남아 있어 비린내까지 풍겼다.

이리하여 남녀노소 할 것 없이 마을 사람 모두가 노천에서 상영하는 영화를 보러 가듯이 일제히 자기 집 마당을 나서서 의혹 가득한 마음으로 놀라운 구경거리를 보러 몰려갔다. 어골을 구경하러 간 것이다.

정말 진장의 집 앞에는 어골이 한 무더기 쌓여 있었다. 치치 아줌마가 말을 잘못한 것이 아니었다. 어골들은 하얀 눈밭 위에 생동감 넘치는 모습으로 쌓여 있었다. 북방 맨 끝 지방의 해가 아주 차갑게 상아 같은 어골들의 표면을 비추고 있었다.

"와아, 이렇게 아름다운 어골은 틀림없이 20~30근이 넘는 커다란 물고기의 뼈일 거야!"

치치 아줌마는 사람들 속에서 흥분한 모습을 감추지 못했다. 그러더니 내게로 눈길을 던지면서 말했다.

"이봐요 외지 친구, 이런 어골은 처음 보지요?"

"이렇게 굵은 어골을 본 적은 있어요. 하지만 이렇게 아름다운 어골은 처음이에요."

"내 말이 바로 그거예요. 잘들 보세요. 이 뼈는 솥에 들어간 적도 없는 뼈라고요."

치치 아줌마가 어미 곰처럼 거친 동작으로 사람들 앞으로 나서더니 어골 더미 옆에 쪼그리고 앉아 가장 굵은 뼈 하나를 손바닥에 올려놓고는 어머나! 어머나! 하면서 연신 탄사를 내뱉었다. 뜻하지 않게 길에서 커다란 금덩이라도 주운 것 같았다. 그녀 자신도 모르게 홍조를 띤 두 볼이 미세하게 떨리기 시작했다.

"칼로 도려낸 것 같아요. 이 작고 가는 무늬는 칼자국인 게 분명해요. 물고기 뼈가 이렇게 여리고 부드럽다니, 맙소사! 이렇게 멋진 어골은 여러 해 동안 보지 못했어요! 제 말은 우리의 이 강이 이제 마음을 열기 시작했다는 거예요!"

"맞아요, 강이 마음을 열기 시작한 거예요!"

누군가가 맞장구를 쳤다.

모나진 사람들은 이 강을 여자처럼 상냥하다고 여겨왔다. 수십 년 전만 해도 이 강에서는 삼밧줄로 짠 그물을 하나 아무렇게나 강 한가운데에 던지면 물고기들이 집 둘레 울타리를 타고 오르는 조롱박처럼 그물 가득 매달렸다. 그물을 걷어올릴 때면 물고기들이 꼬리를 파닥거리면서 햇빛을 받은 비늘이 눈부시게 반짝거렸다. 정말 아무리 봐도 질리지 않는 아름다운 풍경이었다.

하지만 수십 년이 지나면서 이 강도 청춘기가 지난 여인처럼 더 이상 아이를 낳지 못하게 되었다. 강물이 흐르는 소리도 예전처럼 요란하지 않았다. 너무나 평온하고 조용하기만 했다. 곧 땅에 묻힐 사람 같았다. 그리하여 모나진 사람들은 길고 긴 겨울이 오면 이 강의 과거가 사무치도록 그리웠다.

사람들은 분분히 자기 생각을 말하면서 의론을 펼친 결과 조금씩 흥분하기 시작했다. 모두들 일제히 집으로 돌아가 물고기 잡는 어구를 챙기기 시작한 것이다. 치치 아줌마는 격앙된 기분으로 그 아름다운 어골을 내게 선물했다. 너무나 신선하고 상쾌하고 아름다운 어골이었다.

저녁 무렵이 되자 날씨가 갑자기 추워지기 시작했다. 하얗게 펼쳐진 강의 수면 위로 한기가 가득 퍼져 있었다. 치치 아줌마는 첫 번째 얼음 구멍을 뚫고 마구 뒤엉킨 커다란 어망을 강물 속으로 밀어넣었다.

평소에 마냥 조용하기만 하던 강가에 삽시간에 활기가 돌기 시작했다. 먼 곳 가까운 곳 할 것 없이 사람들의 그림자로 바글거리기 시작한 것이다. 가까운 곳에 있는 사람들의 모습은 바람에 흔들리는 검은 상수리나무 같고 멀리 있는 사람들의 모습은 하늘에 떠 있는 구름처럼 희미하고 어슴푸레했다.

치치 아줌마의 귀밑머리에 땀이 잔뜩 흘렀다. 짙은 습기 때문에 그녀의 목도리 밖으로 아주 빨리 하얀 서리가 끼었다. 그녀는 아직 저녁을 먹지 않은 터라 치치에게 마을로 돌아가 먹을 것을 좀 챙겨다달라고 부탁할 작정이었다.

치치는 열 살 먹은 여자아이로 치치 아줌마가 서른다섯 살 때까지 아이를 낳지 못하자 양녀로 들인 아이다. 아주 총명하고 귀여운 데다 까만 눈동자가 쉬지 않고 늘 반짝이는 아이였다. 치치 아줌마는 걸핏하면 치치의 눈이 너무 맑게 빛나서 머리가 어지러울 정도라고 말하곤 했다.

치치는 화로에 불을 지필 준비를 하고 있었다. 이미 잘게 부순 장작을 화로 안에 넣고 빈 틈새에 자작나무 껍질을 잔뜩 쑤셔넣은 터였다. 치치는 진한 대추 색 솜저고리를 입고 있었다. 터질 듯이 통통한 모습이 귀여움을 더해주었다.

치치 아줌마가 앞으로 다가가 성냥을 그어 불을 붙이자 화로는 번개를 맞은 듯이 금세 불길이 일더니 이내 빨간 불꽃이 솟구치며 맹렬하게 타오르기 시작했다. 치치는 손을 뻗어 불을 쬤다. 그러자 얼굴 전체가 불빛에 빨갛게 물들었다.

"엄마, 저기 좀 봐요. 카이화아오開花襖* 할아버지도 왔어."

치치가 10미터쯤 떨어진 곳에 서 있는 사람을 가리키며 말했다.

"외지 친구, 저것 봐요. 사람이 정신이 들면 병도 없어지는 법이에요. 저 카이화아오 영감은 지난 2∼3년 동안 줄곧 병을 앓고 있었는데 오늘은 강가에 나와 있잖아요."

나는 모나진에 도착하자마자 이 '카이화아오'라는 인물에 관한 얘기를 들은 터라 지금 치치 아줌마가 다시 그를 거론하자 한번 만나 자세히 알아보지 않으면 안 되겠다는 욕심이 생겼다.

"가까이 다가가지 마요. 저 양반은 평생 두 가지를 보기만 하면 눈에서 초록빛이 발산되거든요. 하나는 물고기고 다른 하나는 여자예요!"

치치 아줌마가 말을 마치기 무섭게 치치가 호호 하고 웃었다. 내가 치치에게 왜 웃느냐고 묻자 치치가 내 어깨에 몸을 기대며 말했다.

"카이화아오 할아버지는 여자랑 자는 걸 좋아해요. 평생 여러 여자랑 잤대요."

"치치, 너 지금 사람들한테 무슨 얘기를 하는 거야?"

"이 언니한테 그 어골에 관해 얘기했어."

치치는 나를 향해 앙증맞게 한쪽 눈을 깜빡였다.

"넌 조금만 있으면 아주 예쁜 어골을 갖게 될 텐데 뭘 또 바라는 거야?"

"그 어골은 아주 투명하단 말이야."

---

\* 화려한 꽃무늬 천에 솜으로 안을 댄 중국식 저고리.

치치 아줌마가 또 말했다.

"너는 조금 있으면 더 투명한 어골을 갖게 될 거라고!"

치치 아줌마는 팔목에 차고 있던 열쇠를 풀어 치치의 목에 걸어주면서 말했다.

"집에 가서 먹을 것 좀 가져다줘."

치치 아줌마가 치치의 귀에 대고 몇 가지 지시를 하자 치치는 고개를 끄덕이고는 곧장 자리를 떴다.

하늘은 갈수록 더 어두워졌다. 추위가 칼날처럼 사람들을 압박했다. 강물 위 도처에는 시퍼런 얼음 더미가 있었고 얼음 구멍 위에는 그물을 움직이기 위한 장대들이 시커멓게 강물 속 깊이 박혀 1미터 정도 되는 꼭대기만 수면 위로 나와 있었다.

치치 아줌마는 손에 얼음 깨는 정을 꼭 쥐고서 두 번째 얼음 구멍을 뚫기 시작했다. 그녀는 격렬하게 몸을 움직이면서 지난 몇 년 동안 이렇게 통쾌하게 일해본 적이 없다고 말했다. 그렇지 않았다면 몸에 이렇게 기름진 살을 키우진 않았을 것이라고 했다. 그녀의 어투와 동작에 이번 고기잡이 작업을 통해 기필코 살을 몇 근 빼서 날씬한 물고기가 되지 않으면 안 되겠다는 투철한 의지가 드러났다. 하지만 나는 치치 아줌마에게는 몸에 살이 좀 붙어야 더 풍모가 있을 것 같다는 생각이 들었다. 내가 이런 생각을 말하자 그녀는 허리를 구부린 채 시원하게 웃어댔다. 그 웃음소리에 소나무 가지 위에 얹힌 눈송이가 전부 흔들려 떨어질 것만 같았다.

"맙소사, 내게 풍모가 있다고? 나는 평생 아이 하나도 낳지 못한 몸인데…… 풍모는 무슨 풍모가 있다고 그러는 거예요!"

나는 치치 아줌마가 젊었을 때 아이를 낳지 못해 남편에게 늙은 개처럼 쫓겨났다는 사실을 잘 알고 있었다. 그래서 치치 아줌마는 지난 10여 년 동안 줄곧 혼자 살고 있었다.

"그럼 남편은 지금 어디로 가서 살고 있어요?"

"10년이 훨씬 넘도록 전혀 소식이 없었어요. 그가 그립지 않다고 말하면 거짓말이겠지만 그리워해봤자 마음만 허전할 뿐이지요. 들리는 소문에 의하면 여자가 아이를 낳지 못하는 것은 대부분 남자에게 문제가 있는 거래요! 그때는 나도 정말 화가 나서 내가 아이를 낳을 수 있는지 시험해보기 위해 카이화아오 아저씨랑 몇 번 자볼까 하는 생각도 했다니까요!"

"그런데 왜 그렇게 하지 않았어요?"

"카이화아오는 나이가 너무 많아요. 아이를 키울 나이가 아니지요. 다른 남자들은 대부분 아내가 있고, 아내가 없는 남자들은 젊은 아가씨를 찾더라고요. 그러니 나도 남에게 손해를 끼치는 일을 할 순 없었던 것이지요."

이렇게 말하는 치치 아줌마의 얼굴에서 누군가를 원망하는 기색은 전혀 찾아볼 수 없었다. 나는 고통이 가슴속 너무 깊숙한 곳에 묻혀 있기 때문에 겉으로는 아주 평안해 보이는 것이라고 생각했다.

치치가 저녁 식사를 챙겨왔다. 치치 아줌마는 절반을 내게 나눠주었다. 우리는 얼음 더미 위에 앉아 화로를 둘러싸고 함께 식사를 했다.

이날 우리는 모두 함께 강가에서 밤을 보냈다. 일반적으로 어기漁期에는 며칠을 연달아 눈을 붙이지 못하는 것이 상례였다. 30분에 한 번씩 그물을 걷어올려야 하기 때문이다. 그런 긴장감과 행복감은 아름다운 매복 공격을 펼치는 것 같았을 것이다.

한 시간이 지나 치치 아줌마는 첫 번째 그물을 걷어올릴 작정이었다. 그물을 걷기 전에 그녀는 먼저 치치로 하여금 멀리 떨어지게했다. 치치의 별명이 '고양이'이기 때문이었다. 모나진에서는 물고기를 잡을 때 고양이처럼 생긴 아이를 데리고 오는 것이 금기였다.

"치치, 너는 우선 저 위로 가서 놀고 있어."

"저 위에 뭐 놀 게 있다고 그래? 그냥 여기서 그물 걷는 것 구경할래."

"그럼 어디 가서 나뭇가지 두 개만 구해와."

"나뭇가지는 뭐하게?"

"그물을 걷어올릴 때 쓰려고 그래."

"그물을 걷어올릴 때 나뭇가지가 필요해?"

치치는 놀란 표정을 지으면서도 환호하며 나뭇가지를 구하러 갔다. 치치는 자라면서 지금 처음으로 고기잡이에 따라온 터였다.

치치 아줌마가 나를 향해 빙긋이 웃더니 솜 장갑을 벗어던지고 얼음 구멍에 박힌 장대를 뽑아냈다. 그런 다음 그물 매듭을 풀었다. 화로의 시뻘건 불꽃에 의지해서 본 치치 아줌마의 얼굴은 맨드라미처럼 붉었다.

"그물이 왜 이렇게 가볍지? 고기가 잡히지 않았나보네……."

치치 아줌마는 혼자 중얼거리며 얼음 구멍 앞에 쪼그려 앉아 익숙한 솜씨로 그물을 걷어올리기 시작했다.

은백색 어망이 검고 무거운 강물 속에서 끌려나왔다. 수면으로 올라온 그물은 커다란 꽃무늬 천 같았다. 그물의 어떤 부분은 불빛을 받아 노을빛으로 변했고 어떤 부분은 어둠에 묻혀 진한 잿빛으로 변했다. 치치 아줌마는 침묵했다. 나도 침묵했다. 추운 바람도 차갑게 침묵했다. 화로만 맹렬하게 타면서 소리를 냈다. 그 탐욕스러운 불의 혀가 격렬하게 밤의 어둠을 핥았다.

그물 전체가 물 위로 나왔지만 물고기는 한 마리도 없었다. 치치 아줌마는 얼음 위에 엉덩이를 깔고 앉아 우울한 얼굴로 담배를 한 대 피웠다. 치치 아줌마는 담배를 아주 많이 피우는 편이었다.

"엄마가 날 속였어!"

그물이 이미 물 위로 올라온 것을 보고 치치가 말했다. 그러면서 나뭇가지 두 개를 강 위로 던져버리고는 울면서 왔던 길로 뛰어갔다.

"치치, 이리 돌아와!"

내가 얼른 몸을 일으켜 치치 뒤를 쫓아갔다.

"그냥 가게 놔둬요. 고양이가 여기에 있으면 물고기들이 다 도망가버린단 말이에요."

치치 아줌마는 담배를 끄고 다시 그물을 강물 속으로 밀어넣었다. 나는 치치가 걱정되어 얼른 일어서서 찾으러 나섰다.

카이화아오가 등을 약간 구부린 채 치치에게 이끌려 그물을 걷는 다른 곳으로 가고 있었다. 나를 본 치치는 뜻밖에도 본체만체했다. 그 표정을 보니 내가 치치 아줌마랑 뜻을 모아 자신을 속였다고 생각하는 것이 분명했다.

"치치야, 큰 고기를 잡을 것도 아닌데 뭘 구경하겠다는 게냐?"

카이화아오가 치치에게 물었다.

"작은 물고기를 잡아도 괜찮아요. 이번에 못 잡아도 괜찮고요!"

치치가 울먹이는 목소리로 집요하게 말했다.

그런데 이번 그물은 카이화아오보다 운이 좋았다. 길이가 젓가락만 한 창꼬치가 그물에 걸린 것이다. 모나진 사람들은 창꼬치를 장난삼아 치마 입은 물고기라고 불렀다. 몸에 얼룩덜룩한 무늬가 가득하기 때문이다.

"치마 입은 물고기가 한 마리 생겼네!"

치치가 물고기를 손에 들고 강가를 뛰어다니며 신바람이 나서 소리쳤다.

올해 나이 여든이 된 카이화아오는 젊었을 때 금을 캐는 사나이였다. 해방 후에는 합작사에서 가축 키우는 일을 하면서 한가할 때면 물고기를 잡았다. 가까운 곳부터 먼 이웃 마을까지 그의 고기잡이 솜씨가 대단하다는 명성이 자자했다. 사람들은 그가 모아놓은 금으로 모나진을 하나 더 만들 수 있을 것이라고 말했다. 예순 살이 되면서부터 그는 딸도 없고 아들도 없는 나이 든 여자가 있다는 소문을 들으면 가서 데리고 와 함께 살았다. 이런 식으로 다 합쳐서 일곱 명이나 되는 나이 든 여자를 데리고 살았고 죽을 때까지 함께 살다가 그녀들을 땅에 묻을 때는 나무로 비를 세워주었다. 나는 그런 카이화아오가 의협의 기질을 지닌 사람이라고 생각했다.

카이화아오는 나를 보더니 도시 여자들은 전부 나처럼 허약하냐고 물었다. 내가 고개를 가로젓자 그가 웃으면서 말했다.

"여자는 모나진 여자들이 최고지."

"여자들이 통통해서 좋다는 건가요?"

"그것뿐만이 아니에요."

카이화아오가 은밀한 웃음을 보였다. 어둠 속에서 그의 웃음소리는 몹시 처량하게 들렸다. 부엉이 울음소리 같았다.

"아저씨가 모아두신 금이면 모나진을 하나 더 만들 수 있다면서요?"

"전부 헛소문이에요. 나한테 무슨 금이 있다고 그래요."

"하지만 전부 일곱 명이나 되는 부인의 임종을 지키셨다면서요?"

"내게 숨이 붙어 있는 한 아무도 원하지 않는 할망구가 있으면 이것저것 따지지 않고 데려와 함께 사는 거예요."

"그런 분들을 왜 데려오시는 거예요?"

"여자가 혼자 쓸쓸하게 죽게 할 수는 없으니까 그러지요."

카이화아오는 강가에 앉아 화로를 뒤적거렸다. 화로에서 밝고 찬란한 불꽃이 튀었다. 꽃불처럼 찬란했다.

"나를 세상에 나오게 해준 게 여자인데 여자들을 억울하게 해선 안 되잖아요."

치치는 창꼬치를 나란히 늘어놓고 신바람이 나서 돌아왔다. 카이화아오는 우리에게 이 강이 아직 마음을 열지 않았다고 말했다. 치치 아줌마의 판단이 틀렸다는 것이다.

"치치 아줌마는 똑똑한 사람인데 어떻게 틀릴 수가 있겠어요?"

"나는 이 강을 여자만큼이나 잘 알고 있어요. 지금은 어기가 아니야."

"그럼 저 어골들은 어떻게 된 건가요?"

"신선한 어골들임에는 틀림없어요. 하지만 이 강에서 나온 게 아니에요."

"그걸 어떻게 아세요?"

"내가 말했잖아요. 나는 이 강을 여자만큼이나 잘 알고 있다고 말이오."

카이화아오가 말했다.

"그럼 왜 지금 강가에 나와 계신 건가요?"

"지금이 내가 강에 나올 수 있는 마지막 기회거든."

이렇게 말하는 카이화아오의 어투가 무척이나 장엄했다. 나는 그가 평생 강에 나온 횟수가 얼마나 되는지 알지 못했다. 하지만 나는 그가 강에 나와 물고기를 잡을 때마다 그 역사가 아주 휘황찬란했을 것임을 모르지 않았다.

나는 강가에서 벗어나 가죽 외투 안에 몸을 완전히 감춘 채 어두컴컴한 버드나무 숲에 서 있었다. 이때 모나진은 바람과 눈 속에서 조용히 깊은 잠에 빠져 있었다. 마을에서는 개나 닭의 울음소리조차 들리지 않았다. 모든 집이 캄캄한 어둠 속에 잠겨 자연의 일부가 되어 있었다. 하지만 얼음으로 뒤덮인 이 강에는 여기저기 어화가 반짝이고 사람 그림자들이 희미하게 움직이고 있었다. 완전히 원시 촌락의 평화로운 생활풍경화였다.

치치 아줌마는 세 번 그물을 걷어올렸지만 전부 텅텅 비어 있었다. 그녀는 갑자기 그 어골 무더기의 정체를 의심하기 시작했다. 아직은 어린아이였던 치치는 재잘재잘 쉴 새 없이 치치 아줌마에게 뭔가를 떠들어댔다. 치치 아줌마가 어서 집에 돌아가 자라고 했지만 치치는 어떤 지시도 들으려 하지 않았다. 이만큼 자라도록 아직 내가 치치 아줌마에게서 얻은 것과 같은 아름다운 어골을 갖지 못했다는 것이 이유였다.

밤의 후반부는 가장 견디기 어려운 시간이었다. 추위와 배고픔, 피로가 동시에 엄습했다. 나는 두 다리가 이미 얼어 거의 마비된 듯한 느낌이 들었다. 정말로 치치를 데리고 마을로 돌아가고 싶었다. 밤하늘에 가득한 별들이 손에 잡힐 듯 가깝게 느껴지기도 하고 너무나 멀게 느껴지기도 했다.

카이화아오는 독한 백주를 한 병 마시고는 강가에 화로를 마주하고 앉아 쉰 목소리로 노래를 불렀다. 한 여인이 남편을 그리워하는 감정이 가사의 대략적인 내용이었다. 음조가 몹시 낮은 노래였지만 아주 깊은 여운과 맛을 지니고 있었다. 노래를 듣고 있던 치치가 내게 당돌하게 물었다.

"카이화아오 할아버지는 여자랑 자는 것만 좋아하는 게 아니라 노래 부르는 것도 좋아하시나보네요?"

나는 그저 빙긋이 웃기만 했다. 치치의 말에 어떻게 대답해야 할지 몰랐기 때문이다. 잠시 후 치치 아줌마가 치치에게 말했다.

"사람이라면 누구나 노래를 좋아하는 법이야."

"그럼 엄마는 왜 노래를 안 좋아하는 거야?"

치치 아줌마는 대답을 하지 못했다. 나는 그녀의 눈가가 젖어 있는 것을 봤다. 그녀는 소매 끝으로 눈가를 훔치고는 감정을 가득 담아 노래를 한 자락 부르기 시작했다.


얼음으로 뒤덮인 강줄기 위로
내가 사랑하는 눈썰매가 달리네.
눈썰매 위에는 내 식량이 있고
추위를 달래줄 건초가 있네.
그리고
아름다운 아가씨가, 석양 아래서

내 어린 아기를 안고 있네.

치치 아줌마는 노래를 다 부르고 나서 울기 시작했다. 다 울고
나서는 또 웃었다. 웃은 다음에는 또 카이화아오에게 다가가 함께
술을 마셨다. 나랑 치치는 서로를 끌어안고 멍하니 희미한 모나진
마을과 저 멀리 있는 큰 산을 바라봤다.

내게 생명에 대한 인식을 말해보라고 한다면 나는 모나진이 가
장 생명력 넘치는 곳이라고 말할 것이다.

새벽 4시가 넘어 치치 아줌마는 이미 열두 개의 그물을 걷어올
렸다. 얼음 위에는 몇 마리의 잡어들만 펄떡거리고 있었다. 이 잡
어들은 막 강물 밖으로 나왔을 때는 아직 살아 있었지만 몇 분 지
나지 않아 조용히 죽어 딱딱하게 얼어버렸다.

하늘이 약간 뿌연 잿빛으로 변했다. 찬란하게 빛나던 별무리도
전처럼 그렇게 찬란하지 않았다. 강물 위에는 먹을 풀어놓은 것처
럼 화로 속 불이 남긴 재가 쌓여 있었다. 추위가 모든 사람의 얼굴
을 소나무 껍질처럼 붉고 거칠게 만들어놓았다.

치치 아줌마는 밤새 강을 지켰다. 연신 하품을 해대긴 했지만 정
신은 말짱했다. 그녀는 이 몇 근밖에 안 되는 잡어가 아주 좋은 한
끼 식사가 될 수 있을 것이라고 말했다. 그녀는 이 강의 과거에 관
해 얘기하기 시작했다. 매년 어기가 찾아올 때면 잡은 고기를 강가
에 잔뜩 펼쳐놓았다가 집집마다 눈썰매를 이용해 집으로 가져갔다
고 했다. 치치는 너무 추워 몸을 덜덜 떨면서 잇새로 간신히 말을
내뱉었다.

"그때 나는 왜 태어나지 않았어?"

"너를 낳지 않았으니까 그렇지."

치치 아줌마가 치치를 껴안고 얼굴을 어루만지면서 물었다.

"치치는 앞으로 또 강에 나올 거야?"

"응."

"강에서 밤을 새울 거야?"

"강에서 밤새우는 건 정말 재미있는 것 같아."

치치가 울먹이면서 말했다.

"단지 큰 물고기를 잡지 못해 예쁜 어골을 가질 수 없어서 슬퍼…… 발이 다 얼어서 서 있을 수도 없단 말이야."

"치치, 발이 어때서 그래?"

"발이 다 얼었어. 처음에는 차가워서 발을 굴렀는데 나중에는 발이 따듯해지기에 강가에 앉아 있었어. 조금 더 지나니까 발이 바늘로 찌르는 것처럼 아팠어. 그러다가 다시 안 아파지더라고. 시린 느낌도 없었어."

"이런, 동상에 걸린 게 틀림없네. 치치야, 왜 일찍 얘기하지 않았어?"

"엄마가 그물을 걷어올리고 있어서 그런 얘기를 하면 집에 가라고 할까봐 그랬지."

"발이 동상에 걸렸는데 어째서 집으로 가지 않은 거야?"

내가 끼어들어 말했다.

"처음으로 강에서 밤을 새우는데 하룻밤도 견디지 못하면 사람들에게 창피하잖아요. 카이화아오 할아버지는 여든 살인데도 아직 저기 서 있잖아요."

치치의 울음소리가 더 낭랑해졌다.

치치 아줌마와 나는 서둘러 솜 장화를 벗기고 치치의 발을 문질러주었다. 치치는 자신의 두 발을 멍하니 내려다보면서 한 손은 내 어깨 위에, 다른 한 손은 치치 아줌마의 어깨 위에 올려놓은 채 말했다.

"날이 밝은 다음에 마을로 돌아갈 거야. 그러면 강에서 하룻밤을 새웠다고 자신 있게 말할 수 있잖아."

강가에는 꺼져가는 어화들이 명멸하고 있었다. 저 멀리 큰 산의 윤곽이 점점 뚜렷해지기 시작했다. 8시쯤 되자 동쪽 하늘에 둥글고 더부룩한 해가 나타났다. 추위에 싸인 해는 새 깃털을 쌓아놓은 것 같았다. 모나진의 상공에는 여기저기 밥 짓는 연기가 피어오르고 있었다.

이때 갑자기 진장인 청산이 강가에 나타났다. 그는 병사들을 순시라도 하듯 남쪽에서 북쪽으로, 다시 북쪽에서 남쪽으로 왔다 갔다 하더니 강가에서 고기를 잡던 사람을 전부 한데 모아놓고 장엄하게 한 가지 비밀을 공개했다.

그의 집 앞에 쌓여 있던 어골 더미는 의도적으로 연출한 것이었다. 그들에게 한 가지 임무가 내려왔기 때문이다. 인근 산속에 사는 커다란 검은 곰을 산 채로 생포하라는 임무였다. 그들은 이미 여러 해 동안 이런 일을 해보지 못한 터였다. 그는 사람들이 감당하기 어려운 곰 생포 임무를 떠맡은 것이었다. 그래서 시험 삼아 어골을 쌓아놓고 사람들이 수십 년 전처럼 민감하고 인내심 있는 모습을 보이는지 알아보려 했던 것이다.

이어서 그는 곰 생포 작전에 나설 사람들의 명단을 불렀다. 치치 아줌마가 맨 위에 있었다. 카이화아오도 명단에 들어 있었다.

강물 속에 있던 그물은 전부 걷어올려졌다. 모나진 사람들은 말 없이 아침놀이 비추는 마을로 돌아갔다……

겨울은 항상 몹시 추웠다. 모나진은 또 천지가 큰 눈에 뒤덮였다. 치치 아줌마 일행은 사흘을 준비해 나흘째 되는 날 아침 일찍 곰을 잡으러 출발하기로 결정했다.

치치의 발이 동상에 걸려 상처 부위가 짓무르기 시작했고 밤마다 가려워서 잠을 자기 어려웠다. 치치 아줌마는 내게 여관에서 짐을 싸가지고 집으로 들어와 자신이 곰을 잡아 돌아올 때까지 치치를 좀 보살펴달라고 부탁했다.

치치 아줌마가 출발하기 하루 전 저녁, 사방이 잿빛으로 희미해져 있었다. 내가 막 마당에서 용변을 보려 할 때였다. 갑자기 한 남자가 매처럼 부리부리한 눈으로 나를 쳐다보는 것이었다. 나는 황급히 큰 소리로 치치 아줌마를 불렀다. 치치 아줌마는 식사를 하고 있다가 그 남자를 보더니 귀신을 본 것처럼 놀라고 말았다.

"당신 귀신이지? 응? 귀신이 된 거지?"

"귀신 아니야, 사람이야! 미안하오. 난 또 다른 여자랑 한동안 살았어. 이제야 아이를 낳지 못하는 것이 당신 잘못이 아니란 걸 알았어."

남자는 땅바닥에 꿇어앉아 머리를 아주 낮게 땅에 댔다. 그의 귀밑머리에서 땀 냄새가 났다. 10여 년 전에 치치 아줌마를 버리고 갔던 남편이 돌아온 것임을 알 수 있었다.

"정말 낯짝도 두껍네요. 감히 돌아올 생각을 하다니?!"

치치 아줌마는 욕을 하면서 불에 탄 막대기를 하나 집어 죽은 개를 패듯이 매섭게 그를 후려쳤다. 남자는 미동도 하지 않았다. 대신 눈물을 흘리고 있었다. 나는 그의 얼굴이 늙어 마른 버섯처럼 쭈글쭈글한 것을 봤다. 남자가 말했다.

"내가 잘못했어. 내가 죽일 놈이야!"

그러고는 몸을 일으켜 비틀비틀 문밖으로 나갔다. 치치 아줌마는 잠시 멍하니 있다가 죽을 힘을 다해 그를 뒤쫓아가서는 울면서 말했다.

"집으로 돌아오고 싶거든 우리 치치를 위해 예쁜 어골을 하나 구해와요. 예쁘고 투명한 어골이어야 해요!"

남자는 침묵한 채 바위처럼 잠시 서 있었다. 그러더니 갑자기 경련을 일으키듯이 두 팔을 벌려 치치 아줌마를 품에 꼭 껴안았다. 치치 아줌마는 우리에 갇힌 호랑이처럼 쉬지 않고 남자의 가슴을 쥐어뜯었다. 쉬지 않고 울면서 쉬지 않고 소리쳤다.

잠시 후 남자는 천천히 치치 아줌마를 풀어주고는 해가 지고 있는 쪽을 향해 걸어갔다. 그의 굽은 다리가 눈밭 위에 둥근 공 모양을 그렸다. 북방의 해질 무렵 추위가 옷을 뚫고 몸 안으로 들어왔다. 그는 희뿌연 해를 넘듯이 걸어갔다.

치치 아줌마는 끝없이 펼쳐진 눈밭 위에 서서 빨갛게 부은 눈을 비비면서 점점 멀어져가는 그의 뒷모습을 향해 큰 소리로 말했다.

"물고기를 잡으러 그 강으로 가진 마요. 물속의 고기들이 더 큰 강으로 가버린단 말이에요. 진장인 청산이 아름다운 어골을 구했던 것도 큰 강에서 잡아온 거란 말이에요! 더 큰 강으로 가요. 가서 어골을 구해 돌아와요!"

다음 날 이른 아침, 치치 아줌마와 남편은 식량과 건초를 준비해 눈썰매를 타고 곰을 잡으러 갔다.

# 아름다운 북방의 동화

 소설과 역사의 차이는 무엇일까? 소설은 허구이지만 현실세계를 상당히 세밀하고 그럴듯하게 묘사해낸다. 따라서 소설은 대체로 일정한 시간의 폭과 유한한 공간의 범위를 갖는다. 그리고 그 공간과 범주 안에서 인물들의 심리적, 물리적 활동과 무수한 상황의 충돌이 전개되고 모든 인물과 행위가 하나의 완전한 이야기의 구도로 직조된다. 하나의 구체적인 이야기가 우리 일상의 단면을 핍진하게 반영하는 것이다. 역사도 그렇다. 역사는 이야기의 많은 부분이 허구가 아니고 불가사의한 내용이 그리 많지 않다는 점을 제외하면 소설과 별 차이가 없다. 소설과 역사는 거의 같은 기제로 우리 삶을 투영하고 기억한다. 역사와 소설 모두 사람들 삶의 이야기인 것이다. 이러한 기억의 작은 편린들은 끝없이 이어지면서 평범한 개인들의 역사를 한 컷 한 컷 풍경으로 전환시키고 무수한 개인의 삶의 풍경은 개연성 있는 집단의 역사를 형성하게 된다. 우리가 소설을 읽어야 하는 이유가 바로 여기에 있다.

츠쯔젠 소설의 가장 큰 특징 가운데 하나는 하층 서민들의 삶 깊숙한 곳에 녹아 있는 따스한 정과 인성의 원초적인 아름다움을 처연한 서정으로 그려내고 있다는 점이다. 그는 들판에 핀 꽃 한 송이, 길가에 구르는 돌 하나에도 영혼이 있다고 믿는다. 만물의 영혼이 자신의 영혼과 서로 작용하고 자기 삶 속 깊숙이 들어와 있다고 믿는다. 이러한 믿음에 기반해 그의 작품은 대부분 사람의 온정을 주제로 하고 있고, 이러한 주제가 그의 창작의 가장 중요한 풍격으로 자리 잡고 있다. 이는 그의 성장과정의 영향일 수도 있고 생명에 대한 본능적 경외의 마음에서 비롯된 것일 수도 있다. 외부 세계의 슬픔과 상처를 넉넉한 포용으로 전환하는 인성의 아름다움이 극점에 달할 때 이야기는 아름다운 동화가 된다. 사람들의 마음이 일제히 태어날 때의 순수한 세계로 돌아가는 것이다.

동화의 배경인 중국 북방의 자연은 냉엄하다. 한겨울의 폭설과 추위는 사람들의 삶을 가혹하리만큼 앞으로 나가지 못하게 막고 공격한다. 그래서인지 츠쯔젠 소설의 배경은 하나같이 각박하고 쓸쓸하고 외롭고 처연하다. 그의 소설에 등장하는 인물들 중에는 악당도 있고 살인자도 있다. 난봉꾼과 도둑놈, 마약중독자 등 다양한 유형의 부정적 인물이 등장하지만 모두 건강하고 순수한 동심과 양지良知를 갖추고 있는 사람들이다. 다만 생활 환경과 삶의 무게를 이기지 못한 채 잠시 엇나갈 뿐이다. 게다가 그들은 대부분 사회적 약자다. 열악한 생존의 곤경 속에서 발버둥 치지만 힘이 마음을 따라주지 못하는 경우가 많다. 이들의 열악한 삶을 한 폭의 그림처럼 전환하는 것이 츠쯔젠 문학의 본령이다.

츠쯔젠은 단편소설의 대가다. 작가 스스로 자기 문학의 큰 줄기는 단편소설로 구성되어 있고 그 안에 자기 문학의 생명이 있다고 말한다. 언젠가 이 책에 수록된 단편소설을 한 편 읽고 작가에게 이런 분위기의 작품들만 한데 모아 책을 냈으면 좋겠다는 말을 한 적이 있다. 그리고 얼마 후 정말로 중국에서 그의 단편소설 창작 30주년을 기념해 스스로 엄격하게 고른 자선집이 출간되었다. 기쁨을 감출 수 없었다. 작가가 한 독자의 소원을 들어준 것만 같았기 때문이다.

이 소설집에는 중국 북방 서민들의 강인한 삶의 에너지와 소박하고 순수한 심성, 온갖 재난과 곤경을 관통하는 인성의 에너지, 외부세계의 냉혹함과 극단적으로 대비되는 인간 내면세계의 온기, 그리고 가장 중요한 요소로 생명에 대한 존중이 가득 담겨 있다. 여성 작가 특유의 물처럼 맑고 투명한 유미주의적 서사로 오늘의 중국문학에 때 묻지 않은 영역을 구축하고 있는 그의 문학은 유사한 유형의 다른 중국 작가들과 확연히 구분되는 순수의 세계다. 슬픔의 강을 자비의 강으로 바꾸는 그의 놀라운 서사를 통해 읽는 이들 모두 시원의 세계로 돌아갈 수 있기를 기대한다.

옮긴이

# 가장 짧은 낮

초판인쇄 2024년 1월 26일
초판발행 2024년 2월 2일

지은이 츠쯔젠
옮긴이 김태성
펴낸이 강성민
편집장 이은혜
마케팅 정민호 박치우 한민아 이민경 박진희 정경주 정유선 김수인
브랜딩 함유지 함근아 박민재 김희숙 고보미 정승민 배진성
제작 강신은 김동욱 이순호

펴낸곳 (주)글항아리 | 출판등록 2009년 1월 19일 제406-2009-000002호

주소 10881 경기도 파주시 심학산로 10 3층
전자우편 bookpot@hanmail.net
전화번호 031-955-8869(마케팅) 031-941-5161(편집부)
팩스 031-941-5163

ISBN 979-11-6909-196-1 03820

www.geulhangari.com